中國通俗小說의 유입과 수용

* 이 책은 2010년 정부의 재원으로 한국연구재단의 지원을 받아 연구되었음.
(NRF-2010-322-A00128)

경희대학교 비교문화연구소 비교문화총서 12

中國通俗小說의 유입과 수용

閔寬東 · 鄭榮豪 · 金明信 · 張守連 共著

연구제목	한국에 소장된 중국고전소설 및 희곡판본의 수집정리와 해제
연구기간	2010년 09월 01일 - 2013년 08월 31일

프로젝트 전반기 연구진(2010. 09. 01-2012. 02. 29)

책임연구원 : 민관동
공동연구원 : 정영호 / 이영월 / 정선경 / 박계화
전임연구원 : 김명신 / 장수연 / 유희준 / 유승현
연구보조원 : 이숙화 / 심지연 / 김보근 / 유형래 / 홍민정

프로젝트 후반기 연구진(2012. 03. 01-2013. 08. 31)

책임연구원 : 민관동
공동연구원 : 정영호 / 이영월 / 박계화
전임연구원 : 김명신 / 장수연 / 유희준 / 유승현
연구보조원 : 배우정 / 옥주 / 최정윤 / 윤소라 / 최미선

머 리 말

本書는 한국연구재단 토대연구 과제인 ≪한국에 소장된 중국고전소설 및 희곡판본의 수집정리와 해제≫(2010년 9월 - 2013년 8월 / 3년 과제)의 일환으로 나온 책이다. 본 연구팀에서는 한국에 소장된 중국통속소설 판본과 해제의 후속으로 중국통속소설의 국내유입과 수용의 문제를 중점적으로 연구했다. 본서에서는 중국통속소설의 유입과 수용에 대하여 총론과 작품론으로 나누어 소개와 考證을 하고자 한다.

중국통속소설이 국내에 유입되어 수용되는 과정에 대한 고찰은 매우 의미 있는 작업이다. 현재 국내에서 볼 수 있는 판본들은 대부분 조선시대 중기 이후 국내에 유입된 것으로 사료된다. 국내에 유입되는 과정은 양국의 사신들을 통한 공식적인 경로로부터 사대부나 지식인들의 취향에 의한 개인적인 유입까지 다양한 경로를 통해 이루어졌다. 초기에는 국왕의 명에 의한 국가적 차원에서 서적을 구입하거나, 혹은 사절단들이 서적을 기증함으로써 국내에 유입되었으나 후기에는 전문적인 서적 중개상이 등장하면서 중국서적의 국내 유입은 급속히 진행되었으며 촉진되었다. 그 배경을 살펴보면 조선시대 사대부들이 당시 최신의 지식 정보였던 중국의 서적을 소유하고자 하는 강렬한 욕구가 내재되었기 때문이었다. 작품의 수용 형태 역시 원문 출판, 번역, 번안, 필사 등 전면적인 수용 형태를 모두 보여 주고 있다. 이는 바로 中國通俗小說에 대한 적극적인 수용을 의미하는 것이며 이러한 유입과 수용은 우리 국문학의 발전에도 많은 영향을 끼치게 되었을 것이다.

本書는 총 2부로 구성되어 있다.

제1부 : 장편과 단편 중국통속소설의 국내 유입과 수용양상 및 수용과 전파의 주체에 대하여 중점적으로 연구하였으며 특히 국내에 소장된 稀貴本 中國通俗小說에 대한 서지학적 관점에서 총괄하여 소개하였다.

제2부 : 개별 작품론으로 ≪三國演義≫ · ≪西漢演義≫ · ≪水滸傳≫ · ≪西遊記≫ · ≪薛仁貴傳≫ · ≪包公案≫ · ≪忠烈俠義傳≫ · ≪雪月梅傳≫ · ≪鏡花緣≫ · ≪綠牧丹≫ · ≪忠烈小五義≫ · ≪三合明珠寶劍全傳≫ · ≪紅樓復夢≫ 등 작품의 국내 유입과 版本 및 번역양상을 위주로 분석하였다.

本書는 중국통속소설의 유입과 수용문제를 중점적으로 분석하여 소개를 하였지만 아직도 미흡한 부분이 있을 것으로 사료된다. 이러한 부분은 추후에 지속적으로 보완 작업을 해나갈 예정이며 앞으로 많은 전문 연구자들의 지도편달을 부탁드린다.

이번에도 흔쾌히 출간에 응해주신 학고방 하운근 사장님을 비롯한 전 직원 여러분께 감사를 드리고, 원고정리 및 교정에 도움을 준 일반대학원 배우정 학생과 교육대학원 최정윤 · 옥주 · 윤소라 · 최미선 학생에게도 감사의 뜻을 전한다.

2014년 05월 01일

민관동 · 정영호 · 김명신 · 장수연

目 次

第二部 作品論 ······ 141

第一部

總論

1. 中國 通俗小說의 國內 流入과 受容 研究*

중국 통속소설의 국내 유입은 중국에서의 통속소설 흥성 시기와 연관 될 수밖에 없다. 주지하듯이 중국 통속소설은 송·원대의 맹아기를 거쳐 명대에 이르러서야 그 꽃을 피웠고 청대에 다양한 주제의 작품들이 대량으로 쏟아져 나왔다. 따라서 사실 작품량으로 볼 때는 청대의 작품이 많이 국내에 유입 되었으리라 짐작하지만 실제로 국내 유입(국내출판본 포함)된 판본 수량을 살펴보면 明代 四大奇書가 전체 판본 수량의 절반가량을 차지한다. 이는 국내 독자층의 수용 양상을 반영하는 것이라 할 수 있다. 四大奇書 중에서도 사실 전체 사대기서 판본 수량에서 ≪金瓶梅≫는 단지 3%만 차지할 뿐 나머지 세 작품에 집중되어 있다.

1446년 한글 창제 이후 이루어진 중국소설 수용계층의 확대는 중국 통속소설의 번역필사와 번안 필사라는 수용 형태의 유행을 가져 왔다. 또한 출판이라는 적극적인 수용도 이루어졌는데 18세기 조선 사회에서 지식의 독점을 상징하는 중국서적의 소유는 그 자체가 하나의 권력이기도 하였다. 현재 국내에 소장되어 있는 중국 통속소설 판본들을 수집하고 정리하는 과정에서 240여 종에 이르는 판본들이 국내에 유입되었음을 알 수 있었다.

본고에서는 중국고전통속소설의 원본 텍스트가 국내에 어떤 과정을 통해서 유입되었는지 고찰해보고자 한다. 즉 공식적인 국가 사절단에 의해 이루어진 초기의 유입과정, 서적 수요가 늘어남에 따라 상인들의 영리를 목적으로 유입이 이루어진 과정, 더 나아가 개인적인 경로를 통해서 서적이 유입되는 과정 등에 대해서 살펴보고자 한다. 또한

---

* 이 논문은 2010년도 정부의 재원으로 한국연구재단의 지원을 받아 연구되었음.(NRF-2010-322-A00128)
본 논문은 2013년 12월 ≪中國小說論叢≫에 게재된 것을 수정 보완한 것임을 밝혀 둔다.
주저자 : 장수연(성균관대 겸임교수), 교신저자 : 민관동(경희대 교수).

국내에 유입된 원본 텍스트들이 어떻게 다양한 형태로 수용되었는지 번역과 필사, 출판이라는 측면에서 알아보고, 아울러 판본의 국내 소장 현황도 함께 소개하고자 한다.

1. 原版本 텍스트 유입경로

중국 통속소설 판본의 국내 유입은 다양한 경로로 이루어졌으며, 시기별로 특색을 지닌다. 대체로 임진왜란을 전후로 한 조선 전·후기를 나누어 그 특징을 살펴보면 조선 전기는 官 주도의 단일적인 유입이 이루어졌다면, 조선 후기는 유입 경로가 다양해졌다. 따라서 현재 확인 가능한 문헌의 기록들을 통해서 중국 서적의 유입이 이루어진 배경과 경로를 고찰해보고자 한다.

1) 史臣들의 구입

(1) 校書館

宋 나라는 서적의 해외 반출을 제한하는 왕조였다. 서적은 곧 권력을 의미하던 시기였기 때문에 지적 재산의 해외 반출이라는 관점에서 宋 나라의 관료들은 서적의 수출을 엄격히 제한하였다. 일종의 권력 독점화를 하고자 하였던 것이다. 반면 원나라는 서적의 수출을 제한하지 않았고 이와 같은 시대적 원인으로 인해서 고려시대에 중국 서적들이 국내에 유입되었다.[1] 그러나 이 시기에는 안타깝게도 중국 통속소설을 유입한 것과 관련된 공식적인 기록은 찾아 볼 수 없고 조선시대에 이르러서야 비로소 중국 통속소설의 유입 기록을 볼 수 있다.

조선시대에는 서적을 구비하고 관리하던 왕실의 기관으로 校書館이라는 것이 공식적으로 있었다. 기록에 의하면[2] 성종 22년(1491) 중국에서 가져온 책을 校書館에 명하여 인쇄하도록 한 것을 알 수 있다.

---

1) 이시찬, 〈宋元時期 高麗의 서적 수입과 그 역사적 의미〉, ≪동방한문학≫제39집, 2009.
2) 校書館을 검색어로 한국 고전번역원의 데이터베이스를 조사해보면 1300여 개의 관련 조목이 나온다. 그만큼 校書館이 우리 선조들의 생활과 밀접하게 관련되었음을 알 수 있다.

2월, 禮部員外郞 程愈에게서 ≪小學集說≫을 얻다. 3월, 귀국하여 ≪소학집설≫을 바치자, 상이 校書館에 명하여 中外에 간행 · 반포하도록 하다.[3]

무엇보다 柳希春(1513-1577)의 ≪眉巖日記≫를 보면 당시 校書館의 상황을 잘 알 수 있다. 校書館은 서적을 수장하고 판각·편찬 심지어 판매하는 일까지 겸한 그야말로 국가 재산인 서적을 총체적으로 관리하는 곳으로 모든 것은 왕의 명에 의해 이루어졌다.[4] 유희춘은 1572년에서 1576년까지 약 3년 4개월간 校書館의 提調를 지내면서 校書館에 관한 많은 자료들을 일기로 남기고 있다. 이 기간 동안 유희춘은 校書館의 서적 간행 업무를 총괄하는 위치에 있으며 서적을 구입한 것을 기록하였는데 공무로써 국비로 구입한 경우와 개인적인 용도로써 사비로 구입한 경우가 있었다. 일기에는 서적의 서명을 적고 누구에게 부탁했는지 등에 대해서도 자세히 적고 있다. 특히 어떤 경로를 통해 구입했는지에 대한 묘사가 흥미롭다. "千秋使行請買入, 自燕京買來, 謝恩使買來, 請赴京時貿來, 爲囑謝恩使, 托赴京使行貿來 " 등의 기록을 통해 중국을 가는 사은사들에게 서적 구입을 부탁해서 매입한 것을 알 수 있다. 또한 비단이나 인삼 등 비용을 미리 주고 중국에 가는 사은사나 개인에게 부탁한 경우는 공적인 구입이라기보다는 사적인 필요에 의한 구입으로 볼 수 있다.[5]

(2) 使行團과 序班

초기 중국 서적의 국내 유입은 중국에 使臣團으로 갔던 사신들에 의해 주도되었다는 것은 주지하는 바이다. 일반인에게는 중국 출입이 제한된 당시 상황으로 볼 때 이는 당연한 것이며, 중국 왕실에서 사신에게 선물로 서적을 하사하기도 하였다는 기록도 볼

3) 金馹孫, ≪濯纓集≫, 한국 고전 번역원 DB 참조, 또한 周世鵬의 ≪竹溪志≫, 〈白雲洞紹脩書院記〉에도 서적의 간행에 관한 기록이 보이다. "관서 尹漑가 나에게 서원의 명칭과 명명(命名)한 意義를 쓰게 하여 校書館으로 하여금 간행하여 반포케 하고, 서책을 보내줄 것을 주청하니, 임금께서 모두 윤허하셨다."(判書臣尹漑請以臣光漢名其院. 且記命名之義. 令校書館刻而頒之. 加給書冊. 郵以傳之. 上皆可之). ≪白雲洞紹脩書院記≫, 한국고전번역원 DB 참조.

4) 배현숙, 〈선조초 校書館 활동과 서적 유통고-유희춘의 眉巖日記 분석을 중심으로〉, ≪서지학연구≫제18집, 1999, 244-247쪽 참조.

5) 배현숙, 〈선조초 校書館 활동과 서적 유통고-유희춘의 眉巖日記 분석을 중심으로〉, ≪서지학연구≫제18집, 1999, 앞의 논문 참조.

수 있다. 使行에서 구입한 서적의 목록을 보면 한 번에 무려 1500권에 이르는 경우도 볼 수 있다. 또한 序班이 사사로이 잡서 몇 종을 바쳤다는 기록이 보인다. 序班은 서리직으로 북경에서 서화와 필묵의 전매권을 지니고 있었던 중국 현지 서적 중개인이었고 그들에게 조선 使行團은 한 번에 많은 책을 구입해가는 큰 손님이었다. 그래서 使行團을 통한 장사로 큰 이익을 본 序班들은 감사의 표시로 당시 유행하는 재미있는 소설책 몇 권을 그야말로 서비스로 주었다는 것은 충분한 설득력이 있다. 바로 이런 역사적 우연이 조선으로의 통속소설 유입의 교량이 되었을 수도 있다.[6] 이에 관한 문헌 기록을 1766년 간행된 李宜顯(1669-1745)의 ≪陶谷集≫ 권 30, 〈庚子燕行雜識〉에서 볼 수 있다.

> "구입한 책들은 .... ≪艷異編≫二卷, ≪國色天香≫十卷이다. 이중에서 잡서 수종은 序班의 무리들이 사사로이 바친 것이다.(所購冊子, ... ≪艷異編≫二卷, ≪國色天香≫十卷, 此中雜書數種, 係序班輩私獻.)"[7]

앞서 언급한 ≪眉巖日記≫에서도 使行團을 통해 서적을 구입한 기록을 볼 수 있다. 연행단을 통해 서적 구입은 공적인 경우와 사적인 경우가 있었는데 단지 일기의 기록만으로는 왕의 명에 의한 공적인 구입인지, 사적인 구입인지 명확하지 않은 경우도 있다.

2) 상인들의 영리를 위한 구입

(1) 書儈(冊儈)

13년간(1775-1787)의 일기인 兪晩柱의 ≪欽英≫에는 당시 상층 사대부들이 중국 소설을 즐기고 있었던 상황과 書儈들의 활동에 관한 기록들을 볼 수 있다. 또한 18세기 말 서울의 한 문인이 접한 명청 서적의 실태를 파악 할 수 있다. 특히 書儈를 통해 책을 구입하는 과정에 관한 기록은 매우 흥미로우며 당시 책 구입 경로에 관한 실증 자료로서 의미가 크다. 書儈에 관한 언급이 등장하는 ≪欽英≫의 기록을 보면 다음과 같다.

---

6) 최자경, ≪兪晩柱의 소설관 연구≫, 연세대학교 석사논문, 2001, 43-44쪽 참조.

7) 한국고전 번역원 편, ≪한국문집총간≫ 181권, 502쪽 참조.

"書儈가 와서 ≪통감집람≫과 ≪한위총서≫를 무역해오는 것에 대해 의논했다. ≪명사≫는 끝내 선본을 구하지 못했고 또한 ≪경산사강≫도 구하기 어렵다고 하였다. 듣자하니 ≪정씨정사≫는 세자전의 장서가 되고 ≪김씨전서≫도 일찍이 서씨 집안의 장서가 되었다고 하는데 그 값이 사만문에 이른다고 한다. … 거듭 이런 판본들을 구하라고 하는데 경사자집 소설을 막론하고 한 책이든 열 책이든 백 책이든 가리지 말고 구할 수 있으면 다 구해오라고 하니, "그건 매우 어렵지만 제가 다른 방도를 알아보지요" 하였다.(冊曺至義易通鑑輯覽 · 漢魏叢書, 告明史終無善本, 而瓊山史綱亦難得云. 聞鄭氏全史爲春坊新儲, 金氏全書爲徐閣曾有, 咸直四萬餘云. … 仍求如此板本, 毋論經史子記小說, 舞拘一冊十冊百冊, 止管得來, 曰: "是甚難, 第當另圖之.")[8]

"저녁에 書儈가 ≪수호외서≫와 杏 · 豆 · 一片 · 快 · 嘯라는 소설 5종을 보여 주었다." (夕冊儈示水滸外書[二冊], 及小說五種口杏 · 豆 · 一片 · 快 · 嘯.)[9]

위의 내용을 보면 중국에서 선본을 구하지 못해 안타까워하고, 중국에서 들여온 책을 누가 소장했으며 그 경제적 가치에 대한 언급도 볼 수 있다. 또한 책의 내용과 수량을 가리지 않고 구할 수 있는 대로 구해오라고 하는 것을 보면 그 수요가 대단했음을 가히 짐작 할 수 있다. 또한 ≪欽英≫에는 책을 산 가격도 기록되어 있어 당시 상황을 이해할 수 있는 매우 유용한 자료이다.[10]

또한 연행단을 통해 수입된 서적들이 가문의 홍망성쇠에 의해서 주인이 바뀌기도 하였다는 것을 볼 수 있다. 영조 때 금서의 소지와 유통으로 인해 거의 100명에 달하는 書儈들이 피해를 당했고 그 중에 10명은 사형에 처해졌다. 당시 얼마나 많은 書儈들이 활동하였는지를 보여주는 역사적 사건이다.[11]

한편 황윤석의 ≪頤齋亂藁≫의 기록에 의하면 校書館 수공업자에게 주문 생산을 의뢰하였다는 기록이 있다. 書儈로 박사억, 박사항, 이원복 등이 유명하였는데 중개비를 받고 몰락한 한 집안의 책을 다른 집안이나 장서가들에게 소개해 주는 중개인의 역할도 톡톡히 하였던 것으로 보인다.[12]

---

8) ≪欽英≫, 18책 1784년 11월 9일, ≪欽英≫5, 392쪽 참조.
9) ≪欽英≫, 18책 1784년 12월 6일, ≪欽英≫5, 410쪽 참조.
10) 김영진, 〈18세기말 서울의 명청서적 유통 실태〉, ≪한국문화연구원 학술대회 논문집≫, 2004, 110쪽 참조.
11) 김영진, 〈18세기말 서울의 명청서적 유통 실태〉, ≪한국문화연구원 학술대회 논문집≫, 2004, 115-118쪽 참조.

3) 사대부의 애호에 의한 구입

(1) 藏書家

앞서 살펴보았듯이 조선 초기의 중국서적 수입은 공식적인 경로를 통해서 이루어졌다. 중국 왕실이 책을 하사해 주거나, 조선 왕실의 공식적인 요청, 혹은 사행을 통해서 중국에서 직접 구입하는 방식이 있었다. 국가가 주체가 되어 서적을 하사받거나 구입하던 방식에서 점차 개인적으로 서적을 구입하는 방식으로 변화하기 시작하였다. 17세기 허균이 두 차례나 중국 사행을 가서 4천여 권의 책을 구입하였다는 기록이 그 한 예라 할 수 있다. 또한 ≪欽英≫에서도 16세기 중엽 중국에서 서적을 구입한 일에 관한 기록을 볼 수 있다.[13)]

당시에 어느 정도 경제력이 있는 가문에서는 사행을 통해 중국의 서적이나 그림을 모으는 것이 유행이었다.[14)] 이는 서적의 소유라는 것 자체가 지식의 독점이 될 수 있었던 시대적 상황의 반영이라 할 수 있다. 서적의 독점은 곧 지식과 정보의 독점이 될 수 있었고 더 나가서 정치적 권력으로까지 이어지기도 하였다. 입시를 위한 수험서였던 서적을 구할 수 있는 계층이 한정되어 있었고 당연히 시험의 당락도 그들 안에서 이루어질 수밖에 없었을 것이다. 바꾸어 말하면 당시는 서적을 통한 권력의 독점이 이루어지는 시대적 토양이었다는 것이다.

진귀한 서적을 소장함으로써 정치적 명망 또한 상승하는 효과가 있었다. 조선시대 서적은 지식을 전파하는 유일한 수단이었기에 이는 당연한 현상으로 보인다. 지금처럼 서적을 제외하고도 다양한 경로로 정보와 지식을 얻을 수 있는 시대가 아니었기에 가능한 사회적 현상이었다.[15)]

(2) 사대부들의 친분 관계에 의한 선물

조선의 사행단이 중국에 가서 서적을 구입하는 경우를 제외하고 중국의 사신들이 조

12) 김영진, 〈조선 후기 서적 출판과 유통에 관한 일고찰〉- ≪欽英≫과 ≪頤齋亂藁≫를 중심으로, 13-15쪽 참조.

13) 최자경, ≪兪晚柱의 소설관 연구≫, 연세대학교 석사논문, 2001, 40-41쪽 참조.

14) 최자경, ≪兪晚柱의 소설관 연구≫, 연세대학교 석사논문, 2001, 44쪽 참조.

15) 황지영, ≪명청 출판과 조선 전파≫, 시간의 물레, 2012, 172쪽 참조.

선에 들여온 경우도 종종 있었다. 조선과의 외교적 관계에 의해 외교 사절로 공식 행사에 참가하러 오는 등의 왕래가 있었고 이때 중국 사신들이 세도가들이나 평소 친분을 쌓은 조선의 지인들에게 서적을 선물하는 경우가 있었다는 기록을 볼 수 있다. 이는 충분히 가능한 이야기로 앞에서도 살펴보았듯이 당시 최고의 지식왕국이자 선진 문물의 보유국인 중국에서 지식의 보고인 서적을 선물로 가져온다면 조선 지식인들의 환영을 받았을 것이다.[16] ≪欽英≫21책 1786년 1월 16일의 기록을 보면 자신이 수집한 책을 공개하여 열람하게 할 뿐 아니라 필요한 사람들이 가져가는 것을 묵인한 것을 볼 수 있다. 원문에 의하면 "급제한 후에 책을 모으기로 결심하고 뱃길로 사신으로 갔다 오면서 배 한가득 책을 사서 왔다 하니 얼마나 많은지 짐작이 간다. 고향의 장원과 서울에 짐을 나누어 보관하고 또 해양의 산방에도 보관하고는 책 읽는 사람들에게 공개하였고 그 가져간 바를 묻지 않으니 산방의 책들이 하나도 남지 않았다.(及登第貴顯, 決意蓄書, 水路朝天, 而回還時購書一舟, 泛海而至, 其多可推也. 分貯鄕庄京第, 又別貯海陽山房, 公諸能讀者, 不問其所去, 以故山房之書, 無一存.)"[17]라고 하였다. 여기서 책을 읽고 싶은 사람들에게 개방하고 원하는 사람에게는 주기도 했다는 것을 알 수 있다.

한편 사대부 집안들이 서로 경쟁하듯 중국 서적을 수입하고 소장하는 것이 유행처럼 번지고 그 정도가 심해지자 정조와 순조 년간에는 중국 서적에 관한 수입 금지령을 내렸다는 기록을 볼 수 있다. 또한 ≪增補文獻備考≫에서 명말청초 인물인 姜紹書가 ≪韻石齋筆談≫에서 한 말을 적고 있는데 "조선인들을 책을 좋아해서 사신으로 오는 자들이 오육십이면 혹자는 구전을 혹자는 신서를 혹자는 패관소설을 구하며 부족한 것을 날마다 저자에 나가서 각자 서명을 쓰고 만나는 사람마다 물어보고 값이 비싸도 아끼지 않고 구입해 갔다.(朝鮮國人最好書, 凡使臣之來限五六十人. 或舊傳, 或新書, 或稗官小說, 在彼所缺者, 日出市中, 各寫書目, 逢人遍問, 不惜重直購回.)[18]라고 하였다. 과히 조선인들의 구매상황을 직접 목도한 중국인이 값이 비싸도 필요한 책은 구입해가고, 구서든 새로 나온 책이든 심지어 소설까지도 여기저기 수소문해서 구입하

16) 민관동, 〈中國古典小說의 國內 受容方法에 대한 硏究〉, ≪中國小說論叢≫6집, 1997.3 참조.
17) 규장각총서 문학편 ≪欽英≫6, 규장각, 1997, 131쪽 참조.
18) ≪增補文獻備考≫3, 동국문화사, 1957년, 844쪽. 세종대왕기념사업회 역주, ≪국역 증보문헌비고≫, 세종대왕기념사업회, 2000년. 송기호, ≪增補文獻備考≫, 누리미디어 규장각소장 발해사 자료, 2004년 참조.

는 것을 보고 조선인들이 책을 좋아한다고 생각한 것이다. 이처럼 중국의 원본 텍스트들은 중국으로 간 사행단을 통한 공식적인 경로를 거친 국가 차원의 유입, 서적 수요의 증가로 인한 영리를 목적으로 하는 전문 서적 중개상들에 의한 유입, 점차 늘어난 개인 장서가들이 사적인 경로를 통해 유입하는 경우 등 다양한 채널을 통해서 국내에 유입된 것을 확인할 수 있다.

2. 기타 방법으로의 텍스트 수용

중국 통속소설의 국내 수용의 특징 중 하나는 한글창제이후 한글 번역 필사본의 보급이 활발히 이루어졌다는 것이다. 지금까지 조사한 바에 의하면 국내에 유입된 중국소설은 대략 440여 종이며 그 중에서 통속소설 작품은 약 238종이다. 국내 유입된 작품들은 독자들의 수요와 욕구에 의해 국내에서 출판되기도 하고 때로는 한글로 번역되고 필사되기도 하였다. 440여종 중에서 국내에서 번역된 작품은 총 72종이나 되며, 국내에서 출판된 작품도 24종이나 된다. 번역과 출판이 동시에 이루어진 작품도 8종이 있는데 그 중 통속소설은 6종을 차지하고 있다. 국내 현존하는 판본들의 유형도 목판본, 석인본, 필사본 등 다양한 형태로 이루어져 있다. 이는 시대적 흐름에 따라 꾸준히 판본들이 재생산되었다는 반증이다. 기타 텍스트 수용 방식에 대해서는 필사와 번역 및 출판을 중점으로 살펴보고자 한다.

1) 필사와 번역

중국 원전에 대한 수용의 방식으로 필사는 원문 필사와 번역 필사라는 두 가지 측면에서 이루어졌다. 기본적으로 필사가 이루어진 작품은 그 방식이 원문 필사이든 번역 필사이든 간에 그만큼 국내에서 주목 받은 대중적인 작품임을 입증하는 것이다. 또 작품 내용상의 문제이든 상업적인 영리성의 부족으로 인한 것이든 국내에서 정식으로 출판이 이루어지지 못했던 작품들 중에 필사라는 형태로 보급된 것들이 다수 있다. 그 외 독자층의 변화와 수요에 의해 번역은 이루어졌지만 번역 출판까지는 되지 못한 작품들도 있다. 번역된 55종의 통속소설 가운데 1912년 이전 출판된 경우는 6편뿐이다.[19] 즉,

번역된 대부분의 작품은 필사본의 형태로 전해지고 출판은 이루어지지 않았다는 것을 알 수 있다. 번역과 출판이 같이 이루어진 6편에 대해서 필사본과 번역본 판본에 대해서 살펴보고자 한다.

(1) ≪三國演義≫

≪三國演義≫는 그 인기만큼이나 많은 번역본이 있는데 번역 양상도 다양해서 완역본, 부분번역본, 번안본, 재창작본 등이 있다. 완역계열에 속하는 필사본만 10여 종인데 그중에 대표적인 판본으로 장서각 소장 39책본, 규장각 소장 27책본과 30책본, 고려대 소장 38책본, 중앙도서관 소장 17책본, 이화여대 소장 17책본, 박재연 소장 19책본 등이 완역본에 해당한다.

(2) ≪水滸傳≫

≪水滸傳≫번역본은 필사본, 세책본, 활판본 등 다양한 형태로 약 20여 종이 있다.[20] 번역본 중에 木版本으로는 서강대 소장본 1책이 있다. 필사본의 형태로는 김동욱 소장본 1책(落帙), 이화여대 소장본 ≪슈허지≫로 15권 15책본(落帙), 이희승 소장본으로 1책본, 박재연 소장본으로 3책본(落帙), 박순호 소장본 8책본(落帙), 한국학중앙연구원 소장본으로 ≪후슈호젼≫12권 12책, 서울대 소장본으로 ≪튱의수호뎐≫1책 등이 있다. 또한 李能雨와 柳鐸一의 저서에 근거하면 安城坊刻本과 京本이 있다고 하나 국내에는 소장되어 있지 않다. 이외에 新活字本이 있는데 가장 이른 것이 1913년 新文館에서 간행된 것이다.

(3) ≪西遊記≫

≪西遊記≫번역본 11종 가운데 필사본은 10종이 있고, 출판본은 목판본 1종으로 한국학중앙연구원에 소장되어 있으나 刊記에 의하면 "丙辰(1916)孟冬華山新刊"이라고

---

19) 1912년 이전에 ≪三言≫ · ≪二拍≫ · ≪今古奇觀≫에 실린 단편소설 중에 번역이나 번안되어 신문에 연재된 경우가 있으나 연구 범위에 들어간 6편의 작품처럼 전편의 번역이 아니라는 점에서 연구범위에서 제외하였다.

20) 유동춘 · 박재연 교주 ≪튱의 수호뎐(忠義水滸傳)≫, 선문대학교 중한번역문헌연구소, 2008, 머리말 참조.

되어 있어 1912년 이전의 간행본이 아님을 알 수 있다.

(4) ≪薛仁貴傳≫

≪薛仁貴傳≫번역본 중에 필사본은 2종으로 각각 연세대와 이화여대에 소장되어 있고, 조선 말기에 출판된 것으로 추정되는 坊刻本이 있으나 안타깝게도 국내에는 없고 프랑스에 소장되어 있다. 한글 필사본은 연대 소장본의 경우에는 乙卯年 팔월 상순에 필사했다는 간기로 보아 필사연대는 1855년 혹은 1915년으로 추정된다. 이화여대 소장본의 경우는 戊申年에 필사했다는 간기를 볼 수 있는데 이는 1848년 혹은 1908년으로 추정되며 정확하게는 알 수 없다.[21]

(5) ≪西漢演義≫

현존하는 ≪西漢演義≫번역본의 대부분은 조선 말기(1895-1896)에 필사된 것으로 추정되지만 번역은 이미 늦어도 1800년대 중·후기이전에는 이루어진 것으로 사료된다.[22] 필사본은 전남대 소장 1책본, 규장각 소장 10책본, 성균관대 소장 16책본, 국립중앙도서관 소장 16책본, 연세대 소장 4책본과 ≪쵸한연의≫ 1책본, 고려대 소장 16책본, 서강대 소장 6책본, 李謙魯 소장 1책본, 박재연 소장 8책본, 단국대 소장 1책본(落帙), 趙鍾業 소장 1책본, 충남대 소장 1책본, 단국대 소장 1책본, 이화여대 소장본, 尙熊文庫 소장 1책본, 국회도서관 소장 ≪초한실긔≫ 20책본 등이 있다.

또한 번역 木版本으로 한국학중앙연구원 소장 1책본과 2책본, 아단문고 소장본 1책(落帙), 규장각 소장 1책본, 계명대 소장 1책본, 전북대 소장 1책본, 단국대 소장 1책본, 충남 온양 민속박물관 1책본, 아단문고 1책본, 숙명여대 소장 1책본, 서강대 소장 1책본, 국립중앙도서관 소장 1책본, 성암문고 1책본, 연세대 1책본, 尙熊文庫 소장 1책본, 이화여대 소장 1책본, 趙炳舜 소장 1책본, 李謙魯 소장 1책본, 충남대 소장 1책본, 성균관대 소장 1책본 등이 있다. 간행 년대가 분명한 목판본은 1907년 完南 龜石里에서 간행한 것과 全州 西溪西鋪에서 간행한 1911年本이 주종을 이룬다.

---

21) 이유진, 〈薛仁貴傳 異本 硏究〉, 고려대학교 석사학위 논문, 2010년 참조.

22) 민관동, 〈西漢演義 硏究-국내 유입과 번역 및 출판을 중심으로〉, ≪中國小說論叢≫제15집, 2002.2, 259-281쪽 참조.

(6) ≪金香亭記≫

≪金香亭記≫의 번역 필사본으로 규장각 소장 7책본, 한국학중앙연구원 소장 3책본, 서강대 소장 3책본, 고려대 소장 1책본, 박재연 소장 1책본이 있다. 출판본은 京本 2종으로 2책본 3책본이 있는데 국내에는 없고 프랑스 동양어학교에 소장되어 있다.

위에서 알 수 있듯이 번역본이 출판된 경우는 대부분 명대 작품으로 청대 작품은 한 작품뿐이다. 즉 번역본은 거의 필사의 형태로 유전되었다고 볼 수 있다.

그 외 번역본의 필사가 아닌 원문을 필사한 경우도 상당수 있다. 국내에서 번역도 출판도 되지 않았지만 분명한 수요와 기호로 인해 원문 그대로를 필사한 것이다. 이는 貰冊이라는 조선시대 신종사업의 결과물이라고도 할 수 있다. 판각해서 출판하는 것이 쉬운 일이 아니었던 시대적 한계와 부족한 서적에 대한 공급방법으로서 貰冊은 당시 상황에서는 매우 훌륭한 해결방안이었다.

앞에서도 언급했듯이 중국고전소설 가운데 국내에서 번역된 작품은 모두 72종인데 그중에 통속소설이 55편이며[23] 명·청소설의 유입 비율은 대략 2대 3 정도이다. 실제로 청대에 산생된 통속소설이 많은 것을 감안하면 명대 소설의 유입 비율이 결코 적은 것은 아니다.

번역시기에 대해서는 사실 구체적인 기록을 남기고 있는 경우가 극히 드물어 정확한 번역시기를 추정하기는 어렵지만 대부분 1800년대 이후에 번역된 것으로 보인다.[24] 번역된 작품들은 대부분 필사본의 형태로 유전되고 그중 극히 일부만이 방각본의 형태로 출판되었다. 특히 일제 강점기인 1910년에서 1920년 사이에 활자본으로 다수 인쇄되었다. 실질적으로 활자본 인쇄에 이르러서야 대량출판이 가능해진 것으로 볼 수 있다.

명대 소설 중에 국내에 번역된 작품은 약 20여 종으로 다음과 같다.

≪薛仁貴傳≫·≪水滸傳≫·≪三國志演義≫·≪殘唐五代演義≫·≪大明英烈傳≫·≪武穆王貞忠錄≫(大宋中興通俗演義)·≪西遊記≫·≪列國志≫·≪西周演義≫(封神演義)·≪西漢演義≫·≪東漢演義≫·≪平妖記≫(三遂平妖傳)·≪禪眞

23) 연구 대상 범위에서 1910년 이후로 추정되는 筆寫本과 出版本은 생략하였다.
24) 민관동·김명신 공저, ≪朝鮮時代 中國古典 小說의 出版本과 飜譯本 硏究≫, 學古房, 2013년, 306쪽 참조.

逸史≫ · ≪隋煬帝艷史≫ · ≪隋史遺文≫ · ≪東度記≫ · ≪開闢演義≫ · ≪孫龐演義≫ · ≪唐晉[秦]演義≫(大唐秦王詞話) · ≪南宋演義≫(南宋志傳) · ≪北宋演義≫(大字足本北宋楊家將) · ≪型世言≫ · ≪今古奇觀≫

청대 소설 중에서 번역된 작품은 명대 보다 조금 많아서 약 30여 종으로 다음과 같다.

≪包公演義≫(龍圖公案飜譯) · ≪南溪演談≫ · ≪後水滸傳≫ · ≪平山冷燕≫(第四才子書) · ≪玉嬌梨傳≫ · ≪樂田演義≫ · ≪十二峯記≫ · ≪錦香亭記≫(錦香亭) · ≪醒風流≫ · ≪玉支機≫(雙英記) · ≪畵圖緣≫(花天荷傳) · ≪好逑傳≫(俠義風月傳) · ≪快心編≫(醒世奇觀) · ≪隋唐演義≫ · ≪女仙外史≫(新大奇書) · ≪雙美緣≫(駐春園小史의 飜案) · ≪麟鳳韶≫(引鳳簫) · ≪紅樓夢≫ · ≪雪月梅傳≫ · ≪後紅樓夢≫ · ≪粉粧樓≫ · ≪合錦廻文傳≫ · ≪續紅樓夢≫ · ≪瑤華傳≫ · ≪紅樓復夢≫ · ≪白圭志≫ · ≪補紅樓夢≫ · ≪鏡花緣≫(第一奇諺) · ≪紅樓夢補≫ · ≪綠牡丹≫ · ≪忠烈俠義傳≫ · ≪忠烈小五義傳≫[25)]

이상 국내 번역된 55편의 통속소설 가운데 현존하는 판본 수량은 대략 220여 종 정도 된다. 흥미로운 점은 번역본의 판본 수량은 전체 판본 수량과 다소 다른 양상을 보인다는 점이다. 즉 ≪三國志演義≫ · ≪西漢演義≫ · ≪西遊記≫ · ≪列國志≫ 등의 순으로 ≪水滸傳≫이 순위에서 보이지 않고 그 자리를 ≪西漢演義≫가 차지하고 있는 것을 볼 수 있다.

중국 고전소설에 대한 번역이나 번안이 많이 이루어졌다는 것은 조선사회에 폭넓은 독자층을 확보하고 있었다는 사실을 암시한다고 볼 수 있다. 한글 창제 이후에 한글을 읽을 수 있는 독자층이 형성된 것은 주지하는 바이다. 새로운 독자층을 겨냥해서 번역된 작품은 원전을 읽을 수 있었던 독자층과는 분명 다른 특색을 지니고 있었다는 것이다. 四大奇書 가운데 ≪水滸傳≫의 번역본 판본은 7종에 불과하다. 반면 부동의 1위 자리를 지키고 있는 ≪三國志演義≫의 번역본은 삼국지 번역본만 40여 종이고 삼국지

25) 이외에 일제 강점기 번역본으로 ≪繡像神州光復志演義≫가 있고, 기독교 소설 번역본으로 ≪張遠兩友相論≫ · ≪引家當道≫가 있다.

관련 고사들에 대한 부분 번역본도 여러 종 볼 수 있다. 또한 ≪西漢演義≫의 번역본도 39종이나 되며, ≪西遊記≫의 번역본도 16종이나 되어 그들의 인기도를 가늠하는 척도가 되기도 한다.

결론적으로 전체 번역본 수량을 살펴보면, 조선시대 한글 독자층이 중국통속소설 중에서도 특히 역사 연의류 작품에 지대한 흥미를 가졌다는 것을 알 수 있다. 역사 연의소설은 역사적 사실을 바탕으로 허구적 요소를 가미하여 재구성되면서 조선시대 독자층의 구미에 맞았던 것이다. 어떤 경우에는 현실 속의 정치 이야기와 교묘하게 맞아 떨어지는 부분이 있는 역사 이야기는 특히 주목의 대상이 되었다. 게다가 역사 연의 소설에는 박진감 넘치는 전투 장면이나, 영웅호걸의 전설적인 이야기들이 삽입되면서 지금처럼 영상 예술이 없던 시대에 중국에서 들어온 역사 연의 소설보다 더 재미있는 오락거리는 없었을 것이다.

2) 출판

국내에서 출판된 작품은 24종으로 ≪列女傳≫·≪說苑≫·≪新序≫·≪世說新語≫·≪博物志≫·≪酉陽雜俎≫·≪訓世評話≫·≪太平廣記≫·≪嬌紅記≫·≪剪燈新話句解≫·≪剪燈餘話≫·≪文苑楂橘≫·≪三國演義≫·≪水滸傳≫·≪西遊記≫·≪楚漢傳≫(西漢演義)·≪薛仁貴傳≫·≪鍾離葫蘆≫·≪花影集≫·≪效顰集≫·≪玉壺氷≫·≪錦香亭記≫·≪兩山墨談≫·≪皇明世說新語≫ 등이 있다.

출판의 양상도 覆刻出版, 原文 再編輯出版, 國內 自體編輯出版 등 다양한 양상을 보여주고 있다. 복각출판으로 나온 작품에는 ≪新序≫·≪說苑≫·≪博物志≫·≪世說新語補≫·≪唐段小卿酉陽雜俎≫·≪剪燈餘話≫·≪玉壺氷≫·≪效顰集≫·≪花影集≫·≪兩山墨談≫·≪皇明世說新語≫·≪三國志通俗演義≫·≪新刊校正古本大字音釋三國志傳通俗演義≫·≪四大奇書第一種≫ 등 약 14종이 있으며, 원문 재편집 출판으로는 ≪世說新語姓彙韻分≫·≪詳節太平廣記≫·≪剪燈新話句解≫ 등 3종이, 국내 자체편집출판으로는 ≪訓世評話≫·≪刪補文苑楂橘≫·≪鍾離葫蘆≫ 등 3종이 있다.[26)]

26) 민관동, 〈朝鮮出版本 中國古典小說의 서지학적 考察〉, ≪中國小說論叢≫39집, 2013년, 204쪽 참조.

국내에서 출판이 이루어진 24종중에서 통속소설에 해당하는 작품으로는 ≪三國演義≫ · ≪水滸傳≫ · ≪西遊記≫ · ≪楚漢傳(西漢演義)≫ · ≪薛仁貴傳≫ · ≪錦香亭記≫ 등 모두 6종이 있다.

(1) ≪三國演義≫

≪三國演義≫는 가장 많은 국내 출판본이 현존하는데 무려 100여종이나 되며 경판본, 완판본, 안성판본이 모두 있어 여러 지역에서 출판된 것을 알 수 있다. 유입 관련 문헌 기록은 최초로 1569년에 ≪朝鮮王朝實錄 宣祖實錄 宣祖3年≫에서 볼 수 있는데 이것을 근거로 유입시기를 추정하는 것이 일반적이다. 현존하는 국내 출판본 중에 가장 이른 판본은 최근 박재연이 발굴한 조선 활자본 ≪三國志通俗演義≫ 즉 이양재 소장본은 대략 1560년대 초중반 사이에 출판된 것으로 추정된다. 이는 국내에 현존하는 ≪三國演義≫간행본 중 가장 오래된 것으로 매우 귀중한 판본이다.[27] 이를 뒷받침하는 기록으로 奇大升(1527-1572)의 ≪高峯集≫(논사록 하권, 6월 20일)에서 간행에 관한 언급을 한 것을 볼 수 있다.[28] 그 외에도 ≪新刊校正古本大字音釋三國志傳通俗演義≫ · ≪四大奇書第一種≫ 등의 복각본이 다수 출판되었다.

(2) ≪水滸傳≫

≪水滸傳≫의 유입에 관한 최초의 기록은 許筠(1569-1618년) ≪惺所覆瓿稿≫卷十三著錄 西游錄跋에 보인다.[29] 허균이 언급한 것을 근거로 한다면 ≪水滸傳≫이 국내

---

27) 박재연 · 김영교주, 〈새로 발굴된 조선 활자본 ≪三國志通俗演義≫에 대하여〉, ≪三國志通俗演義≫, 학고방, 2010년. 12～23쪽 참조.

28) ≪高峯集≫, 한국 고전 번역원 DB 참조.
三國志衍義. 則怪誕亦如是. 而至於印出. 其時之人. 豈不無識. 觀其文字. 亦皆常談. 只見怪僻而已. 古人曰. 一道德. 又曰. 大一統. 董子亦謂諸不在六經之科者. 請皆絶之云.(≪삼국지연의≫는 그토록 괴이하고 허탄한데도 간행하기까지 하였으니, 그때 사람들이 어찌 무식한 것이 아니겠습니까. 그 문자를 보면 모두가 평범한 이야기인데 단지 괴벽한 점을 볼 수 있을 뿐입니다. 옛사람들은 '도덕을 하나로 하라.' 하였고, 또 '大統을 하나로 하라.' 하였으며, 董仲舒 역시 '六經의 科目에 들어 있지 않은 것은 모두 끊으십시오.'라고 하였습니다.)

29) ≪惺所覆瓿稿≫卷十三著錄 西游錄跋 a_074_249c, 한국 고전 번역원 DB 참조.
余得戱家說數十種 除三國 隋唐外 兩漢齬 齊魏拙 五代殘唐率 北宋略 水滸 則奸騙機巧皆不足訓.(내가 戱家의 小說 數十種을 얻어 읽어보니 ≪三國演義≫와 ≪隋唐演義≫를 제외

에 전래된 시기는 적어도 16세기 중후반으로 추정되며 그 외 ≪朝鮮王朝實錄≫·≪承政院日記≫·≪中國小說繪模本≫ 등 많은 문헌에서도 서명이 언급되고 있다.

朝鮮 孝宗妃인 仁宣王后 張氏가(1616-1714年) 딸 淑明公主에 보낸 서찰(1652-1674年)에 보면 ≪水滸傳≫의 번역 서명인 '슈호뎐'이라는 언급을 하고 있는 것을 볼 수 있다.[30] 또한 洪羲福(1794-1859)이 대략 1835-1848년에 ≪鏡花緣≫을 번역한 것인 ≪第一奇諺≫서두에서 언문소설 중에 '슈호지'를 열람하였다고 쓰고 있다.[31] 적어도 ≪水滸傳≫의 최초 번역은 대략 1500年代 後期나 1600年代 初期로 추정할 수 있다. 번역본은 대부분은 필사본이 주류를 이루고 출판본의 출현은 한참 뒤인 19세기로 사료된다.[32] ≪水滸傳≫은 원문 출판은 이루어지지 않았고 번역본이 출판되었다. 번역본은 일반 필사본, 세책본, 경판본, 활판본 등 다양한 형태로 20여 종이 현존한다.[33]

(3) ≪西遊記≫

1347년(至正 7年)에 간행된 ≪朴通事諺解≫에 최초로 ≪西遊記評話≫의 한 대목이 실려 있는데 이를 근거로 ≪西遊記≫가 우리나라에 유입된 시기를 대략 고려시대 말기로 추정한다. ≪西遊記≫에 관해서는 許筠의 ≪惺所覆瓿稿≫에도 관련 기록이 보인다.

≪西遊記≫역시 원문 출판은 이루어지지 않았고 번역본이 출판되었다. 번역본은 출판이전에 필사되었는데 ≪西遊記≫의 번역 필사시기를 정확하게 추정하기는 관련 문헌의 자료가 부족하다. 다만 1762년 完山李氏의 ≪中國小說繪模本≫뿐 아니라 1786

하고, ≪兩漢志≫는 앞뒤가 어긋나고, ≪齊魏志≫는 졸렬하고, ≪五代≫와 ≪殘唐演義≫는 추솔하고, ≪北宋演義≫는 소략하며, ≪水滸傳≫은 간사한 속임수와 기교를 부렸는데, 이것들은 모두가 독자를 교훈하기에는 충분하지 못한 것들이다.)

30) "녹의인뎐은 고텨 보내려ᄒᆞ니 하복니쟝군뎐 간다 감역집의 벗긴 칙 ᄎᆞ자 드러올제 가져오나라. 슈호뎐으란 ᄂᆡ일 드러와서 네 출혀 보내여라"(김일근, ≪諺簡의 研究≫자료번호 56, 57, 104. 건국대출판부, 1986년.)

31) "ᄂᆡ 일즉 실학ᄒᆞ야 과업을 닐우지 못ᄒᆞ고 휜당을 뫼셔 한가ᄒᆞᆫ 쎠 만흐므로 셰간의 젼파ᄒᆞᄂᆞᆫ 바 언문쇼셜을 거의 다 열람ᄒᆞ니, 대져 삼국지 셔유긔 슈호지 녈국지 셔쥬연의로부터 녁대연의에 뉴ᄂᆞᆫ 임의 진셔로 번역ᄒᆞᆫ 빅니 말숨을 고쳐 보기의 쉽기를 취ᄒᆞᆯ 쁜이요 그 ᄉᆞ실은 ᄒᆞᆫ ᄀᆞ지여니와."(정규복, 〈제일기언에 대하여〉, ≪중국학논총≫1, 고려대, 1984년.)

32) 민관동·장수연·김명신 공저, ≪韓國 所藏 中國 通俗小說의 版本目錄과 解題≫, 學古房, 2013년, 101-103쪽 참조.

33) 유동춘·박재연 교주, ≪튱의슈호뎐≫, 선문대학교 중한번역문헌연구소, 2008년, 머리말 참조.

년에서 1790년에 걸쳐 溫陽 鄭氏가 필사한 낙선재본 ≪玉鴛再合奇緣≫권14와 권15 표지 안쪽에 소설 서명이 각각 23종, 24종 적혀있는데 그중 권 15에 ≪셔유긔≫가 언급되고 있다. 또한 洪羲福(1794~1859년)의 ≪第一奇諺≫ 서문에서도 세상에 전하는 언문소설 서명 중에 ≪셔유긔≫를 거론하고 있다. 따라서 적어도 18세기 중반 이전에는 번역본이 이미 널리 유행한 것으로 사료된다.[34)]

(4) ≪西漢演義≫

≪西漢演義≫에 관한 유입 기록은 1569년 ≪宣祖實錄≫에서 ≪楚漢演義≫라는 서명이 거론되는 것을 볼 수 있다. ≪宣祖實錄≫宣祖2年6月 기사에 의하면 "非但此書. 如楚漢衍義等書, 如此類不一, 無非害理之甚者也. (이 책은 ≪楚漢衍義≫ 등과 같은 책일 뿐만 아니라 이와 같은 종류의 책들은 한두 가지가 아니라 수종이 나왔으며, 모두가 의리를 심히 해치는 것들입니다.)"[35)] 이라고 기록되어 있다. 또한 黃中允(1577-1648년)의 ≪東溟先祖遺稿≫8, 「逸史目錄解」에도 언급되어 있다. 이처럼 선조(1569년)때에 이미 ≪楚漢衍義≫라는 소설이름이 분명히 언급된 정황으로 보아 이는 아직 우리가 알지 못하는 逸失된 판본일 가능성이 매우 높다.[36)] 이 작품 역시 원문 출판은 없고 번역본만 출판 되었다. 완판본은 완남 구석리 신간(1907), 완서계 신간(1908) 두 종류가 있다. 또한 아류작품들이 조선 말기에 많이 출판되는 양상을 보이며 경판본 6종과 완판본 19종이 출판되었다. 구활자본은 1912년 이후의 출판본으로 1913년 朝鮮書館에서 간행한 ≪장자방실기≫와 1915년에 京城書籍組合에서 간행한 ≪楚漢傳≫ 이후로 30여 종이 있다.[37)]

(5) ≪薛仁貴傳≫

우리나라에서 유전된 薛仁貴 故事 관련 판본은 모두 필사본 6종, 방각본 3종, 활자

---

34) 민관동 · 장수연 · 김명신 공저, ≪韓國 所藏 中國 通俗小說의 版本目錄과 解題≫, 學古房, 2013년, 137쪽 참조.

35) 조선왕조실록 DB 참조.

36) 민관동 · 장수연 · 김명신 공저, ≪韓國 所藏 中國 通俗小說의 版本目錄과 解題≫, 學古房, 2013년, 273-275쪽 참조.

37) 정영호 · 민관동, 〈國內 飜譯出版 된 中國古典小說 考察〉, ≪中國人文科學≫51집, 2012년.

본 4종이 현전하고 있다. 필사본 6종은 연세대, 이화여대, 고려대, 영남대등 대학도서관 소장본과 국립 중앙도서관 소장본, 그리고 개인소장자 박호순 소장본이 있다. 방각본 3종은 모두 해외에 소장 되어 있는데 경판 30장본과 17장본이 있는데 17장본은 30장본의 17장까지를 간행한 것으로 17장본의 30장본의 동일 판본임이 밝혀졌다. 경판 17장본은 日本 天理大에 소장되어 있고, 경판 30장본은 프랑스 파리의 동양 언어문화학교에 소장되어있으며 러시아 상트페테르부르크 동방학연구소에 경판 40장본이 소장되어 있다. 활자본 4종은 모두 1912년 이후에 출판된 것이다.[38]

(6) ≪錦香亭記≫

≪錦香亭記≫가 언제 조선에 유입되었는지에 대해서는 兪晩柱(1755-1788년)의 ≪欽英≫에 보인다. 독서일기인 ≪欽英≫에 그 서명이 등장한다는 것은 적어도 이시기에는 유입되었다는 것을 유추 할 수 있다. 兪晩柱는 ≪錦香亭記≫3冊을 읽고 시기에 맞는 훌륭한 문장이라고 적고 있다.[39]

또한 18세기 중후반에 16회본 岐園藏 판본이 국내에 전해졌다 한다.[40] ≪錦香亭記≫는 원문출판은 이루어지지 않았고 번역본으로 경판본 2종만 출판되었다.

국내에 유입된 중국고전소설 및 희곡작품 가운데 번역과 출판이 모두 이루어진 것은 ≪列女傳≫ · ≪薛仁貴傳≫ · ≪水滸傳≫ · ≪三國志演義≫ · ≪西遊記≫ · ≪西漢演義≫ · ≪錦香亭記≫ · ≪梁山伯傳≫ 등 총 8종으로 추정되는데 그 중에서 ≪列女傳≫과 ≪梁山伯傳≫을 제외한 6종이 통속소설 작품이다.

작품별로 현존하는 판본의 수는 약 203종이고 그중에서 109종으로 역시 ≪三國志演義≫의 판본이 가장 많다. 그 뒤를 이어서 ≪西漢演義≫가 49종, ≪西遊記≫가 15종,

38) 장수연 · 민관동, 〈薛仁貴 故事의 源泉에 관한 一考〉, ≪中國小說論叢≫34집, 2011년, 86-88쪽 참조.

39) ≪欽英≫규장각자료총서 문학편, 서울대규장각, 1997년. "還閱 ≪錦香亭≫三冊, 稱古吳素菴主人編云, 每見小說中, 但見一敍箇箇時節好文章.(또한 ≪錦香亭≫세책을 읽었는데 古吳素菴主人이 지은것이라고 전해오고 매번 소설을 읽을 때마다 각각 시기에 맞는 좋은 문장임을 느낀다."

40) 민관동 · 장수연 · 김명신 공저, ≪韓國 所藏 中國 通俗小說의 版本目錄과 解題≫, 學古房, 2013년, 432쪽 참조.

≪水滸傳≫이 12종, ≪梁山伯傳≫이 8종, ≪錦香亭記≫가 4종, ≪薛仁貴傳≫3종, ≪列女傳≫이 2종이다. 그러나 ≪列女傳≫의 경우에는 현존하는 것은 1918년 출판된 구활자본 1종이고 中宗 38年(1543) 간행본은 안타깝게도 이미 失傳되어 그 면모를 찾아 볼 수 없다.[41)]

3. 국내 소장 판본 현황

국내 소장 판본을 조사하기 위해 수집범위는 국립도서관 및 국립박물관과 국내 주요 대학의 도서관 · 서원(향교) · 문화재연구원 · 기업체 도서관 · 연구소 뿐 아니라 불교사찰 및 개인이나 문중 소장본까지를 그 대상으로 삼았다. 불교사찰은 고려시대부터 서적 출판의 산실로서의 역할을 톡톡히 하였기에 불경뿐 아니라 다른 서적들의 소장고로서의 기능도 하였다고 보았기 때문에 조사대상에 포함시켰다. 구체적으로 조사범위에 들어간 대학도서관 및 국립도서관은 모두 58곳, 서원 · 향교 · 사찰 · 연구소 · 박물관 · 기업연구소는 모두 37곳, 개인 소장자는 167곳이다. 그중에서 통속소설을 소장하고 있는 대학도서관 및 국립도서관은 모두 54곳, 서원 · 향교 · 사찰 · 연구소 · 박물관 · 기업연구소는 모두 24곳, 개인 소장자는 90여 곳에 이른다.

지금까지 고찰한 바에 의하면 국내 소장된 중국 통속소설 판본 현황에 대해서 몇 가지 특징을 살펴 볼 수 있다.

첫째, 사대기서 판본이 대량으로 유입되었고 소장지역이나 소장처가 집중되는 현상을 볼 수 있다. 국내에 유입된 중국 통속 작품 중에 판본 수량이 많은 것은 ≪三國演義≫ · ≪水滸志≫ · ≪西遊記≫ · ≪紅樓夢≫ 등이다. 국내 소장된 240여 종에 이르는 통속소설 작품 중에 명대이전 및 명대 작품이 70여 종, 청대 작품이 160여 종으로 청대 작품이 명대 작품의 보다 훨씬 더 많이 유입되었다. 그러나 국내 판본 수량을 살펴보면 사대기서가 전체 판본 수량의 거의 반을 차지한다. 이는 국내 독자층의 수요를 반영하는 것으로 사대기서 중에서도 ≪金瓶梅≫ 판본은 26종으로 전체 사대기서 판본 수량

41) 정영호 · 민관동, 〈國內 飜譯出版 된 中國古典小說 考察〉, ≪中國人文科學≫ 第51輯, 2012년 참조.

(1039종)에서 3%에 불과하다. 이는 국내 소장가들이 소장하기에는 ≪金瓶梅≫의 외설적인 표현이 걸림돌이 되었을 것이다.

또한 사대기서 소장처의 경우 무려 100여 종 이상의 판본을 소장한 곳이 5곳이다. 국립기관의 성격을 지닌 한국학중앙연구원과 규장각외에 대학도서관으로는 성균관대학교 149종, 고려대학교 147종, 단국대학교 120종 등의 순으로 소장되어 있다. 사대기서 소장 도별 분포를 보면 경기도권역에서는 경기대학교가 60여종, 전라도권역에서는 전남대학교가 75종, 충청도권역에서는 충남대학교가 44종으로 각 지역별로 가장 많은 판본을 소장 하고 있다.[42] 어떤 다른 지역보다도 경상도 권역이 특히 많은 사대기서 판본을 소장하고 있는데 영남대학교가 93종으로 가장 많은 판본을 소장하고 있는 점이 주목된다.

둘째, 국내 소장 지역의 분포가 고르지 못한 것을 볼 수 있다. 국립도서관 또는 연구소 성격을 지닌 국립중앙도서관, 한국학중앙연구원, 국사편찬위원회, 국립중앙박물관도서관, 한국국학진흥원, 규장각, 종로도서관 등 7곳을 제외하고 국립도서관 및 대학도서관의 소장처를 살펴보면 서울 경기권이 22곳으로 가장 많고, 경상권이 15곳이며 충청권은 4곳, 전라권은 6곳이며 강원권 대학에서는 중국 통속 소설의 소장처를 거의 찾을 수 없었다.[43] 또한 사찰, 서원, 기업연구소 중에서는 雅丹文庫, 澗松文庫가 가장 많은 판본을 소장하고 있는데 모두 서울 지역에 위치해 있다. 아단문고는 총 65종의 판본이 소장 되어 있는데 명대 작품판본이 53종, 청대 작품 판본이 12종이다. 간송문고는 총 32종의 판본이 소장 되어 있는데 명대 작품 판본이 25종, 청대 작품 판본이 7종이다.

셋째, 개인소장자의 경우는 비교적 서적의 보존이 용이한 국가기관에 소장 도서를 대부분이 기증이나 수탁의 형태로 소장처가 이동된 경우가 많았다. 박재연 다음으로 가장 많은 판본을 소장한 김동욱은 대부분의 서적을 단국대에 기증하였고, 무려 26곳의 개인이나 문중 소장 판본이 韓國國學振興院에 수탁되었다. 이는 소장 희귀 판본들을 잘 보존하고자하는 소장자의 의지와 한국국학진흥원의 희귀 판본 발굴과 보존을 위한 노력의 일환이라고 보여 진다. 또한 개인 소장 판본은 총 298종 중에 명대 판본이 266종이고

42) 민관동 · 장수연 · 유희준 공저, ≪韓國 所藏 中國 古典小說의 版本目錄(所藏處 別)≫, 學古房, 2013년. 43-58쪽의 내용과 도표를 참조.

43) 민관동 · 장수연 · 유희준 공저, ≪韓國 所藏 中國 古典小說의 版本目錄(所藏處 別)≫, 學古房, 2013년. 43-58쪽의 내용을 참조.

그중에 사대기서관련 판본이 152종으로 60%를 차지하는 특징을 보여준다. 사대기서 중에서도 대부분 ≪三國志演義≫관련 판본이며 ≪金瓶梅≫는 단 두 사람만이 소장하고 있다.

넷째, 국내 소장 중국 통속소설 판본 중에는 유입기록을 찾을 수 없는 작품들도 100여 종이나 된다. 반면에 원전은 실전 되었으나 번역본이 남아 있어 유입된 것을 알 수 있는 경우도 있다. 한글본 ≪십이봉뎐한긔≫는 ≪十二峯≫의 번역본으로 원전은 중국에서도 실전된 작품으로 4권 4책 유일본이 국립중앙도서관에 소장되어 있다. ≪東度記≫는 국내에는 원전도 번역본도 모두 일실되었으나 빼쩨르부르그 동방연구소에 번역본 ≪동유긔≫가 소장 되어 있는 것으로 보아 국내에 유입된 것을 알 수 있다.

중국 통속소설 판본의 국내 유입을 유추할 수 있는 대표적인 기록은 1744년 尹德熙의 ≪字學歲月≫, 1762년 ≪小說經覽者≫, 같은 해인 1762년의 完山李氏(思悼世子)가 쓴 ≪中國小說繪模本≫序文, 兪晩柱(1755-1788)의 독서일기로 알려진 ≪欽英≫ 등이다. 이러한 기록들을 통해서 대체로 늦어도 기록된 시기에는 책이 이미 국내에 유입되었다는 것을 알 수 있다. 그중에는 원전이 실전된 경우도 있어 매우 귀중한 문헌자료라 할 수 있다.

≪字學歲月≫에는 46종의 서명에 관한 기록이 보이며, ≪小說經覽者≫에는 128종의 서명에 관한 기록이 보인다. 그중에서 통속소설 관련 서명은 ≪字學歲月≫에서는 37종으로 ≪三國志≫ · ≪西漢記≫ · ≪隋唐志≫ · ≪列國誌≫ · ≪五代史≫ · ≪南宋衍義≫ · ≪北宋衍義≫ · ≪開闢演譯≫ · ≪東漢記≫ · ≪水滸志≫ · ≪後水滸志≫ · ≪大明英烈傳≫ · ≪西遊記≫ · ≪孫龐衍義≫ · ≪西洋記≫ · ≪女仙外史≫ · ≪東遊記≫ · ≪警世通言≫ · ≪十二峯≫ · ≪貪歡報≫ · ≪西湖佳話≫ · ≪濃情快事≫ · ≪浪史≫ · ≪杏花天≫ · ≪肉蒲團≫ · ≪戀情人≫ · ≪玉樓春≫ · ≪醒風流≫ · ≪定情人≫ · ≪驚夢啼≫ · ≪畵圖緣≫ · ≪金翠翹傳≫ · ≪賽花鈴≫ · ≪五鳳吟≫ 등이다.

≪小說經覽者≫에서는 91종으로 ≪三國衍義(三國演義)≫ · ≪開闢演譯(開闢演繹)≫ · ≪列國誌(東周列國志)≫ · ≪五代史(殘唐五代史演義)≫ · ≪南宋衍義≫ · ≪東漢記(東漢演義)≫ · ≪西漢記(西漢演義)≫ · ≪隋唐志(隋唐演義)≫ · ≪後三國志≫ · ≪北宋衍義≫ · ≪隋煬帝艶史≫ · ≪韓魏小史≫ · ≪忠義水滸志≫ · ≪後水滸傳≫ · ≪仙眞逸史(禪眞逸史 誤記)≫ · ≪大明英烈傳(皇明英烈傳)≫ · ≪精忠傳≫ ·

≪楊六郎傳≫·≪孫龐衍義≫·≪封神記(封神演義)≫·≪西周演義≫·≪西遊記≫·≪東遊記≫·≪西洋記(三寶太監西洋記)≫·≪後西遊記≫·≪平妖傳≫·≪女仙外史≫·≪歡喜寃家(歡喜奇觀)≫·≪醒世恒言≫·≪覺世名言≫·≪警世通言≫·≪今古奇觀≫·≪五色石≫·≪西湖佳話≫·≪貪歡報≫·≪人中畵≫·≪拍案驚奇≫·≪留人眼≫·≪八洞天≫·≪跨天虹≫·≪鴛鴦影≫·≪錦疑團≫·≪西湖二集≫·≪一片情≫·≪十二峯≫·≪再求鳳≫·≪一枕奇≫·≪雙劍雪≫·≪金粉惜≫·≪快士傳≫·≪醒世因緣≫·≪杏花天≫·≪濃情快事≫·≪昭陽醜史(昭陽趣史 誤記)≫·≪金瓶梅≫·≪痴婆子傳≫·≪玉樓春≫·≪肉蒲團≫·≪弁而釵≫·≪浪史≫·≪戀情人≫·≪巫夢緣≫·≪玉嬌梨≫·≪引鳳簫≫·≪好逑傳≫·≪玉支機(玉支磯 誤記)≫·≪春風面(春風眼 誤記)≫·≪巧聯珠≫·≪六才子傳≫·≪春柳鶯≫·≪金翠翹傳(金雲翹傳)≫·≪蝴蝶媒≫·≪平山冷烟(平山冷燕 誤記)≫·≪飛花艶想≫·≪催曉夢≫·≪吳江雪≫·≪兩交婚傳≫·≪廻文傳≫·≪賽花鈴≫·≪錦香亭≫·≪鳳凰池≫·≪定情人≫·≪歸蓮夢≫·≪五鳳吟≫·≪畵圖緣≫·≪驚夢啼≫·≪醒風流≫·≪情夢柝≫·≪夢月樓≫·≪獜兒報(麟兒報 誤記)≫·≪龍圖神斷(龍圖公案)≫ 등 이다.[44)]

≪中國小說繪模本≫ 序文에서도 83종의 서명이 보이고 그중에서 통속소설 관련 서명은 60여 종으로 ≪開闢演義≫·≪西周演義≫·≪列國志≫·≪西漢演義≫·≪東漢演義≫·≪三國志≫·≪東晉演義≫·≪西晋演義≫·≪禪眞逸史≫·≪隋唐演義≫·≪殘唐演義≫·≪南宋演義≫·≪北宋演義≫·≪皇明英烈傳≫·≪續英烈傳≫·≪焦史演義≫·≪留人眼≫·≪西湖佳話≫·≪人中畵≫·≪禪眞後史≫·≪五色石≫·≪型世言≫·≪醒世恒言≫·≪拍案驚奇≫·≪今古奇觀≫·≪孫龐演義≫·≪四才子書(平山冷燕)≫·≪玉巧利≫·≪玉支磯(璣)≫·≪王翠翹傳≫·≪春風眼≫·≪春柳鶯≫·≪破閑談≫·≪巧聯珠≫·≪好逑傳(俠義風月傳)≫·≪弁以釵≫·≪引鳳簫≫·≪鳳簫梅≫·≪盛唐演義≫·≪西遊記≫·≪後西遊記≫·≪東遊記≫·≪水滸志≫·≪後水滸志≫·≪水滸後傳≫·≪西洋記(三寶太監西洋記通俗演義)≫·≪包公演義≫·≪濃情快史≫·≪昭陽趣史≫·≪金屛梅≫·≪陶

44) 박재연, 〈윤덕희의 小說經覽者〉, ≪문헌과 해석≫통권19호, 문헌과 해석사, 2002년 여름호.

情百趣≫ · ≪金雲翹傳≫ · ≪玉樓春(覺世姻緣玉樓春)≫ · ≪貪歡報≫ · ≪杏花天≫ · ≪肉蒲團≫ · ≪戀情人≫ · ≪巫夢緣≫ · ≪燈月緣≫ · ≪鬧花叢≫ · ≪艶史≫[45)]등이다.

서문에 의하면 1762년 그 시대에 중국소설 중에서 경계가 되거나 재미있는 것을 뽑아서 회모본을 만들었다고 분명하게 밝히고 있다. 서문에서 거론된 86종의 서명 중에 통속소설이 무려 60여종이나 된다는 것은 책을 기획한 완산이씨가 통속소설에도 관심과 조예가 깊었음을 보여주는 것이라 할 수 있다.

또한 ≪欽英≫에도 중국 고전 소설과 관련된 기록이 보이는데 모두 문언소설 15종, 통속 소설 26종의 서명이 보인다. 통속소설 서명은 ≪美人書≫ · ≪杏花天≫ · ≪水滸後傳≫ · ≪畵(人中畵 혹은 畵圖緣)≫ · ≪燈月緣≫ · ≪石珠演義≫ · ≪西遊記≫ · ≪西遊眞銓≫ · ≪水滸傳≫ · ≪桃花影≫ · ≪覺夢雷≫ · ≪三國志演義≫ · ≪金甁梅≫ · ≪春苑記≫ · ≪新鐫濃情小部(濃情快史)≫ · ≪覺世明言(十二樓)≫ · ≪玉殿生春≫ · ≪催曉夢≫ · ≪西湖佳語≫ · ≪定鼎奇聞≫ · ≪梅玉傳奇≫ · ≪水滸外書≫ · ≪豆棚閒話≫ · ≪一片情≫ · ≪快心編≫ · ≪金香亭≫ 등이다.[46)] 물론 이 수치는 현재까지 원전을 확인할 수 없고 관련 기록도 없어 작품의 성격을 알 수 없는 것은 포함시키지 않은 것으로 향후 연구 성과에 의해 늘어날 수도 있다. 중국 통속소설 서명이 가장 많이 기록된 것은 ≪小說經覽者≫이며, 기본적으로 삽화를 모사하고자 한 ≪中國小說繪模本≫뿐 아니라 ≪字學歲月≫이나 ≪欽英≫ 역시 문언소설보다 오히려 통속소설에 대한 언급이 월등히 많은 것은 알 수 있다. 국내에 현재 소장된 작품 뿐 아니라 지금까지 국내에 유입된 기록이 있는 중국 통속소설 작품들을 정리하고 표로 만들어 보았다. 우선 명대 통속소설 작품을 살펴보면 다음과 같다.

1) 국내 유입된 明代 通俗小說

書名	流入時期	流入關聯 最初記錄	飜譯/出版	所藏處
三國志演義	1569年以前	朝鮮王朝實錄(宣祖, 卷3), 西浦漫筆 等	飜譯, 出版	中央圖書館, 奎章閣 等

45) 박재연 編 , ≪中國小說繪模本≫, 강원대출판부, 1993년.

46) 민관동 · 정영호 공저, ≪中國古典小說의 國內 出版本 整理 및 解題≫, 學古房, 2012년, 389-394쪽 참고.

書名	流入時期	流入關聯 最初記錄	飜譯/出版	所藏處
後三國志	1762年以前	小說經覽者	無	成均館
水滸傳	1618年以前	惺所覆瓿稿 卷13等	飜譯, 出版	奎章閣 等
後水滸傳	1762年以前	中國小說繪模本	飜譯	樂善齋
水滸後傳	未詳(朝鮮後期)	流入記錄 未見	無	高麗大
續水滸傳	1800年代初中期	五洲衍文長箋散稿等	無	奎章閣
結水滸傳	未詳(朝鮮後期)	流入記錄 未見	無	中央圖書館 等
西遊記	1618年以前	惺所覆瓿稿13等	飜譯, 出版	成均館 等
後西遊記	1762年以前	中國小說繪模本	無	全南大 等
金瓶梅	1618年前後	惺所覆瓿稿, 澤堂別集	無	奎章閣 等
續金瓶梅	1800年代初中期	五洲衍文長箋散稿	無	奎章閣
醒世恒言	1762年以前	中國小說繪模本	無	奎章閣 等
拍案驚奇	1762年以前	中國小說繪模本	無	梨花女大
型世言	1762年以前	中國小說繪模本	飜譯	奎章閣, 樂善齋
繪圖續今古奇觀	未詳(朝鮮後期)	流入記錄 未見	無	東亞大
繪圖五續今古奇觀(石點頭)	未詳(朝鮮後期)	流入記錄 未見	無	京畿大
繪圖今古艶情奇觀(貪歡報)	1744年以前	字學歲月, 中國小說繪模本	無	京畿大
今古奇觀	1700年代 中期以前流入 推定	字學歲月	無	奎章閣 等
封神演義	1675-1728年以前	謙齊集 卷42, 五洲衍文長箋散稿 等	飜譯	奎章閣 等
春秋列國誌	未詳(朝鮮後期)	流入記錄 未見	無	朴在淵, 國立中央圖(筆寫本)
隋唐演義	1618年以前	惺所覆瓿稿 卷13等	飜譯	中央圖書館 等
繡像南北宋志傳	未詳(朝鮮後期)	流入記錄 未見	無	成均館大
北宋演義	1618年以前	惺所覆瓿稿.卷13等	飜譯	樂善齋
南宋演義	1762年以前	中國小說繪模本	飜譯	樂善齋
大唐秦王詞話	未詳(朝鮮後期)	流入記錄 未見	飜譯	樂善齋
薛仁貴征東全傳	未詳(1800年代以前)	秋齋集(卷7.紀異. 傳奇叟)	飜譯, 出版	中央圖書館 等
異說後唐傳三集薛丁山征西樊梨花全傳	未詳(朝鮮後期)	流入記錄 未見	無	國立中央圖書館, 高麗大 等
三遂平妖傳	1762年以前	中國小說繪模本	飜譯	樂善齋 等
繡像東西漢通俗演義	1569年以前	朝鮮王朝實錄(宣祖, 卷3), 惺所覆瓿稿 卷13	無	韓國學中央硏究院
西漢演義	1569年以前	朝鮮王朝實錄(宣祖, 卷3), 惺所覆瓿稿	飜譯, 出版	高麗大 等

書名	流入時期	流入關聯 最初記錄	飜譯/出版	所藏處
楚漢演義	1569年以前	朝鮮王朝實錄(宣祖3卷)	飜譯, 出版	成均館大 等
東漢演義	1618年以前	惺所覆瓿稿 卷13等	飜譯	延世大 等
殘唐五代史演義	1618年以前	惺所覆瓿稿 卷13等	飜譯	成均館大, 梨花女大 等
皇明英烈傳	1762年以前	中國小說繪模本	飜譯	奎章閣, 梨花女大 等
續英烈傳	1762年以前	中國小說繪模本	無	奎章閣
開闢演義	1762年以前	中國小說繪模本	飜譯	高麗大 等
무목왕졍충녹(武穆王貞忠錄)	未詳(朝鮮後期)	流入記錄 未見	飜譯	韓國學中央研究院
繪圖北方眞武祖師玄天上帝出身全傳	未詳(朝鮮後期)	流入記錄 未見	無	漢陽大
新鐫批評出相韓湘子	未詳(朝鮮後期)	流入記錄 未見	無	奎章閣
繪圖東南西北四遊記	未詳(朝鮮後期)	流入記錄 未見	無	東亞大
新刻全像三寶太監西洋記通俗演義	1762年以前	中國小說繪模本	飜譯	奎章閣, 延世大 等
東遊記	1762年以前	中國小說繪模本, 五洲衍文長箋散稿 等	無	失傳
繪圖南遊記傳	未詳(朝鮮後期)	流入記錄 未見	無	漢陽大
醉醒石	未詳(朝鮮後期)	流入記錄 未見	無	中央圖書館 等
孫龐演義	1762年以前	中國小說繪模本	飜譯	樂善齋
隋史遺文	未詳(朝鮮後期)	流入記錄 未見	飜譯	朴在淵
隋煬帝艷史	1762年以前	中國小說繪模本	無	奎章閣, 高麗大 等
禪眞逸史	1762年以前	中國小說繪模本	飜譯	樂善齋
繪圖八仙出處東遊記傳	未詳(朝鮮後期)	流入記錄 未見	無	漢陽大
東度記	未詳(朝鮮後期)	流入記錄 未見	飜譯	失傳
全相新鐫包公孝肅公神斷百家公案演義	1600年代中後期(宮中書札)	中國小說繪模本	飜譯	奎章閣, 成均館大 等
于少保萃忠全傳	未詳(朝鮮後期)	流入記錄 未見	無	奎章閣
禪眞後史	1762年以前	中國小說繪模本	無	失傳
盛唐演義	1762年以前	中國小說繪模本	無	失傳
東晋演義	1762年以前	中國小說繪模本	無	失傳
西晉演義	1762年以前	中國小說繪模本	無	失傳
涿鹿演義	1762年以前	中國小說繪模本	無	失傳
齊魏演義	1618年以前	惺所覆瓿稿 卷13	無	失傳
楊六郎傳	1762年以前	小說經覽者	無	失傳
警世通言	1762年以前	小說經覽者	無	失傳
覺世名言	1762年以前	小說經覽者	無	失傳
西湖二集	1762年以前	小說經覽者	無	失傳

書名	流入時期	流入關聯 最初記錄	飜譯/出版	所藏處
弁而釵	1762年以前	中國小說繪模本	無	失傳
昭陽趣史	1762年以前	中國小說繪模本	無	失傳
一枕奇	1762年以前	小說經覽者	無	失傳
浪史	1744年以前	字學歲月	無	失傳
雙劍雪	1762年以前	小說經覽者	無	失傳
金粉惜	1762年以前	小說經覽者	無	失傳

위의 표에서 명대 통속소설의 국내 유입에 관해 몇 가지 특징들을 볼 수 있다.

첫째, 명대작품으로는 68종의 판본이 현존하며 그중에서 판본이 현존하는 작품은 ≪三國志演義≫·≪後三國志≫·≪水滸傳≫·≪後水滸傳≫·≪水滸後傳≫·≪續水滸傳≫·≪結水滸傳≫·≪西遊記≫·≪後西遊記≫·≪金瓶梅≫·≪續金瓶梅≫·≪醒世恒言≫·≪拍案驚奇≫·≪型世言≫·≪續今古奇觀≫·≪五續今古奇觀≫(石點頭)·≪今古艷情奇觀≫(貪歡報)·≪今古奇觀≫·≪封神演義≫·≪春秋列國誌≫·≪隋唐演義≫·≪南北宋志傳≫·≪北宋演義≫·≪南宋演義≫·≪大唐秦王詞話≫·≪薛仁貴征東全傳≫·≪異說後唐傳三集薛丁山征西樊梨花全傳≫·≪三遂平妖傳≫·≪東西漢通俗演義≫·≪西漢演義≫·≪楚漢演義≫·≪東漢演義≫·≪殘唐五代史演義≫·≪皇明英烈傳≫·≪續英烈傳≫·≪開闢演義≫·≪武穆王貞忠錄≫·≪北方眞武祖師玄天上帝出身全傳≫·≪新鐫批評出相韓湘子≫·≪東南西北四遊記≫·≪三寶太監西洋記通俗演義≫·≪東遊記≫·≪南遊記傳≫·≪醉醒石≫·≪孫龐演義≫·≪隋史遺文≫·≪隋煬帝艷史≫·≪禪眞逸史≫·≪八仙出處東遊記傳≫·≪全相新鐫包公孝肅公神斷百家公案演義≫·≪于少保萃忠全傳≫ 등 50여 종 이다.

원전은 실전 되었지만 유입 기록이 남아 있거나 번역본이 있는 것으로 보아 유입된 것이 확실한 작품은 모두 17종으로 ≪東度記≫·≪禪眞後史≫·≪盛唐演義≫·≪東晋演義≫·≪西晉演義≫·≪涿鹿演義≫·≪齊魏演義≫·≪楊六郎傳≫·≪警世通言≫·≪覺世名言≫·≪西湖二集≫·≪弁而釵≫·≪昭陽趣史≫·≪一枕奇≫·≪浪史≫·≪雙劍雪≫·≪金粉惜≫ 등이다.

둘째, 유입된 명대 통속소설은 역사 연의류가 주류를 이룬다고 할 수 있다. 역사 연의소설의 선두주자라 할 수 있는 ≪三國志演義≫를 비롯해서 ≪封神演義≫·≪春秋列

國誌≫·≪隋唐演義≫·≪隋史遺文≫·≪隋煬帝艷史≫·≪南北宋志傳≫·≪北宋演義≫·≪南宋演義≫·≪大唐秦王詞話≫·≪東西漢通俗演義≫·≪西漢演義≫·≪楚漢演義≫·≪東漢演義≫·≪殘唐五代史演義≫·≪開闢演義≫·≪孫龐演義≫ 등이 이에 해당한다. 특히 ≪列國誌≫계열은 150여 종 이상의 판본이 ≪西漢演義≫계열은 200여종 이상의 판본이 목판본, 석인본, 필사본 등 다양한 형태로 소장 되어 있다.

그리고 단편소설집들도 많이 유입되었는데 특히 ≪今古奇觀≫계열 작품들이 대량으로 유입되어 대학도서관 뿐 아니라 개인소장자로 金在廈, 金佑成, 朴在淵 등이 소장하고 있다. 개인문중에 소장했다가 현재는 한국학진흥원에 수탁중인 판본도 수종에 이른다. 또한 ≪三言≫중에는 가장 작품성이 높다고 알려진 ≪醒世恒言≫만이 부산대학교와 규장각에 소장되어 있는데 간행연대를 정확히 알 수 없는 명대 목판본으로 안타깝게도 모두 殘本이다. 더욱이 ≪型世言≫은 서명만 전해지다가 규장각에 소장되어 있는 것이 알려진 희귀본이다. 또한 ≪醉醒石≫은 明刊原本說과 淸刊原本說이 있는데 작가로 알려진 丁耀亢이 명말청초를 살았던 인물로 두 가지 가능성이 다 존재한다고 볼 수 있다. 국립중앙도서관에 간행연대를 확실히 알 수 없는 목판본이 소장되어 있다.

셋째, 명대 통속 작품 중에서 가장 먼저 국내에 유입된 기록이 현존하는 것은 ≪西遊記≫이다. ≪朴通事諺解≫에 그 관련 기록이 보이며 ≪朴通事諺解≫의 처음 집필 시기를 대체로 고려 말인 1347년 前後에 지어진 것으로 보고 이는 바로 ≪西遊記≫가 고려 말에는 이미 국내에 유입되었다는 사실을 보여주는 증거라 할 수 있다.

넷째, 명대 소설의 유입 경로는 왕조실록의 기록, 조선 문인들의 문집 기록, 소설 삽화와 관련한 서책 등에서 그 유입 목록들을 확인 할 수 있다. 그 중에는 현존하는 판본을 찾을 수 없는 것들도 다수 있는데 이는 유입은 되었으나 판본이 일실된 예라 할 수 있다. 명대 통속소설 중에 판본이 일실된 16종 가운데에 ≪中國小說繪模本≫의 서문에서 보이는 서명이 7편, ≪小說經覽者≫에서 서명이 언급된 것이 7편, ≪字學歲月≫에서 그 서명이 보이는 것이 1편이다. 그 외에 ≪齊魏演義≫는 許筠 (1569-1618년)의 ≪惺所覆瓿稿 卷十三著錄 西游錄跋≫에 ≪齊魏≫라는 서명이 보인다.

2) 국내에 유입된 清代 通俗小說

書 名	流入時期	流入關聯 最初記錄	飜譯/出版	所藏處
後三國石珠演義	未詳(朝鮮後期)	流入記錄 未見	無	澗松文庫, 國立中央圖書館
東周列國志	(列國志)1762年以前	中國小說繪模本, 五洲衍文長箋散稿 等	列國志(飜譯)	奎章閣, 成均館大 等
繪圖增像後列國	未詳(朝鮮後期)	流入記錄 未見	無	東亞大
今古奇聞	未詳(朝鮮後期)	流入記錄 未見	無	成均館大
大明正德皇遊江南	未詳(朝鮮末期)	流入記錄 未見	無	全南大
廻文傳	1762年以前	小說經覽者	飜譯	朴在淵
石頭記	未詳(朝鮮後期)	流入記錄 未見	無	東亞大 等
紅樓夢	1800年代前後	五洲衍文長箋散稿	飜譯	奎章閣 等
紅樓夢補	1800年代	國內飜譯本	飜譯	樂善齋
紅樓復夢	1800年代	國內飜譯本	飜譯	奎章閣 等
後紅樓夢	1800年代	國內飜譯本	飜譯	成均館大 等
續紅樓夢	1800年代前後	五洲衍文長箋散稿	飜譯	奎章閣 等
補紅樓夢	1800年代	國內飜譯本	飜譯	樂善齋
紅樓夢影	未詳(朝鮮後期)	流入記錄 未見	無	延世大
儒林外史	未詳(朝鮮後期)	流入記錄 未見	無	奎章閣 等
鏡花緣	1835-1848年以前	國內飜譯本	飜譯	奎章閣 等
女仙外史	1812年以前	潭庭叢書(卷28)	飜譯	奎章閣 等
瑤華傳	未詳(朝鮮後期)	流入記錄 未見	飜譯	奎章閣 等
快心編	朝鮮後期	國內飜譯本	飜譯	樂善齋
五美緣	未詳(朝鮮後期)	國內飜譯本	飜譯	樂善齋 等
品花寶鑑	未詳(朝鮮末期)	流入記錄 未見	無	成均館大 等
花月痕全書	未詳(朝鮮末期)	流入記錄 未見	無	奎章閣 等
青樓夢	未詳(朝鮮末期)	流入記錄 未見	無	奎章閣 等
反唐四望亭 (綠牡丹)	未詳(朝鮮後期)	流入記錄 未見, 國內飜譯本	飜譯	奎章閣
玉嬌梨(雙美奇緣)	1762年以前	中國小說繪模本	飜譯	成均館大 等
萬花樓傳	未詳(朝鮮末期)	流入記錄 未見	無	延世大
粉粧樓	未詳	流入記錄 未見	飜譯	成均館
兒女英雄傳	未詳(朝鮮末期)	流入記錄 未見	無	中央圖書館, 奎章閣 等
七劍十三俠	未詳(朝鮮末期)	流入記錄 未見	無	高麗大, 全南大
七俠五義傳	未詳(朝鮮後期)	流入記錄 未見	無	全南大, 成均館大
忠烈俠義傳 (三俠五義)	未詳(朝鮮後期)	國內飜譯本, 流入記錄 未見	飜譯	延世大, 樂善齋 等

書 名	流入時期	流入關聯 最初記錄	飜譯/出版	所藏處
忠烈小五儀	未詳(朝鮮後期)	國內飜譯本, 流入記錄 未見	飜譯	樂善齋 等
忠烈續小五義	未詳(朝鮮後期)	流入記錄 未見	無	奎章閣 等
雪月梅傳 (兒女濃情傳)	1800年代中後期	國內飜譯本	飜譯	奎章閣 等
施公案(施案奇聞)	未詳(朝鮮末期)	流入記錄 未見	無	朴在淵 等
大字足本繡像施公案全集	未詳(朝鮮末期)	流入記錄 未見	無	成均館大
繪圖施公案演義	未詳(朝鮮末期)	流入記錄 未見	無	全南大
彭公案全傳	未詳(朝鮮末期)	流入記錄 未見	無	樂善齋
續彭公案	未詳(朝鮮末期)	流入記錄 未見	無	奎章閣
于公案	未詳(朝鮮末期)	流入記錄 未見	無	高麗大
劉公案	未詳(朝鮮末期)	流入記錄 未見	無	朴在淵
原本海公大紅袍傳	未詳(朝鮮末期)	流入記錄 未見	無	奎章閣, 延世大
說唐前後傳	未詳(朝鮮末期)	流入記錄 未見	無	江陵市 船橋莊
說唐演義	未詳(朝鮮後期)	流入記錄 未見	無	成均館大 等
說唐後傳	未詳(朝鮮後期)	流入記錄 未見	無	建國大 等
繡像說唐小英雄傳	未詳(朝鮮末期)	流入記錄 未見	無	高麗大學校
二十四史通俗衍義 (醒世奇觀)	未詳(朝鮮末期)	流入記錄 未見	無	奎章閣, 延世大 等
神州光復志演義	未詳(朝鮮末期)	流入記錄 未見	飜譯	成均館大, 建國大 等
洪秀全演義	未詳(朝鮮末期)	流入記錄 未見	無	梨花女大, 全南大 等
昇仙傳演義	未詳(朝鮮末期)	流入記錄 未見	無	樂善齋, 成均館大 等
後七國樂田演義	未詳(朝鮮末期)	流入記錄 未見	飜譯	高麗大
異說五虎平西珍珠旗演義狄青前傳	未詳(朝鮮末期)	流入記錄 未見	無	慶北大
好逑傳(俠義風月傳)	1762年以前	中國小說繪模本	飜譯	奎章閣 等
平山冷燕	1717年以前	北軒雜說, 中國小說繪模本	飜譯	中央圖書館 等
平山冷燕續才子書	未詳(朝鮮末期)	流入記錄 未見	無	成均館大
評演濟公傳	未詳(朝鮮末期)	流入記錄 未見	無	雅丹文庫, 東亞大
四續濟公傳	未詳(朝鮮末期)	流入記錄 未見	無	高麗大
評演前後濟公傳	未詳(朝鮮末期)	流入記錄 未見	無	成均館大
再續濟公傳全部	未詳(朝鮮末期)	流入記錄 未見	無	高麗大
第十才子書白圭志	未詳(朝鮮末期)	流入記錄 未見	飜譯	奎章閣 等
綠野仙跡	未詳(朝鮮後期)	流入記錄 未見	無	成均館大 等
希夷夢	未詳(朝鮮末期)	流入記錄 未見	無	奎章閣 等
錦香亭記	1762年以前	小說經覽者	飜譯, 出版	中央圖書館 等
蓮子甁全傳(銀甁梅)	未詳(朝鮮末期)	流入記錄 未見	無	奎章閣
二度梅全傳	未詳(朝鮮後期)	流入記錄 未見	無	奎章閣
英雲夢傳	未詳(朝鮮末期)	流入記錄 未見	無	高麗大 等
樵史通俗演義	未詳(朝鮮末期)	流入記錄 未見	無	大田市 燕亭國樂院

書 名	流入時期	流入關聯 最初記錄	飜譯/出版	所藏處
吳三桂演義(明淸演義)	未詳(朝鮮末期)	流入記錄 未見	無	高麗大, 朴在淵
西來演義	未詳(朝鮮末期)	流入記錄 未見	無	奎章閣
野叟曝言	未詳(朝鮮後期)	流入記錄 未見	無	奎章閣 等
西湖佳話	1762年以前	中國小說繪模本	無	奎章閣 等
西湖拾遺	未詳(朝鮮後期)	流入記錄 未見	無	奎章閣
爭春園全傳	未詳(朝鮮末期)	流入記錄 未見	無	成均館大 等
繪芳錄	未詳(朝鮮末期)	流入記錄 未見	無	奎章閣
雙奇緣全傳(繪圖雙鳳奇緣)	未詳(朝鮮後期)	流入記錄 未見	無	奎章閣
善惡圖全傳	未詳(朝鮮末期)	流入記錄 未見	無	奎章閣
檮杌閒評全傳	未詳(朝鮮末期)	流入記錄 未見	無	奎章閣
女才子傳(美人書)	1775~1787年	欽英	無	中央圖書館等
二十載繁華夢	未詳(朝鮮末期)	流入記錄 未見	無	延世大
繪圖三公奇案	未詳(朝鮮末期)	流入記錄 未見	無	高麗大
萬年淸奇才新傳	未詳(朝鮮末期)	流入記錄 未見	無	雅丹文庫
三合明珠寶劍全傳	未詳(朝鮮末期)	流入記錄 未見	無	成均館大
海上繁華夢新書	未詳(朝鮮末期)	流入記錄 未見	無	成均館大
第九才子書平鬼傳	未詳(朝鮮末期)	流入記錄 未見	無	成均館大
金臺全傳	未詳(朝鮮末期)	流入記錄 未見	無	國民大
伍子胥傳	未詳(朝鮮末期)	流入記錄 未見	飜譯	서울大
玉支磯	1762年以前	中國小說繪模本	飜譯	延世大
남계연담(南溪演談)	原本未詳, 1700年代後期以前	玉鴛再合奇緣(第14,15卷)	飜譯	韓國學中央研究院
셩풍뉴(醒風流)	1762年以前, 朝鮮筆寫本	中國小說繪模本	飜譯	韓國學中央研究院
引鳳簫	1762年以前	中國小說繪模本	飜譯	樂善齋
畵圖緣	1744年以前	字學歲月	飜譯	文友書林
第十才子駐春園	未詳(朝鮮末期)	流入記錄 未見	無	雅丹文庫
第九才子書捉鬼傳	未詳(朝鮮末期)	流入記錄 未見	無	雅丹文庫
新出情天刦小說	未詳(朝鮮末期)	流入記錄 未見	無	韓國學中央研究院
永慶昇平前傳	未詳(朝鮮末期)	流入記錄 未見	無	成均館大 等
前後七國志演義	未詳(朝鮮後期)	流入記錄 未見	無	東亞大
呂祖全傳	未詳(朝鮮後期)	流入記錄 未見	無	奎章閣
龍圖公案	未詳(朝鮮末期)	流入記錄 未見	無	成均館大 等
包龍圖判斷奇寃	未詳(朝鮮末期)	流入記錄 未見	無	成均館大
鬧花叢	1762年以前	中國小說繪模本	無	朴在淵
兩晉演義	未詳(朝鮮末期)	流入記錄 未見	無	漢陽大
啖蔗	未詳(朝鮮末期)	流入記錄 未見	無	國立中央圖
彭公淸烈傳	未詳(朝鮮末期)	流入記錄 未見	無	이화여대

書 名	流入時期	流入關聯 最初記錄	飜譯/出版	所藏處
五虎平南狄青演義	未詳(朝鮮末期)	流入記錄 未見	無	경북대
文明小史	未詳(朝鮮末期)	流入記錄 未見	無	宋俊浩(全州)
隔簾花影(三世報)	未詳(朝鮮後期)	流入記錄 未見	無	서울大 等
夢中緣	未未詳(朝鮮末期)	流入記錄 未見	無	奎章閣
說閑飛龍全傳	未詳(朝鮮後期)	流入記錄 未見	無	奎章閣
續兒女英雄傳	未詳(朝鮮末期)	流入記錄 未見	無	전남대 等
六續濟公傳	未詳(朝鮮末期)	流入記錄 未見	無	고려대
濟顚大師醉菩提全傳	未詳(朝鮮末期)	流入記錄 未見	無	중앙도서관 等
醒世奇文國事悲	未詳(朝鮮末期)	流入記錄 未見	無	박재연 等
英雄淚	未詳(朝鮮末期)	流入記錄 未見	無	이화여대, 용인대 等
說岳全傳	未詳(朝鮮末期)	流入記錄 未見	無	규장각
豆棚閑話	未詳(朝鮮末期)	流入記錄 未見	無	고려대
唐宋百家小說	1787年以前	朝鮮王朝實錄46(正祖16年10月己丑條)	無	失傳
五色石	1762年以前	中國小說繪模本	無	失傳
人中畵	1762年以前	中國小說繪模本	無	失傳
留人眼	1762年以前	中國小說繪模本	無	失傳
西周演義	1762年以前	中國小說繪模本	無	失傳
玉樓春	1762年以前	中國小說繪模本	無	失傳
艶情快史	1762年以前	中國小說繪模本	無	失傳
艶史	1762年以前	中國小說繪模本	無	失傳
杏花天	1762年以前	中國小說繪模本	無	失傳
戀情人	1762年以前	中國小說繪模本	無	失傳
燈月緣	1762年以前	中國小說繪模本	無	失傳
陶情百趣	1762年以前	中國小說繪模本	無	失傳
巧聯珠	1762年以前	中國小說繪模本	無	失傳
金雲翹傳(王翠翹傳)	1762年以前	中國小說繪模本	無	失傳
春柳鶯	1762年以前	中國小說繪模本	無	失傳
鳳簫媒	1762年以前	中國小說繪模本	無	失傳
春風眼	1762年以前	中國小說繪模本	無	失傳
巫夢緣	1762年以前	中國小說繪模本	無	失傳
破閑談	1762年以前	中國小說繪模本	無	失傳
肉蒲團	1744年以前	字學歲月	無	失傳
十二峯	1744年以前	字學歲月	飜譯	國立中央圖書館
定情人	1744年以前	字學歲月	無	失傳
驚夢啼	1744年以前	字學歲月	無	失傳
賽花鈴	1744年以前	字學歲月	無	失傳

書 名	流入時期	流入關聯 最初記錄	飜譯/出版	所藏處
五鳳吟	1744年以前	字學歲月	無	失傳
蝴蝶媒	1762年以前	小說經覽者	無	失傳
醒世因緣	1762年以前	小說經覽者	無	失傳
飛花艶想	1762年以前	小說經覽者	無	失傳
催曉夢	1762年以前	小說經覽者	無	失傳
吳江雪	1762年以前	小說經覽者	無	失傳
兩交婚傳	1762年以前	小說經覽者	無	失傳
鳳凰池	1762年以前	小說經覽者	無	失傳
歸蓮夢	1762年以前	小說經覽者	無	失傳
情夢柝	1762年以前	小說經覽者	無	失傳
夢月樓	1762年以前	小說經覽者	無	失傳
麟兒報	1762年以前	小說經覽者	無	失傳
八洞天	1762年以前	小說經覽者	無	失傳
跨天虹	1762年以前	小說經覽者	無	失傳
鴛鴦影	1762年以前	小說經覽者	無	失傳
錦疑團	1762年以前	小說經覽者	無	失傳
一片情	1762年以前	小說經覽者	無	失傳
再求鳳	1762年以前	小說經覽者	無	失傳
快士傳	1762年以前	小說經覽者	無	失傳
韓魏小史	1762年以前	小說經覽者	無	失傳
桃花影	1775-1787年	欽英	無	失傳
覺夢雷	1775-1787年	欽英	無	失傳
春苑記	1775-1787年	欽英	無	失傳
玉殿生春	1775-1787年	欽英	無	失傳
梅玉傳奇	1775-1787年	欽英	無	失傳
定鼎奇聞	1775-1787年	欽英	無	失傳

* 이 표는 2010년 9월부터 2013년 8월까지 3년간 진행된 학진 토대연구 프로젝트의 성과를 정리한 것이다.

위의 도표를 보면 몇 가지 특징을 발견할 수 있다.

첫째, 또 국내 유입된 청대작품은 약 167종으로 목록은 다음과 같다. ≪後三國石珠演義≫ · ≪今古奇聞≫ · ≪東周列國志≫ · ≪後列國志≫ · ≪大明正德皇遊江南傳≫ · ≪廻文傳≫ · ≪石頭記≫ · ≪紅樓夢≫ · ≪紅樓夢補≫ · ≪紅樓復夢≫ · ≪後紅樓夢≫ · ≪續紅樓夢≫ · ≪補紅樓夢≫ · ≪紅樓夢影≫ · ≪儒林外史≫ · ≪鏡花緣≫ · ≪女仙外史≫ · ≪瑤華傳≫ · ≪快心編≫ · ≪五美緣≫ · ≪品花寶鑑≫ · ≪花月痕

全書≫·≪青樓夢≫·≪反唐四望亭(綠牡丹)≫·≪玉嬌梨≫·≪萬花樓傳≫·≪粉粧樓≫·≪兒女英雄傳≫·≪七劍十三俠≫·≪七俠五義傳≫·≪忠烈俠義傳≫·≪忠烈小五儀≫·≪忠烈續小五義≫·≪雪月梅傳≫·≪施公案≫(施案奇聞)·≪大字足本繡像施公案全集≫·≪施公案演義≫·≪彭公案全傳≫·≪續彭公案≫·≪于公案奇聞≫·≪劉公案≫·≪原本海公大紅袍傳≫·≪說唐前後傳≫·≪說唐演義≫·≪說唐後傳≫·≪說唐小英雄傳≫·≪二十四史通俗衍義≫·≪離合劍蓮子瓶≫·≪神州光復志演義≫·≪洪秀全演義≫·≪昇仙傳演義≫·≪後七國樂田演義≫·≪異說五虎平西珍珠旗演義狄青前傳≫·≪好逑傳≫(二才子義風月傳)·≪平山冷燕≫·≪平山冷燕續才子書≫·≪評演濟公傳≫·≪四續濟公傳≫·≪評演前後濟公傳≫·≪再續濟公傳全部≫·≪第十才子書白圭志≫·≪綠野仙跡≫·≪希夷夢≫·≪錦香亭記≫·≪蓮子瓶全傳(銀瓶梅)≫·≪二度梅全傳≫·≪英雲夢傳≫·≪樵史通俗演義≫·≪吳三桂演義≫·≪西來演義≫·≪野叟曝言≫·≪西湖佳話≫·≪西湖拾遺≫·≪爭春園全傳≫·≪繪芳錄≫·≪雙奇緣全傳(雙鳳奇緣)≫·≪善惡圖全傳≫·≪檮杌閒評全傳≫·≪女才子傳≫·≪二十載繁華夢≫·≪三公奇案≫·≪萬年淸奇才新傳≫·≪三合明珠寶劍全傳≫·≪海上繁華夢新書≫·≪第九才子書平鬼傳≫·≪金臺全傳≫·≪伍子胥傳≫·≪玉支璣≫·≪醒風流≫·≪引鳳簫≫·≪畵圖緣≫·≪第十才子駐春園≫·≪第九才子書捉鬼傳≫·≪新出情天刦小說≫·≪永慶昇平前傳≫·≪前後七國志演義≫·≪呂祖全傳≫·≪龍圖公案≫·≪包龍圖判斷奇寃≫·≪鬧花叢≫·≪兩晉演義≫·≪民國新漢演義≫·≪啖蔗≫·≪彭公淸烈傳≫·≪五虎平南狄青演義≫·≪文明小史≫·≪隔簾花影≫·≪南溪演談≫·≪夢中緣≫·≪說閑飛龍全傳≫·≪續兒女英雄傳≫·≪六續濟公傳≫·≪濟顚大師醉菩提全傳≫·≪醒世奇文國事悲≫·≪英雄淚≫·≪說岳全傳≫·≪豆棚閑話≫·≪十二峯≫ 등의 작품은 판본이 남아 있다. 그러나 청대작품 중에도 국내 유입 기록을 볼 수 있으나 판본은 남아 있지 않은 것이 모두 49편으로 ≪西周演義≫·≪唐宋百家小說≫·≪五色石≫·≪人中畵≫·≪留人眼≫·≪醒世因緣≫·≪肉蒲團≫·≪玉樓春≫·≪艶情快史≫·≪艶史≫·≪杏花天≫·≪戀情人≫·≪燈月緣≫·≪陶情百趣≫·≪巧聯珠≫·≪金雲翹傳≫·≪春柳鶯≫·≪鳳簫媒≫·≪春風眼≫·≪巫夢緣≫·≪定情人≫·≪驚夢啼≫·≪賽花鈴≫·≪五鳳吟≫·≪蝴蝶媒≫·

≪飛花艶想≫·≪催曉夢≫·≪吳江雪≫·≪兩交婚傳≫·≪鳳凰池≫·≪歸蓮夢≫·≪情夢柝≫·≪夢月樓≫·≪麟兒報≫·≪破閑談≫·≪八洞天≫·≪跨天虹≫·≪鴛鴦影≫·≪錦疑團≫·≪一片情≫·≪再求鳳≫·≪快士傳≫·≪韓魏小史≫·≪桃花影≫·≪覺夢雷≫·≪春苑記≫·≪玉殿生春≫·≪梅玉傳奇≫·≪定鼎奇聞≫ 등이 있다.

둘째, 명대 연의류 뿐 아니라 청대 연의류 소설의 유입도 상당수 보이는데 ≪說唐前後傳≫·≪說唐演義≫·≪說唐後傳≫·≪二十四史通俗衍義≫·≪前後七國志演義≫·≪樵史通俗演義≫·≪西來演義≫·≪民國新漢演義≫·≪兩晉演義≫ 등이다. 특히 ≪說唐演義≫는 10여종 이상의 목판본, 석인본 판본이 여러 대학에 소장되어 있고 ≪樵史通俗演義≫은 유일본으로 목판본이 大田 燕亨國樂院에 소장되어 있다. ≪西來演義≫도 역시 유일본으로 규장각에 목판본이 소장되어 있는데 정확한 간기는 알 수 없으나 청대 목판본으로 보인다. 또한 ≪紅樓夢≫계열의 다양한 작품들 즉 ≪石頭記≫·≪紅樓夢≫·≪紅樓夢補≫·≪紅樓復夢≫·≪後紅樓夢≫·≪續紅樓夢≫·≪補紅樓夢≫·≪紅樓夢影≫ 등이 유입되고 번역까지 되는 현상을 보면 당시 홍루몽 시리즈가 대중들에게 얼마나 많은 환영을 받았는지 알 수 있다. 또한 조선후기에는 파격적으로 동성애를 다루는 애정 소설 및 화류계의 인물들과 사대부들의 애정 행각을 다룬 화류계 소설들도 다량 유입되는 현상을 볼 수 있다. 이는 중국 서적의 유입이 그전에 비해 유연성을 지니게 된 것을 보여주는 예라 할 수 있다.

셋째, 청대 작품 중에 원전은 실전 되었으나 유입 기록만 있는 것은 명대보다 많은 49편이다. 그 중에 ≪中國小說繪模本≫에 18편, ≪字學歲月≫에 5편, ≪小說經覽者≫에 19편, 兪晩柱의 ≪欽英≫에 6편의 서명이 보인다.

넷째, 국내에 유입된 청대 통속소설 중에 번역된 작품 수는 명대와 비슷하지만 출판까지 이루어진 것은 청대 통속소설 중에는 단지 ≪錦香亭記≫ 한 작품뿐이라는 것이다. 남아 있는 번역필사본도 대개가 유일본인 다른 작품들에 비해 많이 전하는 것을 보면 당시 상당히 많은 독자층을 확보하고 있었음을 추측할 수 있다.

지금까지 중국 통속소설이 어떤 경로를 거쳐서 국내에 유입되었고 유입된 작품들이 어떤 형태로 수용되었는지를 살펴보았다. 중국 원대 이전은 중국서적의 유출이 자유롭지 못했다. 당시 서적은 곧 지식을 의미했고 최신의 지식은 곧 정보였기 때문이다. 원대에 이르러 오히려 중국 서적의 반출이 비교적 자유로워지면서 고려시대 중국을 왕래하던 사신들을 통해서 중국 서적이 국내에 들어 왔다. 그러나 초기 유입은 주로 경사류들이 주류를 이루었고 통속소설은 극히 드물게 유입되었다. 이는 서적의 수요자였던 당시 지식인들의 선호도에 의한 것이었을 것이다.

이후 조선시대에 이르러 공식적인 국가사절단 이외에도 국내 장서가들의 개인적인 수요가 시작되고 이를 이용한 상업이 흥성하기 시작하였다. 이는 역시 당시 시대적 상황과 수요와 깊은 관계가 있다고 볼 수 있다. 또한 중국 통속소설이 시대적 상황의 변화에 따라서 다양한 경로로 국내에 유입되고 다양한 형태로 수용되면서 국문학에도 많은 영향을 미치게 되었다. 다만 많은 작품들이 유입과 번역시기에 관해서 언제 유입되었는지, 언제 번역되었는지, 누가 번역했는지 정확한 기록들을 남기고 있지 않아서 여러 정황들을 모아서 유추할 뿐이다. 분명한 것은 중국 통속소설이 조선시대에 이르러 대량으로 유입되었고 조선인들의 사랑을 듬뿍 받았다는 것이다. 통속소설이라는 것은 그 무엇보다도 당시 일반인들의 생각을 많이 반영한 문학 장르로 조선인들이 중국인을 이해하는 초석이 되었을 것이다. 다시 말해 중국 통속소설의 유입과 수용은 양국 간 진정한 의미의 문화교류라고 볼 수 있다. 이점이 바로 우리가 중국 통속소설의 국내 유입과 수용에 관한 연구를 진일보 발전시켜야 하는 이유일 것이다.

2. 中國 白話(短篇)通俗小說의 國內 流入과 受容*

- ≪三言≫·≪二拍≫·≪一型≫ 및 ≪今古奇觀≫을 중심으로 -

≪三言≫·≪二拍≫·≪一型≫·≪今古奇觀≫은 명대의 대표적 단편소설집이다. ≪三言≫은 馮夢龍이 엮은 책으로 ≪喩世明言≫·≪醒世恒言≫·≪警世通言≫을 말하며 총 120편으로 구성되었고, ≪二拍≫은 凌濛初가 엮은 책으로 ≪初刻拍案驚奇≫와 ≪二刻拍案驚奇≫를 말하며 총 80편이 수록되었다. 또 ≪一型≫은 陸人龍이 지은 ≪型世言≫을 지칭하며 40편이 수록되었다. 그 외 抱擁老人이 엮은 것으로 알려진 ≪今古奇觀≫은 40편이 수록되어 있으나 ≪三言≫·≪二拍≫ 중에서 뽑은 것이기에 중복되는 것들이다. 이 가운데 ≪型世言≫은 그 판본이 1992년 국내에서 최초로 발견되어 국내외 학계에 비상한 관심을 모은 소설이기도 하다.

국내 유입 중국고전소설 중 白話通俗小說은 총 238종으로 파악되었고, 이 가운데 송원대 작품이 3종, 명대작품이 68종, 청대작품이 167종이다. 이중 본고에서 연구하고자 하는 백화통속소설은 명대의 ≪醒世恒言≫·≪拍案驚奇≫·≪型世言≫·≪今古奇觀≫류 등이 있으며 청대작품으로 ≪今古奇聞≫이 있다.

≪醒世恒言≫은 ≪三言≫ 중에서도 예술적 가치가 가장 높은 것으로 알려져 있으

---

* 이 논문은 2010년도 정부의 재원으로 한국연구재단의 지원을 받아 연구되었음.(NRF-2010-322-A00128)

본 논문은 중국 백화통속소설의 유입기록, 평론, 판본 목록, 번역상황 등 제반 분야에 대한 개략적인 조사 연구의 일환으로 이루어졌고, 기존 발표된 연구논저의 내용과 일부 중복되는 점이 있을 수 있다. 이는 동일한 시기에 자료의 정리와 연구가 진행된 점 때문이며, 본 논문은 2013년 8월 ≪中國人文科學≫제54집에 게재된 〈중국 백화통속소설의 국내 유입과 수용〉을 수정 보완하여 만든 것임을 밝혀둔다.

주저자 : 정영호(서남대 교수), 교신저자 : 민관동(경희대 교수)

며 대부분 明의 話本小說이며 간혹 宋·元時期의 작품으로 추정되는 작품들도 있다. 《三言》은 각 권에 공히 40편의 작품이 수록되어 있고 특히 명·청대의 희곡 작품에 많은 영향을 끼쳤다. 내용은 주로 譴責, 愛情, 公案, 俠義, 忠義 등에 관한 주제를 다루고 있다.[1] 馮夢龍(1574-1646)은 字가 猶龍이고 號가 墨憨齋主人으로 長州 출신이며, 가문에 대한 기록이 없어 자세한 상황을 알 수 없다. 그는 《三言》 이외에도 《春秋列國志》를 《新列國志》로 개편하였고, 20回本의 《平妖傳》을 40回本 《批評北宋三遂新平妖傳》으로 만들었는데 20回本 보다 더 유행하였다. 그리고 戲曲인 《雙雄記》·《萬事足》을 創作하고 《三報恩》·《風流夢》·《人獸關》·《殺狗記》·《楚江情》·《酒家佣》 등 여러 편을 개편하기도 했다.[2]

《拍案驚奇》 중 《初刻拍案驚奇》는 天啓 7年(1627)에 발행하였고 40편의 단편 이야기가 실렸다. 《二刻拍案驚奇》는 崇禎 5年(1632)에 간행되었고 39編의 소설과 끝부분에 《宋公明開元宵雜劇》이 실려 모두 40편이다. 《二刻拍案驚奇》는 영리를 목적으로 급하게 저작한 때문에 神怪的인 내용이 많고 원래 있던 작품을 개작해서 실은 것도 많다. 《古今小說》이나 《初刻拍案驚奇》에서 그대로 내용을 따온 것들도 있다. 著者 凌濛初는 字는 玄房, 號는 初成, 別號는 卽空觀主人이다. 浙江 烏程(지금의 吳興縣) 출신이며 관료 집안에서 태어났다. 어려서부터 입신출세를 위한 교육을 받았으나 50여 세가 되도록 관직에 나아가지 못하고 閑居하던 중에 현실사회에 대한 불만을 소설의 형태로 나타내기 위해 《拍案驚奇》를 지었다고 한다. 그는 또 소설, 희곡 등에 挿畵를 넣어서 간행하였는데, 그가 간행한 《世說新語》·《南柯記》·《西廂記》·《琵琶記》 등은 판각이 매우 아름답다고 평가받는다.

《型世言》은 10권 40회본이며, 一名 《幻影》·《型世奇觀》·《三刻拍案驚奇》라고도 한다. 12권 12책이다. 작자에 대해서는 明 夢覺道人이 編輯했다는 설과 西湖浪子가 편집했다는 설 등 다양한 견해가 있다. 黃文暘의 《曲海總目》에 《鴛鴦簪》이 있는데, "撰者가 王國柱라고 추측되며, 《鴛簪合》과 《鴛鴦簪》은 똑같은 책으로 추정되기 때문에 夢覺道人은 王國柱이다"라고 주장하고 있다. 또 明末 醫術에 저

1) 金政六, 〈三言小說硏究〉, 成均館大學校 中語中文科 博士學位論文, 1987年
2) 周鈞韜 主編, 王長友 副主編, 《中國通俗小說家評傳》, 中州古籍出版社, 1993년, 86-96쪽 참조.

명한 福建 邵武人 周學霆·明末淸初 浙江 錢塘인 陸雲龍·江蘇 丹徒人 李文燭이라고 추정하는 사람도 있다.[3] ≪今古奇觀≫과 함께 국내에 번역본이 존재한다.

≪今古奇觀≫은 ≪喩世明言二刻≫이라고도 한다. 이는 明代 馮夢龍의 ≪三言≫과 凌濛初의 ≪二拍≫ 중에서 40편을 골라 엮었는데, ≪喩世明言≫에서 8편, ≪醒世恒言≫에서 11편, ≪警世通言≫에서 10편, ≪拍案驚奇≫에서 8편, ≪二刻拍案驚奇≫에서 3편 등 모두 40편을 가려 엮은 것이다. 작자는 姑蘇 抱瓮老人이 수집하고 笑花主人이 교열했다거나 墨憨齋手定이라 적혀 있다. 淸初 간행본 서두에는 姑蘇 笑花主人의 서문이 있으나 연월이 기록되어 있지 있다. 국내엔 ≪今古奇觀≫뿐 아니라 ≪續今古奇觀≫·≪五續今古奇觀≫·≪今古艶情奇觀≫ 등의 작품들도 남아있고 ≪型世言≫과 함께 번역되기도 하였다.

≪今古奇聞≫은 ≪古今奇聞≫이라고도 하며 총 22卷이다. 저자는 王寅으로 字가 冶梅이며 上元 사람이다. 王寅은 東壁山房의 경영자이자 화가로 '王冶梅畵室'을 운영하기도 하였다. 저서로 ≪冶梅石譜≫·≪蘭譜≫·≪竹譜≫·≪人物冊≫ 등이 있다.

본 논문은 위에서 언급한 작품을 중심으로 국내 유입과 소장 판본목록을 파악하고 각 작품에 대한 평론 및 번역양상에 대해 개략적으로 살펴보고자 한다.

1. 백화통속소설의 국내 유입 상황 및 평론

1) 국내 유입 상황

국내에 유입된 중국백화통속소설을 조사한 결과, 송·원 및 명·청대작품 238종으로 파악되었으나, 국내에 판본은 없고 유입기록만 존재하는 작품들도 다수 있었다. 아래의 각 시기별 작품 목록 가운데 밑줄(__)친 약 67종은 현재 국내 판본은 없고 문헌기록만 있는 작품들이다.[4]

---

3) 이에 대한 자세한 내용은 박재연, 〈규장각본 ≪형세언≫〉, ≪중국소설연구회보≫ 제10호(1992. 6) 및 권영애, ≪型世言硏究≫(臺灣 東吳大學 박사논문, 1993. 6)를 참조할 수 있다.

4) 분류 목록은 민관동·장수연·김명신, ≪한국 소장 중국통속소설의 판본목록과 해제≫(학고방, 2013.), 민관동·장수연·유희준, ≪한국소장 중국고전소설의 판본 목록≫(학고방, 2013), 민관동·정영호, ≪중국고전소설의 국내 출판본 정리 및 해제≫(학고방, 2012), 민관동·정선경·유

● 송원대작품 - 3 :

≪大宋宣和遺事≫ · ≪三國志平話≫ · ≪古本西遊記≫

● 명대작품 - 68 :

≪三國志演義≫ · ≪後三國志≫ · ≪水滸傳≫ · ≪後水滸傳≫ · ≪水滸後傳≫ · ≪續水滸傳≫ · ≪結水滸傳≫ · ≪西遊記≫ · ≪後西遊記≫ · ≪金瓶梅≫ · ≪續金瓶梅≫ · ≪醒世恒言≫ · ≪拍案驚奇≫ · ≪型世言≫ · ≪續今古奇觀≫ · ≪五續今古奇觀≫(石點頭) · ≪今古艷情奇觀≫(貪歡報) · ≪今古奇觀≫ · ≪封神演義≫ · ≪春秋列國誌≫ · ≪隋唐演義≫ · ≪南北宋志傳≫ · ≪北宋演義≫ · ≪南宋演義≫ · ≪大唐秦王詞話≫ · ≪薛仁貴征東全傳≫ · ≪異說後唐傳三集薛丁山征西樊梨花全傳≫ · ≪三遂平妖傳≫ · ≪東西漢通俗演義≫ · ≪西漢演義≫ · ≪楚漢演義≫ · ≪東漢演義≫ · ≪殘唐五代史演義≫ · ≪皇明英烈傳≫ · ≪續英烈傳≫ · ≪開闢演義≫ · ≪武穆王貞忠錄≫ · ≪北方眞武祖師玄天上帝出身全傳≫ · ≪新鐫批評出相韓湘子≫ · ≪東南西北四遊記≫ · ≪三寶太監西洋記通俗演義≫ · ≪東遊記≫ · ≪南遊記傳≫ · ≪醉醒石≫ · ≪孫龐演義≫ · ≪隋史遺文≫ · ≪隋煬帝艶史≫ · ≪禪眞逸史≫ · ≪八仙出處東遊記傳≫ · ≪全相新鐫包公孝肅公神斷百家公案演義≫ · ≪于少保萃忠全傳≫ · ≪東度記≫ · ≪禪眞後史≫ · ≪盛唐演義≫ · ≪東晋演義≫ · ≪西晉演義≫ · ≪涿鹿演義≫ · ≪齊魏演義≫ · ≪楊六郎傳≫ · ≪警世通言≫ · ≪覺世名言≫ · ≪西湖二集≫ · ≪弁而釵≫ · ≪昭陽趣史≫ · ≪一枕奇≫ · ≪浪史≫ · ≪雙劍雪≫ · ≪金粉惜≫

● 청대작품 - 167 :

≪後三國石珠演義≫ · ≪今古奇聞≫ · ≪東周列國志≫ · ≪後列國志≫ · ≪大明正德皇遊江南傳≫ · ≪廻文傳≫ · ≪石頭記≫ · ≪紅樓夢≫ · ≪紅樓夢補≫ · ≪紅樓復夢≫ · ≪後紅樓夢≫ · ≪續紅樓夢≫ · ≪補紅樓夢≫ · ≪紅樓夢影≫ · ≪儒林外史≫ · ≪鏡花緣≫ · ≪女仙外史≫ · ≪瑤華傳≫ · ≪快心編≫ · ≪五美緣≫ · ≪品

승현, ≪중국고전소설 및 희곡 연구자료 총집≫(학고방, 2011) 등 참조.

花寶鑑≫·≪花月痕全書≫·≪青樓夢≫·≪反唐四望亭(綠牡丹)≫·≪玉嬌梨≫·≪萬花樓傳≫·≪粉粧樓≫·≪兒女英雄傳≫·≪七劍十三俠≫·≪七俠五義傳≫·≪忠烈俠義傳≫·≪忠烈小五儀≫·≪忠烈續小五義≫·≪雪月梅傳≫·≪施公案≫(施案奇聞)·≪大字足本繡像施公案全集≫·≪施公案演義≫·≪彭公案全傳≫·≪續彭公案≫·≪于公案奇聞≫·≪劉公案≫·≪原本海公大紅袍傳≫·≪說唐前後傳≫·≪說唐演義全傳≫·≪說唐後傳≫·≪說唐小英雄傳≫·≪二十四史通俗衍義≫·≪離合劍蓮子甁≫·≪神州光復志演義≫·≪洪秀全演義≫·≪昇仙傳演義≫·≪後七國樂田演義≫·≪五虎平西珍珠旗演義狄青前傳≫·≪好逑傳≫(二才子義風月傳)·≪平山冷燕≫·≪平山冷燕續才子書≫·≪評演濟公傳≫·≪四續濟公傳≫·≪評演前後濟公傳≫·≪再續濟公傳全部≫·≪第十才子書白圭志≫·≪綠野仙跡≫·≪希夷夢≫·≪錦香亭記≫·≪蓮子甁全傳(銀甁梅)≫·≪二度梅全傳≫·≪英雲夢傳≫·≪樵史通俗演義≫·≪吳三桂演義≫·≪西來演義≫·≪野叟曝言≫·≪西湖佳話≫·≪西湖拾遺≫·≪爭春園全傳≫·≪繪芳錄≫·≪雙奇緣全傳(雙鳳奇緣)≫·≪善惡圖全傳≫·≪檮杌閒評全傳≫·≪女才子傳≫·≪二十載繁華夢≫·≪三公奇案≫·≪萬年淸奇才新傳≫·≪三合明珠寶劍全傳≫·≪海上繁華夢新書≫·≪第九才子書平鬼傳≫·≪金臺全傳≫·≪伍子胥傳≫·≪玉支磯≫·≪南溪演談≫·≪醒風流≫·≪引鳳簫≫·≪畵圖緣≫·≪第十才子駐春園≫·≪第九才子書捉鬼傳≫·≪新出情天刦小說≫·≪永慶昇平前傳≫·≪前後七國志演義≫·≪呂祖全傳≫·≪龍圖公案≫·≪包龍圖判斷奇寃≫·≪鬧花叢≫·≪兩晉演義≫·≪民國新漢演義≫·≪啖蔗≫·≪彭公淸烈傳≫·≪五虎平南狄青演義≫·≪文明小史≫·≪隔簾花影≫·≪夢中緣≫·≪說閑飛龍全傳≫·≪續兒女英雄傳≫·≪六續濟公傳≫·≪濟顚大師醉菩提全傳≫·≪醒世奇文國事悲≫·≪英雄淚≫·≪說岳全傳≫·≪豆棚閑話≫·≪十二峯≫·≪西周演義≫·≪唐宋百家小說≫·≪五色石≫·≪人中畵≫·≪留人眼≫·≪醒世因緣≫·≪肉蒲團≫·≪玉樓春≫·≪艶情快史≫·≪艶史≫·≪杏花天≫·≪戀情人≫·≪燈月緣≫·≪陶情百趣≫·≪巧聯珠≫·≪金雲翹傳≫·≪春柳鶯≫·≪鳳簫媒≫·≪春風眼≫·≪巫夢緣≫·≪定情人≫·≪驚夢啼≫·≪賽花鈴≫·≪五鳳吟≫·≪蝴蝶媒≫·≪飛花艶想≫·≪催曉夢≫·≪吳江雪≫·≪兩交婚傳≫·≪鳳凰池≫·≪歸蓮夢≫·

《情夢柝》·《夢月樓》·《麟兒報》·《破閑談》·《八洞天》·《跨天虹》·《鴛鴦影》·《錦疑團》·《一片情》·《再求鳳》·《快士傳》·《韓魏小史》·《桃花影》·《覺夢雷》·《春苑記》·《玉殿生春》·《梅玉傳奇》·《定鼎奇聞》[5]

이들 작품 가운데 국내 유입된 백화통속소설은 명대 작품으로 《醒世恒言》·《拍案驚奇》·《型世言》·《今古奇觀》·《續今古奇觀》·《五續今古奇觀》(石點頭)·《今古艷情奇觀》(貪歡報)·《警世通言》 등이 있고, 청대 작품으로 《今古奇聞》이 있다. 이중 《型世言》과 《금고기관》은 번역 및 번안되기도 하였고, 《警世通言》은 유입기록만 있고 판본은 존재하지 않는다.

《醒世恒言》은 《三言》中의 하나로 1627년에 간행된 책이다. 《삼언》은 宋, 元, 明代 500餘 年間 내려오던 단편 화본소설들을 수집 정리하고 다시 수정을 가하여 편찬한 것이 대부분이다. 이 책의 국내 유입 시기는 完山李氏(사도세자)의 《中國小說繪模本》(1762)과 윤덕희[6]의 《小說經覽者》(1762년)에 書名이 보이고 있어 1762년 이전에는 이미 유입되었다고 할 수 있다. 또 《三言》이 처음 출간되고 얼마 되지 않아 중국에서 販禁된 것을 감안하면 어쩌면 간행되고 바로 국내에 유입되었을 가능성도 있다. 왜냐하면 販禁된 이후에는 오히려 중국에서도 그 판본을 구하기가 쉽지 않았기 때문에 조선으로 유입되기는 더욱 容易하지 않았을 것이다. 국내에는 규장각과 부산대, 선문대 박재연이 《醒世恒言》의 판본을 소장하고 있다.

《警世通言》은 《三言》中의 하나로 《喩世明言》과 함께 1624년에 간행된 책이다. 그러나 《삼언》은 일찍이 중국에서 販禁 등의 制裁를 당하는 바람에 失傳되었다가 근래에 일본에서 다시 流入되기도 하였다. 이 책의 국내 유입 시기는 윤덕희의 《字學歲月》(1744년)과 《小說經覽者》(1762년)에 書名이 나란히 보이는 것으로 보아

5) 민관동·장수연·김명신, 앞의 책, 535-537쪽 참고.

6) 尹德熙(1685-1766) : 자는 敬伯, 호는 駱西, 蓮圃, 蓮翁이다. 본관은 南海이다. 화가로 작품은 夏景山水圖, 騎馬婦人圖, 溲勃集(유고집) 등이 있다. 윤덕희의 집안은 3대에 걸쳐 문인화가를 배출한 집안이다. 그는 82세라는 긴 세월을 살면서 많은 활동을 하였다. 특히 1748년에는 肅宗御眞重模에 監董으로 참여하여 6품 벼슬인 司饔院主簿를 제수 받고 2년 동안 관직생활도 하였다. 만년에는 낙향하여 해남에서 활동하였다.

적어도 1744년 이전에는 유입된 것이 확실하다.

≪初刻拍案驚奇≫와 ≪二刻拍案驚奇≫ 2종이 언제 국내에 들어왔는지는 근거자료가 없어 정확히 알 수 없으나 유입된 것만큼은 확실하다. 이 책의 국내 유입 시기는 完山李氏의 ≪中國小說繪模本≫과 윤덕희의 ≪小說經覽者≫ 등에 書名이 보이고 있어 1762년 이전에 유입된 것으로 추정할 수 있다.

≪型世言≫의 原名은 ≪崢霄館評定通俗演義型世言≫이다. 이 책의 국내 유입 시기는 完山李氏의 ≪中國小說繪模本≫ 序文에 그 書名이 있는 것으로 보아 늦어도 1762년 이전에는 유입된 것으로 추정할 수 있다. 이 책은 1992년 국내 奎章閣에서 발견되어 학계의 비상한 관심을 끌었던 작품이다. ≪型世言≫은 중국에서 오래 전에 逸失된 판본으로 오직 우리나라 규장각에만 있는 唯一本이기 때문이다. 1992년 在佛學者 陳慶浩가 규장각본을 영인하여 타이완에서 출판하였고, 그 후 중국에서도 규장각본을 底本으로 여러 차례 출판했다. 이 책은 全卷이 12권 12책으로 구성되었으나, 현존하는 것은 11권으로 한 권이 散失되었다. 그 외에도 번역본 4책이 한국학중앙연구원에 소장되어 있는데, 번역시기는 대략 18세기경으로 보며 후에 여러 차례 轉寫된 것으로 추정된다.[7]

≪금고기관≫은 총 40권으로 이루어진 명대 短篇小說集이다. 이 책은 ≪三言≫과 ≪二拍≫이 禁書로 지정되어 흔적을 감추고 있는 동안 대중의 환영을 받으며 폭넓게 유통되었다. 이 책의 국내 유입시기도 윤덕희의 ≪小說經覽者≫(1762년)에 書名이 보이는 것으로 보아 적어도 1762년 이전에는 유입된 것으로 추정할 수 있다.

이밖에 ≪續今古奇觀≫·≪五續今古奇觀≫·≪今古艷情奇觀≫·≪今古奇聞≫ 등은 유입기록이 발견되지 않아 자세한 상황을 알 수 없으며 조선 후기에 유입된 것으로 추정될 뿐이다. 상기에서 언급한 작품의 유입관련 최초 기록과 시기 등에 관한 사항을 도표로 정리하면 아래와 같다.

書 名	流入關聯 最初記錄과 時期	飜譯/出版	文體	所藏處
明代作品				

7) 이에 대한 보다 구체적인 내용은 박재연, 〈규장각본 ≪형세언≫〉, ≪중국소설연구회보≫ 제10호(1992. 6) 및 권영애, ≪型世言硏究≫(臺灣 東吳大學 박사논문, 1993. 6)를 참조할 수 있다.

書 名	流入關聯 最初記錄과 時期	飜譯/出版	文體	所藏處
醒世恒言	1762年以前, 中國小說繪模本(完山李氏)	無	白話通俗	奎章閣 等
拍案驚奇	1762年以前, 中國小說繪模本(完山李氏)	無	白話通俗	梨花女大
型世言	1762年以前, 中國小說繪模本(完山李氏)	飜譯	白話通俗	奎章閣, 樂善齋
繪圖續今古奇觀	未詳, 中國石印本	無	白話通俗	東亞大
繪圖五續今古奇觀(石點頭)	未詳, 中國石印本	無	白話通俗	京畿大
繪圖今古艷情奇觀(貪歡報)	1744年以前, 字學歲月(윤덕희), 中國小說繪模本(完山李氏), 一名:歡喜寃家	無	白話通俗	京畿大
今古奇觀	字學歲月 1744年, 1700年代 中期 以前流入推定	無	白話通俗	奎章閣 等
警世通言	1762年以前, 小說經覽者	無	白話通俗	失傳
覺世名言	1762年以前, 小說經覽者	無	白話通俗	失傳
淸代作品				
繪圖今古奇聞	未詳(朝鮮末期), 中國木版本	無	白話通俗	成均館大

도표에서도 알 수 있듯 完山李氏의 ≪中國小說繪模本≫(1762)과 윤덕희의 ≪小說經覽者≫(1762년)를 통해보면 작품의 유입 시기는 대략 임진왜란이 끝난 이후, 즉 1600년대 초기에서부터 1700년대 중반에 걸쳐 유입된 것으로 보이나 개별 작품에 대한 구체적이고 다양한 기록이 발견되지 않아 자세한 사항은 알 수 없는 실정이다. 그 외 ≪繪圖今古奇聞≫같은 것은 조선 말기에 유입된 것으로 추정된다.

2) 소설에 대한 평론

백화통속소설에 대한 기록들은 많지 않다. 유입시기를 판단할 수 있는 자료로는 尹德熙의 ≪字學歲月≫(1744년)과 ≪小說經覽者≫(1762년)[8]와 完山李氏作 ≪中國小說繪模本≫(1762년) 序文, 兪晩柱의 ≪欽英≫(1775~1787년) 등이 있다. 윤덕희는 그의 저작[9] ≪字學歲月≫에 46종, ≪小說經覽者≫에 128종의 서적을 기록하고 있다.

8) 尹德熙의 ≪字學歲月≫(46종)과 ≪小說經覽者≫(128종)에 대해서는 박재연 교수가 한국 중국소설학회 제50회 정기학술대회(2002년 3월 30일)에서 발표하였고, 또 ≪문헌과 해석≫(문헌과해석사, 2002년, 여름, 통권19호)이라는 잡지에 〈尹德熙의 ≪小說經覽者≫〉라는 제목으로 게재하였다.

9) 尹德熙(1685~1766), ≪字學歲月≫(46종), 1744년.
◎ 歷史小說 : ≪三國志≫·≪西漢記≫·≪隋唐志≫·≪列國誌≫·≪五代史≫·≪南宋衍義≫·≪北宋衍義≫·≪開闢演譯≫·≪東漢記≫ ◎ 英雄小說 : ≪水滸志≫·≪後水滸

그 기록을 보면 1744년 간행된 ≪字學歲月≫에는 ≪警世通言≫ 1편, 1762년에 출판된 ≪小說經覽者≫에는 ≪醒世恒言≫·≪警世通言≫·≪今古奇觀≫·≪拍案驚奇≫ 등 4편이 있다. 이 중 두 저작에 모두 기록된 소설은 ≪警世通言≫ 한 편 뿐이다. 두 저작은 20여 년의 기간을 사이에 두고 저작되었고 분류한 소설도 46종과 128종으로 차이가 나는 것으로 보아, 당시의 유통 상황을 가늠해 볼 수 있다. 또 朝鮮 英祖

志≫·≪大明英烈傳≫ ◎ 神魔小說 : ≪西遊記≫·≪孫龐衍義≫·≪西洋記≫·≪女仙外史≫·≪東遊記≫ ◎ 話本小說 : ≪警世通言≫·≪十二峯≫·≪貪歡報≫·≪西湖佳話≫ ◎ 人情小說 : ≪濃情快事≫·≪浪史≫·≪杏花天≫·≪肉蒲團≫·≪戀情人≫·≪玉樓春≫·≪醒風流≫·≪定情人≫·≪驚夢啼≫·≪畵圖緣≫·≪金翠翹傳≫·≪賽花鈴≫·≪五鳳吟≫ ◎ 文言小說 : ≪商傳≫·≪山海經≫·≪國色天香≫ ◎ 戲曲 : ≪西廂記≫·≪四夢記≫·≪續情燈≫ ◎ 韓國文言小說 : ≪南征記≫·≪紅白花傳≫ ◎ 未確認小說 : ≪奇團圓≫

尹德熙(1685～1766), ≪小說經覽者≫(128종), 1762년.

◎ 歷史小說 : ≪三國衍義(三國演義)≫·≪開闢演譯(開闢演繹)≫·≪列國誌(東周列國志)≫·≪五代史(殘唐五代史演義)≫·≪南宋衍義≫·≪東漢記(東漢演義)≫·≪西漢記(西漢演義)≫·≪隋唐志(隋唐演義)≫·≪後三國志≫·≪北宋衍義≫·≪隋煬艶史≫·≪韓魏小史≫ ◎ 英雄小說 : ≪忠義水滸志(120회본)≫·≪後水滸傳≫·≪仙眞逸史(禪眞逸史의 오기)≫·≪大明英烈傳(皇明英烈傳)≫·≪精忠傳≫·≪楊六郎傳≫ ◎ 神魔小說 : ≪孫龐衍義≫·≪封神記(封神演義)≫·≪西周演義≫·≪西遊記≫·≪東遊記≫·≪西洋記(三寶太監西洋記)≫·≪後西遊記≫·≪平妖傳≫·≪女仙外史≫ ◎ 話本小說 : ≪歡喜寃家(歡喜奇觀)≫·≪醒世恒言≫·≪覺世名言≫·≪警世通言≫·≪今古奇觀≫·≪五色石≫·≪西湖佳話≫·≪貪歡報≫·≪人中畵≫·≪拍案驚奇≫·≪留人眼≫·≪八洞天≫·≪跨天虹≫·≪鴛鴦影≫·≪錦疑團≫·≪西湖二集≫·≪一片情≫·≪十二峯≫·≪再求鳳≫·≪一枕奇≫·≪雙劍雪≫·≪金粉惜≫·≪快士傳≫ ◎ 人情小說 : ≪醒世因緣≫·≪杏花天≫·≪濃情快事≫·≪昭陽醜史(昭陽趣史의 오기)≫·≪金瓶梅≫·≪痴婆子傳≫·≪玉樓春≫·≪肉蒲團≫·≪弁而釵≫·≪浪史≫·≪戀情人≫·≪巫夢緣≫·≪玉嬌梨≫·≪引鳳簫≫·≪好逑傳≫·≪玉支機(玉支磯의 오기)≫·≪春風面(春風眼의 오기)≫·≪巧聯珠≫·≪六才子傳≫·≪春柳鶯≫·≪金翠翹傳(金雲翹傳)≫·≪蝴蝶媒≫·≪平山冷烟(平山冷燕의 오기)≫·≪飛花艶想≫·≪催曉夢≫·≪吳江雪≫·≪兩交婚傳≫·≪迴文傳≫·≪賽花鈴≫·≪錦香亭≫·≪鳳凰池≫·≪定情人≫·≪歸蓮夢≫·≪五鳳吟≫·≪畵圖緣≫·≪驚夢啼≫·≪醒風流≫·≪情夢柝≫·≪夢月樓≫·≪獜兒報(麟兒報의 오기)≫ ◎ 文言小說 : ≪商傳≫·≪國色天香≫·≪古列女傳≫·≪山海經≫·≪太平廣記≫·≪列仙傳≫·≪剪燈新話≫·≪剪燈餘話≫·≪艶異篇≫·≪文苑査橘(文苑楂橘의 오기)≫·≪虞初志(虞初新志)≫·≪一夕話≫·≪花陣綺言≫·≪情史≫·≪西湖志≫ ◎ 公案小說 : ≪龍圖神斷(龍圖公案)≫ ◎ 戲曲 : ≪西廂記≫·≪西樓記≫·≪四夢記≫·≪續情燈≫ ◎ 其他 : ≪養正圖說≫·≪釋氏源流≫·≪寂光經≫·≪感應圖說≫·≪鴻書≫ ◎ 韓國文言小說 : ≪王慶龍傳≫·≪周生傳≫·≪南征記≫·≪紅白花傳≫ ◎ 未確認小說 : ≪笑裡笑≫·≪天下異紀≫·≪蘭咳集≫·≪奇團圓≫·≪千古奇聞≫·≪人月圓≫·≪遇奇緣≫·≪杏紅衫≫·≪河陽媲美≫

38年(1762)에 출간된 完山李氏의 ≪中國小說繪模本≫ 서문에 기록된 93종의 서적 중 74종이 소설이었다. 이 序文에는 "제자백가 외에 패관잡기 등의 서적이 이루 다 말할 수 없다."[10]라고 밝힌 후, 書目의 큰 것, 서목의 작은 것, 대·중·소질, 淫談怪說 등으로 분류하고 있다. 나아가 이에 대한 평을 "형형색색, 울울창창, 이루 다 말할 수가 없다. 그 중 귀감이 되고 경계가 될 만한 것과 웃음을 줄 수 있고 즐거할 만한 것을 뽑아 책을 만들어 화원인 주부 김덕성 등 약간 명으로 하여금 회모하여 책을 만드니, 책을 펼치면 역대 사적이 일목요연하다. 서문을 써서 책머리에 싣고 발문을 지어 말미에 덧붙여 후손에게 전하니 데면데면 보지 말라."[11]라고 하여 소설의 종류가 많은 것에 대해 언급함은 물론 효용성과 출판의 필요성을 역설하고 있음을 볼 수 있다. 그리고 兪晩柱(1755~1788)[12]는 그의 저서 ≪欽英≫(1775～1787)[13]에서 중국소설에 대해 언급하고 있는데, 그가 읽은 중국소설은 문언소설 15종, 백화소설 26종 등 대략 40여 종에 이른

---

10) "諸子百家之外, 又有稗官少史等諸書, 其名不可勝記."(完山李氏, ≪中國小說繪模本≫ 序文, 1762년.)

11) "形形色色, 鬱鬱葱葱, 不可盡喩. 其中可鑑可戒者, 可笑可愛者, 抄集成冊, 令繪士主簿金德成等若干人, 摸本粧冊, 開卷歷代事跡, 其可瞭然. 引書序于首, 又作小跋于末, 以傳後之子孫, 其勿泛看也夫."(完山李氏, 앞의 책 서문.)

12) 兪晩柱(1755～1788) : 字는 伯翠, 호는 通園, 본관은 杞溪이다. 저명한 문필가인 兪漢雋의 외아들이다. 벼슬하지 않은 채 독서인으로 한평생을 보내며 저작에 힘썼다. 독서일기인 ≪欽英≫이 있다. ≪흠영≫은 1775년부터 1787년까지 13년간 기록한 독서일기이다. 그는 유가 서적은 물론 명·청대 문집과 잡서, 소설들을 두루 읽었다. 그가 읽은 서적들이 18세기 전체 문인들의 독서경향을 대표한다고 할 수는 없어도 당시에 어떠한 서적들이 유통되고 읽혔는지를 가늠할 수 있게 해 주는 표본이라 할 수 있다. 실제로 그가 읽었던 양명학 관련 저서와 이지, 공안파의 작품들이 조선 후기 소품문의 유행에 영향을 끼쳤던 것을 고려해 보면, 그가 읽은 중국소설들과 그에 대한 견해가 조선후기 한문소설이나 기타 서사물의 창작에 일정부분 수용되었으리라 유추해 볼 수 있다.

13) ≪欽英≫(1775～1787) 및 兪晩柱에 관한 내용은 박계화의 <18세기 朝鮮 文人이 본 中國艶情小說 — 欽英을 중심으로>, ≪대동문화연구≫제73권, 2011, 참조 및 인용. 그 내용 중 文言小說은 ≪虞初新志≫·≪山海經≫·≪穆天子傳≫·≪古今說海≫·≪西湖遊覽志餘≫·≪西湖遊覽志≫·≪漢魏叢書≫·≪因樹屋書影≫·≪剪燈新話≫·≪說鈴≫·≪刪補文苑楂橘≫·≪聊齋志異≫·≪述異記≫·≪池北偶淡≫·≪西京雜記≫ 등이 있으며, 백화소설은 다음과 같다. ≪美人書≫·≪杏(杏花天)≫·≪滸(水滸後傳)≫·≪畵(人中畵 或 畵圖緣)≫·≪燈(燈月緣)≫·≪石珠演義≫·≪西遊記≫·≪西遊眞詮≫·≪水滸傳≫·≪桃花影≫·≪覺夢雷≫·≪三國志演義≫·≪金甁梅≫·≪鳳儀亭≫·≪春苑記≫·≪新鐫濃情小部(濃情快史)≫·≪覺世明言(十二樓)≫·≪玉殿生春≫·≪催曉夢≫·≪西湖佳話≫·≪第五才子書(水滸傳)≫·≪定鼎奇聞≫·≪梅玉傳奇≫·≪水滸外書≫·≪豆棚閒話≫·≪快心編≫·≪雲仙嘯≫·≪錦香亭≫.

다. 이 중에는 현재 완전히 일실되어 중국 등 타 지역 어디에서도 찾아볼 수 없는 ≪覺夢雷≫·≪鳳儀亭≫·≪春苑記≫ 등의 서목도 보인다.

이상에서 예로 든 윤덕희의 ≪字學歲月≫과 ≪小說經覽者≫, 완산이씨의 ≪中國小說繪模本≫의 관련 기록을 보면 ≪小說經覽者≫와 ≪中國小說繪模本≫이 같은 해인 1762년에 저작된 것을 알 수 있다. 그런데 관심을 끄는 점은 ≪中國小說繪模本≫에 繪圖가 있는 점과 그것을 그린 金德成(1729~1797)이라는 인물과의 관계이다. 두 사람 중 윤덕희가 年長者이나 궁중에서 관직생활을 하였던 시기는 비슷한 것으로 보아, 서로 교류나 관계가 있었던 것으로 추측할 수 있으나 확인할 수 있는 근거자료가 발견되지 않았다. 또 尹德熙의 ≪小說經覽者≫(128종)와 김덕성 등이 그린 ≪中國小說繪模本≫이 같은 해에 출판된 점과 두 저작 사이에 일치되는 소설명도 50여 종에 이른 점들을 볼 때, 兩者 사이에는 모종의 연계나 관계가 있었음이 확실시된다. 그리고 기록들에 근거해보면, 윤덕희의 ≪字學歲月≫에 46종, ≪小說經覽者≫에 128종이 기록되어 있는데, 이십여 년의 간격을 두고 조선사회에서 유통된 소설의 편수가 세 배 가까이 늘어났음을 보여준다. 완산이씨의 ≪中國小說繪模本≫은 93種中 74種이 소설인데, ≪小說經覽者≫와 같은 해에 출판되었지만 언급된 소설은 35종이 더 적다. 兪晩柱의 ≪欽英≫에는 문언소설 15종, 백화소설 31종 등 46종을 언급함에 불과하였다.

윤덕희의 ≪字學歲月≫과 ≪小說經覽者≫, 완산이씨의 ≪中國小說繪模本≫과 이보다 시간적인 차이를 두고 저작된 유만주의 ≪欽英≫에 보인 서목을 각각 비교해 본 결과, ≪字學歲月≫과 겹치는 서목류는 백화통속소설 ≪三國志≫·≪西漢記≫·≪水滸志≫·≪後水滸志≫·≪西遊記≫·≪西湖佳話≫·≪杏花天≫ 등 7종, 문언소설 ≪山海經≫ 1종, ≪小說經覽者≫와 겹치는 서목류는 백화통속소설 ≪三國衍義(三國演義)≫·≪後水滸傳≫·≪覺世名言≫·≪西湖佳話≫·≪一片情≫·≪杏花天≫·≪濃情快事≫·≪催曉夢≫·≪金甁梅≫·≪錦香亭≫·≪西漢記≫ 등 11종, 문언소설 ≪山海經≫·≪剪燈新話≫·≪虞初志(虞初新志)≫·≪文苑査橘(文苑楂橘의 오기)≫ 등 4종, ≪中國小說繪模本≫과 겹치는 서목류는 백화통속소설 ≪西湖佳話≫·≪西遊記≫·≪水滸志≫·≪水滸後傳≫·≪杏花天≫·≪燈月緣≫ 등 6종, 문언소설 ≪剪燈新話≫·≪文苑楂橘≫ 등 2종에 불과하여 유만주가 접한 소설이 많지 않음을 알 수 있다. 하지만 일실되어 어디에서도 볼 수 없는 ≪覺夢雷≫·≪鳳

儀亭≫ · ≪春苑記≫ 등의 서목은 주목할 만한 것이다. 또 ≪欽英≫에 보이는 ≪畵≫는 ≪人中畵≫인지 ≪畵圖緣≫인지 확실히 알 수 없으나 ≪字學歲月≫은 ≪畵圖緣≫이 보이고 ≪小說經覽者≫는 ≪人中畵≫와 ≪畵圖緣≫이 모두 보이고 ≪中國小說繪模本≫은 ≪人中畵≫가 보이는 것으로 보아 둘 중 하나일 것으로 추측하나 명확한 근거가 없다. 그리고 문언소설에서 ≪小說經覽者≫에는 ≪文苑査橘(文苑楂橘의 오기)≫이 나오나 ≪欽英≫에서는 ≪刪補文苑楂橘≫이 보이는 차이점이 있다.

이밖에도 1922년 출판된 ≪강유실긔≫와 1915년에 출판된 ≪東美書市≫의 기록[14]이 있는데 그 후언을 각각 살펴보면, 백화통속소설의 기록은 많지 않다. 모두 1910년 이후 일제 강점기에 출판된 것들이지만 ≪박안경긔≫와 ≪금고긔관≫ 각 한 편씩만 언급하고 있다. 그러나 ≪강유실긔≫의 후언 말미에 "이외에도 신구소셜 사빅여종과 닉외국 서적 삼빅여종이 딕 구비ᄒᆞ얏사외다."와 ≪東美書市≫의 후언 말미에 "금년내로 계속ᄒᆞ야 ᄎᆞ외에도 오십여종을 출판이온 바 합빅여종이오며 딕발믹소는 신구셔림 · 유일셔관 · 회동셔관 · 동미셔시와 기타 유명셔시이외다."의 기록을 통해 보면 많은 출판사들이 대량의 소설을 출판 유통시켰다는 사실을 확인 할 수 있다. 대량 유통의 한편에는 일제 강점기라는 암울한 시기에 억압당한 정신적 심리적 피해를 달래줄 대중들의 수요가 있었기에 가능했다고 보겠다.

2. 백화통속소설의 국내 판본 및 번역 상황

1) 국내 판본 목록

본 장에서는 중국 백화통속소설 중 조선시기에 유입된 ≪三言≫ · ≪二拍≫ · ≪一型≫ · ≪今古奇觀≫ 등의 판본사항을 出版事項, 版式狀況, 所藏處 등의 내용을 정리한 도표를 제시하고, 이에 대해 간략히 설명을 덧붙이고자 한다. 여기에 정리된 작품의 판본 목록은 조선시대에 국내 유입되어 현재 국내에 소장되어 있는 판본 및 필사된

---

14) ≪강유실긔≫, 大昌書院, 1922, 160쪽, (舊活字本古小說全集 33冊, 仁川大 民族文化硏究所, 1983~1984). ≪東美書市≫, 1915, 88쪽(仁川-活-6). (舊活字本古小說全集 33冊, 仁川大學 民族文化硏究所, 1983~1984)

것을 중심으로 정리하였다. 다만 ≪今古奇觀≫의 경우는 일 강점 시기에 출판된 방각본이 있어 추가로 정리하였다.

(1) ≪醒世恒言≫

조선시대에 국내 유입되어 현재 국내에 소장되어 있는 ≪醒世恒言≫의 판본 목록은 아래 도표와 같다.

書名	出版事項	版式狀況	一般事項	所藏處	所藏番號
醒世恒言	馮夢龍(明)編, 明版本	9冊(零本, 卷3-5, 8-10, 20-23, 27-28, 31-40), 中國木版本, 25.2×16㎝	印:帝室圖書之章	奎章閣	[奎중]4296
		10卷7冊(卷3~12), 中國木版本, 21.9×13.5㎝, 四周單邊, 半郭:17.7×10.9㎝, 無界, 8行18字, 紙質:竹紙	內容:九烈君廣施柳汁	釜山大學校	
	憑夢龍(明)著, 刊寫者未詳, 刊寫年未詳	22卷7冊, 中國木版本, 22×13.5㎝, 上下單邊, 左右雙邊, 全郭:17.6×10.7㎝, 無界, 8行18字, 白口, 無魚尾, 紙質:노로지		釜山大學校	(芝田文庫) OEC 3-12 19
		6冊(卷2~6存), 木版本		鮮文大 朴在淵	

≪醒世恒言≫의 國內 流入에 대한 최초 기록은 朝鮮 英祖38年(1762년) 完山李氏의 ≪中國小說繪模本≫序文에 나온다. 이로 보면 적어도 1700년대 初·中期에는 유입된 것으로 추정할 수 있다. 도표를 통해보면, 國內 流入된 네 개의 版本은 刊行年을 알 수 없는 明淸代 木版本으로, 모두 殘本이다. 奎章閣에 9冊, 釜山大學校에 10卷 7冊과 22卷 7冊이 소장되어 있고, 鮮文大學校 朴在淵이 6冊(卷2~6)을 소장하고 있다.

(2) ≪拍案驚奇≫

현재 국내에 소장되어 있는 ≪拍案驚奇≫의 판본은 아래와 같다.

書名	出版事項	版式狀況	一般事項	所藏處	所藏番號
拍案驚異記	著者未詳, 上海, 鑄記書局 民國1(1912)	17卷6冊, 中國石印本, 有圖(4張), 15×9㎝, 四周雙邊, 半郭:13× 8.9㎝, 無界, 15行32字, 上黑魚尾		梨花女子大學校	[고] 812.3 박71

≪拍案驚奇≫는 初刻과 二刻이 모두 國內에 들어왔는지는 근거자료가 없어 명확히 알 수 없는 상황이다. 그러나 完山李氏의 ≪中國小說繪模本≫(1762년)에 서명이 보이며, 윤덕희의 ≪小說經覽者≫(1762년)에도 書名이 보인다. 이로 보아 1700년대 中期 이전에 流入된 것으로 추정할 수 있다. 하지만 국내에선 현재까지 판본을 발견하지 못한 실정이다. 위의 목록에 보이는 ≪拍案驚異記≫는 民國 1年(1912)에 鑄記書局에서 간행한 ≪拍案驚奇≫의 아류작품이며, 梨花女子大學校에 소장되어 있다. 그러나 ≪拍案驚奇≫와는 내용이 다르며, 17卷 6冊으로 中國石印本이다.

(3) ≪型世言≫

≪型世言≫의 국내 소장 판본 목록은 다음과 같다.

書名	出版事項	版式狀況	一般事項	所藏處	所藏番號
崢霄舘評定通俗演義型世言	陸人龍(明)演, 明版本	11冊(零本, 第12冊 缺), 中國木版本, 25×16.2cm	版心書名:型世言, 序:陸雲龍, 印:帝室圖書之章	奎章閣	[奎중]4256
형셰언(型世言)	編者未詳, 寫本未詳	4冊存, 國文筆寫本, 28.8×21.6cm, 無郭, 無絲欄, 12行字數不定, 無魚尾, 紙質:楮紙	表題:型世言, 印:藏書閣印, 35mmR[Nega], 229f	韓國學中央研究院	4-6863/R35N-000019-3

≪型世言≫은 중국에서도 일실되어 그 원본을 찾을 수 없었으나, 서울대 奎章閣에서 그 원본이 발굴되어 전반적인 면모가 알려지게 되었다. 규장각 소장된 明版 木版本은 ≪崢霄舘評定通俗演義型世言≫이란 긴 서명으로 되어 있고, 第12冊을 제외한 11冊이 모두 전하고 있다. 韓國學中央研究院에 소장되어 있는 ≪형셰언(型世言)≫은 編者 未詳의 국문필사본이며, 4冊이 전한다.

(4) ≪今古奇觀≫(≪續今古奇觀≫ · ≪五續今古奇觀≫ · ≪今古艷情奇觀≫ · ≪今古奇聞≫)

① ≪今古奇觀≫

현재 국내에 소장되어 있는 ≪今古奇觀≫의 판본 목록은 아래와 같다.

書名	出版事項	版式狀況	一般事項	所藏處	所藏番號
今古奇觀	泰山堂, 光緖10(1884)	零本5册(全40卷40册中所藏本中卷之一, 二, 五, 七, 八의 5册以外缺), 中國木版本, 21.4×13.3㎝, 四周單邊, 半郭:18×13.4㎝, 無界, 15行32字, 白口·上黑魚尾	標題紙:光緖十年(1884)新刊, 序:朱印	海軍士官學校	[중]28
	抱甕老人(明)選輯, 經文堂, 光緖14(1888)	40卷6册, 中國石印本, 有圖, 17.5×11㎝	標題:繡像今古奇觀, 書名:目錄題, 序:光緖戊子(1888)愼思草堂主人謹識, 光緖戊子管子幷書于海上	高麗大學校	C14-B10C
	中國, 著者未詳, 1891	10卷14册, 中國木活字本, 15.2×11㎝, 四周單邊, 半郭:12×9.2㎝, 無界, 11行25字, 上黑魚尾, 紙質:竹紙	序:姑笑花主人, 刊記:光緖十七年(1891)冬重刊	圓光大學校	AN823.5-ㄱ575ㄱ
	撰者未詳, 上海, 上海書局, 光緖乙未(1895)刊	40卷6册(卷1~40), 中國石印本, 15.2×10.1㎝, 四周雙邊, 半郭:13×8㎝, 無界, 17行38字, 上下向黑魚尾, 紙質:綿紙	題簽:繪圖今古奇觀, 裏題:繪圖今古奇觀, 序:姑蘇笑學主人漫題, 刊記:光緖乙未(1895)仲春上海書局石印	江陵市船橋莊	
	抱甕老人(明)編, 上海書局, 光緖乙未(1895)仲春刊	40卷6册, 中國石印本, 有圖, 16㎝, 17行38字	內題:繪圖今古奇觀, 序:姑蘇笑花主人漫題, 印記:崔炳憲印	延世大學校	812.36/2
	抱甕老人編, 成文信, 光緖21(1895)刊	7卷7册, 17.4×11.5㎝, 四周單邊, 半郭:12.6×9.2㎝, 有界, 有無版, 12行28字, 上下向黑魚尾	본문에 한글토가 부착됨, 書名은 表題임	中央大學校	812.3-포옹노금
	抱甕老人(明)編, 墨憨齋手定, 成文信, 光緖21(1895)刊	8卷8册, 中國木版本, 17×11.5㎝, 四周單邊, 半郭:12.7×9㎝, 有界, 12行28字, 上黑魚尾, 紙質:竹紙	序:姑蘇笑花主人漫題, 刊記:光緖二十一年(1895)新刊, 烟台成文信梓行	成均館大學校	D7C-4
	抱甕老人(明)編, 上海, 點石齋, 光緖乙巳(1905)	27卷4册(卷1~7, 15~34), 石印本, 15.5×10㎝, 四周單邊, 半郭:13×8.6㎝, 無界, 17行38字, 註雙行	標題:繪圖今古奇觀, 序:姑蘇笑花主人題, 刊記:光緖乙巳(1905)孟春月上海點石齋石印	檀國大學校	천안율곡도서관(羅孫文庫)古873.5-포279ㄱ
		40卷6册, 中國石印本, 有圖, 15.1×9.9㎝, 四周雙邊, 半郭:13×8.2㎝, 無界, 17行38字, 上下向黑魚尾	版心題:繪圖今古奇觀, 序:望之善讀小說者, 刊記:光緖己巳(1905)上海點石齋石印	慶北大學校	[古] 812.3 포65ㄱ

書名	出版事項	版式狀況	一般事項	所藏處	所藏番號
	抱甕老人(明)編	1冊(卷4-7), 中國木版本, 26cm, 四周單邊, 20.7×14.2cm, 12行27字, 上黑魚尾		延世大學校	812.36/3
	抱甕老人(明)選輯	40卷12冊, 中國木版本, 23.9×15.8cm	書名:標題, 序:姑蘇笑花主人漫題	高麗大學校	C14-B10D
	抱甕老人(明)撰	零本4冊(卷第七,九, 十九~二十三), 中國木版本, 24×15cm	版心·表題:書名	高麗大學校	(晩松文庫 C14-B10E
	抱甕老人(明)撰, 刊寫地未詳, 刊寫者未詳, 刊寫年未詳	1冊(零本), 木板本 25.3cm		檀國大學校	죽전퇴계 도서관, 고823.5-포279ㄱ
		7卷1冊(寫本)(卷8~14), 石印本, 有圖, 16×10cm, 四周雙邊, 半郭:13×8cm, 無界, 17行38字, 上下向黑	繪圖今古奇觀	檀國大學校	천안율곡 도서관 고873.5-포279가
	著者未詳, 清版本	6冊(第2~7冊), 第9~12冊, 零本), 中國木版本, 15.6×11cm	印: 李根洪印	奎章閣	895.13-G337g-v.1-5, 895.13-G337ga-v.1-6
	撰者未詳, 清代刊	37卷12冊(卷1~37), 中國木版本, 15.3×11cm, 四周單邊, 半郭:12.2×9.7cm, 無界, 11行25字, 上下向黑魚尾, 紙質:竹紙		江陵市船橋莊	
	刊寫地未詳, 刊寫者未詳, 刊寫年未詳, 清版	1冊		京畿大學校	경기-k122933
	抱甕老人(明)選輯, 文淵堂	零本6冊(全40卷12冊)卷第一~二十一, 中國木版本, 有圖, 24.3×15.9cm	書名:標題, 序:姑蘇笑花主人漫題, 印:蕙石, 金印明原	高麗大學校	C14-B10B
	抱甕老人(明)編, 文英堂, 清朝後期刊	40卷12冊, 中國木版本, 25×15.6cm, 四周單邊, 20×13.6cm, 無界, 11行24字, 註雙行, 上黑魚尾, 紙質:竹紙	序:姑蘇笑花主人漫題, 刊記:文英堂梓	成均館大學校	D7C-4a
	抱甕老人輯, 笑花主人叙·閱, 墨憨齋手定, 清板本	40卷2匣12冊, 中國木版本, 16×25cm, 四周單邊, 半郭:13.4×20.2cm, 無界, 11行24字, 白口黑魚尾上		澗松文庫	

書名	出版事項	版式狀況	一般事項	所藏處	所藏番號
	刊寫地未詳, 刊寫者未詳, 刊寫年未詳	7冊(零本), 中國本, 24×16cm		嶺南 大學校	823
		6卷6冊40回, 石印本	改良繪圖今古奇觀	鮮文大 朴在淵	
		3冊(卷之四, 五, 六存), 木版本, 袖珍本		鮮文大 朴在淵	
		40卷15冊(卷首缺), 木版本		鮮文大 朴在淵	
		1冊(卷2存, 落帙), 上函5冊, 卷1~卷 20, 木版本,		鮮文大 朴在淵	
		下函, 5冊(卷6, 7, 8, 9, 10存), 袖珍本		鮮文大 朴在淵	
		3卷1冊(零本), 中國版本, 23.5×14.8cm		韓國國學 振興院	五美洞豊山 金氏虛白堂 門中, KS0 063-1-03-000 08
全圖今 古奇觀	著者未詳, 民國2年癸丑 (1913), 上海 校經山房印行	6卷1匣6冊, 中國石印本, 13.5×20.3cm, 四周單邊, 半郭:11.3×17.1cm, 無界, 21行44字, 白口黑魚尾上		澗松文庫	
繪圖今 古奇觀	曲園老人(淸), 鑑定, 上海, 大成書局, 光緖32(1906)序	6卷6冊, 中國石印本, 有圖, 20.3×13.3cm, 四周單邊, 半郭:17.8×11.8cm, 無界, 21行45字, 花口上下向黑魚尾, 紙質:노로지	表題:今古奇觀, 版心題:(大字足本)繪圖今 古奇觀, 序:光緖丙午(1906)仲春古 董月湖釣徒撰幷書, 刊記:曲園老人鑑定上海大 成書局發行	釜山 大學校	(夢漢文庫)O DC 3-12 12
	抱甕老人著, 上海, 普新端記 石印書局, 宣統2(1910)	2卷2冊(卷1-2), 有圖, 20×12.8cm, 四周單邊, 半郭:17.5×11.6cm, 無界, 行字數不定, 無魚尾		慶熙 大學校	812.3-포65ㄱ
	朱斗南(淸) 編, 上海, 石印書局, 淸宣統2年 (1910)刊	4卷4冊(卷上, 1~2, 卷下, 3~4), 中國石印本, 有圖, 20×13.4cm, 四周單邊, 小字, 23行46字, 紙質:洋紙, 半郭:17.6×11.7cm	表題:今古奇觀, 版心題:改良繪圖今古奇觀, 序:宣統二年(1910) 歲次 庚戌冬月上浣 茂苑朱斗南題, 印記:3種	韓國綜合 典籍目錄	(玩樹文庫) 李炳麒 4-200
	曲園老人(淸), 鑒定, 上海, 大成書局, 淸光緖32(1906)	6卷6冊, 中國石印本, 有圖, 20.2×13.2cm, 四周單邊, 半郭:17.9×12.9cm, 無界, 21行46字, 上下向黑魚尾, 紙質:竹紙	表題:今古奇觀, 裏題:精繪全圖今古奇觀, 序:光緖丙午(1906)… 月湖釣徒, 刊記:上海大成書局發行	釜山 大學校	

書名	出版事項	版式狀況	一般事項	所藏處	所藏番號
	仿泰西書局, 民國2(1913)	3卷6冊, 中國石印本, 13.3×8.5cm		高麗大學校	(華山文庫)小62
	曲園老人鑑定, 上海, 天寶書局, 刊寫年未詳	4卷2冊, 中國石印本, 20.3×13.3cm, 四周單邊, 半郭:17.9×11.9cm, 無界, 21行42字, 註雙行, 花口, 無魚尾, 紙質:노로지	刊記:上海天寶書局石印	釜山大學校	(蒼原文庫) OHC 3-12 61
	抱甕老人(明), 中國, 刊寫者未詳, 刊寫年未詳	40卷6冊, 中國石印本, 有圖, 15.5×10cm	書名:表題임, …序:姑蘇笑花主人漫題	國民大學校	[고]823.5 포01ㄴ
	編者未詳, 淸刊	20卷3冊, 中國石印本, 16.3×10.3cm	序:淸河甌生居士	國立中央圖書館	[승계古]3736-9
	刊寫地未詳, 刊寫者未詳, 刊寫年未詳	1卷1冊(卷4, 缺帙), 石印本, 揷圖, 20.0×13.5cm, 四周雙邊, 半郭:16.9×11.8cm, 無界, 20行40字, 上下向黑魚尾		京畿大學校	경기-k121675-4
足本全圖今古奇觀	松禪老人 編, 上海, 廣雅書局, 淸末-民國初	8卷8冊(卷1-8), 中國石印本, 有圖, 20×13.3cm, 上下單邊, 左右雙邊, 半郭:16.1×11.6cm, 無界, 17行38字, 上黑魚尾, 紙質:竹紙	版心題:全圖足本今古奇觀, 標題:新增全圖足本今古奇觀, 序:姑蘇松禪老人題, 刊記:上海, 廣雅書局藏板	全南大學校	3Q-족45ㅅ-v.1-8
改良今古奇觀	刊寫地未詳, 刊寫者未詳, 刊寫年未詳	2冊(所藏本;卷4, 6, 零本), 中國石印本, 有圖, 19.9×13.4cm		中央大學校	812.3-포옹노개
				嶺南大學校	[古南]823.5 개량금
	錦章圖書局	2卷2冊(零本), 中國版本, 有圖, 13.2×8.8cm, 19行42字	漢文, 楷書	韓國國學振興院受託	아주신씨 인재파 전암후손가, KS0236 -1-03-00004
改良繪圖今古奇觀	抱甕老人著, 上海, 普新端記石印書局, 宣統2(1910)	2卷6冊, 有圖, 20×13.3cm, 四周單邊, 半郭:17.5×11.6cm, 無界, 行字數不定, 無魚尾		慶熙大學校	812.33-포65ㄱ
繡像今古奇觀	抱甕老人(明)編, 墨憨齋批點, 同治2(1863)刊	10卷10冊, 中國木版本, 有圖, 17×11.5cm, 四周單邊, 半郭:11.2×9.2cm, 有界, 13行25字, 上黑魚尾, 紙質:竹紙	序:姑蘇笑花主人漫題, 刊記:同治二年(1863)新刊	成均館大學校	D7C-5

書名	出版事項	版式狀況	一般事項	所藏處	所藏番號
	抱甕老人(明), 中國, 刊寫者未詳, 光緒17年(1891)	10冊, 中國木版本, 有圖, 15.6×11.3㎝, 四周單邊, 半郭:11.8×9.2㎝, 無界, 11行字數不定, 上下向黑魚尾	書名:內題임, 表題와版心題:今古奇觀, 序:…	國民 大學校	[고]823.5 포01ㄱ
	抱甕老人 (明)輯, 笑花主人閱, 同文堂	36卷11冊(卷8~11缺), 中國木版本, 有圖, 半郭:20.7×14.1㎝, 12行27字, 上黑魚尾	內容:小說	雅丹文庫	823.5-포65ㅅ
	笑花主人 編, 刊寫地未詳, 天寶樓, 刊寫年未詳	4冊(缺帙), 中國木版本, 有圖, 16.6×11.3㎝, 四周雙邊, 半郭:12.5×9.9㎝, 無界, 12行27字, 上黑魚尾, 紙質:竹紙	序:姑蘇笑花主人漫題	全南 大學校	3Q-수51ㅅ-v. 1,3-4,6
		4冊(冊1,3-4,6, 缺帙), 中國木版本, 有圖, 16.6×11.3㎝, 四周雙邊, 半郭:12.5×9.9㎝, 無界, 12行27字, 花口, 上下向黑魚尾, 紙質:竹紙	序:姑蘇笑花主人漫題	全南 大學校	3Q-수51ㅅ
新刻今 古奇觀	抱雍老人 (明)撰, 刊寫地未詳, 刊寫者未詳, 刊寫年未詳	2卷2冊(全27卷, 卷5,8), 17.4×11.7㎝, 四周單邊, 半郭:13×9.7㎝, 有界, 12行28字, 上下向黑魚尾		東亞 大學校	(3):12:2-65
新增全 圖足本 今古奇 觀	上海	8冊, 中國版, 20.1×13.3㎝, 四周雙邊, 半郭:16×11.5㎝, 17行38字, 白口, 上下向黑魚尾	漢文, 楷書, 藏板記:上海廣雅書局藏板	韓國國學 振興院 受託	청송심씨 칠회당고택 KS0431-1-03- 00020
古今奇 觀		1冊, 23.5×15㎝, 中國版本		韓國國學 振興院	영천이씨 농암종택 고전적KS03-3 007-10078-00 078
(改正) 今古奇 觀	上海, 鑄記書局, 刊年未詳	6卷1冊, 揷圖, 21×14㎝	版心題:繪圖改正今古奇觀	忠北 大學校	ㅇ 823.5 ㄱ575
奇 觀		40卷6冊, 筆寫本, 30×20㎝	序:姑蘇笑花主人題, 表題:今古奇觀, 印記:尹泓定印	延世 大學校	(李源喆文庫), 812.38
금고긔 관		1冊, 國文筆寫本, 37.4×22.2㎝	印:金公潤章, 李學鎬信	高麗 大學校	(晩松文庫) C14-A58

書名	出版事項	版式狀況	一般事項	所藏處	所藏番號
	긔선유著, 1932寫	1冊(61張), 筆寫本, 29.5×20.1㎝, 9行字數不定, 紙質:楮紙	寫記:신미(1931)칠월순일 필서라,	誠庵文庫	(誠庵文庫) 趙炳舜 4-1336
금고긔		1冊, 國文筆寫本, 28.7×20.3㎝	附:사제정곡, 화슈가, 16㎜R[Nega], 73f	韓國學中央硏究院	R16N-001132-13D7B-26
		1冊, 國文筆寫本, 29.8×20.2㎝	別名:金魚傳, 16㎜R[Nega], 44f	韓國學中央硏究院	R16N-001132-14
등대윤지단가스	作者未詳, 寫年未詳	1卷(51張), 筆寫本, 30.5×21.4㎝, 無郭, 無絲欄, 10行18字, 紙質:壯紙	表題:今古奇觀, 印:藏書閣印	韓國學中央硏究院	4-6802
		1冊, 國文筆寫本, 30.5×21.4㎝	別名:今古奇觀, 35㎜R[Nega], 52f	韓國學中央硏究院	R35N-000203-1,4-6802舊藏書閣本

도표에 정리된 자료에 의하면, 국내에는 中國木版本이 海軍士官學校, 成均館大, 延世大, 高麗大, 江陵市 船橋莊, 奎章閣, 鮮文大 朴在淵 등에 소장되어 있고, 총 20종이다. 中國石印本은 中央大, 檀國大, 嶺南大, 慶北大, 釜山大, 全南大 등에 소장되어 있으며, 총 20종이다. 한글 필사본은 高麗大에 1종, 誠庵文庫에 1종, 韓國學中央硏究院에 3종이 소장되어 있다. 이외에 필사본이 2종, 기타 판본이 9종이다. 한글 필사본은 모두 1冊本이나 판식이 각각 다른 것으로 보아 출판 지역이 각기 다름을 알 수 있다. 또한 全圖今古奇觀, 繪圖今古奇觀, 足本全圖今古奇觀, 改良今古奇觀, 改良繪圖今古奇觀, 繡像今古奇觀, 新增全圖足本今古奇觀 등 그림이 있는 판본이 다수 있으며, 1900년대 초기 상해지역에서 출판된 판본이 다수를 차지함을 알 수 있다.

② ≪續今古奇觀≫

≪續今古奇觀≫의 국내 소장 판본 목록은 아래와 같다.

書名	出版事項	版式狀況	一般事項	所藏處	所藏番號
繪圖續今古奇觀	編者未詳, 上海, 上海書局, 宣統1(1909)	6卷6冊(卷1-6), 中國石印本, 有圖, 14.8×9.8㎝, 四周雙邊, 半郭:12.4×8.9㎝, 無界, 19行43字, 黑口, 上下向黑魚尾	題簽題 및 標題:繪圖今古奇觀續集, 包匣題:繪圖今古奇觀續, 刊記:宣統元年(1909) 冬月上海書局石印	東亞大學校	(3):12:2-22

≪續今古奇觀≫의 著者에 대해서는 자세히 알려져 있지 않다. 이 책의 國內 流入

時期는 관련 文獻 기록을 찾을 수 없어 자세한 상황을 알 수 없으며 대략 朝鮮 後期에 유입된 것으로 추정될 뿐이다. 도표에 정리된 국내 현존 版本은 宣統1년(1909)에 上海書局에서 간행한 ≪繪圖續今古奇觀≫ 6卷 6冊으로, 石印本이며 東亞大學校에 소장되어 있다.

③ ≪五續今古奇觀≫

현재 국내에 소장되어 있는 ≪五續今古奇觀≫의 판본 목록은 다음과 같다.

書 名	出 版 事 項	版 式 狀 況	一 般 事 項	所藏處	所藏番號
繪圖五續今古奇觀	上海, 廣益書局, 民國4年(1915)	8卷4冊(卷1-4,7-8,11-12, 缺帙), 中國石印本, 有圖, 15×8.9cm, 四周雙邊, 半郭:12.5×8.1cm, 無界, 19行46字, 上下向無葉花紋魚尾	版心題:五續今古奇觀	京畿大學校	경기-k119578-1
繪圖醒世第二奇書	天然癡叟著, 墨憨主人評, (19--)	12卷6冊, 中國石印本, 有圖, 14.5×9cm	表紙書名:繪圖五續今古奇觀	高麗大學校	(華山文庫)小63

국내 유입 기록은 관련 文獻 기록을 찾을 수 없어 자세한 상황을 알 수 없으나, 창작시기가 明代이고 원작인 ≪今古奇觀≫이 1762년 이전에 유입된 것으로 확인되는 바, 朝鮮 後期에는 전래되었을 것으로 추정할 수 있다. 도표의 정리를 보건대, 경기대 소장본은 民國 4年(1915)에 上海의 廣益書局에서 출판된 것이며, 8卷 4冊으로 殘帙本이고 삽도가 들어 있다. 고려대 소장본은 12卷 6冊이며, 書名이 ≪繪圖醒世第二奇書≫로 되어 있으나, 表紙書名은 ≪繪圖五續今古奇觀≫이라 적혀 있다. 출판연도를 알 수 없으며, 삽도가 있다.

④ ≪今古艷情奇觀≫

≪今古艷情奇觀≫의 국내 소장 판본 목록은 다음과 같다.

書 名	出 版 事 項	版 式 狀 況	一 般 事 項	所藏處	所藏番號
繪圖今古艷情奇觀	刊寫地未詳, 刊寫者未詳, 刊寫年未詳	6卷6冊(卷1~6), 石印本, 有圖, 14.1×9cm, 四周雙邊, 半郭:12.2×8cm, 無界, 20行44字, 上下向無葉花紋魚尾	表題:繪圖三續今古奇觀, 版心題:三續今古奇觀	京畿大學校	경기-k119582-1

≪今古奇觀≫의 續作이며, ≪三續今古奇觀≫이라고도 하고, 24회로 이루어져 있다. 국내 유입 기록은 관련 文獻 기록을 찾을 수 없어 자세한 상황을 알 수 없다. 다만 원전 ≪今古奇觀≫이 1762년 이전에 유입된 것으로 확인되므로 續作인 ≪今古艷情奇觀≫은 원전보다 늦은 朝鮮 後期에나 유입되었을 것으로 추정할 수 있다. 국내 소장 판본은 京畿大學校의 石印本이 유일하나, 출판사항은 자세하지 않다. 表題는 ≪繪圖三續今古奇觀≫, 版心題는 ≪三續今古奇觀≫이라 쓰여 있으며, 6卷 6冊이다.

⑤ ≪今古奇聞≫

≪今古奇聞≫의 국내 소장 판본 목록은 아래와 같다.

書名	出版事項	版式狀況	一般事項	所藏處	所藏番號
新撰今古奇聞	著者未詳, 刊年未詳	4冊(零本, 卷12~16外缺), 中國石印本, 14.2×9.2cm, 四周雙邊, 半郭: 12.8×7.2cm, 無界, 行字數不同, 上黑魚尾		梨花女子大學校	[고] 812.308 고18
繪圖古今奇聞	燕山逸史重訂, 耕餘主人校字, 淸光緖20(1894)刊	4卷4冊, 中國木版本, 16.5×11cm, 左右雙邊, 半郭:113×9.2cm, 有界, 12行28字, 上黑魚尾, 紙質:竹紙	序:光緖辛卯(1891)中伏虎林醉犀生揮汗書於歇浦讀書樓, 刊記:光緖甲午(1894)孟冬新刊	成均館大學校	D7C-111
	抱甕老人(明)編, 墨憨齋增補, 淸末~中華初刊	40卷6冊, 中國石印本, 有圖, 17×10cm, 四周單邊, 半郭:13.2×8.5cm, 無界, 22行48字, 註雙行, 上黑魚尾, 紙質:綿紙	書名:裏題에 依함, 序:淸河甌生局士題	成均館大學校	D7C-6
	抱甕老人(明)編, 墨憨齋增補, 天寶書局精校, 淸朝末期~中華初刊	6卷6冊, 中國石印本, 19.7×13.2cm, 四周雙邊, 半郭:18.2×11.5cm, 無界, 27行61字, 上黑魚尾, 紙質:竹紙	序:泉唐愛月子題	成均館大學校	D7C-6a
	抱甕老人(明)編, 上海, 校經山房, 中華2(1913)刊	不分卷6冊, 中國石印本, 13.4×20.1cm, 四周單邊, 半郭:17.1×11.3cm, 21行44字, 上黑魚尾, 紙質:竹紙	題簽:全國今古奇觀, 刊記:民國二年(1913)春月上海校經房印行	成均館大學校	(曺元錫) D7C-6b
今古奇聞	編者未詳, 己卯(?)寫	不分卷1冊, 筆寫本, 23.4×16cm, 9行20字, 紙質:楮紙	跋:己卯(?)臘到家過次兒乭禮仍爲過歲閱藏書得前日手書以記之白橋翁書	成均館大學校	D7C-198
		1冊, 筆寫本	朝鮮人筆字	鮮文大朴在淵	

≪今古奇聞≫은 ≪古今奇聞≫이라고도 한다. 이 작품은 국내 유입기록이 전하지 않아 유입시기를 정확히 알 수 없지만, 대략 조선 후기에 유입된 것으로 추정된다. 國內에는 梨花女子大學校에 1종, 成均館大學校에 5종, 鮮文大學校 朴在淵이 1종을 소장하고 있다. 梨花女子大學校에 소장된 ≪新撰今古奇聞≫은 4冊 石印本이며, 저자와 출판연도를 알 수 없다. 成均館大學校에는 光緖 20年(1894)에 간행된 ≪繪圖古今奇聞≫ 木版本 1종, 淸 末葉에서 中華民國 初에 간행된 ≪繪圖古今奇聞≫ 石印本 3종이 소장되어 있고, ≪今古奇聞≫ 筆寫本 1종이 소장되어 있다. 이 筆寫本은 跋文에 "己卯" 라고 쓰여 있는데, 조선 후기 이 해에 해당하는 연도는 1759년, 1819년, 1879년이다. 다른 판본의 간행 시기로 보건대, 이 중 한 해인 1879년이 아닐까 추정할 수 있다. 鮮文大學校 朴在淵 소장 筆寫本은 朝鮮人筆字이나 筆寫年을 알 수 있는 기록은 없다.

2) 번역 상황

조선시대 번역된 중국 백화통속소설은 ≪型世言≫과 ≪今古奇觀≫에 한정되어 있다. ≪型世言≫은 明代 陸人龍이 지은 작품으로 중국에서는 오래 전에 逸失되었던 것이 1992년 국내 奎章閣에서 발견되었다. 번역본 4책이 한국학중앙연구원에 소장되어 있으며, 대략 18세기경에 번역되어 여러 차례 轉寫된 것으로 추정된다. 최근 국내에서 박재연이 원문과 번역본을 모두 출간하였다.

≪今古奇觀≫은 윤덕희의 ≪小說經覽者≫(1762년)에 書名이 보이는 것으로 보아 적어도 1762년 이전 유입된 것으로 추정할 수 있지만 조선시대의 출판에 대한 기록은 보이지 않는다. 조선 후기 약 20여 편이 번역된 것으로 알려졌지만 그 판본은 보이지 않는다. 다만 일제 강점기 판본이 다수 보이는 것으로 보아 대량으로 유통되었음을 알 수 있다. 이것들은 방각본으로 모두가 부분 번역되었거나 혹은 번안되어 현재 장서각과 고려대학 등에 소장되어 있다. 최근까지도 완역본은 없고 부분 번역본만 나왔다.

≪型世言≫의 서지사항은 아래와 같다.

書名	出版事項	版式狀況	一般事項	所藏處	所藏番號
형셰언 (型世言)	4冊存, 筆寫本, 編者未詳, 寫本未詳	28.8×21.6㎝, 無郭, 無絲欄, 12行字數不定, 無魚尾, 紙質:楮紙	번역:18세기경(추정), 表題:型世言, 印:藏書閣印	韓國學 中央研究院	4-6863

도표에 보이듯, ≪형셰언≫은 4冊 筆寫本으로 編者와 필사시기를 알 수 없으며, 한국학중앙연구원 장서각에 소장되어 있다. 이 한글번역본은 권1, 2가 낙질이며 권3, 4, 5, 6만 전해지고 있다. 이 번역 필사본은 여타의 중국소설 번역본과 비교할 때, 古語와 古文體가 현저하게 출현하고 있어 늦어도 18세기경에는 번역된 것으로 추정된다. 국내에는 完山李氏의 ≪中國小說繪模本≫ 서문에 ≪醒世恒言≫·≪拍案驚奇≫·≪今古奇觀≫ 등과 그 서명이 나오고 있는 것으로 보아 당시 明代 단편소설이 국내에 전래되어 읽혀지고 있었음을 알 수 있다. 한글본 ≪형셰언≫의 내용은 대개 역사적으로 실재하는 인물이나 사건을 취하였고 민간전설에서 제재를 선택하여 내용을 윤색 가공하였다. 내용은 남녀의 애정고사, 歷史人物, 神仙, 俠客, 公案事件, 因果應報에 이르는 다양한 이야기를 서술하고 있다. 이 소설은 三言과 二拍보다 교훈적인 내용이 더 많다는 특징을 가지고 있다.[15)]

다음은 ≪今古奇觀≫의 서지사항을 간단히 도표로 정리한 것이다.

書名	出版事項	版式狀況	一般事項	所藏處	所藏番號
금고긔관	1冊, 筆寫本(國文本),	37.4×22.2㎝	印:金公潤章, 李學鎬信	高麗大學校	(晩松文庫) C14-A58
	1책, 필사본(국문), 20세기초 번역	紙質:楮紙	금고기관 19회 번역	박재연	
	1冊(61張), 筆寫本, 긔션유著, 1932寫	29.5×20.1㎝, 9行字數不定, 紙質:楮紙	寫記:신미(1931) 칠월순일필셔라, 內容:中國古代史物을 主題로한 國文古小說	誠庵文庫	(誠庵文庫) 趙炳舜 4-1336
금고긔관		1冊, 國文筆寫本, 28.7×20.3㎝	附:사제정곡, 화슈가, 16㎜R[Nega], 73f	韓國學中央研究院	R16N-001132-13 D7B-26
		1冊, 國文筆寫本, 29.8×20.2㎝	別名:金魚傳, 16㎜R[Nega], 44f	韓國學中央研究院	R16N-001132-14
등대윤지단가ᄉ	作者未詳, 寫年未詳	1卷(51張), 筆寫本, 30.5×21.4㎝, 無郭, 無絲欄, 10行18字, 紙質:壯紙	表題:今古奇觀, 印:藏書閣印	韓國學中央研究院	4-6802
		1冊, 國文筆寫本, 30.5×21.4㎝	別名:今古奇觀, 35㎜R[Nega], 52f	韓國學中央研究院	R35N-000203-1,4-6802舊藏書閣本

15) 자세한 내용은 권영애, ≪型世言硏究≫(臺灣 東吳大學 박사논문, 1993. 6)와 박재연, 〈규장각본 ≪형셰언≫〉(≪중국소설연구회보≫ 제10호, 1992. 6. 33-51쪽)을 참조할 수 있다.

원전 ≪今古奇觀≫은 朝鮮 英祖 38年(1762년) 完山李氏의 ≪中國小說繪模本≫ 序文에 작품명이 존재하고 있는 것으로 보아 1762년 이전에 유입되었을 것으로 추정할 수 있다. ≪今古奇觀≫이란 명칭으로 번역된 것은 樂善齋本, 高麗大學校本, 誠庵文庫本, 韓國學中央研究院本, 김동욱본, 박재연본과 新舊書林版 ≪古今奇觀≫을 들 수 있다. 이 가운데 가장 많은 작품을 싣고 있는 것은 新舊書林版 ≪古今奇觀≫이다. ≪古今奇觀≫은 명칭과 달리 ≪今古奇觀≫ 속 작품들이 다수 있는 바, 〈三孝廉讓産立高名〉·〈李謫仙醉草嚇蠻書〉·〈裴晉公義還原配〉·〈羊角哀捨命全交〉·〈吳保安棄家贖友〉·〈兪伯牙摔琴謝知音〉·〈蘇小妹三難新郞〉·〈莊子休鼓盆成大道〉·〈劉元晉雙生貴子〉 등의 작품이 수록되어 있다.[16] 낙선재(1책)에 전해지고 있는 한글 번역본도 ≪今古奇觀≫의 작품 〈王嬌鸞白年長恨〉을 이규용이 〈백년한〉으로 개명하여 번역한 것이다.[17]

한글본 ≪금고긔관≫은 작자의 개입으로 인해, 원전에 실려 있던 시가 모두 생략되거나 등장인물들의 선악을 극단화시키기도 했다. 또한 사건의 세부과정을 생략했거나 간략화 하여 부차적 인물을 배제해 버렸다. 대체적으로 상투적인 표현을 사용했으며 원본의 불합리한 부분을 합리화시킨 부분도 있다. 번역 작품 속에 등장하는 인물들을 보면, 효자(三孝廉)이거나, 역사상 인물인 李太白, 兪伯牙, 蘇小妹, 莊子, 裴晉公, 吳保安 등이 등장하며, 주제도 충효, 신의 같은 유교적 덕목을 강조한 작품들이 선택되었다.[18] 이러한 경향은 당시 독자들의 기호에 따른 번역이 이루어졌음을 시사해주는 것이며, 작가의 의도에 따라 가감과 첨삭, 개역 등이 이루어졌던 것이다. ≪금고기관≫은 또 일제 강점기에 많이 번역되는 양상을 보인다. 그러나 대부분 전체의 번역이 아닌 回目別 飜譯이 이루어졌다.[19] 또한 ≪今古奇觀≫의 版本 중에는 朝鮮時代 飜譯 및 飜案한 版

16) 손병국, ≪韓國古典小說에 미친 明代話本小說의 영향 - 특히 ≪三言≫과 ≪二拍≫을 중심으로-≫, 동국대학교 박사논문, 1989, 70-185쪽 참조.

17) 최윤희, 〈雙美奇逢의 번안 양상 연구〉, ≪고소설연구≫제11집, 2001. 286쪽.

18) 신동일, ≪韓國古典小說에 미친 明代短篇小說의 영향 -婚事障碍構造를 중심으로-≫, 서울대학교 박사논문, 1985, 19-60쪽 참조. 손병국, ≪韓國古典小說에 미친 明代話本小說의 영향 -특히 ≪三言≫과 ≪二拍≫을 중심으로-≫, 동국대학교 박사논문, 1989, 70-185쪽 참조. 박재연·김영·이수진 교주, ≪금고긔관≫, 선문대 중한번역문헌연구소, 2004. 1-20쪽 참조.

19) 아래 내용은 일제 강점기 및 현대 시기까지 ≪今古奇觀≫이 들어있는 서명으로 국내에서 번역 및 출판된 서적의 현황을 정리한 것이다.

本 以外에도 日帝 强占 시기에 飜譯 및 飜案된 판본도 상당히 存在하는 것으로 확인된다. 이에 대한 자세한 상황은 아래의 圖表와 같다.[20]

今古奇觀	小說回目	原典	飜譯과 出版現況 및 번역 작품
第1回	三孝廉讓産立高名	醒世恒言 卷2	飜譯(新舊書林) 諺漢文今古奇觀.
第2回	兩縣令競義婚孤女	醒世恒言 卷1	飜案(京城書籍). 朴文秀傳 附錄 권2 飜案(東洋書院), 鴛鴦圖
第3回	騰大尹鬼斷家私	喩世明言 卷10	飜譯(樂善齋本) 등대윤귀단가사, 飜案(東洋書館) 行樂圖, 금고긔관 第1話.
第4回	裴晉公義還原配	喩世明言 卷9	飜譯(新舊,京城). 朴文秀傳 附錄 권3
第6回	李謫仙醉草嚇蠻書	警世通言 卷9	飜譯(新舊書林). 酒中七仙李太白實記
第7回	賣油郎獨占花魁	醒世恒言 卷3	飜譯(金泰俊本)
第9回	轉運漢巧遇洞庭紅	初刻拍案驚奇 卷1	朴泰遠譯本 洞庭紅.
第11回	吳保安棄家贖友	喩世明言 卷8	飜譯(新舊書林) 諺漢文今古奇觀.
第13回	沈小霞相會出師表	喩世明言 卷40	飜譯(博文書館), 텬백일
第12回	羊角哀捨命全交	喩世明言 卷7	飜譯(新舊書林) 朴泰遠譯本. 義人의 무덤
第14回	宋金郎團圓破氈笠	警世通言 卷22	飜譯(高麗大本) 송금전.

《今古奇觀》 : 10회 1책, 光東·太學書館, 1916년.
《諺漢文今古奇觀》(卷 1.4.6.11.12.17.18.20回) : 新舊書林, 1918년.
《今古奇觀》(卷2回) : 京城書籍.
《今古奇觀》(卷3回) : 東洋書館.
《今古奇觀》(卷4回) : 新舊書林, 京城書籍.
《今古奇觀》(卷6回) : 匯東書局, 1928년.
《今古奇觀》(卷27回) : 大昌書院·普及書館 合刊(別冊附錄), 1922년, 1923년.
《今古奇觀》(卷37.38回等 4篇) : 朴泰遠 譯本, 正音社, 1948년.
《完譯今古奇觀》 : 正音社, 1963(일본 平民社의 1948년 본을 重譯, 신동일, 상게서 57쪽 참조).
《今古奇觀》(卷2.3回) : 書名: 朴文秀傳, 世昌書局(1952년), 大造社(1959년).
《今古奇觀》(16篇譯) : 正音社, 1963년.
《今古奇觀》(7편) : 宋文, 螢雪出版社, 1992년.
《금고기관》 : 김용식, 1권, 미래문화사, 2003년.
《금고긔관》 : 박재연 외, 선문대 중한번역문헌연구소, 2004년.

20) 손병국, 《韓國古典小說에 미친 明代話本小說의 영향 -특히 《三言》과 《二拍》을 중심으로-》, 동국대학교 박사논문, 1989, 70-185쪽 참조. 신동일, 《韓國古典小說에 미친 明代短篇小說의 영향 -婚事障碍構造를 중심으로-》, 서울대학교 박사논문, 1985, 19-60쪽 참조. 李明九, 〈李朝小說의 比較文學的 硏究〉, 《大東文化硏究》(성균관대) 제5집, 1968, 31쪽. 曹喜雄, 〈樂善齋本 飜譯小說 硏究〉, 《國語國文學》第62-63合併號, 1973. 268-269쪽. 曾天富, 〈韓國小說의 明代擬話本小說 受容의 一考察〉, 釜山大 碩士學位論文, 1987. 8-9쪽 參考. 한국고소설학회편, 《한국고소설론》, 아세아문화사, 1991, 312-349쪽 참조. 민관동·장수연·김명신, 《한국 소장 중국통속소설의 판본목록과 해제》, 학고방, 2013. 177쪽 참조.

今古奇觀	小說回目	原典	飜譯과 出版現況 및 번역 작품
第17回	蘇小妹三難新郎	醒世恒言 卷11	飜譯(新舊書林). 소소매전
第18回	劉元晉雙生貴子	初刻拍案驚奇 卷20	飜譯(新舊書林) 飜譯(高麗大本) 유원보전
第19回	兪伯牙摔琴謝知音	警世通言 卷1	飜譯(樂善齋本, 金東旭本, 誠菴本, 新舊書林) 伯牙琴(玄丙周譯)
第20回	莊子休鼓盆成大道	警世通言 卷2	飜譯(高麗大本.) 장자전. 飜譯(金泰俊本. 新舊書林) 莊子敂盆歌(玄丙周譯)
第22回	鈍秀才一朝交泰	警世通言 卷17	飜譯(樂善齋本) 금고긔관 第3話, 둔슈재일됴교태.
第24回	陳御史巧勘金釵鈿	喩世明言 卷2	飜案(每日申報), 昭陽亭 飜案(東美書市), 金玉緣
第26回	蔡小姐忍辱報仇	醒世恒言 卷36	飜案(新小說). 明月亭. 飜譯(大昌書院), 月世界
第27回	錢秀才錯占鳳凰儔	醒世恒言 卷7	飜案(大昌.普及書籍). 전수재전 飜譯(金泰俊本) 弄假成眞雙新郎
第31回	呂大郎還金完骨肉	警世通言 卷5	飜案(大韓每日申報), 報應
第35回	王嬌鸞百年長恨	警世通言 卷34	飜案(金泰俊本). 彩鳳感別曲 飜案(滙東書館), 百年恨
第37回	崔俊臣巧會芙蓉屛	初刻拍案驚奇 卷27	朴泰遠譯本
第38回	趙縣君喬送黃柑子	初刻拍案驚奇 卷14	朴泰遠譯本 黃柑子.

도표 상에 朴泰遠譯本은 1948년 정음사에서 출판한 ≪중국소설선Ⅱ≫에 실려 있는 작품이다. 손병국은 그의 논문에서 〈洞庭紅〉·〈黃柑子〉 외에 〈芙蓉屛〉과 〈羊角哀〉도 번역된 작품으로 보고 있다. 도표상의 기록 외에도 신동일은 고려대 소장 필사본 ≪今古奇觀≫에 들어 있는 ≪주매신전≫을 ≪今古奇觀≫의 작품이 아닌 것으로 판단했으나 손병국은 ≪今古奇觀≫ 권31(≪喩世明言≫ 권27)에 실려 있는 〈金玉奴棒打薄情郎〉의 入話를 번역한 것으로 보았다. 신동일은 또 ≪鳳凰琴≫이란 작품을 ≪警世通言≫ 권11에 실려 있는 〈蘇知縣羅衫再合〉의 번안 작품, 1906년 ≪大韓日報≫에 연재된 ≪龍含玉≫을 ≪警世通言≫ 권24에 실려 있는 〈玉堂春落難逢夫〉의 번안작품이라 하면서 ≪三言≫의 한국 전래를 밝혀줄 수 있는 구체적 증거로 보았다. 이러한 주장으로 보면 ≪三言≫이 조선에 전래되었음을 알 수 있는 근거가 되며 좀 더 깊이 있는 고증절차가 필요하다 하겠다. 손병국은 또 1905년 ≪皇城新聞≫에 연재된 ≪神斷公案≫을 ≪초각박안경기≫ 권17의 〈西山觀設籙度亡魂 開封府備棺追活命〉의 번

안작품으로 보고 있고, 1912년 회동서관에서 발행한 ≪碧芙蓉≫을 ≪警世通言≫ 권 24에 실려 있는 〈玉堂春落難逢夫〉의 번안작품이라 보고 있다. 또한 도표에 기록한 1909년 ≪大韓每日申報≫에 연재된 ≪報應≫, 1911년 ≪每日申報≫에 연재된 ≪昭陽亭≫, 1913년 박문서관에서 발행한 ≪청텬백일≫, 1923년 東洋書院에서 발행한 ≪鴛鴦圖≫, 滙東書館의 구활자본 ≪百年恨≫, 大昌書院의 구활자본 ≪月世界≫, 東美書市 발행 ≪金玉緣≫ 등의 여러 신소설 작품들이 개화기에 번역 혹은 번안되었다고 주장하고 있다.[21)]

이상에서 알 수 있듯, 한글 역본 ≪금고긔관≫은 인과응보와 권선징악적 내용, 기이한 구성과 전고로 이루어진 단편들을 모아 엮은 것으로, 완역본은 찾을 수 없다. 이처럼 제한적인 번역을 한 것은 당시 독자들의 취향과 기호에 부합하는 흥미 있는 작품들만을 중심으로 번역한 결과인 것으로 추정할 뿐이다.

이상에서 국내 유입 중국 白話通俗 短篇小說 가운데 명대 ≪醒世恒言≫·≪拍案驚奇≫·≪型世言≫·≪今古奇觀≫ 및 청대 ≪今古奇聞≫의 국내 유입과 소장 판본목록을 파악하고 각 작품의 서지사항, 유입시기, 번역양상에 대해 개략적으로 살펴보았다.

백화통속소설에 대한 유입시기를 판단할 수 있는 자료로는 윤덕희의 ≪字學歲月≫(1744년)과 ≪小說經覽者≫(1762년)와 完山李氏作 ≪中國小說繪模本≫(1762년) 序文, 유만주의 ≪欽英≫(1775~1787년) 등이 있는데, 윤덕희의 ≪字學歲月≫에는 ≪警世通言≫ 1편, ≪小說經覽者≫에는 ≪醒世恒言≫·≪警世通言≫·≪今古奇觀≫·≪拍案驚奇≫ 등 4편이 언급되어 있다. 이 중 두 저작에 모두 기록된 소설은 ≪警世通言≫ 한 편뿐이고 모두 화본소설에 분류되어 있다. 두 저작은 20여 년의 기간을 사이에 두고 저작되었고 분류한 소설도 46종과 128종으로 차이가 나는 것으로 보아, 당시의 유통 상황을 가늠해 볼 수 있었으며, 특히 ≪中國小說繪模本≫은 당시 유통된 소설의

21) 이에 대한 자세한 사항은 손병국, ≪韓國古典小說에 미친 明代話本小說의 영향 - 특히 ≪三言≫과 ≪二拍≫을 중심으로-≫, 동국대학교 박사논문, 1989, 70-185쪽과 신동일, ≪韓國古典小說에 미친 明代短篇小說의 영향 -婚事障碍構造를 중심으로-≫, 서울대학교 박사논문, 1985, 19-60쪽을 참조할 수 있으며, 이에 대한 추가적인 세세한 고증 연구 작업이 필요하다고 본다.

종류가 많은 것에 대해 언급함은 물론 효용성과 출판의 필요성을 역설하고 있었다. 유만주의 ≪欽英≫에는 문언소설 15종과 백화소설 26종 등 대략 40여 종이 기록되어 있는데, 이 중에는 현재 완전히 일실되어 중국을 비롯한 다른 지역에서도 찾아볼 수 없는 ≪覺夢雷≫·≪鳳儀亭≫·≪春苑記≫ 등의 서목도 있었다. ≪小說經覽者≫(128종)와 ≪中國小說繪模本≫이 같은 해에 출판된 점과 두 저작 사이에 일치되는 소설명도 50여 종에 이른 점을 볼 때 兩者 사이의 교류가 있어 보이며, ≪字學歲月≫(1744) 46종과 ≪小說經覽者≫(1762) 128종은 이십여 년의 간격을 두고 조선사회에서 유통된 소설의 편수가 세 배 가까이 늘어났음을 보여준다. 완산이씨의 ≪中國小說繪模本≫은 93種中 74種이 소설인데, ≪小說經覽者≫와 같은 해에 출판되었지만 언급된 소설은 35종이 더 적다. 윤덕희와 완산이씨와 달리 兪晩柱의 ≪欽英≫은 시기적으로 윤덕희나 완산이씨의 저작보다 십년에서 이십여 년이 더 늦게 출판된 것임에도 언급된 편수에 있어서는 문언소설 15종, 백화소설 31종 등 46종에 불과했다.

윤덕희의 ≪字學歲月≫과 ≪小說經覽者≫, 완산이씨의 ≪中國小說繪模本≫과 이보다 시간적인 차이를 두고 저작된 유만주의 ≪欽英≫에 보인 서목을 각각 비교해 본 결과, ≪字學歲月≫과 겹치는 서목류는 백화통속소설 ≪三國志≫·≪西漢記≫·≪水滸志≫·≪後水滸志≫·≪西遊記≫·≪西湖佳話≫·≪杏花天≫ 등 7종, 문언소설 ≪山海經≫ 1종, ≪小說經覽者≫와 겹치는 서목류는 백화통속소설 ≪三國衍義(三國演義)≫·≪後水滸傳≫·≪覺世名言≫·≪西湖佳話≫·≪一片情≫·≪杏花天≫·≪濃情快事≫·≪催曉夢≫·≪金瓶梅≫·≪錦香亭≫·≪西漢記≫ 등 11종, 문언소설 ≪山海經≫·≪剪燈新話≫·≪虞初志(虞初新志)≫·≪文苑査橘(文苑楂橘의 오기)≫ 등 4종, ≪中國小說繪模本≫과 겹치는 서목류는 백화통속소설 ≪西湖佳話≫·≪西遊記≫·≪水滸志≫·≪水滸後傳≫·≪杏花天≫·≪燈月緣≫ 등 6종, 문언소설 ≪剪燈新話≫·≪文苑楂橘≫ 등 2종에 불과하여 유만주가 접한 소설이 많지 않음을 알 수 있다. 하지만 일실되어 어디에서도 볼 수 없는 ≪覺夢雷≫·≪鳳儀亭≫·≪春苑記≫ 등의 서목은 주목할 만한 것이다. 또 ≪欽英≫에 보이는 ≪畵≫는 ≪人中畵≫인지 ≪畵圖緣≫인지 확실히 알 수 없으나 ≪字學歲月≫은 ≪畵圖緣≫이 보이고 ≪小說經覽者≫는 ≪人中畵≫와 ≪畵圖緣≫이 모두 보이고 ≪中國小說繪模本≫은 ≪人中畵≫가 보이는 것으로 보아 둘 중 하나일 것으로 추측하나 명확한

근거가 없다. 그리고 문언소설에서 ≪小說經覽者≫에는 ≪文苑査橘(文苑楂橘의 오기)≫이 나오나 ≪欽英≫에서는 ≪刪補文苑楂橘≫이 보이는 차이점이 있다. 또 ≪강유실긔≫와 ≪東美書市≫에는 백화통속소설의 기록은 많지 않다. 모두 1910년 이후 일 강점기에 출판된 것들이지만 ≪박안경긔≫와 ≪금고긔관≫ 각 한 편씩 만 언급하고 있다. 그러나 기록을 통해 보면 많은 출판사들이 대량의 소설을 출판 유통시켰다는 사실을 확인할 수 있다.

다음으로 중국 백화통속소설 중 조선시기에 유입되어 번역되거나 출판된 ≪三言≫·≪二拍≫·≪一型≫·≪今古奇觀≫ 등의 판본사항을 出版事項, 版式狀況, 所藏處 등등의 내용을 중심으로 간략히 도표로 정리하였고, ≪今古奇觀≫의 경우는 일제 강점시기에 출판된 방각본이 있어 추가로 정리하였다.

번역본으로 한글본 ≪형셰언≫의 내용은 대개 역사적으로 실재하는 인물이나 사건을 취하였고 민간전설에서 제재를 선택하여 내용을 윤색 가공하였다. 내용은 남녀의 애정고사, 歷史人物, 神仙, 俠客, 公案事件, 因果應報에 이르는 다양한 이야기를 서술하고 있다. 이 소설은 ≪三言≫과 ≪二拍≫보다 교훈적인 내용이 더 많다는 특징을 가지고 있다. 그리고 한글본 ≪금고긔관≫은 작자의 개입으로 인해, 원전에 실려 있던 시가 모두 생략되거나 등장인물들의 선악을 극단화시키기도 했다. 또한 사건의 세부과정을 생략했거나 간략화 하여 부차적 인물을 배제해 버렸다. 대체적으로 상투적인 표현을 사용했으며 원본의 불합리한 부분을 합리화시킨 부분도 있다. 번역 작품 속에 등장하는 인물들을 보면, 효자(三孝廉)이거나, 역사상 인물인 李太白, 兪伯牙, 蘇小妹, 莊子, 裵晉公, 吳保安 등이 등장하며, 주제도 충효, 신의 같은 유교적 덕목을 강조한 작품들이 선택되었다. 이러한 경향은 당시 독자들의 기호에 따른 번역이 이루어졌음을 시사해 주는 것이며, 작가의 의도에 따라 가감과 첨삭, 개역 등이 이루어졌던 것이다. ≪금고기관≫은 또 일제 강점기에 많이 번역되는 양상을 보인다. 그러나 대부분 전체의 번역이 아닌 回目別 飜譯이 이루어졌다. 또한 ≪今古奇觀≫의 版本 중에는 朝鮮時代 飜譯 및 飜案한 版本 以外에도 日帝 强占 시기에 飜譯 및 飜案된 판본도 상당히 存在하는 것으로 확인되었다.

특히 신동일은 고려대 소장 필사본 ≪今古奇觀≫에 들어 있는 ≪주매신전≫을 ≪今古奇觀≫의 작품이 아닌 것으로 판단했으나 손병국은 ≪今古奇觀≫ 권31(≪喩世明

言≫ 권27)에 실려 있는 〈金玉奴棒打薄情郎〉의 入話를 번역한 것으로 보았다. 또 ≪鳳凰琴≫이란 작품을 ≪警世通言≫ 권11에 실려 있는 〈蘇知縣羅衫再合〉의 번안 작품, 1906년 ≪大韓日報≫에 연재된 ≪龍含玉≫을 ≪警世通言≫ 권24에 실려 있는 〈玉堂春落難逢夫〉의 번안작품이라 하면서 ≪三言≫의 한국 전래를 밝혀줄 수 있는 구체적 증거로 보았다. 또 1905년 ≪皇城新聞≫에 연재된 ≪神斷公案≫을 ≪초각박안경기≫ 권17의 〈西山觀設籙度亡魂 開封府備棺追活命〉의 번안작품으로 보고 있고, 1912년 회동서관에서 발행한 ≪碧芙蓉≫을 ≪警世通言≫ 권24에 실려 있는 〈玉堂春落難逢夫〉의 번안작품이라 보고 있다. 이러한 주장으로 보면 ≪三言≫과 ≪二拍≫이 조선에 전래되어 번안되었음을 알 수 있는 근거가 되며 좀 더 깊이 있는 고증절차가 필요하다 하겠다. 또한 도표에 기록한 1909년 ≪大韓每日申報≫에 연재된 ≪報應≫, 1911년 ≪每日申報≫에 연재된 ≪昭陽亭≫, 1913년 박문서관에서 발행한 ≪청텬백일≫, 1923년 東洋書院에서 발행한 ≪鴛鴦圖≫, 滙東書館의 구활자본 ≪百年恨≫, 大昌書院의 구활자본 ≪月世界≫, 東美書市 발행 ≪金玉緣≫ 등의 여러 신소설 작품들이 개화기에 번역 혹은 번안되었다고 주장하고 있는데, 이에 대한 추가적인 연구 작업도 필요하다 하겠다.

마지막으로 ≪형셰언≫과 달리 한글 역본 ≪금고긔관≫은 완역본을 찾을 수 없다. 상기에서 보았듯 제한적인 번역 혹은 번안을 한 것은 당시 독자들의 취향과 기호에 부합하는 흥미 있는 작품들만을 중심으로 번역한 결과인 것으로 추정할 뿐이다. 또한 日帝 强占 時期에 飜譯 및 飜案된 판본도 상당히 存在하는 것으로 확인되었는데, 日帝 强占 時期에 대량 유통되었다는 사실은 암울한 시기에 억압당한 정신적, 심리적 피해를 달래줄 대중들의 수요가 있었기에 가능했다고 사료된다.

3. 국내 稀貴本 中國 通俗小說에 대한 소개*

1. 稀貴本 中國 通俗小說의 範疇

중국에서 稀貴本 通俗小說로 분류하는 기준은 그다지 명확하지 않다. 희귀본 소설로 분류하여 출판된 작품들을 보면 고정된 범주나 장르가 없으며 그야말로 다양하게 분포되어 있다. 출판업자가 독자들의 독서취향을 고려하여 상당히 광범위하게 선별했음을 드러내고 있는 것이다.

중국의 고대 희귀본 소설은 주로 春風文藝出版社에서 총서로 출판하였다. 가장 먼저 출판된 희귀본 중국소설집은 中國古代珍稀本小說인데, 1994년 10월에 출판된 것으로 總10冊이고 精裝本이다. 그 작품의 목록은 다음과 같다.

中國古代珍稀本小說叢書 50종:

제1권 章臺柳, 聽月樓, 通天樂, 東坡詩話, 十尾龜(5종), 제2권 比目魚, 燕子箋, 鴛鴦配, 雅觀樓, 歡喜冤家(5종), 제3권 春秋配, 鄉球緣, 霞箋記, 飛花豔想, 于公案奇聞(5종), 제4권 終須夢, 癡人福, 八段錦, 順治過江全傳, 宋太祖三下南唐(5종), 제5권 杜騙新書, 五鼠鬧東京, 仙狐竊寶錄, 仙俠五花劍, 魏忠賢小說斥奸書(5종), 제6권 醒名花, 警悟鍾, 風流悟, 療妒緣, 醋葫蘆(5종), 제7권 都是幻, 夢中緣, 賽花鈴, 珍珠舶, 玉蟾記(5종), 제8권 天妃娘媽傳, 達磨出身傳燈傳, 合浦珠(傳), 鬼神傳, 續鏡花緣(5종), 제9권 人中畫, 照世懷, 鳳凰池, 雨花香, 海角遺編(5종), 제10권 繡鞋

* 이 논문은 2010년도 한국 연구 재단의 정부재원(교육과학기술부 인문사회연구 역량강화사업비)의 지원을 받은 연구로 2013년 8월 ≪中國小說論叢≫제40집에 수록된 논문을 수정 보완하여 작성한 것이다.(NRF-2010-322-A00128)

金明信(慶熙大學校 比較文化研究所 學術研究 教授)

記, 玉樓春, 情夢柝, 幻中遊, 鐵冠圖全傳(5종)△1)

이상과 같이 中國古代珍稀本小說叢書는 총 50종인데, 이후 2003년에 장정을 새롭게 하여 다시 출판되었다.

앞서 언급한 희귀본 총서는 明代 中葉부터 淸代 末葉까지의 다양한 백화소설 50종을 수록하고 있다. 그 내용을 살펴보면 대단히 광범위하고 풍격도 독특하여 그야말로 다채로운 범위를 다루고 있다. 작품의 편폭을 자세히 살펴보면 단편부터 장편까지 각양각색이고 작품의 제재를 보면 대개 人情小說·歷史小說·神怪小說·公案小說로 분류할 수 있다.2)

이후 1997년 3월 春風文藝出版社에서는 中國古代珍稀本小說續(總20冊 · 精裝本)이라는 희귀본 총서를 재분류하여 출판했다. 그 작품의 목록은 다음과 같다.

中國古代珍稀本小說續 53종:

제1권 螢窗淸玩 · 淸風閘 · 跨天虹(3종)△, 제2권 俗話傾談 · 俗話傾談二集 · 雲鍾雁三鬧太平莊全傳(3종), 제3권 五美緣 · 新編雷峰塔奇傳 · 南海觀世音菩薩出身修行傳(3종), 제4권 驚夢啼 · 大宋中興通俗演義(2종), 제5권 金鍾傳 · 掌故演義 · 薛仁貴征遼事略(3종), 제6권 爭春園 · 常言道 · 羅漢傳(3종), 제7권 金石緣 · 水石緣 · 濟顚大師醉菩提全傳(3종), 제8권 天豹圖 · 明月臺 · 戚南塘剿平倭寇志傳(3종), 제9권 快士傳△ · 忠孝勇烈奇女傳 · 近報叢譚平虜傳(3종), 제10권 蝴蝶緣 · 新民公案 · 婆羅岸全傳(3종), 제11권 金蓮仙史 · 載陽堂意外緣(再求鳳) · 大漢三合明珠寶劍全傳(3종), 제12권 西湖三集(1종), 제13권 七十三朝人物演義(1종), 제14권 唐書志傳通俗演義(1종), 제15권 金臺全傳(1종), 제16권 七劍十三俠(上), 제17권 七劍十三俠(下)(1종), 제18권 守宮砂(1종), 제19권 八賢傳 · 陰陽鬪 · 蜜蜂計 · 雙燈記 · 雙龍傳 · 于公案 · 毛公案 · 孝感天(8종), 제20권 滿漢鬪 · 劉公案 · 聚仙亭 · 于公案 · 蝶蝶杯 · 青

1) 밑줄이 그어진 작품은 현재 한국에 소장되어 있는 희귀본 중국 통속소설로 본고의 연구대상에 해당된다. 작품 앞에 △로 표시된 부분은 조선에 유입되었다는 기록은 있으나 작품의 원전이 현재 남아있지 않은 경우이다. 따라서 본고의 연구대상에서 제외했다.

2) 中國古代珍稀本小說叢書(總 10卷), 春風文藝出版社, 1994, 머리말 참조.

龍傳 · 枕上晨鍾(7종)이다.

이외에도 중국의 근대 희귀본 소설도 총서의 형태로 2003년에 발간되었다. 作者는 董文成이고 主編은 李勤學이며 春風文藝出版社에서 간행된 것이다. 中國近代珍稀本小說의 목록은 다음과 같다.

中國近代珍稀本小說 60종:

1.轟天雷, 2.多少頭顱, 3.學究新談, 4.後官場現形記, 5.六月霜, 6.風月夢, 7.拒約奇談, 8.新西遊記, 9.冷眼見, 10.玉佛緣, 11.發財秘訣, 12.盧梭魂, 13.如此京華, 14.黃金世界, 15.雪鴻淚史, 16.東歐女豪傑, 17.京華碧血錄, 18.劫餘灰, 19.苦社會, 20.癡人說夢記, 21.苦學生, 22.海上魂, 23.自由結婚, 24.斷鴻零雁記, 25.掃迷帚, 26.中國現在記, 27.月球殖民地小說, 28.罌粟花, 29.黑籍冤魂, 30.負曝閑談, 31.瓜分慘禍預言記, 32.神州光復志演義(上), 神州光復志演義(下), 33.女媧石, 34.狐狸緣全傳, 35.庚子國變彈詞, 36.大馬扁, 37.禽海石, 38.鄰女語, 39.海外扶餘, 40.宦海, 41.玉梨魂, 42.未來世界, 43.市聲, 44.恨海, 45.李公案奇聞, 46.英雄淚, 47.金陵秋, 48.紅樓夢影, 49.回天綺談, 50.笏山記, 51.情變, 52.宦海升沉錄, 53.胡雪岩外傳, 54.新中國未來記, 55.殺子報, 56.醒世新編, 57.糊塗世界, 58.獅子吼, 59.古戌寒笳記, 60.中東大戰演義

이상에서 서술한 바와 같이 중국 내에서 희귀본 소설총서가 세 가지 부류로 출판되었지만 본 연구에서 대상으로 하는 작품은 다음 세 가지 조건을 충족해야 한다. 첫째, 시대적으로 중국의 古代[3])여야 하고, 둘째, 지역상으로 한국에 소장된 통속소설을 대상이어야 하며, 셋째, 문체상으로 白話로 창작된 작품이어야 한다. 따라서 이상의 세 가지 조건을 충족시킨 대상 작품은 다음과 같은 12종으로 압축된다.

1) 薛仁貴傳, 2) 大宋中興通俗演義(嶽武穆王精忠傳), 3) 歡喜冤家(三續今古奇觀, 今古艷情奇觀), 4) 七劍十三俠, 5) 于公案奇聞, 6) 劉公案, 7) 濟顚大師醉菩提全傳

3) 여기서 古代는 중국 淸代까지의 시기를 의미한다.

(濟公傳), 8) 爭春園, 9) 夢中緣, 10) 五美緣, 11) 三合明珠寶劍全傳, 12) 金臺全傳

그렇지만 이 분류는 중국 문헌에 근거한 것으로 근래에 와서 중국 내에서 볼 수 없는 희귀한 작품들이 발굴되기도 했다. 그러한 작품들 3종을 포함시키면 총 15종의 작품으로 나누어볼 수 있다. 다시 말하자면 13) 型世言, 14) 十二峯, 15) 錦香亭은 중국 내에서도 거의 찾아볼 수 없는 세계적으로 희귀한 작품인 것이다.

이외에도 한국에 유입되었다는 중국의 희귀본 통속소설 작품들이 있다. 이를테면, ≪人中畵≫·≪跨天虹≫·≪鐵冠圖全傳≫[4]·≪快士傳≫·≪載陽堂意外緣(再求鳳)≫과 같은 작품이다. 그러나 이 작품들은 유입되었다는 기록만 있을 따름이고 현재 국내에서 찾아볼 수 없는 작품이라 연구대상에서 제외시키기로 한다.

2. 稀貴本 中國 通俗小說의 書誌

1) 薛仁貴傳

≪薛仁貴傳≫은 1권본으로 작자 미상이고 일명 ≪薛仁貴征遼事略≫이라고 한다. 元代 初期에 창작된 것으로[5] 추정되는 歷史小說이다. ≪薛仁貴傳≫의 판본은 비교적 복잡한 양상을 보인다. 설인귀와 관련된 소설은 ≪唐演義全傳≫(≪說唐前傳≫ 68회, ≪說唐後傳≫58회), ≪說唐後傳≫(≪說唐≫의 속편), 16회의 ≪羅通掃北≫(일명 ≪說唐小英雄傳≫)과 42회의 ≪說家府傳≫(일명 ≪說唐楊家將傳≫, ≪薛仁貴征東≫), ≪征西說唐三傳≫(일명 ≪異說後唐三集薛丁山征西樊梨花全傳≫ 6권 90

---

4) ≪鐵冠圖全傳≫은 일명 ≪定鼎奇聞≫·≪新世宏勛大明崇禎定鼎奇聞≫·≪新世鴻勛≫·≪盛世鴻勛≫·≪新史奇觀≫·≪鐵冠圖全傳≫·≪定鼎奇文≫ 이라고도 한다. 모두 22회이며 저자는 蓬蒿子이다. 주요 판본은 順治 年間의 慶雲樓 판각본이 있는데 順治 辛卯(1651)年에 蓬蒿子가 쓴 서문이 있다. 이외에도 嘉慶 癸亥年, 道光 丙申年, 道光 乙酉年 등 여러 판본이 있다. 이 책의 국내 유입은 兪晩柱의 ≪欽英≫(1775-1787)에 따르면 대략 1700년대 중기 이전으로 보인다. 민관동·장수연·김명신 공저, ≪韓國 所藏 中國通俗小說의 版本目錄과 解題≫, 2013, 479쪽 참조.

5) 趙萬里 編注 ≪薛仁貴征遼事略·後記≫, 胡士瑩 ≪話本小說概論≫ 제 17장 3절 7항, 譚正璧 ≪古本稀見小說彙考≫ 編一 참조.

회) 등 여러 종의 판본이 있다. 중국 설인귀에 대한 이야기는 대개 두 가지 종류로 구분된다. 하나는 說唱과 戲曲으로 변개시킨 것이고 다른 하나는 演義小說로 변개시킨 것이다. 朝鮮에는 說唱類의 설인귀 고사가 번역과 번안된 것으로 보인다. 설인귀의 영웅성과 신비성을 강조한 전쟁 이야기로 유행하고 있는데, 중국에서는 많이 상연되지만 한국에서는 상연되기에 곤란한 내용을 담고 있다.[6)]

≪薛仁貴傳≫은 고귀한 가문에서 늦둥이로 태어난 薛仁貴에 대한 이야기를 묘사한다. 설인귀는 일찍이 부모를 여의고 온갖 고생을 겪으면서 지략을 닦아서 唐나라 太宗을 수행하고 고구려를 정벌하는 공을 세우고 영화롭게 고향으로 돌아간다는 영웅적인 이야기를 다루고 있다. 따라서 설인귀의 영웅적인 행적이 돋보이지만 한국에서는 고구려 정벌과 관련된 이야기가 포함되어 있으므로 독자들이 좋아하기 힘든 내용이라 하겠다.

2) 大宋中興通俗演義(岳武穆王精忠傳)

≪大宋中興通俗演義≫는 8권 84회본으로 작자는 熊大木이고 一名 ≪岳武穆王精忠傳≫·≪大宋演義中興英烈傳≫·≪武穆王演義≫·≪大宋中興岳王傳≫·≪武穆精忠傳≫·≪宋精忠傳≫·≪岳武穆王精忠傳≫·≪岳鄂武穆王精忠傳≫·≪精忠傳≫이라고 하는 歷史小說이다.

가장 이른 판본은 明代 嘉靖 壬子(1552)에 출판된 楊氏 清白堂 간행본이다. 이 판본은 일본 내각문고에 유일하게 소장되어 있고 1990년대 초에 와서야 北京 中華書局에서 ≪고본소설총간≫의 하나로 영인되어 이 작품의 전반적인 면모를 살펴볼 수 있게 되었다. 이외에도 萬曆 年間의 周氏萬卷樓 간행본·萬曆 年間의 三臺館 간행본·天德堂精刊本·萃錦堂 간행본·映秀堂 간행본 등이 있다.[7)]

작자 熊大木(약 1506-1579)은 호가 鍾穀, 鼇峰, 鼇峰後人이고 福建省 建陽 사람으로 明代 嘉靖, 萬曆 年間에 歷史演義小說의 편저와 간행을 했고 英雄傳奇를 창작하기도 했다. 주요작품은 ≪楊家將演義≫·≪北宋志傳≫·≪唐書志傳通俗演義≫·≪大宋中興通俗演義≫(武穆精忠傳)·≪宋代君臣演義≫·≪嶽家將≫·≪全漢志

6) 장수연·민관동, 〈薛仁貴故事의 源泉에 관한 一考〉, ≪中國小說論叢≫제34집, 2011. 8, 94-95쪽.

7) 江蘇省社會科學院 明清小說研究中心文學研究所 編, ≪中國通俗小說總目提要≫, 中國文聯出版公司, 1991, 56쪽 참조.

傳≫ · ≪宋傳續集≫ 등이 있다.

≪大宋中興通俗演義≫는 北宋 末期 金과 宋의 전쟁을 중심으로 岳飛의 활약을 묘사한다. 北宋 末葉에 金나라 군사가 남침하자 宋나라 徽宗은 欽宗에게 양위한다. 그 후 수많은 사건과 이야기가 생겨나는데, 특히 휘종과 흠종이 금나라 군사에게 사로 잡히고 나서 岳飛가 금나라에게 연전연승을 거두는 영웅적 행적을 그리고 있다. 마지막에는 간신 秦會가 악비를 시기하여 투옥시키고 황제의 조서를 조작하여 죽이지만 결국 명부에서 천벌을 받게 된다.

3) 歡喜寃家(三續今古奇觀, 今古艶情奇觀)

≪歡喜寃家≫는 24회로 작자는 西湖 漁隱主人이며 애정고사 중심의 白話 단편소설집이다. 주요 판본은 山水隣原 간행본, 賞心亭 간행본, 聯繹堂 간행본, 石印本 등이 있다. 가장 이른 판본은 山水隣原 간행본인데, 맨 앞에 歡喜寃家의 서문이 있고 끝에는 "重九西湖漁隱題于山水隣"이라 되어 있다. 24폭의 圖像이 있는데, 正集과 續集의 12면에 12폭씩 들어가 있다. 圖像 뒤에 總目이 있다. 正集의 卷頭와 版心에는 '歡喜寃家'라 되어 있고 續集의 總目에는 '貪歡報續集'이라 되어 있다. 각 회에 총평이 있고 중간에도 비평이 있다. 현재 日本 東京大學 東洋文化研究所 雙紅堂文庫에 소장되어 있다.

賞心亭 간행본은 '醒世第一書'라 되어 있고, 가운데에 '貪歡報'라고 쓰여 있다. 오른쪽에는 '西湖漁隱主人編', 왼쪽의 위부분에는 '新鐫繪圖古本歡喜寃家'라고 쓰여 있고, 아래쪽에는 '賞心亭梓'라 쓰여 있다. 序, 題, 署의 글자는 山水隣 간행본과 같고 8卷으로 본문 앞쪽에 '歡喜寃家'라 되어 있다. 挿圖는 상하로 나뉘어 12면이고 回에는 行사이에 작은 글자로 쓴 評과 總評이 있다. 현재 英國博物館에 소장되어 있다.[8)]

聯繹堂 간행본은 작품의 명칭을 ≪貪歡報≫라고 바꾸었고, 8권으로 되어 있으며 8쪽의 挿圖가 들어 있다. 石印本은 작품의 제목을 ≪繪圖古本歡喜奇觀≫이라 바꾸었고 작자는 적혀 있지 않으며 序와 跋이 없다. 圖像 8면이 있는데, 한 면에 2폭씩이고 모두 20회이다. 이것은 원전의 4회를 빼고 회목의 순서를 조정한 것이다. 또한 작품의

---

8) 이상 두 가지 판본은 柳存仁의 ≪倫敦所見中國小說書目≫과 大塚秀高의 ≪中國通俗小說書目改訂稿≫에 보인다.

제목을 ≪三續今古奇觀≫ 또는 ≪四續今古奇觀≫이라고 고쳤다.[9)]

작품의 서명은 ≪今古艶情奇觀≫·≪貪歡報≫·≪喜奇歡≫·≪艶鏡≫·≪三續今古奇觀≫·≪四續今古奇觀≫이라 여러 번 개칭되어[10)] 출판된 것으로 보아 작품의 내용이 상당히 선정적이었거나 독자들의 인기가 높았을 가능성이 있다.

작품의 작자는 서문에 근거하면 西湖 漁隱主人이라 되어 있다. 근래 그가 杭州의 高一葦라는 학설이 제기되고 있다.[11)] 아울러 작품의 편찬 시기는 明代 末葉인 崇禎 13년(1640)으로 추정되고 있다.[12)]

≪歡喜寃家≫는 각각 24회의 독립적인 이야기 형태로 구성되어 있다. 대체로 話本小說과 비슷한 이야기 형식을 가지고 있지만 대부분 남녀의 사랑을 묘사하고 있다. 그렇지만 전반적으로 외설적인 내용이 많고 중간에 산문을 삽입한 부분도 있어 일반적인 화본소설의 형식과는 약간 다르다.

4) 七劍十三俠

≪七劍十三俠≫은 180회로 작자는 唐芸洲이며 一名 ≪七子十三生≫이라고 하는 俠義小說이다. 책의 서두에 姑蘇 桃花館主人 唐芸洲가 編次하였다고 되어 있다. 姑蘇는 지금의 江蘇省 蘇州市인데, 唐芸洲의 사적은 명확하지 않다.

주요 판본은 光緖 丁酉年(1897) 上海書局 석인본, 光緖 辛丑年(1901) 申江書局 석인본, 光緖 34년(1908) 上海書局 石印本이 있다. 광서 34년 판본은 序가 없고 12폭의 揷圖가 있으며 본문은 한 面이 12行이고 1行은 45字로 되어 있다.[13)]

≪七劍十三俠≫은 徐鳴皐와 七子十三生이라 불리는 劍客과 劍仙의 신출귀몰한 활약을 서술한다. 明나라 正德年間 江南 揚州府에 살고 있는 徐鳴皐는 小孟嘗이라

9) 江蘇省社會科學院 明清小說硏究中心文學硏究所 編, ≪中國通俗小說總目提要≫, 中國文聯出版公司, 1991, 245쪽 참조.

10) 후세의 坊刊本은 다양한 서명으로 바뀌어 출판되었다.

11) 김민호, 〈≪歡喜寃家≫小考 -人物 形象의 多面性을 中心으로-〉, ≪中國小說論叢≫제7집, 1998. 3, 157-176쪽, 안정훈, 〈중국 고전소설에서 나타나는 性 묘사와 사랑 표현의 부조화 — ≪歡喜寃家≫를 중심으로〉, ≪中國小說論叢≫제36집, 2012. 4, 51-76쪽 참조.

12) 蕭相愷, 〈≪歡喜寃家≫考論〉, ≪明清小說硏究≫1989年 第4期, 65-66쪽 참조.

13) 唐芸洲, ≪七劍十三俠≫, 上海古籍出版社, 1999. 5쪽, 江蘇省社會科學院 明清小說硏究中心 文學硏究所 編, 전게서, 826쪽 참조.

별명을 가졌는데 의리를 중시하며 賢士들과 폭넓게 교유했다. 그는 海鷗子에게 무술을 배우고 나서 여기저기 돌아다니다가 의기투합하여 七子十三生이라는 조직을 만들고 수많은 폭도와 도적을 물리친다. 武宗은 西山에서 七子十三生을 만나 무술 시범을 본다. 그들의 능력을 알아본 武宗은 王守仁, 徐鳴皐과 七子十三生에게 상과 관직을 내리고 태평성세를 기리는 연회를 베푼다.

5) 于公案奇聞

≪于公案奇聞≫은 8권 292회로 작자는 미상이며 淸代 中葉의 公案小說이다.

가장 이른 판본은 淸 嘉慶 5年(1800) 集錦堂 간행본이다. 책표지에는 新刻于公案傳이라 되어 있고 서두에는 于公案奇聞序라고 했다. 卷一 40회, 卷二 38회, 卷三·四 各 32회, 卷五 36회, 卷六 40회, 卷七 46회, 卷八 28회로 되어 있다. 한편 儲仁遜[14]의 필사본 ≪于公案≫은 6회본과 10회본이 있다. 두 책의 선후 관계에 관해서는 정확히 알 수 없으나 모두 于成龍에 관련된 이야기이다.[15]

于成龍은 康熙 年間에 생존한 인물로 宋代 包拯처럼 칭송되는 淸官이다. 字는 北溟이고 山西 永濟 사람으로 그의 사적은 ≪淸史稿≫에 전한다. 明 崇禎 年間에 貢生으로 추천되었고 順治 18年(1661)에 廣西羅城知縣을 제수받았다. 合州知州와 武昌知府를 역임하고 福建按察使와 直隶巡撫를 지내고 兩江總督에 이르렀다. 康熙 황제는 '淸官第一', '天下廉吏第一'이라 칭송했다.[16]

≪于公案奇聞≫은 기존 公案小說과 비슷하게 淸官 于成龍이 재판을 해결하는 내용이다. 예를 들면 다음과 같다. 鄒其仁은 知縣으로 부임하러 가다가 賈雄에 변을 당하게 된다. 賈雄는 鄒其仁으로 위장해서 知縣이 되었다. 한편 추기인의 아내는 아들 鄒舒에게 아버지를 찾도록 하지만 오히려 賈雄에게 붙잡혀 감옥에 갇힌다. 賈雄은 간

---

14) 儲仁遜(1874-1928)은 字가 拙庵이고 號는 臥月子로 天津 사람이다. 彈詞를 고쳐서 6회본과 10회본을 만들었다. 6회본은 淸 康熙 年間에 淸官 于成龍이 樂亭縣에서 사건을 처리하는 이야기이고, 10회본은 于成龍이 直隶에 부임하여 紅門寺를 탐방하고 흉사를 처리한 이야기인데 이는 ≪于公案奇聞≫과 약간 다르다. 候忠義·李實, 〈關於于公案奇聞〉, ≪明淸小說硏究≫, 1994년 3집, 183-190쪽 참조.

15) 江蘇省社會科學院 明淸小說硏究中心文學硏究所 編, 전게서, 578쪽.

16) 候忠義·李實, 전게논문, 183쪽 참조.

수장 孫能에게 鄒舒를 죽이라고 명하지만 간수장은 실행하지 않는다. 또한 于成龍은 神靈이 나타나는 꿈을 꾸고 나서 사악한 무리들을 일망타진한다.

6) 劉公案

≪劉公案≫은 107회로 작자 미상의 鼓詞 계열의 公安小說이다. 주요 판본은 필사된 淸代 北京蒙古車王府本이 있다.[17] 모두 4函 32冊, 每行 25字로 총 32부 107회로 되어 있는데, 說唱藝人이 필사한 것으로 보인다. 제1회에 "劉大人他老人還健在"라는 문장이 있고 乾隆 황제를 '太上皇爺'라고 칭하고 있다. 주인공은 1719년에서 1800년까지 살았고 乾隆 황제는 1796년에 皇帝를 양위했다. 따라서 이 작품의 창작 시기는 대략 1719년에서 1800년 사이일 것이다. 그렇다면 ≪于公案≫과 ≪施公案≫의 창작 시기와 비슷한 淸代 初期이다.[18]

劉墉(1719-1804)은 역사적으로 실존하는 인물이다. 그러나 작품 내용은 民間 故事를 중심으로 說唱藝人과 하층문인이 정리했기 때문에, 淸官 劉墉이 백성들에게 횡포를 부리고 악랄하며 포악한 皇親들을 처벌하는 이야기가 주요 테마이다. 劉墉은 사복을 입고 잠입하기도 하고 山東 지역을 순시하면서 재난을 구제하기도 한다. 또한 그는 皇親의 횡포를 조사하고 혼내주면서 청렴하고 강직한 관리의 면모를 드러낸다.

7) 濟顚大師醉菩堤全傳

≪濟顚大師醉菩堤全傳≫은 20회로 一名 ≪濟公傳≫·≪濟顚大師玩世奇迹≫·≪濟公全傳≫·≪皆大歡喜≫·≪度世金繩≫라고 하는 神魔小說이다. 濟公 故事는 두 가지 계통으로 발전했다. 하나는 杭州를 중심으로 한 江蘇, 浙江, 福建 등 남방지역에서 발전했는데, ≪錢塘漁隱濟顚禪師語錄≫·≪醉菩提≫·≪醉菩提≫傳奇 등이다. 또 다른 계통은 淸 中葉以後 北京과 天津 등 북방지역을 중심으로 발전했는데, 郭小亭의 ≪評演濟公傳≫과 續書들이다.[19]

---

17) 黃河文藝出版社에서 간행된 聶田盛이 편찬한 판본도 있다. 北京首都圖書館 所藏 1941년 新文化書社에서 출판된 石印本은 重刊本이고 표지에 '繡像繪圖通俗小說'이라 되어 있다. 이 판본은 대개 鼓詞의 특징을 지닌 7언 위주의 자유로운 운문으로 되어 있다. 孟犁野, 〈我所見的劉公案三種簡說〉, ≪明淸小說硏究≫, 1996年 1輯, 165쪽 참조.

18) 孟犁野, 〈我所見的劉公案三種簡說〉, ≪明淸小說硏究≫, 1996年 1輯, 165-169쪽.

이 작품의 판본은 상당히 다양하다. 寶仁堂 판각본은 ≪新鐫濟顚大師玩世奇迹≫이라 제목을 바꾸어 간행하였다. 道光 27年(1847) 大文堂 판각본은 4卷 20回로 "天花藏主人編次"라 되어 있고 런던 영국박물관에 소장되어 있다. 光緖 4年(1878) 京都聚珍堂 木活字排印本은 ≪濟公傳≫이라 제목을 바꾸었다. 光緖 6年(1880) 北京老二酉堂重刻本은 ≪濟公全傳≫이라 제목을 바꾸었다.[20] 光緖 24年(1898) 金陵城北科巷蔭余善堂重刻本은 ≪醉菩提≫라고 되어 있고 부제목을 ≪繪圖度世金繩≫라 했다. 그림 30幅이 들어 있으며 北京圖書館에 소장되어 있다.[21] 光緖 20年(1894) 石印本은 ≪皆大歡喜≫이라는 제목으로 간행하였다. 또 다른 판본 ≪醉菩提全傳≫은 張大福이 예전의 ≪醉菩提全傳≫을 부연해서 만든 것으로 道光 以後에 출판되었다.[22] 이외에, 文聚堂 판각본 4卷, 同文堂 판각본, 同治 10年(1871) 務本堂 판각본이 北京大에 소장되어 있고 天津圖書館 소장본은 乾隆 53年(1788) 金閣古講堂 판각본이 있다.

≪濟顚大師醉菩提全傳≫은 南宋 節度使 李茂春의 아들인 道濟의 기이한 행적에 관한 이야기이다. 李茂春은 浙江 출신으로 부인 王氏와 사이가 좋았으나 자식이 없어 고민하다가 天台山 國淸寺에서 불공을 드리고 나서 아들 李修元을 낳았다. 이수원은 재주가 남달랐는데 18세에 출가하여 道濟라는 법명을 얻었지만 사람들은 濟顚이라고 불렀다. 그는 돈과 옷을 훔쳐서 술을 마시고 고기를 사먹는 등 기행을 일삼아서 靈隱寺 주지와 승려들은 그를 내쫓고자 했지만 오히려 신통력을 발휘하여 고관대작들의 신임을 얻었다. 이후 濟顚이 입적하자 많은 사람들이 그를 추모했다.

8) 爭春園

≪爭春園≫은 48회로 寄生氏[23]이며 一名 ≪劍俠奇中奇≫라고 하는 俠義愛情小

---

19) 呂堃, 〈兩大濟公故事群的形成及原因〉, ≪學術交流≫, 2011年 4月 4期, 147쪽 참조.

20) 이 판본은 "西湖墨浪子偶拈"이라 되어 있고 日本 ≪舶載書目≫에서 보이는 판본에도 "西湖墨浪子偶拈"라고 되어 있으며 天花藏主人의 序도 있어 같은 판본으로 보인다.

21) 이 판본은 大連圖書館 所藏 寶仁堂 판각본 ≪新鐫濟顚大師醉菩提全傳≫과 같다. 20회로 卷으로 나누지 않았고 天花藏主人이 編次한 것이다. 권두에 桃花庵主人의 序가 있는데, 桃花庵主人은 정확히 누구인지 알 수 없다.

22) 江蘇省社會科學院 明淸小說硏究中心 文學硏究所 編, 전게서, 364쪽 참조.

23) 孫楷第는 이 작품의 작자와 ≪五美緣≫의 작자가 동일인이라 주장하지만 명확한 근거를 제시하지 않았다. 필명이 같기 때문에 동일인일 가능성도 배제할 수는 없다.

說이다. ≪爭春園≫의 판본은 道光 辛巳年(1821) 三元堂 간행본, 道光 5年 간행본, 道光 8年 소형간행본, 道光 己亥年(1839) 長興堂 간행본, 道光 己酉年(1849) 一也軒 간행본 등이 있다. 三元堂 간행본은 현재 英國博物館에 소장되어 있고, 長興堂 간행본과 一也軒 간행본은 南京圖書館에 소장되어 있다. 장흥당본은 3책인데 권두에 ≪爭春園全傳敍≫이 있고 그 말미에 己卯年 暮春 修禊日에 寄生氏가 塔影樓의 西偏에서 題하고 龍光氏가 敍하였다. 또 여기에 "道光 十八年 戊戌仲春에 刊行함"이라고 밝히고 있다. 一也軒 간행본은 12책인데 권두에 서문이 있고 말미에 "己卯年 暮春 修禊日에 寄生氏가 塔影樓의 西偏에서 題하다"라고 했다. 목록은 제27회, 36회 등이 장흥당본과 약간 다르며 다른 부분은 동일하다.[24)]

≪爭春園≫은 漢代 平帝 시기를 배경으로 義俠의 활약을 묘사하고 있다. 洛陽 출신 郝鸞에게 道士 司馬傲는 寶劍 세 자루를 주면서 영웅 두 사람에게 나눠주라고 했다. 학란은 開封 爭春園에서 鳳竹과 사위 孫佩 등을 구해주고 나서 재상 米中立의 아들 米斌儀와 원수가 된다. 이때 鮑剛의 도움을 받고 학란은 그에게 보검을 준다. 鳳竹 일가는 湖廣으로 피난을 가다가 孫佩가 감옥에 갇히고 그의 아내 鳳棲霞는 미빈의에게 납치되었다가 기원에 팔렸는데 후에 馬俊에게 구출된다. 학란은 杭州로 갔다가 西湖에서 마준을 만나 의형제를 맺고 보검을 준다. 마준은 미빈의를 죽이고 감옥에 들어가 손패를 구출했으며 학란, 포강, 봉죽 등은 鐵球山에 도착하여 학란을 산채 주인으로 추대한다. 米中立은 황제를 시해하고자 했으나 음모가 탄로 나고 마준 등이 역적을 평정하고 돌아온다. 그리하여 마준 등은 작위와 상금을 받고 사마오는 보검을 회수한다. 이전에 부마부를 도망 나온 유서는 도중에 갖은 고초를 다 겪었지만 미중립이 처형되고 나서 자신을 구해준 김씨 부부를 모시고 공주와 함께 살게 된다.[25)]

9) 夢中緣

≪夢中緣≫은 4권 15회로 작자는 李修行이며 愛情小說이다. 가장 이른 판본은 崇德堂 간행본이 있는데, 서문에 '光緖 11年(1885) 가을 蓮溪氏가 쓰다'라 적혀 있는 것

24) 江蘇省社會科學院 明淸小說硏究中心文學硏究所 編, 전게서, 631-632쪽 참조.

25) 金明信, 〈≪爭春園≫의 構造와 主題 硏究〉, ≪中國小說論叢≫ 제36집, 2012. 4, 131-148쪽 참조.

으로 보아 그와 비슷한 시기에 창작되었을 것으로 보인다. 이외에 有益堂 간행본, 三義堂 간행본 등이 있다.

작품의 작자는 적혀 있지 않지만 서문과 ≪陽信縣志≫를 통해 보면 李修行임을 알 수 있다. 李修行은 字가 子乾이며 山東 陽信 사람이다. 그는 어릴 때부터 총명했고 약관에 生員試에 일등으로 합격하였고 康熙 年間의 甲午年(1714)에 鄕試에 합격하여 擧人이 되고 이듬해 乙未年(1715)에 進士試驗에 합격했다. ≪陽信縣志·人物志≫에 따르면 그는 명사들과 교유하면서 이 작품을 창작한 것으로 보인다. 좀 더 명확하게 창작 시기를 따져본다면 작자 이수행이 雍正과 乾隆 年間에 창작한 것으로 보인다.

≪夢中緣≫은 꿈속에서 알려준 인연이 현실에서 맺어지는 이야기를 다루고 있다. 明나라 山東에 살고 있는 吳珏은 노인이 시를 써주는 꿈을 꾸었는데, 그것은 그의 둘째 아들 麟美의 인연에 관한 것이었다. 그의 맏아들은 죽었고 둘째 麟美는 이리저리 유람을 다니다가 우여곡절 끝에 翠娟, 藍英, 舜華와 결혼하고 堆瓊, 素煙을 측실로 두게 된다는 이야기이다.[26)]

10) 五美緣

≪五美緣≫은 80회로 작자는 寄生氏이고 一名 ≪五美再生緣≫·≪再生緣全傳≫·≪大明傳≫[27)]이라 하는 愛情小說이다. 가장 이른 판본은 道光 2年(1822) 간행본이 있는데, 1-35회와 51-65회가 남아있다. 樓外樓 道光 4年(1824) 간행본은 ≪繡像大明傳≫이라고 되어 있는데, 현재 英國博物館에 소장되어 있고 道光 8年(1828) 간행본은 日本 大阪府立圖書館과 ≪朝日新聞≫文庫에 소장되어 있다. 이외에, 道光 壬辰(1832) 三余堂刻本과 道光 25年(1845) 聚文堂 간행본 등이 있다. 각 刻本의 序에는 대부분 '壬午'라고 적혀 있는데 道光 4年 樓外樓 간행본에만 序를 지은 연대가 甲申이라고 적혀 있다. 그러나 이 책의 창작연대가 道光 2年 전후라는 데는 의심할 바가 없다.[28)]

---

26) 江蘇省社會科學院 明淸小說硏究中心文學硏究所 編, ≪中國通俗小說總目提要≫, 中國文聯出版公司, 1991, 480쪽, 金明信. 〈≪夢中緣≫의 한국판본과 서사 연구〉, ≪中國小說論叢≫ 제41집, 2013. 12. 93-114쪽.

27) 苗壯 主篇, ≪中國歷代小說辭典≫ 제3권, 雲南人民出版社, 1993, 215쪽.

28) 江蘇省社會科學院 明淸小說硏究中心文學硏究所 編, 전게서, 686쪽 참조.

道光 23年(1843) 愼德堂本의 끝에 "壬午谷雨前二日寄生氏題于塔影樓之西榭"라고 하여 작자가 寄生氏임을 알 수 있다. 孫楷第는 ≪中國通俗小說書目≫에서 "寄生氏는 바로 ≪五美緣≫의 작가이다"라고 했는데, 근거 자료를 찾을 수 없다. 寄生氏는 ≪五美緣≫의 작가가 아니고 敍를 쓴 사람이거나 책방의 주인일 가능성이 있다. 塔影樓는 바로 서점의 堂號이다.

≪五美緣≫은 馮旭에 대한 애정고사를 묘사한 것이다. 明나라 正德 年間에 禮部尙書 馮旭은 뛰어난 글재주를 가지고 있어 처음에 錢月英과 혼인하려 했다. 그런데 花文芳이 그를 질투하여 죽이고 월영을 차지하려 음모를 꾸민다. 그리하여 풍욱은 이리저리 쫓겨 다니다가 姚蕙蘭과 혼인했다. 花有憐은 沈氏의 둘째 아들을 부추겨 혜란을 강간하게 했으나 이루지 못하자 그들 부부를 무고하여 처형될 상황이 되지만 다행히 七省經略이 알게 되어 풀려난다. 이후 풍욱은 과거에 급제하고 전쟁에 나아가 승리하고 番國의 공주 哈飛英, 月英, 翠秀, 落霞와도 혼인하게 되니 '五美緣'을 이룬 것이다.

11) 三合明珠寶劍全傳

≪三合明珠寶劍全傳≫은 42회로 작자 미상이며 一名 ≪大漢三合明珠寶劍全傳≫·≪三合劍≫이라고 하는 俠義小說이다. 작품의 주요 판본은 經綸堂 간행본과 光緒 戊寅年(1878) 간행본이 있다.

첫째, 道光 戊申年(1848) 經綸堂 간행본은 柳存仁의 ≪런던에 소장된 中國小說書目提要≫에서는 '갑술년 여름 간행본'이라 소개하고 있는데, 이 甲戌年은 同治 13年(1874)일 것으로 추정된다. 이 책은 ≪爭春園≫에 의거하여 만들어졌으므로 ≪爭春園≫의 초간본이 嘉慶 24年(1819)이므로 ≪三合劍≫의 저작은 이보다 늦을 것으로 보인다.

둘째, 光緒 戊寅年(1878) 간행본은 속표지에 가로로 '三合劍'이라고 題하고 가운데 좌측에 "繡像第十才子書", 우측에 "光緒戊寅新鐫"이라 밝혔다. 목록의 앞에는 '新刻大漢三合明珠寶劍全傳'이라고 전체 이름을 썼으나 판심에는 '三合劍'이라 약칭으로 되어 있고 12쪽의 揷圖가 있는데 위에는 그림, 아래는 贊文이 있다.[29)]

≪三合明珠寶劍全傳≫은 淸代 俠義愛情小說 ≪爭春園≫과 유사한 내용이다. 두

29) 江蘇省社會科學院 明淸小說硏究中心文學硏究所 編, 전게서, 633쪽 참조.

작품의 주인공 성명이 매우 유사하고 내용도 거의 비슷하게 구성되어 있다. 다만 ≪爭春園≫과는 달리 주인공 馬俊의 애정 고사를 부연하고 있는 것이 특징이다. 馬俊은 盜俠으로 활약하는 동시에 劉英嬌와 결혼하고 있는데 작품 중에서는 馬俊이 간신 屈忠成을 제거하여 백성의 억울함을 풀어주는 협행을 펼치고 있다.[30)]

12) 金台全傳

≪金台全傳≫은 6권 60회로 작자 未詳이며 一名 ≪繡像金台全傳≫이라고 하는 俠義小說이다. 작품의 주요 판본은 上海 石印本, 石印 小字 殘本 등 석인본이 많다.

가장 이른 판본은 光緖 乙未年(1895)에 출판된 上海 中西書局의 石印本이다. 첫머리에 光緖 丁丑年(1877)과 乙未年의 서문이 있다.[31)] 石印 小字 殘本은 제11회에서 제60회까지가 남아 있는 판본이다. 民國 14年 겨울에 출판된 上海 沈鶴記書局의 石印本도 6권 60회인데, 그림 8폭이 있고 각 폭에 2명에서 4명까지 그려져 있으며 版心에는 '繡像金台全傳'이라 새겨져 있다. 이것은 小字本을 줄여서 만든 것으로 현재 南京圖書館에 소장되어 있다.[32)]

≪金台全傳≫은 알에서 부화된 요사스런 蛋僧의 탄생으로부터 시작한다. 金台가 불공평한 일을 타개하기 위하여 義俠의 길을 걷게 된다. 그런 와중에 금대는 500명의 영웅을 모아 나라를 편안하고 안정되게 하며 결국 왕으로 봉해진다는 이야기이다. 이 작품은 彈詞 ≪金台傳≫에서 개작한 것으로 작품의 구성이 긴밀하긴 하지만 풍격이 조금 거친 편이라고 평가된다.

13) 型世言

≪型世言≫은 10권 40회본으로 작자가 陸人龍[33)]이고 一名 ≪幻影≫·≪型世奇觀≫·

---

30) 金明信, 〈≪三合明珠寶劍全傳≫의 판본과 서사에 대한 고찰〉, ≪比較文化硏究≫제31집, 2013. 6. 65-94쪽 참조.

31) ≪孫目≫에 근거한 것이다.

32) 江蘇省社會科學院 明淸小說硏究中心文學硏究所 編, 전게서, 744쪽 참조.

33) 작품의 작자는 明 夢覺道人이라는 설과 西湖浪子이라는 설이 있다. 黃文暘은 ≪曲海總目≫에서 夢覺道人은 王國柱라고 주장하고 있다. 또 明末 醫術에 뛰어난 福建 邵武人 周學霆·明末淸初 浙江 錢塘 사람 陸雲龍·江蘇 丹徒人 李文燭이라고 추정하는 사람도 있다.

≪三刻拍案驚奇≫라고 하는 白話 短篇小說集이다.

明나라 말기 판각본에는 ≪型世奇觀≫, ≪幻影≫이라고 되어 있다. 이 책은 제1회부터 제7회까지 남아 있지만 序言은 보이지 않고 제1회는 후반부만 남아 있다. 明版重印本은 ≪三刻拍案驚奇≫라 되어 있고 '夢覺道人'이라고 篆書로 양각한 도장이 찍혀 있어 崇禎 癸未(1643)에 지은 것으로 보인다. 이 책은 누락된 글자가 매우 많은 판본이다. 이외에 프랑스 파리 國家圖書館에 소장된 ≪別本二刻拍案驚奇≫는 清代 초기에 판각된 것으로 모두 34卷 34篇이다.

≪型世言≫은 대개 역사적으로 실재하는 인물이나 사건을 취하여 이야기를 만들었다. 또한 민간전설에서 제재를 선택하여 이야기를 정리했다. 애정고사부터 歷史人物·神仙·烈女·俠客·公案事件·因果應報에 이르기까지 다양한 소재를 서술하고 있다. 또한 三言과 二拍보다 좀 더 교훈적인 내용에 치중하고 있다는 특징을 지닌다.

14) 十二峯

≪十二峯≫은 20회[34]로 작자 미상인 清代 애정소설이다. 이 작품은 중국에서 실전된 작품으로 알려져 있으나, 현재 우리나라 국립중앙도서관에 소장되어 있다.

≪十二峯≫은 清 無名氏가 지은 것으로 心遠主人이라는 署名이 있고, 첫머리에 戊申 巧夕 西湖寒士의 序에 戊申이라고 적혀 있다. 이 書目은 ≪舶載書目≫의 元祿[35]間目에 처음 보이고 있다. 작자 心遠主人은 그의 다른 擬話本 소설집 ≪二刻醒世恒言≫ 첫머리에 雍正 丙午 4年(1726) 溟螺 芾齋主人序라 되어 있어 雍正 이전 사람임을 추측할 수 있으므로 戊申은 康熙 7年(1668)으로 보인다. 따라서 ≪十二峯≫은 清初의 작품일 것으로 추정된다.[36]

≪十二峯≫은 임정옥이 열두 명의 여주인공과 인연을 맺는 과정을 세밀하게 묘사하고 있다. 천상에서 시작하여 지상을 거쳐 다시 천상으로 돌아오는 구조로 되어 있다. 기타 적강소설에 비해 천상세계를 자세히 묘사하고 있지만 여전히 지상세계를 중심으로

---

34) 12회라 알려져 있지만 원전이 일실된 관계로 명확하게 고증하기 어렵다. 다만 우리나라 국립중앙도서관에 소장되어 있는 작품은 20회로 되어 있어 다른 판본을 번역했거나 작품을 번안했을 가능성이 있다. 江蘇省社會科學院 明清小說研究中心文學研究所 編, 전게서, 366쪽 참조.

35) 元祿은 일본 東山天皇의 연호로 康熙 27년-42년(1688-1703)이다.

36) 박재연 교주, ≪十二峯記:십이봉뎐환긔≫, 선문대학교중한번역문헌연구소, 2002, 머리말 참조.

되어 있고 애정을 강조하여 서술하고 있다. 마지막에는 남녀 주인공들이 자결하게 되는데, 이러한 결말은 당시 사람들의 배청의식을 적절히 반영한 것이다.

15) 錦香亭(錦香亭記)

≪錦香亭≫은 4권 16회본으로 작자 미상이며 淸代 愛情小說이다. 一名 ≪睢陽忠毅錄≫·≪第一美女傳≫·≪錦香亭綾帕記≫라고 하는 才子佳人小說이다. ≪錦香亭≫의 판본은 淸初의 寫刻本, 岐園藏 판본, 經無堂 간행본, 光緖 20年(1894) 上海石印本 등이 있다.

≪錦香亭≫은 鍾景期와 葛明霞의 애정고사를 묘사하고 있다. 唐나라 玄宗 때 鍾景期는 고아가 되었다가 과거를 치른 후에 錦香亭에서 미녀 葛明霞를 만나 사랑을 느끼고 미래를 약속한다. 과거에 급제한 종경기는 安祿山을 탄핵했다가 유배 가는 도중에 雷萬春에게 구출되고 그의 조카 雷天然과 결혼한다. 한편 갈명하는 부친이 탄핵당하는 바람에 고난을 겪다가 죽은 것으로 알려졌다가 살아나고 衛碧秋는 葛氏 집안의 양녀가 된다. 종경기는 난을 평정하고 세 명의 미인을 아내로 삼고 은거하다가 죽는다. 또한 남녀의 사랑 이외에도 安祿山의 난, 楊貴妃와 郭子儀에 대한 이야기가 삽입되어 있어 역사성을 구비하고 있다.

3. 韓國 流入 狀況과 所藏 版本

한국에 유입된 희귀본 중국 통속소설은 유입 시기가 그다지 명확하지 않은 편이다. 그럼에도 불구하고 국내 소장 판본의 출판 시기 등을 추적해보면 작품의 한국 유입 시기를 대략 유추할 수 있다. 희귀본 중국 통속소설은 朝鮮時代에 유입된 작품들이 많지만 한국 소장 판본을 자세히 살펴보면 유입 시기를 다음과 같이 구분해 볼 수 있다.

1) 18세기 유입 작품, 2) 19세기 유입 작품, 3) 20세기 유입 작품, 4) 유입시기 미상 작품

1) 18세기 유입 작품

18세기에 유입되었을 것으로 추정되는 작품은 역사소설 ≪大宋中興通俗演義≫(岳武穆王精忠傳), 단편소설집 ≪型世言≫, 애정소설 ≪十二峯≫과 ≪錦香亭≫이 있다.

(1) ≪大宋中興通俗演義≫ : 국내에는 中國木版本이 全南大, 江陵市 船橋莊, 韓國學中央硏究院에 소장되어 있고, 中國石印本은 慶北大에 소장되어 있으며, 한글 필사본은 韓國學中央硏究院에 소장되어 있다. 중국 목판본은 각각 6卷 6冊, 10卷 10冊, 20卷 20冊으로 다양하게 되어 있고 석인본은 8卷 8冊으로 삽도가 들어 있으며 영남대 소장 활인본은 4冊(零本)으로 되어 있다. 한글 필사본은 7卷 7冊으로 유일하게 韓國學中央硏究院에 소장되어 있으나 안타깝게도 殘本이라 작품의 전면적인 면모를 알 수 없다. 중국목판본과 활인본이 모두 유입되었고 작품의 소장지역은 강릉부터 전남, 영남까지 남부 지역에 몰려 있다.

1798년 간행본이 江陵市 船橋莊에 소장되어 있고 明나라 鄒元標가 편찬한 작품도 이미 국내에 소장되어 있으므로 18세기 후반 이전에 국내에 유입되었음을 알 수 있다. 아울러 樂善齋本 소설 가운데 유일하게 暎嬪(? - 1763)이라는 소장자의 장서인이 찍혀 있다. 게다가 "셰지 샹쟝집셔 탕월 샹한 필셔 지월 초구일 시역ᄒᆞ여 십칠일은 나갓고 십뉵일만의 십이 권을 납월 십사일 필역"이라는 필사기가 있어서 영조 36년(1760)에 필사되었음을 알 수 있다. 따라서 이 작품의 정확한 유입 시기는 18세기 중반 이전일 것이다. 현재 한글 번역본 ≪무목왕졍튱녹≫은 총 12권 80회로 되어 있고 한국학중앙연구원에 소장되어 있다.[37)]

(2) ≪型世言≫ : 본래 중국에서 서명만 알려져 있었고 원본을 찾을 수 없었다. 서울대 奎章閣에서 원본이 처음 발굴되어 전반적인 면모가 알려지게 되었다. 현재 규장각과 한국학중앙연구원에 작품이 소장되어 있다. 1762년 화원 김덕성 등이 그린 ≪中國小說繪模本≫에 처음 그 서명이 나오고 있고 ≪拍案驚奇≫ · ≪今古奇觀≫ 등도 함께 나열되어 있어 명대 화본소설이 이미 국내에 유입되었음을 알 수 있다. 따라서 이 작품은 늦어도 18세기 중반에는 국내에 유입되었을 것이라 추정할 수 있다. 또한 한국

---

37) 박재연 교주, ≪무목왕졍튱녹≫, 학고방, 1996, 머리말 참조.

학중앙연구원에 소장된 판본은 한글본인데 번역 시기는 국내에 유입된 시기보다 늦을 것이므로 아무리 빨라도 18세기 중반 이후일 것으로 보인다.[38)]

中國木版本이 奎章閣에 소장되어 있고, 한글 필사본은 韓國學中央研究院에만 유일하게 소장되어 있다. 규장각 소장본은 11冊으로 완전본이 아니고 1권이 빠진 낙질본이고 한국학중앙연구원 소장본도 역시 낙질본으로 완역은 아니다. 그러나 중국 내에서도 찾아보기 힘든 희귀본 작품이기 때문에 그 의미와 가치가 상당히 크다.

(3) ≪十二峯(十二峯記)≫ : 국내 유입에 관한 기록은 尹德熙의 ≪字學歲月≫(1744)과 〈小說經覽者〉(1762)에 서명이 나열되어 있는 것으로 볼 때 18세기 중엽 이전에 전래되었음을 알 수 있다. 1926년에 작성된 演慶堂 ≪漢文冊目錄≫에도 이 책의 서명이 실려 있다. 이 작품은 중국에서 없어진 작품인데, 현재 우리나라 국립중앙도서관에 소장되어 있는 4권 4책이 유일본이다. 한글 필사본 ≪十二峰記≫는 內題가 십이봉뎐환긔(十二峯轉換記)이다. 한글본 ≪십이봉뎐환긔≫는 궁체로 필사되어 있는데, 4권 4책 모두 1명이 필사한 것으로 보인다. 表題는 〈十二峯記 一二三四〉, 內題는 〈십이봉젼환기권지일〉에서 〈십이봉젼환기권지ᄉᆞ〉으로 되어 있고, 각 권에는 章回名이 한글로 적혀 있으며 총 20회로 되어 있다. 매면 10-11행, 한 행이 21-24자 내외로 필사되어 있다.[39)]

이 판본은 18세기 중엽에 번역된 것이라 추정되는데 서지사항은 모두 미상이라 작품의 전체적인 면모를 완벽하게 알 수는 없지만 서명과 내용으로 보아 중국소설 ≪十二峯≫의 번역일 것으로 추정된다.

(4) ≪錦香亭≫ : 朝鮮에 유입된 기록이 兪晩柱(1755-1788)의 ≪欽英≫에 나타난다. 이 문헌자료에는 ≪錦香亭≫의 16회본 岐園藏 판본이 18세기 중후반 국내에 전래되었다고 한다. 또한 ≪錦香亭記≫는 1891年(高宗 28年) 한글 필사본이 奎章閣에 남아 있는데, 총 7권 7책으로 되어 있다. ≪錦香亭≫은 ≪금향정긔≫ · ≪금향정녹≫이란 서명으로

---

38) 박재연, 〈규장각본 ≪형세언≫〉, ≪중국소설연구회보≫ 제10호, 1992. 6, 33-51쪽과 권영애, ≪型世言研究≫, 臺灣 東吳大學 박사논문, 1993. 6, 참조.

39) 박재연 교주, ≪十二峯記: 십이봉뎐환긔≫, 선문대학교중한번역문헌연구소, 2002. 머리말, 최근 이 작품이 우리나라 한문본 〈무산진몽기〉의 번역이라는 주장이 제기되었다. 양승민, 〈십이봉전환기(十二峰轉環記)〉 한문본 원작과 그 한글번역본〉, ≪고소설연구≫32권, 2011. 12, 255-280쪽 참조.

번역되어 현재 필사본을 포함한 방각본·구활자본 등 여러 형태로 존재하고 있다.

작품의 번역 양상을 살펴보면 ≪錦香亭記≫는 중국소설 ≪錦香亭≫을 번역했지만 첨역한 부분이 있으며 일부 내용은 변형되어 있다.40) 이 점은 번역자가 작품을 완역하지 않고 선별적으로 수용하고 있음을 드러내는 것이다.41)

국내에는 木版本이 유일하게 成均館大에 소장되어 있는데, 1920년경에 간행된 것으로 보인다. 한글 필사본은 韓國學中央研究院, 國立中央圖書館, 嶺南大 등에도 소장되어 있는데, 각각 판식이 다른 것으로 보아 국내에 광범위하게 전파되었음을 알 수 있다. 3책본, 1책본 등 잔본 가운데 여러 종류가 각지에 산재되어 있고 번역과 번안이 혼재되어 있는 작품들도 상당히 많이 남아 있다. 앞으로 지속적인 연구 성과가 기대되는 작품이다.

2) 19세기 유입 작품

19세기 초반에 유입된 작품은 ≪薛仁貴傳≫이 있다. 19세기 중반에 유입된 작품은 협의소설 ≪爭春園≫, 애정소설 ≪五美緣≫이 있고, 후반에 유입된 작품은 협의소설 ≪三合明珠寶劍全傳≫, 애정소설 ≪夢中緣≫, 신마소설 ≪濟顚大師醉菩提全傳≫(濟公傳)이 있다. 이 시기에 희귀본 중국 통속소설이 가장 많이 유입되었다.

(1) ≪薛仁貴傳≫ : 국내 유입에 관한 기록은 1800년대 전후이기 때문에 淸나라 판본일 것이다. 이 판본은 명대 ≪文瀾閣書目≫ 제6권 雜史類에 가장 먼저 기록되어 있다. 趙萬里는 1950년대에 英國 옥스퍼드 대학교 도서관에 소장되어 있는 ≪永樂大典≫ 제 5244권 '遼'字韻(촬영본) 중에서 발췌, 편집하여 註釋을 더하여 1957년 上海古典文學出版社에서 활자본으로 간행했다. 현재 中華書局에서 영인한 ≪永樂大典≫의 축약본이 통용된다.42)

≪薛仁貴傳≫은 초기에 원전으로 읽혀지다가 한문을 해독하지 못하는 독자들을 위

40) ≪錦香亭≫은 여타의 才子佳人小說과는 달리 널리 전파되었고 수용되었으며 講唱과 공연 예술로 변용되었다는 점에서 상당한 가치를 지니고 있다. 최수경, 〈≪錦香亭≫연구〉, ≪중국문화연구≫ 제1집, 2002. 12, 403-430쪽 참조.

41) 강문종·박재연 교주, ≪금향정긔≫, 이회문화사, 2005, 머리말 참조.

42) 박재연, ≪중국소설연구회보≫ 제8호 1991. 11, 46-49쪽 참조.

해서 한글로 번역되었다. 이후 작품의 일부를 번안한 새로운 이본이 나오게 되었다. 한글본 ≪설인귀전≫은 필사본 · 판각본 · 활자본 등 10여 종의 異本이 있다. 각각 이본들을 살펴보면 중국 원전을 직역한 것과 변개시킨 것으로 구별되는데 기본적인 줄거리는 대체적으로 유사하다. 국내에는 中國石印本이 高麗大와 慶北大에 소장되어 있고 筆寫本이 國立中央圖書館, 高麗大에 소장되어 있으며 한글 필사본은 梨花女大, 延世大, 高麗大에 소장되어 있다. 중국 판본은 각각 다른 판본이고 한글 필사본도 판식과 출판 사항이 모두 다르다. 고려대 소장본은 1915년 간행된 한글 활자본인데, 그 이전에 이미 한글로 번역되어 유통되었을 가능성이 매우 높다.

(2) ≪爭春園≫ : 국내 유입 기록은 명확하지 드러나지 않는다. 中國木版本이 奎章閣과 成均館大에 소장되어 있다. 중국 목판본은 모두 편자가 없지만 편찬 시기는 1849년과 1889년으로 다르며 6卷本으로 되어 있다. 국내 유입에 관한 기록은 아직 보이지 않는데, ≪忠烈俠義傳≫과 같은 俠義小說과 함께 들어왔을 것으로 보이며 소장 판본으로 보아 19세기 중반과 후반에 모두 유입된 것으로 보인다. 또한 현재까지 우리말로 번역된 흔적도 보이지 않는다.

(3) ≪五美緣≫ : 국내 유입 기록은 명확하게 드러나지 않는데, 작품의 출판 시기가 1822년이고 국내 소장 판본 1848년인 것으로 보아 19세기 초중반에는 국내에 전래되었을 것으로 추정해볼 수 있다. 국내에는 中國木版本이 유일하게 奎章閣에 소장되어 있는데, 8卷 8冊으로 道光 28年(1848)에 寄生氏가 九如堂에서 편찬한 것으로 되어 있고 겉표지의 제목은 '繡像五美緣'[43]이라 되어 있으며 속표지에는 '五美緣全傳'이라 되어 있다. 또한 壬午年(1822)의 序가 들어가 있고 왕실의 인장이 찍혀 있다.

(4) ≪夢中緣≫ : 국내 유입에 관한 기록은 명확하게 나타나지 않고 있다. 1885년에 쓴 서문이 있는 것으로 보아 19세기 후반에는 국내에 들어왔을 것으로 추정된다. 또한 초판본이 유입되지 않고 후대의 有益堂 간행본이 전래된 것으로 보아 1885년보다 늦은 시기에 국내에 들어왔을 것이고 그 이후에나 널리 유통되었을 것으로 보인다. 국내에는 有益堂 간행본이 奎章閣에 소장되어 있는데, '新刻夢中緣'이라 표기되어 있고 작자는 淸나라 李子乾이고 光緖 11年(1885)의 序文이 들어가 있다. 이 판본은 崇德堂 간행

43) 규장각에서는 본래 '繡像五美錄'이라 잘못 표기되어 있었으나 2012년 11월 22일 필자가 작품의 내용을 열람하고 교정해주기를 요청하여 '繡像五美緣'으로 바로잡았다.

본과 거의 유사한 간행본으로 보인다.

(5) ≪三合明珠寶劍全傳≫ : 국내 유입에 관한 기록은 아직까지 명확하게 드러나지 않는다. 가장 이른 판본이 1848년 經綸堂 간행본이고 국내 소장 판본이 1879년 간행본이므로 대개 19세기 후반에는 유입되었을 것이다. 그렇지만 지금까지 이 작품이 한글로 번역되었다는 문헌기록은 보이지 않고 있다. 국내에는 中國木版本이 유일하게 成均館大에 소장되어 있는데, 6卷 4冊으로 裏題는 繡像第十才子書라 되어 있고 版心題는 三合劍이라 되어 있으며 淸 光緖 5年(1879)에 간행된 판본이다.

(6) ≪濟顚大師醉菩提全傳≫(濟公傳) : 국내 유입에 관한 문헌 기록은 아직까지 나타나지 않는다. 가장 이른 판본은 1788년에 간행되었지만 국내 소장 판본은 19세기 말엽의 판본이므로 대개 19세기 중후반에는 유입되었을 것이다. 국내에는 ≪新刊繡顚大師醉菩提全傳≫이 中央圖書館과 奎章閣에 소장되어 있다. 중앙도서관 소장본은 4卷 4冊으로 中國木版本이며 版心題에 ≪繡顚全傳≫이라 되어 있다. 규장각 소장본도 4卷 4冊이지만 日本木版本으로 光緖 4年(1878) 京都隆神社에서 출판했는데, 서두에 ≪繡顚大師醉菩提全傳≫이라 되어 있다.

3) 20세기 유입 작품

20세기 초에 국내에 유입된 작품들이 있는데, 협의소설 ≪七劍十三俠≫, ≪金台全傳≫과 공안소설 ≪于公案≫이다. 20세기 후반에는 공안소설 ≪劉公案≫이 유입되었다.

(1) ≪七劍十三俠≫ : 국내 유입에 관한 기록은 전혀 나타나지 않고 있다. 이 작품은 대략 19세기 후반에서 20세기 초반 무렵 朝鮮에 流入되었을 가능성이 높다. 작품의 초간본이 1897년에 출판되었지만 당시 중국 서적의 수입상황으로 보아 출판 직후 국내에 유입되었을 가능성이 있다. 이후 대량으로 유통된 판본이 1908년 판본이므로 아무리 늦어도 20세기 초반에는 조선에 전래되었음이 틀림없다. 국내에는 石印本이 東亞大, 澗松文庫, 成均館大, 全南大 등에 소장되어 있다. 동아대와 고려대 소장본은 모두 1910년경에 간행되었고 성균관대와 전남대 소장본은 청대 말엽으로 추정되며 간송문고 소장본은 간행시기를 명확히 알 수 없지만 동아대 소장본과 같은 上海 錦章圖書局에서 간행된 것이다. 그렇지만 간송문고 소장본과 동아대 소장본의 판식이 약간 달라 같은 시기에 간행되었다고 볼 수 없다. 錦章圖書局의 石印本은 제목을 ≪繡像七劍十三

俠≫, ≪繡像七劍十三俠全集≫이라 했고, 廣益書局의 石印本은 ≪足本大字繡像七劍十三俠初集≫, ≪足本大字繡像七劍十三俠≫이라 했다.

(2) ≪金台全傳≫ : 국내 유입에 관한 기록은 아직까지 명확하게 드러나지 않고 있다. 이 작품은 神魔小說과 俠義小說的인 요소를 모두 가지고 있고 창작시기가 19세기 후반인 것으로 미루어보아 대개 19세기 후반에서 20세기 초반에야 국내에 전래되었을 것으로 추측된다. 국내에는 中國石印本이 유일하게 國民大에 소장되어 있는데, 6卷 6冊으로 上海의 石齋書局에서 民國 2年(1913)에 출판된 것으로 揷圖가 있다. 따라서 이 작품은 20세기 초반에야 국내에 유입되었을 것으로 보인다.

(3) ≪于公案≫ : 국내 유입에 관한 기록은 관련 자료가 나타나지 않는다. 가장 이른 판본이 19세기 초반이므로 바로 유입되었다고 해도 19세기 이전일 가능성은 많지 않다. 국내 소장 상황으로 판단한다면 20세기 초반에 전래되었을 것으로 추정된다. 국내에는 東亞大에 上海書局에서 光緖 32年(1906)에 출판한 ≪新刻于公案≫石印本이 소장되어 있다.

(4) ≪劉公案≫ : 국내 유입에 관한 기록은 전혀 나타나지 않고 있다. 이 작품의 창작 시기는 18세기 중반에서 19세기 초반으로 추정할 수 있는데, 이 시기 朝鮮에는 중국 서적의 수입이 활발했으므로 국내에 즉시 유입되었을 가능성도 있다. 하지만 현재 국내 소장 상황으로만 본다면 20세기 후반 무렵에나 유입된 것이다. 국내에는 鮮文大 朴在淵이 1911년 廣益書局에서 출판한 石印本을 소장하고 있다.

4) 유입시기 미상 작품

한국 소장 판본으로 국내 유입시기를 추정하기 힘든 작품은 ≪歡喜寃家≫(三續今古奇觀, 今古艶情奇觀)가 있다.

(1) ≪歡喜寃家≫(三續今古奇觀, 今古艶情奇觀) : 국내 유입에 관한 기록은 아직까지 명확하게 나타나지 않고 있다. 그렇지만 전작 ≪今古奇觀≫이 18세기 중반 이전에 전래되었으므로 ≪歡喜寃家≫는 그보다 좀 더 늦은 18세기 중반 이후에야 朝鮮에 유입되었을 것이다. 국내에는 石印本이 유일하게 京畿大에 소장되어 있다. 6卷 6冊으로 表題는 繪圖三續今古奇觀이라 되어 있고 版心題는 三續今古奇觀이라 되어 있으

며 나머지 서지사항은 명확하지 않다. 간행 시기와 작자 등이 모두 未詳이기 때문에 정확한 것은 알 수 없지만 중국의 石印本과 비슷한 판본이거나 변형된 판본일 가능성이 농후하다.

다음은 韓國 所藏 稀貴本 中國 通俗小說의 소장 형태와 작품의 성격을 도표로 일목요연하게 분류해본 것이다.

番號	書名	出版事項	版式狀況	一般事項	所藏處/所藏番號	分類
1	薛仁貴傳	著者未詳, 年紀未詳	4卷4册, 筆寫本, 30.2×21.2㎝		國立中央圖書館 [한]48-24	歷史小說
		刊寫事項不明	1册, 石印本, 19.5×14㎝, 無界, 20行37字, 無魚尾		慶北大學校 [古]812 설69	
	白袍將軍傳		1册, 筆寫本, 21.8×20.5㎝	被傳者:薛仁貴(唐), 異書名:薛仁貴傳	高麗大學校 (晚松文庫) C14-A70	
	繡像說唐小英雄傳	作者未詳, (19--)	零本1册, 中國石印本, 有圖, 20.3×13.5㎝		高麗大學校 (華山文庫) C14-B32C	
	설인귀전	著者未詳, 刊年未詳	10册(缺本, 所藏:第2, 3, 9, 10册), 筆寫本, 24×18.5㎝, 無罫, 11行11字		梨花女子大學校 [고]811.31 설79A	
			5册, 筆寫本, 29.5×28㎝	卷末:셔재을묘팔월 샹슌의필셔하노라	延世大學校 811.36	
	설인귀전	朴建會, 京城, 東美書市, 大正4(1915)	2册, 한글活字本, 22㎝		高麗大學校 3636-96	
		방각본(경본) 2종(조선말기 추정)	未詳	이능우/유탁일 서적근거	未詳/東洋語學校(Paris)	
2	岳武穆王精忠傳	鄒元標(明)撰, 上海, 大文堂, 刊寫年未詳	6卷6册(卷1-6), 中國木版本, 24.4×14.4㎝, 四周單邊, 半郭:18.9×12㎝, 無界, 12行28字, 註雙行, 花口, 上下向黑魚尾, 紙質:竹紙	序:吉水鄒元標撰, 刊記:上海, 大文堂藏板	全南大學校 3Q2-정817ㅈ-v.1-6	歷史小說
	增訂精忠演義說本全傳	錢彩纂, 金豊增訂, 淸嘉慶3年(1798)刊	10卷10册(卷1-10), 中國木版本, 24.5×17㎝, 四周單邊, 半郭:17.8×14㎝, 無界, 11行20字, 上下向黑魚尾, 紙質:竹紙	序:甲子(?)孟春上浣永福金豊識於餘慶堂, 刊記:嘉慶戊午(1798) 新鐫本衙藏板	江陵市船橋莊	

番號	書名	出版事項	版式狀況	一般事項	所藏處/所藏番號	分類
		錢彩(淸)編次, 金豊(淸)增訂, 淸朝末期	6卷6冊(卷13-17, 20), 中國木版本, 15.8×11.2㎝, 四周單邊, 半郭:11.4×8.9㎝, 無界, 12行21字, 上黑魚尾, 紙質:綿紙	版心題:說岳全傳, 內容:岳飛의 精忠事實을 小說体로 演義한것임, 三國誌類式	韓國學中央研究院, 4-242	
		錢彩纂, 金豊增訂, 上海, 掃葉山房, 淸末-中華初刊	20卷20冊(卷1-20), 中國木版本, 15.8×11.3㎝, 四周單邊, 半郭:11.5×9.3㎝, 無界, 12行21字, 上下向黑魚尾, 紙質:竹紙	表題:精忠演義, 板心題:說本全傳, 序:甲子(?) 孟春上浣永福金豊識於餘慶堂	江陵市船橋莊	
			4冊(零本), 活印本, 29㎝		嶺南大學校 823	
	增訂繪圖精忠說岳全傳	上海, 芝和書局, 刊寫年不明	8卷8冊, 中國石印本, 有圖, 19.9×13.3㎝, 四周單邊, 半郭:17.6×12.4㎝, 無界, 31行字數不定, 上下向黑魚尾	題簽題:繪圖精忠說岳全傳, 版心題:繪圖精忠說岳全傳, 刊記:上海芝和書局印行	慶北大學校 [古]812.3 증736	
	무목왕정충녹(武穆王貞忠錄)	作者未詳, 寫年未詳	7卷7冊(卷3-5, 11, 5冊缺), 한글筆寫本, 29×23.3㎝, 無郭, 無絲欄, 12行字數不定, 無版心, 紙質:楮紙	印:暎嬪房, 藏書閣印	韓國學中央研究院 4-6806	
3	繪圖今古艶情奇觀 (환희원가)	刊寫地未詳, 刊寫者未詳, 刊寫年未詳	6卷6冊(卷1-6), 石印本, 有圖, 14.1×9㎝, 四周雙邊, 半郭:12.2×8㎝, 無界, 20行44字, 上下向無葉花紋魚尾	表題:繪圖三續今古奇觀, 版心題:三續今古奇觀	京畿大學校 경기-k119582-1	愛情小說 (總集類)
4	繡像七劍十三俠	桃花館主人編次, 上海, 上海錦章圖書局, 1910年頃	初集4卷2冊, 續集4卷2冊, 三集4卷2冊, 共12卷6冊(初集卷 1-4, 續集卷1-4, 三集卷1-4), 中國石印本, 20.4×13.5㎝, 四周雙邊, 半郭:17.8×12㎝, 無界, 26行56字, 上下向黑魚尾	版心題:七劍十三俠, 印記:上海錦章圖書局石印	東亞大學校 (3):12:2-100	俠義小說
		桃花館主(號)編次, 上海書局, 宣統2(1910)	4卷, 石版本(中國), 二集4, 三集4卷, 共12卷6冊, 15.4×13.3㎝		高麗大學校 육당C14-B16-1-6	

番號	書名	出版事項	版式狀況	一般事項	所藏處/所藏番號	分類
	足本大字繡像七劍十三俠初集	唐芸洲編次, 上海, 廣益書局, (淸代末-中華初)刊	12卷12册, 中國石印本, 20.2×13.3㎝, 有圖, 四周單邊, 半郭:17×11㎝, 無界, 18行40字, 上黑魚尾, 紙質:竹紙	刊記:上海廣益書局發行	成均館大學校 D7C-56	
	足本大字繡像七劍十三俠	唐芸洲編次, 上海, 廣益書局, 淸朝末-民國初	12卷12册(卷1-12), 中國石印本, 有圖, 19.6×13.3㎝, 四周單邊, 半郭:16.6×11㎝, 無界, 18行40字, 上黑魚尾, 紙質:竹紙	表題:足本大字七劍十三俠, 刊記:上海廣益書局發行	全南大學校 3Q-수51ㄷ 全南大學校 3Q-수51ㄷ-v.1-12	
	繡像七劍十三俠全集	桃花館主(未詳)編次, 上海錦章圖書局印行	12卷1匣6册, 中國石印本, 20×13.4㎝, 四周雙邊, 半郭:18.1×12.2㎝, 無界, 26行56字, 白口黑魚尾上		澗松文庫	
5	新刻于公案	著者未詳, 上海, 上海書局, 光緖32(1906)	4卷2册(卷1-4), 中國石印本, 14.9×9.1㎝, 有圖, 四周雙邊, 半郭:12.3×8.2㎝, 無界, 15行36字, 上下向黑魚尾	包匣題:繡像三公寄案鼓詞, 標題:繡像于公案, 表題:繡像于公案, 刊記:光緖丙午(1906)荷月上海書局石印	東亞大學校 (4):5:5-5	公案小說
		編者未詳, 上海, 上海書局, (19--)	2卷1册(缺帙), 石印本, 14.5×9㎝		高麗大學校 육당C14-B26-2	
6	劉公案	廣益書局, 1911年	4卷4册88回, 中國石印本		鮮文大 朴在淵	公案小說
7	新刊繡顚大師醉菩堤全傳	天下藏主人(淸)編, 淸末刊行	4卷4册, 中國木版本, 22.3×13.7㎝	版心題:繡顚全傳	國立中央圖書館 BA古5-80-30	神魔小說
		墨浪子(淸)撰, 光緖4年(1878)京都隆神社刊行	4卷4册, 日本木版本, 22.3×13.7㎝	卷頭書名:繡顚大師醉菩堤全傳	奎章閣 6187	
8	爭春園	編者未詳, 一也軒, 道光9(1849)	6卷, 中國木版本, 有圖, 15.4×11㎝	印:集玉齋, 帝室圖書之章	奎章閣 [奎중]6189	俠義小說
	爭春園全傳	編者未詳, 光緖15(1889)刊	6卷6册, 中國木版本, 20×11.7㎝, 四周單邊, 半郭:16.8×10㎝, 無界, 11行25字, 上黑魚尾, 紙質:竹紙	裏題:繡像爭春園全傳, 序:光緖十五年歲次己丑(1889)仲春月重刊, 舊刊記:道光丙午年(1846)鐫	成均館大學校 D7C-89	

番號	書名	出版事項	版式狀況	一般事項	所藏處/所藏番號	分類
9	新刻夢中緣	李子乾(淸)著, 有益堂, 光緖11年(1885)序	4卷4冊(卷1-4), 中國木版本, 17.6×11㎝	序:光緖十一年(1885)…蓮溪氏	奎章閣 6122-v.1-4	愛情小說(才子佳人小說)
10	繡像五美緣	寄生氏(淸)編, 九如堂, 道光28年(1848)	8卷8冊, 中國木版本, 16×11㎝	序:壬午(1822)…寄生氏, 印:集玉齋, 帝室圖書之章	奎章閣 [奎중]6106	愛情小說
11	新刻三合明珠寶劍全傳	撰者未詳, 三讓堂, 淸光緖5(1879)刊	6卷4冊, 中國木版本, 有圖, 17.3×11㎝, 四周單邊, 半郭:12.1×9㎝, 無界, 10行22字, 上黑魚尾, 紙質:竹紙	裏題:繡像第十才子書, 版心題:三合劍, 刊記:光緖己卯(1879) 新鐫三讓堂梓	成均館大學校 D7C-65	俠義小說
12	繡像金臺全傳	上海, 石齋書局, 民國2年(1913)	6卷6冊1匣, 中國石印本, 有圖, 15×8.8㎝	表題:繡像金臺全傳	國民大學校 [고]823.6 수02	俠義小說
13	峥霄舘評定通俗演義型世言	陸人龍(明)演, 明版本	11冊(零本, 第12冊 缺), 中國木版本, 25×16.2㎝	版心書名:型世言, 序:陸雲龍, 印:帝室圖書之章	奎章閣 [奎중]4256	總集類
	형셰언(型世言)	編者未詳, 寫本未詳	4冊存, 한글筆寫本, 28.8×21.6㎝, 無郭, 無絲欄, 12行字數不定, 無魚尾, 紙質:楮紙	表題:型世言, 印:藏書閣印, 번역:18세기경 추정	韓國學中央研究院 4-6863/R35N-000019-3	
14	十二峯記(십이봉뎐환긔)	刊寫地未詳, 刊寫者未詳, 刊寫年未詳	4卷4冊, 한글筆寫本, 26.9×19.3㎝, 10-11行21-24字內外	飜譯:18世紀中葉(推定)	國立中央圖書館 古3636-10	愛情小說
15	금향졍긔(錦香亭記)	著者未詳, 年紀未詳	7卷7冊, 筆寫本, 22×17㎝, 紙質:楮紙	卷末:歲在辛卯孟冬日藥峴畢書	奎章閣 [古]3350-59	愛情小說(才子佳人小說)
	錦香亭記	刊寫地未詳, 刊寫者未詳, 刊寫年未詳	6冊, 한글筆寫本, 26.4×19.8㎝		嶺南大學校 古韶813.6-금향졍	
	금향졍긔	著者未詳, 1910	全3卷3冊, 한글筆寫本, 28.5×17.8㎝, 紙質:楮紙	筆寫記:경슐(1910) 이월즁현의빅셕동셔등츌홈, 월중현의빅셕동셔등출 16㎜R[Nega], 178f	韓國學中央研究院 D7B-125/R16N-001132-17	
	금향뎡기		1冊, 31.6×20.2㎝		國立中央圖書館 [한]48-168	
	금향뎡긔(錦香亭記)	作者未詳, 1920頃刊	不分卷1冊, 木版本, 27.3×18.5㎝, 四周單邊, 半郭:21×17.3㎝, 15行25字, 上二葉花紋魚尾, 紙質:楮紙		成均館大學校 D7B-53	

番號	書 名	出版事項	版式狀況	一般事項	所藏處/所藏番號	分類
		刊寫地未詳, 刊寫者未詳, 刊寫年未詳	3冊, 筆寫本, 30×20.2㎝, 無界, 10行21字內外, 無魚尾	일반동산문화재 한글本, 寫記:병오(?)삼월초 일일죵	西江大學校 고서 금92 v.1	
	금향정기		1冊, 한글筆寫本, 25.6×17.5㎝	筆寫記:丁丑二月… 謄	高麗大學校 C14-A28	
		刊寫地未詳, (由洞, 1847-1856)	京本:2卷2冊	이능우/유탁일 서적 근거	東洋語學校 (Paris)	
		刊寫地未詳, 1860년 前後	3卷3冊, 坊刻本	이능우/유탁일 서적 근거	未詳	
	금향뎡긔	1冊, 한글筆寫本		19세기말(추정)	鮮文大 朴在淵	

4. 한글본 飜譯小說과 講唱文學

중국 희귀본 통속소설의 범주에 완벽하게 부합된다고 하기는 어렵지만 한글본 번역소설과 강창문학 번역본도 희귀본에 버금가는 가치를 지니고 있다. 한글본 번역소설은 문언을 포함하면 72종으로 정리한 바 있는데[44], 중국 통속소설에 해당하는 작품들은 다음과 같은 59종으로 분류할 수 있다.

番號	書 名	飜譯版式	飜譯樣相	飜譯時期	文體	所藏處	分類
1	薛仁貴傳	4卷4冊(中央圖), 2冊(殘本:嶺南大), 3冊(殘本:梨花大)	飜譯 ≪薛仁貴征遼事略≫, 出版	朝鮮後期	白話通俗	中央圖書館	歷史小說
2	水滸傳	4冊, 9冊(梨花女大), 3冊(金東旭:安城坊刻本)	坊刻本, 其他:部分飜譯	朝鮮後期	白話通俗	梨花女大, 金東旭等	俠義小說
3	三國志演義	39冊(樂善齋本), 38冊, 30冊, 27冊(28×19.5㎝), 20冊, 17冊等 多數, 版式各不同, 宮體	完全飜譯, 部分飜譯, 飜案 等	初譯:英正祖, (추정) 後譯:己未 (1859年 等)	白話通俗	中央圖書館, 奎章閣, 樂善齋 金東旭 等	歷史小說

44) 김명신·민관동, ≪朝鮮時代 中國古典小說의 出版本과 飜譯本 硏究≫, 학고방, 2013, 262-267쪽 참조.

番號	書 名	飜譯版式	飜譯樣相	飜譯時期	文體	所藏處	分類
4	殘唐五代演義	5卷5冊, 30.4×22cm, 10行25字內外, 飜譯≪殘唐五代史演義≫	詩評省略, 部分省略, 宮體	朝鮮末期	白話通俗	樂善齋	歷史小說
5	大明英烈傳	8卷8冊, 29.2×20.9cm, 10行21字內外, 6冊(朴順浩), 優雅한 宮體	部分省略, 原文充實	約18世紀飜譯, 19世紀轉寫	白話通俗	樂善齋, 朴順浩 等	歷史小說
6	武穆王貞忠錄	12卷12冊(殘本3, 4, 5, 9, 11), 29×23.3cm, 12行18字內外, 飜譯≪大宋中興通俗演義≫	直完譯(部分省略), 刻英嬪(英祖後宮)之印章	18世紀(推定)	白話通俗	樂善齋	歷史小說
7	西遊記	3冊, 5冊, 12冊, 2冊本等 殘本多數, 坊刻本과 舊活字本	坊刻本, 其他:部分飜譯, 飜案 等	朝鮮後期	白話通俗	中央圖書館 等	神魔小說
8	列國志	42卷42冊(影印本:日本), 17冊 (29.6×22cm, 春秋列國志, 中央圖書館), 30冊(嶺南大, 殘本7冊)	詩評省略, 原文充實, 其他:部分飜譯, 宮體	約1600年代中後期, 後轉寫本	白話通俗	中央圖書館, 嶺南大, 趙潤濟 外	歷史小說
9	包公演義	9卷9冊, 29×20.7cm, 11行24-26字內外, 飜譯≪龍圖公案≫(若干 흘림체의 筆寫本)	原文充實(100回中81回飜譯)	約19世紀 初推定	白話通俗	樂善齋	公案小說
10	封神演義(서주연의)	25卷25冊, 32.8×22.8cm, 11行字數不定, 註雙行, 紙質:楮紙	縮約意譯	約1728年以前	白話通俗	樂善齋	神魔小說
11	西漢演義	16卷16冊, 35×21.3cm(中央圖), 32.6×22.2cm(高麗大, 1895年), 29卷10冊 (34.5×22cm, 奎章閣), 4卷4冊(藏書閣, 全漢志傳의 部分飜譯)	詩評省略, 原文充實, 其他:部分飜譯, 飜案 等	朝鮮後期	白話通俗	中央圖書館, 奎章閣, 高麗大, 藏書閣 等	歷史小說
12	東漢演義	6卷6冊, 35×23.2cm	添削이 심한 縮約飜譯	朝鮮後期	白話通俗	中央圖書館	歷史小說
13	平妖記	9卷9冊(樂善齋), 33.4×22.5cm, 10行20字內外, 2冊(金東旭, 30×19.2cm, 殘本卷3.5)	飜譯:馮夢龍40回本, 縮約意譯	約1835年以前飜譯, 以後轉寫	白話通俗	樂善齋, 金東旭	神魔小說

番號	書 名	飜譯版式	飜譯樣相	飜譯時期	文體	所藏處	分類
14	仙眞逸史	15冊(殘本:11行22字), 21冊, 32×21.7㎝, 10行19-21字內外 仙眞은 禪眞의 誤記.	詩評省略, 縮約意譯	約18-19世紀	白話通俗	樂善齋	俠義小說
15	隋煬帝艷史	宮體, 延世大本 1冊, 綠雨堂本 1冊 落帙	詩評省略, 縮約意譯	約18世紀中葉以前	白話通俗	延世大等	歷史小說
16	隋史遺文	12卷12冊, "說唐"系統의 소설, 애스턴구장본	詩評省略, 縮約意譯	19世紀初	白話通俗	뻬쩨르부르그(러시아)	歷史小說
17	東度記	100回中 40회 飜譯, 5冊, 飜譯本은 동유긔로 되어있음	省略과 縮約이 심함	19世紀 後半 飜譯 推定	白話通俗	뻬쩨르부르그(러시아)	神魔小說
18	開闢演義	5冊(奎章閣), 4冊(延世大), 宮書體	原典에 充實, 部分省略	18世紀로 推定	白話通俗	奎章閣 等	歷史小說
19	孫龐演義	5卷5冊, 30.3×21.2㎝, 11行20-29字, 刻英嬪(英祖後宮)之印章	原文充實, 宮體楷書	約18世紀中期 筆寫	白話通俗	樂善齋	歷史小說
20	唐秦演義	13冊, 33.5×22.5㎝, 6冊, 29×21㎝, 原本:大唐秦王詞話, 16冊本(日本), 舊活字本 울지경덕실긔(당진연의 부분 발췌)	縮約, 轉寫	朝鮮後期	白話通俗	樂善齋, 日本 등	歷史小說
21	南宋演義	7卷7冊(49回), 22.8×30㎝, 11行 26字內外, 本名:≪南宋志傳≫	原典에 충실한 飜譯(부분縮約), 丙申季秋筆寫	約1776년 혹은 1836年頃 (約18世紀 推定)	白話通俗	李謙魯(현 중한번역문헌 연구소)	歷史小說
22	北宋演義	5卷5冊, 31.2×22.8㎝, 飜譯 ≪大字足本北宋楊家將≫	원문에 충실한 精密한 飜譯	18世紀 飜譯本의 轉寫本 約18世紀(推定)	白話通俗	樂善齋	歷史小說
23	南溪演談	3卷3冊(1卷落帙), 明太祖建國後事件描寫(原本未詳)	母本未詳(국문소설로 보는 견해도 있음)	朝鮮後期	白話通俗	樂善齋	歷史小說
24	型世言	4冊(殘本:3.4.5.6. 總15篇), 28.8×21.6㎝, 12行26字內外, 형세언의 부분번역인 朱仙傳도 樂善齋에 따로 소장	詩評省略, 縮約意譯	約18世紀頃 飜譯, 轉寫	白話通俗	樂善齋	總集類
25	今古奇觀	全40篇中 20餘篇飜譯, 回別飜譯出版	飜譯(部分省略), 飜案	朝鮮末期, 日帝時期	白話通俗	高麗大, 樂善齋 等	總集類

番號	書 名	飜譯版式	飜譯樣相	飜譯時期	文體	所藏處	分類
26	後水滸傳	12卷12冊, 28.1×20㎝, 10行22字內外, 6冊(申龜鉉)	詩評省略, 完譯에 接近, 竝行直意譯	約18-19世紀	白話通俗	樂善齋, 申龜鉉 等	俠義小說
27	平山冷燕	10卷10冊(中央圖書館), 28.6×19.6㎝, 10行19字, 3卷3冊(樂善齋, 28.6×22.4㎝), 4卷4冊(奎章閣)	詩評省略, 原文充實, 意譯爲主	約18世紀推定	白話通俗	中央圖書館, 樂善齋 奎章閣	愛情小說
28	玉嬌梨傳	下卷(11-20回)	詩評省略, 原文에 접근한 意譯爲主	朝鮮末期	白話通俗	高麗大	愛情小說
29	樂田演義	筆寫本 存在可能, 孫龐演義의 續作, 18回 99張	部分省略, 部分飜譯, 意譯	大正7年 (1918年) 廣益書館 發行 (舊活字本)	白話通俗	하버드대	歷史小說
30	十二峯記	4卷4冊, 한글筆寫本, 刊寫地未詳, 刊寫者未詳, 刊寫年未詳	未詳	18世紀 中葉 推定	白話通俗	國立中央圖書館	愛情小說
31	錦香亭記	7冊(奎章閣, 22×17㎝, 10行14字內外), 1冊(高麗大:25.6×17.5㎝, 10行18字內外)	省略, 縮約意譯, 有飜案, 坊刻本	1877年筆寫	白話通俗	奎章閣, 高麗大, 中央圖等	愛情小說
32	醒風流	7卷7冊, 26.2×19.1㎝, 10行17-20字內外, 原名:醒風流傳奇, 일찍이 번역한 것을 후에 轉寫하여 묶은 것으로 보임	詩評省略, 原典에 近接한 意譯	約 18世紀推定	白話通俗	樂善齋	愛情小說
33	玉支機	4卷4冊 20回, 27×19.5㎝, 四周雙邊, 有界, 上下花紋魚尾, 宮體	直譯을 피하고 縮約 飜譯	約 18世紀推定	白話通俗	延世大	愛情小說
34	畵圖緣	3卷3冊(中 卷之一 現存)	部分省略, 意譯爲主	朝鮮後期	白話通俗	文友書林	愛情小說
35	好逑傳	18回4冊(28.4×18.7㎝), 4冊(梨花女大: 29.5×18.3㎝, 12行29字)	飜譯:義俠好逑傳, 詩評省略, 原典에 近接한 意譯	約18世紀-19世紀飜譯轉寫	白話通俗	奎章閣, 梨花女大	俠義小說
36	快心編(醒世奇觀	32卷32冊, 28.2×18.8㎝, 10行字數不定, 無郭, 無絲欄	詩評省略, 縮約과 直譯爲主, 集體飜譯.	朝鮮後期	白話通俗	樂善齋	愛情小說

番號	書 名	飜譯版式	飜譯樣相	飜譯時期	文體	所藏處	分類
37	隋唐演義	10卷10册	未詳, 另:後印本	朝鮮後期	白話通俗	奎章閣	歷史小說
38	女仙外史	45卷45册, 28.8×18.8cm, 10行17字, 10册(國民大)	詩評省略, 完譯本	約1880年前後	白話通俗	樂善齋, 國民大	神魔小說
39	雙美緣	24回, 駐春園小史의 飜案, 一名:第十才子書, 一名 :쌍미긔봉, 朝鮮時代 筆寫本도 있을 것으로 推定	詩評省略, 飜譯과 飜案 竝行	朝鮮末期 日帝時代	白話通俗	滙洞書館 (1916年)	愛情小說
40	麟鳳韶	3卷3册, 29.7×19.5cm, 10行20字, 麟鳳韶는 引鳳簫의 誤記	詩評省略, 原文充實	18世紀 中半	白話通俗	樂善齋	愛情小說
41	紅樓夢	120册中117册(殘本), 28.3×18.2cm, 8行字數不定, 紙質:壯紙	注音對譯, 直譯爲主完譯本	約1880年前後	白話通俗	樂善齋	愛情小說
42	雪月梅傳	20卷20册, 28.3×18.8cm, 10行字數不定, 原文:孝義雪月梅傳	原文充實, 完譯本	約1880年前後	白話通俗	樂善齋	俠義小說
43	後紅樓夢	20卷20册, 28.8×18.8cm, 9行27-28字內外, 無絲欄, 紙質:楮紙	詩評省略, 原文充實(完譯)	約1880年前後	白話通俗	樂善齋	愛情小說
44	粉粧樓	5卷5册 80回(完帙), 11行22字 內外, 民間筆寫本(흘림체)	原典에 충실하나 縮約이 많음	1906年으로 推定	白話通俗	朴在淵	俠義小說
45	合錦廻文傳	3卷, 宮體	原典에 충실한 번역	約18世紀 推定	白話通俗	東國大 等	愛情小說
46	續紅樓夢	24卷24册, 27×18cm, 9行17字, 無絲欄, 無郭無版心, 楮紙	詩評省略, 原文充實, 意譯本	約1880年前後	白話通俗	樂善齋	愛情小說
47	瑤華傳	22卷22册(樂善齋), 27.8×19cm, 9行字數不定, 14卷7册(奎章閣)	詩評省略, 原典에 近接한 完譯	約1880年前後	白話通俗	樂善齋, 奎章閣	神魔小說
48	紅樓復夢	50卷50册, 28.1×18.9cm, 9行17字, 無絲欄, 無魚尾, 楮紙	詩評省略, 原文充實(完譯), 直譯爲主, 部分意譯	約1880年前後	白話通俗	樂善齋	愛情小說
49	白圭志	1册 106張, 每面 11-15行, 4卷16回中10回 中半까지 飜譯	部分飜譯	19世紀 末-20世紀 初	白話通俗	朴在淵	愛情小說
50	補紅樓夢	24卷24册, 28.1×19cm, 10行19字, 無絲欄, 無魚尾, 楮紙	詩評省略, 原文充實, 意譯本	約19世紀後半	白話通俗	樂善齋	愛情小說

番號	書 名	飜譯版式	飜譯樣相	飜譯時期	文體	所藏處	分類
51	鏡花緣	20卷中18卷(殘本:9, 12), 31×20cm, 10行20字內外, 第一奇諺	意譯, 添削改譯	1856-1848年(洪羲福)	白話通俗	丁奎福	諷刺小說
52	紅樓夢補	24卷24冊, 29×18.8cm, 9行19字, 紙質:楮紙	詩評省略, 意譯(一部分縮約)	約1880年前後	白話通俗	樂善齋	愛情小說
53	綠牡丹	6冊, 韓國學中央硏究院(影印本), 別名:四望亭	直完譯, 原典에 충실하나 縮約도 보임	1900年初	白話通俗	趙東弼	俠義小說
54	忠烈俠義傳	40卷40冊, 28×18.8cm, 10行17-18字, 一名:三俠五義	詩評省略, 原文充實, 完譯本	約1800年代中期以後	白話通俗	樂善齋	公案小說
55	忠烈小五義傳	本篇30,附錄1,合31篇, 28.2×18.6cm, 10行字數不定, 16冊(奎章閣)	原文充實, 直譯爲主完譯本	約1880年前後	白話通俗	樂善齋, 奎章閣	公案小說
56	珍珠塔	10卷10冊, 28.1×19.9cm, 9行19字, 13卷5冊(奎章閣:26.5×21cm, 10行22-24字), 一名:九松亭, 彈詞系統	奎章閣本(先行本), 樂善齋本은 奎章閣本을 가지고 轉寫한 것으로 推定	約1880年前後	白話通俗(彈詞)	樂善齋, 奎章閣	愛情彈詞
57	再生緣傳	52卷52冊, 28.2×18.8cm, 17行20字內外, 彈詞系統	直完譯本	約1880年前後	白話通俗(彈詞)	樂善齋	愛情彈詞
58	梁山伯傳	白斗鏞 編, 京城, 翰南書林, 1920, 1冊(24張), 木版本, 26×20.3cm, 四周單邊, 半郭:20.7×17.4cm, 有界, 14行字數不定, 上下向四瓣黑魚尾	直完譯本	1920年	白話通俗	嶺南大 等	愛情彈詞
59	千里駒	4卷2冊, 淸代 鼓詞飜譯本	添削이 가미된 飜譯	朝鮮末期	白話通俗	中央圖書館	英雄彈詞

이상 59종 가운데서 鼓詞와 彈詞 계열 4종을 제외하면 55종의 작품이 중국 통속소설을 번역한 작품들이다. 앞서 언급한 바와 같이 세계적으로 중국 통속소설의 희귀본이라 할 수 있는 작품은 ≪型世言≫·≪十二峰≫·≪錦香亭記≫이다. 이외의 나머지 작품들도 조선시대 한글 번역본이라는 희귀성을 가지는 작품들이다. 특히 ≪紅樓夢≫은 중국 내에서 많은 사람들에게 사랑을 받은 작품인데, 조선에도 유입되어 사대부, 궁중 여

인, 역관, 중하층 지식인, 기녀 등등이 애독했었다고 한다. 당시 한글 완역본이자 注音對譯이라는 특성을 지니고 있어 독특한 가치를 지니고 있다. ≪홍루몽≫ 계열의 속서들 즉, ≪後紅樓夢≫·≪續紅樓夢≫·≪紅樓復夢≫·≪補紅樓夢≫·≪紅樓夢補≫도 잇달아 번역되어 독자들의 사랑을 받았을 것으로 보인다.

한글본 번역소설은 歷史小說 18종, 愛情小說 18종, 俠義小說 7종, 神魔小說 6종, 公案小說 3종, 諷刺小說 1종, 總集類 2종으로 총55종의 번역소설이 있다. 이외에 소설에 근접하는 彈詞와 鼓詞 4종이 있는데, 愛情彈詞 3종과 英雄彈詞 1종으로 분류할 수 있다. 한글본 번역소설은 역사와 애정소설이 주류를 이루고 있지만 협의·신마·공안·풍자 등 다양한 내용으로 구성되어 있어 朝鮮 독자들의 독서 취향을 알 수 있는 표지가 된다.

한글본 번역소설은 直譯을 위주로 한 작품들이 많고 意譯·縮譯·添譯 등을 사용해서 작품의 내용을 좀 더 정확하게 독자들에게 전달하고자 했다.[45] 당시 한글로 번역된 중국 통속소설은 중국어를 알지 못하는 독자들에게 중국문화에 대한 흥미를 고취시키고 재미있는 오락거리로 제공되었던 것이다.

5. 韓國 所藏 稀貴本 中國 通俗小說의 特徵

한국 소장 희귀본 중국 통속소설은 작품의 내용에 따라서 俠義小說 4종, 愛情小說 4종, 歷史小說 2종, 公案小說 2종, 神魔小說 1종, 總集類 2종으로 총 14종의 작품으로 구분된다. 또한 한국에 소장된 희귀본 중국 통속소설에 대한 특징은 다음과 같은 몇 가지로 나누어 볼 수 있다.

첫째, 다양한 주제를 가진 작품들이다. 한국에 전래되어 현재까지 소장된 희귀본 작품들은 그리 많지 않은 편이다. 앞서 소개한 바와 같이 국내에는 총 14종 작품이 현존하고 있다. 그중에서 애정소설 4종, 협의소설 4종, 역사소설 2종, 공안소설 2종, 신마소설 1종, 총집류 2종으로 구분할 수 있다. 총 15종의 작품 가운데서 애정소설이 가장 많

---

45) 김명신·민관동, 〈朝鮮時代 中國 古典小說의 飜譯 概況 研究〉, ≪中國小說論叢≫제35집, 2011. 12, 257-281쪽 참조.

은 편이지만 작품에서 말하고자 하는 주제는 남녀의 애정고사만을 얘기한 것이 아니다. 역사적인 이야기, 재판에 관련된 이야기, 개인의 영웅적이고 신비로운 행적, 불쌍한 사람들을 도와주는 이야기를 통해서 因果應報, 事必歸正, 立身出世 등등 다양한 주제를 가지고 있다는 것이다.

둘째, 애정과 협의고사가 많은 편이다. 한국 소장 판본 15종 가운데서 애정소설과 협의소설이 8종으로 절반 이상을 차지한다. 물론 전체 독자들이 애정과 협의고사만을 선호하는 것은 아닐 것이다. 그렇지만 일반 독자들이 기본적으로 애정소설을 선호하는데다가 영웅적이고 독특한 이야기를 좋아하기 때문에 이러한 작품들이 늦게까지 보존되어 있었을 가능성이 있다. 아울러 공안소설과 역사소설 중에도 俠義人物이 협의를 실행하거나 영웅적인 행위를 드러내는 인물들이 많이 나오는 편이다. 따라서 독자들이 人物傳記 형식으로 되어 있는 영웅인물이나 그 인물들의 애정에 관련된 여러 가지 에피소드를 애호하는 것이라고 할 수 있겠다.

셋째, 木版本·石印本·筆寫本·活字本 등 다양한 출판 형태를 가지고 있다. 석인본 13종, 중국목판본 12종, 필사본 13종, 活字本 1종, 日本木版本 1종으로 구성되어 있는데, 이러한 한국에 소장된 중국 희귀본 작품들은 대부분 明代 이후의 작품들이다. 그 시기는 이미 출판인쇄 기술이 발달하여 다양한 형식으로 소설작품들이 출판되었다고 할 수 있다. 따라서 이러한 작품은 筆寫本부터 石印本까지 각양각색의 출판본으로 제작될 수 있었고 그에 따라 여러 가지 형태로 국내에 유입되었음은 당연한 결과라 할 것이다.

넷째, 일부 작품은 한글로 번역되어 있다. 국내에 한글 고어로 번역된 중국 통속소설들은 상당히 많이 있다. 그러나 희귀본 중국 통속소설 작품 중에는 그리 많은 작품들이 번역되어 있지는 않다. 그중에서 ≪型世言≫·≪錦香亭≫·≪十二峰≫과 같은 작품은 한글로 번역되어 중국어를 알지 못하는 독자들에게 제공되었다. 그만큼 朝鮮 독자들이 중국소설에 대한 관심이 많았음을 드러내는 증거라 하겠다. 아직까지 발굴되지 않은 자료들이 더 많이 있을 것으로 보이지만 앞으로 지속적인 관심을 가지고 심도 있는 연구가 이루어지기를 희망한다.

4. 朝鮮의 中國古典小說 수용과 전파의 주체들*

1857년 플로베르와 ≪마담 보바리≫의 출판인이 공중도덕과 종교적 미풍 양식을 해쳤다는 이유로 피소되어 재판을 받게 된다. 그러나 변호사 마리-앙트완느-쥘 세나르의 변론으로 플로베르의 작품은 무죄 선고를 받아낸다.[1]

문학작품을 소통의 체계로 본다면, 창작자로부터 수용자에 이르기까지 여러 과정을 거친다. 그 과정에서 매개자나 매개기구들이 개입하는데, 출판물일 경우 일반적으로 출판자와 판매자가 그것을 담당한다. 그러나 플로베르의 예에서 보듯이 매개에 대한 문제는 그렇게 단순하지 않을 수도 있다. 만약 그가 재판에서 패소하였다면 단행본의 수용은 늦어지고 좁은 범위에서만 가능했을 것이다. 그렇다면 변호사 세나르는 출판자보다 앞서 수용의 선결문제를 해결했으며 수용을 위한 매개자 역할을 담당하였다.

조선의 중국고전소설 수입은 중국과의 사회, 문화, 경제, 정치적 교류 속에서 이루어졌다. 이렇게 수입된 중국소설들은 어떤 경로를 통해 수용되고 전파되었나? 본 논문은 구체적인 작품의 수용과 전파 양상을 논술하려는 것이 아니라 조선 사회 속에서 중국소설을 수용하고 전파했던 주체들을 탐구하려고 한다.

문학작품 수용의 선결조건은 수용자들이 어떻게 텍스트와 접촉했는가의 문제이다. 우선은 실제 텍스트와 어떻게 접촉할 수 있었는가가 문제이고, 외국문학 텍스트의 경우는 언어적 수용 문제 또한 고려해야 한다.

---

* 이 논문은 2010년도 한국 연구 재단의 정부재원(교육과학기술부 인문사회연구 역량강화사업비)의 지원을 받은 연구이다. 2011년 4월 ≪中國小說論叢≫ 第33輯에 투고된 논문을 수정 보완한 것임을 밝혀둔다. (NRF-2010-322-A00128)

주저자 : 劉承炫(慶熙大學校 比較文化硏究所 學術硏究敎授)

교신 저자 : 閔寬東(慶熙大學校 中國語學科 敎授)

1) 귀스타브 플로베로, 김화영 옮김, 〈작품해설〉, ≪마담 보바리≫, 민음사, 2000, 505쪽.

조선 시대는 신분적, 경제적 제약 때문에 책을 손에 넣을 수 있는 사람들은 한정적이었다. 책을 손에 넣을 수 있는 사람들은 대부분이 중앙정부의 임금과 관료들이었다. 이들은 중국 문언소설에 대해 언어적 한계를 별로 느끼지 않았으며 중국어 텍스트를 보고 읽을 수 있는 직접 수용이 가능하였다. 조선 후기로 갈수록 기존의 문언소설과는 다른 백화체 통속소설이 많이 수입됐는데, 이것을 읽기 위해서 수용을 매개하는 역할이 필요하였다. 한글 창제 이후에는, 한문은 모르지만 한글만을 아는 사람들을 위해서 중국소설이 우리말로 번역되면서 수용과 전파의 범위가 확대된다. 조선 후기에는 많은 중국소설들이 번역된 후 필사본이 유통되고 나중에는 출판됨으로써 그것의 수용과 전파를 확대한다. 또한 당시에 한글조차 모르는 문맹들도 구두(口頭)전파에 의해 중국소설을 수용하게 된다. 그렇다면 실제로 이것들을 담당했던 사람들은 누구였는가? 본 논문은 이런 물음에 대해 조선을 전기와 후기로 나누고 수용과 전파의 주체에 초점을 맞춰 그 양상을 살펴보고자 한다.

1. 조선 전기 중앙정부 주도의 수용과 전파

조선 전기의 중국소설 수용과 전파는 국가가 주도했으며, 최고 통치자인 임금과 관료들 그리고 중앙정부의 여러 기관들이 주체가 되었다. 그래서 그 수용과 전파의 범위는 그다지 넓지 않았으며 주로 중국어 원본 위주의 수용이 이루어졌다. 먼저 중앙정부에 의한 수용과 전파에 대해 살펴보기로 한다.

1) 중앙정부

조선 초기에 自國의 출판물이 많지 않던 상황에서 중국서적들은 관료나 지식인들의 주된 독서 대상이었다. '중국 서적은 끊임없이 수입되어 읽히고 있었다. 고려조에는 중국과 왕래가 수시로 있었으나, 明과 朝鮮이 건국된 이후 대륙과의 왕래는 공식적인 사신편으로 제한되었다. 이 제한된 사신을 따라 수많은 중국 책들이 수입되었다.'[2] 물론 중

2) 강명관, ≪책벌레들 조선을 만들다≫, 푸른역사, 2007, 19쪽.

국소설의 조선 독자가 사신으로 중국을 방문해서 개인적으로 소설을 구입할 수는 있었겠지만, 그것을 구입할 목적을 가지고 개인적으로 중국을 방문했을 경우는 거의 없었을 것이기에 중국소설에 대한 수용과 전파는 주로 중앙정부가 담당하였다고 볼 수 있다.

> 진하사(進賀使) 이지(李至)·조희민(趙希閔)이 황제가 하사한 ≪열녀전(列女傳)≫과 약재(藥材)와 예부(禮部)의 자문(咨文)을 가지고 명나라 서울[京師]에서 돌아왔다. 자문은 이러하였다.…… "≪고금열녀전(古今列女傳)≫이 5백 부(部)입니다."
>
> 進賀使李至·趙希閔, 賫帝賜 ≪列女傳≫·藥材·禮部咨文, 回自京師。咨文曰: "≪古今列女傳≫五百部"[3)]

위의 기록은 중국 정부에서 조선 정부에 책을 제공하였다는 기록이다. 이러한 방식의 수입이외에 조선의 임금이 직접 수입을 지시하기도 하였다. 연산군은 " ≪전등신화(剪燈新話)≫·≪전등여화(剪燈餘話)≫·≪효빈집(效顰集)≫·≪교홍기(嬌紅記)≫·≪서상기(西廂記)≫ 등을 사은사(謝恩使)로 하여금 사오게 하라. (≪剪燈新話≫·≪剪燈餘話≫·≪效顰集≫·≪嬌紅記≫·≪西廂記≫等, 令謝恩使貿來。)"[4)]고 명령하기도 하였다. 정부는 공식 채널을 통해 중국의 서적들이 수입했고, 이러한 방식으로 수입된 책들은 국가 기관에서 직접 관리했음을 다음 인용문을 통해 알 수 있다. 또한 그 중 중국소설의 목록도 볼 수 있다.

> 사관(史官) 김상직(金尙直)에게 명하여 충주(忠州) 사고(史庫)의 서적을 가져다 바치게 하였는데, … ≪귀곡자(鬼谷子)≫… 유향(劉向) ≪설원(說苑)≫·≪산해경(山海經)≫… 등의 책이었다.
>
> 命史官金尙直, 取忠州史庫書冊以進。… ≪鬼谷子≫… 劉向 ≪說苑≫, ≪山海經≫… 等書冊也。[5)]

조선 정부는 지방 행정기관인 '忠州'의 '史庫'에 중국서적을 보관하고 있었는데, 중앙

---

3) 태종 8권, 4년(1404 갑신 / 명 영락(永樂) 2년) 11월 1일(기해) 1번째 기사. 인용문과 번역문은 모두 국사편찬위원회의 조선왕조실록 홈페이지(http://sillok.history.go.kr)에서 인용한 것이다. 아래 글에서 조선왕조실록을 인용할 때에는 이것을 이용한다.

4) 연산 62권, 12년(1506 병인 / 명 정덕(正德) 1년) 4월 13일(임술) 4번째 기사.

5) 태종 24권, 12년(1412 임진 / 명 영락(永樂) 10년) 8월 7일(기미) 2번째 기사.

정부에서는 그것을 가져오도록 명령한다. 또한 중앙정부에서도 중국서적을 비롯해 소설까지 소장하고 있었는데, 하급 관료들은 열람이 쉽지 않았다. 성임(成任, 1421-1484)은 ≪태평광기상절(太平廣記詳節)≫이란 책을 편찬하는데, 그의 동생인 성간(成侃, 1427-1456)조차 정부가 소장하고 있던 ≪태평광기≫를 어렵게 열람할 수 있었다. 서거정(徐居正, 1420-1488)의 ≪필원잡기(筆苑雜記)≫를 보면 성간이 ≪태평광기≫를 보게 되는 과정을 알 수 있다.

> 성간(成侃)은 어려서부터 널리 보고 많이 기억하며 읽지 않은 서적이 없었으니, …… 사대부나 붕우의 집에 희귀한 서적이 있다는 얘기를 들으면 반드시 구해보고야 말았다. 내가 집현전에 있을 때, 성간이 장서각 속에 있는 비장본 보기를 원하기에, 내가 "궁중 비장본은 경솔히 외인에게 보일 수 없다"하고 난처해하였다. 하루는 혼자서 연일 숙직하고 있었는데, 홀연히 기침하는 소리가 들리므로 돌아보니 바로 성간이었다. 비장도서 보기를 더욱 간절하게 청하므로 비로소 허락하였더니, 밤새도록 등불을 켜고 한차례 눈도 붙이지 않고 거의 다 열람하였다.[6]

본문 500권에 목록이 10권이나 되는 거질(巨帙)의 ≪태평광기≫는 '평범한 사대부 독자들의 수요에 부응할 수 있을 정도로 많은 질(帙)을 국내로 수입할 수는 없었을 것이다. …중략… 이 책은 중앙의 일부 고급 관료층에서나 겨우 열람을 할 수 있었을 것이다.'[7] 위의 인용문을 보면 거질의 중국소설은 정부기관이 독점하고 있었음을 알 수 있다. 당시 기록을 종합해보면 임금과 관료들은 모두 이런 중국소설들의 수용에 참여하였음을 확인할 수 있다.

> 의관(醫官)이 아뢰기를 …… ≪태평광기(太平廣記)≫에 이르기를 …… 주자(朱子)는 말하기를 …… 이로써 보면 뇌부(雷斧)·뇌설(雷楔) 등의 물건은 그 유래가 오래 된 것이오니, 바라옵건대 경중과 외방으로 하여금 널리 찾아보게 하옵소서."
>
> 醫官啓: "…… ≪太平廣記≫云: ……朱子曰: …… 由是觀之, 雷斧雷楔等物, 其來久矣, 乞令中外廣行尋覓。"[8]

---

6) 서거정·박홍갑 옮김, ≪필원잡기≫, 지만지, 2008, 161쪽.
7) 朝鮮 成任 編, 金長煥·朴在淵·李來宗 譯註, ≪太平廣記詳節一≫, 학고방, 2005, 10쪽.
8) 세종 92권, 23년(1441 신유 / 명 정통(正統) 6년) 5월 18일(계축) 6번째 기사.

위의 인용문을 보면 임금과 관료들이 대화할 때 관료들은 중국소설을 근거로 들어 말하고 있다. 조선의 통치이념을 제공한 주희(朱熹)의 말을 ≪태평광기≫와 동렬에 올려놓고 典據로 끌어들인다. 세조는 ≪태평광기≫를 열람했고 그것을 토대로 신하에게 질문한다. '임금이 양성지(梁誠之)에게 이르기를, "경(卿)이 ≪태평광기(太平廣記)≫ 를 아는가?"하고, ≪태평광기≫ 중의 말을 이야기하였다.(上謂梁誠之曰: "卿知 ≪太平廣記≫?" 其語 ≪廣記≫中之言。)'[9] 이렇게 임금과 관료 사이에 ≪태평광기≫를 둘러싼 대화들이 나오지만, 조선 전기에는 중국소설의 광범위한 전파가 이루어지지 않았으며 임금과 관료들에게 국한되었다고 할 수 있다.

국가가 독점하고 있었던 중국문헌에 대한 수용과 전파는 후대로 갈수록 중앙정부에서 지방정부로 확산되기 시작하였다. '조선 시대의 한자 활자는 20만 자 내외로 鑄造되었다. 적으며 10만자, 많으면 30만 자였다. 이런 규모의 금속활자를 만들 수 있는 능력은 국가밖에 없었다. 민간의 누구도 감히 20만 자의 활자를 만들어 책을 찍겠다고 나서지 못하였다.'[10] 정부에서는 관료 사대부들을 위해 경서, 역사서, 수신서 등을 찍어냈으며, 그 중에는 간혹 중국소설의 인쇄도 이루어졌다. 조선 시대 서적 인출(印出)을 전문적으로 담당하던 교서관(校書館)에서는 ≪세설신어(世說新語)≫ · ≪전등신화구해(剪燈新話句解)≫ · ≪삼국연의(三國演義)≫ 등을 출판하였다. 또한 후대로 갈수록 지방정부에서도 중국소설 ≪유양잡조(酉陽雜俎)≫를 비롯한 책들을 인출해서 중앙정부에 바치기도 하였다.[11] ≪고사촬요(攷事撮要)≫라는 책은 선조 18년(1585) 이전 지방 간본의 책판목록을 수록해놓았는데, 지방에서 출판한 중국소설들의 목록을 구체적으로 확인할 수 있다.[12]

조선 시대 최고 통치자는 임금이었고 이들의 개인적 의견이 정책 결정에 중대한 영향을 행사하였다. 국가기관에서 중국소설을 사들이고 인출했던 것과 관료들이 임금에게 말할 때 중국소설을 전거로 끌어들인 것을 보면, 조선 전기에는 임금들이 소설에 대해 비교적 개방적인 태도를 지녔다고 할 수 있다.

---

9) 세조 27권, 8년(1462 임오 / 명 천순(天順) 6년) 1월 1일(병신) 2번째 기사.

10) 강명관, ≪책벌레들 조선을 만들다≫, 푸른역사, 2007, 70쪽.

11) 민관동, ≪중국고전소설의 전파와 수용(한국편)≫, 아세아문화사, 2007, 63-73쪽.

12) 김치우, ≪고사촬요 책판목록과 그 수록 간본 연구≫, 아세아문화사, 2007.

> 기대승이 나아가 아뢰기를, "지난번 장필무(張弼武)를 인견하실 때 전교하시기를 '장비(張飛)의 고함에 만군(萬軍)이 달아났다고 한 말은 정사(正史)에는 보이지 아니하는데 ≪삼국지연의(三國志衍義)≫에 있다고 들었다.' 하였습니다. …… 이 책은 ≪초한연의(楚漢衍義)≫ 등과 같은 책일 뿐 아니라 이와 같은 종류가 하나뿐이 아닌데 모두가 의리를 심히 해치는 것들입니다. 시문(詩文)·사화(詞華)도 중하게 여기지 않는데, 더구나 ≪전등신화(剪燈新話)≫나 ≪태평광기(太平廣記)≫와 같은 사람의 심지(心志)를 오도하는 책들이겠습니까. 위에서 무망(誣罔)함을 아시고 경계하시면 학문의 공부에 절실(切實)할 것입니다."

위의 인용문은 조선 전기에 비해 후기로 넘어갈수록 중국소설 특히 연의소설이 널리 유행하고 있음을 알려준다. 또한 임금까지 ≪삼국연의≫의 내용을 인용해 말할 정도로 궁중에서도 중국소설들이 읽히고 있었다. 그러나 조선 후기에 정조는 중국소설의 수입 금지 조치를 결정하기도 하였다. 이런 조치에도 불구하고 중국소설은 여전히 유행했지만, 관료들은 드러내놓고 소설을 볼 수 없었으며 그것에 대한 옹호도 할 수 없었다. 조선시대 전반에 걸쳐, 임금의 개인적 취향이 중국소설 수입과 전파에 그리고 관료들의 여론에 지대한 영향을 끼쳤다.

2) 관료

조선 전기에는 국가가 중국서적을 수입하여 관리하고, 보급이 필요한 책들은 교서관이란 국가기관이 담당하였다. 조선 전기의 문신 성현(成俔, 1439-1504)은 ≪용재총화(慵齋叢話)≫에서 '우리나라는 문장가가 적고 저서는 더욱 적다'[13]라고 하였다. 이런 상황에서 책 자체는 상당한 희소가치를 지니며, 중국소설은 더욱 희소했기 때문에 벼슬하는 관료들이라야 중국소설의 초기 독자가 될 수 있었다. 앞글에서 성간(成侃)이 ≪태평광기≫를 열람하는 과정을 보면 관료들조차도 마음대로 정부의 비장 서적을 열람할 수는 없었음을 알 수 있다.

미암(眉巖) 유희춘(柳希春, 1513-1577)은 16세기의 장서가였는데, 그가 소장한 서적 목록에는 ≪패관잡기(稗官雜記)≫와 ≪패관잡기속집(稗官雜記續集)≫이라는 소설도 있고, ≪회남자(淮南子)≫와 ≪전등신화(剪燈新話)≫도 있다. 그가 책을 모으는 과정을 통해 당시 관료들이 책을 입수하는 과정을 대략적으로 추정할 수 있다.

---

13) 성현, 민족문화추진회 편, ≪용재총화≫, 솔출판사, 1997, 223쪽.

> 첫째, 16세기 책 역시도 자급자족을 했기 때문에 필요한 책이 있으면 직접 베껴서 만들거나 혹은 누구를 시켜서 만들기도 하였다. 둘째, 지방관의 증여에 의해 책을 구하였다. 당시 전국의 지방관은 생필품과 함께 상당수의 책을 해당 관아에서 인출하여 미암에게 보내주었다. …… 또한 임금이 국립인쇄소인 교서관에서 책을 인쇄하여 신하들한테 나눠줬는데 미암도 가끔씩 그 은혜를 받았다. 셋째, 주위 사람들의 선물에 의해 책을 구하기도 하였다. …… 넷째, 책장수에게 물건을 주고 구입하였다. …… 다섯째, 미암은 중국 가는 사람에게 부탁해서 외국 서적을 구입하기도 하였다.[14]

유희춘이 어떤 경로를 통해 중국소설을 입수했는지 알 수 없지만, 위의 방법들 중 하나임은 확실하다. 이중 책을 선물로 받았다는 것에서 사대부 지식인들이 서적을 유통했으며 한정적인 범위이지만 중국소설의 전파자 역할을 담당했음을 알 수 있다. 명(明)나라의 호응린(胡應麟)도 '오늘날 벼슬길은 모두 책을 예물로 삼는다. 윗사람들이 좋아하기 때문이다. 여러 경서, 역사서, 유서(類書), 권질이 큰 것들이 순식간에 모이게 된다.(今宦塗率以書爲贄。惟上之人好焉。則諸經史類書。卷帙叢重者。不逾時集矣。)'[15] 고 했는데, 당시 중국에서 관료들이 책을 선물로 주고받았음을 알 수 있다.

중국소설을 탐독했던 허균(許筠, 1569-1618)은 ≪한정록(閑情錄)≫에서 사신으로 중국에 가서 중국서적을 샀다고 한다.

> 갑인년(1614)·을묘년(1615) 두 해에 볼일이 있어서 북경(北京)에 두 번이나 가게 되어, 그때 집에 있는 돈으로 약 4천 권의 책을 구입하였다. 그 가운데서 한정(閑情)에 관계되는 부분에는 찌를 책 윗부분에 끼워두었다가 나중에 옮겨 적을 때 쓰도록 하였다.[16]

허균은 4천 권이라는 엄청난 분량의 중국서적을 구입해 왔다. ≪한정록(閑情錄)≫은 저작이 아니라 편서로 인용된 책들은 100여 종에 이르며, '이 책들은 당시 조선에 거의 알려지지 않은 새로운 책들이었다.'[17] 그중 중국소설을 끌어 쓴 것이 많은데 이것들은

---

14) 정창권, ≪홀로 벼슬하며 그대를 생각하노라≫, 사계절출판사, 2003, 97-99쪽. 이 책의 97-105쪽과 강명관, ≪책벌레들 조선을 만들다≫(서울: 푸른역사, 2007), 112-31쪽에 유희춘이 책을 수집하는 구체적인 과정과 소장 서적 목록이 있다.

15) 胡應麟, ≪少室山房筆叢(上)≫, 世界書局, 1970, 54쪽.

16) 허균, 민족문화추진회 편, ≪한정록1≫, 솔출판사, 1997, 14쪽.

17) 강명관, ≪책벌레들 조선을 만들다≫, 푸른역사, 2007, 159-160쪽.

허균이 중국에서 직접 입수한 책들이 상당 부분을 차지할 것이다. 이러한 방식은 직접적인 전파 효과뿐만 아니라 ≪한정록(閑情錄)≫의 독자들에게 중국소설에 대한 관심을 갖게 하는 효과도 생긴다. 현대의 학자들도 독서 과정에서 현재 읽고 있는 책에 인용된 다른 책에 관심을 갖게 되고 또한 그 책의 인용 서적이 제2, 제3의 독서를 유발한다. ≪한정록(閑情錄)≫같은 책들도 역시 중국소설에 대한 독서 욕구를 증폭시킴으로써 중국소설 전파를 촉진했을 것이다.

앞글에서 언급한 ≪태평광기≫는 궁중에 소장되어 있었고 일반 관료들조차 쉽게 열람할 수 없었다. 그래서 성임(成任, 1421-1484)은 이 책을 축약해서 세조 8년(1462)에 ≪태평광기상절(太平廣記詳節)≫50권을 간행한다. 서거정은 ≪태평광기상절≫의 〈서(序)〉에서 이 책의 장점을 밝힌다. '그 책은 취사선택한 것이 매우 타당했는데, 번잡하거나 시원찮은 것을 삭제하여 아주 간결하면서도 요체를 갖추고 있었으므로 원본보다 훨씬 더 나았다.'[18] 이렇게 축약해서 출판된 ≪태평광기상절≫은 열람의 편리함뿐만 아니라 대량출판이 가능했으므로 중국소설 전파에 중대한 역할을 하였다.

그런데 ≪태평광기상절≫이 어떤 경로로 출판됐는지 알 수가 없다. 이 책은 진주(晋州)와 초계(草溪)에서 간행한 것이 모두 목판본인데, ≪태평광기≫란 서명으로 출판되었다.[19] 앞글에서 밝혔듯이 이런 서적을 인쇄할 수 있었던 주체는 국가밖에 없었다. ≪태평광기상절≫을 편찬한 성임은 정부 관료였는데 아마도 정부의 출판기구를 이용할 수 있었던 것 같다. 조선 시대 우리나라 최초의 단행본으로 간행된 기재(企齋) 신광한(申光漢, 1484-1555)의 소설 작품집 ≪기재기이(企齋記異)≫의 출판 경로를 살펴보면 ≪태평광기상절≫의 출판 경로를 추정할 수 있다.

> ≪기이(記異)≫한 질(帙)은 곧 지금의 찬성사(贊成事) 기재(企齋) 상공(相公)께서 지으신 것이다. …… 다만, 사본(寫本)은 잘못된 것을 그대로 전승하였기 때문에 말 많고 일 내기 좋아하는 자들이 그것을 병으로 여겼다. 교서관(校書館) 저작(著作) 조완벽(趙完璧)은 나와 같은 해에 진사(進士)가 된 동기생인데, 둘 다 상공 문하 출신이다. 하루는 교서관에 모였는데 말이 여기에 미치자 나에게 교정을 부탁하며 빨리 출간해내고자 하였다.[20]

---

18) 朝鮮 成任 編, 金長煥 · 朴在淵 · 李來宗 譯註, ≪太平廣記詳節一≫, 학고방, 2005, 54쪽.
19) 김치우, ≪고사촬요 책판목록과 그 수록 간본 연구≫, 아세아문화사, 2007, 132, 138쪽.
20) 신광한 · 박헌순 옮김, ≪기재기이(企齋記異)≫, 범우, 2008, 155쪽.

이 〈발(跋)〉은 신광한의 문인(門人)이었던 교서관 별제(別提) 신호(申濩)가 1553년에 쓴 것이다. 또한 〈발(跋)〉에서 '상공께서 지금 교서관 영수로 계시'다고 했으니, 신호와 조완벽 등의 교서관 관료들이 상사를 위해 그의 소설집을 출판한 것이다. 이것을 보면 당시의 관료들은 정부의 출판기구를 이용할 수 있었으며, 지방에서 출판된 ≪태평광기상절≫도 이런 경로로 출판된 듯하다.

조선 전기의 관료들은 정부관리라는 특권을 이용해서 책을 수집하기도 하고 간혹 책을 출판하기도 하였다. 이 과정에서 중국소설들도 수입되고 유통되었다. 성임은 거질의 중국소설을 축약해 출판하기도 하고, 허균은 중국소설들을 인용해서 편서를 만들기도 하였다. 관료들은 이런 활동을 통해 직접적으로는 중국소설의 전파를 증폭시켰으며 간접적으로는 그것에 대한 관심을 이끌어냈다.

3) 역관

역관은 외국 사신이 오거나 또는 외국으로 사신이 갈 때 이들을 수행하며 통역을 담당하던 관료이다. '조선에서는 국가가 역관 양성 교육을 담당하면서 시취(試取)제도와 연계시켜 운영하였다. 역관이 되려면 국가기관인 사역원(司譯院)에 생도로 입학하여 교육을 받고, 역과(譯科)에 합격하는 것이 가장 일반적인 방법이었다. …… 사역원 생도의 교육 기간은 최소 3년으로, 교육의 주안점은 전공 언어의 통역능력 향상에 있었다. …… 생도들에게는 문서 번역과 글씨 연습도 주요 수강 과목이었다. 이는 원래 공문서의 번역과 베껴 쓰기를 위한 것이었으나, 생도들이 정치적 · 도덕적 귀감서, 역사서, 병서(兵書), 의서(醫書), 시(詩) 교재 등 다양한 서적을 접하는 계기가 되어 정치 · 경제 · 문화적 식견을 풍부하게 갖출 수 있었다.'[21] 이런 교육을 통해 양성된 생도들은 2차 시험까지 통과한 후에 역관으로 임용된다.

역관들은 정부의 명(命)에 따라 혹은 지인의 부탁에 따라 중국서적과 소설 등을 수입하였다. 이들은 이런 중국소설의 중개역할뿐만 아니라 중국어실력을 발휘해 소설 전파에 중대한 역할을 한 것으로 보인다. 역관 임기(林芑)는 ≪전등신화≫를 구해(句解)해서 이런 역할을 수행한 인물 중의 하나이다.

---

21) 규장각한국학연구원, ≪조선 전문가의 일생≫, 글항아리, 2010, 312-314쪽.

근래에 문자를 기록하고 암송하는 자들이 반드시 이것으로 길을 빌리고 메아리를 구해서 경사에 인용한 말이 많으나, 모두 주석이 없음을 한탄하였다. 정미년(1547) 가을 예부령사 송분(宋糞)이 나에게 주석을 구하였다. 나는 패설(稗說)은 실용(實用)에는 적합하지 않는데 어찌 주석을 하겠는가 생각하고는 사양하였다. …… 창주대인(滄州大人)을 찾아가 뵙고 상의를 하였다. 뜻을 서로 합하여 비로소 주소(注疎)를 달기 시작했는데 겨우 1편을 주석했을 때, 창주께서 선성(宣城)으로 유배를 가시게 되었다. 나는 홀로 평소 기억하고 들은 것으로 가만히 그 일을 해 주석을 마쳤으니 … 주석한 것이 비록 번잡한 것 같아도 쉽게 풀이한 데 있어서는 반드시 어리석은 것을 깨우치는 지남(指南)의 역할을 못하지는 않을 것이며, 이것을 밑천으로 문자를 배우게 되면 또한 조금도 도움이 없다고는 못할 것이다. 드디어 교정을 하여 송분에게 맡기어 인간(印刊)하게 하였다. … 송분은 목판에 새길 수 없게 되자, 목활자를 모아서 인간하게 되었는데, 글자가 많이 뭉그러져서 보는 사람들이 문제로 여겼다. 금번에 창주께서 이조판서로서 교서관 제조를 겸하게 되었는데, 제원(諸員) 윤계연(尹繼延)이 제조께 아뢰어 판목을 구입하여 널리 전하자고 청하였다. … 송분의 인본(印本)은 기유년(1549)에 마쳤고, 윤계연이 판각할 나무를 구입해서 새긴 것은 기미년(1559)에 끝냈다.[22]

인용문은 수호자(垂胡子)란 필명을 쓴 임기의 ≪전등신화구해≫ 발문(跋文)이며, '창주대인'은 윤춘년(尹春年, 1514-1567)을 가리킨다. 임기는 '명종·선조 연간에 이문학관을 지낸 인물로, 명종 11년(1556)에는 이미 한리학관 경력 20년에 이르렀고, 명종 18년(1563)에는 개종계사(改宗系事)로 중국에 다녀와 그 공으로 상을 받은 사실이 있다. 1567에도 선조왕 즉위를 알리러 고부사(告訃使)의 통역관으로 명나라에 가기도 하였다. …… 그에 대한 역사적 평가도 조선 후기에 오면 이미 "수호자"가 누구인지 알지 못할 정도로 잊혀 버린 인물이 되고 만다.'[23] 당시 상당한 정도의 중국어 실력을 갖고 있던 한리학관(뒤의 내용을 참조) 임기는 조선 후기뿐만이 아니라 현대에서도 아직까지 이런 대접을 받고 있다. 근래 대학이나 기관에서 발행한 '고서목록'에는 ≪전등신화구해≫라는 책이 많은데 대부분이 우리나라 조선의 '수호자'를 중국의 명(明)나라 사람으로 잘못 기재하고 있다.

각설하고, ≪전등신화구해≫는 1549년에 목활자로 인간(印刊)하였다가 윤춘년이 교

22) 구우 原著 · 윤춘년 訂正 · 임기 句解 · 정용수 譯註, ≪剪燈新話句解 譯註≫, 푸른사상사, 2003, 357-359쪽.

23) 정용수, 〈≪전등신화구해≫와 주해자들〉, ≪剪燈新話句解 譯註≫, 푸른사상사, 2003, 390-392쪽.

서관 제조로 근무할 때 부하관료 윤계연이 1559년 판각을 끝냈다. 앞글에서 살펴본 것처럼 교서관은 이와 같이 중국소설의 전파에 있어서 중요한 역할을 담당하였다. 그런데 이 책은 중국본의 번각도 아니고 선집도 아니고, 한문은 알지만 중국어를 모르는 독자를 위해 주석을 단 책이다. ≪전등신화구해≫의 주석에는 150여 편의 서책과 60여 인들의 시문이 참고 되고 있는데[24], 임기(林芑)는 관료 송분이 주석을 청할 정도로 박학하고 중국어 실력도 뛰어났다. 비록 그가 조선 후기에는 누구인지 모를 인물이 되어버리지만 조선의 후학들이 중국소설을 수용하는 데 있어서 중대한 매개 역할을 하였던 것으로 추정된다.

조선정부에서는 또 ≪주자어류(朱子語類)≫를 해독하는 데 도움이 되도록 ≪어록해(語錄解)≫라는 일종의 사전을 발행한다. 송준길(宋浚吉)의 跋文을 보면, 현종 10년(1669)년에 임금이 남이성(南二星)에게 구본(舊本)을 고치고 송준길에게 발문을 써서 출간하게 하였다. 그 발문을 보면 이 책의 용도와 출간하게 된 동기를 알 수 있다.

> 어록해라는 것은 중국의 속된 말이다. 옛날에 송나라의 제현(諸賢)이 후학들을 가르치며 편지를 주고받는 데에 많이 이용하였다. 대개 사람들이 쉽게 알 수 있게 하려는 것이지만, 우리나라를 보면 소리와 말의 풍속이 같지 않아서 도리어 알기 어렵다. 이것이 (어록)해를 만든 까닭이다.
>
> 語錄解者ㄴ 即中國之俚語라 昔에 有宋諸賢이 訓誨後學ᄒᆞ며 與書尺往復에 率多用之ᄒᆞ니 蓋欲人之易曉而顧我東이 聲音語言가 謠俗이 不同ᄒᆞ야 反有難曉者ᄒᆞ니 此解之所以作也라[25]

≪어록해(語錄解)≫는 당시 조선의 지식인들이 중국의 주자학 서적에 나오는 '백화(白話)'를 이해하는 데에 도움이 되도록 만든 사전이라고 할 수 있다. 본래 이 책 출간한 목적은 주자학에 대한 이해를 돕기 위한 것이지만, 중국소설을 읽는 데도 쓰일 수 있었다. 그리고 나중에는 특정 중국소설과 희곡의 어록도 만들어지는데, 20세기 초에 출

---

24) 정용수, 〈≪전등신화≫와 ≪전등신화구해≫의 가치〉, ≪剪燈新話句解 譯註≫, 푸른사상사, 2003, 399쪽.

25) 白斗鏞 編纂, 尹昌鉉 增訂, ≪註解語錄總覽≫, 翰南書林, 1919, 국립중앙도서관 홈페이지에서는 '콘텐츠뷰어'로 고서들을 열람할 수 있게 했으며 어떤 책들은 인쇄도 할 수 있다. 이 책도 그중의 하나이며 청구기호는 '古朝41-51'이다. 원문은 이것을 인용했고, 번역은 필자가 하였다.

판된 ≪주해어록총람(註解語錄總覽)≫에는 〈수호지어록(水滸誌語錄)〉·〈서유기어록(西遊記語錄)〉·〈서상기어록(西廂記語錄)〉·〈삼국지어록(三國誌語錄)〉·〈이문어록(吏文語錄)〉이 합본되어 있다. 이들 각 어록의 편찬 연대를 정확히 알 수 없지만, '17세기 이후 다량의 중국소설이 유입되는 시기에 그 과정에서 소설어록해도 만들어졌을 것이다.'[26] 이전의 어록들은 대부분 작품의 장회(章回) 순서에 의거해 어휘를 나열하였지만, ≪주해어록총람≫은 글자 수에 따라 즉 한 글자, 두 글자, 세 글자 등의 순서에 따라 분류하고 배열해서 사전처럼 찾아 볼 수 있게 하였다. 이중 〈이문어록〉은 중국과의 외교에서 필요한 문서를 보거나 작성할 때 필요하였다. '이문학관(吏文學官)이란 조선시대 승문원(承文院)에 딸린 벼슬아치로 주로 외교 문서의 제술(製述)을 담당하였다. 그런데 여기서 말하는 이문(吏文)이란 옛날 중국에서 관청을 중심으로 사용하던 독특한 용어 또는 문체를 말한다. 이문학관은 중종(中宗) 19년(1524)에 두었다가 후에 한리학관(漢吏學官)으로 그 명칭을 바꾸었는데, 한리학관은 한문(漢文·漢語)과 이문을 전문으로 하는 사역원(司譯院)의 벼슬아치이다.'[27] 〈이문어록〉은 역관들이 문서를 작성할 때 사전 역할을 했으며, 기타 〈어록〉들은 중국문학 작품을 볼 때 사전 역할을 하였다.

그렇다면 〈어록〉을 집필한 사람들은 누구인가? 남아있는 기록으로는 알 수가 없지만, 국가가 〈어록〉을 출판했으므로 정부 관료였던 역관들이 집필을 담당했을 개연성은 크다. 임기의 경우에서 봤듯이 관료가 청탁하는 경우도 있었을 것이고, 임금이나 고급관료들은 명령을 할 수도 있었을 것이다. 실제로 문언이 아닌 중국 백화소설을 가장 쉽게 읽을 수 있었던 사람들은 한문에만 능통한 사대부 지식인들이 아니라 중국어에 능통한 역관이었다. 이들이 중국소설의 직접적인 수입자였고 또한 독자였음은 분명하다. 그리고 중국소설 원본을 보는 독자들에게 역관들은 중국어 능력을 발휘해 수용의 매개 역할을 담당하였다. 이들에 대한 논의는 뒷글에서도 계속된다.

2. 조선 후기 수용과 전파의 확대

조선은 임진왜란을 겪으면서 후기 사회로 진입하게 되고, 후에 다시 한 번 병자호란

26) 오오타니 모리시게(大谷森繁), ≪韓國 古小說 硏究≫, 경인문화사, 2010, 186쪽.
27) 李炳赫 譯註, 〈≪전등신화(剪燈新話)≫의 이해〉, ≪剪燈新話≫, 태학사, 2003, 12쪽.

이란 전쟁에 휩싸인다. 두 차례의 대규모 전쟁은 조선 전체를 황무지로 만들었을 뿐만 아니라 임진왜란 때는 경복궁이 불타면서 중앙정부에 소장된 방대한 서책들이 잿더미로 변한다. 또한 지방정부가 가지고 있던 목판들도 소실되거나 약탈당하면서 중앙과 지방 모두 서적의 부족 현상이 초래된다. 국내의 출판 기반이 무너진 상황에서 단기간에 서적들을 복구하는 방법은 그것을 수입하는 것이었다. 그래서 조선정부는 이것들을 중국으로부터 수입할 수밖에 없었으며 중국소설들도 이 과정에서 많이 유입되었다. '대부분의 중국고전소설들은 중국에서 출판된 후 한동안의 기간을 거쳐 비교적 완만하게 국내에 유입되었지만 시대가 조선 중·후기로 갈수록 유입속도가 점점 빨라지는 현상을 볼 수 있다.'[28] 이렇게 중국소설의 수입이 확대되는데, 사대부 지식인들은 여전히 여러〈어록〉들을 통해 그것들을 직접 수용할 수 있었다. 그런데 조선 후기에 들어와서 중국소설은 우리말로 번역됨으로써 수용과 전파를 확대한다. 이제 중국소설의 수용은 한문을 아는 독자를 넘어서 조선사회의 거의 모든 계층으로 확대된다.

1) 번역자들

지금에 남아 있는 번역본 중국소설에서 그 번역자를 알 수 있는 작품은 거의 없다. 고종 집권기에는 중앙정부가 나서서 대규모의 번역 사업을 벌인다. '고종 21년(1884) 고종황제의 명으로 이종태(李鍾泰) 등 수십 명의 문사들이 수십 종의 새로운 중국소설을 번역하면서 기존에 이미 번역되어 있던 소설들은 새로 필사하였다.'[29] 이종태는 고종 42년에 학부편집국장(學部編輯局長)이었는데 사임을 청한다.[30] 이종태가 이런 관직에 있었다는 것을 보면, 그는 국가의 출판 사업을 관장했던 관료로 중국소설 번역을 주관했음을 추정할 수 있을 것이다. 그렇다면 실제로 번역을 담당했던 사람들은 정부기관 소속의 역관들이었을 것이다.

'조선 후기 사역원 소속 역관 수는 총 6백여 명에 달하고 있었다. 이 6백여 명의 역관들 중 사신(使臣)을 수행하는 역관과 서울과 지방의 관청에서 필요한 실제 인원은 70여

---

28) 민관동, ≪중국고전소설의 전파와 수용(한국편)≫, 아세아문화사, 2007, 25쪽.

29) 박재연, 〈낙선재본 ≪평뇨긔≫와 나손본 ≪평요뎐≫에 대하여〉, 박재연·김영·김민지 교주, ≪평뇨긔·평요뎐(平妖記·平妖傳)≫, 이회문화사, 2004, 18쪽.

30) 고종 46권, 42년(1905 을사 / 대한 광무(光武) 9년) 11월 25일(양력) 4번째 기사.

명에 불과하였다. 따라서 사역원에 등록된 역관은 그 실제 수요에 비하여 거의 10배에 달하는 인원이었다. …… 조선정부의 관직체계상 역관들이 담당할 실직(實職)의 자리 숫자는 한정되어 있었으며, 또한 역관들 개개인에게 정직(正職)의 녹봉을 지급할 만한 재정적 능력도 없었다. … 국가가 역관에게 적용한 체아직(遞兒職) 제도는 이러한 모순과 결함을 해결하기 위해 마련한 방안이었다.'[31] 관료로서는 실직 상태이고 급여도 받지 못하는 이런 많은 수의 역관들은 무엇을 했으며 어떻게 생계를 유지했는가?

영조는 중국행 사신에게 ≪탁록연의(涿鹿衍義)≫와 ≪남계연담(南溪衍譚)≫이란 중국소설을 사오도록 했고[32] 또한 ≪영열전(英烈傳)≫이란 중국소설을 번역하라고 하였다. '임금이 말하였다. "전에 죽은 우윤(右尹) 심정보에게 한글로 ≪황명영열전(皇明英烈傳)≫을 번역하라고 명했고 어제(御製)도 있었다."(上曰, 昔年, 命故右尹沈廷輔, 以諺書, 翻譯皇明英烈傳, 而有御製矣。)'[33] 이 번역의 책임자는 심정보지만 실제 담당자들은 역관이었을 것이다. 영조가 집권할 당시에 궁중에서는 중국소설의 수입과 번역이 활발했었는데, 이것은 다른 곳에서도 확인할 수 있다.

낙선재의 번역소설 가운데 ≪무목왕졍튱녹(武穆王貞忠錄)≫과 ≪손방연의(孫龐演義)≫에는 영빈(暎嬪) 이씨(李氏, ?-1763)의 인장이 찍혀있다. ≪무목왕졍튱녹≫이란 '이 번역본은 18세기 중엽에 궁중에서 필사된 것으로, 필사나 번역연대가 확실하다.'[34] '중국 통속소설의 필사본에 영빈의 인장이 찍혀 있는 것은, 영빈이 거처하던 선희궁(善禧宮)에 명필 나인이 있어, 일부러 글씨를 배우러 몇 달씩 찾아오는 나인들이 있었다는 기록을 보더라도 우연이 아니다.'[35] 영빈은 영조의 후궁으로 정실의 소생이 없던 그에게 사도세자를 낳아주었다. 이런 궁중의 여인들 정치실권을 쥐고 있지는 못하더라도 역관들에게 중국소설 번역을 시킬 정도의 권력은 충분히 있었을 것이다. 간호윤은 ≪국역본〈쥬싱뎐〉·〈위싱뎐〉≫의 분석을 통해 그 번역자가 궁중의 한 사람이고 필사자 또한

31) 유승주 · 이철성, ≪조선 후기 중국과의 무역사≫, 경인문화사, 2002, 36-37쪽.

32) 영조 119권, 48년(1772 임진 / 청 건륭(乾隆) 37년) 11월 1일(임진) 1번째 기사.

33) ≪승정원일기≫영조 25년 3월 23일 (신미) 원본1041책/탈초본57책 (22/23). 위의 인용한 원문은 '승정원일기'의 홈페이지(http://sjw.history.go.kr/)에서 인용한 것이며, 뒤에서 ≪승정원일기≫를 인용할 경우 이것을 이용한다. 여기서는 원문만을 제공하고 있으며, 번역은 필자가 한 것이다.

34) 박재연 교주, 〈≪무목왕졍튱녹≫ 해제〉, ≪무목왕졍튱녹≫, 학고방, 1996, 243쪽.

35) 박재연, 〈낙선재 필사본 ≪孫龐演義≫에 대하여〉, 박재연 · 손지봉 · 김영 교주, ≪손방연의(孫龐演義)≫, 이회문화사, 2003, 1-2쪽.

한 사람임을 밝히고, '조선 후기 궁중에 소설 번역자와 전사자(轉寫者)가 있었으며 그들은 각기 소설 필사를 분업화하였다.'고 주장하였다.[36] 이런 상황을 볼 때, 정부 관료이지만 어쩔 수 없이 실직 상태에 있어야만 했던 역관들이 궁중과 민간에서 중국소설 번역에 관여했을 가능성은 높다.

이와 같은 궁중의 번역 외에도 정부와는 관계없이 중국소설 번역에 참여한 인물도 있다. 오희문(吳希文, 1539-1613)이 임진왜란을 피해 떠돌면서 쓴 ≪쇄미록(鎖尾錄)≫에 중국소설을 번역하였다는 기록이 있다. '종일토록 집에만 있자니 무료하기 짝이 없더니 딸이 청하기에 ≪초한연의(楚漢演義)≫를 언문(諺文)으로 풀이하여, 둘째딸에게 쓰도록 하였다.'[37] 관료 출신의 오희문은 정부의 명령에 의해서가 아니라 무료함을 달래기 위해 그리고 딸의 요청에 의해 중국소설을 번역하기도 하였다. 하지만 이것의 실물은 지금 확인할 수 없다.

실물로 남아 있는 번역소설 중에 ≪제일기언(第一奇言)≫은 거의 유일하게 번역자 및 번역 연도를 확인할 수 있는 책이다. 이 책은 홍희복(洪羲福, 1794-1859)이 중국소설 ≪경화연(鏡花緣)≫을 번역한 수고본이다. '홍희복은 서류출신으로 벼슬에 나갈 수 없어, 자주 중국을 내왕하면서 중국소설을 구하여 읽었다.'[38]라고 한다. 홍희복은 서문에서 중국소설 번역에 대해 다양한 정보를 제공한다.

> 일 업슨 선ᄇᆡ와 ᄌᆡ조 잇ᄂᆞᆫ 녀ᄌᆡ 고금쇼셜에 일흠ᄂᆞᆫ ᄇᆞᄅᆞᆯ 낫〻치 번역ᄒᆞ고 그 밧 허언(虛言)을 창셜(唱說)ᄒᆞ고 ᄀᆡ담(客談)을 번연(繁衍)ᄒᆞ야 신긔코 ᄌᆞ미 잇기ᄅᆞᆯ 위쥬ᄒᆞ야 거의 누천권에 지ᄂᆞᆫ지라. ᄂᆡ 일즉 실학ᄒᆞ야 과업을 닐우지 못ᄒᆞ고 훤당을 뫼셔 한가ᄒᆞᆫ ᄯᅢ 만ᄒᆞ므로 셰간의 전파ᄒᆞᄂᆞᆫ 바 언문쇼셜을 거의 다 열남ᄒᆞ니 대져 삼국지(三國志) 셔유긔(西遊記) 슈호지(水滸志) 녈국지(列國志) 셔주연의(西周演義)로부터 녁대연의(歷代演義)에 뉴ᄂᆞᆫ 임의 진셔로 번역ᄒᆞᆫ ᄇᆡ니 말솜을 고쳐 보기의 쉽기ᄅᆞᆯ 취할 ᄲᅮᆫ이요.[39]

인용문을 통해 조선에서는 일없는 선비들이나 재주 있는 여자들도 고금소설들을 번역했음과 소설이 재미를 위주로 하고 있음을 알 수 있다. 또한 홍희복은 ≪경화연≫을

36) 간호윤, ≪아름다운 우리 고소설≫, 김영사, 2010, 152-156쪽.
37) 무악고소설자료연구회 엮음, ≪한국고소설관련자료집 Ⅰ≫, 태학사, 2001, 186쪽.
38) 정규복, 〈≪제일기언≫에 대하여〉, ≪한국문학과 중국문학≫, 보고사, 2010, 419-420쪽.
39) 정규복·박재연 교주, ≪第一奇言≫, 국학자료원, 2001, 21-22쪽.

우리말로 번역했을 뿐만 아니라 백화소설들을 한문(진서)으로 번역하기도 했으나 현재 전해지지는 않는다. ≪제일기언≫의 번역은 '직역을 원칙으로 하였으나, 이국풍속을 우리 풍속에 적응시키기 위해 때로는 보태고, 때로는 빼기도 하며, 또는 고치기도 하여 자유롭게 번역해 놓았다.'[40] 홍희복이 직역 위주의 번역을 하였다는 것은 그가 중국어에 능통했음을 뜻한다. 뜻을 이루지 못한 지식인들이 어떤 경로로 중국어를 배웠는지는 모르지만, 그들도 중국소설의 번역에 참여해서 중국소설 수용의 매개 역할을 하였다.

2) 유통업자

조선 전기의 출판 사업은 대부분 국가가 주도했으며 그나마 교서관이나 지방정부에서 간행한 책들은 소량이었기에 주로 관료들만이 구해 볼 수 있었다. 또한 중국의 출판물들은 관료들조차 쉽게 구할 수 없었으며 민간의 수요를 충족시켜줄 상황은 더욱 아니었다. 출판물의 활발한 유통을 위해 어득강(魚得江, 1470-1550)은 중종에게 세 차례에 걸쳐 서사(書肆) 설립에 관해 발언한다.

> 우리나라는 서적을 인출하는 데가 교서관(校書館) 하나뿐이라, 비록 학문에 뜻을 두는 사람이더라도 서적을 구입할 수 없기 때문에 뜻을 이루지 못합니다. 중국에는 서사(書肆)가 있기 때문에 배우고 싶은 사람들이 쉽사리 구입하여 배워 익히니, 지금 저자 안에 서사를 설치한다면 사람들이 모두 구입하여 그 편리함을 힘입게 될 것입니다.
>
> 我國書籍所出, 只校書一館耳。雖志於學者, 無書籍可購, 故志不能就。中朝則有肆, 故欲學者, 易得而講習之。今於市中, 若設書肆, 則人皆得以貿買, 而資其利矣。[41]

어득강은 누구나가 책을 쉽게 구입할 수 있도록 서사의 설립을 제한한다. 이후에도 그는 설득력 있는 이유를 내세워 두 차례 더 서사 설립을 제안했지만,[42] 서사가 설립된 것은 훨씬 후대의 일이었다. 중국은 이미 서적들을 상업적으로 대량 출판했고 서점이 유통의 주요 거점이 되어 있었다. 조선은 이런 출판과 유통구조를 확립하지 못하고 있었는데, 활동은 미약했지만 16세기경부터 '책쾌(冊儈)'라는 서적중개상이 책의 유통을

40) 정규복, 〈≪제일기언≫에 대하여〉, ≪한국문학과 중국문학≫, 보고사, 2010, 425쪽.

41) 중종 44권, 17년(1522 임오 / 명 가정(嘉靖) 1년) 3월 4일(신해) 1번째 기사.

42) 중종 65권, 24년(1529 기축 / 명 가정(嘉靖) 8년) 5월 25일(기미) 1번째 기사. 중종 98권, 37년(1542 임인 / 명 가정(嘉靖) 21년) 7월 27일(을해) 1번째 기사.

담당하였다. 앞글에서 살펴본 것처럼 유희춘이 책을 입수하는 경로 중 하나가 이런 서적중개상을 통해서였다.

조선 후기 중국소설이 대거 유입됐고, '17세기 후반에는 시장경제가 활기를 띠게 되자 소설 역시 하나의 상품으로 여겨지게 되었고, 소설의 유통 역시 수요와 공급이 활발해지게 되었다. …… 아직까지 소설을 일방적으로 배격하거나 부정적으로 폄하하던 당시 사회적 분위기 속에서 소설을 구해 읽는 것은 비공개적으로 사사로이 이루어질 수밖에 없었다.'[43] 출판과 유통이 활발하지 못한 상황에서 필사는 책을 복사해서 소유할 수 있는 가장 빠른 방법이었다. 조선 후기 사대부가 여인들의 소설 필사는 유행했는데, 그 중에는 중국소설의 우리말 번역본도 있었다.

> '언셔칙이 다 허황ᄒᆞ되 삼국지ᄂᆞᆫ 딘당젹실한 사젹이기 번셔ᄒᆞ여스며 나도 칙벽이 남의게 디ᄒᆞ 아니하나 비록 언셔칙이나 공녁의 호ᄃᆡᄒᆞ기 남자의 사셔ᄂᆞᆫ 다르디 아니ᄒᆞ 싱각ᄒᆞ면 우읍도다. 오십에 쓰노라. ᄂᆡ 안혼한 듕 틈ᄒᆞ 이 밤의도 더러 졌다. 나의 자숀덜은 ᄂᆡ 공녁을 싱각하여 부ᄃᆡ 샹히 말고 쌀들 나도 남의 가문의 쥬지 말고 대ᄒᆞ 유젼홀지어다.'[44]

이것은 '광주 이씨'라는 여성이 1868년에서 1871년에 걸쳐 한글 번역본 ≪삼국지(三國志)≫를 필사하면서 쓴 필사기이다. 이 필사기를 보면 여성들에 의해 중국소설 번역본의 필사가 있었음을 알 수 있는데, 그 목적은 개인적 소장이었으며 가족들 간에 돌려보는 선에서 전파가 그쳤을 수도 있다. 그렇다면 그녀들은 필사할 책을 어떻게 구했을까? 조태억(趙泰億, 1675-1728)은 〈언서서주연의발(諺書西周演義跋)〉에서 당시 사대부가 여성들이 소설을 구해 읽는 과정을 기록하였다.

> 우리 어머니께서 언문으로 ≪서주연의(西周演義)≫10여 책을 필사하셨는데 원본 자체가 한 책이 결본이어서 완질을 갖추지 못하였다. 어머니께서 그것을 늘 아쉬워하며 지내신지 오래되었다. 그러다가 옛것을 좋아하는 어떤 집에서 완전한 본을 얻게 되어 다시 써서

---

43) 이민희, ≪16-19세기 서적중개상과 소설 · 서적 유통 관계 연구≫, 도서출판 역락, 2007, 39-40쪽.

44) 노순점 · 이재홍 · 유춘동 · 감아영 · 김민지 교주, ≪三國志(下)≫, 학고방, 2009, 384쪽. 이 책은 한글 필사본으로 표제(表題)는 '三國志'로 되어 있으며 '필사기'가 적혀 있다. 국립중앙도서관에 소장되어 있으며, 청구기호는 '한古朝48-148'이다.

빠진 부분을 보충하여 완질을 갖추게 되었다. 그로부터 얼마 지나지 않아 같은 마을에 사는 한 여인이 어머니께 그 책을 빌려 보고 싶다고 애걸하였다. 어머니께서는 바로 전질을 가져가도록 허락하셨다. 얼마 지난 뒤 그 여인이 들어와 사죄하며 이렇게 말하는 것이었다. "빌린 책을 삼가 돌려드립니다. 그런데 길에서 한 책을 잃어버렸습니다. 아무리 찾아도 찾을 수가 없습니다. 죽을 죄를 지었습니다! 죽을 죄를!" …… 아내는 병석에서 무료하게 지내는 터라 같은 집에 사는 친척 부인에게 책을 빌렸다. 친척 부인은 책자 한 권을 건네주었는데, 아내가 보니 예전에 잃어버렸던 어머니께서 손수 쓰신 바로 그 책이었다. 내게도 보여 주기에 봤더니 틀림없었다. 그래서 아내가 그 친척 부인에게 가서 책을 얻게 된 유래를 꼬치꼬치 캐물으니 친척 부인의 말은 이러하였다. "나는 그 책을 우리 일가인 아무개한테서 얻었고, 아무개는 그 마을 사람인 아무개한테서 샀지요. 그 마을 사람인 아무개는 길에서 그 책을 주웠답니다."

我慈闈旣諺寫西周演義十數編。而其書闕一筴。秩未克完。慈闈常嫌之久。而得一全本於好古家。續書補亡。完了其秩。未幾有閭巷女。從慈闈乞窺其書。慈闈卽擧其秩而許之。俄而女又踵門而謝曰。借書謹還。但於途道上逸一筴。求之不得。死罪死罪。…… 婦適病且無聊。求書于同舍族婦所。族婦迺副以一卷子。婦視之。卽前所逸慈闈手書者也。要余視之。余視果然。於是婦乃就其族婦。細訊其卷子所迫來。其族婦云。吾得之於吾族人某。吾族人買之於其里人某。[45]

조태억의 어머니가 '언문으로' ≪서주연의(西周演義)≫를 필사하였다고 하는데, 이미 번역본이 있었고 그것을 대상으로 필사를 진행하였다고 볼 수 있지만 그 번역본의 출처는 불분명하다. 그녀는 낙질을 채워 넣기 위해서 다른 사람에게 빠진 것을 빌리는데 그 사람이 그것을 어떻게 가지게 되었는지도 불분명하다. 어쨌든 완질이 된 책을 어떤 여인에게 빌려주었고, 그 중 한 책을 잃어버렸다가 다시 입수하는 과정에서 중국소설 유통에 대한 실마리를 잡을 수 있다. 길에서 주운 책을 누군가에서 팔았다는 것을 보면 중국소설의 상업적 유통이 존재했음을 알 수 있다. 이민희는 이렇게 당시 돈을 주고 책을 사던 존재가 '책쾌'일 가능성이 높다고 보고 있다.[46] 책쾌는 책의 거래를 통해 경제적 이익을 창출하려고 했는데, 이런 과정을 통해 중국소설의 전파를 담당하였다.

---

45) 趙泰億, 〈諺書西周演義跋〉, ≪謙齋集≫卷之四十二. 인용문의 원문은 '한국고전번역원' 홈페이지(http://www.itkc.or.kr/) '한국고전종합DB(http://db.itkc.or.kr/)'의 국문집총간'에서 인용하였다. 번역문은 다음 책을 따랐다. 간호윤, ≪아름다운 우리 고소설≫, 김영사, 2010, 141쪽.

46) 이민희, ≪16-19세기 서적중개상과 소설 · 서적 유통 관계 연구≫, 도서출판 역락, 2007, 42쪽.

조신선(曺神仙)이라는 자는 책을 파는 아쾌(牙儈 중간 상인)로 붉은 수염에 우스갯소리를 잘 하였는데, 눈에는 번쩍번쩍 신광(神光)이 있었다. 모든 구류(九流)·백가(百家)의 서책에 대해 문목(門目)과 의례(義例)를 모르는 것이 없어, 술술 이야기하는 품이 마치 박아(博雅)한 군자(君子)와 같았다. 그러나 욕심이 많아, 고아(孤兒)나 과부의 집에 소장되어 있는 서책을 싼 값에 사들여 팔 때는 배(倍)로 받았다. 그러므로 책을 판 사람들이 모두 그를 언짢게 생각하였다.[47)]

조신선이란 者는 서적중개상으로 교양과 지식을 갖추고 있었으나 상업적 목적만을 위해 탐욕적인 거래를 하였다. 조수삼(趙秀三)의 아버지는 '집에 있는 책들은 모두 조생(曺生)에게서 온 것이다.(家藏書皆從生來者)'[48)]라고 했는데, 이때 조생은 조신선을 가리킨다. 한 집안의 책들을 한 사람의 책쾌에게 구입하였다는 것은 '바로 책쾌와 장서가 사대부집안과 긴밀한 관계를 맺고 지속적으로 거래했음을 암시한다.'[49)] 영조의 집권기에는 책쾌가 도성 가운데 가득했으며 불온서적을 유통시킨 역관과 책쾌가 100명 가까이 죽었다는 기록이 있다. 또한 정득환(鄭得煥)이 몇 년 전에 우연히 책쾌가 책을 팔러 와서 구입하였다는 기록도 있는데,[50)]이것은 '책쾌의 영업방식, 즉 불특정 다수를 대상으로 집집마다 돌아다니며 서적을 팔았다는 사실을 방증한다. 물론 책쾌마다 자신의 단골 고객을 확보하고 있었겠지만, 아무 집이나 찾아가 서적을 파는 오늘날의 서적 외판원의 판매와 유사한 방식이 일반적이었다고 할 것이다.'[51)] 어쨌든 위의 사건을 통해 보면, 중국서적의 직접 수입은 역관이 담당했고 책쾌들은 유통을 담당했음을 알 수 있다. 또한 당시 서울에는 많은 수의 서적중개상들이 활약하고 있었으며 소설의 유통도 활발했지만, 책쾌들의 처형 이후에는 소설의 유통이 위축됐을 것이다.

조선으로 수입된 중국소설은 대체로 책쾌들이 유통을 담당하였다. 중국소설이 번역되면서 그것에 대한 수요가 급증하고 그것의 유통은 세책업자들에게 넘어가게 된다. 조선

---

47) 정약용, 〈조신선전〉, ≪다산시문집≫제17권, 한국고전번역원 홈페이지(http://www.itkc.or.kr/).

48) 趙秀三, 〈鬻書曺生傳〉, ≪秋齋集≫卷之八, 한국고전번역원 홈페이지((http://www.itkc.or.kr/). 번역은 필자의 것이다.

49) 이민희, ≪16-19세기 서적중개상과 소설·서적 유통 관계 연구≫, 도서출판 역락, 2007, 77쪽.

50) 이런 일련의 ≪영조실록≫의 기록은 '≪명기집략≫사건'과 관계가 있다. 이것은 소설 탄압 정책이 아니라고 주장하며, 사건의 전말에 대해 논술한 구체적인 내용은 다음 책에 있다. 간호윤, ≪아름다운 우리 고소설≫, 김영사, 2010, 43-52쪽.

51) 이민희, ≪16-19세기 서적중개상과 소설·서적 유통 관계 연구≫, 도서출판 역락, 2007, 47-48쪽.

후기의 세책소설은 대부분이 필사본이었는데, 책쾌들이 베껴 써서 貸與하였다는 기록도 발견된다.

> 가만히 살펴보니, 요즘 세상에 부녀자들이 서로 다투어 가며 일로 삼는 것은 오직 패설 읽는 것이다. 패설은 날로 달로 늘어 그 종류가 수백 수천에 이른다. 儈家에서는 이를 깨끗이 베껴 빌려주고는 값을 거두어 이익을 취한다. 아녀자들은 식견도 없이 비녀나 팔찌를 팔거나 또는 빚을 얻어서라도 다투어 빌려와서는 긴 날의 소일거리로 삼는다.
>
> 竊觀近世閨閤之競以爲能事者。惟稗說是崇。日加月增。千百其種。儈家以是淨寫。凡有借覽。輒收其直以爲利。婦女無見識。或賣釵釧。或求債銅。爭相貰來。[52]

전에는 소장하기 위해서 소설을 베껴 쓰던 것이 이제는 유통망의 확대로 인해 이윤추구를 목적으로 소설을 베껴 쓰게 된 것이다. 인용문의 쾌가(儈家)는 서적중개상을 말하는데, '초기에 독자를 찾아 집집마다, 지역마다 돌아다니며 책을 팔거나 대여를 해 주던 책쾌 중 일부가 영업 방식을 바꿔 고정된 장소에서 오히려 독자를 기다리며 책을 빌려주고 이윤을 취하는 변화를 꾀하게 된 것'[53]이다. 독서욕의 증대는 유통과정을 변화를 가져오고 유통과정의 변화는 독자의 확대를 촉진하는 이런 순환구조를 통해 소설은 그 전파에 속도를 더한다.

'최근에 발견된 세책 장부를 보면 판서, 승지, 참판, 대장 등 고위층과 협변(協辨), 순사, 별감, 국장 등의 관료나 지사, 진사, 생원, 첨지 등 일반 서민층과 여기에 오위장의 무관이나 군인, 상인 계층, 과부, 천민, 노비 계층에까지 다양한 신분과 직업을 보인다. 그야말로 상층부터 하층까지 전 계층이 세책집을 찾았다는 뜻이요, 이는 곧 소설이 대중문화로 자리 잡았다는 것을 의미한다. 그러나 천민이나 노비 계층이 세책을 해간 것이 곧 독서로 이어지기는 어려울 듯하다. 당시의 문맹률로 미루어 아마도 일부를 제외하고는 세책점에 오기를 꺼려한 상전들의 심부름이거나 식자층에게 읽어 달라 하였을 것이다'[54] 소설은 '세책'이란 유통구조를 통해서 독자를 확대해나갔는데 이 중에는 우리말로 번역된 중국소설들이 있었다.

---

52) 蔡濟恭, 〈女四書序〉, ≪樊巖先生集≫卷之三十三, 한국고전번역원 홈페이지(http://www.itkc.or.kr/). 번역은 다음 책을 따랐다. 이상택, ≪한국 고전소설의 이론 I ≫, 새문사, 2003, 43쪽.

53) 이민희, ≪16-19세기 서적중개상과 소설·서적 유통 관계 연구≫, 도서출판 역락, 2007, 127쪽.

54) 간호윤, ≪아름다운 우리 고소설≫, 김영사, 2010, 83-84쪽.

언문으로 번역한 이야기책[傳奇]을 탐독하여 가사를 방치하거나 여자가 할 일을 게을리 해서는 안 된다. 그런데 심지어 돈을 주고 빌려보는 등 거기에 취미를 붙여 가산을 파탄하는 자까지 있다.[55)]

이덕무(李德懋)는 여성의 세책소설 독서에 대해 비판하고 있는데, 세책 소설에 '언문으로 번역한 이야기책'인 중국소설이 있었음을 알려준다. '18세기 후반, 즉 세책점이 활기를 띤 시기에 여성들이 즐겨 빌려 보던 소설은 주로 한글로 번역 또는 번안된 중국소설이었다.'[56)] 세책점을 이용하던 독자들은 대부분 여성들이었고 패물을 팔 수 있을 정도의 중상류층이었다. 인선왕후(仁宣王后, 1618-1647)는 출가한 공주에게 보낸 한글 편지에서 ' ≪슈호뎐≫으란 닉일 드러와서 네 찰혀 보내여라'[57)]라고 하였다. 이것을 통해 궁중의 번역소설이 민간으로 흘러나오는 경로를 알 수 있다. 또한 역방향의 유통도 있었을 것이며, 세책소설은 민간에만 유행하던 것이 아니라 궁중에도 흘러 들어갔을 것으로 보인다. 박재연은 낙선재본 ≪평뇨긔≫와 김동욱(金東旭) 소장본 ≪평요뎐≫의 번역양상을 비교분석해서 궁중본과 민간본의 교류 가능성을 제기하고 있다.[58)] 현종은 ≪서한연의≫ 번역본을 궁중으로 구해 들인다. "'대통관이 폐하 칙사의 분부로 한글번역 ≪서한연의≫ 한 질을 찾아 들이라고 해서 들여보내겠다는 뜻을 분부했기에 감히 아룁니다.' 왕이 말하였다. '알았다.'"(大通官, 以上勅使分付, 諺譯西漢演義一帙, 使之覓入, 故分付入送之意, 敢啓。傳曰, 知道。)[59)] 이처럼 한글 번역 ≪서한연의≫를 어디서 구했는지는 알 수 없지만, 찾아 들이라고 한 것을 보면 궁중이 아닌 관료들이나 민간에서 구한 것 같다.

번역소설의 초기 독서와 수용은 궁중을 중심으로 이루어졌고, 후에 궁중과 민간의 교류를 통해 전파가 활성화되는 듯하다. '19세기 말 이전까지 세책본은 사대부 집안의 여성이 주된 독자였다. 조선 시대 중상류 계층의 여성들은 공적 활동에 참여할 수 없었다.

55) 이덕무, 〈사소절(士小節) 7〉, ≪청장관전서≫제30권, 한국고전번역원 홈페이지(http://www.itkc.or.kr/).

56) 이민희, ≪조선의 베스트셀러-조선 후기 세책업의 발달과 소설의 유행≫, 프로네시스, 2007, 51쪽.

57) 金一根 編註, ≪親筆諺簡總覽≫, 1974, 경인문화사, 자료번호 102.

58) 박재연, 〈낙선재본 ≪평뇨긔≫와 나손본 ≪평요뎐≫에 대하여〉, 박재연 · 김영 · 김민지 교주, ≪평뇨긔 · 평요뎐(平妖記 · 平妖傳)≫, 이회문화사, 2004, 18쪽.

59) ≪승정원일기≫현종 13년 1월 8일 (을묘) 원본226책/탈초본12책(15/18).

그녀들은 독서를 통해서 얻은 지식을 공공 영역에 활용할 수 없으며, 그래서 사적 즐거움을 얻기 위해서 세책소설들을 탐독하였던 것으로 생각된다. 그러나 세책업이 퇴락하게 된 이후로 세책은 교양 수준이 낮은 사람의 독서 수단으로 전락하였다. 현재 남아 있는 세책의 낙서를 보건대, 교양 수준이 낮은 일반 서민 남성 사이에서 세책본이 널리 유통되었을 것으로 짐작된다.'[60] 이런 독자층의 변화는 방각본의 출현과 유통에 밀접한 관계가 있을 것이다.

3) 출판업자

조선은 개국 초기부터 정부가 나서서 금속활자를 주조하고 출판을 주도했지만, 민간의 상업출판은 활발하지 않았다. 조선 전기에도 상업출판물인 방각본(坊刻本)이 있었지만, 오락성이 강한 소설의 출판은 전무하였다. 부길만은 방각본의 내용에 중점을 두고 그것의 출판 시기를 세 시기로 나누고, 제3기(1843-1910)는 '오락 기능의 강화와 실용성의 확대'[61]되었다고 하였다. 이 시기에 들어와서는 소설이 이전의 다른 분야를 넘어 가장 큰 비중을 차지하게 되는데, 상업출판의 오락적 목적이 실용성, 유가적 교양, 아동 학습 등의 목적을 압도한다. 제3기의 소설에는 한글소설뿐만 아니라 중국소설도 포함되어 있다.

중국번역소설을 포함하여 방각본 소설의 특징을 살펴보면 대체로 이렇다. '우리나라 방각본의 역사는 의외로 짧으며, 또 방각본의 품질 또한 다른 간본(관판, 사원판, 사간판 등)에 비할 수 없이 초라한 것이다. …… 현재까지 90여 종의 국문소설 방각본이 출현하였으나, 장편은 언감생심이요, 간혹 있더라도 축약본이다.'[62] 방각본은 상업출판물로 영리를 최우선 목적으로 한다. 방각본 소설이 이 정도에서 출판되었다는 것은 이 정도에서만 수지를 맞출 수 있었다는 것이며, 그 영세한 실정은 짐작할 수 있다.

그런데 이렇게 영세하게 출판된 방각본이 한글장편소설을 즐겨 보던 중상류층 여성 독자들의 독서욕을 자극할 수 있었는가? '방각본에는 그 자체로 독자의 한계가 있어서,

60) 이민희, ≪조선의 베스트셀러-조선 후기 세책업의 발달과 소설의 유행≫, 프로네시스, 2007, 78쪽. 세책에 남겨진 낙서들은 이 책의 64-70쪽을 참고할 수 있다.

61) 부길만, ≪조선 시대 방각본 출판 연구≫, 서울출판미디어, 2003, 34쪽.

62) 한국고전소설편찬위원회, ≪韓國古典小說論≫, 새문사, 2007, 69-71쪽.

거꾸로 말하자면 방각본은 오히려 새로운 독자에게 대응하기 위해서 생긴 새로운 공급 수단이라고 생각할 수 있으므로, 소위 종래의 독자보다는 하층의 독자를 대상으로 한 것이라고 생각하는 것이 타당하다고 할 수 있다. 결국 방각본은 지식계층의 사람들에게 전혀 읽히지 않았다는 것은 아니지만, 그 주체적인 독자는 그 이전까지는 소설과 인연이 없었던 사람들이었다고 할 수밖에 없다.'[63] 방각본은 이윤 추구를 목적으로 하기 때문에 대중적인 기호에 영합할 수밖에 없다. 방각본의 저렴한 가격과 통속성의 지향은 출판물의 질적 저하를 초래했지만, 일반 대중들에게까지 독서의 기회를 제공하였다는 긍정적 효과를 지닌다. 그렇다고 방각본이 사회의 모든 계층에게 독서의 기회를 제공한 것은 아니며, 이것은 뒷글에서 논의할 것이다.

방각본 소설에는 중국소설도 포함되어 있는데, 그 실물을 확인할 수 있는 것들이 있다. 서울에서 출판된 방각본을 경판(京板)이라고 하는데, 중국소설로는 ≪별삼국지≫·≪삼국지≫·≪서유기≫·≪수호전≫·≪금향정기≫·≪설인귀전≫이 있고, 전주(全州)의 완판(完板)으로는 ≪화룡도≫·≪삼국지≫·≪언삼국지≫·≪쵸한전≫이 있으며, 안성(安城) 판본으로는 ≪삼국지≫·≪수호지≫가 있었다. 이 소설들은 모두 한글 번역본이며, 대부분 한 권 당 40장 내외로 구성되어 있고 짧은 것들은 20장 정도로 구성된 것이 있었다.[64]

위의 목록의 작품들은 모두 장편소설이며, 이것들의 완역이라면 한글 번역본의 분량은 당연히 중국어 원본 텍스트보다 훨씬 많다. 필사본인 낙선재의 번역소설들을 보면, 줄거리 흐름에 상관없는 시(詩)나 사(詞)를 제외하고 축약해서 번역했는데도 거대한 분량이다. 그런데 위의 방각본들의 분량과 비교해보면 방각본은 상당 부분이 축약됐음을 짐작할 수 있다. 또한 ≪당태종전≫은 ≪서유기≫의 한 부분을 뽑아 출판을 한 것이고, ≪화룡도≫는 ≪삼국지≫의 적벽대전과 관련된 부분을 뽑아 출판한 것이다. 위의 목록에 보이는 ≪쵸한전≫은 101회본 ≪서한연의≫의 축약 번역본이거나 발췌 번역본일 것이다. 중국에서 ≪수호전≫의 출판은 '번본(繁本)'과 '간본(簡本)' 계열로 나누어지는데,

63) 오오타니 모리시게(大谷森繁), ≪韓國 古小說 硏究≫, 경인문화사, 2010, 69쪽.

64) 이 목록은 다음 책을 참고했으며, 또한 개별 서적들의 구체적인 출판 상황도 참고할 수 있다. 민관동, 〈中國古典小說의 國內 出版論〉, ≪中國古典小說史料叢考(韓國編)≫, 아세아문화사, 2001, 156-175쪽.

‘번본’은 신안(新安) 지방에서 사대부 문인들을 위해 출판했고, 간본은 복건(福建) 지방에서 일반 대중들을 위해 출판하였다고 한다.[65] 이처럼 같은 소설이라도 그 독자에 따라 내용과 수사(修辭)의 수준을 달리하는 판본이 출판되었다. 조선의 방각본 출판의 영세성을 고려한다면, 장편소설의 완역본을 찍는다는 것은 수지를 맞추기 어려웠기 때문에 축약이나 발췌 번역본을 찍어냈다고 할 수 있다.

당시 방각본으로 출판된 번역 중국소설은 대부분 지금까지도 번역을 거듭하면서 출판되는 유명 소설들이다. 또한 조선의 전시기를 거쳐 유행했던 소설들인데, 이미 상업성의 검증을 받은 작품들이라고 할 수 있다. 번역 중국소설의 방각본들의 특징은 이윤추구라는 목적에 맞게 이미 유행하고 있는 작품들을 대상으로 축약본이나 발췌본을 찍어냈다는 것이다.

또 다른 특징은 중국소설이 지방으로 전파되는 것에 기여하였다는 것이다. ‘세책업은 조선뿐만 아니라 다른 여러 나라에서도 공통적으로 나타났다. 그런데 조선에서만 발견되는 특징은 바로 세책점이 서울에만 존재하였다는 사실이다.’[66] 대부분의 관료들은 서울을 중심으로 생활을 했고 세책의 주요 독자들이었던 사대부집 부녀자들도 서울에 살았다. 그렇다면 세책점이 영리 추구의 목적을 쉽게 이룰 수 있는 곳은 서울이었고 그것이 서울에서만 존재하였다는 것은 당연한 일이다. 방각본의 출판은 대중들을 지향했으며 조선 문화의 중심이었던 서울에서 활발하였다. 그런데 서울이외에도 안성과 전주에서도 방각본이 출판됨으로써 지방의 독자들에게도 중국소설을 전파할 수 있었다.

방각본 소설의 출판에서 한 가지 더 주목할 점은 판소리 계열 소설의 출판이다. 〈춘향전〉·〈심청전〉·〈홍부전〉 등은 소리꾼이나 이야기꾼의 입을 통해 전파되던 작품들인데 이런 작품들이 방각본으로 출판되었다. 방각본 중국소설 가운데도 이런 경로로 출판된 작품이 있는 것 같은데, 완판 ≪화룡도≫가 그것이다. 판소리계의 역대 명창들이 모두 〈적벽가〉가 잘 불렀다고 하는데, ‘대표적인 작품으로는 완판 화용도와 신재효 본 적벽가가 있다.’[67] 필자가 지금 확인할 수는 없지만, 판소리 완판 〈화용도〉와 방각본 완판 ≪화룡도≫는 밀접한 관계가 있는 듯하다. 그렇다면 번역본 중국소설은 먼저 장르의

65) 嚴郭易, ≪水滸傳的演變≫, 里仁書局, 1996, 181-183쪽.
66) 이민희, ≪조선의 베스트셀러-조선 후기 세책업의 발달과 소설의 유행≫, 프로네시스, 2007, 87쪽.
67) 강한영, ≪판소리≫, 세종대왕기념사업회, 2000, 141쪽.

변이를 거쳐 판소리로서 민간에 전파됐으며, 방각본 소설은 판소리를 통해 대중적 인기가 확인된 작품을 염가로 출판한 것이다. 방각본의 출판업자들은 영리를 목적으로 삼았지만 중국소설 전파를 대중적으로 확대하는 데에 기여하였다고 할 수 있다.

4) 구두전파자

필자는 앞글에서 중국소설이 우리말로 번역됨으로써 수용과 전파가 조선사회의 거의 모든 계층으로 확대된다고 하였다. 우리나라는 '1920년대 문맹률이 80퍼센트 정도였는데'[68] 조선 시대의 문맹률은 이보다 낮지 않았을 것이다. 방송매체가 없던 시절 글 모르는 민중들의 가장 큰 오락은 노래하고 이야기하는 것이었다. 고금을 막론하고, 문자가 있든 없든, 세계 어느 곳에서나 사람들이 사는 데에는 현대의 문학 범주에 넣을 수 있는 다양한 이야기들이 있었다. 문자가 있던 당(唐)나라의 돈황(敦煌)에도 다양한 이야기가 있었으며, 대부분이 문맹이었던 민중들은 그 이야기들을 들으며 그것을 오락으로 즐겼음을 지금도 확인할 수 있다. 조선 시대 문맹인 민중들도 중국소설을 이야기로 즐겼으며, 이들 역시 중국소설 수용의 주체 중 하나이다.

중국에서는 송(宋)대 이야기꾼을 설화인(說話人)이라고 불렀고, 이들의 구전 장르가 문자화되면서 '화본소설'이 등장한다. 이렇게 구전되던 이야기가 소설로 문자화되는 경우는 적지 않으며, 우리나라에서도 설화와 판소리가 후대에 소설로 문자화된다. 그런데 조선 시대에는 중국소설이 번역되지 않는 한 광범위하게 구전되기 힘들다. 물론 중국어로 된 소설을 읽은 사람이 그 이야기를 우리말로 전파할 수도 있다.

> 이자상(李子常)은 그 이름을 알 수 없다. 총명하고 기억력이 뛰어나 여러 종류의 술서(術書)를 열람하지 않은 것이 없었다. 또 패관(稗官) 제서(諸書)에 익숙하여 어록문자(語錄文字)에 관계된 것을 다 통달하였다. 가난하여 능히 스스로 생활을 꾸려나갈 수 없어 혹 재상의 집에 출입하였는데, 소설을 잘 읽는다고 이름이 났다. 만년에는 군문(軍門)의 적은 봉급을 받았고, 친구 집에서 기식하는 일이 많았다.[69]

이자상은 양반이 아니라 스스로 생계조차 꾸려갈 수 없는 평민이었을 것이다. 그가

---

68) 간호윤, ≪아름다운 우리 고소설≫, 김영사, 2010, 100쪽.

69) 유재건, 실시학사 고전문학연구회 옮김, ≪이향견문록≫, 글항아리, 2008, 514쪽.

어떻게 여러 종류의 책을 구해 읽었는지는 궁금하지만 알 수 없다. 필자는 앞글에서 어록으로는 ≪주자어록≫·≪수호지어록≫·≪서유기어록≫·≪서상기어록≫·≪이문어록≫ 등이 있다고 하였다. 인용문에서는 '어록문자에 관계된 것'이 구체적으로 무엇을 가리키는지 말하고 있지 않은데, 이것은 어록이 있는 중국소설로 볼 수 있다. 그렇다면 이자상이 중국소설을 수용한 데는 두 가지 가능성이 있다. 하나는 이자상이 어록을 참고해서 중국어로 된 중국소설을 해독했을 경우이고 또 하나는 우리말 번역본을 읽었을 경우이다. 하지만 실제로 구연한 소설은 우리말로 읽었을 것이다. 왜냐하면 재상들 앞에서 중국소설을 중국어로 혹은 한문으로 읽는다는 것은 우습기도 하고 그런 가능성은 전혀 없어 보이기 때문이다. 그렇다면 그가 본 어록문자와 관계된 중국소설들은 우리말 번역본일 가능성도 있으며, 중국어 원문을 읽고 우리말로 구연했을 수도 있다.

완당(阮堂) 김정희(金正喜, 1786-1856)는 소설은 아니지만 희곡을 우리말로 번역했는데, 한문으로 된 서문에서 우리말 번역의 동기와 경로를 추적할 수 있다.

> 이 ≪西廂記≫는 세속에서 이른 바 才子의 奇書이다. 그러나 科白과 牌詞를 解得하는 이가 적어 그 말을 모르고 보니, 어찌 그 뜻을 안다 이르겠는가. 내 일찍부터 이를 딱하게 여겨 널리 注釋된 여러 책을 수집하여 그 번거로운 것은 잘라내고, 중요한 것을 뽑아 正音으로써 풀이를 한 연후에 辭理가 條暢하여 한번 낭독하면 한 자리에 앉았던 뭇 사람의 입에서 奇哉를 부르지 않는 이가 없었을 뿐더러, 비록 저 시골 지아비와 장사치에 이르기까지도 그 소리를 듣자 뜻을 알지 못하는 자 없었다.
>
> 西廂記, 世所謂：≪才子奇書也≫然科白牌詞, 人為未曉, 不得其辭, 焉得其意? 余嘗病之, 廣援採註釋諸本, 刪其繁, 而撮其要, 乃以訓民正音及解, 然後解理條暢, 一遍朗讀, 座上人, 無不嘖嘖稱奇, 雖村夫賈豎, 亦可聽其辭, 而解其意。[70)]

김정희는 중국어로 된 ≪서상기≫가 보기 어렵기 때문에 여러 주석서들을 이용하여 우리말로 번역하였다. 인용문에서 밝히고 있는 것처럼 번거로운 것은 삭제하고 번역했는데, 그 번역본은 희곡이 아닌 소설체이다. 인용문을 보면, 이 번역본의 최초의 전파는 문자텍스트에 의존한 게 아니라 '낭독'이라는 구두전파로 이루어졌다. 그리고 이렇게 함으로써 문자를 모르는 사람들에게까지 그 전파를 확대할 수 있었다. 이것으로 볼 때, 구전된 중국소설은 우리말로 번역되고 나서야 구전되고 유행하였다고 할 수 있다.

---

70) 李家源 譯注, ≪阮堂譯本 西廂記≫, 一志社, 1974, 7쪽.

> 이야기책 읽어 주는 노인은 동문 밖에 살았다. 그는 책 없이 입으로 국문 패설을 읽는 바, ≪숙향전≫ · ≪소대성전≫ · ≪심청전≫ · ≪설인귀전≫ 등의 전기와 같은 것들이었다. …… 읽기를 잘하기 때문에 곁에서 듣는 사람들은 겹겹이 둘러싸게 된다. 그러할 때에 노인은 가장 재미난 대목을 앞에 놓고 입을 다문다. 잠잠하여 말이 없으면 듣던 사람들은 그 다음 이야기를 듣기 위하여 다투어 돈을 노인에게 던져 준다.[71]

인용문에는 중국소설 ≪설인귀전≫이 우리말 소설들과 함께 등장하고 있으며 그것을 '국문 패설'의 범주에 넣었다. 이것은 ≪설인귀전≫ 번역본을 말하는 것이 틀림없다. 인용문은 또한 전형적인 이야기꾼의 모습을 묘사하고 있는데, '책 없이 입으로' 읽는다고 한 것은 '구연'한 것으로 볼 수 있다. 그가 책을 통해 이야기를 배우고 책 없이 그것을 구연했는지는 모르지만, 세계 어느 곳을 막론하고 대개 이런 이야기꾼들은 문맹이기 때문에 책 없이 이야기만을 배웠을 수도 있다.

> 한 군데는 ≪수호전≫을 앉아서 내리읽는데 여럿이들 빙 둘러싸고는 듣고 있었다. 글 읽는 군은 머리를 툭툭 치면서 코를 쳐들고 아주 신이 나서 가관이다. 방금 읽고 있는 대목은 와관사(瓦官寺)에 불을 질러 태우는 대목인데 손에 쥐고 있는 책을 가만히 보니 ≪서상기(西廂記)≫다. 눈으로는 고무래 정 자도 못 알아보면서 입으로는 청산유수다. 흡사 우리나라 가겟방에서 ≪임장군전≫을 외고 있는 것만 같았다.[72]

인용문은 중국 청대의 설화인에 대해 묘사하고 있는데, 그가 손에 들고 있는 책은 판소리 창자의 부채와 같은 역할을 하는 구연의 소품일 뿐이다. 이렇게 구연하는 모습이 우리나라의 이야기꾼이 임경업장군 이야기를 하는 것과 유사하다고 하였다. 조선의 이야기꾼들 역시 실제로 소설을 텍스트를 읽는 것이 아니라 이처럼 구연을 했을 것이다. 그들이 어떤 경로로 이야기를 배웠는지, 실제로 책을 통해 이야기를 배웠는지는 알 수 없다. 그렇지만 그들도 역시 중국소설의 수용자이자 구두전파자이다.

조선시대 이와 같은 구두전파의 수용자들은 조선 사회의 거의 모든 계층일 것이다. '≪삼국지연의(三國誌演義)≫는 나관중(羅貫中)이 편찬해 쓴 것으로, 임진(壬辰) 이후 우리나라에서 널리 읽혀 부녀자나 어린애들까지 다 같이 외워 말할 수 있을 정도였다.'[73]

---

71) 조수삼 · 박윤원 · 박세영 옮김, ≪이야기책 읽어 주는 노인≫, 보리, 2005, 171쪽.
72) 박지원 · 리상호 옮김, ≪열하일기(상)≫, 보리, 2004, 127쪽.

인용문의 '임진'은 조선을 전기와 후기로 나누는 분기점인 임진왜란이 발발한 1592년이다. '부녀자나 어린애들까지 ≪삼국연의≫를 외웠다'라는 구절을 근거로 ≪삼국연의≫가 임진왜란 이전에 번역되었을 것이라고 추정하는 학자들도 있다. 이 추론의 타당성 여부는 차치하더라도, 부녀자들과 어린애들이 ≪삼국연의≫의 한글 번역본을 직접 봤다고 추정할 수는 없다. 왜냐하면 김만중의 얘기가 과장이 섞인 사실이라고 해도, 그 당시에 한글 번역본이 많은 사람들이 볼 수 있을 정도로 필사되었다고 할 수는 없기 때문이다. 대량 전파가 가능한 방각본의 출현은 19세기 후반기의 일이다. 그렇다면 부녀자들과 어린애들이 ≪삼국연의≫를 접한 것은 구두전파에 의한 수용일 가능성이 높다. 한글 번역본이 없었더라도 중국어 원본을 본 사람들이 그것을 다른 사람들에게 우리말로 이야기했을 수도 있다. 어쨌든 이런 구두수용은 그들이 '다 같이 외워 말할 수 있을 정도였다'라는 것에서 알 수 있듯이 또 다른 구두전파를 낳는다. 〈적벽가〉란 판소리는 ≪삼국연의≫라는 이미 인기 있는 중국소설의 구두전파의 파생 장르이다. 이런 구두전파는 대부분이 문맹이었던 민중들이 중국소설을 수용하는 경로였고 또한 재전파하는 경로였을 것이다.

조선은 전기와 후기 모두 중국소설을 수용하고 전파했는데 그것은 시대에 따라 다른 양상을 보인다. 조선 전기에는 주로 원문 위주의 직접적인 수용이 이루어졌는데, 중국소설을 접할 수 있는 사람은 한정되어 있었고, 읽을 수 있는 사람들도 한정적이었기 때문이다. 중국소설의 초기 수용은 중국에서 직접 수입하는 것이었고, 이것은 정부의 주도로 진행되었다. 이렇게 수입된 소설은 정부가 소장하고 관리했음으로 정부 최고통치자인 임금과 관료들이 초기 수용의 주체가 되었다. 수용의 주된 대상은 문언소설이었는데, 이것은 한문에 능통한 관료들이 직접 읽을 수 있었기 때문이다. 조선 정부는 교서관과 지방정부의 출판기구를 통해 수입된 중국소설의 원본을 국내에서 다시 출판함으로써 전파를 담당했고 수용의 범위를 확대하였다. 백화소설이 수입되면서 당시 중국의 입말(口語)을 이해하기 위해 구해(句解)와 어록(語錄) 등이 정부 중급 관료인 역관들에 의해 만들어진다. 역관들은 중국에서 각종 서적과 소설을 수입을 담당했고, 중국어 실력

73) 김만중 · 전규태 주역, ≪사씨남정기 · 서포만필≫, 범우사, 1995, 248쪽.

을 발휘해 원문 수용의 매개 역할을 한다. 조선 전기에는 주로 정부 주도의 수용과 전파가 이루어졌고, 중국어 원문의 직접적인 수용이 주를 이뤘다.

조선 후기에는 중국소설이 우리말로 번역되면서 사회 각계각층으로 수용과 전파가 확대된다. 임진왜란 이후 중국소설이 역관과 지식인들에 의해 대량으로 수입되고 책쾌라는 유통업자가 주로 국내 전파를 담당하였다. 대량 수입된 중국소설은 우리말 번역을 통해 원문 위주의 수용 단계를 뛰어넘는다. 번역에서도 역관들은 중요한 매개 역할을 담당했고, 지식인들도 번역에 참여하였다. 번역된 소설들 대부분이 장편이었고 출판이 여의치 않은 상황에서 필사에 의해 전파되었다. 그것의 유통은 주로 세책업자들이 담당했으며, 주된 수용자들은 중상계층의 여성들이었다. 소설은 상업출판에서 배제되어 있다가 19세기에 들어서 방각본 중국소설들이 등장한다. 이중에는 번역 혹은 번안된 중국소설들이 있는데, 수지를 맞추기 위해 이미 대중성을 검증받은 것들이 주를 이루고 또한 장편의 축약본이거나 발췌본이 주를 이룬다. 이런 방각본은 중상류층이 아닌 대중들에게 수용과 전파를 확대하는 역할을 하였다. 문자 텍스트들은 이런 과정을 거쳐 수용과 전파가 이루어졌고, 구두전파에 의해서 문자해독능력과 책을 빌리거나 사서 볼 경제능력이 없었던 사람들도 중국소설을 수용할 수 있었다. 이야기꾼들의 구두전파를 통해 중국소설은 조선의 거의 모든 계층으로 수용과 전파가 확대된 것으로 여겨진다.

第二部

작품론

1. ≪三国志演義≫의 國內 流入과 出版*

中國通俗演義 가운데 우리의 고전문학에 가장 많은 영향을 끼친 三大作品을 꼽으라면 ≪三國志演義≫(三國志)·≪西漢演義≫(楚漢志)·≪東周列國志≫(列國志)를 꼽는 데 이의가 없을 것이다. 그만큼 이 소설은 조선시대 이래로 번역은 물론 번안 및 재창작까지 이루어지며 폭넓게 수용되었다. 이러한 사실은 현재 남아있는 조선시대 판본과 필사본 및 번역본의 수량을 보면 그 규모와 영향력을 대략 짐작할 수 있다.

三大 演義類小說 가운데에서도 으뜸은 ≪三國志演義≫라고 할 수 있다. ≪三國志演義≫는 연의류 소설뿐만 아니라 중국고전소설 가운데에서도 우리 고소설의 형성과 발전에 지대한 영향을 끼친 소설로 평가할 수 있다. 또 중국통속소설 가운데 ≪三國志演義≫는 가장 이른 시기에 국내에 유입되었을 뿐만 아니라 가장 빨리 출판까지 이루어진 책이기도 하다. 그리고 필자가 조사한 국내 소장 중국고전소설 판본목록에서도 가장 다양하고 가장 많은 판본으로 조사되었다.[1)]

또 출판의 경우에 있어서도 원문을 그대로 출판한 覆刻出版과 飜譯出版 및 飜案出版까지 다양하게 이루어져 그야말로 조선시대 최고의 베스트셀러임이 확인된다. 특히 모종강본 ≪四大奇書第一種≫(貫華堂第一才子書) 같은 경우는 한두 차례 판각이 이루어진 것이 아니라 수차에 걸친 腹板의 흔적이 보여 당시의 인기를 짐작할 수 있다.

본고에서는 ≪삼국지연의≫의 국내유입과 조선 출판본을 중점적으로 분석하였다. 즉 어떤 판본이 국내 유입되었으며 출판되었는지를 치밀하게 분석하고, 또 현재 학계에서 異論紛紛한 판본의 유입시기와 출판시기에 대한 각종 문제를 위주로 검토해 보고자 한다.[2)]

---

* 이 논문은 2010년 한국연구재단의 정부재원(교육과학기술부 인문사회연구 역량강화사업비)의 지원을 받은 연구이다.(NRF-2010-322-A00128).

이 논문은 2014년 5월 ≪중국문화연구≫제24집에 게재한 글을 수정 및 보완한 논문이다.

민관동: 경희대학교 중국어학과 교수

1) 통속백화소설 가운데는 ≪三國志演義≫가 자장 많았고 문언소설 가운데 ≪剪燈新話≫판본이 가장 많은 것으로 확인된다.

1. ≪三國志演義≫의 國內 流入

≪三國志演義≫는 羅貫中에 의해 편찬된 長篇 歷史小說이다. 이 책이 나오기 이전에는 元代 至治年間(1321-1323년) 建安 虞氏의 新刊本 ≪全相平話五種≫中 〈三國志平話〉가 있었다. 이 판본은 ≪삼국지연의≫의 출판에 기초가 된 講史話本으로 상당한 의미를 지니고 있다. 그러나 본격적인 통속연의의 시작은 羅貫中의 ≪三國志通俗演義≫부터 시작된다고 볼 수 있다. ≪三國志演義≫의 가장 이른 판본은 明代 嘉靖元年 任午(1522年) 刊行本으로 총 24권 240則으로 되어 있다.[3] 嘉靖 以後 明·淸代에 걸쳐 10餘 種의 版本이 있으며 모두가 서로 다른 版種을 이루고 있다.

羅貫中의 ≪三國志通俗演義≫가 출간된 이후 나온 주요 판본에는 周曰校刊本 ≪新刊校正古本大字音釋三國志傳通俗演義≫으로 明 萬曆 辛卯年(1591)에 간행한 12卷 240則이 있고, 또 一名 余象斗本으로 알려진 ≪新刻按鑑全像批評三國志傳≫은 萬曆 20年(1592)에 20卷 240則으로 나왔으며, 얼마 후 李卓吾(1527-1602년)編輯의 ≪李卓吾先生批評三國志≫가 全 120回本(不分卷)으로 출현하였다.[4] 그 후 淸初 康熙 18年(1679년)前後에 이르러 毛綸·毛宗崗 父子가 거듭 修訂한 ≪毛宗崗評三國志演義≫가 나오며 淸代 이래로 주종을 이루는 通行本이 되었다.

그러면 과연 이러한 판본들은 모두 국내에 유입되었을까? 하는 궁금증이 생긴다. 필자는 이러한 의문을 해결하기 위해 국내 소장된 ≪三國志演義≫판본과 관련 문헌기록을 두루 조사해 보았다.

먼저 ≪삼국지연의≫의 토대가 된 正史 ≪三國志≫의 국내 최초 流入記錄은 令孤德棻(583-666年)의 ≪周書≫〈列傳 第41, 高句麗條〉[5]에 처음 보인다. ≪周書≫에

---

2) 본문에서는 ≪삼국지연의≫의 유입시기와 조선 출판본에 대한 고증을 위해 필자가 1995년 ≪중국소설논총≫제4집에 게재한 〈삼국연의 국내유입과 판본 연구〉의 자료를 일부 재인용하였으며 또 오류부분과 신 자료 발굴부분도 함께 수정보완 하였음을 밝혀둔다.

3) 이 책의 서두에 '庸愚子 弘治 7年(1494년) 序'와 '修髯子嘉靖元年引'이 있으며 또 題에는 '晉平陽侯陳壽史傳, 後學羅貫中編次'라고 되어있다. 일반적으로 이 책이 최초 판본이 아니며 그 이전에 선행본이 있었을 것으로 추정한다.

4) 그 외 淸初 遺香堂本 ≪三國志≫(24권 120회본)와 ≪李笠翁批閱三國志≫(24권 120회본)가 출간되었으나 크게는 이탁오본의 범주에서 벗어나지 못한다.

5) "(高句麗)書籍有五經·三史·三國志·晉陽秋". ≪周書≫. 그 외에도 李延壽의 ≪北史≫(列

"(高句麗)書籍有五經 · 三史 · 三國志 · 晉陽秋"이라고 언급된 것으로 보아 이미 삼국 시대에 국내에 유입되었음이 확인된다. 이 책은 그 후 고려 및 조선까지도 지속적으로 유입된 것으로 보인다.

또 小說 ≪三國志≫의 국내 유입은 고려 말기로 추정되고 있다.[6] 즉 고려 말기에 편찬된 것으로 추정되는 ≪老乞大≫의 末尾部分에 고려 상인이 책을 사는 장면이 나오는데, 그가 구입한 서적목록 가운데 ≪三國志平話≫가 언급되어 있기 때문이다.[7]

그 후에 출현한 판본이 바로 나관중본 ≪삼국지연의≫이다. 필자가 조사한 국내 소장본 ≪삼국지연의≫書目은 ≪三國志通俗演義≫ · ≪新刊校正古本大字音釋三國志傳通俗演義≫ · ≪新鋟全像大字通俗演義三國志傳≫ · ≪貫華堂第一才子書≫ · ≪第一才子書≫ · ≪第一才子書三國志≫ · ≪第一才子書繡像三國志演義≫ · ≪四大奇書第一種≫ · ≪四大奇書第一種三國志≫ · ≪四大奇書第一才子書≫ · ≪繡像金聖歎批評三國志≫ · ≪繡像全圖三國演義≫ · ≪繡像第一才子書≫ · ≪增像全圖三國志≫ · ≪增像繪圖三國演義≫ · ≪增像全圖三國志演義≫ · ≪增像全圖三國演義≫ · ≪增像三國全圖演義≫ · ≪增像全圖三國志演義第一才子書≫ · ≪增像全圖第一才子三國志演義≫ · ≪繪圖三國演義≫ · ≪繪圖三國志演義≫ · ≪繪圖三國志演義第一才子書≫ · ≪精校繪圖三國志演義≫ · ≪精校全圖綉像三國志演義≫ · ≪精校全圖足本鉛印三國志演義≫ · ≪圖像三國志演義第一才子書≫ · ≪繪本通俗三國志≫ 等 약 30여 종이 확인된다. 그 중 대부분은 羅貫中(明)撰 · 金聖歎(淸)編 · 毛宗崗(淸)

傳 第82, 高句麗條)에 "書有五經 · 三史 · 三國志 · 晉陽秋"라고 기록되어 있고, ≪宋史≫(권487, 列傳 제246, 外國3, 高麗條)에도 高麗 顯宗 7年(1016)에 戶部侍郞 郭元이 송나라 眞宗으로부터 ≪九經≫ · ≪史記≫ · ≪兩漢書≫ · ≪三國志≫ · ≪晉書≫ 등을 下賜받았다는 기록이 있다.

6) 이은봉, 〈삼국지연의의 수용 양상〉, 인천대 국문과 박사학위논문, 2006,12. 23쪽 참고

7) 更買些文書一部, 四書都是晦庵集註, 又買一部, 毛詩, 尙書, 周易, 禮記, 五子書, 韓文, 柳文, 東坡詩, 詩學, 大成押韻, 君臣故事, 自治通鑑, 翰院新書, 標題小學, 貞觀政要, 三國志平話. 這些貨物都買了也. ≪老乞大≫, 한국학중앙연구원(C138), 47a-47b쪽. 대략 고려말기에 유입된 통속소설로는 ≪삼국지평화≫이외에도 ≪朴通史諺解≫를 통해서 ≪古本西遊記≫도 유입된 것으로 추정된다. 이상의 기록을 근거로 보면 나관중의 ≪삼국지연의≫가 나오기 전에 이미 ≪三國志平話≫本이 국내에 유입되어 유통되었던 것이 확실해 보인다. 이는 이전까지 1569년 ≪朝鮮王朝實錄≫(宣祖 卷3)中 "기대승이 언급한 기록"에 의존하던 기존의 定論을 크게 앞당기는 계기가 되었으며 사료적으로도 매우 귀중한 자료로 평가된다.

評本이며 出刊年度는 淸代 中 · 後期 刊行本이 주종을 이루고 있다.[8)]

그중 가장 이른 판본인 羅貫中本 ≪삼국지통속연의≫의 국내 유입은 늦어도 1560년대 이전으로 추정된다. 이는 최근 박재연에 의하여 발굴된 조선 활자본 ≪三國志通俗演義≫(이양재소장본)가 대략 1560년대 초 · 중반 사이에 국내 金屬活字本으로 인출된 것으로 확인되면서 유입시기가 다소 앞당겨졌다. 羅貫中本 ≪三國志演義≫가운데 현존하는 가장 이른 판본으로 明代 嘉靖 任午(1522년) 간행본인 점을 고려하면 국내 유입시기는 1522년-1560년 사이로 추정된다. 이는 중국에서 출판된 후 바로 국내에 유입되었다고 보아도 무리는 없어 보인다. 그러나 고전문헌상에 보이는 최초기록은 여전히 ≪朝鮮王朝實錄≫(宣祖 卷3, 1569년)의 기록이 가장 빠른 기록이다. 그 기록은 다음과 같다.[9)]

> 주상전하께서 문정전 석강(저녁에 궁중에서 유생들이 모여 경전을 강론함)에 나아가니, ≪近思錄≫ 제2권을 강론해 올렸다. 기대승이 나아가 아뢰기를, "지난번 張弼武를 불러 인견하실 때 전교하시기를 '張飛의 고함 한마디에 千軍萬馬가 달아났다'라고 한 말은 사실 正史 ≪三國志≫에는 보이지 아니하고 ≪三國志衍義≫에 나온다고 들었습니다. 이 책이 나온 지가 오래 되지 아니하여 소신은 보지 못하였는데, 주변의 친구들에게 들으니 허망하고 터무니없는 말이 매우 많았다고 하였습니다. 天文·地理에 관한 책은 이전에는 숨겨졌다가 나중에 드러나는 일이 있기도 하였지만, 역사 기록의 경우 처음에 실전되었던 것을 후대에 臆測하여 쓰기가 어려운 것인데도 여기에는 敷衍하고 增益하여, 매우 괴이하고 허망하였습니다. 신이 뒤에 그 책을 보니 단연코 이는 신뢰할 수 없는 무리배가 잡된 말을 모아 옛날이야기처럼 만들어 놓은 것이었습니다. 이것은 雜駁하여 무익할 뿐 아니라 크게 의리를 해치는 것입니다. 주상께서 이 책을 우연히 보셨다니 참으로 송구하고 유감스럽습니다. 그 중의 내용을 들어 말씀드린다면 '董承의 衣帶詔書' 이야기나 '赤壁 싸움에서 이긴 것' 등은 각각 괴상하고 허탄한 일이거나 근거 없는 말로 부연하여 만든 것입니다. 주상께서 혹시 이 책의 근본을 모르시는 것이 아닐까 하여 감히 아룁니다. 이 책은 ≪楚漢衍義≫ 등과 같은 책일 뿐만 아니라 이와 같은 종류의 책들은 한두 가지가 아니라 수종이 나왔으며, 모두가 의리를 심히 해치는 것들입니다." 詩文 · 사화(詞華)는 상관이 없지만 그러나 ≪剪燈新話≫나 ≪太平廣記≫와 같은 책은 사람의 심지(心志)를 오도하기에 족한 책들입니다. (壬辰…上御夕講于文政殿. 進講近思錄第二卷. 奇大升進啓曰, 頃日張弼

---

8) 1995년 ≪중국소설논총≫제4집에 게재한 〈삼국연의 국내유입과 판본 연구〉에서는 8종으로 조사되었으나 새로운 자료의 발굴로 인해 30여 종으로 늘어나 수정을 하였다.

9) 민관동, ≪중국고전소설의 전파와 수용≫, 아세아문화사, 2007.10. 156-157쪽.

武引見時, 傳敎內張飛一聲走萬軍之語, 未見正史, 聞在三國志衍義云. 此書出來未久, 小臣未見之, 而或因朋輩間聞之, 則甚多妄誕. 如天文地理之書則, 或有前隱而後著, 史記則初失其傳, 後難臆度, 而敷衍增益, 極其怪誕. 臣後見其冊, 定是無賴者, 裒集雜言, 如成古談. 非但雜駁無益, 甚害義理. 自上, 偶爾一見, 甚爲未安, 就其中而言之, 如董承衣帶中詔及赤壁之戰勝處, 各以怪誕之事, 衍成無稽之言. 自上, 幸恐不知其冊根本, 故敢啓, 非但此書. 如楚漢衍義等書, 如此類不一, 無非害理之甚者也. 詩文詞華尙且不關 況剪燈新話 太平廣記等書 皆足以誤人心志者乎.) 〈宣祖實錄, 卷三· 24~5, 宣祖2年6月, 壬辰〉

이처럼 1569년 이전에 기대승은 물론 宣祖까지 ≪삼국지연의≫를 읽었다는 점과, 게다가 宣祖는 ≪삼국지연의≫의 문장을 인용까지 하며 박식함을 자랑하였다는 사실은 매우 意味있는 기록이다. 또 당시 ≪삼국지연의≫뿐만 아니라 ≪초한연의≫를 비롯한 연의류 소설과 ≪太平廣記≫ 및 ≪剪燈新話≫까지도 유입되어 크게 유행하고 있었음을 짐작할 수 있다. 중국의 서지상황과 국내 출판상황을 감안하면 당시 조선에 유입된 판본은 羅貫中 ≪三國志通俗演義≫가 확실해 보인다.

또 비슷한 시기에 나온 柳希春(1513-1577년, 字: 仁仲, 號: 眉岩)의 ≪眉岩日記≫(癸酉 [1573] 正月十七日條 / 二十一日條)에 보면:

十七日 晴 朝師傅朴光玉景瑗來訪. 余語及三國志 朴以丈祖 徐同知祉 藏有不秩者二十餘冊 當奉贈云. (17일 맑음 아침에 사부 景瑗 朴光玉이 방문하였다. 내가 ≪三國志≫에 대해 말하자 박광옥의 처조부 徐同知의 사당에 장서 잔본 20여 책이 있어 마땅히 증여하겠다고 하였다.)

二十一日 師傅朴光玉 送三國志二十冊來. 雖未備者十冊 然亦感喜. 光玉 字景瑗光鼎之弟也. (21일 사부 朴光玉이 ≪三國志≫20책을 보내 왔다. 비록 10책이 未備되어 완전하지 않았으나 매우 기뻐 감격하였다. 광옥은 자가 景瑗으로 光鼎의 동생이다.)

여기에서 주목할 부분은 유희춘이 언급한 完帙本 ≪三國志≫30冊이다. 羅貫中本 ≪三國志通俗演義≫는 24권 24책으로 되어 있고 周曰校本 ≪新刊校正古本大字音釋三國志傳通俗演義≫는 12권 12책이며, 余象斗本 ≪新刻按鑑全像批評三國志傳≫은 20권 20책, 淸初 遺香堂本 ≪三國志≫는 24권 120회본, 李漁本 ≪李笠翁批閱三國志≫는 24권 120회본으로 유희춘이 언급한 完帙 30冊本과 다르기 때문이다. 혹 正

史 ≪三國志≫를 指稱하였나 서지상황을 확인하였으나 이도 아닌듯하다. 그렇다면 1573년경 알려지지 않은 또 다른 30책본 ≪삼국지연의≫가 있었다는 결론으로 이 판본에 대한 관심이 요구된다.

그 후에 유입된 판본은 周曰校本 ≪新刊校正古本大字音釋三國志傳通俗演義≫로 보인다. 이 책은 이미 국내에서 覆刻本으로 출간이 되었기에 流入與否에 異論이 있을 수 없다. 그 외에 余象斗本 ≪新刻按鑑全像批評三國志傳≫과 李卓吾本 ≪李卓吾先生批評三國志≫가 유입되었는지는 현존하는 판본과 기록이 없어 확인하기 어렵지만 조선에서 일어난 ≪삼국지연의≫의 熱風과 관심으로 보면 유입되었을 가능성이 농후하다.

그리고 毛綸·毛宗崗 父子가 修訂本 ≪毛宗崗評三國志演義≫는 국내에서 ≪四大奇書第一種≫이라는 이름으로 여러 차례 출판되었기에 유입은 당연할 뿐만 아니라 국내 현존하는 대부분의 중국 판본은 金聖歎(淸)編, 毛宗崗(淸)評本이 압도적이다.

또 毛本 ≪三國志演義≫을 구체적으로 소개하는 기록이 安鼎福(1712-1791年)의 ≪順庵集≫에 나온다.

> 余觀唐板小說, 有四大奇書. 一三國志, 二水滸志, 三西遊記, 四金甁(屛)梅也. 試三國一匣, 其評論新奇, 多可觀, 其凡例亦可觀. 其序文亦以一奇字命意, 而其文法亦甚奇.[10] 考其人則金人瑞毛宗崗也, 考其時則順治甲申年(1644)也. 未知金人瑞毛宗崗爲何如人, 而順治甲申歲, 此天地變易, 華夏淪沒之時. 中原衣冠, 混入于剃髮左衽之類, 文人才子之怨抑而不遇者, 其或托此而寓其志也! (내가 中國에서 판각된 小說을 보았는데, 그 중에 四大奇書가 있었다. 그 중 하나는 ≪三國志≫이고, 둘째는 ≪水滸志≫이며, 셋째는 ≪西遊記≫이고, 넷째는 ≪金甁(屛)梅≫이다. 試驗삼아 ≪三國志≫ 한 帙을 살펴보니, 評論이 아주 新奇해서 볼 만한 것이 많고, 그 凡例 또한 볼 만하다. 序文 역시 온통 기특함으로 뜻을 담았고, 그리고 그 글에 나오는 讀三國志法 또한 아주 奇特하다. 그 책들을 批評해서 펴낸 사람을 考察해보니 金人瑞와 毛宗崗이고, 그 책이 나온 時期는 順治 甲申年(1644年)이었다. 金人瑞와 毛宗崗이 어떤 사람인지는 잘 알 수 없으나, 順治 甲申年은 天地가 뒤바뀌어 中華(명나라)가 沒落하게 된 때이다. 中國의 風俗들이 滿族의 辮髮과 左衽하는 오랑캐 것으로 섞여 들어가게 되매, 文人과 才子들이 抑鬱하고 不遇한 심정을 여기에 依託해서 寓意한 것이리라.)[11] ≪順庵雜誌≫42冊

이처럼 1700년대에 유입된 것은 물론 판본의 서지상황에 대하여도 구체적으로 기술

10) "而其文法亦甚奇"에서 "其文法"은 바로 모종강이 쓴 "讀三國志法"을 의미한다.

11) 安鼎福, ≪順庵集≫,〈順庵雜著〉42冊.

하고 있다. 특히 "讀三國志法"과 "凡例" 및 金聖歎序文에 대해 언급하는 것으로 보아 毛本의 ≪第一才子書≫일 가능성이 크다.

또 국내 소장된 ≪三國志演義≫판본의 출판사를 조사해보니 "經國堂"·"九思堂"·"致和堂"·"宏道堂"·"文興堂"·"同德堂"·"同志堂"·"槐蔭堂"·"上海掃葉山房"·"上海江左書林"·"上海書局"·"鑄記書局"·"上海廣益書局"·"上海錦章書局"·"三多齋藏板"·"同文書局"·"成文信"·"上海時中書局"·"上海善成堂"·"小石山房"·"上海蔣春記書"·"上海中新書局"·"天寶書局"·"鴻文書局"·"上海圖書"·"懷德堂圖書"·"上海文盛書局"·"蘇州綠啓堂"·"翠筠山房"·"上海同文晉記書局"·"上海文華書局"·"同文升氣書局"·"同女普氣書局"·"大阪岡田茂兵衛" 等 대략 30여 개 출판사로 집계된다. 이들 판본 상당수는 1800년대 중·후기에 중국에서 유입된 판본이며 또 대부분 上海에서 出版한 판본이다. 간혹 일본판본도 눈에 뜨인다.[12)]

이렇게 ≪삼국지연의≫의 국내 유입은 高麗末期부터 朝鮮末期까지 다양하게 이루어졌음이 확인된다. 이 책 가운데 善本은 곧바로 출판으로 이어졌고 그 후 1800년대 중기이후로 들어서는 번역출판까지 본격적으로 이루어지게 된다.

또 이러한 가운데 續書들까지 국내에 유입되는데 이러한 소설들이 바로 ≪後三國演義≫·≪後三國石珠演義≫이다. 그중 楊爾曾[13)]의 ≪後三國演義≫[14)]는 一名 ≪三國演義續編≫ 혹은 ≪後三國東西晉演義≫라고도 하는 演義小說로 총 12卷 50回로

---

12) 앞에서 언급한 국내 유입된 중국판본의 서목과 출판사에 대한 자료는 필자가 기존에 발표한 논문에 새로 발굴된 자료를 합하여 다시 보완하였음을 밝혀둔다. 또 새로 발굴된 일본 판본은 서명이 ≪繪本通俗三國志≫로 池田東籬校正, 葛飾戴斗畫圖, 大阪 岡田茂兵衛, 天保7-12年(1836-1841)이라 기록되어 있으며 현재 부산시립도서관에 소장되어 있다. 이 판본은 일제시대 때 유입된 것으로 보인다.

13) 編者는 楊爾曾(1575-? / 字는 聖魯이고 號는 雉衡山人, 臥遊道人, 雉衡逸史, 六橋三竺主人 등)으로 浙江錢塘(지금의 杭州) 保安坊羊牙蕩 출신이다. 龔敏, 〈明代出版家楊爾曾編撰刊刻考〉, ≪文學新鑰≫, 2009年 12月 第10期, 197쪽 참조.

14) 이 책의 내용은 晉 武帝 司馬炎의 즉위 초 이야기부터 시작된다. 당시 晉의 동쪽에 있던 吳나라를 치기 위해 晉 武帝는 王渾과 王浚 등을 파견하여 강동정벌에 나선다. 王浚의 군대가 석두성에 도착하자 吳나라 군주 孫皓는 항복하였다. 그러나 王渾은 王浚이 자기가 도착하기를 기다리지 않고 먼저 孫皓의 항복을 받은 것을 못마땅하게 여겨 陰害를 한다. 그 후 武帝는 王浚을 大將軍에 봉하고 온종일 淫游를 즐기면서 政事를 돌보지 않았다. 武帝는 지나치게 여색에 빠진 나머지 질병에 감염되어 죽게 된다. 이후에 兩晉은 德文까지 156년 동안 지속되었으나 결국 劉裕에 이르러 멸망한다는 이야기이다.

이루어진 小說이다.

이 판본은 世德堂에서 출간하여 크게 유행하였는데, 그 후에 楊爾曾은 萬曆 40年(1612) 이전에 泰和堂主人의 부탁을 받고 ≪東西晉演義≫라는 이름으로 再編한 것이다. 이것이 바로 현존하는 武林刊本이다.15) 또 淸 嘉慶 4年(1799) 敬書堂에서 明本을 底本으로 다시 간행하였는데 이 책은 上圖下文의 형식으로 挿圖左右에 표제를 달았다.16)

≪後三國志≫가 國內에 流入된 시기는 대략 조선 중기이전으로 추정된다. 즉 1762년에 나온 윤덕희의 ≪小說經覽者≫에 이 책의 서명이 언급되어 있어 이러한 사실을 뒷받침해 주고 있으며 國內에는 慶熙大에 錦章圖書局에서 간행한 乙亥(1875)의 판본인 ≪繡像後三國志演義≫가 소장되어 있다.17)

그 외 ≪後三國石珠演義≫는 30回로 구성되어 있으며 저자는 梅溪遇安氏로 알려져 있다. 梅溪遇安氏의 생애에 대해서는 자세히 알려진 바가 없다. 12권 50회로 되어 있는 ≪後三國石珠演義≫18)는 ≪後三國演義≫와는 다른 책이다. 또 ≪삼국지연의≫와 관계가 없는 책이다.

---

15) 현재 北京大學에 소장되어 있는 明 武林刊本은 ≪新鐫出像東西晉演義≫이라고 제목을 달았다. 또한 明 武林刊本은 "武林夷白主人重修", "泰和堂主人參訂"이라 되어 있다. 12卷 50回로 "雉衡山人題"와 "東西晉演義序"가 있으며 附圖와 100폭의 揷圖도 있다. 萬曆 40年에 大業堂에서 ≪東西兩晉志傳≫을 간행할 때 ≪東西晉演義≫에 있던 楊爾曾의 序文을 그대로 옮겼다고 볼 수 있다. 龔敏, 〈東西晉演義與東西兩晉志傳關係考〉, ≪東華人文學報≫, 東華大學人文社會科學學院, 2008年 1月 第12期, 145-166쪽 참조.

16) 江蘇省社會科學院 明淸小說硏究中心 文學硏究所 編, ≪中國通俗小說總目提要≫, 中國文聯出版公司, 1990년, 169-173쪽 참조.

17) 민관동 외 공저, ≪한국 소장 중국통속소설의 판본목록과 해제≫, 학고방, 2013년 4월, 95-97쪽.

18) 현존하는 판본은 耕書屋刊本으로 글머리에 ≪後三國演義≫라 쓰여 있으나 目錄 및 每回 本文은 卷 끝에 모두 ≪後三國石珠演義≫라 쓰여 있다. 序에 의하면 "庚申 4월 澹園主人이 綠竹專에서 씀"이라 하였는데 연호가 없어 정확한 연대를 추정하기 어려우나 일반적으로 庚申은 乾隆 5年(1740)으로 보고 있다. 이 책의 내용은 晋武帝 太康 年間에 潞安州 發鳩山 중턱에 石珠라는 천상의 선녀가 지상에 내려와서 弘祖를 만나게 된다. 石珠는 후에 弘祖와 함께 천하를 어지럽히는 무리들과 물리치고 왕위에 오른다. 그 후 국호를 趙라고 칭하며 弘祖를 大元帥로 삼았다. 이때 吳禮가 나타나 石珠가 왕위에 오른 일을 꾸짖자 왕위를 弘祖에게 이양하니 弘祖가 漢王이 되었다. 그 후 石珠는 惠女庵으로 돌아가 3년을 수련하고 천상으로 돌아간다는 이야기로 ≪삼국지연의≫와는 무관한 책이다. 江蘇省社會科學院 明淸小說硏究中心 文學硏究所 編, ≪中國通俗小說總目提要≫, 中國文聯出版公司, 1990년, 496쪽 참조.

이 책은 兪晩柱의 ≪欽英≫(1775-1787年間의 日記)에 ≪石珠演義≫라고 언급되어 있는 것으로 보아 대략 1780년대 이전에는 국내에 유입된 것으로 보인다. 國內에 소장된 中國木版本은 出版年代를 정확히 알 수 없으나 대략 淸末 版本으로 추정되며 澗松文庫에 4冊本이, 國立中央圖書館에 6冊本이 각각 소장되어 있다.[19)]

2. ≪三國志演義≫의 國內 出版

국내에 유입된 ≪三國志演義≫는 1500년대 중기에 처음으로 출판이 이루어지기 시작하여 여러 차례 간행이 되었다. 최초의 국내 간행본은 羅貫中本 ≪三國志通俗演義≫이며, 그 후 周曰校本 ≪新刊校正古本大字音釋三國志傳通俗演義≫와 毛宗崗評點의 ≪四大奇書第一種≫(貫華堂第一才子書)이 차례로 간행되었다. 1800년대에 들어서는 飜譯本 ≪三國志≫도 방각본으로 출간되었다.

1) ≪三國志通俗演義≫

이 책의 국내 출간은 근래 박재연에 의하여 확인되었다. 먼저 중국에서 출간된 ≪三國志通俗演義≫의 서지상황을 살펴보면 다음과 같다.

≪三國志通俗演義≫는 24卷 240則으로 명대 嘉靖 壬午年(1522)에 간행된 大字本이다. 서명은 "晉 平陽侯 陳壽史傳, 後學 羅本貫中編次"로 되어있으며, 卷頭에는 "弘治 甲寅年(弘治 7年/1494년) 庸愚子의 序文"이 들어있다. 또 "嘉靖 壬午 關中修髯子引"이 있고 "關西張尙德章"이 있다. 판심은 黑口이며 한 면에 9行 17字로 되어있다. 挿畵는 없다. 이것이 지금까지 발견된 가장 이른 판본이지만 ≪三國志通俗演義≫의 원판본이라고는 할 수 없다.[20)]

최근 박재연에 의하여 새로 발굴된 朝鮮活字本 ≪三國志通俗演義≫는 1책(零本)으로 卷8(上·下)이 남아 있으며 현재 이양재가 소장하고 있다. 이 책은 크기가 30.5×19.5㎝, 半郭은 23.2×16.5㎝이고 四周雙邊이다. 한 면이 11行이고 일행은 20字

19) 민관동 외 공저, ≪한국 소장 중국통속소설의 판본목록과 해제≫, 학고방, 2013년 4월, 97-98쪽.
20) 오순방 외 공역, ≪中國古典小說總目提要≫ 권1, 울산대출판부, 1993년, 113쪽 참고.

로 되어 있으며 大黑口 上下內向 三葉花紋魚尾이다. 版心題는 "三國志"이며, 표지는 찢겨져 나갔다. 하지만 卷之八 下의 첫면을 통해 책의 형태를 짐작할 수 있다. 卷8 下卷의 첫 면 제1행에 "三國志通俗演義 卷之八下", 제2행에 "晉平陽侯陳壽史傳", 제3행에 "後學羅本貫中編次"로 되어 있어 이 책의 全名이 "三國志通俗演義"이며 각 권이 上下로 나누어져 있음이 확인된다.[21)]

필자는 이 책의 원형을 알아보기 위해 回目을 고찰한 결과 이 책은 12卷 12冊 240則本임을 확인할 수 있었다. 즉 嘉靖 壬午本이 24卷 24冊 240則本으로 되어 있고 周曰校本은 12卷 12冊 240則으로 되어 있는 점을 고려하면 이 책은 周曰校本에 가깝다. 이 책이 12卷 12冊 240則本임을 확인하는 단서는 다음과 같다.

嘉靖 壬午本은 24卷 24冊 240則으로 한권에 10則으로 구성된 반면, 周曰校本(甲本)은 12卷 12冊 240則으로 한권에 20則으로 구성되었다. 새로 발굴된 朝鮮活字本은 卷8로 上·下로 구성되었다.

則	≪三國志通俗演義≫卷之八上	則	≪三國志通俗演義≫卷之八下
141則	缺	151則	關雲長大戰徐晃
142則	缺	152則	關雲長夜走麥城
143則	缺	153則	玉泉山關公顯聖
144則	缺	154則	漢中王痛哭關公
145則	缺	155則	曹操殺神醫華陀
146則	缺	156則	魏太子曹丕秉政
147則	龐德擡櫬戰關公	157則	曹子建七步成章
148則	關雲長水渰七軍	158則	漢中王怒殺劉封
149則	關雲長刮骨療毒	159則	廢獻帝曹丕簒漢
150則	呂子明智取荊州	160則	缺

이상의 도표를 가지고 분석한 결과 嘉靖 壬午本은 권15-권16에 해당하고 周曰校本(甲本)의 권8에 해당한다. 殘存하는 朝鮮活字本(卷8, 上/下) 147則-159則까지의 回目을 비교해 보니 세 권 모두 완전히 일치하였다. 특히 권수에 있어서도 12권 12책의 주왈교본과 거의 일치하나 다만 朝鮮活字本은 每卷을 上·下로 나눈 것이 다를 뿐 12권 12책의 구성은 일치한다. 이러한 결과로 보면 새로 발굴된 朝鮮活字本의 원형은 판본의 구성에 있어서 嘉靖 壬午本보다는 周曰校本(甲本)에 가깝다. 그렇다고 주왈교본

21) 박재연, ≪중국 고소설과 문헌학≫, 역락, 2012년 12월. 250쪽 참조.

의 書名과 版心題에 있어서 완전히 일치하지도 않는다.[22] 그러기에 이 책은 총 12卷 12冊 240則으로 구성된 독자적 판본이며 주왈교본의 선행본임이 확인된다.

이 책은 대략 1560년대 초·중반 사이에 인출된 것으로, 우리나라에서 현존하는 ≪三國志演義≫간행본 중 가장 오래된 것이며, 韓中日 삼국을 통틀어 첫 번째 금속활자본이다. 조선시대에 간행된 많은 중국소설들은 대부분 문언소설인데, 백화소설의 간행으로는 ≪三國志通俗演義≫가 처음[23]이라는 점에서 상당한 의미가 있다.

그러나 이 책의 국내 유입시기와 출간시기에 대해서는 국내외 학자들 사이에 異論이 紛紛하였다. 먼저 문제가 된 ≪朝鮮王朝實錄≫(宣祖 卷3, 1569년)의 기록을 다시 인용해서 설명을 하고자 한다.

> 주상전하께서 문정전 석강(저녁에 궁중에서 유생들이 모여 경전을 강론함)에 나아가니, ≪近思錄≫ 제2권을 강론해 올렸다. 기대승이 나아가 아뢰기를, "지난번 張弼武를 불러 인견하실 때 전교하시기를 '張飛의 고함 한마디에 千軍萬馬가 달아났다'라고 한 말은 사실 正史 ≪三國志≫에는 보이지 아니하고 ≪三國志衍義≫에 나온다고 들었습니다. 이 책이 나온 지가 오래 되지 아니하여 소신은 보지 못하였는데, 주변의 친구들에게 들으니 허망하고 터무니없는 말이 매우 많았다고 하였습니다. 天文·地理에 관한 책은 이전에는 숨겨졌다가 나중에 드러나는 일이 있기도 하였지만, 역사 기록의 경우 처음에 실전되었던 것을 후대에 臆測하여 쓰기가 어려운 것인데도 여기에는 敷衍하고 增益하여, 매우 괴이하고 허망하였습니다. 신이 뒤에 그 책을 보니 단연코 이는 신뢰할 수 없는 무리배가 잡된 말을 모아 옛날이야기처럼 만들어 놓은 것이었습니다.…〈中略〉… ≪전등신화≫는 놀라우리만큼 低俗하고 외설적인 책인데도 교서관이 재료를 사사로이 지급하여 刻板하기까지 하였으니, 識者들은 모두 이를 마음 아파합니다. 그 板本을 제거하려고도 하였으나 그대로 오늘에 이르렀습니다. 일반 여염 사이에서는 다투어 서로 인쇄하여 보고 있으며 그 내용에는 남녀의 음행과 상도에 벗어나는 괴상하고 신기한 말들이 또한 많이 있습니다. ≪삼국지연의≫는 괴상하고 誕妄함이 이와 같은데도 印出하기까지 하였으니, 당시 사람들이 어찌 무식한 소치가 아니고 무엇이겠습니까! (壬辰…上御夕講于文政殿. 進講近思錄第二卷. 奇大升進啓曰, 頃日張弼武引見時, 傳敎內張飛一聲走萬軍之語, 未見正史, 聞在三國志衍義云. 此書出來未久, 小臣未見之, 而或因朋輩間聞之, 則甚多妄誕. 如天文地理之書則,

---

22) 版心題는 嘉靖 壬午本과 朝鮮活字本은 "三國志"이고 周曰校本은 "三國演義"이다. 이 부분은 오히려 嘉靖 壬午本에 가깝다.

23) 박재연·김영교주, 〈새로 발굴된 조선 활자본 ≪三國志通俗演義≫에 대하여〉, ≪三國志通俗演義≫, 학고방, 2010. 12-23쪽 참조.

或有前隱而後著, 史記則初失其傳, 後難臆度, 而敷衍增益, 極其怪誕. 臣後見其冊, 定是無頼者, 裒集雜言, 如成古談...〈中略〉...剪燈新話鄙褻可愕之甚者, 校書館私給材料至於刻板, 有識之人, 莫不痛心, 或欲去其板本而因循至今. 閭巷之間, 爭相印見, 其間男女會淫神怪不經之說, 亦多有之矣. 三國志衍義則怪誕如是, 而至於印出, 其時之人豈不無識.)〈宣祖實錄, 卷三·24~25, 宣祖2年6月, 壬辰〉

위에 언급된 "此書出來未久"와 "三國志衍義則怪誕如是, 而至於印出"이라는 문장인데 이것에 대해 유세덕과 박재연은 조선에서 출판된 판본 즉 근래 새로 발굴된 조선활자본을 의미한다고 보고 있다.[24] 그러나 유탁일은 반대로 여기에서 언급된 문구가 중국에서 간행되어 들어온 것을 의미한다고 보고 있으며[25] 김문경도 "出來"가 "나오다"라는 의미로 국외에서 국내로 들어온다는 의미이며, "印出"역시 중국에서 인쇄한 것을 의미한다는 견해를 보이고 있다.[26]

필자의 견해로는 유세덕과 박재연의 논리가 비교적 타당해 보인다. 왜냐하면 기대승이 ≪三國志演義≫에 대해 문제를 제기할 당시, 즉 1569년 전후에는 이미 ≪新序≫(1492-1493년)·≪說苑≫(1492-1493년)·≪酉陽雜俎≫(1492년)·≪訓世評話≫(1473년, 1480년, 1518년)·≪太平廣記≫(1460년경)·≪列女傳≫(1543년)·≪博物志≫(1568년이전)·≪嬌紅記≫(1506년 [推定])·≪剪燈新話句解≫(1549년, 1559년, 1564년)·≪剪燈餘話≫(1568년이전)·≪三國志通俗演義≫(1560年代初·中期)·≪花影集≫(1586년이전)·≪效顰集≫(1568년이전)·≪玉壺氷≫(1580년)·≪兩山墨談≫(1575년) 등[27] 수많은 중국고전소설들이 국내에서 출판되어졌다. 이러한 점을 고려하면 여기에서도 1560년 초·중기에 간행된 조선활자본 ≪三國志通俗演義≫을 지칭하는 것이 타당해 보이며 또 상기 인용문에서도 1549년과 1559년 및 1564년에 교서관에서 판각된 ≪剪燈新話句解≫의 印出에 대하여 언급하다가 ≪삼국지연의≫를 논하고 있기에 더더욱

---

24) 劉世德, 〈三國志演義朝鮮銅活字殘本研究之一·二〉, ≪前近代 동아시아 小說의 交流≫, 성균관대학 동아시아학술원 국제학술회의, 2010년 8월 10일, 56-58쪽 참고.
박재연, ≪중국 고소설과 문헌학≫, 역락, 2012년 12월. 248-249쪽 참고.

25) 柳鐸一, 〈三國志通俗演義의 傳來版本과 시기〉, ≪碧史李佑成先生停年退職紀念國語國文學論叢≫, 여강출판사, 1990년, 771쪽 참고.

26) 金文京, 〈朝鮮王朝實錄中有關三國志衍義記載的銓釋〉, ≪第十一屆中國古代小說·戲曲文獻暨數位化國際學術研討會論文集≫, 臺灣 嘉義大學, 2012년 8월 21-22일, 別刷本.

27) 민관동, 〈중국고전소설의 출판문화 연구〉, ≪中國語文論譯叢刊≫제30집, 2012년 1월, 230쪽.

그러하다.

이상의 논의를 다시 정리하면 새로 발굴된 朝鮮活字本 ≪三國志通俗演義≫는 1522년에 나온 嘉靖 壬午本과 周曰校本 사이에 출간되었고, 또 중국에서는 逸失된 판본을 覆刻한 것으로 추정된다. 그러나 박재연은 "주왈교본 갑본을 모본으로 하면서도 嘉靖 壬午本을 참고하여 교감을 더하고 상 · 하권으로 분류하여 간행된 독자적인 판본이다."[28]라고 하였다. 사실 조선활자본이 상 · 하권으로 분류한 점은 비록 독자적인 형태를 띠고 있으나 版式이나 書名, 版心題 등이 오히려 주왈교본 갑본이 아닌 嘉靖 壬午本과 동일점, 조선활자본의 본문이 嘉靖 壬午本이나 周曰校甲本 어느 판본과도 완전히 일치하지 않는 점,[29] 또 어느 부분에 있어서는 엽봉춘본과 일치하고 있는 점을 고려하면 여전히 의문점이 남는다.

필자의 견해로는 이 책은 오히려 중국에서 이미 오래전에 일실된 또 다른 판본을 조선에서 복각하였다고 보는 것이 더 타당해 보인다. 사실 국내에서 독자출판하면서 원판본의 오탈자를 수정할 수 있어도 내용을 임의적으로 바꾸기는 쉽지 않은 일이다. 이는 조선에서 이미 복각한 周曰校本 ≪新刊校正古本大字音釋三國志傳通俗演義≫와 毛宗崗評點의 ≪四大奇書第一種≫(貫華堂第一才子書)의 관례를 보더라도 그러하다.

또 필자는 그동안 국내에서 출판된 중국고전소설에 대하여 연구하면서 ≪考事撮要≫에 유독 ≪三國志通俗演義≫의 출판기록이 없음을 기이하게 여겨왔다. ≪攷事撮要≫는 宣祖 1年(1568) 刊行本과 宣祖 18年(1585) 刊行本에 총 988종의 국내 출판서적 목록이 수록되어 있는 책이다.[30] 대략 임진왜란 이전에 출간된 책들은 총망라되었다고

28) 박재연, ≪중국 고소설과 문헌학≫, 역락, 2012년 12월. 273쪽.

29) 박재연은 가정임오본과 다르면서 주왈교갑본과 일치하는 것이 500여 자라면, 주왈교갑본과 다르면서 가정임오본과 일치하는 것은 200여 자로 조선활자본이 주왈교갑본에 더 가깝다고 하였다.

30) 이 책은 魚叔權 등이 明宗9年(1554) 왕명을 받아 편찬한 책으로 상 · 중 · 하 3권과 부록으로 엮은 것이다. 필자는 ≪고사촬요≫의 조선시대 宣祖 1年(1568)판을 근거로 중국고전소설의 출판목록을 따로 만들었다. 宣祖 1年(1568)판은 557종이 당시에 출판되었다고 언급되었는데 그 출판시기가 當時로 한정된 것이 아니라 조선시대 개국이래 출판된 것을 모두 정리해 놓은 것이며, 또 宣祖 18년판 ≪고사촬요≫는 988종이나 늘어났다. 그렇다고 宣祖 1년에서 18년까지 17년 사이에 431종이나 출판된 것을 의미하는 것은 아니다. 아마도 이전의 누락된 것을 다시 수집 정리하여 추가한 것으로 추정된다. 김치우, ≪고사촬요 책판목록과 그 수록간본 연구≫, 아세아문화사, 2007년 8월.

그중 ≪攷事撮要≫에 언급된 중국고전소설의 목록은 다음과 같다.

보이는 책인데도 특이하게도 ≪三國志通俗演義≫만은 누락되어 있기 때문이다.

이러한 이유는 ≪전등신화구해≫의 출판에 대해 언급한 "校書館私給材料至於刻板"(교서관이 재료를 사사로이 지급하여 刻板하기까지 하였으니)이라는 문구와 관련이 있는 듯하다. 당시 간행물이 꼭 국가가 필요로 하는 서적을 출판·보급하기 위한 목적으로만 사용된 것이 아니라는 점이다. 이러한 배경에는 서적 출판권을 쥐고 있는 중앙 고위관료의 개인적 취향 및 사적인 경로의 청탁을 통해 이러한 서적의 간행이 이루어졌다는 것이다.[31] 즉 국가의 공식적인 출판보급이 아니라 사적인 출판이라는 점이다. 일종의 官刻의 성격을 띤 私刻인 셈이다. 그러기에 이 책이 공식적인 官刻이 아닌 비공식적인 책이기에 ≪考事撮要≫에서도 등재되지 않았을 가능성이 있으며 또 사적인 출판이기에 출판된 부수도 그리 많지는 않았을 것으로 추정된다.

2) ≪新刊校正古本大字音釋三國志傳通俗演義≫

≪新刊校正古本大字音釋三國志傳通俗演義≫는 金陵 周曰校가 간행한 책으로 總 12卷 12冊 240則으로 되어 있다. 이 책은 明 萬曆 辛卯年(1591)에 13行 26字(周曰校乙本 基準)로 인쇄된 책이다. 版心의 아래에는 "仁壽堂刊"이라 쓰여있고 그림과 刻印한 사람의 성명으로 "上元泉水王希堯寫", "白下魏少峰刻"이라 적혀있으며, 또 작자와 편자 및 간행자를 "晉平陽侯陳壽史傳", "後學羅本貫中編次", "明書林周曰校刊行"이라고 적고 있다. 그 외 庸愚子의 序와 關中修髯子의 引이 있다. 속표지의 상단에 周曰校의 識語가 있는데 "이 책은 이미 여러 종이 간행되었지만 오류가 너무 많았다. 부득이 古本을 求한 후 名士들을 請해 재검토하게 하였고 재차 교감을 가하여 圈點을 찍고, 注音을 달고, 해석을 붙이며, 고증을 가하고, 보충을 하였으며, 節目에는 全像을 더하여 이룩하였다."라고 설명하고 있다.[32] 周曰校本은 현재 5종이 확인된다.

宣祖 1年(1568) 刊行本 ≪攷事撮要≫ : 557종
原州: ≪剪燈新話≫ · 江陵: ≪訓世評話≫ · 南原: ≪博物志≫ · 淳昌: ≪效颦集≫ · ≪剪燈餘話≫ · 光州: ≪列女傳≫ · 安東: ≪說苑≫ · 草溪: ≪太平廣記≫ · 慶州: ≪酉陽雜俎≫ · 晉州: ≪太平廣記≫
宣祖 18年(1585) 刊行本 ≪攷事撮要≫: 988종(위에 언급된 목록은 모두 중복되어 생략)
延安: ≪玉壺氷≫ · 固城: ≪玉壺氷≫ · 昆陽: ≪花影集≫ · 慶州: ≪兩山墨談≫.

31) 김영진, 〈조선후기 서적 출판과 유통에 관한 일고찰〉, ≪東洋漢文學硏究≫제30집, 2010년 601-604쪽 참고.

1) 周曰校甲本: 殘本(권6/권7/권9), 13행 24자, 無揷圖, 中國社會科學院.
2) 周曰校乙本: 13행 26자, 有揷圖, 中國國家圖書館, 北京大學, 美國 耶魯大學.[33]
3) 周曰校丙本: 乙本과 유사하나 題署가 없다. 臺灣 故宮博物館, 日本 內閣文庫, 蓬左文庫
4) 仁壽堂本: 失傳.[34]
5) 朝鮮覆刻本: 13행 24자, 無揷圖, 韓國 淸州博物館 等. 周曰校甲本의 覆刻本.

국내 소장 판본은(以下 朝鮮覆刻本) 근래 박재연에 의하여 周曰校甲本의 覆刻本임이 밝혀졌다. 이 책은 총 12卷 12冊 240則으로 구성되어 있으며 앞부분에는 弘治 甲寅(1494) 庸愚子의 序와 修髥子의 "三國志通俗演義引" 및 "삼국지 인물표"가 있다. 또 卷一의 첫면에는 "新刊校正古本大字音釋三國志傳通俗演義卷之一", "晉平陽侯陳壽史傳", "後學羅本貫中編次", "晩學盧陵葉才音釋",[35] "明書林周曰校刊行"이라 되어 있다.

먼저 국내 소장된 판본 목록을 살펴보면 다음과 같다.

書名	出版事項	版式狀況	一般事項	所藏處
新刊校正古本大字音釋三國志傳通俗演義	陳壽(晋)傳, 羅貫中(漢)編次	卷12, 1册, 朝鮮木版本, 29.9×21.8㎝, 四周雙邊, 半郭:21.1×17㎝, 有界, 13行24字, 註雙行, 內向一葉花紋魚尾, 紙質:楮紙	版心題:三國演義, 刊記:歲在丁卯耽羅開刊	韓國綜合典籍目錄(山氣文庫) 李謙魯
	羅貫中(明)著, 周曰校(明)刊, 濟州, 刊寫者未詳, 丁卯	全12卷12册中10卷10册(卷2, 3, 4, 6, 7, 8, 9, 10, 11, 12), 朝鮮木版本, 30×21.7㎝, 四周雙邊, 半郭:21.4×17㎝, 有界, 13行24字, 上下內向一葉花紋魚尾, 紙質:楮紙	版心題:三國演義, 卷末題:三國志傳通俗演義, 欄上筆寫, 刊記:歲在丁卯耽羅開刊, 卷3第1張~5張, 筆寫本	國立淸州博物館
	羅貫中(明)編次, 刊年未詳	8册(卷2-卷4, 卷6-卷10) [後印], 朝鮮木版本, 31.1×21.3㎝, 四周雙邊, 半郭:21.4×17.2㎝, 有界, 13行24字, 下花內向花紋魚尾, 紙質:楮紙	版心書名:三國演義, 印:震旦學會	奎章閣(想白) [古]895.135-N11s-v.2

32) 蕭相愷 外, ≪中國通俗小說總目提要≫, 中國文聯出版公司, 1991년, 37쪽 參考.
33) 卷1 第1節에 "上元泉水王希堯寫", 卷2 第1節에 "白下魏少峰刻"이라 적혀있으며, 中國國家圖書館(권3-6, 권9-10), 北京大學(권1-7), 美國 耶魯大學에 소장되어 있다.
34) 金文京, 〈周曰校甲本三國志演義簡介〉, ≪第十二屆中國古代小說·戲曲文獻暨數字化國際學術硏討會論文集≫, 中國 復旦大學, 2013년 8월 28일, 1쪽 참고.
35) 간혹 "晩學盧陵葉才音釋"이 없는 판본도 있음(영남대본 등).

書名	出版事項	版式狀況	一般事項	所藏處
		2卷1冊(131張), 朝鮮木版本, 29×21.2cm, 四周雙邊, 半郭:21.4×16.9cm, 有界, 13行24字, 註雙行, 花口, 上下內向2葉花紋魚尾, 紙質:楮紙	版心題:三國演義	釜山大學校 (于溪文庫) OIC 3-12 71
		2卷2冊(零本), 朝鮮木版本, 32.5×21.8cm, 四周雙邊, 半郭:21.4×17.4cm, 有界, 13行24字, 註雙行, 白口, 上下向混入魚尾, 紙質:楮紙	漢文, 楷書	韓國國學振興院 受託, 영양남씨영해 시암고택
		1卷1冊(零本), 朝鮮木版本, 31.3×20.5cm, 四周雙邊, 半郭:21.2×16.7cm, 有界, 13行24字, 註雙行, 白口, 上下向混入魚尾, 紙質:楮紙	漢文, 楷書	韓國國學振興院 受託, 의성김씨문충공파 일파문중
	羅貫中(淸)編, 刊寫地, 刊寫者, 刊寫年未詳	2冊(零本, 卷6, 11), 朝鮮木版本, 28.8×21.3cm, 四周雙邊, 半郭:21.6×17.1cm, 有界, 13行24字, 上下內向2瓣黑魚尾(一部上下內向黑魚尾)	版心題:三國演義	嶺南大學校 [古南]823.5 삼국지
	陳壽(晋)史傳, 羅本編次, 葉才音釋	1冊(卷之1, 卷冊未詳의 零本임), 筆寫本, 31cm, 11行20字, 紙質:楮紙	陳壽, 史傳; 羅本, 編次; 葉才, 音釋, 外題:三國志, 序:弘治甲寅(1494)仲春機望庸愚子拜書	延世大學校 812.36/18
	刊寫地, 刊寫者, 刊寫年未詳	4冊, 朝鮮木版本, 32.8×22.2cm, 紙質:楮紙		韓國國學振興院 受託, 영양남씨영해난고 종택
	陳壽(晋)傳, 羅貫中(明)編, 周曰校(明), 刊寫者未詳	1卷1冊(零本, 所藏本:卷5), 朝鮮木版本, 25×19.9cm, 四周雙邊, 半郭 :21.5×17cm, 有界, 13行24字, 上內1葉(間混2葉)花紋魚尾, 紙質:楮紙	表題:三國志傳通俗演義	東國大學校 D819.34 17ㅅ
		全12卷12冊中10卷10冊(卷1, 2, 3, 4, 6, 8, 9, 10, 11, 12), 朝鮮木版本, 四周雙邊, 有界, 13行24字, 花紋魚尾(黑魚尾混在), 紙質:楮紙		鮮文大 中韓飜譯文獻研究所 (朴在淵)
		1卷1冊(零本, 所藏本:卷4), 朝鮮木版本, 四周雙邊, 有界, 13行24字, 紙質:楮紙		林熒澤
		1卷1冊(零本, 所藏本:卷12), 朝鮮木版本, 四周雙邊, 有界, 13行24字, 紙質:楮紙		國立中央博物館

書名	出版事項	版式狀況	一般事項	所藏處
	陳壽(晋)傳, 羅貫中(明)編, 周曰校(明)	2卷2冊(零本, 所藏本:卷10, 卷12), 朝鮮木版本, 四周雙邊, 有界, 13行24字, 花紋魚尾(黑魚尾混在), 紙質:楮紙	刊記:歲在丁卯耽羅開刊	수경실 (박철상)
		1卷1冊(零本, 所藏本:卷12), 朝鮮木版本, 四周雙邊, 有界, 13行24字, 花紋魚尾(黑魚尾混在), 紙質:楮紙		雅何室 (김영진)
	羅貫中(明)著, 刊寫地, 刊寫者, 刊寫年未詳	1卷1冊(零本), 朝鮮木版本, 30×20cm, 四周雙邊, 半廓:21.5×18cm, 有界, 13行24字, 註雙行, 白口, 上下內向一葉花紋魚尾, 紙質:楮紙	漢文, 楷書	韓國國學振興院, 풍산류씨 충효당
		1冊(卷3), 朝鮮木版本, 31×22cm, 四周雙邊, 半郭:21.7×17cm, 有界, 13行24字, 內向一葉花紋魚尾		啓明大學校 [고]812.35-나관중사
		零本2冊(卷1,2), 朝鮮木版本, 30.2×21.7cm, 四周單邊, 半郭:20.2×17.6cm, 有界, 13行24字, 註雙行, 上下白口, 上下內向二瓣花紋黑魚尾, 紙質:楮紙	版心題:三國寅義, 17世紀刊	東學教堂(상주)29-0084~0085
		零本1冊(卷4), 木版本, 30.9×21.9cm, 四周單邊, 半郭:21.3×17cm, 有界, 13行 24字, 上下內向魚尾不定, 紙質:楮紙		忠孝堂(安東)20-1557

책의 크기는 청주박물관본을 기준으로 하면 30×21.7cm, 半郭은 21.4×17cm이며 四周雙邊으로 되어 있다. 또 조선목판본으로 有界에 13行 24字로 되어 있으며 上下內向一葉花紋魚尾이다. 版心題는 "三國演義"이며, 卷末題에 "三國志傳通俗演義"라고 되어 있고 刊記는 "歲在丁卯耽羅開刊"이라고 되어 있다. 그러나 소장 판본마다 책의 크기·半郭·上下內向一葉花紋魚尾·刊記 등에 있어서는 약간씩 차이를 보이고 있어 몇 차례의 간행이 있었던 것으로 확인된다. 그러나 紙質이 楮紙인 점과 註雙行, 13행 24자, 판심제는 동일하다.

근래 박재연은 조선판본이 周曰校甲本의 覆刻本임을 밝혀냈다. 그러면서 주왈교갑본의 출판시기와 조선복각본의 출판시기가 새로운 문제로 떠오르고 있다. 박재연은 이 판본이 周曰校甲本의 覆刻本이며 주왈교본 갑본과 을본 모두 수염자의 "引"을 "嘉靖

壬午"가 아닌 "嘉靖壬子"로 일치하고 있어서, "壬子"가 "壬午"의 오기가 아니라 필사본 형태로 유통되던 ≪삼국지연의≫의 또 다른 모본이 위 두 사람의 引과 序文을 실어 1552년에 간행한 것으로 추정하였다. 또 중국에서의 주왈교본 최초 간본은 기존의 만권루본(1591)보다 39년 앞선 1552년으로 잡아도 무방하다고 하였다.[36)]

그러나 이에 대해 陳翔華와 周文業은 또 다른 견해를 보이고 있다. 陳翔華는 周曰校初刻本은 萬曆 19년(1591)의 揷圖本이며, 주왈교가 판각활동을 한 시기는 주로 萬曆年間(1573-1619年)이기에 "嘉靖壬子"(1552)는 불가능하다고 하였다. 또 萬卷樓主人인 주왈교가 간행한 21종의 서적이 모두가 萬曆年間에 나왔다는 근거를 제시하며 "嘉靖壬子"(1552)는 "嘉靖壬午"(1522)의 誤記로 보고 있다.[37)] 반면 周文業은 揷圖本(乙本)이 初刻일수도 있고, 또 無揷圖本(甲本)이 初刻일수도 있다는 가능성을 제시하였다. 하지만 주왈교본의 初刻年代는 萬曆年間으로 보며 "嘉靖壬子"는 "嘉靖壬午"의 誤刻이 아니라 주왈교본과 하진우본이 공동저본으로 삼아 발간했던 또 다른 판본의 시기로 보았다.[38)] 왜냐하면 "嘉靖壬子"는 주왈교본과 하진우본에서 동일하게 나타나기에 두 판본이 같은 해에 우연히 간행되었다고 치기에 무리가 있기 때문이다. 그 외 日本의 中川諭는 夏振宇本과 비교하면서 주왈교갑본의 간행시기는 萬曆 15年 前後, 또 이탁오비평본의 가장 빠른 간행은 萬曆 30年 전후로 보며 夏振宇本의 간행시기를 萬曆 15年에서 萬曆 30年 전후로 추정하였다.[39)]

결론적으로 주왈교갑본의 간행시기에 대해서는 아직도 각기 다른 견해가 난무한 상황이다. 필자의 견해로는 주왈교갑본이 嘉靖壬子年(1552)에 간행된 것으로 보기는 어렵고 그렇다고 "壬子"가 "壬午"의 誤記도 아니며, 주왈교본과 하진우본이 공동저본으로 삼은 것으로 보이는 또 다른 판본의 시기가 곧 "嘉靖壬子"일 가능성이 높다고 추정된다. 또 周曰校乙本(揷圖)이 初刻으로 보이지는 않고 周曰校甲本(無揷圖)이 몇 년 앞

36) 박재연, ≪중국 고소설과 문헌학≫, 역락, 2012년 12월. 243쪽.

37) 陳翔華, 〈周曰校刊三國志通俗演義的初刻年代問題〉, ≪南開學報≫(哲學社會科學版), 2013年 제1기.

38) 周文業, 〈論三國演義幾種周曰校本的先後問題〉, ≪第十二屆中國古代小說 · 戲曲文獻暨數字化國際學術研討會論文集≫, 中國 復旦大學, 2013년 8월 28일, 41-47쪽 참고.

39) 中川諭, 〈關于夏振宇本三國志通俗演義〉, ≪第十二屆中國古代小說 · 戲曲文獻暨數字化國際學術研討會論文集≫, 中國 復旦大學, 2013년 8월 28일, 48-57쪽 참고.

선 시기에 출간하였으며 대략 萬曆年間(대략 1582-1585年間)에 출간된 것으로 보인다.

다음은 周曰校本의 국내 출간문제이다. 이 문제는 朝鮮覆刻本에 "歲在丁卯耽羅開刊"이라는 刊記부터 시작된다. 金屬活字本 ≪三國志通俗演義≫가 발굴되기 전 까지는 丁卯年을 1567년까지 소급하여 보는 견해도 있었지만 活字本 ≪三國志通俗演義≫가 나온 이후에는 "1627年"과 "1687年說"로 압축된다.

박철상은 "1627년설"에 대하여 임진왜란(1592-1598)이 끝난 직후에는 조선의 출판시스템이 붕괴된 출판공황의 시기라서 불가하다고 보고 孝宗年間에 들어와 안정을 찾게 된다며 "1687년설"을 주장하고 있다. 또 龜甲紋으로 된 표지 紋樣이 주로 17세기 후반에서 18세기 전반에 많이 사용되었다는 점과 제주도의 책판기록에 이 책의 서목이 남아 있지 않다는 근거를 제시하고 있다.[40)]

그러나 필자는 "1627年說"에 무게를 두고 있다. 그 근거로 1627년은 임진왜란이 이미 30여 년이나 지났고, 제주와 전라도는 상대적으로 전란의 피해가 적었다는 점, 그리고 임진왜란 이후 국내에 연의류 소설이 大量流入으로 인하여 군담류 소설이 크게 인기를 모았던 점에 주목하였다. 또 당시 중국에서의 책 수입만으로는 절대적으로 부족하였기에 출판업의 복원이 빠르게 이루어졌을 것으로 사료된다. 또 다른 근거로 출판업이 비록 임진왜란 이전에 비해 크게 위축된 것은 사실이지만 임진왜란 이후에도 여전히 출판은 이루어지고 있었다는 점이다. 實例로 ≪전등신화구해≫의 경우 간기가 확인되는 출판기록으로 1549년 · 1559년 · 1564년 · 1600년 전후 · 1614년 · 1633년 · 1642년 · 1704년 · 1719년 · 1801-1863년간 등이 확인된다.[41)] 이처럼 임진왜란 직후에도 출판은 여전히 이루어졌음이 확인된다.

그 외 金萬重(1637-1692)의 ≪西浦漫筆≫을 보면:

> 今所謂三國志衍義者, 出於元人羅貫中. 壬辰後盛行於我東, 婦儒皆能誦說, 而我國士子多不閒讀史, 故建安以後, 數十百年之事, 擧於此而取信焉. (요즘 크게 유행하고 있는 所謂 ≪三國志衍義≫라는 것은 元人 羅貫中에 의하여 만들어진 것이다. 이 책은 壬

40) 박철상, 〈제주판 삼국지연의 刊年 고증〉, ≪한글 중국을 만나다≫(한글생활사자료와 삼국지), 화봉문고, 2012년 1월, 49-54쪽 참고.

41) 민관동 외 공저, ≪한국 소장 중국문언소설의 판본목록과 해제≫, 학고방, 2013년 2월, 200-236쪽 참고.

> 辰倭亂 以後에 우리나라에서 크게 盛行하여 부녀자나 아이 할 것 없이 모두 줄줄 외우고 다녔으며, 또 우리나라 선비들도 대부분 史書를 잘 읽지 않았던 고로 建安以後 數百年間의 일들을 모두 이 책에 기록된 내용이 옳은 것으로 믿게 되었다.)[42] ≪西浦漫筆≫下卷

이처럼 임진왜란 이후에 ≪三國志演義≫가 크게 성행하였다는 점은 시사하는 바가 크다. 물론 이때 판본은 중국에서 들여온 ≪삼국지연의≫판본이 대부분이겠지만 국내에서 출판된 판본으로 인해 크게 성행하는 계기가 되었다고도 볼 수 있기 때문이다.

그 외 1560년 초·중기에 간행된 金屬活字本 ≪三國志通俗演義≫의 경우 중국에서 유입된 후 바로 출간된 점으로 비추어 주왈교본(乙本의 경우 1591년)도 중국에서 출간된 후 30-40년이 지난 1627년에는 출판되었을 가능성이 높다. 가령 1687년에 출판을 하였다면 당시에도 많은 善本이 있었는데 구태여 100여 년이나 해묵은 고서를 저본으로 삼았을까 하는 의구심이 들기 때문이다. 결론적으로 주왈교본의 조선복각본이 1627년에 출판되었다고 단정하기는 어렵지만 가능성도 충분하다고 사료된다. 그렇다고 1687년설을 부정하는 것은 아니다.

3) ≪四大奇書第一種≫(貫華堂第一才子書)

≪四大奇書第一種≫은 毛綸(號: 聲山)과 毛宗崗父子[43]의 비평본을 의미한다. 모종강은 어려서부터 아버지가 하던 ≪三國志演義≫評點作業을 도우며 소양을 키우다가 마침내 康熙 18年(1679)에 출판하기에 이른다. 최초판본은 60권 120회로 되어 있으며 李卓吾評本을 기초로 꾸며진 책이다. 이것이 바로 醉耕堂本으로 알려진 ≪四大奇書第一種≫(一名 古本三國志四大奇書第一種)이다. 그 후 毛本은 장기간에 걸쳐 여러 차례 출판을 하였으며 출판할 때마다 서명을 바꿔 복잡한 양상을 보인다. 잘 알려진

---

42) 金萬重, ≪西浦漫筆≫下卷, 通文館, 1971, 650쪽.

43) 毛綸(1612년 전후-1675년 전후)은 江蘇省 蘇州출신으로 字는 德音이며 號는 聲山이다. 그는 학식이 뛰어나 文名이 높았으며 당시 극작가 尤侗과도 교류가 있었다. 그러나 일찍이 失明하였음에도 불구하고 評點作業에 참여하여 康熙 5年(1666年)이전에 이미 ≪三國志演義≫와 ≪琵琶記≫의 평점을 하였으나 출간하지 못하고 그의 아들에게 모종강에게 넘겼다고 한다. 그의 아들 毛宗崗(1632-1709 或 1710년)은 字가 序始이고 號는 孑庵이다. 그 후 그는 아버지의 유지를 받들어 ≪삼국지연의≫를 개작하였다. 沈伯俊, ≪三國演義新探≫, 四川人民出版社, 2002년 5월, 72-73쪽 참고.

書名으로 ≪四大奇書第一種≫ · ≪第一才子書≫ · ≪貫華堂第一才子書≫ · ≪綉像金批第一才子書≫ · ≪三國志演義≫ · ≪三國演義≫ 등이 있다. 康熙 18年(1679)에 간행한 醉耕堂本 ≪四大奇書第一種≫에는 金聖歎의 서문이 아닌 李漁의 序文이 실려 있다. 후에 나온 김성탄의 서문은 卷頭에 "順治甲申年(1644년)嘉平朔日金人瑞聖歎氏題"라는 김성탄 서문이 있고 목록 앞에는 "聖歎外書, 茂苑毛宗崗序始氏評, 聲山別集, 吳門杭永資能氏定"이라 기록되어 있다.

여기에서 주목되는 부분이 바로 김성탄의 서문이다. 근래 이 서문(1644년)이 僞托임이 밝혀졌다. 그 근거로 이 책의 처음 출판시기가 1679년이고 毛綸이 처음 평점을 시작한 시기도 康熙 3年(1664)인데 이미 김성탄의 서문이 나왔다는 점과 김성탄(1608-1661년)은 1661년에 이미 죽었다는 점, 그리고 김성탄이 第六才子書(≪莊子≫ · ≪離騷≫ · ≪史記≫ · ≪杜詩≫ · ≪水滸傳≫ · ≪西廂記≫)를 말하면서 ≪三國志演義≫에 대하여 언급이 없었다는 점과 ≪三國志演義≫에 대한 평가도 높지 않다는 점, 또 초기 毛本에는 김성탄의 서문이 아닌 李漁의 서문이 있었다는 점, 등등의 근거를 제시하며 이는 모종강이 책의 상업성과 품위를 높이기 명성 높은 김성탄의 서문을 집어넣어 독자를 기만하였다는 것이다.[44] 사실 ≪貫華堂第一才子書≫의 貫華堂도 김성탄의 書齋 이름에서 따온 것이다.

이 책의 국내 유입은 대략 肅宗年間(1675-1720年)으로 보인다. 현재 국내의 각 도서관에 소장된 ≪三國志演義≫版本은 대부분이 金聖歎原評, 毛宗崗評點의 版本이고 그 외에 國內 출판본으로는 ≪四大奇書第一種≫(혹은 ≪貫華堂第一才子書≫)의 版本이 광범위하게 분포되어 있다.

그런데 이상한 점은 국내 출판본 ≪四大奇書第一種≫의 경우 김성탄의 原評이 들어있다는 점이다. 사실 최초 간행본인 康熙 18年(1679) 醉耕堂本 ≪四大奇書第一種≫에는 金聖歎의 서문이 아닌 李漁의 序文이 들어있기 때문이다. 이는 아마 국내에서 출간하면서 底本으로 삼은 것이 ≪貫華堂第一才子書≫이기에 이 책을 저본으로 인쇄하면서 원래의 書名인 ≪四大奇書第一種≫을 가져다 쓴 것으로 추정된다.

사실 국내에서 출간된 ≪三國志演義≫의 서명은 ≪四大奇書第一種≫ · ≪貫華堂

---

44) 黃霖, 〈有關毛本三國演義的若干問題〉, ≪三國演義硏究集≫, 四川省社會科學院出版社, 1983년 12월. 그 외 沈伯俊, ≪三國演義新探≫, 四川人民出版社, 2002년 5월, 75쪽 참고.

第一才子書≫·≪鼎峙志≫(內題는 ≪貫華堂第一才子書≫) 등이 있지만 구성과 내용과 모두 똑같다. 차이점이 있다면 ≪貫華堂第一才子書≫는 "金聖歎原評, 毛聲山批點"이라고 한 반면 ≪四大奇書第一種≫은 "金聖歎原評, 毛宗崗評"이라고 기록된 것이 많다. 이 책의 구성은 卷首에 김성탄의 서문, 讀三國志法(二十五則), 凡例(十則), 總目(120回), 圖像(20葉 40幅), 原文 순으로 구성되었으며 第一卷 윗머리에 "四大奇書第一種之一, 聖歎外書, 茂苑毛宗崗序始氏評."이라고 되어 있다. 그 외 總評과 眉批가 있다.

또 초기 毛本은 60권 120회로 되어 있지만 간행을 거듭하면서 卷數와 行款의 차이를 보이는데 그 중 ≪貫華堂第一才子書≫20권 20책(毛宗崗評과 讀三國志法, 回目, 그림이 들어간 卷首 1권 포함) 120회로 구성되었으며 行款은 12행 26자로 구성되었다. 이러한 부분은 조선간행본과 일치된다. 전체적인 구성이나 그림까지도 일치하는 것으로 보아 모종강 평본의 覆刻本임이 확인된다.

이 책은 肅宗年間(1675-1720)에 유입되어 늦어도 英·正祖年間(1725-1800年)에는 출간되었을 것으로 추정된다. 그러나 출판에 대하여 달리 보는 시각도 있다. 박재연은 "毛評本은 19세기에 복각되어 20권 20책의 형태로 널리 유행하여 지금도 국내에서 흔히 볼 수 있다"[45]고 하였다. 필자가 보는 견해로 이 책은 늦어도 英·正祖年間(1725-1800年)에는 판각이 되었을 것으로 사료된다.

그러한 근거로 李瀷 (1681-1763)의 ≪星湖僿說≫에

> 三國演義 ……[中略]…… 在今印出廣布. 家戶誦讀, 試場之中, 擧而爲題, 前後相續, 不知愧恥, 亦可以觀世變矣. (≪三國衍義≫……[中略]…… 그런데 지금은 간행되어 광범위하게 퍼져나가 집집마다 널리 읽히고 과거의 試題로까지 내 걸리며 지속적으로 이어져 오는데도 부끄러운 줄 모르니 세태가 변하였음을 볼 수 있다.)[46] ≪星湖僿說≫ 類選九

---

45) 박재연, ≪중국 고소설과 문헌학≫, 역락, 2012년 12월. 207쪽.
그 외 유탁일도 이 책이 곧바로 판각되어 주왈교본을 대체하였다고 보기는 힘들며 대략 19세기에 들어서 판각되었다고 보고 있다.(柳鐸一, 〈三國志通俗演義의 傳來版本과 시기〉, ≪碧史李佑成先生停年退職紀念國語國文學論叢≫, 여강출판사, 1990년, 773쪽) 반면 이은봉은 그의 박사학위논문에서 숙종연간으로 추정하고 있다.(李殷奉, 〈삼국지연의의 수용양상 연구〉, 인천대 국어국문학과 박사학위논문, 2006년 12월 34-35쪽) 또 정원기도 1700년 전후로 보고 있다.(정원기, ≪정역 삼국지≫1, 서문, 2008년 10월).

≪星湖僿說≫은 李瀷이 약 40세부터 쓰기 시작하여 80세까지의 기록을 후손이 정리한 문집이다. 그러면 대략 1720년부터 1760년까지의 기록에 해당된다. 1700년대 초·중기에는 이미 ≪삼국지연의≫가 대량 출간되어 유통되고 있었다는 증거이다.[47] 또 李瀷이 쓴 ≪閑說話≫라는 책에 모종강의 〈讀三國志法〉이 필사되어 있다.[48] 물론 이것이 국내 간행한 毛本에서 필사한 것인지 또는 중국판을 필사한 것인지는 확인하기 어렵지만 국내에서 간행된 毛本일 가능성 또한 열려있다. 이처럼 1700년대에의 각종 기록에 毛本의 흔적이 만연한데 구태여 古書籍에 해당하는 周曰校本을 읽고 또 출간하였을까? 하는 의구점이 남기 때문이다.

그 외에도 1700년대에는 출판이 왕성하였다는 점이다. 즉 肅宗 34年(1708)에 顯宗實錄字로 간행된 ≪世說新語補≫나 대략 英·正祖年間(1725-1800年)에 출간한 것으로 추정되는 ≪世說新語姓彙韻分≫과 ≪皇明世說新語≫의 경우를 보더라도 이 시기에 毛本 역시 출간되었을 가능성이 높기 때문이다. 또 1679년 중국에서 최초 간행한 ≪四大奇書第一種≫을 국내에서는 100년도 더 지난 1800년대에 들어와 간행되었다고 보기에는 시간적 거리가 너무 멀어 보인다.

결론을 요약하지면 平話本 ≪三國志平話≫는 고려 말에 이미 국내에 유입된 것으로 확인된다. 그리고 羅貫中本 ≪三國志通俗演義≫는 대략 1522년-1560년 사이에는 유입된 것이 확실해 보인다.

또 국내에 유입된 ≪三國志演義≫는 대략 1560년대 初·中期에 처음으로 출판되었는데 이것이 곧 金屬活字本 ≪三國志通俗演義≫이다. 이 책은 12권 12책 240칙으로 구성된 책으로 嘉靖 壬午本(1522년)과 周曰校本 사이에 출간된 책으로 중국에서는 이미 逸失된 판본을 覆刻한 것으로 추정된다.

그 후 周曰校本 ≪新刊校正古本大字音釋三國志傳通俗演義≫가 간행되었는데 필자의 견해로는 주왈교갑본이 嘉靖壬子年(1552)에 간행된 것으로 보기는 어렵다. 즉 周

46) 李瀷, ≪星湖僿說≫類選九

47) 그러나 박철상은 이 문장이 조선복각본 ≪新刊校正古本大字音釋三國志傳通俗演義≫의 출판과 유통으로 보고 있다.

48) 이익, ≪閑說話≫, 국도관 [한貴古朝] (31-153), 43-58쪽. 이 책은 이익이 참고상 필요에 의하여 다른 자료에서 베껴 모은 것이라 한다. 前揭書, 李殷奉의 박사학위논문, 26쪽 참고.

曰校本과 夏振宇本이 共同底本으로 삼은 것으로 보이는 또 다른 판본의 출간시기가 곧 "嘉靖壬子"일 가능성이 높다고 추정된다. 또 周曰校甲本(無揷圖)은 周曰校乙本(揷圖)보다 몇 년 앞선 시기에 출간(萬曆年間 [1582-1585年間])된 것으로 보인다.

또 이 책의 국내 출간은 1627년에는 출판되었을 가능성이 높다. 임진왜란이 지난 지 이미 30여 년이나 되었고, 제주지역은 상대적으로 전란의 피해가 적었다는 점, 그리고 임진왜란 이후 국내에 연의류 소설의 大量流入과 군담류 소설의 홍성, 또 임진왜란 이전에 비해 출판업이 크게 위축된 것은 사실이지만 빠른 복원과 지속적인 출판이 이루어지고 있었다는 점, 가령 1687년에 출판을 하였다면 당시의 좋은 善本을 마다하고 구태여 100여 년이나 해묵은 고서를 저본으로 삼았을까? 하는 의구점 등에 비추어 주왈교본의 조선복각본은 1627년에 출판되었을 가능성도 충분하다고 본다.

현재 한국의 각 도서관에 소장된 ≪三國演義≫의 版本은 대부분이 金聖歎原評, 毛宗崗評點의 版本이고 이외에 國內版으로는 모종강 평본의 覆刻本인 ≪四大奇書第一種≫(貫華堂第一才子書) 版本이 광범위하게 분포되어 있다. 이 책은 肅宗年間(1675-1720)에 유입되어 늦어도 英·正祖年間(1725-1800年)에는 출간되었을 것으로 추정된다.

1700년대에는 국내의 출판업이 왕성하였다는 점과 그 외 毛本關聯 서지기록을 감안해 보면 이 시기에 毛本 역시 출간되었을 가능성이 더 높아 보인다. 또 중국에서 1679년에 간행된 이 책을 국내에서는 1800년대에 간행되었다고 보기에는 시간적 거리가 너무 멀기 때문이다.

결론적으로 ≪三國志演義≫는 1560年代 頃, 1600년대 초·중기, 1700년대 초·중·후기에 걸쳐 각기 다른 版種으로 原文出版되었음이 확인된다. 그 후 대략 1800년대 중기로 들어와 飜譯出版된 坊刻本(京本, 安城本)이 나타난다.

2. ≪西漢演義≫와 ≪楚漢演義≫ 研究*

필자는 최근 "국내에 소장된 중국고전소설 판본의 목록화" 프로젝트를 수행하면서 가장 관심과 주목을 하였던 작품이 바로 ≪西漢演義≫와 ≪楚漢演義≫판본이었다. 왜냐하면 이 판본은 국내 각지에 광범위하게 분포되었을 뿐만 아니라 다양한 판본들이 도처에 산재되어 있어 계보 파악이 매우 어려웠기 때문이다. 또한 일반적으로 국내에 알려진 ≪楚漢演義≫가 ≪西漢演義≫의 단순한 異名인지 아니면 ≪楚漢演義≫라는 別個의 판본이 따로 존재하였는지에 대한 궁금증에서 출발하였다.

이 책의 국내 유입기록으로는 ≪宣祖實錄≫(卷三·24-5, 宣祖 2年 6月[1569년])에서 처음 발견된다. 이러한 기록을 감안하면 이 책은 늦어도 1569년 이전에는 국내에 유입된 것으로 보인다. 그런데 문제는 여기에 ≪서한연의≫라는 서명이 아니라 ≪초한연의≫라는 서명으로 언급되었기에 의문이 더해지고 있다. 또 중국에서 현존하는 서지상황을 살펴보아도 ≪楚漢演義≫라고 되어있는 판본이나 기록은 全無할 뿐만 아니라 ≪西漢演義≫라고 되어있는 판본의 간행시기 조차도 1612년(明 萬曆 40年, 甄偉가 大業堂에서 ≪西漢演義傳≫이라는 이름으로 출판)에 출간된 것이 최초의 판본이기에 문제는 더욱 미궁에 빠질 수밖에 없었다.

필자는 이러한 문제점을 해결하기 위하여 국외의 중문학자 蕭相愷·周文業·陳文新·金文京·大塚秀高 등에게 자문을 구하였지만 모두가 ≪楚漢演義≫에 대해서는 금시초문이라는 반응을 보였다. 특히 周文業과 金文京教授에게 ≪宣祖實錄≫에 언급된 ≪楚漢演義≫기록을 보여주며 의문을 제기하였는데 그들 또한 奇異하다는 반응과

---

* 이 논문은 2010년 한국연구재단의 정부재원(교육과학기술부 인문사회연구 역량강화사업비)의 지원을 받은 연구이다. (NRF-2010-322-A00128)
이 논문은 2014년 ≪중어중문학≫제57집에 게재한 글을 수정 및 보완한 논문이다.
민관동(慶熙大學校 中國語學科 教授).

실존 가능성도 충분히 있다는 가능성을 제시하였다.

그러면 과연 ≪楚漢演義≫의 실체는 무엇인가? 필자는 이러한 점을 감안하여 먼저 중국에서 출간된 판본을 중심으로 서지학적 고찰을 한 다음 국내의 고전문헌에 언급된 관련기록을 토대로 어떤 판본이 국내에 유입되었으며, 또 기록을 근거로 ≪서한연의≫와 ≪초한연의≫의 실체를 규명해 보고자 한다. 아울러 국내에 소장된 ≪초한연의≫·≪서한연의≫판본과 필사본 및 번역본을 다시 분석하여 판본의 계보를 정리해 보고자 한다.[1]

1. ≪西漢演義≫의 서지학적 고찰

≪초한연의≫의 실체를 규명하기 위해서는 먼저 ≪서한연의≫의 成書過程과 판본에 대한 고찰이 필요하다. ≪西漢演義≫는 戰國時代 末期부터 西漢 初期까지 約 100餘 年間의 역사를 기술한 소설로 내용은 크게 3개 부분으로 나누어진다. 즉 진시황과 진나라의 흥망성쇠, 항우와 유방의 초한전쟁과 천하통일, 창업공신의 제거작업과 呂后의 등장 등 西漢 初期까지의 역사를 서술한 연의류 소설이다.

≪초한연의≫문제를 해결하기 위해 우선 중국에서 출간한 ≪서한연의≫에 대한 서지상황을 살펴보면 다음과 같다.

1) 〈續前漢書平話〉: ≪全相平話五種≫[2]中 一種, 元 至治年間(1321-1323년) 建安虞氏의 新刊本이다.[3]

---

1) 필자는 2002년 ≪중국소설논총≫ 제15輯에서 〈서한연의 연구〉라는 제목으로 ≪서한연의≫의 판본·유입·평론·번역·출판 등의 문제에 대하여 토론하였다(2007년에 학고방에서 ≪중국고전소설의 전파와 수용≫으로 수정 및 보완하여 출간함). 본 논문에서는 본 논문의 논리전개와 학설의 고증을 위해 일부분을 다시 인용하였으며, 아울러 이전의 논문에서 미흡한 부분과 오류를 바로 잡았음을 밝혀둔다.

2) 이 책은 元의 至治年間(1321-1323년)에 福建省 建陽의 출판업자 虞씨가 간행한 5종류의 平話本으로 上圖下文의 형식으로 된 소설이다. 〈武王伐紂平話〉·〈樂毅圖齊平話〉·〈秦併六國平話〉·〈續前漢書平話〉·〈三國志平話〉로 각 3권씩 구성되어 있으며 현재 日本 內閣文庫에 소장되어있다.

3) 一名 〈呂后斬韓信〉이라한다. 저자는 未詳이며 일반적으로 元代 講士의 底本으로 추정된다.

2) ≪全漢志傳≫: 熊大木이 刊行한 것으로 總 12卷으로 구성되었으며 明代 萬曆 16年(1588년)에 淸白堂에서 간행하였다.[4)]
3) ≪兩漢開國中興傳志≫: 저자는 未詳이며, 明代 萬曆 33年(1605년)에 총 6권 42회로 출판되었다.[5)]
4) ≪西漢演義傳≫: 저자는 甄偉이며 明 萬曆 40年(1612년)에 大業堂에서 출판되었다.[6)]
5) ≪東西漢通俗演義≫: 一名 ≪兩漢演義傳≫이라 하며 明末(刊行年代 未詳)에 劍嘯閣에서 출판되었다.[7)]
6) 그 후 淸初 撥矛居刻本(西漢部分: 6卷, 11行 28字), 經綸堂刊本, 味經堂刊本(10行 22字), 同文堂刊本(1815年, 8卷 100則), 上海 廣百松齋鉛印本(1892年, 8卷 100回) 등 여러 종이 劍嘯閣本을 母本으로 覆印하여 간행되었다.[8)]

元나라 英宗 至治年間(1321-1323년) 建安虞氏의 新刊本으로 나온 판본이다. 그 외 〈秦幷六國平話〉도 ≪서한연의≫ 초반부에 상당한 기여가 있었던 것으로 확인된다.
趙景深, 〈續前漢書平話與西漢演義〉: ≪三國志平話≫中 附錄, (臺灣文化圖書公司, 1993年). 337-346쪽 참조. 江蘇省社會科學院編, 오순방 외 역, ≪中國古典小說總目提要≫제1권, 83쪽 참조.

4) 이 책은 總 12卷(西漢部分 6卷, 東漢部分 6卷)으로 구성되었으며, 明代 萬曆 16年(1588년)에 淸白堂에서 간행(14行 22字)하였다. 또 序記에 "鰲峰後人 熊鍾谷(熊大木의 字) 編次, 書林文台 余世騰 梓"라고 적혀있다. 이 책은 청대에 다시 寶華樓에서 明代의 三台館本을 근거로 覆印(14卷, 13行 23字, "漢史臣蔡邕伯喈編, 明潭陽三台館元素訂梓")되었다.
前揭書, ≪中國古典小說總目提要≫제1권, 177-178쪽 참조.

5) 明代 萬曆 33年(1605년)에 총 6권 42회(西漢部分: 4권 28회, 東漢部分: 2권 14회)로 출판되었다. 속지에는 "按鑒增補全像兩漢志傳"이라 題되었고 또 "鹵淸堂詹秀閩藏板"이라는 출판기록(11行 23字, 上圖下文, 無序・拔文, 現 日本 蓬左文庫 所藏)이 있다. 이 책은 ≪全漢志傳≫을 적당히 보충하여 만든 책이다.
前揭書, ≪中國古典小說總目提要≫제1권, 435-436쪽 참조.

6) 이 책의 속지에 "鍾山居士建業甄偉演義, 繡谷後學敬弦周世用訂訛, 金陵書林敬素周希校鋟"이라 題되었다. 總 8卷 101則으로 구성되어 있으며 回次는 표시되어 있지 않다. 이 책이 ≪西漢演義≫가운데 가장 널리 유통된 판본(紙質: 綿紙, 無插圖, 14行 30字)이다.
前揭書, ≪中國古典小說總目提要≫제1권, 440쪽 참조.

7) 이 책은 甄偉가 쓴 ≪西漢通俗演義≫(8권 101則)와 謝詔가 쓴 ≪東漢十二帝通俗演義≫(10권 146則)를 합하여 나온 판본이다.(≪西漢通俗演義≫는 8권 101則에서 8권 100則으로, ≪東漢通俗演義≫는 10권 146則에서 10권 125則으로 약간의 첨삭을 가하여 再編輯한 合刊本). 이 책은 총 18권 225則으로 再編輯된 合刊本(10行 22字, 插圖 [19面])이며 ≪西漢通俗演義≫는 卷頭에는 "新刻劍嘯閣批評西漢通俗演義"라고 쓰여 있다. 一名 劍嘯閣批評本으로 널리 유통되었다.

8) 前揭書, ≪中國古典小說總目提要≫제1권, 440쪽 참조.
민관동, ≪중국고전소설의 전파와 수용≫, 아세아문화사, 2007년, 319-323쪽 참고.

이상의 서지상황 가운데 ≪서한연의≫의 藍本으로 알려진 元代 至治年間(1321-1323년) 建安虞氏의 新刊本 ≪全相平話五種≫中 〈續前漢書平話〉(一名〈全相續前漢書平話呂后斬韓信〉 혹 〈新刊全相平話前漢書續集〉이라 함)와 〈秦幷六國平話〉(一名〈秦始皇傳〉이라 함)를 주목해야 한다. 앞에서 필자는 ≪서한연의≫의 내용은 크게 "진시황과 진나라의 흥망성쇠", "항우와 유방의 초한대전과 천하통일", "창업공신의 제거작업과 呂后의 등극" 등으로 3등분된다고 하였다.

즉 앞부분의 "진시황과 진나라의 흥망성쇠" 부분은 〈秦幷六國平話〉부분과 내용이 일치하고 뒷부분의 "창업공신의 제거작업과 呂后의 등극" 부분은 〈續前漢書平話〉부분과 일치한다.[9] 그런데 중간부분인 "항우와 유방의 초한대전과 천하통일" 부분은 逸失되어 확인하기 어렵다. 하지만 〈續前漢書平話〉本에서 그 端緖를 찾을 수 있다. 즉 〈前漢書平話〉續集이 있으면 正集이 있기 마련인데 逸失된 〈前漢書平話〉正集의 내용이 바로 중간부분인 "초한대전"이야기에 해당되기 때문이다. 그러기에 ≪서한연의≫에서 가장 핵심부분인 "항우와 유방의 초한대전"을 묘사한 판본이 바로 逸失된 正集〈前漢書平話〉인 것이다.

그 후 약 260여 년의 공백기를 거쳐 1588년에 熊大木에 의하여 ≪全漢志傳≫이 출간되었다.[10] 이 책은 이전의 〈前漢書平話〉와는 전혀 다르게 西漢과 東漢時代 400여 년을 모두 기술한 책이다. 특히 총 12권 가운데 西漢部分은 6권으로 제1권에서는 여불위가 자초를 도와 진나라 통일의 기반을 구축하는 부분부터 시작하여 항우에게 밀린 유방이 한중에서 북벌을 준비하는 부분까지, 제2권은 본격적인 항우와 유방의 초한대전과 최후에 항우가 몰락하는 부분까지, 제3권은 개국공신의 제거와 여후의 득세까지, 제4권은 한문제의 등극과 이광의 활약을, 제5권은 이광과 소무 및 이릉의 사건을, 제6권은 선제의 등극과 조충국의 활약 등을 기술하고 있다.

내용상 ≪서한연의≫와 일치하는 부분은 권1-3까지만 해당된다. 그러나 14권본의 경우 서한부분이 총 9권으로 권1-8까지가 ≪서한연의≫의 내용에 해당되는 부분으로 ≪서

9) 이 책은 3권으로 되어 있는데 상권에서는 여후가 한신을 참하는 것을 기술하였고, 중권에서는 유방이 개국공신 팽월과 영포 등을 제거하는 사건과 여후가 여의와 척부인에 보복하는 내용을 기술하였으며, 하권에서는 여후 및 여씨 일족이 크게 득세하다가 제거당하는 내용을 묘사하고 있다.

10) 12권본과 14권본이 있지만 14권본은 청대 寶華樓에서 명대 三台館本을 근거로 복인한 것이기에 12권본을 위주로 고찰하였다.

한연의≫부분에 많이 보강이 있었음이 확인된다.

≪全漢志傳≫은 약 400여 년의 西·東漢 역사를 연의체로 바꾸어 기술한 것이기에 내용이 산만하고 이야기의 집중도가 떨어지는 경향이 강하다. 또 주인공 계속 바뀌어 소설로서의 흥미가 떨어져 크게 대중의 인기를 얻지는 못한 것으로 사료된다. 이에 내용의 흥미와 집중력을 높이고자 기타부분을 과감하게 삭제하고 西漢과 東漢時代 가운데 개국초기의 흥미로운 이야기만을 집중적으로 기술한 책이 바로 ≪兩漢開國中興傳志≫이다.

또 明代 萬曆 33年(1605년)에는 ≪兩漢開國中興傳志≫가 總 6卷 42則(서한부분: 4冊 28則 / 동한부분: 2冊 14則)으로 출판되었다. 이 책은 ≪全漢志傳≫과는 전혀 다른 출판양상을 보여준다. 즉 서한과 동한의 개국 이야기만을 다루고 있다. 西漢部分에 있어서는 1-2則에 진시황의 통일에 대하여 간략하게 배경설명을 하였고, 3-18則은 유방의 궐기와 초한대전 및 천하통일, 19-23則은 개국공신제거와 유방의 죽음, 24-28則은 여후의 보복과 몰락을 묘사하고 있다. 또한 東漢部分은 29-42則까지 王莽의 발호와 光武帝의 등극을 기술하고 있다. 뒷부분은 과감하게 삭제하였다.

이 책이 어느 정도의 성공을 거두자 1612년에 甄偉(鍾山居士)가 ≪西漢演義傳≫을 大業堂에서 출간하였고 同 時期에 謝詔는 ≪東漢演義傳≫(一名 東漢十二帝通俗演義)을 출간하며 이 책을 2종으로 분리하게 된다. ≪서한연의전≫은 여불위가 異人(子楚)과 결탁하는 부분부터 시작하여 漢 惠帝가 등극하는 西漢初期의 일부분만 다루고 있는 반면, ≪동한연의전≫은 王莽이 帝位를 탈취하는 부분부터 동한의 멸망까지 全時代를 모두 다루고 있다. 사실 書名은 서·동한연의라고 하지만 내용상에는 불균형의 문제가 상존하는 虛點을 보이고 있다. 특히 ≪서한연의≫의 경우 제목과 내용이 일치하지 않는 것이 바로 이 소설의 문제점이다.

그러나 이 책은 통행본으로 상당히 성공적인 출간이 이루어졌다. 얼마 후 이러한 여세를 몰아 劍嘯閣에서 약간의 添削(≪西漢通俗演義≫: 8권 101則에서 8권 100則, ≪東漢通俗演義≫: 10권 146則에서 10권 125則)을 가하여 18卷 225則의 合刊本 ≪東西漢通俗演義≫(劍嘯閣批評東西漢通俗演義)가 나오며 이로서 판본의 문제는 一段落된다. 그 후 청대에 나온 판본은 대부분 검소각본으로 복각하여 출판하여 오늘에 이르고 있다.

이상 중국에서 간행된 서지상황을 현존하는 판본위주로 고찰해 보았다. 이처럼 ≪서한연의≫는 최초 〈前漢書平話〉에서 시작하여 ≪全漢志傳≫과 ≪兩漢開國中興傳志≫를 거쳐 ≪西漢演義傳≫이 나왔고 그 후 다시 ≪東西漢通俗演義≫로 이어지는 전체의 계보를 확인할 수 있다. 근래 일부 학자들[11] 사이에서 ≪서한연의≫의 母本이 〈前漢書平話〉가 아니고 ≪全漢志傳≫이라고 주장하는 설이 있으나 이는 매우 近視眼的 견해이다.

이 문제에 대해서는 이미 趙景深이 〈續前漢書平話與西漢演義〉에서 두 판본의 내용을 도표로 만들어 고증한[12]바가 있었고, 필자 또한 작품을 면밀히 비교분석해 본 결과 ≪西漢演義≫의 母胎가 된 것은 〈續前漢書平話〉가 확실해 보였다. 이는 ≪全漢志傳≫과 ≪兩漢開國中興傳志≫ 및 ≪西漢演義傳≫세 판본의 출간시기가 시기적으로 근접하였기 때문에 직·간접적으로 동일한 句節의 文句나 묘사기법들을 쉽게 찾을 수 있었던 반면 그것보다 260여 년 이전에 나온 〈續前漢書平話〉에서는 이러한 점을 쉽게 찾을 수 없었기에 나온 오해로 보인다.

사실 260여 년이 지난 시기를 감안할 때 文句와 묘사기법이 동일하기는 매우 어려운 일이다. 더군다나 編纂者가 同一人이 아닌 상황에서는 이러한 것을 기대하는 것은 더더욱 어렵다. 다만 당시 판본의 내용과 소재 및 흐름 등을 분석하여 藍本을 찾아낼 뿐이다. 이러한 예로 ≪삼국지연의≫의 母本이라 알려진 ≪삼국지평화≫와 ≪삼국지통속연의≫를 대조해보면 이러한 오해가 쉽게 풀릴 것이다.

2. ≪西漢演義≫의 국내유입과 ≪楚漢演義≫의 출현

≪서한연의≫의 국내유입에 대한 최초기록은 ≪宣祖實錄≫(卷三, 宣祖 2年[1569년])에 처음으로 나타난다. 먼저 그 기록을 살펴보면:

11) 汪燕崗, 〈西漢通俗演義的成書〉, 中國 ≪明淸小說硏究≫2008년 제4기, 273-280쪽.
이홍란, 〈서한연의의 성립과 수용양상 연구〉, 숭실대학교 국문학과 박사학위논문, 2012년, 90쪽.
12) 趙景深, 〈續前漢書平話與西漢演義〉, ≪三國志平話≫, 臺灣 文化圖書公司印行, (發行人徐進業), 1993년, 337-346쪽.

주상전하께서 문정전 석강(저녁에 궁중에서 유생들이 모여 경전을 강론함)에 나아가니, ≪近思錄≫ 제2권을 강론해 오렸다. 기대승이 나아가 아뢰기를, "지난번 張弼武를 불러 인견하실 때 전교하시기를 '張飛의 고함 한마디에 萬軍萬馬가 달아났다'고 한 말은 사실 正史 ≪三國志≫에는 보이지 아니하고 ≪三國志衍義≫에 있다고 들었습니다. 이 책이 나온 지가 오래 되지 아니하여 소신은 보지 못했었는데, 주변의 친구들에게 들으니 허망하고 터무니없는 말이 매우 많았다고 하였습니다. 天文·地理에 관한 책은 이전에는 숨겨졌다가 나중에 드러나는 일이 있기도 하였지만, 역사 기록의 경우 처음에 실전되었던 것을 후대에 臆測하여 쓰기가 어려운 것인데도 여기에는 敷衍하고 增益하여, 매우 괴이하고 허망하였습니다. 신이 뒤에 그 책을 보니 단연코 이는 신뢰할 수 없는 무리배가 잡된 말을 모아 옛날이야기처럼 만들어 놓은 것이었습니다. 이것은 雜駁하여 무익할 뿐 아니라 크게 의리를 해치는 것입니다. 주상께서 이 책을 우연히 보셨다니 참으로 송구하고 유감스럽습니다. 그 중의 내용을 들어 말씀드린다면 '董承의 衣帶詔書' 이야기나 '赤壁 싸움에서 이긴 것' 등은 각각 괴상하고 허탄한 일이거나 근거 없는 말로 부연하여 만든 것입니다. 주상께서 혹시 이 책의 근본을 모르시는 것이 아닐까 하여 감히 아룁니다. 이 책은 ≪楚漢衍義≫등과 같은 책일 뿐만 아니라 이와 같은 종류의 책들은 한두 가지가 아니라 수종이 나왔으며, 모두가 의리를 심히 해치는 것들입니다." 詩文·사화(詞華)는 상관이 없지만 그러나 ≪剪燈新話≫나 ≪太平廣記≫와 같은 책은 사람의 심지(心志)를 오도하기에 족한 책들입니다.[13)]

이상의 기록으로 보아 宣祖(1569년)때에는 이미 ≪서한연의≫가 국내에 유입된 것을 확인 할 수 있다. 대략 16세기 중반 이전에는 이 작품이 국내에 유통되었을 것으로 보인다. 그러나 문제는 바로 ≪초한연의≫라고 언급하였다는 점이다. 그렇다고 ≪서한연의≫의 誤記라고도 할 수 없다. 왜냐하면 이 시기에는 ≪서한연의≫라는 판본이 중국에서 출현하지 않았기 때문이다. 또 ≪宣祖實錄≫의 引用文 中 다른 중국고전소설의 書名에 대해서는 ≪三國志衍義≫·≪剪燈新話≫·≪太平廣記≫라고 명확히 언급

13) 壬辰…上御夕講于文政殿. 進講近思錄第二卷. 奇大升進啓曰, 頃日張弼武引見時, 傳敎內, 張飛一聲走萬軍之語, 未見正史, 聞在三國志衍義云. 此書出來未久, 小臣未見之, 而或因朋輩間聞之, 則甚多妄誕. 如天文地理之書則, 或有前隱而後著, 史記則初失其傳, 後難臆度, 而敷衍增益, 極其怪誕. 臣後見其冊, 定是無賴者, 裒集雜言, 如成古談. 非但雜駁無益, 甚害義理. 自上, 偶爾一見, 甚爲未安, 就其中而言之, 如董承衣帶中詔及赤壁之戰勝處, 各以怪誕之事, 衍成無稽之言. 自上, 幸恐不知其冊根本, 故敢啓, 非但此書. 如楚漢衍義等書, 如此類不一, 無非害理之甚者也. 詩文詞華 尙且不關 况剪燈新話 太平廣記等書 皆足以誤人心志者乎.
〈宣祖實錄, 卷三·２４～５, 宣祖２年６月, 壬辰〉

된 점, 그리고 ≪조선왕조실록≫같이 품격있는 서적의 출간은 여러 번의 교정과 고증을 통하여 오류를 바로잡았을 터인데 이 책만 단독으로 誤記하였다고 보기도 어렵다. 더군다나 존재하지도 않는 책을 가상으로 기록했다고 보기에는 더더욱 不可한 일이기도 하다. 그러기에 ≪초한연의≫의 실체는 존재하였다고 추정된다.

또 吳希文(1539-1613年)의 ≪鎖尾錄≫(乙未日錄 [1595年] 1월의 日記)의 기록을 살펴보면 다음과 같다.

> 초3일. 종일 집에 있자니 너무 심심하던 차에 딸의 부탁으로 ≪초한연의≫를 번역하여 둘째딸을 시켜 쓰도록 하였다.[14)]

이처럼 1595년 1월의 기록에서도 ≪초한연의≫ 라는 書名이 분명히 나온다. 이 시기에 중국에서 출간된 책은 1588년 淸白堂에서 나온 ≪全漢志傳≫이 있었지만 이 책을 지칭하여 ≪초한연의≫라고 하였을 리도 없다. 또 ≪楚漢演義≫를 번역하여 둘째 딸로 하여금 쓰게 하였다는 것은 필사를 대신하였다는 것인데, 여기에서 번역의 주체가 ≪초한연의≫이지 번역되어진 책의 이름이 ≪초한연의≫가 아니기에 ≪초한연의≫의 실존 가능성을 더욱 높여준다.

중국에서 ≪서한연의≫라는 서명으로 출현한 시기는 1612년 이후로 확인된다. 특히 宣祖(1569년) 이전에 나온 판본으로는 ≪全相平話五種≫中 〈續前漢書平話〉·〈秦幷六國平話〉(元 英宗 至治年間 [1321-1323년] 建安虞氏의 新刊本)本 외에는 아무것도 없다. ≪全相平話五種≫이 나온 1320년대부터 ≪全漢志傳≫[15)]이 나온 1588年(明代 萬曆 16年)까지 약 260여 년간 이 책에 대한 기록과 서지상황은 全無한 상태이다.

특히 1500년대 초기로 들어와 1522년 ≪삼국지통속연의≫(嘉靖本)가 출간되어 널리 애독된 점을 감안한다면, 1520년대부터 ≪全漢志傳≫이 나온 1588年 이전까지 약 60

---

14) 初三日. 終日在家, 無聊莫甚, 因女息之請, 解諺漢楚演義, 使仲女書之.(≪漢楚演義≫는 ≪楚漢演義≫의 誤記).
이 책은 보물 1096으로 지정된 책으로 현재 7권이 남아있다. 내용은 오희문이 1591-1601년까지 쓴 일기로 주로 壬辰倭亂과 관련된 이야기가 상세하다.

15) ≪全漢志傳≫이 국내에 유입이 되었는지는 기록이 없어 확인하기 어렵다. 이 책이 중국에서 출간된 시기가 1588년으로 이 시기는 조선에서도 임진왜란(1592-1598년)으로 전시국면이었다. 혼란한 사회에서 과연 이 책이 국내에 유입되기는 容易해보이지는 않는다.

여 년의 空白期間이 생긴다. 이 시기에 別種의 선행본이 출간되었을 가능성이 농후하다. 또 ≪全漢志傳≫은 總 12卷으로 西漢部分 6卷, 東漢部分 6卷으로 구성된 책인데 〈續前漢書平話〉에서 바로 한나라 400여 년을 묘사한 ≪全漢志傳≫으로 넘어가기에는 다소 무리가 따른다. 오히려 〈續前漢書平話〉다음에 "楚漢"이나 "前漢"을 다룬 演義가 나오는 것이 더 자연스러워 보인다.

그 외 ≪서한연의≫관련기록을 살펴보면 다음과 같다.

許筠(1569-1618년)의 ≪惺所覆瓿稿≫ 卷十三著錄 〈西遊錄跋〉에도 이와 관련된 기록이 보인다.(≪惺所覆瓿稿≫는 대략 1613年 前後 나온 책이다.)

> 내가 戱家의 小說 數十種을 얻어 읽어보니 ≪三國演義≫와 ≪隋唐演義≫를 제외하고, ≪兩漢演義≫는 앞뒤가 어긋나고, ≪齊魏演義≫는 졸렬하고, ≪五代史演義≫와 ≪殘唐演義≫는 추솔하고, ≪北宋演義≫는 소략하며, ≪水滸傳≫은 간사한 속임수와 기교를 부렸는데, 이것들은 모두가 독자를 교훈하기에는 충분하지 못한 것들이다.[16]

이상에서는 ≪초한연의≫ 대신에 ≪兩漢演義≫라는 서명이 언급되었는데 이는 明代 萬曆 33年(1605년)에 總 6卷 42回로 출판된 ≪兩漢開國中興傳志≫를 指稱하는 것으로 보인다.[17]

또 비슷한 시기에 黃中允(1577-1648년)의 ≪東溟先祖遺稿≫8, 〈逸史目錄解〉(1623-1633년대에 쓴 것으로 추정)에는 ≪초한연의≫라는 書名이 다시 등장한다.

> ≪열국지연의≫ · ≪초한연의≫ · ≪동한연의≫ · ≪삼국지연의≫ · ≪당서연의≫ · ≪송

16) 余得戱家說數十種, 除三國 隋唐外, 而兩漢齬 齊魏拙 五代殘唐率 北宋略 水滸 則奸騙機巧, 皆不足訓. 〈惺所覆瓿稿, 卷13, 西遊錄跋〉, 李離和編, ≪許筠全書≫, (亞細亞文化社 影印本, 1980年). 141쪽.

17) 인용문에서 "兩漢齬"라고 언급한 것은 明代 萬曆 33年(1605년)에 總 6卷 42回(西漢部分은 4권 28회이고, 東漢部分은 2권 14회, "按鑒增補全像兩漢志傳")로 출판된 ≪兩漢開國中興傳志≫일 가능성이 가장 높다. 왜냐하면 ≪兩漢開國中興傳志≫가 나오기 이전에는 ≪全漢志傳≫이 1588년에 출판되었지만 구태여 全漢을 兩漢으로 고쳐 기록했을 리는 없을 터이고, 劍嘯閣本의 ≪兩漢演義傳≫은 출판시기가 그 후대이기에 불가능하다. 또 "兩漢齬"라고 한 것은 서한부분과 동한부분의 내용상 공백의 시대가 있기에, 시대적으로 매끈하게 이어지지 않고 어긋난다는 뜻으로 보는 것이 타당하다.
민관동, ≪중국고전소설의 전파와 수용≫, 아세아문화사, 2007년, 329-331쪽 참고.

사연의≫·≪황명영렬전연의≫ 등을 보면 다 목록을 만들어 제목을 구별하였는데, 그 뜻은 대개 눈으로 보기가 쉽고 다른 사람이 즐겁도록 힘썼고, 또 보는 이로 하여금 싫증나지 않도록 하고자 함이다.[18)]

이처럼 ≪초한연의≫·≪동한연의≫라고 따로 언급하고 있어 주목된다. 즉 허균의 〈西遊錄跋〉에서는 ≪兩漢演義≫로 묶어 기록하였으나, 여기서는 두 책을 따로 나누어 기록하였다. 이는 당시 이미 ≪초한연의≫와 ≪동한연의≫가 따로 만들어진 단행본이 통행하고 있었다는 증거이다.

여기에서 의문점은 明 萬曆 40年(1612년)에 大業堂에서 甄偉의 ≪서한연의≫가 출간 되었고 同 時期에 謝詔의 ≪東漢十二帝通俗演義≫(10권 146則)가 나왔기 때문이다. 그 후 얼마 지나지 않아 ≪西漢通俗演義≫는 8권 101則에서 8권 100則으로, ≪東漢通俗演義≫는 10권 146則에서 10권 125則으로 약간의 첨삭을 가하여 再編輯한 合刊本이 나왔는데 이 책을 一名 劍嘯閣批評本이라 한다. 문제는 "왜 ≪초한연의≫라고 指稱하였나?"라는 점이다.

이 시기에 저자 황중윤은 검소각본을 보지 못하고 이전부터 돌아다니던 ≪초한연의≫ 판본을 지칭하였을 가능성도 있다. 또는 ≪서한연의≫판본을 보았다 할지라도 내용은 ≪초한연의≫이기에 그냥 이전부터 내려오던 慣例에 의거하여 지칭했을 가능성도 상존한다. 중요한 것은 이 시기에 이미 ≪서한연의≫와 ≪초한연의≫를 동일한 책으로 보았다는 점이다.

그 후에 ≪西漢演義≫의 유입에 관련된 기록은 약 1700년대 초기에 만들어진 것으로 보이는 ≪洪萬宗全集≫上, 〈莊嶽委譚〉이다. 여기에 언급된 기록은 다음과 같다.

옛이야기 가운데 빼어난 작품이라 일컬어질 만한 것으로 ≪서유기≫·≪수호전≫외에도 ≪列國≫·≪東西漢≫·≪齊魏≫·≪五代≫·≪唐≫·≪南北宋≫에 모두 演義가 있어 세상에 두루 유통되었다.[19)]

---

18) 列國志衍義, 楚漢衍義,及 東漢演義, 三國志演義, 唐書衍義, 及 宋史衍義, 皇明英烈傳衍義等諸史, 則皆爲目錄, 意盖欲易於引目, 務於悅人, 而使觀者不厭.

19) 古話之表, 表可稱者, 西遊記 水滸傳外, 如列國 東西漢 齊魏 五代 唐 南北宋, 皆有演義, 皆行於世. ≪洪萬宗全集≫上, 〈莊嶽委譚〉, (太學社, 1980년). 89-91쪽.

이 글은 ≪洪萬宗全集≫〈旬五志〉에 나오는 문장으로 洪萬宗의 生卒年代 1643-1725년을 감안하면 대략 1700년대 초기에 나온 책이다. 여기에서 언급된 ≪東西漢≫은 곧 ≪新刻劍嘯閣批評東西漢通俗演義≫가 확실해 보인다. 劍嘯閣批評本 ≪東西漢通俗演義≫은 주로 明末에서 淸代까지 두루 통용된 판본이기에 홍만종이 이 판본을 보고 인용한 것이 틀림이 없다.[20] 또한 이 책이 국내에 유입되었다는 증거이기도 하다.

그 외에 다른 기록으로는 윤덕희의 ≪字學歲月≫(46종 / 1744년)과 ≪小說經覽者≫(128종 / 1762년)에도 ≪서한연의≫의 서명이 언급되어 있다. 이 기록에는 ≪東漢記≫·≪西漢記≫라고 언급되었는데 이것이 바로 ≪西漢演義≫와 ≪東漢演義≫를 언급하고 있는 것임을 쉽게 알 수 있다.[21]

> 尹德熙의 ≪字學歲月≫(46종) : 1744년
> * 歷史小說 : ≪三國志≫·≪西漢記≫·≪隋唐志≫·≪列國誌≫·≪五代史≫·≪南宋衍義≫·≪北宋衍義≫·≪開闢演譯≫·≪東漢記≫

> 尹德熙의 ≪小說經覽者≫(128종) : 1762년
> * 歷史小說 : ≪三國衍義(三國演義)≫·≪開闢演譯(開闢演繹)≫·≪列國誌(東周列國志)≫·≪五代史(殘唐五代史演義)≫·≪南宋衍義≫·≪東漢記(東漢演義)≫·≪西漢記(西漢演義)≫·≪隋唐志(隋唐演義)≫·≪後三國志≫·≪北宋衍義≫·≪隋煬艷史≫·≪韓魏小史≫

또 朝鮮 英祖 38年(1762년) 完山李氏作(思悼世子) ≪中國小說繪模本≫序文에 ≪西漢演義≫를 비롯한 수십 종의 중국 연의류 소설 書目이 보인다.

> 그 서목의 큰 것으로는 ≪開闢演義≫·≪涿鹿演義≫·≪西周演義≫·≪列國志≫·≪西漢演義≫·≪東漢演義≫·≪三國志≫·≪東晉演義≫·≪西晋演義≫·≪禪眞逸史≫·≪隋唐演義≫·≪殘唐演義≫·≪南宋演義≫·≪北宋演義≫·≪皇明英烈傳≫·≪續英烈傳≫·≪焦史演義≫이 있고, 〈省略〉......[22]

---

20) 민관동, ≪중국고전소설의 전파와 수용≫, 아세아문화사, 2007년, 332쪽.
21) 박재연, 〈윤덕희의 소설경람자에 대하여〉, ≪문헌과 해석≫통권19호, 2002년, 여름.
22) 完山李氏作, ≪中國小說繪模本≫序文, 江原大出版部, 1993년, 152-153쪽.

1700년대에 들어와서는 대부분 ≪西漢演義≫와 ≪東漢演義≫로 나뉘어 분류를 한 점으로 보아 이는 劍嘯閣批評本인 東西漢 판본이 크게 유통됨을 짐작할 수 있다.

또 다른 기록으로는 溫陽鄭氏(1725-1799)의 ≪玉鴛再合奇緣≫15卷(대략 1786-1790년간에 필사한 것으로 추정) 表紙 안쪽에 당시 존재하던 중국번역소설과 국문창작소설 書目이 적혀있는데 그 기록은 다음과 같다 :

> 제15권 : 개벽연의, 타녹연의, 서쥬연의, 녈국지, 초한연의, 동한연의, 당진연의, 삼국지, 남송연의, 북송연의, 오대됴사연의, 남계연의, 쇼현셩녹, 옥소긔봉, 셕듕옥, 소시명행녹, 뉴시삼대록, 님하뎡문녹, 옥인몽, 서유긔, 튱의슈호지, 셩탄슈호지, 구운몽, 남졍긔. 〈玉鴛再合奇緣, 第14卷 15卷中 小說目錄(樂善齋本)〉

여기에서는 또다시 ≪초한연의≫와 ≪동한연의≫로 기록되어 있다. 이 목록은 당시 시중에 떠돌던 번역본 중국소설을 기록한 것이기에 당시 번역본으로 떠돌던 ≪초한연의≫를 그대로 옮긴 것으로 사료된다. 이는 당시 번역본의 대부분이 ≪서한연의≫대신 ≪초한연의≫라는 이름으로 유통되었음을 알려주는 자료이기도 하다.

≪초한연의≫에 대한 번역기록은 앞에서 언급하였듯이 1595년 1월에 쓴 吳希文의 ≪鎖尾錄≫에서 처음 보인다. 그 후 70여 년 후인 1672년 ≪承政院日記≫顯宗 13年條에서 다시 보이는데 이때는 飜譯小說名을 ≪西漢演義≫라고 언급하고 있다.

> 또 (迎接都監이) 아룁니다. "大通官(譯官)이 전하기를 칙사가 분부하여 諺譯西漢演義 한 질을 찾아 들이라고 해서 들여보내겠다는 뜻을 감히 아룁니다. 왕이 가로사대, 알겠노라"고 하였다.[23]

여기에서는 ≪서한연의≫번역본 이라고 뚜렷하게 언급한 것으로 보아 ≪초한연의≫의 번역에 이어 ≪서한연의≫도 늦어도 1672년경에는 번역이 이루어진 것으로 확인된다. 또 이 책은 明 萬曆 40年(1612년)에 大業堂에서 출간한 판본이거나 혹은 劍嘯閣批評本 ≪서한연의≫를 가지고 번역한 것이 확실해 보인다. 이러한 기록들은 1595년 이루어진 ≪초한연의≫번역에 이어, 1670년대에는 이미 ≪서한연의≫번역본도 출현하

---

23) 又啓曰, "大通官, 以上勅使分付, 諺譯西漢演義一帙, 使之覓入, 故分付入送之意, 敢啓." 傳曰, "知道."

여 여기저기 유통되고 있었음을 의미하는 것이다

그 외 1800년대의 ≪西漢演義≫에 대한 기록으로는 洪直弼(1776-1852)의 ≪梅山文集≫에서 찾아볼 수 있다.

> 滄海力士라고 하는 사람의 姓名은 ≪太平廣記≫에는 黎明이라 하였고, ≪西漢演義≫에는 黎黑이라 하였는데 그가 누구인지는 정확히 알 수 없으나, 대략 우리나라 동쪽의 江陵地方 사람으로 그의 행적이 매우 기이하기에 응당 張良과 함께 취급되어, 天下에 오래도록 남겨져야 한다.[24]

또 韓栗山의 ≪壬辰錄序文≫(1876년)에는:

> 竹史主人은 자못 ≪水滸傳≫ · ≪漢演≫ · ≪三國演義≫ · ≪西廂記≫ 등과 같은 역사류(소설)의 수집을 좋아하여 그것을 吟味하지 않은 것이 없었다. 光緖二年 丙子(1876年)冬下澣 上黨後學 韓栗山序.[25]

여기에서의 기록내용은 原本의 글을 인용(梅山文集)하거나 原本을 수집(壬辰錄序文)한다는 이야기이기에 原書인 ≪西漢演義≫의 서명을 그대로 언급한 것이라 할 수 있다.

이상은 국내 고전문헌에 언급되어 있는 ≪서한연의≫와 ≪초한연의≫관련 기록들을 검토해 보았다. 필자는 이상의 기록을 근거로 하여 年度別로 중국 출판시기와 국내 유입기록의 서명을 도표로 만들어 보았다.

年代	中國版本 出刊年度	國內文獻記錄 및 年度	記錄된 書名
1300年代	全相評話五種(續前漢書評話), 1321-1323	無	無

24) 滄海力士姓名, 太平廣記 稱黎明, 西漢演義 稱黎黑, 未知孰是, 而出於吾東之江陵者, 其事尤奇, 當與張良幷傳, 不朽於天下萬世者也. 〈梅山文集, 卷五二·33 雜錄〉

25) 竹史主人 頗好集史水滸 漢演 三國志 西廂記, 無不味翫. ....光緖二年 丙子(1876)冬下澣 上黨後學 韓栗山序, 〈壬辰錄序文, 精神文化硏究院所藏本(現 한국학중앙연구원)〉, 유탁일, ≪韓國古小說批評資料集成≫, 亞細亞文化社, 1994년, 187쪽 再引用.

年代	中國版本 出刊年度	國內文獻記錄 및 年度	記錄된 書名
1400年代	無	無	無
1500年代	全漢志傳(1588)	宣祖實錄, 1569年	* 楚漢衍義
		鎖尾錄, 1595年	* 漢楚演義
1600年代	兩漢開國中興傳志(1605) 西漢演義傳(1612) 東西漢通俗演義, 明末(未詳) 撥茅居刻本(清初)	惺所覆瓿稿, 1613年前後	兩漢(演義)
		東溟先祖遺稿/逸史目錄解, 1623-1633年(推定)	* 楚漢衍義
		承政院日記(顯宗13年條), 1672年	西漢演義
1700年代	經綸堂刊本(清/未詳) 味經堂刊本(清/未詳)	洪萬宗全集, 1700年代初	東西漢(演義)
		字學歲月, 1744年	西漢記
		小說經覽者, 1762年	西漢記
		中國小說繪模本, 1762年	西漢演義
		玉鴛再合奇緣,第15卷 1786-1790年	* 초한연의
1800年代	漁古山房(1800?/未詳) 同文堂本(1815) 善成堂本(1872) 廣百松齋本(1892) 三元書局(1897) 上海書局(1899) 等 多數	大畜館書目, 1801-1834年	西漢演義(諺)
		梅山文集, 1776-1852年	西漢演義
		壬辰錄序文, 1876年	漢演(西漢演義)

이상의 도표에서와 같이 1612년 ≪서한연의≫가 출간되기 전에는 ≪초한연의≫라는 서명으로 언급되다가 그 이후에는 대부분 ≪서한연의≫라는 서명으로 기록하고 있다. 또 그 후 黃中允의 ≪東溟先祖遺稿≫(逸史目錄解, 1623-1633)에 언급된 ≪초한연의≫라는 서명은 당시에 전해져 내려왔던 ≪초한연의≫를 지칭하는 듯하고, ≪玉鴛再合奇緣≫(第15卷, 1786-1790년)의 ≪초한연의≫라고 언급한 것은 본래 이 책의 목록이 번역소설 목록이기에 당시 번역되어 유통되던 ≪초한연의≫를 의미하는 것으로 보인다. 그 근거는 현재 국내에 소장되어 있는 번역필사본의 서명도 대부분 ≪초한연의≫나 혹은 ≪초한지≫로 되어 있는 것이 대부분이기 때문이다. 그리고 1700년대 이후에는 ≪초한연의≫와 ≪서한연의≫가 같은 내용의 책으로 인식되면서 書名조차도 혼용하여 쓰기 시작한 것으로 추정된다. 그러한 결과 1700년대와 1800년대로 들어와서는 중국번역소설 목록을 소개한 ≪玉鴛再合奇緣≫(第15卷, 1786-1790년)의 ≪초한연의≫이외에는 모두가 ≪서한연의≫로 언급되어 있다.[26)]

26) 그 외에도 ≪惺所覆瓿稿≫(1613年前後)에 언급된 "兩漢"은 ≪兩漢開國中興傳志演義≫을 ≪洪

이상 국내 관련기록을 가지고 분석한 결과 ≪초한연의≫의 실체는 분명 존재하였던 것으로 보인다. 그러나 국내 학계에서는 ≪초한연의≫라는 명칭은 우리나라에 전래되면서 새롭게 붙여진 명칭으로 해석하고 있다.[27] 그 이유가 중국에 ≪초한연의≫판본이 따로 존재하지 않는다는 이유[28]와 ≪서한연의≫의 내용이 주로 초나라 항우와 한나라의 유방의 대결구도를 그리고 있기에 국내에 유입되면서 자연스레 붙은 이름이라는 것이다. 그러나 ≪宣祖實錄≫(宣祖 2年 [1569년])에 언급된 ≪초한연의≫書名에 대해서는 명료하게 규명하는 학자가 없었다.

필자는 이러한 문제를 포함하여 ≪초한연의≫의 실체가 있었다는 근거를 다음과 같이 제시하고자 한다.

1) 〈續前漢書平話〉(1321-1323년)에서 ≪全漢志傳≫(1588年)까지 약 260여 년간의 공백기가 너무 길며 전래되는 판본이 全無한 상태라는 점은 逸失된 판본이 존재하였을 가능성을 더욱 높여준다. 특히 1522년에 ≪삼국지통속연의≫(嘉靖本)가 출간된 후 1548년의 葉逢春本 등 ≪삼국지연의≫의 붐과 함께 시작된 역사연의류 소설의 출간은 1552년 ≪大宋中興通俗演義≫, 1553년 ≪唐書志傳通俗演義≫ 등으로 이어지며 성황을 이루었다는 점을 감안하면 ≪초한연의≫의 출현가능성은 충분하다고 보인다.

2) ≪조선왕조실록≫은 일반 잡서와는 성격이 다른 品格있는 책이다. 이러한 책에 ≪楚漢衍義≫라고 뚜렷이 기록된 점은 단순한 오류로 보기도 어렵다. 또 "이 책은 ≪楚漢衍義≫등과 같은 책일 뿐만 아니라 이와 같은 종류의 책들은 한두 종이 아니다,"(非但此書. 如楚漢衍義等書, 如此類不一)[29]라고 언급된 기록에서 당시 ≪楚漢衍義≫

萬宗全集≫(1700年代初)에 기록된 "東西漢"은 ≪東西漢通俗演義演義≫을 지칭하며, ≪字學歲月≫(1744년)과 ≪小說經覽者≫(1762년)에 언급된 ≪西漢記≫는 ≪西漢演義≫의 별칭으로 확인된다. 이러한 예로 경희대학교 소장본 ≪新刻批評東漢演義≫(경희대, 812.3-동92)의 表題에 ≪東漢記≫라고 기록되어 있다.

27) 박재연 · 이재홍 교주, ≪서한연의≫, 학고방, 2007년, 머리말, 李在弘, 〈국립중앙도서관 소장 번역필사본 중국역사소설 연구〉, 2007년, 12월. 92-93쪽. 張庚男, 〈서한연의의 傳來와 享有 樣相 연구〉, ≪語文硏究≫제39권 제1호(2011년 봄), 174-176쪽.

28) 많은 국내외 학자들 가운데는 중국문헌과 목록에 없다고 하여 중국에서 출간이 되지 않은 것으로 착각하는 경우가 많은데 사실은 그렇지 않다. 청나라 말기의 戰禍와 문화대혁명 등으로 逸失된 판본이 적지 않으며 또 淸末民初에 일본으로 유출된 많은 판본을 감안한다면 중국의 서지상황과 연구는 매우 열악한 상황이다.

등과 같은 연의류 소설들이 상당수 존재하였음을 짐작할 수 있는 대목이다.

3) 1595년 1월 吳希文의 ≪鎖尾錄≫에 언급된 기록 또한 ≪초한연의≫의 실존 가능성을 높여준다. 즉 둘째 딸로 하여금 ≪楚漢演義≫를 번역필사하게 하였다는 내용인데, ≪초한연의≫를 번역하여 필사하였다는 의미이지 번역되어진 책 이름이 ≪초한연의≫가 아님을 알 수 있다. 그렇다고 당시에 존재했던 ≪全漢志傳≫을 일컬어 ≪초한연의≫라 지칭했다고 보기도 무리가 따른다. 이러한 점을 감안한다면 당시에 ≪초한연의≫라는 판본이 실존하고 있었음에 무게가 실린다.

4) 〈續前漢書平話〉의 續集이라는 서명으로 볼 때 正集〈前漢書平話〉가 존재하였다는 것이 확실하다. 또 〈續前漢書平話〉는 一名〈呂后斬韓信〉이라 불리며 내용도 천하통일 후 呂后가 개국공신 한신 등을 제거하는 내용을 다루고 있다. 그러기에 正集의 내용은 당연히 "楚漢大戰"部分에 해당된다. 이러한 관점에서 〈前漢書平話〉는 후대에 ≪楚漢演義≫로 발전하여 출간되었을 가능성이 농후하다.

5) ≪동한연의≫는 후한 전시대를 모두 포괄하고 있지만 ≪서한연의≫는 항우와 유방의 초한대전을 위주로 서한초기의 역사만을 기술하고 있어 크게 불균형을 이루고 있다. 특히 ≪서한연의≫는 제목과 내용이 불일치하는 것이 문제점이다. 오히려 ≪秦楚漢演義≫나 ≪楚漢演義≫라 부르는 것이 타당해 보인다. 그럼에도 ≪서한연의≫라는 서명이 출현하게 된 것은 ≪동한연의≫와 구색을 맞추기 위해 의도적으로 ≪초한연의≫를 ≪서한연의≫라고 牽强附會하였을 가능성도 배제할 수 없다.

6) 1700년대와 1800년대의 기록은 번역본을 소개하는 목록을 제외하고는 모두 ≪서한연의≫라고 하였다. 이는 甄偉의 ≪西漢演義≫(1612년) 나 劍嘯閣批評本 ≪西漢演義≫가 널리 보급된 결과이다. 그러나 번역본에서는 대부분 이전부터 내려왔던 ≪초한연의≫라고 명칭을 그대로 사용하고 있다. 이는 현존하는 조선시대 번역필사본 목록에서도 두드러지게 나타나는 현상이다.

이상 6가지 근거로 볼 때 ≪초한연의≫는 1569년 이전에 이미 국내에 유입되었으며 대략 1600년대 초기까지 유통된 것으로 추정된다. 그 후 ≪서한연의≫판본이 국내에 유입되면서 ≪초한연의≫대신에 ≪서한연의≫라는 서명으로 通稱된 것으로 보인다.

---

29) ≪宣祖實錄≫(卷三 · 24~5, 宣祖2年 6月, 壬辰).

그러나 번역본 소설에 대해서는 여전히 이전에 유통되던 ≪초한연의≫라는 書名을 그대로 따르고 있는데 이는 번역내용이 주로 항우 유방의 楚漢戰爭을 그리고 있기에 자연스럽게 ≪초한연의≫ 또는 ≪초한지≫라는 이름으로 통용된 것으로 사료된다. 또 현존하는 번역본 가운데 ≪서한연의≫라는 서명보다는 ≪초한연의≫라고 쓴 서명이 대부분을 차지하는 것도 이러한 설을 뒷받침해주고 있다.

3. 국내 소장 판본과 필사본 개황

현재 국내에 보관되어 있는 ≪西漢演義≫版本은 明代 판본은 보이지 않고 淸代 劍嘯閣批評本 ≪西漢演義≫가 주종을 이룬다. ≪西漢演義≫판본은 크게 ≪西漢演義≫單行本과 ≪東西漢演義≫合刊本으로 나누어지는데 그 書名으로는 ≪新刻劍嘯閣批評西漢演義傳≫ · ≪繡像西漢演義≫ · ≪東西漢演義≫ · ≪繡像東西漢演義≫ · ≪繡圖東西漢演義≫ · ≪增像全圖東西漢演義≫ 등이 있으며 종류도 각각 4권 4책 / 6권 6책 / 8권 4책 / 8권 6책 / 8권 8책 / 10권 8책 / 16권 12책 / 16권 14책 / 18권 6책 등 다양한 판본이 존재한다. 또 출판사도 善成堂, 三餘堂, 上海掃葉山房, 漁古山房, 鴻寶齋書局, 上海廣百宋齋, 上海書局, 上海同文堂, 經元堂, 上海著易堂書局, 上海錦章書局, 上海三元書局 등 다양하게 출판되었다.[30)]

그 외 原文筆寫本과 飜譯筆寫本 및 飜譯出版本이 있는데 그 목록을 정리하면 다음과 같다.[31)]

---

30) 민관동, ≪중국고전소설의 전파와 수용≫, 아세아문화사, 2007년, 327-328쪽 참고. 그 외 정확은 자료는 민관동 외 공저, ≪한국 소장 중국통속소설의 판본목록과 해제≫(학고방, 2013년 4월, 251-283쪽)에 정리되어 있어 여기서는 생략한다.

31) 아래의 자료들은 본인이 수집한 목록(≪한국 소장 중국고전소설의 판본목록≫, 학고방, 2013)에 이재홍(〈국립중앙도서관소장 번역필사본 중국역사소설 연구〉, 연세대 중문과 박사학위논문, 2007), 장경남(〈서한연의의 전래와 향유 양상 연구〉, ≪어문연구≫제39권, 2011), 이홍란(〈서한연의 성립과 수용양상 연구〉, 숭실대 국문과 박사학위논문, 2012) 등의 자료를 합하여 다시 정리하였다.

● 原文筆寫本

1) ≪西漢演義≫: 12권 12책(第1. 2. 6冊缺), 이화여대
: 1책(85장), 연세대
: 2권 2책(권4. 권8), 부산대
: 1권 1책(권5), 부산여대 가야문화연구소
: 1책(殘本), 경북대
: 1책(권3), 이채하(상주)

2) ≪西漢演義書略≫: 1책, 영남대

3) ≪楚漢演義≫: 1책(47장, 84회), 甲辰八月, 국립중앙도서관
: 1책(99회), 국립중앙도서관
: 1책, 영남대([청구번호] 823.4. 초한연Ⅱ, [1910年] [청구번호] 823.4 초한연, 2종)
: 1책(45장), 戊辰(?), 단국대 나손문고
: 1책(51장), 丙午(?), 단국대 나손문고
: 1책(64장), 文湖精舍, 단국대 나손문고
: 1책(61장), 단국대 나손문고
: 1책(89장), 단국대 나손문고
: 1책, 경북대([청구번호] 812.14. 초91 [2] [청구번호] 812.14 초91 [3] 2종 소장
: 1책(118장), 辛亥(?), 성균관대
: 1책, 慶尙大
: 1책, 己酉(?)季夏, 경기대
: 1책, 庚子年(1900년), 中韓飜譯文獻硏究所
: 1책, 中韓飜譯文獻硏究所
: 1책(42장, 87회), 이현조 소장(광주광역시)
: 1책(53장, 102회), 이현조
: 1책(92장, 99회), 歲在己巳八月十一日終於龍崗齋, 이현조
: 4권 1책(32장, 98회), 丁亥年四月二十日, 이현조
: 1책(30장, 83회), 丁亥正月日始, 이현조
: 1책(46장, 82회), 이현조
: 1책(79장, 71회), 甲戌五月初四日/六月十六日辰時, 이현조
: 1책, 충북 청원군 송천근 소장
: 1책, 조선말~일제시대, 울산 碩南寺 주지실

4) ≪楚漢演義 全≫: 1책(49장, 83회), 甲辰八月日, 이현조

5) ≪楚漢演義抄≫: 1책(卷上 所藏), 경북대(그외 각 2종 소장)
: 1책, 영남대 味山文庫

: 1책, 雅丹文庫(각 2종 소장)
: 1책, 조선말～일제시대, 김해 銀河寺 수장고
: 1책(75장, 97회), 丁卯七月十三日, 이현조
: 1책(40장), 조선말～일제시대, 고성군 裵學烈

6) ≪楚漢傳≫: 1책(20장), 隆熙二年戊申(1908)二月十八日謄書, 연세대
: 1책(93장), 숙명여대
: 1책, 雅丹文庫
: 1책(23장), 庚申(?), 단국대 나손문고
: 1책(77장), 大正15年(1926), 단국대 나손문고

7) ≪楚漢誌≫: 1책(44장), 단국대 나손문고

8) ≪楚漢記≫: 1책, 영남대

9) ≪楚漢演語三國志合部≫: 1책, 경북대

10) ≪帷幄龜鑑≫: 不分卷(6책, 28회), 한국학중앙연구원

국내 소장된 原文筆寫本은 약 50여 종으로 그중 6종만 ≪서한연의≫라는 서명이고 나머지는 ≪초한연의≫(혹은 초한전)로 되어 있다. 또 상당수가 단국대 · 이현조 · 경북대 · 영남대 등에 집중적으로 소장되어 있다.

이들 필사본 가운데는 이화여대본(12권 12책 [卷1 / 2 / 6缺])이 비교적 많은 양을 필사하여 주목되고 나머지 필사본들은 대부분 1권본으로 ≪서한연의≫내용을 간략하게 요약한 필사본이다. 그렇다고 내용이 동일한 필사본이 아니라 약간씩 다른 모습을 하고 있다. 즉 각기 다른 내용으로 축약한 필사본들이다. 또 劍嘯閣批評本 ≪西漢演義≫本을 근거로 꾸민 것이 대부분이다.

필자 또한 원문필사본을 이용하여 ≪서한연의≫이전 ≪초한연의≫의 근거를 찾아보려 原文對照를 시도하였으나 ≪초한연의≫ 원판본이 없어 그 근거를 찾아내지 못하였다. 이는 추후에 정밀한 대조작업을 통하여 정리해볼 예정이다.

● 飜譯筆寫本

1) ≪서한연의≫: 1책, 전주대

2) ≪셔한연의≫: 29권 10책, 규장각
: 16권 16책, 국립중앙도서관
: 16권 16책, 고종32년(1895), 고려대
: 4권, 연세대
: 1책(권22), 단국대

: 16권 16책, 조선말기(추정), 성균관대
: 6권 6책(全 12卷 12冊 中), 서강대
: 1책(권10, 55장), 1800년경(推定), 山氣文庫(李謙魯)
: 2권 1책(卷下), 박순호
: 10권, 이능우
: 16권, 홍택주
: 8권 8책(91회까지 번역), 1880년(推定), 박재연

3) ≪셔한젼≫: 1권, 미도민속관
4) ≪서한전≫: 1권(권10), 정명기
5) ≪西漢傳≫: 권3, 박순호
6) ≪西漢演義≫: 10권 10책(전 12권 12책), 이화여대
: 1권(落帙), 中韓飜譯文獻硏究所(박재연)
7) ≪楚漢演義≫: 1권, 한국학중앙연구원 / 연세대
: 3권 3책, 숙명여대,
: 殘本(권2, 권3-4, 권6, 권7) 단국대 나손문고
: 1권, 중한번역문헌연구소(박재연)
8) ≪쵸한연의≫: 1책(32장), 연세대
9) ≪楚漢傳≫: 1권, 1926년, 한국학중앙연구원 / 단국대
: 1권, 河東鎬 / 홍윤표
10) ≪쵸한뎐≫: 1권, 국민대
11) ≪초한뎐≫: 1책, 1914年, 동국대
12) ≪초한지≫: 1권(53장), 1913년, 부산 金戊祚
: 1책, 조선말~일제시대(推定), 金海 銀河寺
13) ≪쵸한전≫: 1책, 이화여대
14) ≪쵸한젼≫: 1권 1책(殘本), 哲宗7年(1856), 단국대 나손문고
: 1권, 연세대 / 이화여대
: 권지5-권지10(卷6缺), 박순호
15) ≪초한젼≫: 1권, 사재동 / 박순호
16) ≪초한젼 / 권지상이라≫: 1권(癸亥夏)四月日, 冊主人 中正休), 박순호
17) ≪초한긔 · 옥셜기≫: 1권, 여승구
18) ≪초한전≫: 1권, 충남대 학산문고 / 중한번역문헌연구소(박재연) / 대전시 趙鍾業
19) ≪초흔전≫: 1권, 己酉(?), 조동일
20) ≪초흔지 상/하 합부≫: 1권, 박순호
21) ≪쵸한연 졔오≫: 1권(낙질), 박순호
22) ≪쵸한녹≫: 1책(卷下), 光武3年(1899)寫, 尙熊文庫
23) ≪초한실긔≫: 20책(尙和堂印), 국회도서관 / 20책, 1915년, 유탁일

飜譯筆寫本은 대략 50여 종으로 그중 18종이 ≪서한연의≫(서한전 등 포함)이고 30여 종이 ≪초한연의≫로 되어있다. 所藏處는 단국대 · 박순호 · 박재연 등을 소장하고 있으며 나머지는 여러 도서관 및 개인이 분산하여 소장하고 있다.

주목되는 판본으로는 규장각(29권 10책), 국립중앙도서관(16권 16책), 고려대(16권 16책), 성균관대(16권 16책), 이화여대(12권중 10권 10책), 박재연(8권 8책), 서강대(12권중 6권 6책), 홍택주(16권) 등이 있는데 대부분 劍嘯閣批評本 ≪西漢演義≫本을 근거로 대략 1800년대에 번역한 것으로 추정된다.

그 외 대다수의 單卷本들은 ≪서한연의≫내용을 축약위주로 번역하여 다시 꾸민 필사본들이다. 번역시기도 조선말기 부터 일제강점기 까지 다양하게 나타난다.

● 飜譯出版本(일제시대 출판본 포함)

1) ≪셔한연의≫: 1권, 中韓飜譯文獻硏究所(박재연)
2) ≪셔한연의(쵸한젼)≫: 2권 1책, 大正4年(1915년), 단국대 나손문고
3) ≪셔한연의(楚漢傳)≫: 1책, 趙炳舜
4) ≪諺文셔한연의≫: 4권, 1917년(李柱浣編譯, 永豊書館), 국립중앙도서관
: 1-3권, 1917년(李柱浣編譯, 永豊書館), 국립중앙도서관
: 1.3.4권, 1917년(李柱浣編譯, 永豊書館), 연세대
: 4권, 1917년(李柱浣編譯, 永豊書館), 아단문고
: 4권, 1917년(李柱浣編譯, 永豊書館), 박재연
: 3책(卷2缺), 1917년, 中韓飜譯文獻硏究所(박재연)
5) ≪楚漢演義(西漢演義)≫: 1책, 단국대
6) ≪초한전≫: 1권(落帙), 한국학중앙연구원
: 1책, 대전대(李能雨)
: 1권, 1925년(博文書館), 서울대
: 1책(落張), 雅丹文庫
7) ≪楚漢傳≫: 1책, 단국대 나손문고, (외 2종)
8) ≪초한젼≫: 2권 1책(상:42장, 하:44장), 內題: 초한젼권지상이라, 셔한연의 권지하라, 完南龜石里新刊(완판 본), 丁未(1907)孟夏, 山氣文庫 (李謙魯) / 강전섭 / 충남대(2종) / 서강대 / 성균관대 / 영남대 / 충남대 / 국립중앙도서관 / 한국학중앙연구원 / 아단문고 / 경상대 / 박순호 등 소장
: 1권(전후 낙장, 上卷, 완판본), 강전섭
: 2권 1책, 전주 多佳書鋪(1916년), 국립중앙도서관 / 金英漢 / 조병순 / 영남대(도남문고 趙潤 濟) / 영남대(1책)

: 1책, 大正8年(1919), 대전시 趙鍾業

9) ≪쵸한젼≫: 1권(상:44장, 하:44장 合88장), 全州 卓鐘佶家, 完西溪新刊(완판본), 隆熙2年(1908)戊申秋七月西 漢記, 국립중앙도서관 / 한국학중앙연구원 / 서강대

: 2권 1책, 己酉季春完山新刊(1909년, 상:쵸한젼, 하:셔한연의 / 완판본), 한국학중앙연구원 / 임형택 / 이수봉

: 2권 1책, 卓鐘佶編, 西溪書鋪(완판본), 1911년, 계명대 / 단국대(김동욱) / 이능우

: 2권 1책, 1911年刊(下卷은 셔한연의 / 완판본), 이화여대

: 1권, 明治44年(1911, 완판본), 단국대

: 全上下卷1冊, 한국학중앙연구원, 1책(缺本/한국학중앙연구원)

: 1권(85장), 연세대 / 1권(이화여대)

: 2권 1책, 전북대 / 숙명여대 / 雅丹文庫(동일 서적 3부 소장), 규장각 / 한국학중앙연구원 / 온양민속박물관 / 중한번역문헌연구소(박재연)

: 1권(79장), 1917년, 唯一書館, 漢城書館 出刊

: 1권, 1918년, 漢城書館 出刊

: 1권, 大正8年(1919년 9월), 충남대

: 1권(72장), 1921년, 世昌書館 出刊

: 1권(79장), 1925년, 永昌書館, 韓興, 三光 出刊

: 1권(79장), 1926년, 申泰三 發行, 以文堂 刊行

: 1권(79장), 1929년, 大成書林 刊行

: 2권 1책, 昭和7年(1932), 梁冊房出刊(권하:셔한연의), 단국대

10) ≪쵸한젼(楚漢傳)≫: 2권 1책, 서울대 / 한국학중앙연구원

: 1권, 1915년 11월 洪淳泌發行, 영남대

11) ≪쵸한젼≫: 2권 1책(88장), 明治44年(1911), 이화여대(각 2종)

12) ≪초흔전≫: 2권 1책(전후 낙장), 홍윤표

13) ≪초흔젼≫: 1책, 乙未(1919), 여승구

14) ≪장즈방젼≫: 3권 3책, 南谷書板, 한국학중앙연구원

15) ≪(초한건곤)장즈방실긔≫: 2권(상:106장, 하:113장), 1913년, 1915년, 1917년

: 1권 1책(卷上), 仁寺洞 朝鮮書館(1915), 雅丹文庫

: 1권, 朴健會 譯述, 朝鮮書館, 1913년, 1918년, 국립중앙도서관,

: 1권, 朴健會 譯述, 博文書館, 1924년, 한국학중앙연구원

: 1권(125장), 滙東 · 世昌書館, 1926년

16) ≪초패왕≫: 1권(134장), 李源生, 以文堂, 1919, 1923년, 국립중앙도서관

17) ≪항우젼≫: 1권(130장), 李文演, 博文書館, 1918, 1919년, 국립중앙도서관

18) ≪(홍문연회)항장무≫: 1권, 玄丙周, 博文書館, 1918년, 국립중앙도서관
19) ≪(고대초한)전쟁실기≫: 1권, 李鍾楨, 光東書局, 1917년, 국립중앙도서관
20) ≪(초한풍진)홍문연≫: 1권(95장), 滙東書館, 1916년, 1918년, 1926년

이상 목록을 살펴보면 불과 몇 종을 제외하고는 대부분 ≪楚漢演義≫ · ≪초한전≫ · ≪초한지≫라는 서명으로 필사 및 출간되었다. 조선시대 出版本으로 1907년 · 1908년 · 1909년에 나온 完板本[32]이 있다. 완판본 이외에 京本이나 安城本은 출간되지 않은 듯하다.

1907년 출간한 완판 丁未本은 內題에 "초한젼권지상이라"와 "셔한연의권지하라"라고 제목을 달리하였다. 이는 上卷에서는 주로 楚漢戰爭의 내용을 다루었고, 下卷에서는 천하통일 이후 창업공신 제거 등 한 왕조의 체제정비 내용을 위주로 기술하고 있기에 의도적으로 제목을 달리한 것으로 보인다.

이러한 분류는 마치 楚漢大戰을 주로 다룬 正集〈前漢書平話〉와 천하통일 이후 창업공신 제거와 漢 王朝의 체제정비를 다룬 續集〈續前漢書平話〉의 분류처럼 느껴져 아이러니하다.

그 외 판본은 대부분 일제강점기 출판본으로 원문출판은 없고 모두 번역출판본이다. 대부분 2권 1책이 주종을 이루며 그중에서 1917년 飜譯(縮約)出版本(4권본)은 이전보다 내용을 보강하여 출판한 책으로 나름의 意義를 가진다. 그 외 ≪항우전≫ · ≪장자방실기≫ · ≪초패왕≫ · ≪홍문연≫ 등 흥미로운 부분만 축약하여 출판한 부분번역본이 있다.

결론적으로 ≪서한연의≫는 최초 元 至治年間(1321-1323)에 만들어진 ≪全相平話五種≫가운데 〈前漢書平話〉가 母胎가 되어 발전하였으며 그 후 1588년에 간행된 ≪全漢志傳≫과 1605년에 간행된 ≪兩漢開國中興傳志≫를 거쳐 1612년에 ≪西漢演義傳≫이라는 서명으로 출간되었다. 얼마 후 다시 劍嘯閣에서 ≪東西漢通俗演義≫로 나오면서 지금까지 통행본으로 이어지고 있다.

≪서한연의≫의 국내 유입에 대한 최초기록은 ≪宣祖實錄≫(卷三, 宣祖 2年[1569년])에 나타나는 것으로 보아 1569년 이전에 유입된 것으로 추정된다. 그러나

32) 그 외에도 완판본은 1911년과 1916년 등 여러 차례 출간되었다.

이 책에는 ≪서한연의≫가 아닌 ≪楚漢衍義≫로 언급되어 있다. 또 1595년에 쓴 吳希文의 ≪鎖尾錄≫에도 ≪楚漢演義≫라고 기록되어 있어 ≪楚漢演義≫의 실존 가능성이 높아 보인다.

이러한 점을 감안하면 대략 1600년대 초기까지 ≪초한연의≫는 시중에 유통된 것으로 추정된다. 그 후 1600년대 초 · 중기에 ≪서한연의≫가 국내에 유입되면서 ≪초한연의≫대신에 ≪서한연의≫라는 서명으로 通稱되었으나 번역본 소설에 대해서는 여전히 이전에 유통되던 ≪초한연의≫라는 書名을 그대로 따르고 있는 양상을 보여준다. 이는 현존하는 원문필사본과 번역본의 절대 다수가 ≪초한연의≫라고 언급되어 있는 서지상황이 이를 증명해준다.

국내 소장되어 있는 ≪서한연의≫판본은 중국 원판본 외에도 원문필사본과 번역필사본 및 번역출판본으로 분류된다. 원문필사본과 번역필사본은 대부분 劍嘯閣批評本 ≪西漢演義≫를 근거로 축약필사하였거나 번역필사한 판본으로 확인된다. 번역출판본은 조선시대 완판본이 1907년에 처음 출간되었고 그 후 일제강점기에 내용을 축약한 책들이 다수 출현하였다.

3. ≪水滸誌語錄≫과 ≪西遊記語錄≫研究*

필자는 국내에 소장된 중국고전소설 판본 정리작업을 하던 중 다소 생소해 보이는 문헌을 접하게 되었는데 이것이 바로 ≪水滸誌語錄≫과 ≪西遊記語錄≫이었다. 이 책들을 열람해 보니 주로 백화본 통속소설의 어록집이기에, 조선시대 문인들이 명말청초에 들어와 크게 변화된 중국통속소설을 읽는데 보조 역할을 하는 단순한 어록해설집으로 간주하였다. 그도 그럴 것이 당시 조선 문인들은 文言에는 익숙하였지만 백화통속류 작품에는 익숙하지 않았기 때문에 이러한 것들이 나올 수도 있었겠구나 하는 정도에서 덮어두었다. 또 당시 본인도 판본의 분류 정리에 급급하여 크게 주목하지 않았다가 1998년 〈수호전의 국내 수용에 관한 연구〉라는 논문[1]을 쓰면서 ≪수호지어록≫에 관심을 가지게 되었고, 또 2006년 〈서유기의 국내 유입과 판본 연구〉라는 논문[2]을 쓰면서 ≪서유기어록≫에 대하여 주목을 하게 되었다. 그 후 2007년 대학원 석사학위논문을 지도하면서[3] 관심이 집중되었고 이에 대한 연구의 필요성과 이 판본에 대한 가치를 재평가하게 되었다.

더군다나 ≪水滸誌語錄≫과 ≪西遊記語錄≫의 출현문제와 출판문제 및 구성문제 등이 그리 간단한 문제가 아니고 또 조선 말기에 나온 것으로 보이는 ≪四奇語錄≫(≪水滸誌語錄≫·≪西遊記語錄≫·≪西廂記語錄≫·≪道家語錄≫)과 심지어는 ≪註解語錄總覽≫(≪朱子語錄≫·≪水滸誌語錄≫·≪西遊記語錄≫·≪西廂記語錄≫·≪三國志語錄≫·≪吏文語錄≫) 등의 판본을 보면서 이에 대한 의문과 궁금증이 증

---

* 이 논문은 2008년도 慶熙大學校 교비연구과제로 연구된 결과로 2009년 ≪중국소설논총≫제29집에 게재된 논문을 수정 보완한 논문이다.(KHU-20080668)

민관동 : 慶熙大學校 中國語科 教授

1) 拙稿, 〈수호전의 국내 수용에 관한 연구〉, ≪중국소설논총≫제8집, 1998.8.

2) 拙稿, 〈서유기의 국내유입과 판본 연구〉, ≪중국소설논총≫제23집, 2006.3.

3) 본인은 2007년 1학기에 경희대 교육대학원 중국어교육전공 홍수진의 〈서유기의 판본 및 국내유입에 대한 연구〉라는 석사학위논문을 지도하였다.

폭되었다.

본고에서는 먼저 이러한 문제들을 해결하기 위하여 小說語錄의 출현시기와 과정 그리고 현존하는 판본의 양상 등을 집중적으로 고증해 보고, 또 ≪水滸誌語錄≫과 ≪西遊記語錄≫의 구성과 내용을 분석하여 이 판본의 가치와 의의를 고찰해 보고자 한다.

1. 語錄의 출현과 판본 양상

1) 어록의 출현시기와 문제점

본래 "語錄"이란 단어의 사전적 의미는 "儒家의 經義나 불교의 교리를 설명한 말을 기록한 책이나 또는 위인이나 유명인들의 짤막한 말을 모은 기록"을 말한다. 그러나 여기에서 "어록"이란 곧 "단어해설집" 혹은 "어록해설집"을 의미한다. 이를 더 축약하여 "어록해"라고 불리어졌다. 여기에 소설의 難句와 어휘를 모아 만든 것을 "小說語錄解"라고 하였다.

사실 국내에서 소설의 어휘와 難句를 최초로 해설한 것으로는 ≪剪燈新話句解≫[4]를 들 수 있다. 이 책은 중국 明代 瞿佑의 ≪剪燈新話≫가운데 특별히 理解를 要하는 어휘나 難句를 선별하여 原文의 單語下段에 직접 註를 달아 해설을 하는 방식으로 꾸며져 있다.[5] 그리하여 書名도 ≪剪燈新話句解≫라고 하였다. 그러나 후대에 나온 "小說語錄"은 원본과는 다른 별개의 단행본 형식을 취하고 있으며 해설 방식도 다르다. 즉 ≪剪燈新話句解≫는 모두가 한문으로 語句를 해설하고 註解한 반면 "소설어록"은 漢文과 한글을 混用하여 마치 辭典的 형식을 취하고 있다.

먼저 ≪水滸誌語錄≫과 ≪西遊記語錄≫이란 書誌의 출현과 이를 고증하는 단서는 아마 金台俊(1906-1949)[6]의 ≪조선소설사≫(1932년 출간)에서 찾아야할 것 같다. 그의

---

4) 이 책은 1549년(明宗 4年)과 1559년(明宗 14년)에 朝鮮文人 尹春年訂正, 林芑集解로 刊行되었다. 총 2권 2책으로 간행되었고 그 후 1704년 등 여러 차례 覆印되었다.

5) ≪전등신화구해≫에서 주해를 표기한 방식은 아래와 같다.
至正: 元順帝年號, 甲申歲潮州: 古閩越之地今隷廣東布政司.
士人余: 余氏秦由余之後也. ≪剪燈新話句解≫上〈水宮慶會錄〉中.

6) 김태준은 1931년 경성제대 문학부 지나(중국)문학과를 졸업하고 조선어문학회의 일원으로 한국

책 ≪조선소설사≫에는:

> 모든 儒冠의 분분한 공박과 구구한 시비 속에도 ≪水滸≫의 독자는 늘어갈 뿐이었고 顯宗 10年(1669)에는 벌써 ≪水滸≫ · ≪西遊記≫속에서 白話, 難句만을 채집하여 ≪小說語錄解≫를 지어 출판하였다.[7)]

라는 문구가 보이나 이것이 어떤 근거로 가지고 현종10년(1669)이라 단언한 것인가에 대하여는 밝히고 있지 않다. 또 이재수의 논문에서도[8)] " ≪수호전≫은 중국의 代表的 傑作이라 조선 독서계에 영향이 컸고 학자들이 많이 관심을 갖고 탐독하였고 ≪水滸傳語錄≫도 일직이 나왔는데 여기에 대하여 許筠이가 최초로 비평을 하였다"라는 말과 그 아래 註를 달아 "현종 10년에 ≪水滸傳≫ · ≪西遊記≫ 속에서 白話, 難句만을 採集하여 ≪小說語錄解≫를 지어 출판하였다."라고 언급하였다. 그 후 박성의는 그의 책에서[9)] "현종 10년에는 벌써 ≪水滸傳≫과 ≪西遊記≫ 속에서 白話, 難句만을 採集하여 ≪小說語錄解≫를 출판하였다."라고 언급하였는데, 사실 이재수와 박성의 두 학자의 문구는 모두 김태준의 문장에서 인용된 것임을 확인할 수 있다. 그러나 여기에서 의문점은 과연 무엇을 근거로 현종 10년(1669)에 ≪小說語錄解≫가 출판되어졌는지를 밝히는 자료는 아무도 제시하지 못하고 있다.

그 후 1985년에 일본학자 大谷森繁은 ≪조선 후기소설 독자 연구≫에서 위 사실을 정면으로 부정하였다. 그는 일본 동양문고 소장본을 근거로:

> 현재 일본 東洋文庫에 소장되어 있는 ≪五才子書(水滸誌)語錄≫이 筆寫人인 동시에 소장자였던 사람을 추측할 수 있는 유일본이 아닌가 생각된다. 동양문고본은 表題에 ≪語錄解≫라고 쓰여 있고 두 부분으로 나뉘어 있는데, 南二星本 ≪語錄解≫에 ≪五才子書(水滸誌)語錄≫이 合綴된 것이다. 그리고 卷尾에 "閼逢敦牂仲春上弦 杏亭藏"이라는 識

문학에 지대한 공헌을 한 인물이나 1949년 빨치산 일원으로 체포되어 사형당했다. 그 후 이러한 연유에서 그를 天台山人 혹은 김아무개 또는 김○준 등으로 불리어 졌다가 1980년대에 들어와 유고집(1932) ≪조선소설사≫를 다시 출간하면서 일반화 되었다.

7) 김태준, ≪조선소설사≫, 도서출판 예문, 1989년판, 83쪽.

8) 이재수, 〈한국소설발달단계에 있어서 중국소설의 영향〉, ≪경북대학교논문집≫ 제1집, 1956년, 64-65쪽.

9) 박성의, ≪한국문학배경연구≫下, 이우출판사, 1982년, 618쪽.

語가 있다. 이 杏亭이라는 인물에 관하여 前間恭作(일본학자)은 '杏亭은 ≪五才子書語錄≫을 筆寫한 다음에 ≪語錄解≫舊寫本의 末尾에 合綴한 것이다. 杏亭은 洪府使大猷와 別號가 같으나 道光年間의 다른 인물인 듯하다'고 하였으며 이 閼逢敦牂을 道光 14年(1834) 甲午로 보았다.[10]

라고 前間恭作의 견해를 기술하였다. 그러나 정작 大谷森繁 본인은 鄭良婉의 ≪閨閤叢書≫解題에서 그 저자 憑虛閣 李氏(1759-1824)의 남편 徐有本이란 인물의 號가 杏亭임을 제시하며 당시 그와 교류가 있었던 李德懋(1742-1793)의 생졸연대를 근거로 杏亭 서유본의 필사년은 識語를 쓴 甲午年이 바로 1775년에 해당된다고 추정하였다.[11]

이렇게 각기 다른 학설을 제시되며 김태준의 현종 10년(1669) 출판되었다는 설은 근거부족으로 증명하기 어려운 숙제로 남게 되었다.

과연 김태준은 무엇을 근거로 현종 10년(1669)설을 주장하였던 것인가? 그러나 본인은 김태준이 1932년 ≪조선소설사≫를 지으면서 전혀 근거 없이 현종 10년 이라는 구체적인 年度까지 밝히기는 쉽지 않은 일이라 생각되었다. 분명 지금은 실전된 어떤 판본을 보았거나 혹은 구체적으로 기술된 기록이 있었으리라 사료된다.

이러한 문제를 해결하기 위해서는 먼저 ≪語錄解≫의 기원에 대하여 살펴보아야 할 것 같다.

≪語錄解≫라는 책은 중국 송나라 때의 ≪朱子語錄≫을 한글로 풀이한 책으로 孝宗3年(1652) 鄭瀁(?-1668)이 엮어 펴낸 한국 최초의 중국어 白話 및 俗語辭典이다. 이 책 끝에는 漢語集覽字解와 부록 및 저자의 발문이 있는데, 그 跋文에 의하면 ≪어록해≫는 원래 李滉(1501-1570) 문하의 유생들에게 중국 白話體의 俚語, 또는 俗語를 가르치기 위함이었다고 한다. 이황의 ≪溪訓≫외에 柳希春(1513-1577)의 ≪眉訓≫ 및 기타 주해서에서 주요한 점을 뽑아내어 한글과 한자로 주해해 놓았다. 어록해 44면, 한자집람자해 3면정도, 부록 8면정도, 발문 2면정도로 되어 있으며, 총 어휘수는 1182개이다.[12] 이 책은 1책 목판본으로 되어있으며 서울대 가람문고에 소장되어 있다.

10) 大谷森繁, ≪조선 후기소설 독자 연구≫, 고려대 민족문화연구소 출판부, 1985년, 94쪽.
11) 大谷森繁, ≪조선 후기소설 독자 연구≫, 고려대 민족문화연구소 출판부, 1985년, 95쪽. 필자가 보기에도 前間恭作의 견해 보다는 大谷森繁의 주장이 일리가 있어 보인다.
12) http://www.hangeulmuseum.org 사이트 참고. 디지털 한글 박물관, ≪어록해≫, 1책, 목판본, 서울대학교가람문고 소장.

또 조선 효종 3년(1652)에 정양이 이황과 유희춘의 주해를 수정하고 증보하여 펴낸 뒤, 그 후 현종 10년(1669)에는 南二星과 송준길 등이 발문을 붙여 다시 간행하였다고 전해진다.[13)]

여기에서 南二星과 송준길 등이 1669년(현종 10년)에 발문을 붙여 다시 간행하였다는 기록이 주목된다. 그렇다면 김태준이 단순히 이 기록만 보고 ≪小說語錄解≫도 이때 출판되었다고 단언하였을까? 사실 그렇게 보기는 어려워 보인다. 왜냐하면 ≪語錄解≫는 당시 유생들의 유학에 대한 어록해석집인 반면 ≪小說語錄解≫는 그들이 가장 경계하고 폄하하였던 통속소설의 ≪어록해≫이기 때문이다.

그런데 이러한 문제를 해결해 주는 단서가 앞에서 언급한 동양문고의 ≪五才子書(水滸誌)語錄≫이다. 동양문고본은 表題에 ≪語錄解≫라고 쓰여 있고 이 책은 두 부분으로 나뉘어 있는데, 후대에 南二星本 ≪語錄解≫에 ≪五才子書(水滸誌)語錄≫이 合綴된 것이라고 한다. 물론 이것이 후대의 필사본이기는 하지만 1669년에 간행된 ≪語錄解≫를 그대로 필사한 것이기에 김태준의 현종 10년(1669)설은 오히려 그 가능성에 설득력이 있어 보인다.

결론적으로 확실히 현존하는 판본이나 출판기록이 없어 김태준의 현종 10년(1669)설을 단언할 수는 없으나 앞의 정황으로 보아 大谷森繁에 의하여 정면 부정된 현종 10년 출판설은 再考의 여지가 있어 보인다.

≪水滸誌語錄≫과 ≪西遊記語錄≫의 출현은 김태준이 언급한 것처럼 1669년(현종 10년)에 나왔거나 아니면 大谷森繁의 주장처럼 ≪語錄解≫가 나온 후에 나중에 ≪語錄解≫와 合綴되었을 가능성도 있다. 나중에 합철된 것이라는 假定下에 일본 東洋文庫에 현존하는 필사본의 출현시기를 추정하면 前間恭作는 그 시기를 道光 14年(1834) 甲午로 보았지만 大谷森繁은 1775년(杏亭 서유본의 필사년은 識語를 쓴 甲午年)에 해당된다고 고증해냈다. 이러한 정황으로 보아 ≪水滸誌語錄≫과 ≪西遊記語錄≫의 출현은 적어도 1775년 이전에 이미 만들어져 유통되고 있었음이 확인되기에 본인은 오히려 현종 10년 刊行說에 그 가능성을 열어둔다. 또 제목에 있어서도 당시에는 ≪水滸

---

13) ≪어록해(語錄解)≫, 야후 코리아 -엠파스국어사전.
이 ≪어록해≫는 一字類에서 六字類로 분류하여 주해를 달았는데, 1자류는 157개, 2자류는 737개, 3자류는 83개, 4자류는 58개, 5자류는 13개, 6자류는 2개로 1050개로 구성되어 있다.

誌語錄≫과 ≪西遊記語錄≫이 분리되어 나온 것인지 또는 ≪小說語錄解≫라는 이름으로 합해서 나온 것인지는 확인하기 어렵다. 다만 후대에 필사본이 각권으로 분리되어 유통되었기에 각자 단행본이라 추정할 뿐이다.

앞에서 소설어록의 출현이유 및 시기 그리고 활용에 대하여 언급하였다. 그러면 소설어록은 누가 만들었느냐는 문제가 제기된다. 사실 어록을 해설하거나 해제하는 작업은 그리 녹녹한 작업이 아니다. 그야말로 그 분야의 전문성이 요구되는 작업이고 또 白話의 難句와 俗語에 대한 해설은 중국어를 능통하게 하지 않으면 어려운 작업이기 때문이다. 초기 ≪語錄解≫는 당연히 儒生들이 만들었다는 사실에 대하여는 이론의 여지가 없다. 그러면 소설어록도 문인들이 함께 만들었느냐는 문제에 대해서는 신중하고 세밀한 고증이 요구된다.

일반적으로 당시의 소설 창작이나 번역자들은 대부분이 몰락한 양반 지식층이나 서출 그리고 중인 또는 胥吏나 譯官들을 이것을 담당하였다고 보는 것이 지금까지의 통설이다. 특히 번역이나 번안에 있어서는 譯官의 역할에 주목할 필요가 있다. 이에 대한 기록으로는 이병기·백철의 ≪국문학전사≫에 상세하다.

> 李鍾泰라는 이가 皇帝의 命을 받아 文士 수십 명을 동원하여 오랫동안 中國小說을 飜譯한 것이 近 百種에 가까웠고, 또 昌德宮안에 있는 樂善齋(王妃의 圖書室)에는 한글로 된 書籍이 지금 四千餘冊이나 되는 바, 그중에는 飜譯小說이 大部分이고 더러는 국문학의 貴重本도 끼어 있었다. 이 같은 중국소설의 열성적인 번역은 우리의 小說文學을 育成發展하는 데에 커다란 영향을 끼쳤고 또 부단한 刺戟을 주었을 것임을 가히 짐작할 수 있다.[14]

이처럼 그들은 직업상 白話에 능통했을 뿐만 아니라 중국에서 중국소설을 구입해 들여왔던 장본인들이었고 또 중국통속소설을 정확하게 읽어낼 수 있는 독자이며 번역 능력을 겸비한 사람들이기에 이들이 주도하였으리라 하는 추정된다.

그러나 이 문제에 대하여 大谷森繁은 일반적으로 일본의 경우 어록 및 사전을 만든 사람과 번역·번안에 종사한 사람이 同一人物이었던 경우가 적지 않았다는 전제하에 또 다른 가능성을 제시하고 있다. 大谷森繁은 앞에서 언급하였듯이 憑虛閣 李氏의 남

14) 白鐵, ≪國文學全史≫, 新舊文化社, 1961년, 182쪽.

편 徐有本이란 인물의 號가 杏亭임을 제시하였는데 그는 英·正祖 때의 문인으로 伊川府使까지 지냈던 인물로 당시 사대부 집안이라는 사실이다.

이러한 관점에서 볼 때 ≪語錄解≫를 주도 했던 부류들도 유림의 문인층인 점을 감안하면 ≪小說語錄解≫를 주관하였던 부류도 양반 문인층이었을 가능성도 배제할 수 없어 보인다. 오히려 당시 ≪語錄解≫를 주도하던 사람들이 소일거리 삼아 또는 중국의 백화나 俗語 혹은 俚語라는 관점에서 유학서적이나 통속소설을 따로 구별하지 않고 동일한 평가를 하여 함께 작업을 한 후 合綴하였을 수도 있기 때문이다. 그러하기에 소설어록의 주도 세력은 양반 文人層이나 혹은 역관들일 가능성이 가장 높다.

2) 판본 양상

국내 여러 도서관에 소장되어 있는 ≪水滸誌語錄≫과 ≪西遊記語錄≫의 판본 양상은 다음과 같다.[15)]

*水滸誌語錄

: 1冊(35장, 1회-70회까지 수록), 筆寫本, 23.5×23.6㎝, 卷頭書名: 翻施耐菴錄, 筆寫者未詳, 附: ≪서상기어록≫, 卷末: 辛巳(1881年[고종18년])仲夏小晦潭雲謄書 ……………………奎章閣

: 1冊(21장), 24.4×19.1㎝, 11行字數不定, 有界, 上黑魚尾……………奎章閣

: 1冊(36장), 31.5×20.5㎝, 朴健會編, 필사본, 1912년, 표지서명: 註解水滸誌語錄, 目次: 수호지어록, 서유기어록, 서상기어록……………奎章閣

: 1冊(31장), 20.5×13.5㎝, 8行字數不定, 無界, 無魚尾, 筆寫本, 國漢文混用, 筆寫者,筆寫年未詳……………建國大

: 1冊(18장), 筆寫本, 26.6×18.9㎝, 10行24字內外, 無界, 無魚尾, 註雙行, 四周白邊, 筆寫者, 筆寫年未詳……………延世大

: 5卷4冊(冊4破損), 25.2×23.3㎝, 行字數不定, 無界, 無魚尾, 筆寫本, 筆寫者: 谷城丁學永(未詳), 寫記: 谷城縣西山下竹洞竹溪書堂從曾祖考諱學永菊齋手筆從曾孫來龜來鳳 謹拜書, 黙容室藏……………延世大

*水滸誌語錄解

: 1冊(25장), 21.7×16.5㎝, 丁巳(1857년 혹은 1917년)6月日粧續于蓮谷(卷末), 筆寫

15) 여기에서 소개된 판본 자료는 拙著, ≪중국고전소설사료총고≫, 아세아문화사, 2001년, 264-275쪽을 근거로 하였으며 그 외 최근에 새로 확인된 자료를 보충하여 만든 자료이다.

本……………………………………………………………………………國立中央圖書館
: 1冊(58장), 23.3×17㎝, 8行18字, 無界, 筆寫本, 註雙行, 표제: 수호지어록, 印: 尹胃榮印(?)齋……………………………………………………………………………延世大
: 1冊(75장), 18×16.5㎝, 朝鮮筆寫本, 筆寫者,筆寫年未詳, 朝鮮後期(19세기말 혹은 20세기초로 추정)……………………………………………………………………奎章閣

*水滸誌語錄諺解
: (활자본, 1책, 116쪽), 張志淵發行, 朝鮮廣學書舖, 大正6년(1917年)
……………………………………………………………………國會圖書館, 檀國大 等

이렇게 ≪水滸誌語錄≫·≪水滸誌語錄解≫·≪水滸誌語錄諺解≫ 등 3종이 보이나 대부분이 필사본이고 1900년대 초에 이르러 활자본이 출현하였다. 이 책들의 내용은 주로 백화체 문장중의 難句를 해설하는 형식으로 楔子부터 가지런하게 수록하였다. 다음은 ≪西遊記語錄≫으로 필사본과 출판본 2종이 현존한다.

*西遊記語錄

西遊記語錄	編者.筆寫者未詳, 朝鮮筆寫本	1冊(14張), 27.8×19.4㎝	卷末: 歲在黃鷄建甲月書藏于考槃齋.	奎章閣
	朝鮮木版本, 編者.刊行年(白斗鏞, 1册, 京城翰南書局, 1918年)	1册, 31×20㎝, 舊活字本		嶺南大 外

그 외의 것으로는 合綴本으로 여러 종을 묶어 단행본으로 출판하였다. 이 판본은 주로 1900년대 초기의 것만 확인된다.

* 其他 合綴本

四奇語錄 : 朝鮮筆寫本, 筆寫者 및 筆寫年未詳(朝鮮後期로 추정). 1책(48장). 26×20.8㎝, 10行20字, 註雙行으로 되어 있으며 ≪서상기어록≫·≪수호지어록≫·≪서유기어록≫과 부록으로 ≪道家語錄≫이 합쳐져 있으며 현재 成均館大에 所藏되어 있다.

註解語錄總覽 : 목판본, 1권 2책(19.2×28.8㎝)으로 어록과 이두를 모아 한문과 한글

로 주해를 한 책이다. 이 책은 白斗鏞이 편찬하고 尹昌鉉이 增訂하여 1919년 서울 翰南書林에서 간행하였다. 南二星의 ≪語錄解≫(1669)를 重刊한 ≪朱子語錄≫과, 소설어록인 ≪水滸誌語錄≫·≪西遊記語錄≫·≪西廂記語錄≫·≪三國志語錄≫, 그리고 이두를 수록한 ≪吏文語錄≫이 순서대로 함께 실려 있다. 총 1권 2책으로 제1책에는 ≪朱子語錄≫과 ≪水滸誌語錄≫이, 제2책에는 ≪西遊記語錄≫·≪西廂記語錄≫·≪三國志語錄≫·≪吏文語錄≫ 등이 실려 있다. 이 책에 수록된 어록의 항목들은 모두 字類別로 구분되어 수록되어 ≪語錄解≫와 동일한 항목배열과 설명 방식을 보인다. 다만 ≪三國志語錄≫ 만은 예외적으로 항목배열이 자류에 의한 구분에 의하지 않으며 수록된 어록의 수요도 매우 적은 편이다.[16] 이 책은 현재 규장각·국립중앙도서관·고려대·연세대·경희대·서강대 도서관 등 여러 곳에 두루 소장되어 있고, 또 1978년에는 태학사에서 영인본이 간행된 바 있다.

이상의 자료에서 확인 되듯이 南二星이 1669년(현종 10년) 발행한 ≪語錄解≫에 ≪水滸誌語錄≫와 ≪西遊記語錄≫이 合綴되어 출판되지는 않았지만 후대의 필사본에는 ≪語錄解≫와 ≪水滸誌語錄≫및 ≪西遊記語錄≫이 합철되어 전해진 것은 확실한 사실이다. 또 소설어록도 단순히 ≪水滸誌語錄≫과 ≪西遊記語錄≫만 합철된 것이 아니라 희곡인 ≪西廂記語錄≫도 부록 형태로 합철되었고 드물게는 半文半白이라 하는 ≪三國志語錄≫도 나타나는 것이 흥미롭다.

또 현존하는 판본의 양상으로 볼 때 조선시대 출판본은 거의 발견되지 않고 대부분이 필사본만 존재한다. 출판본은 일제시대로 들어와 ≪水滸誌語錄諺解≫(張志淵發行, 朝鮮廣學書舖, 1917年)나 ≪西遊記語錄≫(白斗鏞, 京城翰南書局, 1918년)이나 ≪註解語錄總覽≫(白斗鏞編纂 尹昌鉉增訂, 翰南書林, 1919년) 등이 출현하였다.

16) 디지털 한글 박물관, ≪주해어록총람≫, 석주연 해석 참고. http://www.hangeulmuseum.org.

2. ≪水滸誌語錄≫의 내용 분석

국내 각 도서관에 소장되어 있는 ≪水滸誌語錄≫가운데 비교적 주목되는 판본은 규장각의 [1] ≪水滸誌語錄≫(M/F85-16-326-H)과 국립중앙도서관의 [2] ≪水滸誌語錄解≫(위창(古)3133-1) 그리고 규장각의 [3] ≪水滸誌語錄解≫(M/F85-16-235-E)이다.

[1] 奎章閣의 ≪水滸誌語錄≫(M/F85-16-326-H)은 1冊 35장으로 되어 있으며 ≪수호전≫1회에서 70회까지의 어휘를 골고루 수록한 筆寫本이다. 卷頭書名으로는 翻施耐菴錄이라 되어 있고 筆寫者는 未詳이다.

또 70회 다음에는 특이하게 拾遺라는 것이 있는데, 여기에서 拾遺란 빠진 것을 보충한 다는 뜻으로 앞의 1회에서 70회까지 정리하다가 빠트린 것을 다시 보충하는 방식을 취하였다. 또 특이하게도 여기에서는 단어 숫자별로 一字.... 二字... 부터 十字까지 일목요연하게 정리하였다. 그 후 附錄으로 ≪西廂記語錄≫을 첨부하였고 卷末에는 辛巳(1881年[고종18년])仲夏小晦潭雲膽書라는 刊記가 있어 대략 1881년에 만들어진 것임을 확인할 수 있는 단서를 제공하였다.

[2] 國立中央圖書館의 ≪水滸誌語錄解≫(위창(古)3133-1)는 1冊 25장으로 된 필사본이다. 卷末에 丁巳六月日粧續于蓮谷이라는 刊記가 있는데 여기에서 丁巳年이라면 1857년 혹은 1917년이 해당된다. 전자인지 후자인지 확신할 수는 없지만 당시에 이미 ≪水滸誌語錄≫과 ≪水滸誌語錄解≫가 동시에 돌아다니고 있었다는 사실이 주목된다.

[3] 奎章閣의 ≪水滸誌語錄解≫(M/F85-16-235-E)는 1冊 75장으로 된 筆寫本이다. 筆寫者와 筆寫年은 未詳이나 대략 朝鮮後期(19世紀末 혹은 20世紀 初로 추정)로 추정된다.

대부분의 ≪수호지어록≫ 가운데 가장 일반적인 구조와 형태를 띠고 있는 양식은 奎章閣 所藏本 ≪水滸誌語錄解≫(M/F85-16-235-E)처럼 回目順序에 입각하여 白話 및 難句의 순으로 원문과 해석을 기술하는 방식을 취하고 있다. 그 예문은 아래와 같다. :

奎章閣 所藏本 ≪水滸誌語錄解≫(M/F85-16-235-E)

回目 : 無. (제1회)

一條棍棒等身齊打四座百軍州 : 길과 갓튼 막데ᄒᆞᆫ아으로 四座百軍州을 고로 쳐셔

都姓趙 : 도모지 됴씨 셰상(세상)을 ᄆᆡᆫ드니.

端的是 : 춤으로. 雪片也似 : 눈날니드시.

羅天大醮 : 텬변슈륙.

............(以下 中略).............

回目 : 王敎頭私走延安府 九紋龍大鬧史家庄. (제2회)

浮浪破落戶 : 헛되고 외입장이. 胡亂 : 실업시.

幫閒 : 허랑즙비. 相撲 : 탁견.

..........(以下 中略)........

回目 : 史太郎夜走華陰縣 魯提轄擧打鎭關西. (제3회)

你兀自賴哩 : 너으히려 앙탈ᄒᆞᄂᆞ냐

把手指道且答應外面 : 숀으로 형용ᄒᆞ야 이르되 아직 것츠로만 ᄃᆡ답ᄒᆞ니

盡敎打疊起了 : ᄃᆞ묵거동이라 ᄒᆞ고

分外眼明 : 별로눈이 ᄇᆰ은지라

見勢頭(原文은 頭勢로 誤記)不好 : 눈치가 조치 못하믈 보고

............(以下 省略).............

이러한 순으로 ≪水滸傳≫의 回目順序(그러나 回目의 표기는 없고 제목만 쓰고 있다.)에 입각하여 白話 및 難句가 나오는 순서대로 먼저 원문의 단어나 문구를 싣고 그 아래 해설과 해석을 하고 있는 형태를 취하고 있다. 이러한 형태는 ≪水滸誌語錄≫이나 ≪西遊記語錄≫에서 가장 흔하게 보이는 구조이다. 그러나 이러한 구조와 다소 다른 구조로 만들어진 것이 있는데 이것이 바로 ≪水滸誌語錄≫(M/F85-16-326-H)이다.

≪水滸誌語錄≫(M/F85-16-326-H)

奎章閣 所藏本 ≪水滸誌語錄≫(M/F85-16-326-H)은 첫 장 맨 앞에 "翻施耐菴錄"이라 되어 있으며 전체적인 구조와 내용은 크게 3부분으로 나뉘어져 있다. 첫째는 回目別 어록해설, 둘째는 字類別 어록해설, 셋째는 ≪西廂記語錄≫으로 구성되어 있다.

자세한 내용은 다음과 같다. :

* 첫째 : 回目別 어록해설 부분

楔子 : 張天師祈禳瘟疫 洪太尉誤走妖魔

一條桿棒等身齊打四百軍州都姓趙 : 글과 갓튼 막대ᄒᆞᆫ나흐로 ᄉᆞ빅좌군쥬를 고로로 쳐셔 쏘모지 됴씨 셰상을 만드니.

端的是 : 춤으로. 雪片也似 : 눈날니드시.

..........(以下 中略)........

一回 : 王教頭私走延安府, 九紋龍大鬧史家村.

浮浪破落戶 : 헛되고 외입장이. 相撲 : 탁견.

頑耍 : 가락질 胡亂 : 실업시.

..........(以下 中略)........

二回 : 史太郎夜走華陰縣 魯提轄擧打鎭關西.

你兀自賴哩 : 네오히려 앙탈ᄒᆞ냐

把手指道且答應外面 : 손으로 형용ᄒᆞ야 이라되 아직 것츠로 말ᄃᆡ답ᄒᆞ라

權 : 아직 盡教打疊起了 : 다묵거동이라 ᄒᆞ고

見勢頭(原文은 頭勢로 誤記)不好 : 눈치가 좃치못ᄒᆞ물보고

.........(以下 省略)..........

이러한 방식으로 70回까지 어록해설을 하였다. 그러나 전자 판본 ≪水滸誌語錄解≫(M/F85-16-2 35-E)은 비록 回目 표시는 생략하였으나 回目의 순서에 입각하여 정리한 반면 후자 판본 ≪水滸誌語錄≫(M/F85-16-326-H)은 먼저 楔子를 표기하고 다음에 제1회부터 제70회까지 수록하였다(총71회). 이러한 사실로 보아 김성탄의 70回本 ≪수호전≫을 저본으로 만든 것임이 확인된다.

* 둘째 : 字類別 어록해설 부분

回目別 어록해설 부분 다음에 "拾遺"라는 文句가 있는데 拾遺라는 뜻은 "빠진 것을 뒤에 보충한다"라는 뜻으로 앞에서 빠트린 語句를 다시 정리하고 있는 것이 특이하다. 이 부분은 단어 및 어구의 字數別로 어록해설을 하였다.

먼저 예문을 살펴보면 :

一字類 : 吅--吐二字同 단어는 단 1개뿐.

二字類(二字類라는 표시 없이 一字類에 합쳐 나옴) : 頂老--妓女号 등 총 37개.

三字類 : 酒生兒--酒家傭, 折頭溝--막달은물 등 총 26개가 나온다. 해설은 한글과 한문 혼용으로 되어있다. 그리고 나머지 四字類 : 총 22개, 五字類 : 총 8개, 六字類 : 총 5개, 七字類 : 無, 八字類 : 총 5개, 九字類 : 총 2개, 十字類 : 총 2개.

이상에서처럼 七字類만 제외하고 一字부터 十字까지 字類別로 일목요연하게 정리하였다. 이것은 ≪小說語錄解≫가 후대에 回目別 어록에서 字類別 어록으로 변화하는 계기가 되는 중요한 역할을 한 판본으로 사료된다. 이는 후대에 辭典的 형태로 발전하게 된 방향타가 된 것으로 추정된다.

* 셋째 : ≪西廂記語錄≫

字類別 어록해설 부분 다음에 수록된 것이 ≪西廂記語錄≫이다. 당시 소설도 아닌 희곡의 어록까지 수록되었다는 사실은 매우 이채롭다.

예문을 살펴보면, 第一折驚艷 : 隨喜--구경ᄒᆞ다 등 총 45개, 第二折借廂 : 演撒上--속마음의먹다 등 총 35개로 되어 있다. 그 외 第三折은 총 21개, 第四折은 총 20개, 第五折은 총 15개로 구성되어 있다.

당시에 희곡인 ≪西廂記≫를 읽기위해 ≪西廂記語錄≫까지 만들어 졌다는 사실은 우리에게 시사하는 바가 매우 크다. 중국에서도 명·청대에 희곡의 대본이 단순히 공연되기 위한 역할을 한 것이 아니라 읽기위한 출판이 크게 홍성하였던 사실에 비추어 조선 후기 때에도 이러한 풍토가 있었음이 증명되는 것이기도 하다.

이렇게 奎章閣 所藏本 ≪水滸誌語錄≫(M/F85-16-326-H)에 대하여 분석해 보았고 다음은 다른 판본에 비해 판본적가치가 중시되어 보이는 奎章閣의 [1] ≪水滸誌語錄≫(M/F85-16-326-H)과 [3] ≪水滸誌語錄解≫(M/F85-16-235-E)을 중심으로 구조와 내용을 비교분석해 보고자 한다. 소개 순서는 먼저 두 판본에 가장 먼저 나오는 앞부분 즉 ≪水滸傳≫ 제1회 부분의 어록을 중점적으로 분석하였는데, 먼저 ≪수호전≫ 원문의

單語나 語句를 소개하고 다음에 ≪水滸誌語錄≫(이후 "어록"으로 약칭)의 해석과 ≪水滸誌語錄解≫(이후 "어록해"로 약칭)의 해석 순으로 기술하였다.

[보기 例] (원 문) : ≪水滸誌語錄≫의 어휘 해설 / ≪水滸誌語錄解≫의 어휘 해설.
楔子 : 張天師祈禳瘟疫 洪太尉誤走妖魔(이 부분의 제목을 語錄解에서는 생략)
一條桿棒等身齊打四百軍州都姓趙 : 길과 갓튼 막데ᄒᆞᆫ나흐로 ᄉᆞ빅좌군쥬를 고로로 쳐셔 ᄯᅩ모지 됴씨 셰상을 만드니. / 길과 갓튼 막데ᄒᆞᆫ아으로 四座百軍州을 고로 쳐셔 (都姓趙 : 따로 분리 되어 있음) 도모지 됴씨 셍상(세상)을 믄드니.
端的是 : 춤으로. / 춤으로. (두 판본이 동일함)
一連 : 자분참의. / 즙은참에. (어록해에는 뒷장에 따로 나옴)
雪片也似 : 눈날니드시. / 눈날니드시. (同一)
羅天大醮 : 쳔변슈륙. / 텬변슈륙.
怎生 : 엇지. / 엇지. (동일하나 어록해에는 뒷장에 따로 나옴)
恁地 : 그러면. / 그러면. (동일하나 어록해에는 뒷장에 따로 나옴)
降降地燒着御香 : ㅇ로소로 어향을 피오니.(경건하게 어향을 피우고) / 어향을 소로이 피오니.
尙兀自 : 오히려. / 오히려. (동일하나 어록해에는 뒷장에 따로 나옴)
約莫 : 어림의. / 어림의. (동일하나 어록해에는 뒷장에 따로 나옴)
看看脚酸腿軟 : 졈졈 발목이 시이고 달이 풀니여. / 졈졈 발목이 싀고 ᄃᆞᆯ이 풀니어.
何曾 : 언졔. / 언졔. (동일하나 어록해에는 뒷장에 따로 나옴)
撲地 : 와락. / 탁탁 又 벌덕.
托地 : 얼는. / 얼는. (동일하나 어록해에는 뒷장에 따로 나옴)
捉對兒廝打 : 마죠부듸치다. / 마죠부듸치니.
方纔 : 그졔야. / 그졔야. (동일하나 어록해에는 뒷장에 따로 나옴)
務要 : 아모쥬록. / 아모죠록.
嘆了數口氣 : 두어마듸 ᄒᆞᆫ숨쉬고. / 두어ᄆᆞ듸 ᄒᆞᆫ숨쉬니. (어록해에는 뒷장에 따로 나옴)
限差 : 구타야식이니. / 굿ᄐᆞ여식이다.

簌簌地 : 소로로 소릐나다. / 소로로 소릐. (어록해에는 뒷장에 따로 나옴)

寒粟子比餶餂兒大小 : 소오름이 슈단막치 크니. / 소으름이 슈단맛치 크니.

笑吟吟地 : 빙그러이 우으며. / 벙그러이 우으며. (동일)

不睬 : 아론치 안니타. / 아론치 아니타. (어록해에는 뒷장에 따로 나옴)

爭些兒 : ᄒᆞ마트면. / ᄒᆞ마터면.

提爐 : 들쇠잇는 화로. / 들쇠잇ᄂᆞᆫ 화로. (어록해에는 뒷장에 따로 나옴)

可惜錯過 : 앗가올손 그릇 지나쳣다. / 앗가올손 그른 지ᄂᆡ 쳣다.

猥摧 : 잔망ᄒᆞ다. / 쟌망ᄒᆞ다. (어록해에는 뒷장에 따로 나옴)

道是去了 : 가마ᄒᆞ고 닐너시ᄃᆡ. / 가마ᄒᆞ고 일를진ᄃᆡ.

這兒晚 : 오날 늣게야. / 오ᄂᆞᆯ 늣게야.

兩扇朱紅槅子 : 짜셔만든 쥬홍천ᄒᆞᆫ 두문짝이오. / 두짝 쥬홍칠ᄒᆞᆫ 짜셔ᄆᆡᆫ긴 문짝이오.

門上使着胳膊大銷銷着交叉 : 문우희 팔독만ᄒᆞᆫ ᄌᆞ물쇠로 가로 ᄎᆡ이고. / 문우희 팔독만ᄒᆞᆫ 잠을쇠로 ᄀᆞ로 잠가시니.

胡說 : 되ᄂᆞᆫᄃᆡ로 이른다. / 되는ᄃᆡ로 이르다. (어록해에는 뒷장에 따로 나옴)

火工道人 : 불목한니. / 불목한니. (동일하나 어록해에는 뒷장에 따로 나옴)

黑洞洞 : 컴컴 어두오니. / 컴컴 어두워.

火把點着 : 홰불켜다. / 햇불켜다. (동일하나 어록해에는 뒷장에 따로 나옴)

鋤頭 : 광이. / 광이. (동일)

鐵鍬 : 삽. / 삷. (어록해에는 뒷장에 따로 나옴)

鑿着 : 끌집ᄉᆞ겨시되. / 끌질ᄒᆞ다.

可方丈圍 : ᄉᆞ면열ᄌᆞ식은 되더라. / ᄉᆞ면열ᄌᆞ식은 되더라. (동일하나 어록해에는 뒷장에 따로 나옴)

刮刺刺一聲響 : 왈으을 ᄒᆞ마틔 소릐. / 왈으을 한마틔 소릐.

滾將起來 : 끌어이러나다. / 끄러이러나다. (어록해에는 뒷장에 따로 나옴)

掀塌了半箇殿角 : 츈혀를 반이나 졔쳐문희자고. / 츈혀을 반이나 졔쳐문희치다.

目睁口呆 : 눈멀거케 쓰고 입벙긋 웃다. / 눈멀거케 쓰고 입벙웃고ᄒᆞ다.

弔睛 : 눈망올 뒤록뒤록. / (어록해에는 없다).

이상의 자료에서처럼 ≪水滸誌語錄≫의 두 판본을 서로 비교 분석해 보면, ≪水滸誌語錄≫의 단어 배열과 내용이 각 판본마다 약간씩 다르게 되어 있는데, 이는 ≪水滸誌語錄≫을 만들 때 한 판본을 가지고 만든 것이 아니라 각자가 다른 판본을 가지고 꾸몄음을 나타내는 것이고, 또 ≪水滸誌語錄≫을 서로 베낀 흔적도 발견된다. 그리고 단어의 배열에 있어서는 대체적으로 楔子부터 각 회를 구별하여 차례대로 나열하였지만 한 回에 들어가서는 간혹 단어배열의 순서를 무시하고 왔다 갔다 했던 흔적도 눈에 보인다. 결론적으로 말하면 ≪水滸誌語錄≫은 한 시대에 한 작품만 만들어져 널리 유통되고 또 후대에 전해진 것이 아니라 여러 대에 걸쳐 여러 종의 ≪水滸誌語錄≫이 소설 애독자의 필요에 따라 만들어져 유통된 것으로 사료된다. 그리고 위에서 분석했던 奎章閣의 ≪水滸誌語錄≫(M/F85-16-326-H)과 ≪水滸誌語錄解≫(M/F85-16-235-E)는 ≪水滸誌語錄≫이 먼저 나오고 뒤에 ≪水滸誌語錄解≫가 필사된 것으로 추정된다.

3. ≪西遊記語錄≫의 내용 분석

현존하는 ≪西遊記語錄≫은 조선후기에 筆寫된 것으로 보이는 筆寫本 ≪西遊記語錄≫과 1918년에 출판 발행된 舊活字本 ≪西遊記語錄≫(白斗鏞, 1책, 京城翰南書局) 兩種이 현존한다.

筆寫本 ≪西遊記語錄≫은 1책(27.8×19.4㎝) 14장이며 編者와 筆寫者가 未詳인 朝鮮筆寫本이다. 卷末에는 歲在黃鷄建甲月書藏于考槃齋라고 刊記가 붙어있다. 여기서 黃鶴은 己酉年을 의미하며 己酉年은 1849년과 1909년에 해당된다. 현재 규장각에 소장되어 있다.

또 舊活字本 ≪西遊記語錄≫은 1책(31×20㎝)으로 되어 있으며 編者는 白斗鏞이고 간행처와 간행년도는 京城翰南書局과 1918년으로 되어 있다. 嶺南大도서관 등 비교적 여러 곳에 두루 소장되어 있다.

舊活字本 ≪西遊記語錄≫은 대략 조선말에 나돌아 다니던 필사본을 정리하여 만들어 낸 것으로 보이는데 그 내용을 살펴보면 筆寫本 ≪西遊記語錄≫과는 전혀 다른 방식을 취하고 있다. 즉 筆寫本 ≪西遊記語錄≫은 ≪서유기≫의 제1회부터 100회까지 白話体

의 難句와 단어를 차례대로 설명하는 방식을 취하고 있는 반면, 活字本 ≪西遊記語錄≫은 回目과는 상관없이 單語 및 語句의 글자 수 별로 1字類부터 41字類까지 분류하여 註解를 달아 놓았다. 마치 辭典의 형식을 띠고 있으나 이용하기에는 오히려 活字本 ≪西遊記語錄≫이 더 번거로워 보인다. 먼저 筆寫本 ≪西遊記語錄≫을 살펴보면 :

* 筆寫本 ≪西遊記語錄≫ :

一回(一回 표시만 있고 回目은 없다),

頑要了一會家 : □우갈ᄂᆡ미 ᄒᆞᆫ바탕이바. 磕頭 : 低頭至地 ....[中略]....

二回

六耳 : 猶言聞一知十엿듯단말.

三回

揝在手中 : 손의잡다.

---[中略]---

一百回 : 鬆 ~ 箍呪 : 긴쟈발늣쵸는진언이라.

이러한 순서대로 回目에 입각하여 질서정연하게 수록하였다. 여기에 수록된 어휘는 총 362개로 처음 시작부분에 집중적으로 많아지다가 후반으로 갈수록 적어지는 현상이 두드러진다. 어휘의 집중도를 도표로 살펴보면 다음과 같다.

〈도표 1〉[17]

回 數	語句 數	回 數	語句 數	回 數	語句 數	回 數	語句 數
第1回	10개	第26回	2개	第51回	3개	第76回	6개
第2回	17	第27回	3	第52回	5	第77回	2
第3回	18	第28回	4	第53回	15	第78回	4
第4回	14	第29回	1	第54回	3	第79回	1
第5回	2	第30回	9	第55回	3	第80回	4
第6回	2	第31回	2	第56回	1	第81回	1
第7回	1	第32回	6	第57回	1	第82回	1
第8回	1	第33回	5	第58回	1	第83回	5
第9回	2	第34回	6	第59回	1	第84回	1

17) 이 도표와 도표2는 본인이 지도한 경희대 교육대학원 석사학위 논문(홍수진, 서유기의 판본 및 국내유입에 대한 연구, 2007. 8)을 참조하여 다시 만들었다. 56-59쪽.

回 數	語句 數	回 數	語句 數	回 數	語句 數	回 數	語句 數
第10回	1	第35回	5	第60回	2	第85回	2
第11回	1	第36回	2	第61回	4	第86回	9
第12回	3	第37回	2	第62回	1	第87回	1
第13回	10	第38回	2	第63回	1	第88回	5
第14回	1	第39回	3	第64回	1	第89回	2
第15回	3	第40回	1	第65回	1	第90回	3
第16回	10	第41回	1	第66回	4	第91回	1
第17回	1	第42回	5	第67回	2	第92回	2
第18回	15	第43回	4	第68回	3	第93回	2
第19回	2	第44回	4	第69回	5	第94回	2
第20回	5	第45回	2	第70回	3	第95回	2
第21回	3	第46回	1	第71回	1	第96回	2
第22回	11	第47回	2	第72回	2	第97回	1
第23回	4	第48回	2	第73回	7	第98回	1
第24回	6	第49回	2	第74回	1	第99回	1
第25回	6	第50回	3	第75回	1	第100回	1

이와 같이 1회부터 100회까지 缺回없이 순서대로 單語 및 難句를 풀이하고 있으며 어떤 단어는 모두 한문으로 註解하였는가 하면 어떤 단어는 모두 한글로 또 경우에 따라서는 國漢文 혼용으로 註解하는 등 일정한 틀이 없이 자유롭게 만들었다. 그리고 어휘의 순서도 독서하기 편리하게 ≪서유기≫ 원문의 순서에 입각하여 만들어졌다. 그러나 이러한 방식과 전혀 다르게 만든 것이 바로 活字本 ≪西遊記語錄≫이다.

* 活字本 ≪西遊記語錄≫ :

活字本 ≪西遊記語錄≫은 單語나 語句의 글자 수에 입각하여 1字類부터 41字類까지 분류하여 註解를 달아 이미 辭典의 단계로 넘어온 느낌을 준다.

一字類 :

迷 : 隱語. 哩 : 語助 그런 거시니라. 剝 : 衣를 벡겨. ……[省略]……

二字類 :

偸禮 : 도젹질 ᄒᆞ는법. 猖神 : 장승. 連珠 : 염주. ……[省略]……

三字類 :

不好說 : 가장 말할슈읍다. 大造化 : 天作也, 알수읍는일. ……[省略]……

四字類 :

混世魔王 : 셰상을 뒤집는 마왕. 用不著的 : 다먹지못홀. ……[省略]……

……[中略]……

四十一字類 :

剝去了頭瓜割 成四方一塊又裁爲兩幅收起一幅把一幅圍在腰間揪了一條葛藤緊緊束定遮了下體 : 뒤강이와 발목쟁이를 베여닉 버리고 네모 번듯ᄒᆞ게 만드더니 ᄶᅳ두폭을 만드러 ᄒᆞᆫ폭은 거더쥐고 ᄒᆞᆫ폭은 허리에 휘두루드니 단단이 ᄉᆞᆨ비기러ᄆᆡ고 ᄒᆞᆫ폭으로는 압ᄉᆞ타군이를 가린다.

이처럼 글자의 숫자에 입각하여 정리를 하였는데 여기에 수록된 단어나 어휘는 문장은 총 1830개로 확인된다. 이는 小辭典에 버금가는 상당히 많은 분량이며 특히 5자류 이상부터 41자류와 같은 것은 단순한 단어나 語句라고 볼 수 없는 長文의 문장이 수록되어 있어 눈길을 끈다. 이러한 문장의 수록은 일반적인 사전과는 또 다른 의미를 주고 있어 나름의 특징과 문헌적 가치가 인정된다. 字類別 어휘의 통계를 도표로 만들어 살펴보면 다음과 같다.

(도표 2)

字 類	語句 數	字 類	語句 數	字 類	語句 數
一字類	36개	十四字類	14개	二十八字類	1개
二字類	407개	十五字類	12개	二十九字類	無
三字類	230개	十六字類	14개	三十字類	1개
四字類	438개	十七字類	8개	三十一字類	無
五字類	146개	十八字類	4개	三十二字類	無
六字類	150개	十九字類	5개	三十三字類	無
七字類	91개	二十字類	無	三十四字類	無
八字類	87개	二十一字類	1개	三十五字類	1개
九字類	53개	二十二字類	無	三十六字類	無
十字類	16개	二十三字類	2개	三十七字類	無
十字類	18개	二十四字類	4개	三十八字類	1개
十一字類	31개	二十五字類	4개	三十九字類	無
十二字類	32개	二十六字類	3개	四十字類	無
十三字類	17개	二十七字類	2개	四十一字類	1개

여기에 수록된 것은 총 1830개로 2자류에서 4자류까지 집중적으로 많아지다가 5자류부터 점차 적어지는 현상이 두드러지고 또 10자류의 경우에는 조판의 실수인지 10자류라고 분류한 것이 2개가 중복되어 나온다. 또 一字類부터 十九字類까지는 빠짐없이 나오다가 20字類와 22字類 및 29字類는 건너뛰었고 30字類까지 분류하였다. 그리고 30字類 이후에는 대부분이 없고 35字類와 38字類 및 41字類만 하나씩 수록하고 끝을 맺었는데, 이러한 현상은 고의로 건너 뛴 것이 아니라 글자 수에 해당하는 문구가 없었기에 건너뛴 것으로 보인다. 이 책은 총 97장으로 이루어져 있다. 이러한 字類分類型語錄은 독서를 하기에 오히려 더 번거로워 보인다.

두 판본의 내용을 비교해 보면 우선 필사본에 있는 단어 및 어휘 362개는 대부분 활자본의 1830개 안에 들어있다. 이렇게 중복되는 단어 중에는 서로 동일한 것도 있고 유사하거나 전혀 다르게 해설 및 뜻풀이를 한 것이 있다. 일반적으로 대부분 동일한 편이나 다소 차이가 있는 것을 살펴보면 :

* 동일한 것 : 두 판본이 동일하다.
戥子 : 져울, 小鮮 : 오줌누다, 朝上禮拜 : 向空拜也.

* 유사한 것 : 활자본이 필사본의 미진한 부분을 보충하였다.
這厮 : 이놈이(필사본), 져놈 이놈(활자본)
巴斗大 : 말마치크다(필사본), / 말만치크다(활자본)
扭捏出悄語低聲道 : 몸을 뷔틀여 어엿분체 ᄒᆞ여일오되(필사본), / 몸을 비틀며 어여분체 하여일으되(활자본)

* 상당한 부분 다른 것 : 해설부분이 매우 다르게 되었다.
鬆箍呪 : 긴쟈발 늣쵸는 진언이라(필사본), / 터먼거 느추는진언(활자본)
嘓啅 : 齒牙聲又 솩쎡솩쎡(필사본), / 홀욱홀욱

이처럼 대부분 大同小異하나 어떤 것은 필사본의 내용에다 보충하여 넣은 것이 있는가 하면 드물게는 완전히 다른 것도 간혹 보인다. 대체적으로 보면 필사본 보다는 후대에 나온 활자본이 좀 더 상세하게 뜻풀이가 되어 있고 미진한 것은 좀 더 자세한 내용을 첨가하여 보충하였다. 또 그 중에는 筆寫者나 출판자의 실수로 원문을 잘못 옮겨 쓴 것도 간혹 보인다.

국내 여러 도서관에 소장된 ≪水滸誌語錄≫과 ≪西遊記語錄≫은 조선시대 문인들이 명말청초에 들어와 크게 변화된 중국통속소설을 읽는데 보조 역할을 한 어록집으로 특히 白話나 難句를 중심으로 선별하여 묶어 놓은 사전류의 책이다. 이러한 책들은 주로 양반 文人層이나 혹은 역관들이 만들어 낸 것으로 추정된다.

김태준의 ≪조선소설사≫에서부터 야기된 ≪水滸誌語錄≫과 ≪西遊記語錄≫의 출판년도에 대한 문제는 현존하는 자료가 없어 고증하기는 어렵다. 그러나 김태준이 그의 책에 출판년도까지 1669년(현종10년)이라고 뚜렷하게 밝힌 것으로 보아 지금은 실전된 판본이나 고증할 만한 기록이 당시에는 있었을 가능성이 높다. 설사 출판본으로 간행되지 않았다고 해도 적어도 필사본으로는 만들어졌을 가능성이 농후하다. 일본 東洋文庫에 소장된 ≪五才子書(水滸誌)語錄≫이 1775년에 필사되어졌다는 근거에 비추어 그 당시에 이미 필사본이 유통되고 있었을 가능성이 충분하기 때문이다.

또 당시에 유통된 ≪水滸誌語錄≫과 ≪西遊記語錄≫은 일반적으로 소설의 回目順序에 입각하여 만든 어록이 먼저 나오고 추후에 字類型으로 분류하여 만들어진 어록이 나왔을 것으로 추정된다. 이는 奎章閣 所藏本 ≪水滸誌語錄≫(M/F85-16-326-H)에서처럼 먼저 回目順으로 기술하다가 뒷부분에 拾遺라는 이름으로 字類順으로 정리한 것들이 이러한 가능성을 뒷받침해 주는 근거가 되고 있다. 또 조선시대의 판본 가운데 출판본은 전혀 발견되지 않고 있는 점과 그리고 그 필사본의 대부분이 回目順으로 된 점을 감안하면 回目順 語錄이 먼저 나왔다가 후대에 字類順 語錄으로 바뀌었다는 결론이 가장 타당해 보인다.

4. 薛仁貴 故事의 源泉에 관한 一考

〈설인귀 고사의 국내 수용과 전승을 중심으로〉*

薛仁貴는 중국 唐나라 시대에 역사적으로 실존했던 인물이다.[1] 적군의 將帥였던 인물에 관한 고사가 우리나라에서 한글로 필사되고 출판된 이유에 대해 일찍이 학계에서도 주목하였다.[2] 필자 역시 한국에서 유행한 敵將의 이야기에 여러 가지 의문이 들었다. 우리역사의 한 페이지를 장식한 고구려의 맹장 淵蓋蘇文이 唐나라의 군대를 물리치는 바로 그 시대의 이야기가 주 무대가 되는 故事이기에 더욱 흥미로웠다. 淵蓋蘇文과 적으로 만나 치열하게 싸워야 했던 적장에 관한 이야기가 왜 우리나라에서 유행하였던 것인가? 이에 대해서는 몇까지 가능성이 제기되었다. 그 중에는 당시 한반도와 주변국들의 정치적 상황에 대한 반향이라는 관점으로 보는 견해가 있다.[3] 統一新羅 왕조는 고구려의 부활을 가장 두려워하면서 고구려의 猛將이었던 淵蓋蘇文을 폄하시키고자하는 의도가 깔려있었다는 것이다. 그러한 지도자들의 의도 하에 민간에 전파된 인식이 내려오면서 오히려 설인귀를 신격화시키고 신라인으로 둔갑시키기에 이른다고 볼 수 있다. 또 조선시대 고소설 독자들의 역사인식의 한계라고 보는 견해도 있다.[4]

---

* 이 논문은 2010년도 한국 연구 재단의 정부재원(교육과학기술부 인문사회연구 역량강화사업비)의 지원을 받은 연구이다. 본 논문은 ≪中國小設論叢≫ 第34輯, 2011.8에 투고된 것을 수정 보완한 것임을 밝혀둔다. (NRF-2010-322-A00128)

주저자 : 張守連(慶熙大學校 比較文化硏究所 學術硏究敎授) / 교신저자 : 閔寬東(慶熙大學校 中國語學科 敎授)

1) 薛仁貴에 관한 文獻기록은 최초로 ≪舊唐書≫·≪新唐書≫의 薛仁貴傳에서 그 기록이 보인다.

2) 설인귀전에 관한 연구는 서대석의 〈李朝小說飜案考-설인귀전을 중심으로〉를 필두로 1970년대에 이미 소개되었다.

3) 이에 관해서는 권도경의 논문을 참조 할만하다. 그는 논문에서 통일신라는 국가를 위협하는 고구려의 후손들과 고구려의 영토를 지배하면서 상대적으로 고구려를 폄하하는 과정 중에 고구려의 맹장이었던 연개소문을 폄하시하는 이야기를 의도적으로 유행시키게 된다는 것이다. (〈설인귀 풍속신앙 전설의 서사 구조적 특징과 전승의 역사적 변동 국면〉, ≪정신문화연구≫, 2007, 여름호.)

지금까지 우리나라 학계에서는 薛仁貴 故事에 관한 연구가 주로 국문학계를 중심으로 이루어졌다.[5] 이는 中國의 將帥이였음에도 불구하고 한글로 筆寫 또는 출판된 설인귀 이야기가 국내에 많이 유전되었기 때문으로 보여 진다. 게다가 설인귀에 관한 이야기는 민간에서 설화의 형태로 전래되고 심지어 민간 신앙의 형태로까지 발전되었다.[6] 때문에 이 점에 주목하여 학계에서는 설인귀 고사가 우리나라에 전해지고 다양한 형태의 異本들이 존재하는 이유에 대한 의문을 갖고 연구를 진행하였다. 현재 우리나라에 존재하는 설인귀 고사에 관한 版本에 관한 연구는 어느 정도 성과가 있다고 생각된다.[7]

따라서 본고에서는 학계에서 논란이 되었던 설인귀 고사의 中國 原典에 관한 논의를 좀 더 세밀히 검토해 보고자 한다. 한국에 전승된 설인귀 고사의 원전에 대해서는 대개 중국 청대 말에 유행하기 시작한 ≪薛仁貴征東全傳≫ 이라고 보고 있다. 그러나 설인귀에 관한 이야기가 중국에서 송원대에 이미 형성되었는데 청대 말이나 되어서 더욱 유행하였고 우리나라에 그 청대의 원전이 전해져 번역되었다고 보는 일반적인 견해에는 미흡한 면이 있다. 이런 일반론으로는 내용과 체재가 다른 異本에 대한 의구심을 제거할 수 없기 때문이다.[8] 그래서 본 논문에서는 우선 中國 薛仁貴故事의 源泉이라고 할 수 있는 元代 平話로 추정되는 ≪薛仁貴征遼事略≫[9]과 明代 成化年間에 간행된 說

4) 조선시대 고소설 독자들이 설인귀나 연개소문의 관계나 당나라와 고구려의 역사적 사실을 잘 알지 못하거나 관심이 없었다는 것이다. (이윤석, 〈≪설인귀전≫의 원천에 대해서〉, ≪淵民學志≫, 제9집, 2001.)

5) 중문학계의 논문으로는 1988년에 전남대학교 중문과 석사논문으로 민혜란의 ≪薛仁貴說話硏究≫가 있다.

6) 이에 관한 문헌 자료로 ≪세종지리지≫ 積城縣 편의 기록을 보면, "신라 사람이 당나라 장수 설인귀를 제사 지내어 산신을 삼았다."라는 기록이 보인다.(한국 고전 번역원 홈페이지 (http://www.itkc.or.kr)

7) 한국에 소장된 설인귀전 이본에 관한 연구는 이윤석을 필두로 해서 가장 최근에는 2010년 고려대학교 국문학과 이유진의 석사 논문이 있다. 이유진은 그의 논문에서 〈薛仁貴傳〉의 국내 異本들을 세 부류로 나누고 각계열의 善本을 지정하고 계열별 서사구도에 대한 고찰 작업을 진행하였다. (이유진의 〈≪薛仁貴傳≫異本 硏究〉, 고려대학교 석사학위 논문, 2010.)

8) 이에 대해서는 이윤석도 의문을 제기하며 舊活字本 설인귀전이 단순히 中國 小說의 축약번역본이라고 결론 내릴 수 없다고 하였다)구활자본은 3종인데 모두 마지막에 필사자의 변이 있는데 그 내용은 설인귀가 신라인이라는 것이다. 이는 적군의 장수 이야기를 전하는 자들이 자신들의 행위에 대한 정당성을 부여 한 것이라 보여 진다 .(이윤석의 〈≪설인귀전≫의 원천에 대해서〉, ≪淵民學志≫, 제9집, 2001.)

9) 劉世德 · 陳慶浩 · 石昌渝 主編, ≪古本小說叢刊≫, ≪薛仁貴征遼事略≫, 第二六輯, 中華

唱詞話인 ≪薛仁貴跨海征遼故事≫10)를 비교 검토하여 국내에 존재하는 설인귀고사 관련 異本들의 전승과정을 밝히는 단초를 마련하고자 한다.

다시 말해서 본고에서는 우선 설인귀고사의 중국원전 중 연변과정 중에 의미를 지닌 초기 텍스트들의 서사구조를 면밀히 비교 검토하고 또한 국내 소장본 설인귀전 중에 연세대 소장본과 비교 고찰 하고자 한다. 그러한 작업들을 통해 국내에 현존하는 薛仁貴傳의 원천과 전승과정에 대한 실마리를 제공할 수 있으리라 기대한다.

1. 元 平話 ≪薛仁貴征遼事略≫과 明代說唱詞話 ≪薛仁貴跨海征遼故事≫의 比較

주지하다시피 ≪薛仁貴征遼事略≫은 趙萬里가 영국 옥스퍼드 대학에서 우연히 발견하여 1950년대 초에 세상에 알려지게 되었고 ≪薛仁貴跨海征遼故事≫역시 1967년 한 농민이 우연히 무덤 속 부장품이었던 텍스트를 발견하게 되고 上海 博物館에 소장되게 되었다. 두 텍스트의 발견은 중국 문학사에 공백을 메우는 중요한 의미를 지닌다. 청대에 유행하는 설인귀 관련 장회소설에 관한 원천이 이미 원 명대에 존재하였음을 보여 준다고 할 수 있다. 원명시기에 설인귀와 관련된 이야기의 일부를 담고 있는 희곡 작품들은 많이 있지만 두 텍스트처럼 설인귀에 관한 서사적인 면에서 歷史演義의 성격을 지닌 작품은 청대에나 등장하기 때문이다. 선행연구자들이 두 텍스트의 유사성에 대해서는 이미 주목하였으나 구체적인 비교 고찰은 성과가 미비하다고 생각된다. 따라서 본고에서는 두 텍스트에 대해서 체재 특징과 서사 특징이라는 점에서 살펴보고자 한다.

1) 體裁 特徵

≪薛仁貴征遼事略≫은 平話本으로, 또 ≪薛仁貴跨海征遼故事≫는 說唱詞話로 알려져 있다. 제목에서도 보이듯이 전자는 어떤 사건에 대한 이야기 즉 역사 이야기임

書局, 古本小說集成編委會編, ≪古本小說集成≫, 上海古籍出版社, 1992, 원문 참조.

10) 上海博物館編, ≪明成化說唱詞話叢刊十六種≫, 上海編者影印明刻本, 1973, 朱一玄校点 ≪明成化說唱叢刊≫, 中州古籍出版社, 1997, 원문 참조.

을 강조하고 있고 후자는 허구성을 지닐 수 있는 이야기라는 점을 강조한다. 기본적으로 두 텍스트는 講史와 說唱이라는 범주에 속한다고 볼 수 있는데 이 점에서 두 텍스트는 희곡이나 소설과는 다른 체재를 지니게 된다고 볼 수 있다. 여기서는 우선 두 텍스트 간 체제상 차이점에 대해서 살펴보고자 한다.

첫째, 揷畵의 有無 문제이다. ≪薛仁貴征遼事略≫는 明 ≪文淵閣書目 雜史類≫에 제목이 보이지만 원전은 실전 되었고 우리가 지금 볼 수 있는 책의 내용은 ≪永樂大典≫에 실려 있는 내용이다. 그래서 지금 우리는 원전의 면모를 온전하게 알 수 없다. 정말 텍스트의 발견자인 趙萬里의 추측대로 이 텍스트가 元代의 平話라면 그 당시 간행된 ≪全相平話五種≫처럼 揷畵가 존재 했을 것으로 생각된다.[11] 그러나 지금까지는 原典이 발견되지 않은 관계로 단지 ≪永樂大典≫에 실려 있는 내용으로는 텍스트의 전체적인 면모가 아닌 그 서사적 내용만을 유추할 수 있다.[12] 따라서 현 시점에서는 揷畵의 存在 有無를 두 텍스트의 차이점의 하나로 이야기 할 수 있다고 생각된다. 삽화는 서적의 장식적 효과이외에도 문자가 지닌 서사적 기능과는 또 다른 의미에서의 서사적 기능을 지닌다. ≪薛仁貴跨海征遼故事≫는 모두 열 세 폭의 揷畵가 있는데 모두 全圖의 형식으로 되어 있다.[13] 그 揷畵 標題를 살펴보면 아래와 같다.

1. 百濟國進貢唐朝 2. 房玄齡杜如晦諫帝征遼東 3. 詔書招絳州義軍征東 4. 柳氏囑咐夫投軍 5. 唐王點軍排陣 6. 唐太宗過海征遼東 7. 秦懷玉戰巴彦龍 8. 莫利支飛刀對箭 9. 四海龍王行雨救仁貴 10. 太宗御駕回朝 11. 尉遲恭鞭打葛蘇文 12. 薛仁貴告御狀 13. 勅封征遼大將軍 (1.백제국이 唐나라에 조공을 바치다. 2. 房玄齡과 杜如晦가 遼東을 정벌하는 것에 대해 皇帝에게 간하다. 3. 皇帝의 조서를 絳州에 내려 요동을 정벌하는 군사를 모집하다. 4. 부인 劉氏가 薛仁貴에게 從軍 할 것을 권하다. 5. 唐나라 皇帝가 軍隊를 점호하다. 6. 唐太宗이 바다를 건너 遼東을 정벌하다. 7. 秦懷玉이 巴彦龍과 전쟁을 치르다. 8. 莫利支가 칼을 날려 화살과 대적하다. 9. 四海龍王이 비를 내려 薛仁

---

11) 같은 시기에 板刻된 揷畵들은 유사한 구도와 풍격을 갖고 있고 서적에서의 삽화의 형태 또한 유사한 면이 있다. 대개 삽화는 元代 上圖下文의 형식을 거쳐 明 萬曆이후로는 全圖나 半圖등의 다양한 형태의 揷畵들이 등장하게 된다. (揷畵에 관한 필자의 拙稿〈≪明成化刊本說唱詞話≫揷畵의 敍事的 기능에 관한 硏究〉, ≪中國語文學論集≫ 中國語文學硏究會, 2008.)

12) 文體的 特徵이 元至治年間에 刊行된 ≪全相平話≫와 유사한 것으로 미루어 같은 시기에 간행된 것으로 보고 있다. (古本小說集成編委會編, ≪古本小說集成≫, 上海古籍出版社, 1992.)

13) 全圖라는 것은 上圖下文의 揷畵 형식이 아닌 半葉전체에 揷畵가 있는 것을 말한다.

貴를 구하다. 10. 太宗이 御駕를 돌려 朝廷으로 향하다. 11. 尉遲恭가 채찍으로 葛蘇文을 때리다. 12. 薛仁貴가 皇帝에게 고하다. 13. 遼東大將軍에 봉해지다.)

위에서 보이듯이 揷畵의 標題만으로 우리는 대강의 줄거리를 알 수 있다. 唐太宗이 遼東 정벌을 결심하게 되는 경위와 정벌을 준비하는 과정, 주요 인물들의 대결 구도와 설인귀가 요동대장군에 봉해진다는 내용을 알 수 있다. 또한 回目은 없지만 회목과 비슷한 역할을 하는 標題가 군데군데 보인다. 그 표제를 살펴보면 다음과 같다.

1. 房玄齡杜如晦諫帝征遼東, 2. 宣敬德不伏老去征東, 3. 太宗探看叔保[宝]病, 4. 太宗作夢征遼東, 5. 仁貴妻柳氏囑咐夫投軍, 6. 唐太宗御筆寫詔征東, 7. 秦王排總管, 8. 太宗看海, 9. 太宗過海, 10. 太宗到遼東海岸, 11. 薛仁貴告御狀, 12. 唐太宗受準御狀, 13. 莫利支怎生披挂, 14. 薛仁貴怎生披挂(1, 房玄齡과 杜如晦가 遼東을 정벌하는 것에 대해 皇帝에게 간하다. 2. 敬德이 복종하지 않고 연로한 몸으로 요동 정벌에 나선다. 3. 太宗이 叔保[宝]를 문명 가다. 4. 太宗이 요동을 정벌하는 꿈을 꾸다. 5. 부인 劉氏가 薛仁貴에게 從軍 할 것을 권하다. 6. 皇帝의 조서를 絳州에 내려 요동을 정벌하는 군사를 모집하다. 7. 唐나라 皇帝가 軍隊를 점호하다. 8. 太宗이 바다를 보다. 9. 太宗이 바다를 건너다. 10. 태종이 요동 해안에 이르다. 11. 薛仁貴가 皇帝에게 고하다. 12. 太宗이 상소문을 받아들이다. 13. 막리지(연개소문)의 차림새가 어떠한가? 14. 설인귀의 차림새가 어떠한가?)

위의 표제는 모두 14개이다. 표제는 다음에 이어질 내용에 대한 요약문이라고도 할 수 있다. 그래서 서사내용을 그림으로 함축 표시한 삽화의 표제와 일치하는 것이 많지만 다소 차이를 보인다. 또한 표제를 보면 세 군데만 설인귀의 이름이 언급되고 있어 이야기가 마치 薛仁貴보다는 太宗을 중심으로 진행되는 것 같다. 그러나 실제 원문을 보면 편폭에 있어 설인귀의 표제가 붙은 부분이 많은 부분을 차지하는 걸 볼 수 있다.

둘째로 說唱의 比率에 있어 篇幅의 차이를 보인다. 說唱詞話인 ≪薛仁貴跨海征遼故事≫가 平話인 ≪薛仁貴征遼事略≫보다 편폭이 적은 편이다. 이는 說唱詞話 ≪薛仁貴跨海征遼故事≫중 7言 혹은 10言으로 된 唱詞부분이 많은 비중을 차지하기 때문으로 생각된다. 唱詞 부분이 많은 부분의 敍事를 담당함으로써 平話의 형식인 ≪薛仁貴征遼事略≫보다 자연히 간략하게 내용을 표현 할 수 있고 따라서 편폭도 줄어 든 것으로 생각된다. 또 하나는 說唱詞話인 ≪薛仁貴跨海征遼故事≫가 서사 내용에 있어서도 축약되거나 생략된 부분이 많기 때문이다. 두 텍스트의 체제적 특징을 살펴보니 ≪薛仁貴征遼事略≫과 달리 ≪薛仁貴跨海征遼故事≫는 표제와 삽화라는 체제적인 특징을 지닌다. 또한 說唱이라는 장르적 특성상 唱詞를 많이 이용하여서 서사적 내용에 있어서도 축약이 이루어져서 전체적인 편폭에도 차이가 나는 것을 볼 수 있다.

2) 敍事 特徵

두 텍스트는 平話와 說唱 鼓詞라는 장르적 성격의 차이로 인한 여러 가지 체재적인 차이를 보일뿐 아니라 敍事에 있어서도 차이를 보이는데 그 점을 고찰하고 그 차이가 지니는 의미에 대해 분석해 보고자 한다.

첫째로 鼓詞에서 서사의 변화는 倒置와 挿入등을 통해 나타나고 있다. 이야기의 흐름이 비교적 자연스럽게 순차적으로 이어지는 역사연의의 성격을 강하게 지닌 平話와는 달리 鼓詞는 드라마에서 볼 수 있는 여러 공간의 교차적 묘사가 이루어지는 특징을 보인다. 자연 그 과정 중에는 사건의 시간적 배열이 달라지는 것을 볼 수 있다. 우선 明說唱詞話 ≪薛仁貴跨海征遼故事≫는 回目이 구분되어 있지 않다. 따라서 전체 줄거리를 아래와 같은 서사단락에 의해 요약할 수 있다.

1. 창흑비의 등장-고구려 막리지 갈소문(연개소문)이 얼굴에 문구를 새김.
2. 태종이 화가 나서 군대를 일으키고자 한다.
3. 설만철이 선봉에 서겠다고 하고 방현령과 두여회는 요동 정벌을 만류한다.
4. 호경덕이 입궁해 환제에게 간하고자하나 창흑비를 보자 분노하여 직접 선봉에 서고자 한다. 황제가 호경덕의 나아기 많음을 들어 만류하자 돌사자를 들어 보인다. 그러자 태종은 기뻐하며 정벌의 선봉장으로 임명한다.
5. 태종이 叔宝를 문병하다.
6. 태종이 꿈에서 요동을 정벌하러 가서 갈소문(연개소문)에게 쫓기자 설인귀가 나타나서 살려주고 薛仁貴가 요동정벌을 가겠다고 청한다.
7. 태종이 조정에서 신하들에게 꿈 이야기를 한다.
8. 설인귀의 부인 유씨가 설인귀에게 종군 할 것을 권고한다.
9. 당 태종이 칙서를 내려 요종 정벌을 위한 군대를 모집한다.
10. 당 황제가 군대를 사열한다.
11. 당 황제가 요동 정벌에 나서 바다를 건너고 요동 해안에 도달하다.
12. 연개소문이 군대를 이끌고 와서 三江越虎城을 에워싸다.
13. 진회옥이 전투에 나가 싸우는 장면묘사

14. 당 황제가 백포장군을 찾기 위해 두 사람을 보내나 도망쳐버렸다.
15. 巴家장군과 段장군의 결투장면, 段장군을 죽이고, 설연타도 활에 맞아 죽었다.
16. 장사귀가 설인귀가 있는 天仙谷口를 태워 죽이려는데 사해용왕과 태백성관이 비를 내려 구해주었다.
17. 당황제가 段장군이 전사했다는 소식을 듣고, 호경덕은 전열을 가다듬는다.
18. 소문이 도전장을 내고 호경덕이 출정을 한다.
19. 소문과 경덕이 결투를 하다가 경덕이 도망을 가고, 당 황제를 추격해오자 황제가 도망을 친다.
20. 당황제가 쫓겨 가다가 淤泥河에 이르러 강을 건너지 못하고 사면초가인데 백포장군이 나타나 황제를 구해준다.
21. 설인귀가 자신의 공덕을 張士貴에게 빼앗긴 것을 고하는 내용
22. 당황제가 상소문을 보고 설인귀를 불러 상을 내리고 遼東大將軍에 봉한다.
23. 막리지소문이 어떤 차림새인지에 대한 묘사
24. 설인귀가 어떤 차림새인지에 대한 묘사
25. 소문과 인귀가 전투하는 장면

위에서 5번에 해당하는 서사단락에는 ≪薛仁貴跨海征遼故事≫에서 太宗探看叔保[宝]病이라는 표제가 붙어 있는데 이 장면에 대한 묘사가 ≪薛仁貴征遼事略≫에서는 위치가 바뀌어 있다. 太宗이 白袍將軍이 자신을 구하는 꿈을 꾸고 방을 내려 군사를 모집하는 장면이 나오고 나서 太宗이 돌연 叔保[宝]가 왜 보이지 않는지 안부를 묻고 叔保[宝]가 병이 나서 입궐하지 못한 사실을 알게 된다. 그러나 鼓詞인 ≪薛仁貴跨海征遼故事≫에서는 太宗이 叔保[宝]를 문병 하는 장면이 먼저 나온다. 太宗이 친히 叔保[宝]를 문병 가서 눈물을 흘리며 안타까워하는 장면이다. 그 다음에 太宗이 요동정벌을 나가고 淵蓋蘇文에 쫓겨 진퇴양난의 위기에 처했을 때 白袍將軍이 나타나 구해주는 꿈을 구는 장면이 나온다. 사실 ≪薛仁貴跨海征遼故事≫에서는 호경덕이 돌사자를 들어 자신이 건재함을 과시하며 요동 정벌에 나서겠다고 하는 장면을 이어서 바로 叔保[宝]를 문병하는 장면으로 장면 전환이 일어나는데 이는 이야기의 흐름으로는 단절된 감이 있었던 것이 사실이다. 또 위에 보면 ≪薛仁貴跨海征遼故事≫에서는 설인귀의 부인 柳氏가 설인귀에게 종군 할 것을 권고하는 장면이 먼저 나오고 당태종이 칙서를 내려 군대를 모집한다는 내용이 나온다. 이 역시 ≪薛仁貴征遼事略≫에서는 군을 모집하는 방을 부치는 장면이 먼저 나오고 부인이 방을 보고 설인귀에게 종군할 것을 권유하는 장면이 나온다. 이 역시 ≪薛仁貴征遼事略≫이 사건의 시간적 순서에 따라

순차적으로 묘사 서술하고 있는 반면 ≪薛仁貴跨海征遼故事≫는 극적인 서사의 도치가 이루어짐을 보여주는 예라고 볼 수 있다.

둘째로 두 텍스트는 시작 부분에 해당하는 開場詩는 완전 일치하지만 結局 부분에서는 차이를 보인다는 점이다. 明代說唱詞話 ≪薛仁貴跨海征遼故事≫의 結末은 아래와 같다.

> "蘇文好手人無敵, 仁貴高强眞個能. 滿營喝彩一雙將, 盖世能强兩個人. 唐朝若得雙良將, 愁甚江山不太平? (연개소문은 적수가 없고, 설인귀는 최고의 강자라. 양군이 모두 두 장수에게 갈채를 보내니, 두 강자가 세상에 이름을 날리네. 당나라가 만약 이 두 장수를 얻는다면 강산이 태평하지 않다고 누가 근심하리요?)

반면에 ≪薛仁貴征遼事略≫은 결말부분에서 연개소문이 당 태종에게 투항을 하고 속국의 신하가 되어 조공을 바치겠다며 목숨을 구걸하나 결국 끌려 나가 목숨을 잃는 장면으로 끝나고 있다. 원문의 내용은 아래와 같다.

> "葛蘇文曰:陛下, 乞赦小臣, 使我王服大國臾不闕進奉之禮. 帝冷笑曰:傷人猛虎旣制安能復縱朕, 若還國安用於汝. 令左右武士惟轉斬訖. 太宗皇帝傳聖旨加封高建藏爲高麗國王. 太宗率師還國正是 …… 詩曰: 將軍三箭定天山, 壯士長歌入漢關. 永息煙塵淸靜宇, 太宗車駕却西還.(연개소문이 말하길 폐하 저를 사면해 주시면 대국에 복종하고 조공의 예를 다하겠나이다. 황제는 냉소하며 말한다. 사람을 해친 맹호를 잡았는데 어찌 짐에게 복종하겠는가, 너를 데려간들 무엇에 쓰겠는가. 좌우의 무사들에게 명하여 그 목을 배게 하였다. 태종 황제는 성지를 내려 고건장을 고구려왕에 봉하였다…….시에 이르길: 장군은 화살 세 개로 천산을 편정하고 장사는 노래하며 한관에 입성하네. 전쟁을 끝내고 태종 황제는 어가를 서쪽으로 돌리는 구나.)

≪薛仁貴跨海征遼故事≫의 결말부분은 두 장수의 차림새에 대한 묘사 후에 전투장면이 나오는데 전투의 결말에 대해서 명확하게 이야기하지 않고 있다. 이야기의 완전한 결말이라기보다는 뒤에 이야기가 이어질 수 있는 여운을 남기며 淵蓋蘇文과 薛仁貴 두 장수를 다 칭송하는 것을 볼 수 있다. 역사 속에서 연개소문은 설인귀에게 죽지 않았다. 오히려 당 태종 시기에 당나라는 연개소문이라는 고구려의 명장 때문에 곤란을 겪어야 했다. 그래서 ≪薛仁貴跨海征遼故事≫의 결말에서는 연개소문과 설인귀를 모

두 칭송하면서 이야기를 매듭짓는 듯하다. 우리나라 문헌기록에도 두 사람이 모두 영웅으로 숭배되었음을 보여주는 것이 있다. 金昌業(1658-1721) 의 ≪老稼齋燕行日記≫ 나오는 내용으로 아래와 같다.

一統志所謂鳳凰山. 在都司城東三百六十里. 上有壘石古城. 可容十萬衆. 唐太宗征高麗. 嘗駐蹕於此者是也. 然見其制. 似是我國之築也. 南邊有將臺尙存. 聞北門外有三寺. 蓋蘇文, 薛仁貴塑像, 皆在其中. 向者一胡所言廟堂, 卽此也, 行忙未及見.(一統志에 말하기를, "봉황산은 都司城 동쪽 360리에 있고, 위에는 돌을 겹쳐 쌓은 옛 성이 있는데 10만의 군중을 수용할 만하다. 唐太宗이 고려를 정벌할 때 여기서 주필했다." 하였다. 그러나 성을 쌓은 제도를 보니 우리나라에서 성을 쌓는 방법과 같았다. 남쪽에 장대가 아직 남아 있었다. 북문 밖에는 절이 셋 있는데, 淵蓋蘇文과 薛仁貴의 塑像이 모두 그 안에 있다고 한다. 지난번에 어떤 胡人이 말한 廟堂이 바로 이곳인데, 갈 길이 바빠 구경하지 못하였다.)[14)]

위의 내용을 보면 연개소문과 설인귀의 塑像이 모두 절 안에 있다고 했다. 실제로 보지는 못한듯하나 사실이 그렇다면 두 인물이 모두 존경받았음을 입증하는 것이라 여겨진다. 절 안에 소상이 존재한다는 것은 지금처럼 장식을 위한 것은 아니었을 것이며 수호신이나 숭배의 대상으로 모셔진 것으로 보인다. 그러나 ≪薛仁貴征遼事略≫에서는 연개소문이 투항하고 결국 죽음을 당하는 것으로 이야기를 맺고 있는데 이는 역사적 사실과는 더 거리가 있다. 연개소문에 대해 굴욕적으로 묘사하여 이야기의 결말에 허구적 색채가 더욱 강해졌다고 볼 수 있다.

셋째로 두 텍스트는 세부서사에 있어 약간의 차이를 보인다. 예를 들면 창흑비의 얼굴에 새겨진 문구의 내용이 다른데 두 텍스트의 내용을 살펴보면 아래와 같다.

"殺兄前殿, 囚父後宮. 將老兵驕,不堪成事." (형을 어전에서 죽이고 부왕을 후궁에 가두었네. 장수는 늙고 병사들은 교만하니, 일을 어찌 이루겠는가.) (≪薛仁貴征遼事略≫)

"叵耐唐天子, 貪財世不休. 殺兄在前殿, 囚父後宮愁. 饒你江山廣, 通無四百州. 吾當只一陣, 遍地血澆流." (당나라 천자가 재물을 탐하기를 온 천하에 그치지 않으니, 형은 어전에서 죽고 부왕은 후궁에 가두었네. 비록 너의 땅이 넓다하여도 사방에 통할 곳이 없

14) ≪老稼齋燕行日記≫卷7 三月 十三日 (한국 고전 번역원 홈페이지(http://www.itkc.or.kr 인용)

구나. 내가 단지 한번 진을 치니 천지에 피가 물처럼 흐르네.) (≪薛仁貴跨海征遼故事≫)

위에서 보이듯이 창흑비 얼굴에 새겨진 문구의 묘사가 ≪薛仁貴跨海征遼故事≫에서는 더욱 길어지고 당 태종에 대한 비판의 강도가 노골적임을 볼 수 있다. ≪薛仁貴跨海征遼故事≫의 내용이 ≪薛仁貴征遼事略≫보다 축약적임에도 불구하고 중요한 장면에 대해서는 오히려 묘사가 세밀해지는 것이다. 천자가 재물을 탐하기를 그치지 않으니 전쟁을 불사 할 것이라는 선전 포고를 하는 내용을 첨가하여 전쟁에 대한 당위성도 부여하고 있다. 이는 ≪薛仁貴征遼事略≫에서 보다는 ≪薛仁貴跨海征遼故事≫에서 더욱 극적인 표현이 강해지는 예를 보여주는 것이라 생각된다. 역사이야기를 그냥 풀어가는 것이 아니라 극적인 재미와 장면을 만들어가는 것이다.

지금까지 설인귀고사에 관한 초기 중국 원전인 두 텍스트에 대해서 체재와 서사라는 두 측면에서 비교 고찰하여 보았다. 이를 통해 우리는 ≪薛仁貴征遼事略≫이 당태종의 요동 정벌이라는 역사적 사건 속에서 설인귀라는 인물이 더해진 것이라면 ≪薛仁貴跨海征遼故事≫에서는 역사극 속의 주인공으로서의 설인귀의 역할이 더욱 커짐을 볼 수 있다. 다시 말해 전자는 요동 정벌이야기에 설인귀가 끼어 들어가 있다면 후자는 설인귀의 인생 역정 속에 요동 정벌이라는 역사적 사건이 녹아 들어간 것처럼 보인다.

2. 연세대 소장본 ≪셜인귀젼≫

국내 소장된 설인귀 관련 판본 중에 설인귀 개인사에 대해 다른 異本들에 비해 묘사가 많지 않은 판본으로는 연세대 소장본을 이야기 할 수 있다. 연세대 소장본은 모두 5卷 5冊으로 되어 있는 29.5×28㎝ 크기의 筆寫本이다. 한 면은 11행이고 매 행 평균20字정도로 필사되어 있는데 1권은 78면, 2권은 72면, 3권은 73면, 4권은 60면, 5권은 70면이다. 卷末에 "셔재을묘팔월상순의 필셔하노라"는 筆寫記를 볼 수 있다. 回目은 존재하지 않고 다섯 권으로 나뉘는데 각권 시작에 "권지일, 권지이, 권지삼, 권지사, 권지오" 등으로 권수를 표시하고 있다. 이는 연세대 소장본을 단순히 청대 장회소설인 ≪薛仁貴征東≫의 번역본으로 보기 어려운 이유 중 하나이다. 다시 말해서 연세대 소장본 ≪셜인귀젼≫은 장회소설의 특징인 회목의 구분을 하지 않았고 장회체 형식이라고 하는 상투적인 표현들도 보이지 않는다. 또한 ≪薛仁貴征東≫[15]에는 있는 내용들이 연세대 소장본에는 보이는 않는 것이 많이 있는데 예를 들면 당 태종이 사냥을 나갔다가 위기에 처했을 때 설인귀가 마침 동굴에서 기거하다가 황제를 도와주어 장사귀의 음모를 알게 되는 장면, 설인귀가 요동 정벌 중에 우연히 九天玄女를 만나고 다섯 가지 신물을 받는 장면, 장사귀에 의해서 타죽을 번할 때 구천현녀가 목숨을 구해주는 장면등도 모두 보이지 않는다.[16]

본 장에서는 우선 연대 소장본 ≪셜인귀젼≫과 ≪薛仁貴跨海征遼故事≫의 비교를 통해 두 텍스트 간 상관관계에 대한 고찰을 하고자 한다. 두 텍스트는 전체 주요 줄거리는 매우 유사하나 세부 줄거리에 있어서는 차이를 보이며 이 차이가 지니는 의미에 대해 생각해보고자 한다.

기본적으로 두 텍스트는 주요 줄거리에 있어서는 일치하지만 세부 이야기의 묘사에 있어서는 차이를 보인다. 우선 첫째로 사건의 배열순서가 다르다. 연세대 소장본 ≪셜인귀젼≫에서는 우선 설인귀의 출생배경에 대한 묘사가 나오고 나서 태종이 꿈속에서 백포를 입은 장수가 자신을 구해주는 꿈을 꾸는 장면이 나온다. 그러나 ≪薛仁貴跨海征遼故事≫은 백제 사신이 연개소문에게 수모를 당한 것을 고하는 장면으로 시작되고 태종이 꿈을 꾸는 장면 이전에 방현령과 두여회가 황제에게 요동 정벌을 할 것을 간하는 장면, 호경덕이 자신이 건재함을 나타내기 위해 동사자를 들어 올리는 장면, 태종이 숙보를 문병하는 장면 등 여러 장면이 삽입된다.

둘째로 다른 판본에 비해 설인귀 개인사에 대한 묘사가 적은 연세대 소장본 ≪셜인귀젼≫이 ≪薛仁貴跨海征遼故事≫와 비교하면 상대적으로 많은 비중을 차지한다. 예를 들면 연대소장본 ≪셜인귀젼≫에서 보이는 설인귀 출생에 대한 묘사, 유원외의 집에 가게 되는 경위와 유원외의 딸 금연을 만나 정혼을 하고 장차 아들 정산의 출생을 암시하는 장면 등은 ≪薛仁貴跨海征遼故事≫에서는 볼 수 없는 장면이다. ≪薛仁貴跨海征遼故事≫에서 보이는 설인귀 개인사에 대한 묘사는 "家住降州龍門縣, 大王庄薛仁貴"

15) 宗岱 等 校点 ≪薛仁貴征東≫, 山西人民出版社, 1994.

16) 이윤석도 연세대 소장본, 이화여대 소장본과 구활자본들의 내용이 같다고 하면서도 ≪薛仁貴征東≫과 다른 이본들을 비교하면서 연세대 본은 차이가 나며 이화여대본과는 다른 세책집을 대본으로 필사하였을 가능성도 있다고 하였다.(〈≪설인귀전≫의 원천에 대해서〉, ≪淵民學志≫, 제9집, 2001.) 다시 말해서 이윤석 역시 연세대 본의 원전이 다를 수 있음을 시사하고 있는 것이다.

라는 간략한 묘사와 부인인 유씨가 자신은 걱정하지 말고 종군할 것을 권하는 장면이 나오면서 攢十字의 형식의 唱詞가 이어진다. 이 장면 역시 설인귀 개인사에 대한 서사적 묘사라기보다는 부인 柳金定이 자신이 집에서 쫓겨나고 설인귀를 찾아와 정혼하게 된 경위에 대한 이야기를 하소연 하듯이 풀어 놓으며 아울러 전장에 나서는 남편에 대한 당부를 10字의 唱詞로 하고 있다. 설인귀의 종군에 부인이 개입하는 이야기는 ≪薛仁貴征遼事略≫에도 나온다. 부인이 군대를 모집한다는 방을 먼저 보고서 설인귀에게 자신의 재주를 펼쳐 입신양명 할 것을 권한다. 설인귀가 부모의 상중이라 집을 나서기를 망설이자 부인이 부모를 섬기는 것과 임금을 섬기는 것이 같다고 하며 적극적으로 권유하여 결국 종군하게 된다. 반면 연대 소장본 ≪셜인귀젼≫에서는 친구를 만나서 종군을 함께하게 되는 것으로 묘사되어 있다. 다시 말해서 두 중국 텍스트에 비해서 설인귀 개인의 의지가 좀 더 반영된 것으로 보인다.

셋째로 결말의 차이이다. 앞에서도 언급했듯이 ≪薛仁貴跨海征遼故事≫는 당태종이 설인귀에게 상을 내리고 요동 대장군에 봉하는 장면이 나오고 막리지와 설인귀의 모습을 묘사하면서 둘이 전투하는 장면으로 끝을 내고 있다. 다시 말해 연개소문과 설인귀가 싸우는 장면으로 뒤에 이어질 이야기의 여운을 남기며 이야기를 끝맺는 것이다. 또 ≪薛仁貴征遼事略≫에서는 연개소문이 황제에게 목숨을 구걸하며 자신을 살려주면 속국의 신하로서 조공을 바치는 예를 다하겠다고 하는 비굴한 모습을 보여주며 결국은 끌려 나가 참수를 당하는 장면이 나온다. 반면에 연대소장본 ≪셜인귀젼≫은 설인귀가 자신의 가족을 찾아가서 결국 부인과 재회하고 아들 薛丁山의 존재를 알게 되고 일가가 재회하고 행복하게 살게 된다는 전형적인 대단원의 해피엔딩 결말을 맺고 있다. 또한 연개소문에 대한 묘사를 보면 ≪薛仁貴征遼事略≫에서는 역사적 사실과는 많이 왜곡된 굴욕적인 형상으로 묘사되고 있고, ≪薛仁貴跨海征遼故事≫에서는 설인귀와 함께 칭송되는 것을 볼 수 있는데, 연대소장본 ≪셜인귀젼≫에서는 연개소문이 스스로 목숨을 끊는다. 굴욕적인 죽임을 당하는 것보다는 스스로 목숨을 마감하는 것이 우리 민족의 입장에서는 조금은 민족적 자존심을 세울 수 있는 결말이 아닌가 생각된다.

결론적으로 연대소장본 ≪셜인귀젼≫이 ≪薛仁貴征遼事略≫이나 ≪薛仁貴跨海征遼故事≫에 비해서 설인귀 개인에 대한 이야기로서의 모습을 더욱 갖추었다고 보인다. 다시 말해서 설인귀가 어떻게 출생하고 어떤 인연과 우연으로 부인을 만나서 결혼하고 여러 우여 곡절을 거쳐 결국은 입신출세하고 가족과 재회해서 행복하게 살았다는 이야기의 형식을 갖추고 있다. 즉 연세대 소장본이 ≪셜인귀젼≫이 두 중국 텍스트에 비해서 보다 다듬어진 영웅의 이야기로 만들어 진 것이다. 연세대 소장본은 역사 장회 소설인 ≪薛仁貴征東傳≫의 직접적 번역이라기보다는 오히려 ≪薛仁貴征遼事略≫과 같이 역사연의의 성격을 지니지만 설인귀 개인에 대한 묘사가 좀 더 부각된 說唱詞話계열인 ≪薛仁貴跨海征遼故事≫의 영향을 받은 작품으로 생각된다.

지금까지 설인귀고사에 관한 원천을 고찰하기 위해 설인귀 고사와 관련된 초기 텍스트를 비교 고찰해 보았다. 그리고 우리나라에 설인귀 관련 한글 필사본 텍스트 중에 연세대 소장본 ≪셜인귀젼≫도 함께 살펴보았다.

결론적으로 현재 우리나라에 소장된 설인귀 관련 이본 중에 연세대 소장본이 명성화간본의 영향을 받았을 수 있다는 가능성이 보이며 이는 薛仁貴에 관한 다른 이야기들을 첨가하여 英雄譚으로 만들고 있는 다른 異本들의 橋梁的 역할을 하는 판본으로 보인다. 다시 말해서 唐나라의 실존 인물이 宋元 明을 거쳐 설인귀 중심의 이야기로 한국에서는 재창조되었다고 할 수 있다.

3. 薛仁貴 故事의 국내 수용 양상

우리나라에서 설인귀가 고사가 어떻게 정착되었는지를 살펴보는 의미에서 국내 소장 薛仁貴 관련 版本을 살펴보도록 하자. 지금까지 알려진 설인귀 관련 국내 소장 판본들은 아래와 같다.17)

書名	出版事項	版式狀況	一般事項	所藏處
說唐薛家府傳	蘇如蓮居士(淸)編次, 刊寫地未詳, 刊寫者未詳, 光緖1(1875), 羊城古經閣藏板	6卷6冊(卷1-6), 16.9×12㎝, 有圖, 四周單邊, 半郭:12.3×10.2㎝, 無界, 12行27字, 上下向黑魚尾	包匣題:征東全傳,標題:繡像薛仁貴征東全傳,刊記:光緖元年(1875)新鐫圈點無訛 羊城古經閣藏板	東亞大學校(2):7:2-21

17) 국내에 소장된 설인귀 고사 관련 판본들만 표로 작성하였고 판본은 구활자본까지만 포함하고 간행 년대가 확실한 경우 1920년대 이후의 판본은 표에서 제외하였음을 밝혀둔다.

書名	出版事項	版式狀況	一般事項	所藏處
繡像說唐小英雄傳	作者未詳, (19--)	零本1冊, 中國石印本, 有圖, 20.3×13.5㎝		高麗大學校
興說後唐傳三集薛丁山征西樊梨花全傳	中都逸叟(淸)編次, 淸朝年間	5卷3冊(卷1-2, 5-7), 中國木版本, 19.7×22.2㎝, 四周單邊, 半郭:16.7×12㎝, 無界, 12行30字, 紙質:綿紙	版心題:說唐三集, 藏版:慶餘唐藏版, 紙質:綿紙, 內容:中國, 後唐傳演義小說	韓國學中央研究院 4-249
異說後唐傳三集薛丁山征西樊梨花全傳	道光20(1840)	10卷6冊, 中國木版本, 有圖, 18.2×12㎝	標題:說堂三傳, 序:如蓮居士題於似山居中, 印:順興後人安○○之印	高麗大學校C14-B32
薛丁山實記	著者未詳, 刊寫地未詳, 刊寫者未詳, 刊寫年未詳	1冊(落張), 鉛活字本, 20.2×13.5㎝, 無界, 15行32字		檀國大學校천안 율곡기념도서관 (羅孫文庫) [古]873.5-설694
繡像征東全傳	編者未詳, 上海, 錦章圖書局, 民國3(1914)	4卷4冊(卷1-4), 15.1×9㎝, 有圖, 四周單邊, 半郭:13×8.9㎝, 無界, 20行45字, 上下向黑魚尾	刊記:民國三年(1914)夏上海錦章圖書局印行	東亞大學校(3): 12:2-51
繡像說唐征西全傳	刊寫事項不明	6卷6冊, 石印本, 有圖, 14.9×9㎝, 四周雙邊, 半郭:12.5×8㎝, 無界, 20行47字, 上下向黑魚尾	題簽題:繡像說唐征西全傳, 版心題:繡像說唐征西	慶北大學校 [古]812.3 수511
繡像征東傳鼓詞全部	刊寫地未詳, 刊寫者未詳, 刊寫年未詳	1卷1冊(缺帙), 14.6×9㎝, 四周雙邊, 半郭:12.3×7.7㎝, 無界, 15行35字, 註雙行, 上下向無葉花紋魚尾	表題:繡像征東傳鼓詞全部, 版心題:繡像征東傳	京畿大學校경-K122061-1
征東傳鼓詞		6卷6冊, 石印本	不分回	朴在淵 소장본
薛仁貴征東全傳	江東茂記書局, 1929	4卷4冊(42回), 石印本		朴在淵 소장본
說唐前後傳	淸光緖15年(1889)刊	18卷6冊, 中國新鉛活字本, 16.8×10㎝, 四周單邊, 半郭:13.9×8.8㎝, 無界, 14行34字, 上下向黑魚尾, 紙質:綿紙	題簽:繡像精印說唐前傳, 繡像精印說唐後傳, 板心題:說唐前傳, 說唐後傳, 裵題:繡像說唐前後傳, 序:乾隆元年(1736)蒲月望日如蓮居士題於似山室前, 刊記:光緖己丑(1889) 菊秋珍藝書局校印, 內容:說唐前傳10卷3冊, 說唐小英雄傳卷首·上·下1冊, 說唐薛家府傳6卷2冊	江陵市船橋莊

書名	出版事項	版式狀況	一般事項	所藏處
增異說唐秘本後傳	撰者未詳,上海, 江左書林, 淸光緖15(1889)刊	11卷10冊, 中國木版本, 有圖, 16×11cm, 四周單邊, 半郭:11.4×9.1cm, 無界, 12行21字, 上黑魚尾, 紙質:綿紙	書名:繡像後唐全傳, 版心題:說唐後傳, 序:乾隆元歲(1736)蒲月望日如蓮居士題於似山层中, 刊記:光緖己丑(1889)夏月江左書林刊行	成均館大學校
繡像說唐後傳	如蓮(淸)編次, 道光12年(1832)	18卷8冊, 中國木版本, 21×13cm, 四周單邊, 半郭:16.4×10.4cm, 11行25字, 上黑魚尾		建國大學校
薛仁貴傳	刊寫事項不明	1冊, 石印本, 19.5×14cm, 20行37字, 無魚尾		慶北大學校 [古]812 설69
白袍將軍傳	刊寫地未詳, 刊寫者未詳, 刊寫年未詳	1冊, 筆寫本, 21.8×20.5cm, 無界, 10行16字, 無魚尾	被傳者:薛仁貴(唐), 異書名:薛仁貴傳	高麗大學校(晩松文庫)C14-A70
薛仁貴傳	著者未詳, 年紀未詳	4卷4冊,筆寫本. 30.2×21.2cm		國立中央圖書[한]48-24
薛仁貴傳		2卷2冊, 筆寫本, 11行25字		嶺南大學校
셜인귀젼		5卷5冊, 筆寫本, 29.5×28cm	卷末:셔재을묘팔월샹슌의필셔하노라	延世大學校 811.36
셜인귀젼	著者未詳, 刊年未詳	10冊(缺本, 所藏:第2, 3, 9, 10冊), 筆寫本, 24×18.5cm, 無罫, 11行11字		梨花女子大學校 [고]811.31 설79A
셜인귀젼이라	寫年未詳	1冊(58張), 筆寫本, 14行37字내외		박순호소장본
白袍小將 薛仁貴傳	朴建會, 京城, 東美書市, 大正4(1915)	2冊, 舊活字本, 22cm		高麗大學校3636-96
白袍小將 薛仁貴傳 (백포쇼장셜인귀젼)	朴建會編, 新舊書林, 大正6(1917年)	1冊(上下2卷), 舊活字本		國立中央圖書3634-2-83(2),(3)

위의 표에서 보이듯이 우리나라에는 설인귀 고사 관련 판본들 중에 우리나라에서 유전된 설인귀 고사 관련 판본은 筆寫本 6種, 坊刻本 3種, 活字本 4種이 현전하고 있다. 필사본 6종은 연세대, 이화여대, 고려대, 영남대 등 대학도서관 소장본과 국립 중앙도서관 소장본, 그리고 개인소장자 박호순 소장본이 있다. 방각본 3종은 모두 해외에 소장 되어 있다. 우선 京板 30장본과 17장본이 있는데 17장본은 30장본의 17장까지를 간

행한 것으로 17장본과 30장본의 동일 판본임이 밝혀졌다. 京板 17장본은 日本 天理大에 소장되어 있고, 京板 30장본은 프랑스 파리의 동양 언어문화학교에 소장되어 있다. 또, 러시아 상트페테르부르크 동방학연구소에는 京板 40장본이 소장되어 있다. 舊活字本 4종은 1915년 東美書市에서 발행한 것은 고려대에, 경성 서적조합에서 1926년 발행 것은 영남대에[18], 1917년 新舊書林에서 발행한 것은 국립중앙도서관에, 1934년 世昌書館에서 발행한 것은 선문대 박재연이 소장하고 있다.[19]

설인귀 관련 판본에 관한 연구를 진행한 이윤석은 12種의 異本을 이야기하면서 舊活字本중에 世昌書館本을 언급하지 않았고, 이유진은 世昌書館本을 넣어서 13種으로 분류하였다.

中國版本의 유입 현황을 살펴보면 주로 小說에 편향되어 전해졌음을 볼 수 있다. 清代에 유행한 ≪說唐後傳≫, ≪說唐薛家府傳≫외에도 ≪說唐征西全傳≫ 등이 전해졌음을 볼 수 있다. ≪說唐後傳≫55回 중에 42回는 ≪說唐薛家府傳≫의 내용이고, ≪說唐薛家府傳≫는 ≪薛仁貴征東全傳≫과 같은 내용이다.[20] 孫楷第는 ≪說唐後傳≫이 ≪隋唐兩朝志傳≫의 70회에서 98회까지의 羅通이 征北한 이야기와 薛仁貴가 征東한 이야기를 가지고 만들었는데 ≪說唐前傳≫에 비해서 더욱 이야기가 황당하다고 하였다.[21] 동아대 소장본 ≪說唐薛家府傳≫은 羊城 古經閣에서 光緒元年에 6卷을 刻한 것으로 보이며[22] 단국대에 소장된 ≪薛丁山實記≫는 刊寫年 未詳으로 되어있으나 1923년 博文書館에서 出版되었다는 기록이 있다.[23] 설인귀 고사 관련 소설판본에 비해 희곡이나 설창관련 판본의 유입은 매우 희소하여 현재 확인되는 판본으로는 경기대와 박재연 소장본만이 있다.

지금까지 우리나라에 전해진 薛仁貴 故事 관련 版本들을 보면 刊行 年代가 추정 가능한 판본으로 비교적 이른 판본으로는 乾隆1(1736)刊本이 있고 清末에서 民國 초

18) 경성서적조합에서 昭和1年(1926年) 간행한 舊活字本 ≪白袍小將 薛仁貴傳≫은 上下2卷으로 되어 있다.

19) 世昌書館에서 昭和9年(1934年)네 간행한 舊活字本 ≪설인귀전≫은 1冊으로 되어 있다.

20) 明清小說研究中心 等編, ≪中國通俗小說總目提要≫, 中國文聯出版公司, 1990, 490-491쪽, 494-495쪽 참조.

21) 明清小說研究中心 等編, ≪中國通俗小說總目提要≫, 中國文聯出版公司, 1990, 493쪽 참조.

22) 王清原等 編纂, ≪小說書坊錄≫, 北京圖書館出版社, 2002, 83쪽 참조.

23) 權純肯, ≪活字本古小說의 편폭과 지향≫, 보고사, 2000, 37-38쪽 참조.

기시기에 간행된 것으로는 道光12年(1832)刊本, 淸光緖15(1889)刊本이 江左書林本, 上海 簡靑齋書局本, 錦章圖書局本 등이 전해졌다. 간행 년대를 추정하기 어려운 한글 필사본의 경우는 刊記의 내용으로 유추해보면 연대 소장본의 경우에는 을묘년 팔월 상순에 필사했다는 간기가 보이는데 이때 乙卯年은 1855년 혹은 1915년으로 추정된다. 이화여대 소장본의 경우에는 간기를 통해 戊申年에 필사했다는 것을 알 수 있는데 1848년 혹은 1908년으로 추정된다. 박순호 소장본, 국립 중앙 도서관 소장본, 영남대 소장본은 모두 간기가 없어서 그 필사 년대를 추정하기 어렵고 고대 소장본은 유일한 한문 필사본이다.[24] 우리가 지금 정확한 년대를 추정할 수는 없지만 일반적인 경우에 비추어 보면 필사본이 먼저 유행을 하고 그 다음에 방각되고 방각본의 쇠퇴와 活字本의 등장에 발 맞춰서 活字本으로 넘어갔다고 볼 수 있다.[25]

그동안 학계에서는 唐나라 장수의 이야기가 중국에서도 소설로는 청대에 유행하게 되었고 우리나라에서도 이 청대 말의 版本이 주로 전해져 飜譯, 飜案되어 筆寫되거나 刊行 된 것으로 보았다. 사실 중국에서는 薛仁貴 故事가 보다 일찍이 小說이 아닌 戱曲의 소재로 민간에 널리 유행하였고 많은 戱曲 作品들이 있었다.[26] 그러나 우리나라에는 다양한 희곡작품들이 전해지지는 않은 것으로 보인다. 그런데 또한 더욱 흥미로운 것은 설인귀전이 판소리처럼 공연되어 진 것을 유추할 수 있는 기록이 보인다는 것이다. 趙秀三(1762-1849)의 ≪秋齋集≫의 내용을 보면 아래와 같다.

> 傳奇叟居東門外, 口誦諺課稗說. 如淑香, 蘇大成, 沈淸, 薛仁貴等傳奇也. 月初一日坐第一橋下, 二日坐第二橋下, 三日坐梨峴, 四日坐校洞口, 五日坐大寺洞口, 六日坐鍾樓前, 溯上旣自七日沿而下, 下而上, 上而又下, 終其月也. 改月亦如之. 而以善讀, 故傍觀匝圍. 夫至最喫緊甚可聽之句節, 忽默而無聲. 人欲聽其下回, 爭以錢投之, 曰此乃邀錢法云.[27](전기를 읽어 주는 늙은이가 동문밖에 살았다. 언문소설을 구송하였는데,

24) 이유진, 〈≪薛仁貴傳≫異本 硏究〉, 고려대학교 석사학위 논문, 2010년 참조.

25) 우리의 고소설이 18, 19세기 상업출판인 방각본과 애호가들에 의한 필사본의 시대를 거쳐 식민지 시대에는 舊 活字本으로 대량 공급 출판되기에 이르렀다고 한다.(權純肯, ≪活字本古小說의 편폭과 지향≫, 보고사, 2000, 297쪽 참조.)

26) 대표적으로 元 雜劇중에 ≪薛仁貴衣錦還鄕≫, ≪摩利支飛刀對箭≫ 등이 있고, 明대에는 ≪薛仁貴跨海征東白袍記≫, ≪薛平遼金貂記≫, 淸代에는 ≪定天山≫이 있으며 이외에도 청대 중엽이후로 설인귀 고사와 관련된 여러 종의 京劇 작품들이 있다.

27) 趙秀三의 ≪秋齋集≫ 卷七 紀異 傳奇叟이다. 원문은 閔寬東의 ≪中國古典小說史料叢考

숙향전, 소대성전, 심청전, 설인귀전 등 전기이다. 월 초 하루는 제 일교 밑에서, 이일에는 제 이교 밑에서, 삼일에는 배나무 언덕에서, 사일에는 교동 입구에서, 오일에는 대사동입구에서, 육일에는 종루 앞에서 칠일을 이어서 내려가니 내려갔다 올라갔다 올라갔다가 또 내려가서 그 달에 끝이 났다. 다음 달 역시 이와 같았다. 그런데 읽기를 잘해서 옆에서 관람하는 이들이 주위를 에워싸는데 가장 긴박한 순간에 이르러 더 들어야하는 구절에서 돌연 입을 닫고 말이 없다. 사람들이 다음 이야기를 듣고자하여 다투어 돈을 던지니 이것을 일러 돈을 요구하는 법이라 일렀다.)

위의 기록을 통해 우리는 숙향전이나 심청전과 같은 한국 고소설처럼 설인귀전은 이 당시 한글 소설로 뿐만 아니라 판소리와 같은 공연 예술로서 대중들에 인기를 누렸음을 유추 할 수 있다.[28] 口誦이라는 것은 완전한 판소리의 형태는 아니더라도 이야기를 단순히 읽어주는 형태로만 볼 수는 없다. 그것은 적어도 중국의 설창예술에 가까운 형태로 진행되었다고 볼 수 있다. 또한 坊刻本 판본, 舊活字本의 판본이 여러 종 존재 한다는 것 자체가 설인귀 고사가 우리나라에서 대중들에게 큰 인기를 누렸음을 입증한다고 할 수 있다. 방각본은 필사되던 작품 중에 상업적 이익을 고려해 방각한 것이다. 방각본의 출판시기를 3기로 나누는데 방각본의 출현기(1576년(선조9)부터 1686년(숙종12)), 전성기(1725년(영조1)부터 1909년(순종3)), 쇠퇴기(1910년부터 1920년)이다. 그 이후 1895년 갑오경장이후부터 신식 납활자로 간행한 新小說이 출현하여 방각본에 대한 수요가 쇠퇴하였다고 한다. 자연히 그 이후에는 활자본의 출판물이 주류를 이루게 된 것이다.[29] 또한 활자본 역시 대중적 서적 판매를 위해 등장한 것이라고 볼 수 있기 때문이다. 방각본의 쇠퇴기이후에 출판문화를 바꾼 활자본은 표지부터 당시 대중들의 눈을 끌게 디자인되었고 가격 역시 저렴한 편이어서 서적의 보급에 매우 적당한 형태를 갖추었다고 볼 수 있다.[30]

위에서 인용한 기록은 趙秀三의 ≪秋齋集≫에서 볼 수 있는데 趙秀三은 1762년에서 1849년까지 생존했던 인물로 이때는 英祖38년에서 憲宗15년의 시기이다. 따라서 위

(한국편)≫ (아세아 문화사, 2001)에서 인용.

28) 劉承炫·閔寬東은 〈朝鮮의 中國古典小說 수용과 전파의 주체들〉의 논문에서 번역본 중국 소설이 우선 장르적 변이를 거쳐 판소리로서 민간에 전파되고 , 판소리를 통해 대중적 인기를 얻은 작품들이 출판되었다고 보고 있다. (≪中國小說論叢≫, 第33輯, 2011.4.)

29) 부길만, ≪조선시대 방각본 출판 연구≫, 서울출판미디어, 2003, 32-37쪽 참조.

30) 權純肯, ≪活字本古小說의 편폭과 지향≫, 보고사, 2000, 297쪽 참조.

자료는 薛仁貴고사가 朝鮮 憲宗 때는 이미 민간에 널리 전파되었음을 보여준 다고 할 수 있다.[31] 趙秀三과 비슷한 시기를 살았던 尹行恁(1762-1801)의 ≪碩齋稿≫의 기록을 보면 당시 積城 縣監으로 있던 李德懋(1741-1793)에게 薛仁貴의 紀功碑라고 전해지는 碑石의 拓本을 부탁하고 있다. 그 내용은 아래와 같다.

> 懋官嗜, 能摘發幽黯, 以章於世, 余每奇之. 今監七重城. 城古戰墟也. 李世勣嘗伐高句麗. 住兵于此云. 紺嶽神廟. 有碑立其側. 字泐不可讀. 俗傳薛仁貴紀功碑. 仁貴以將才稱. 盖自東征始. 當其出師遼東也. 戈甲之盛. 卒伍之壯. 足以威濊貊而振渤碣矣. 及凱還而銘之石. 以鋪張其績. 意氣偉然可觀也. 不知千有百年之後. 石老而文壞乃如此. 可謂悲哉. 懋官試拭之以水. 剔其蘚苔. 如有點畫之可以模索者. 須搨出一二本以遺我.[32] (덕무관이 옛 것을 좋아해서 능히 옛날의 모호한 것들을 들춰내어 문장으로 세상에 알리니 내가 그것을 매번 괴이히 여겼소. 오늘날 七重城(積城)의 縣監이 되었는데 성은 예전의 전쟁터였다고 하더이다. 李世勣이 일찍이 고구려를 정벌하고 병사들이 여기에 머물렀다고들 하더이다. 감악산에 사당이 있고 그 옆에 공덕비가 있는데 돌이 부서져 글자를 알아보기 어려운데 속설에 전하기를 설인귀의 공덕비라고 하더이다. 인귀는 장군으로 명성이 자자했고 요동으로 출사하여 수많은 전쟁을 치르고 죽었는데 족히 예맥을 위협하고 발해를 진압하고 개선하여 돌아갔으니 그것을 돌에 새기어 그 공적을 널리 알리었다하더이다. 의기양양하니 가히 볼만하다는데, 천 몇 백년이 지났는지 알 수 없으나 돌이 부식되고 문자가 훼손되어 이와 같으니 애석하군요. 그대가 물로 한번 닦아 보고 이끼를 제거하고 한 획이라도 있어 본을 뜰 수 있다면 탁본을 떠서 한두 장 내게 보내주시오.)

윗글에서 보이듯이 이는 그 당시 감악산[33]에 설인귀와 관련된 碑石이 있음을 알려주는 文獻記錄이며 이러한 사실이 당시의 문인학사들에게까지 알려지고 관심의 대상이 되었던 것임을 알 수 있다. 薛仁貴에 관한 더 이전의 기록으로는 ≪朝鮮王朝實錄≫의 기록이 보이는데 그 내용은 아래와 같다.

> 吉昌府院君權擥以病常在家, 是日以陪母往開城府來辭. 召入內令進酒遣之, 命承政院馳書京畿觀察使令厚辦供頓. 擥自病久不出, 至是祀于松岳, 盡室而行, 留連數日.

31) 박재연, 〈白袍將軍傳〉, ≪中國小說硏究會報≫, 제24호, 中國小說硏究會, 1995.

32) ≪碩齋稿≫卷之七, 書, 與李懋官편(인용 원문은 한국 고전 번역원 홈페이지(http://www.itkc.or.kr)에서 인용)

33) 현 경기도 파주시 적성면에 있는 산으로 紺岳山新羅古碑(일명 설인귀 사적비)가 있다.

> 遂祀紺岳, 適有風雨, 世傳紺岳山神, 乃唐將薛仁貴也. 擥語神曰: "神是唐家之將, 我爲一國之相, 雖先後不同, 勢亦相當, 何相迫乃爾?" 巫作神語, 怒曰: "君敢與我相抗, 及還而病", 時以爲怪. 擥不好佛, 治家以禮而瀆神如是, 人頗訝之.(吉昌府院君 權擥이 병으로 항상 집에 있었는데, 그날 그 어미를 모시고 개성부에 갔다가 온다고 임금에게 하직하였다. 임금이 불러서 내전에 들어가 술을 올리도록 하고, 그를 보낸 뒤에 承政院에 명하여 京畿觀察使에게 치서하여 후하게 음식을 준비하여 공돈하게 하였다. 권남이 병들면서부터 오랫동안 나오지 않다가 이때에 이르러 松岳에 기도하러 집을 다 비우고 가서 수일동안 머물렀다. 드디어 紺岳에 기도하는데, 마침 풍우가 있으니, 세상에서 전하기를, 紺岳山神은 곧 唐나라 장수 薛仁貴라고 하므로 권남이 신에게 말하기를, "신(神)은 唐나라 장수이고, 나는 一國의 재상이니, 비록 선후가 같지 않더라도 勢는 서로 비슷한데, 어찌 서로 군박하게 굴기를 이와 같이 하는가?"하였다. 무당이 神語를 하는데, 화가 나서 말하기를, "그대가 감히 나와 서로 버티는데 돌아가면 병이 날 것이다."하니, 그때 사람들이 이상하게 여기었다. 권남이 佛事를 좋아하지 아니하고 집을 禮로써 다스리면서 神을 모독하기를 이와 같이 하니, 사람들이 자못 의아하게 여겼다.) [34]

이는 朝鮮 王朝 世祖 10년(1464)의 기록이다. 위 의 내용을 보면 민간에서 설인귀를 감악산의 山神으로 모시는 思想이 이때 이미 있었음을 보여준다. 薛仁貴를 감악산의 산신으로 섬겼다는 것에 관한 기록은 또 다른 문헌들에서도 볼 수 있다.

> 1) 名山은 紺嶽이다. 현 동쪽에 있으니, 신라 때부터 小祀산신를 삼았다. 산 위에 사당이 있으니, 봄 · 가을에 나라에서 香祝을 내리어 제사를 지낸다. 顯宗 5년 갑인에 契丹 군사가 長湍에 이르니, 紺岳神祠에서 旌旗와 군사와 말이 움직이고 있는 것 같아서, 契丹 군사가 두려워 감히 앞으로 나아오지 못하였으므로, 나라에서 명하여 사당을 수리하고 제사를 지내어 보답하였다. 세상에 전하기를, "신라 사람이 당나라 장수 설인귀를 제사지내어 山神으로 삼았다."고 한다.[35]

34) ≪朝鮮王朝實錄≫ 세조 10년 갑신(1464, 천순 8)9월2일 (임자), 길창 부원군 권남이 하직하고 개성부에 가서 감악에 기도하다 기사문.

35) ≪朝鮮王朝實錄≫ 세종 지리지 / 경기 / 양주 도호부 / 적성현편에 나온다. 원문은 다음과 같다. "積城縣: 本高句麗七重城, 新羅改名重城, 爲來蘇郡領縣, 高麗改今名. 顯宗戊午, 屬長湍縣任內, 爲尙書都省所掌. 文宗十七年壬寅, 直(肄) [隷] 開城府, 睿宗元年丙戌, 卽宋徽宗崇寧五年 始置監務. 本朝太宗癸巳, 例改爲縣監. 名山曰紺嶽. 在縣東, 自新羅爲小祀. 山上有祠, 春秋降香祝香祭. 顯宗五年甲寅, 以丹兵至長湍, 紺嶽神祀, 若有旌旗士馬, 丹兵懼而不前, 命修報祀. 該傳羅人祀唐將蘇仁貴, 爲山神云."

2) 그 위에 중성이 있는데 오늘날의 적성현으로 또한 여기가 신라와 고구려의 국경이라고 이른다. 강가의 紺岳에 설인귀의 사당이 있었는데 지금은 淫祠가 되었다.
鸕鶿巖을 지나 席浦에 이르니, 강산의 경치가 하류로 갈수록 더욱 아름답다.[36]

첫 번째 문헌은 ≪세종지리지≫의 기록이며 두 번째 문헌은 許穆(1595-1682)의 ≪眉叟記言≫에 보이는 내용이다. 위 문헌의 기록들이 증명하듯이 설인귀에 대한 숭배 사상은 이미 ≪薛仁貴征東≫이 쓰여 진 시기인 1736년 이전에 이미 우리나라에서 널리 유행하였음을 알 수 있다. 문헌 기록들을 보면 일반적으로 국내에 유전된 설인귀고사가 ≪薛仁貴征東≫의 번역으로만 볼 수는 없다는 것을 알 수 있다. 이외에도 문인학사들의 文集에서 또는 詩에서 설인귀에 관한 언급들을 많이 볼 수 있다.[37] 물론 당시의 지식인들은 ≪新唐書≫와 ≪舊唐書≫를 비롯한 역사서의 이야기들을 읽고 薛仁貴에 대해 알았다고도 볼 수 있지만 민간에서 유전되었다는 것은 당시의 민간에서 중국역사서를 읽고 薛仁貴에 대해 알게 되었다고는 보기 어렵다. 다시 말해서 우리나라에서는 ≪薛仁貴征東≫이 들어오기 이전에 이미 민간에서 薛仁貴에 관한 이야기들이 상당히 유행

---

36) 許穆(1595-1682)의 ≪眉叟記言≫ 제 15卷, 원문은 다음과 같다. "其上重城, 今積城縣. 亦曰此新羅, 句麗兩國之境云. 江上紺岳. 有薛仁貴廟. 今爲淫祠. 過鸕鶿巖. 至席浦江山觀下流, 尤佳."

37) 李裕元:(1814-1888)의 文集 ≪林下筆記≫ 제38권, 해동악부(海東樂府), 백제악(百濟樂)에 나오는 詩이다. 握槊弄珠大袖襦, 紛紛篪笛與箏竽, 智異禪雲無等闋, 薛將軍得獻皇都.(창을 쥐고 구슬을 희롱하고 큰 소매를 펄럭이며, 어지럽게 지적이랑 쟁우랑 어울리네. 지리산가와 선운산곡과 무등산곡은 설장군이 이를 얻어서 황제에 바쳤네.) 여기서의 설장군이 설인귀라고 한다. (원문은 한국 고전 번역원 홈페이지(http://www.itkc.or.kr)에서 인용) 朴思浩 의 ≪心田稿≫卷一, 十一月, 二十七日의 내용에도 설인귀에 관한 글이 보인다. 安市城. 在柵門五里許. 昔唐太宗動天下之兵. 東征高句麗. 安市城主楊萬春. 堅城固守, 終不能下. 仍以回軍, 萬春於城上拜送. 太宗賜縑以褒之. 時李靖尉遲敬德, 臨海王道宗等. 百計攻城, 又得遼東, 薛仁貴席捲遼野, 而一片孤城, 能嬰其鋒.使中原戎, 不得蹂躪於鴨江以東一步之地. 豈不壯哉. 世傳太宗於安市之役. 箭中一目, 因此回軍, 而中國史諱之云. (안시성(安市城)이 책문 5리쯤 되는 곳에 있다. 옛날 당 태종이 온 나라의 군사를 움직여 동쪽으로 고구려를 쳤으나, 안시성주 楊萬春이 성문을 닫고 굳게 지켜 끝내 함락시킬 수가 없었다. 이에 회군을 하였는데, 만춘이 성 위에서 절하고 전송하니, 태종이 비단을 내리어 포상하였다. 그때, 李靖, 尉遲敬德 임해왕 도종등이 백 가지 꾀를 써서 성을 공격하여, 또 遼東을 차지하고, 薛仁貴가 요동벌을 석권하였으되, 한낱 외로운 성이 능히 그 창끝을 막아, 중원의 군마로 하여금 압록강 동쪽 일보의 땅도 짓밟지 못하게 하였으니 이 어찌 장하지 아니한가? 세상에 전하기를 "태종이 안시성 싸움에서 한 눈을 화살에 맞아 이것으로 말미암아 군사를 돌렸다."고 하지만 중국의 역사는 이것을 숨겨 적지 않았다고 한다.)

하였고 위의 자료에서 보이듯이 심지어 신격화된 모습까지도 문헌을 통해 확인 할 수 있다.

지금까지 중국에서 유전된 설인귀 관련 고사 중에서 국내 설인귀전의 전승과정을 밝히는 작업의 일환으로 설인귀고사의 초기 텍스트인 元 話本 ≪薛仁貴征遼事略≫, 明代 說唱詞話 ≪薛仁貴跨海征遼故事≫를 비교 고찰해 보았다. 이를 통해 필자는 국내에서 유전되는 판본 중에 章回 구분이 없고 설인귀 개인에 대한 이야기가 다른 이본들에 비해 적은 연대 소장본 설인귀 고사의 원천이 明代 說唱詞話 ≪薛仁貴跨海征遼故事≫가 아닌가 생각된다. 그렇다면 이는 ≪薛仁貴征東傳≫을 축약 번역한 것이 아니라 그 이전에 이미 薛仁貴 故事의 說唱계열의 영향을 받은 것으로 보인다. 설창의 내용은 서적의 형식이 아닌 구두형태의 전승이 일반적이었기 때문에 설창 형식의 설인귀 고사가 전승되어 우리나라 민간에서 유전 되다가 한글 필사본으로 정착되었을 가능성도 배제 할 수 없다고 생각된다. 중국에서 설인귀 관련 설창을 듣고 누군가가 한글로 필사했을 가능성도 배제 할 수 없다. 다시 말해서 元代와 明代에 형성된 삼국지와 같은 歷史演義로서의 당나라의 요동 정벌고사가 한 인물의 영웅고사로 변모되어가는 과정이 국내 판본에서는 나타났다고 볼 수 있다. 우리나라에서는 다른 나라가 우리나라를 정벌하는 역사 고사를 전승하기보다는 한 영웅 인물의 이야기로 전승발전 시켰다고 볼 수 있다. 중국 역사 속의 설인귀는 농민으로 종군하여 여러 전공을 세우고 뛰어난 활솜씨로 돌궐을 물리치고 죽을 때는 아무것도 남기지 않은 청렴한 인물로 기록되고 있다. 그래서 중국의 수많은 장군 중에 더욱 사랑을 받은 듯하다. 우리나라에서도 옛 고구려의 영토이자 통일신라의 영토였던 감악산에 薛仁貴碑라 전하는 것을 지금도 볼 수 있고, 설인귀는 그 지역의 전설적 인물로 회자 되고 있다. 심지어 설인귀가 그 지역을 잘 다스려 성군으로 칭해지고 원래는 우리민족이라는 이야기까지 전해지고 있다.

다시 말해 元 話本 ≪薛仁貴征遼事略≫에서는 비록 설인귀라는 이름이 붙어 있으나 요동 정벌이라는 역사연의 속의 등장인물의 하나였던 것이 明 說唱詞話 ≪薛仁貴跨海征遼故事≫에서는 요동 정벌의 역사 속에 설인귀 중심의 이야기로 좀 더 축약되고 있는 것을 볼 수 있다. 이것이 바로 국내 설인귀 관련 이본들이 ≪薛仁貴征東傳≫의 축약 번역이 아니라 ≪薛仁貴跨海征遼故事≫의 영향을 받은 것이 아닌가 생각되는 부분이다.

우리나라에서 설인귀 고사는 당나라의 요동 정벌 고사보다는 설인귀 개인의 이야기가 더 부각되어 국내에서 여러 판본으로 필사 또는 방각되어 유행한 것으로 보인다.

결론적으로 말해서 중국에서 설인귀에 관한 고사는 장르상 크게 두 갈래의 길을 걸었다고 볼 수 있다. 하나는 說唱과 戲曲으로의 연변이며 또 하나는 演義 小說로의 연변이다. 우리나라에는 그 중에서 먼저 說唱類의 설인귀 고사가 전해져 번역과 번안이 이루어진 것으로 생각된다. 이것이 바로 중국 소설 원전에는 없는 설인귀전이라는 제목으로 많은 이본들이 존재하는 이유라고 볼 수 있다. 중국에서는 희곡으로도 많이 공연되어졌지만 우리나라에서는 희곡으로 공연되기에는 좀 곤란한 역사를 담고 있다. 그래서 설인귀라는 영웅에 대해서 신비스러운 색채가 더 해지고 전설의 인물로서 재미있는 이웃나라 장수의 이야기로 흥미로운 전쟁이야기로 유행한 것이다. 지금도 우리가 평양성이라는 영화를 보면서 그 속에 등장하는 연개소문과 설인귀를 보면서 역사적 의미보다는 전투장면에 더욱 재미를 느끼는 이유 역시 맥락을 같이 한다고 생각된다.

5. 小說 包公案 系列의 國內 流入과 受容*

中國에서 公案小說이 본격적으로 등장한 시기는 대략적으로 明代로 알려져 있으며 이는 明代에 쏟아져 나온 公案類 小說集들이 이를 증명한다고 할 수 있다.[1] 中國의 公案小說은 지금으로 말하면 수사 추리극으로, 사건이 일어나고 이를 해결해가는 과정이 묘사된다는 점에서 독자들의 흥미를 유발하기에 충분한 敍事構造를 가졌다.

中國에서 창작된 公案小說이 우리나라에 전해진 시기에 대해서는 대략 임진왜란을 전후한 시기로 추정된다. 전쟁은 아이러니하게도 시대적 분위기를 전환하는 계기를 제공하는 경향이 있다. 우리나라도 임진왜란 이후로 유교적 보수사회였던 朝鮮王朝에서 실리적 학문을 추구하는 사회전반적인 개혁이 이루어졌고 이러한 시대적인 분위기에 편승하여 中國 通俗小說이 한글로 筆寫되고 飜譯되어 널리 유행하였다고 보는 견해가 일반적이다.

公案小說은 역사적으로 실존한 人物에 얽힌 이야기에 虛構的 敍事가 첨가되면서 歷史에서 小說이라는 장르의 이동을 하게 된다. 이 과정에서 公案小說의 주인공은 청렴한 官僚에서 신화적 색채를 지닌 人物이나 英雄으로 재탄생하게 된다. 公案小說 중에 특히 宋代 실존 인물인 包拯에 관한 이야기인 包公관련 公案小說이 朝鮮時代에 이미 國內에 流入되어 널리 傳播되고 여러 다양한 문학적 재창작의 경로를 거친 것을 볼 수 있다.

---

* 이 논문은 2010년 한국연구재단의 정부재원(교육과학기술부 인문사회연구 역량강화사업비)의 지원을 받은 연구이다.(NRF-2010-322-A00128).
본 논문은 2012. 6월에 ≪中國語文學誌≫第39輯에 투고된 것을 수정 보완한 것임을 밝혀둔다.
주저자 : 張守連(慶熙大學校 比較文化硏究所 學術硏究敎授)
교신저자 : 閔寬東(慶熙大學校 中國語科 敎授)

1) 明代에 이르러 특히 萬曆이후에 出版業이 성행하면서 일종의 短篇 小說集이라 할 수 있는 公案類 短篇小說集이 小說史에 등장하게 된다. 당시 書坊에서 책을 출판 판매하였고 書坊의 주인들은 당연히 상업적 이익을 남길 만한 작품들을 편집 출판하게 된다.(安遇時 엮음, 고숙희 옮김, ≪百家公案≫, 지식을 만드는 사람들, 2009, 12-14쪽 참조.)

본고에서는 우선 包公관련 公案小說의 國內 所藏 板本들을 자세히 살펴보고 각 작품들의 특징을 분석 비교 고찰 하고자 한다. 이러한 과정을 통해서 國內에 전해진 包公관련 小說의 문학적 재창작 과정 즉 改作, 飜譯, 飜案의 특징을 살펴보고 또한 아울러 그러한 특징이 나타난 원인에 대해서도 생각해보고자 한다.

1. 包公案 계열 公案小說의 國內 版本現況

國內에 유입된 包公系列 公案小說들은 비교적 다양한 편이다. 비록 完帙本은 아니지만 세계 유일본으로 稀貴本인 明代 版本 ≪新鐫全像包孝肅公神斷百家公案演義≫가 奎章閣에 소장돼 있는 것을 비롯하여 여러 包公 관련 작품들이 流入되어 國內에 소장되어 있다. 현재까지 조사한 바에 의하면 國內에 流入되어 현존하는 包公 공안소설관련 版本들을 目錄으로 정리하면 아래와 같다.

書名	出版事項	版式狀況	一般事項	所藏處	所藏番號
新鐫全像包孝肅公神斷百家公案演義	撰者未詳(明), 萬曆25年(1597)金陵萬卷樓刊	6卷中 卷3缺, 中國木版本, 有圖, 13行26字	版心題:全像包公演義, 序:饒安完熙生 [包公案祖本]	奎章閣	
龍圖公案	大文堂, 刊寫地未詳, 嘉慶十四年(1809)	1卷1册(全10卷6册), 中國木版本, 17.2×11.7㎝, 四周單邊, 半郭:15.2×10.6㎝, 無界, 11行26字, 上內向黑魚尾	表紙書名:包案, 版心書名:龍圖公案, 敍:嘉慶十四年戊辰(1809), 李西橋題, 刊記:百斷奇觀包公全傳龍圖公案大文堂藏板	漢陽大學校	812.35-용34-v.1-v.6
	撰者未詳, 兩餘堂, 清朝後期刊	8卷4册, 中國木版本, 有圖, 27.9×14.9㎝, 四周單邊, 半郭:19.9×13㎝, 無界, 12行26字, 上黑魚尾, 紙質:竹紙	裏題:繡像龍圖公案, 刊記:兩餘堂藏板	成均館大學校	D7C-84
百斷奇觀繡像龍圖公案	撰者未詳(明), 刊行年未詳, 清末敬業堂刊	8卷4册, 中國木版本, 有圖, 12行26字	版心題:龍圖公案, 序:江左陶浪元	高麗大(六堂本)	
新評龍圖神斷公案	著者未詳, 年紀未詳	8卷4册, 筆寫本, 21.1×14.3㎝, 四周單邊, 半郭:16.4×11.4㎝, 烏絲欄, 9行20字, 無魚尾	序:陶浪元	啓明大學校	이812.3-신평용

書名	出版事項	版式狀況	一般事項	所藏處	所藏番號
繪圖包龍圖判斷奇寃	著者未詳, 清朝末-中華初刊	4卷4冊(卷2-3, 4, 6) 中國石印本, 10.7×6.8cm, 四周雙邊, 半郭:9.6×5.7cm, 13行30字, 上黑魚尾, 紙質:綿紙	備考:袖珍本	成均館大學校	DC-188
繡像包公案鼓詞全傳	上海, 校經山房, (19??)	2卷2冊, 中國石印本, 有圖(圖3張), 15×9cm, 四周單邊, 半郭:13.2×8cm, 無界, 20行48字		梨花女子大學校	[고]812.3 수 61포
新刻包公案鼓詞	著者未詳, 刊寫地未詳, 刊寫者未詳, 光緒 32年 (1906)	2卷2冊, 有圖, 14.9×9.1cm, 四周雙邊, 半郭:12.2×8.1cm, 無界, 15行36字, 上下向黑魚尾	包匣題:繡像三公寄案鼓詞, 標題:繪圖鼓詞包公全傳, 表題:繪圖包公案鼓詞	東亞大學校	(4):5:5-6

* 이 목록은 필자가 ≪한국에 소장된 중국 고전소설과 희곡판본의 수집정리와 해제≫라는 토대연구 프로젝트를 수행하면서 직접 정리한 목록이다.

위 目錄 중에 마지막 두 작품은 鼓詞에 해당하는 版本으로 각각 梨花女子大學校와 東亞大學校에 소장되어 있다. 본고에서는 연구 대상의 범위를 通俗小說이라는 범주에 한정하며 다른 연구자들의 편의를 위해 목록을 제공하지만 구체적인 분석고찰의 대상에서는 제외하였다. 본장에서는 포공 관련 소설 중에 ≪百家公案≫과 ≪龍圖公案≫을 중심으로 판본을 살펴보도록 하겠다.

1) ≪百家公案≫

≪百家公案≫은 明代에 만들어진 包公관련 短篇公案小說集으로 一名 ≪包公傳≫이라고도 하며 총 100回로 구성되어 있다. 第1卷 본문 시작 전에 〈國史本傳〉과 〈包待制出身源流〉가 따로 있으며 作家는 錢塘散人 安遇時가 편집하였다고 한다. 安遇時는 錢塘이라는 것으로 보아 지금의 항주출신이거나 항주에 거주했던 人物로 추정 할 뿐 자세한 生平에 관해서는 알려진 바가 없다.

中國에서 明代에 간행된 ≪百家公案≫의 版本은 두 種이 현존하고 있다. 하나는 日本 名古屋 蓬左文庫에 소장된 建陽書林 與畊堂에서 萬曆22年(1594) 간행한 ≪新刊京本通俗增像包龍圖判百家公案≫[2])으로 完帙本이고, 하나는 奎章閣에 소장 되어 있는 ≪新鐫全像包孝肅公神斷百家公案演義≫(이하 편의상 ≪百家公案≫으로 略

稱 한다.[3])로 落帙本이다.

與畊堂刊本 ≪百家公案≫은 刊記에 "萬曆甲午歲朱氏與畊堂梓行"으로 되어 있는데 여기서 朱氏는 간행인으로 보이지만 누구인지 정확히 알 수는 없다. 奎章閣 소장 萬曆25年(1597) 金陵 萬卷樓刊本 ≪百家公案≫은 작품 시작 부분에 "新刻育云堂校編包孝肅公神斷百家公案演義卷之六"이라고 되어 있고, 그 다음에 "饒安 育云堂 完熙生 校編, 金陵 萬卷樓 周對峯 繡梓"라 적혀 있다. 完熙生이 교열과 편집을 하고 周對峯이 판각을 한 것을 명확히 표기해 주고 있다.

奎章閣에 소장된 萬卷樓刊本 ≪百家公案≫은 초기 包公관련 이야기들의 형태를 연구할 수 있는 희귀본으로 세계에서도 유일한 아주 귀중한 版本이다. 두 版本은 刊行年代 뿐 아니라 建陽書林 與畊堂과 金陵 萬卷樓로 刊行地 또한 다르다. 建陽은 지금의 福建城에 위치한 建陽을 말한다. 金陵은 지금의 江蘇省 南京으로 주지하다시피 明代의 首都였던 곳으로 위치상으로도 많이 떨어진 두 곳에서 ≪百家公案≫을 3년 간격으로 간행했다는 것은 당시 작품이 얼마나 유행하였는지를 보여주는 하나의 증거로 사료된다.

與畊堂本과 萬卷樓刊本은 내용상에 있어서는 거의 일치하나 체제상에는 약간의 차이를 보인다. 與畊堂本은 10卷으로 되어 있고 萬卷樓刊本은 6卷으로 되어 있으나 第3卷은 남아 있지 않다. 두 版本은 篇名이 章回小說의 回目 형식으로 되어 있으며 回目의 순서가 거의 일치하고 간혹 문자 상의 차이가 보일 뿐이다. 그러나 두 版本은 揷畵의 형식에 있어서는 확연한 차이를 보인다. 두 版本의 揷畵를 살펴보면 다음과 같은데 그림1과 그림2, 두 揷畵는 다 仁宗이 親母를 찾는 내용을 그린 것이다.

위에서 보이듯이 揷畵의 형식에 있어서 與畊堂本은 上圖下文의 형식으로 되어 있고 모두 511幅의 揷畵가 있다. 또 한 면은 13行으로 每行은 24字로 되어 있다. 揷畵의 비중은 한 페이지를 네 등분 했을 때 사분의 일 크기로 들어가 있으며 揷畵의 좌우

---

2) 上海 古籍 出版社에서 1985년에 출판한 影印本 ≪新刊京本通俗增像包龍圖判百家公案≫(≪古本小說集成≫第79輯)를 참조하였다. 국내에서는 1994년 江原大學校 出版部에서 ≪百家公案≫이라고 題하고 朴在淵이 校注해서 출판하였다.

3) 이에 대해 朴在淵은 "包公演義" 라고 간칭하여 사용하고 있다. 그러나 한글 번역필사본 ≪包公演義≫와 명칭상 혼동을 막기 위해 본고에서는 ≪百家公案≫이라 간칭하기로 한다.

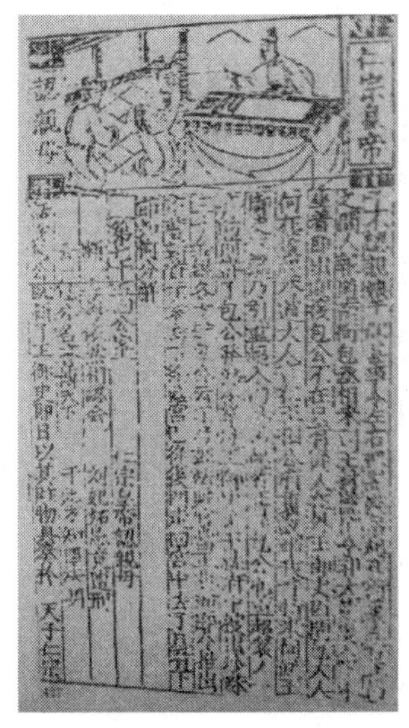

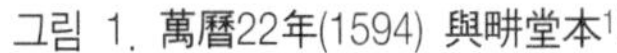
그림 1. 萬曆22年(1594) 與畊堂本[1)]

그림 2. 萬曆25年(1597) 萬卷樓刊本[1)]

에 挿畫의 標題가 들어가 있다. 標題의 字數는 일정하지 않고 그 페이지의 내용을 요약하는 내용으로 되어 있다.[4)]

반면에 萬卷樓刊本의 挿話는 모두 33幅의 全圖로 挿畵 왼쪽이나 오른쪽에 詞형식으로 제목처럼 붙어 있는데 字數도 11字로 정형화 되어 있다. 第1卷에 6폭, 第2卷에 13폭, 第3卷은 결질 되어 알 수 없고, 第4卷은 4폭, 第5卷과 第6卷은 각각 8폭의 挿畵가 실려 있는데 이야기에 따라서 두 幅의 挿畵가 연이어서 들어가기도 하였다. 이처럼 挿畵의 비중이 대폭 줄면서 10卷 분량의 소설이 6卷으로 간행되는 것이 가능했던 것으로 보인다. 또한 挿畵를 살펴보면 萬卷樓刊本이 與畊堂本에 비해서 훨씬 정밀하게 그려진 것을 알 수 있다. 불과 3년이라는 차이를 두고 간행된 두 작품이 내용에 있어서는 별 차이가 없으나 판식에 있어서는 이와 같은 차이를 보이고 있는 것이다.

通俗小說에 삽입된 挿畵의 형태는 宋元時期에는 上圖下文의 형식이었다가 明 萬曆이후에 全圖나 半圖 등 다양한 형태의 挿畵가 출현하게 된다.[5)] 흥미로운 점은 中國木版畵史에 있어 하나의 분기점이 되는 明 萬曆時期에 나온 두 작품이 바로 이러한

4) ≪古本小說集成≫第79輯, 1985년 上海 古籍出版社 影印本 참조.

5) 周心慧, ≪古本小說版畵史略≫, 線裝書局, 1996, 拙稿, 〈明成化刊本說唱詞話 挿畵의 敍事的 기능에 대한 硏究〉, ≪中國語文學論集≫第51號, 2008. 8, 518쪽 참조.

변화 과정을 잘 보여 준다는 점이다.

≪百家公案≫의 내용은 每回마다 다른 故事를 이야기하고 있고 여러 이야기를 짜깁기 형식으로 모으다 보니 包公이 실존인물임에도 불구하고 史傳과 다른 내용이 많이 등장한다.[6] ≪百家公案≫은 작품의 제목이 回目의 형태를 이루면서 100回로 되어 있어 章回小說의 형태를 갖추고 있다고 볼 수 있으며, 반면에 ≪龍圖公案≫은 형태상으로도 단편소설을 모아 만든 소설집의 형태를 띠고 또 回目도 없다.

각 卷의 내용을 살펴보면 與畊堂本은 1卷은 1回에서 7回, 2卷은 8回에서 19回, 3卷은 20回에서 29回, 4卷은 30回에서 42回, 5卷은 43回부터 49回, 6卷은 50回에서 57回, 7卷은 58回에서 64回, 8卷은 65回에서 71回, 9卷은 72回에서 86回, 10卷은 87回에서 100回까지 실려 있다. 10卷으로 나누면서 각 卷마다 분량이 고르지 않음을 볼 수 있다. 萬卷樓刊本은 모두 6卷으로 1卷은 1回에서 12回까지, 2卷은 13回에서 29回까지, 3卷은 원래 30回에서 47回까지 인데 결질이고, 4卷은 48回부터 58回까지, 5卷은 59回부터 71回까지, 6卷은 72回부터 100回까지 이다. 萬卷樓刊本 역시 卷마다 분량이 고르지 않음을 알 수 있다.

2) ≪龍圖公案≫

≪龍圖公案≫은 一名 ≪龍圖神斷公案≫ 혹은 ≪包公七十二件無頭奇案≫이라고도 한다. ≪百家公案≫처럼 包公이 訟事를 해결하는 이야기 100篇을 모아 만든 公案短篇 小說集이다. ≪龍圖公案≫은 ≪百家公案≫과 달리 회로 나뉘어져 있지 않고 卷으로만 나누어 구분하고 있다. 그러면서 각 이야기의 제목이라 할 수 있는 篇名이 붙어 있다. 이 篇名은 回目과 달리 2字, 3字, 4字, 5字 등 여러 형태로 되어 있으며 두 편이 하나의 이야기 주제로 이어지는 형식을 취하고 있다. 예를 들면 강도 사건끼리, 간통 사건끼리, 절도 사건끼리 나누어 묶는 방식으로 편집하였다.[7] ≪龍圖公案≫의 版本에 대해서는 일반적으로 두 계통으로 나누어 설명한다. 즉, 繁本과 簡本 두 계통이다. 지금까지 中國에 남아 있는 版本을 살펴보면 모두 26곳에서 간행되었는데 그 간행

---

6) 薛亮, ≪明清稀見小說滙考≫, 中國社會科學文獻出版社, 1999, 22-23쪽 참조.

7) 이것에 대해 胡士瑩 ≪三言≫의 두 편이 댓구를 이루는 구조의 영향을 받은 것으로 보았다. 편집과정에 있어 나름대로 사건들의 성격에 따라 분류를 시도하고 있다는 것이다. (胡士瑩著, ≪話本小說概論≫, 丹青圖書公司, 1983, 660쪽 참조.)

년대와 간행장소를 살펴보면 다음과 같다.

1) 乾隆時期

金閶 書業堂 乾隆 40년(1775) ≪新評龍圖神斷公案≫10卷, 思美堂 乾隆 41년(1776) ≪龍圖公案≫10卷 100 則, 經元堂 ≪龍圖公案≫8卷 62則, 敬書堂 乾隆 ≪繡像龍圖公案≫8卷, 天德堂 乾隆 ≪新評龍圖神斷公案≫10 卷

2) 嘉慶時期

大文堂 嘉慶 ≪龍圖公案≫, 務本堂 嘉慶 13년(1748) ≪重訂龍圖公案≫10卷, 經文堂 嘉慶 13년 ≪龍圖公 案≫10卷 100則, 藻文堂 嘉慶 13년 ≪龍圖公案≫, 增美堂 嘉慶 15년(1750) ≪龍圖公案≫10卷 100則, 一 經堂 嘉慶 21년(1816) ≪龍圖公案≫100則, 兩餘堂 嘉慶 ≪龍圖公案≫8卷 100則

3) 道光時期

寶文堂 道光 元年 ≪龍圖公案≫100則, 貴文堂 道光元年 ≪新評龍圖神斷公案≫10卷, 錦順堂 道光 18년 ≪龍 圖公案≫10卷, 藜照樓 道光 23년(1843) ≪龍圖公案≫10卷 100回, 聚文堂 道光 ≪龍圖公案≫

4) 同治時期

佛山 翰寶樓 同治元年 ≪龍圖公案≫10卷, 維經堂 同治 7년 ≪新評龍圖神斷公案≫10卷 100則, 卽墨庄 同 治 13년 ≪龍圖公案≫5卷 100則

5) 光緒時期

武林 光緒 16년 ≪新評龍圖神斷公案≫10卷, 濰陽 成文信 光緒 18년 ≪龍圖公案≫6卷 100則, 以文堂 光緒 19년 ≪龍圖公案≫, 厦門 會文堂 光緒 29년 ≪龍圖公案≫5卷

6) 年代未詳

文華樓 ≪龍圖公案≫8卷, 益智堂 ≪龍圖公案≫5卷 100則, 金閶 種書堂 ≪龍圖公案≫8卷, 榮文堂 ≪龍圖公 案≫10卷[8)]

위에서도 보이듯이 版本을 살펴보면 100篇本과 62篇本이 있고 같은 100篇本이라도 10卷, 8卷, 6卷, 5卷 등 다양한 형태로 되어 있다. 그 중에서 光緒 29년의 厦門 會文堂本, 刊行年代 미상의 益智堂本, 同治 13년 卽墨庄本 ≪龍圖公案≫ 이 모두 5卷 100篇本이다. 일반적으로 100篇本 계통을 繁本系列로 보고 62篇本을 簡本系列로 본다.

繁本系列로 비교적 중요한 版本으로는 淸初刊大本, 乾陵 41年(1776) 四美堂刊本, 嘉慶 兩餘堂刊本 등이 있다.[9)] 淸初刊大本은 北京圖書館에 소장되어 있는데 매 편

8) 王淸原等 編纂, ≪小說書坊錄≫, 北京圖書館出版社, 2002, 277쪽 참조. 이외에도 文益堂에서 乾隆 27년에 ≪龍圖神斷公案續編≫을 간행했다.

마다 끝에 聽玉齋의 評이 있고 揷畵가 있다. 四美堂刊本은 版心에는 "種樹堂" 이라고 적혀있고 揷畵가 있으며 한 면이 10行 22字이며 李卓吾評이라고 되어 있으나 評語가 없고 天津人民圖書館에 소장되어 있다. 兩餘堂本은 8卷으로 되어 있어 다른 10卷本과는 체제가 다르나 작품 편수는 역시 100篇이며 내용도 大同小異하다. 이 兩餘堂本이 國內에 유입 되어 成均館大學校에 소장되어 있다.

簡本系列 版本으로 乾隆 40年(1775) 書業堂刊本, 嘉慶 7年(1802)刊本, 道光 23年(1843) 黎照樓 重刊本, 光緒 26年(1900) 上海書局 石印本 등이 있다. 書業堂刊本은 揷畵가 있고 사이에 聽玉齋評이 있다. 李卓吾評이라고도 적혀 있는데 형식은 四美堂本과 같고 遼寧圖書館에 소장되어 있다. 嘉慶 7年刊本은 揷畵가 10폭이 있고 본문의 卷末에는 ≪新評龍圖神斷公案≫이라고 적혀 있으며 日本 千里圖書館에 소장되어 있다. 黎照樓 重刊本은 小字本으로 좋은 판본으로 보이지는 않는다.[10] 上海書局 石印本은 ≪包公七十二件無頭案≫으로 제목을 바꾸었고 復旦大學圖書館에 소장되어 있다.[11]

기본적으로 이런 簡本系統은 繁本에서 이야기 몇 편을 생략하여 이루어진 것으로 같은 작품의 경우에는 단지 문자 상의 차이가 조금 있을 뿐 내용에 있어 변화는 거의 없다. 주로 繁本에서 작품을 가려낸 기준은 명확하지 않고 주로 각 卷의 뒷부분에 해당하는 작품을 刪去한 것을 볼 수 있다. 전 편을 그대로 실은 第2卷을 제외하면 나머지는 대체로 각 卷마다 뒷부분 작품을 4-6篇씩 刪去하였다. 거의 일률적으로 뒷부분을 刪去한 것으로 보아 아마도 書商들이 좀 더 많은 이익을 남기기 위해서 분량을 축소해서 간행 비용을 줄이고자 한 것으로 보인다.[12]

嘉慶 14年(1809)에 간행된 ≪龍圖剛峰公案合編≫은 모두 12卷이며 그 중에 ≪龍圖公案≫6卷 89篇이 들어 있다.[13]

---

9) ≪中國通俗小說總目提要≫에는 雨余堂刊本이라고 되어 있으나 兩餘堂의 誤記로 보인다. 즉 이는 嘉慶年間에 나온 兩餘堂本 ≪龍圖公案≫8卷 100則을 말하는 것으로 생각된다. 국내에도 성균관대학교에 兩餘堂本이 소장되어 있다. 어떤 문헌 기록에도 雨余堂은 찾아 볼 수 없다.

10) 작자 미상, 고숙희 옮김, ≪龍圖公案≫, 지식을 만드는 사람들, 2010, 11쪽 참조.

11) 江蘇省社會科學院明清小說研究中心, 文學研究所編, ≪中國通俗小說總目提要≫, 中國文聯出版公司, 1990, 112쪽 참조.

12) 胡士瑩著, ≪話本小說槪論≫, 丹靑圖書公司, 1983年, 658-660쪽 참조.

13) 江蘇省社會科學院明清小說研究中心, 文學研究所編, ≪中國通俗小說總目提要≫, 中國文

國內에는 漢陽大學校에 嘉慶 14年(1809)에 간행한 大文堂本 木版本 ≪百斷奇觀包公全傳龍圖公案≫이 소장되어 있다.

版本을 살펴보면 序文이 나오고 끝에 간행 년대가 "嘉慶十四年戊辰春月孝岡李西橋題"라고 적혀 있는데 사실 嘉慶 十四年은 己巳年으로 戊辰年은 잘못 표기된 것임을 알 수 있다. 序文에 이어서 目錄이 나오는데 모두 10卷 6冊으로 되어 있고 1冊과 6冊에는 각각 卷1, 卷10이 수록되어 있고, 2, 3, 4, 5冊은 모두 두 권씩 묶여 있다. 1卷은 阿彌陀佛講和 等 10篇, 2卷은 黃菜葉等 10篇, 3卷은 裁縫選官等 10篇, 4卷은 三寶殿等 10篇, 5卷은 窓外黑猿等 10篇, 6卷은 金鯉等 10篇, 7卷은 獅兒巷等 10篇, 8卷은 江岸黑龍等 10篇, 9卷은 兎戴帽等 10篇, 10卷은 銅錢插壁等 10篇으로 구성되어 있어 모두 100篇의 이야기가 실려 있다.[14)]

한편 成均館 大學校에 소장된 兩餘堂本 木版本 ≪百斷奇觀繡像龍圖公案≫은 8卷 4冊으로 되어 있다. 역시 모두 100篇의 이야기를 싣고 있고, 插畵는 모두 全圖의 형식으로 序文다음에 이어서 10幅이 실려 있다. 插畵를 살펴보면 판각이 奎章閣 소장본인 ≪百家公案≫에 비해서 매우 단순하고 세밀하지 못한 것을 볼 수 있다. 선은 더 굵어졌고 인물의 표정도 섬세하지 못하다.[15)]

두 版本의 插畵중에 包公이 범인을 심문하는 장면을 묘사하고 있는 插畵를 보면 다음과 같다.

그림 3. ≪百斷奇觀繡像龍圖公案≫

그림 4. 萬曆 25年(1597) 萬卷樓刊本

聯出版公司, 1990, 610쪽 참조.

14) 大文堂本 木版本 ≪百斷奇觀包公全傳龍圖公案≫이 漢陽大學校 所藏本 참조.

15) 兩餘堂本 木版本 ≪百斷奇觀繡像龍圖公案≫ 8卷 4冊, 成均館 大學校 所藏本 참조.

또 成均館大學校에 ≪繪圖包龍圖判斷奇寃≫ 4冊이 소장 되어 있는데 袖珍本으로 아주 밝은 황색의 표지에 붉은 색실로 묶었다. 10.7×6.8㎝으로 손바닥 크기의 매우 작은 책이며 원래 모두 6卷 6冊으로 되어 있던 책인데 지금은 第1卷과 第5卷이 결질된 落帙本으로 4卷 4冊만 남아 있다. 挿畵는 없고 10卷의 내용에서 각 卷의 앞부분에 해당하는 이야기 몇 편을 없앴다.[16] 남아 있는 4卷의 내용으로 보아 62回 簡本계열로 보이지만 目錄이 나와 있는 第1卷이 없는 落帙本이라 확언할 수는 없다. 石印本이며 ≪百斷奇觀繡像龍圖公案≫과 비교해보면 같은 이야기를 제목을 약간 다르게 붙이기도 하였다. 또 전체적인 내용은 같으나 文字에 있어 약간의 차이를 보인다. 유명한 일화인 "烏盆子"를 살펴보자.

> 話說包公爲定州太守。 人家私巨萬。 因來定州買賣。 去城十餘里飮酒醉歸。不能行走。逶路中睡去。至黃昏。有賊人丁千丁萬。因見浩身畔資財。路上同行。乘醉扛去僻處。奪其財物。………官給賞銀二十兩將瓦盆幷原劫銀兩。着其親屬領回葬之。亦一大異事 (≪繪圖包龍圖判斷奇寃≫成均館 大學校 所藏本)

> 話說包公爲定州于時有李浩者陽州人家私臣萬因來定州買賣去城十餘里飮酒醉歸不能行走歸路中睡去至黃昏有賊人丁千丁萬因見浩身畔資財路上同謀扳醉扛去僻處奪其財物……官給賞銀二十兩將瓦盆幷原劫之金旣着令其親戚之住定州者領回交其家人收埜大是奇異 (≪百斷奇觀繡像龍圖公案≫成均館 大學校 所藏本)

> 說包公爲定州守日有浩者楊州人家私臣萬前來定州買賣去城十餘里飮酒醉歸不能行走定倒在路中睡去至黃昏有賊人丁十丁萬因見李浩身畔資財乘醉扛去僻處奪其財物……官給賞銀二十兩將瓦盆幷原劫銀兩着令其親族領回葬之豈不是大有異奇.(≪百斷奇觀包公全傳龍圖公案≫漢陽大學校 所藏本)

刊行年代를 확실히 알 수 있는 漢陽大 所藏本은 成均館大 所藏本에 비해서 誤字가 많고 挿畵도 없다. 앞에서도 말했듯이 刊行年代를 적으면서도 잘못 적고 있고 군데군데 분명한 誤字들이 보인다.

≪龍圖公案≫ 100篇 이야기의 연원에 대해서는 일찍이 中國과 日本의 학자들이 주목하였다. 대체로 ≪百家公案≫에서 49篇, ≪皇明諸司廉明奇判公案傳≫에서 21篇,

---

16) ≪繪圖包龍圖判斷奇寃≫4卷 4冊, 成均館大學校 所藏本 참조.

≪詳刑公案≫과 ≪詳情公案≫에서 각각 15篇을 가져와 모두 100篇이 되었다는 것이 일반적이다.[17]

≪龍圖公案≫의 編著者는 未詳으로 당시 公案類 故事들이 유행하자 서적상들이 包公의 訟事 이야기들을 모아서 評語를 달아서 출간한 것으로 추정하고 있다. 淸代에 이르러 評語를 달아서 서적을 출판하는 것이 유행한 것은 여러가지 이유가 있었다고 사료된다.

公案小說은 당시에 일종의 법률교과서나 도덕 교과서로서의 역할을 하였다. 당시 시대적 분위기가 일반 백성들이 소송을 비교적 자유롭게 하는 분위기였고 소송을 위해서는 법조문을 써야하는데 문맹인 당사자들을 대신해서 告訴狀을 써주는 사람들이 있었다. 전문적으로 고소장을 써주는 사람들은 宋代부터 이미 있었고 明代에는 더욱 활발히 법률소송이 이루어졌다고 한다. 일단 채택이 되기 위해서는 사건의 내용이 평범해서는 여러 사건을 처리해야 하는 관료들의 눈에 들지 못했다.[18] 이것은 오늘날에도 여러 사건 중에 거의 엽기적이라고 할 수 있는 사건이나 그전에는 없던 특이한 사건이 발생하면 사회적 이슈가 되고 사건에 대한 수사가 대대적으로 이루어지는 것을 보면 알 수 있다. 그렇기 때문에 사건의 내용을 잘 꾸며서 주목받을 수 있도록 하는 능력이 필요했다. 그런 시대적 분위기가 公案小說이 유행하게 된 배경 중 하나라고 볼 수도 있다.

2. 包公案 계열 公案小說의 國內 流入과 受容

포공관련 公案小說이 國內에 流入된 기록은 宣祖 36年(1603)에 貞淑翁主에게 보낸 편지에 최초로 宣祖가 ≪包公案≫을 보내니 駙馬에게 주라는 기록을 찾아 볼 수 있다. 宣祖가 언급한 ≪包公案≫이 ≪百家公案≫인지 ≪龍圖公案≫인지는 확실히 알 수 없으나 이때에 이미 유입된 것은 확실하다.[19] 奎章閣에 소장된 萬曆 25年(1597)

17) 魯德才, 〈百家公案與包公案小說的演變〉, 朴在淵 校注, ≪百家公案≫, 江原大學校出版部, 1994, 317쪽 참조.

18) 朴昭賢, 〈그들이 범죄 소설을 읽은 까닭은? : 公案 소설과 명창 시기 중국의 법률문화〉, ≪中國小說論叢≫31집, 2010. 3, 281-305쪽 참조.

19) 박재연, 〈조선시대 公案협의소설 번역본의 연구-낙선재본 포공연의와 구활자본 염라왕전을 중심

에 간행된 萬卷樓刊本 ≪百家公案≫이 간행 된지 6년 뒤인 1603년에 國內에 流入되었을 가능성도 있다. 그러나 國內에 流入된 ≪龍圖公案≫의 標題가 漢陽大 소장본의 경우 ≪包案≫으로 되어 있고, 成均館大 소장본의 경우에도 標題가 ≪包公案≫으로 되어 있는 것을 볼 수 있다. 그렇다면 宣祖가 ≪包公案≫이라고 한 것으로 보아 ≪龍圖公案≫일 가능성이 더 높다고 추정된다.

이외에도 景宗 1年 (1721)에 司譯院에서 譯官들의 中國語 會話 학습을 위해 간행한 ≪五倫全備諺解≫의 引用書目중에 ≪龍圖公案≫이 들어 있는 것을 볼 수 있다.[20] 또한 1762년에 간행된 完山 李氏의 ≪中國小說繪模本≫에서도 ≪包公演義≫ 목록을 볼 수 있다.[21] 여기서 언급한 ≪包公演義≫ 역시 ≪百家公案≫인지 ≪龍圖公案≫인지는 확실히 알 수 없다. 그러나 書名을 살펴보면 奎章閣 소장본 ≪百家公案≫은 ≪新鐫全像包孝肅公神斷百家公案演義≫이고 漢陽大學校 소장본 ≪龍圖公案≫은 裏題가 ≪百斷奇觀包公全傳龍圖公案≫이다. 成均館 大學校 소장본은 裏題가 ≪百斷奇觀繡像龍圖公案≫이다. 그렇다면 ≪中國小說繪模本≫에서 언급한 ≪包公演義≫는 奎章閣 소장본 ≪新鐫全像包孝肅公神斷百家公案演義≫일 가능성이 크다고 사료된다.

다시 말해서 늦어도 1603년에는 國內에 包公관련 公案小說의 版本이 流入되었다는 것을 알 수 있다. 또한 包公 관련 公案小說이 國內에 流入된 이래 다양한 형태로 受容이 이루어 졌다. 우선 飜譯 筆寫本으로 ≪包公演義≫가 있고 評語를 달고 縮約筆寫한 ≪新評龍圖神斷公案≫이 있다. 두 작품 다 ≪龍圖公案≫을 原典으로 삼았는데 전편을 다 飜譯하거나 筆寫한 것은 아니다. 그리고 1906년에 8개월에 걸쳐 신문에 연재된 일종의 飜案小說이라 할 수 있는 ≪神斷公案≫이 있다. 또한 1915년에는 五車書廠에서 ≪包閻羅演義≫가 出版되었고 그 飜譯本이라 할 수 있는 ≪염라왕젼≫이 나오게 된다. 이처럼 다양한 형태와 경로를 통해서 包公 관련 小說은 문학적 재창

으로〉, ≪中語中文學≫25輯, 1998, 39쪽 참조.

20) ≪五倫全備諺解≫는 4冊本과 5冊本이 있는데 책의 크기가 차이가 날뿐이고 모두 같은 판본으로 보고 있다. 影印本은 4冊 은 影印한 것이다. 모두 8卷으로 되어 있고 1卷 앞에 引用書目이 나오는데 모두 234種의 書目이 실려 있다. (≪五倫全備諺解≫, 서울대학교 奎章閣, 2005, 五倫全備諺解影印本 19쪽, 解題부분 참조.)

21) 完山李氏 序, ≪中國小說繪模本≫, 江原大學校 出版部, 1993.

작이 이루어 졌다고 할 수 있다. 이런 다양한 형태의 受容이 이루어진 과정을 좀 더 면밀히 고찰하고자 각 작품들의 특징에 대해서 자세히 살펴보고자 한다.

1) ≪包公演義≫

≪包公演義≫는 9卷 81篇으로 되어 있고 ≪龍圖公案≫의 縮約 飜譯 筆寫本이라 할 수 있다. 지금까지 알려진 바에 의하면 현존하는 것으로 2種이 있으며 표로 정리해 보면 다음과 같다.

書名	出版事項	版式狀況	一般事項	所藏處	所藏番號
포공연의(包公演義)	編者未詳, 寫年未詳	9卷9册, 한글筆寫本, 29×20.7㎝, 無郭, 無絲欄, 11行字數不定, 無魚尾, 紙質:楮紙	表題:包公演義, 印:藏書閣印	韓國學中央研究院	4-6857
	筆寫地, 筆寫者, 筆寫年未詳	零1册(卷之六), 한글筆寫本, 27×22.5㎝, 無界, 12行字數不定, 紙質:楮紙		忠南大學校	학산고서集.小說類2010

韓國學中央研究院에 소장된 飜譯 筆寫本 ≪包公演義≫는 원전인 ≪龍圖公案≫ 100篇 중에서 81篇을 飜譯 筆寫 하였다. 언제 필사되었는지에 대해서는 필사시기에 대한 언급을 찾을 수 없고 관련 문헌 기록들도 보이지 않아 정확히 알 수는 없다. 대략적으로 19세기 초에 筆寫한 것으로 보고 있으며 약간 흘림체로 쓰여 있다. 人名과 地名 등의 고유 명사가 많이 등장하며 原文과 대조하지 않으면 판독이 어려운 부분도 상당히 많은 편이다.[22]

각권마다 작품수가 다른데 기본적으로 ≪龍圖公案≫의 작품 순서를 따르고 있다. 刪去된 11篇의 내용을 분석해 보면 주로 불륜을 저지르고 남편이나 아내를 죽인 이야기와 皇親의 횡포와 관계된 이야기들을 산거한 것을 볼 수 있다. 이런 종류의 이야기들은 編者가 생각하기에 내용이 너무 자극적이고 유교사회의 윤리에 위배되는 것으로 여겨서 산거해버린 듯하다.

韓國學中央研究院 소장본 외에도 忠南大學校에 殘本으로 1册이 소장되어 있는데

---

22) 朴在淵 校注, ≪포공연의≫, 선문대학교 중한번역문헌연구소, 1999, 머리말 참조. (朴在淵은 1985년 간행본 寶文堂書店本 憑不異 교점 ≪包公案≫을 원문대조 텍스트로 삼았다고 밝히고 있다.)

약간 흘림 궁체로 필사되어 있으며 古語의 문체로 미루어 대략적으로 19세기 중엽정도에 필사된 것으로 추정된다.[23] 두 板本의 글씨를 비교해보면 忠南大學校 소장본이 좀 더 흘림이 심한 필사체임을 알 수 있다.

忠南大學校 소장본은 비록 落帙本이지만 남아있는 第6卷의 내용을 韓國學中央硏究院 소장본과 대조해보면 第6卷의 작품 篇名이 완전히 일치함을 볼 수 있으며 이는 같은 판본에 대한 번역본임을 추정할 수 있는 부분이다.

구체적으로 비교해보면 두 판본은 文字에 있어서는 다소 다른 것이 보인다. 〈금니〉를 예로 들어 보면 아래와 같다.

> 샹원 가졀을 만ᄂᆞ니 경듕의셔 등불 혀기를 심히 만히 ᄒᆞᄂᆞ더라. 이때 셩밧 삼십니 조운을 통ᄒᆞᄂᆞᆫ 곳의 ᄒᆞᆫ낫 소히 이셔 일홈은 벽유담이니 믈깁히 만장이나 ᄒᆞ고 ᄒᆞᆫ 낫 쳔년 묵은 금니에 이셔 요졍이 되야 샹히 ᄌᆞ로 변ᄒᆞ야 녀ᄌᆞ 되야 언덕의 나와 ᄇᆡ를 ᄆᆡ고 잇ᄂᆞᆫ ᄀᆡᆨ샹들을 미혹ᄒᆞ게 ᄒᆞ더니 ……연고를므러 그 인ᄌᆞ 비범ᄒᆞ믈 보고 이에 셔관의 머므러 ᄌᆞ뎨를 글을 ᄀᆞᄅᆞ치라 ᄒᆞ고 가인을 시겨 승방의 가 힝니를 가져와 ᄒᆞᆫ 곳의 두니 졍히 화원 동헌의셔 갓가온디라. 뉴진이 승샹부의 머물매 의식이 유여ᄒᆞ니 더옥 셔ᄉᆞ를 힘써 부듕의 왕ᄂᆡᄒᆞᄂᆞᆫ 셔찰을 다 뉴진의 손으로 回답ᄒᆞ니 승샹이 심히 ᄋᆡ듕하더라……(韓國學中央硏究院 所藏本)

> 샹원라 ᄒᆞ야 보고 년셩 칭찬ᄒᆞ야 연고므러 그 인ᄌᆞ 비범 ᄒᆞ믈 보고 이에 셔관의 머므러 □□□글을 ᄀᆞᄅᆞ티라 ᄒᆞ고 가인을 시겨 승방의 가 힝니를 가져와 ᄒᆞᆫ 곳의 두니 졍히 화원 동헌의셔 갓가온디라. 뉴진이 승샹부의 머물매 의식이 유여ᄒᆞ니 더옥 셔ᄉᆞ를 힘써 부듕의왕ᄂᆡᄒᆞᄂᆞᆫ 셔찰을 다 뉴진의 손으로 回답ᄒᆞ니 승샹이 심히 ᄋᆡ듕하더라…(忠南大學校 所藏本)

위의 인용문을 보면 같은 작품인데 忠南大學校 소장본은 중간에 많은 부분이 생략되어 있음을 볼 수 있다. 즉 전체적인 줄거리에 지장이 없는 범위 안에서 좀 더 세밀한 묘사를 첨가하기도 하는 것을 볼 수 있다.

忠南大學校 소장본 ≪包公演義≫는 원전인 ≪龍圖公案≫10卷 100篇 版本을 기준으로 한다면 제6卷에 해당하는 10篇중에서 8篇의 작품만을 싣고 있다. 빠진 작품은 ≪紅牙球≫와 ≪獸公私媳≫이다.

---

23) 유동춘 · 조영기 校注, ≪포공연의≫, 충남대 소장 권지늑, 선문대학교 중한번역문헌연구소, 2007.

≪紅牙球≫는 사랑하는 두 남녀가 둘 다 외동으로 여자 집에서는 데릴사위를 원하고 남자 쪽 역시 독자라 둘의 결혼을 반대하였다. 결국 둘은 사랑을 이루지 못하고 여자가 죽게 되고 죽은 여자의 무덤을 도굴하던 하인이 환생한 여자와 혼인한다는 이야기를 담고 있다. 이야기의 내용이 매우 황당하다고 할 수 있다. ≪獸公私媳≫ 역시 子婦, 孫婦와 情을 통하는 금수 같은 자의 이야기로 도덕적으로 너무 문란하다고 여겨서 刪去해버린 듯하다. 忠南大學校 소장본 역시 筆寫者와 筆寫時期에 대해서는 기록이 남아 있지 않아 필사 년대를 정확히 추정 할 수는 없다.

2) ≪新評龍圖神斷公案≫

계명대 소장본 ≪新評龍圖神斷公案≫은 모두 8卷 4冊으로 된 ≪龍圖公案≫의 縮約 筆寫本이다. 4冊이 仁, 義, 禮, 智로 구분되어 있고 각각 序文과 卷1, 卷 2 와 卷3, 卷 4와 卷5 卷6, 卷7과 卷8이 수록되어 있다. ≪龍圖公案≫ 100篇 중에서 50篇을 뽑아서 수록하고 新評을 달아 筆寫하였다.[24)]

≪龍圖公案≫ 序文에 "江左陶浪元乃斌父, 題于虎丘之悟石軒"이라고 되어 있는데 縮約 筆寫本 ≪新評龍圖神斷公案≫에도 原典의 序文을 그대로 적어 놓았다. 다만 評을 단 사람은 聽五齋로 되어 있는데 역시 자세한 生平에 대해서는 알려진 바가 없다. 聽五齋의 評은 매 작품마다 있는 것은 아니며 모두 11번만 評을 달았는데 작품의 끝에 달면서 주로 두 작품을 묶어서 評을 다는 방식을 취하였다. 그 이유는 아마도 앞에서도 언급했듯이 ≪龍圖公案≫의 체제는 두 작품이 쌍을 이루는 구조를 갖고 있기 때문에 대체로 사건의 형태와 교훈이 유사한 두 작품을 한꺼번에 評한 것이라 생각된다.

한 면이 9行 20字로 매우 아름다운 필사체로 쓰여 있으며 誤字도 거의 보이지 않는다. 筆寫時期에 관해서는 정확한 기록이 없으나 版心이 없고 紙質의 상태로 보아 대략적으로 19세기 후반 정도에서 20세기 초에 筆寫된 것으로 추정하고 있다.[25)]

編者에 대해서는 정확한 기록이 남아 있지 않아 生平에 대해서 자세히 알 수 없다.

---

24) 계명대학교 한국학 연구원, ≪계명대학교 동산도서관 소장 善本 古書 해제집 2≫, 2009, 439쪽 참조.

25) 계명대학교 한국학 연구원, ≪계명대학교 동산도서관 소장 善本 古書 해제집 2≫, 2009, 440쪽 참조.

작품의 선별 기준에 대해서도 선별기준을 명확히 알 수 없다는 것이 자금까지의 견해였다. 다시 말해서 내용과 소재가 비슷한 두 개의 작품을 한 쌍으로 묶고 대체적으로 原典의 순서를 따르고 있으나 뒤로 갈수록 그 원칙을 알 수 없다는 것이었다. 그러나 수록된 작품들을 자세히 살펴보면 ≪新評龍圖神斷公案≫은 ≪龍圖公案≫의 繁本이 아닌 簡本을 原典으로 해서 작품을 선별하였음을 알 수 있다. 즉 10卷 繁本 板本을 기준으로 해서 정확하게 第8卷까지 簡本에 수록된 작품들이 순서대로 들어 있다.[26] 第9卷에서 6篇, 第10卷에서 6篇 합해서 12篇이 빠진 것이다. 그래서 원래 簡本은 62篇의 작품이 수록되어 있는데 계명대 소장본 ≪新評龍圖神斷公案≫은 50篇만 수록하였다. 編者는 ≪龍圖公案≫의 簡本을 原典으로 하여 뒷부분은 생략하고 순서대로 50篇을 수록하여 엮은 것으로 보인다.

다시 말해서 簡本에 대한 刪去라고 볼 수 있고 그 기준은 단지 刪去의 편의를 위한 것으로 보인다. 編者가 작품을 선별하는 자신만의 특정한 기준에 의해 刪去하였다면 이처럼 정확하게 簡本系列 板本의 작품을 차례대로 수록하고 第9卷과 第10卷에서 12篇을 刪去하지는 않았을 것으로 생각된다.

3) ≪神斷公案≫

1906년 5월 19일부터 1906년 12월 31일까지 ≪神斷公案≫이라는 제목으로 한문 현토체 소설 190回를 皇城 新聞에 연재했는데 모두 7篇의 이야기로 구성되어 있다. 그 제목을 살펴보면 다음과 같다.

제1화 美人竟拚一命 貞男誓不再娶 (총 6回)
제2화 老大郎君遊學 慈悲觀音托夢 (총 12回)
제3화 慈母泣斷孝女頭 惡僧難逃明官手 (총 16回)
제4화 仁鴻變端鳳 浪士勝明官 (총 45回)
제5화 妖經客設齋成奸 能獄吏具棺招供 (총 21回)
제6화 踐私約頑童逞凶 借神語明官捉奸 (총 20回)
제7화 癡生員驅家葬龍官 孽奴兒倚樓驚惡夢 (총 70回)[27]

---

26) 胡士瑩이 繁本과 簡本의 작품을 대조하여 정리해둔 것을 참조하여 필자가 대조해보았다. (≪話本小說概論≫, 丹青圖書公司, 1983, 658-660쪽 참조.)

27) 한기형 · 정환국 역주, ≪역주 神斷公案≫, 창비, 2007.

각 작품의 연원은 제1화, 제2화, 제3화가 ≪龍圖公案≫중에 ≪阿彌陀佛講和≫, ≪觀音菩薩托夢≫, ≪三寶殿≫을 飜案한 것으로 보인다. ≪阿彌陀佛講和≫와 ≪觀音菩薩托夢≫은 ≪龍圖公案≫의 第1卷에 나온다.

≪阿彌陀佛講和≫는 승려의 만행에 관한 이야기이다. 許獻忠과 蕭淑玉은 몰래 매일 밤 누각에서 만났다. 어느 날 한 승려가 누각에 올라와 蕭淑玉을 범하려 하자 蕭淑玉은 말을 듣지 않았고 결국 죽게 되었다. 蕭淑玉이 죽자 둘의 관계를 아는 이웃에서 許獻忠을 의심하여 고소하였다. 包公이 蕭淑玉의 혼백이 나타나 것처럼 승려를 속여서 자백을 받아 내고 결국 승려는 처벌을 받게 된다는 이야기이다.[28]

제1화인 "美人竟拼一命 貞男誓不再娶" 는 총 6回로 되어 있다. 주인공은 士族의 아들 許憲과 부호의 딸 河淑玉이다. 둘은 서로 첫 눈에 반해 사랑하게 되고 부모 몰래 누각에서 밤마다 은밀한 만남을 하였다. 어느 날 許憲이 친구들과 술을 마시는 바람에 누각에 가지 못했는데 마침 누각 밑을 지나가던 승려가 흰 천이 누각에 드리워진 것을 보고 잡아당겼다. 淑玉은 당연히 許憲이 온줄 알았다. 淑玉의 미모를 본 승려가 겁탈하려 하자 淑玉이 거부하고 몸싸움을 하다가 결국 승려의 칼에 淑玉이 죽게 되었다. 둘의 사이를 아는 이웃에서 범인으로 許憲을 지목하여 淑玉의 아비에게 알려주었다. 李公은 許憲을 보아하니 살인을 저지를 위인이 아니라 여겨 사건을 조사하였다. 두 나졸을 시켜 누각에서 귀신인척하고 승려가 지나가자 淑玉의 혼백인양 연기를 하니 승려가 속아서 실토를 하였다. 결국 승려는 사형을 당하고 許憲은 會試에 합격하여 고향에 돌아오게 되었다. 淑玉의 억울한 죽음을 기리기 위해 許憲은 평생 결혼하지 않겠다고 하였으나 李公이 강제로 첩을 두게 해서 아들 둘을 낳았다. ≪觀音菩薩托夢≫ 역시 승려가 남의 부녀자를 겁탈하고 남편을 해치는 이야기이다. 승려인 性慧가 秀才의 처 鄧氏를 속여서 겁탈하고 그 남편을 종 누각에 가두었다. 觀音菩薩이 包公의 꿈에 나타나 사실을 암시해 주어서 사건을 해결하게 되었다.[29]

제2화인 "老大郎君遊學 慈悲觀音托夢"는 총 12回로 되어 있는데 내용은 다음과 같

28) 江蘇省社會科學院明淸小說硏究中心, 文學硏究所編, ≪中國通俗小說總目提要≫, 中國文聯出版公司, 1990, 112쪽 참조.

29) 江蘇省社會科學院明淸小說硏究中心, 文學硏究所編, ≪中國通俗小說總目提要≫, 中國文聯出版公司, 1990, 112쪽 참조.

다. 宋生은 철이 없었으나 부인 李氏덕택에 정신을 차리고 학문에 정진해서 秀才에 합격하였다. 그가 절에서 수행하며 공부할 때 慧明이라는 승려와 각별하게 지내며 도움을 받았다. 어느 날 慧明이 宋生의 집에 오게 되어 부인 李氏를 보고 미색에 마음을 빼앗기게 된다. 慧明은 宋生이 중풍으로 쓰러져 절에 있다고 부인을 속여 절로 오게 하여 강제로 취하려 하였다. 부인은 기지를 발휘하여 시간을 벌고 그 사이 宋生은 외지에서 돌아오는 길에 慧明을 만나려 절에 들렀다가 부인을 보게 되고 종에 갇히게 되었다. 사찰사가 꿈을 꾸고 이상히 여겨 절에 있는 종을 들어보니 그 안에 宋生이 있었다. 李氏부인은 지혜롭게 간악한 승려를 속이고 남편의 목숨도 구하였다.

≪三寶殿≫은 ≪龍圖公案≫의 第4卷에 나오는 이야기이다. 승려 一淸은 과부 陳氏를 겁탈하려다가 뜻대로 되지 않자 죽여서 머리를 삼보전 뒤에 감추었다. 陳氏의 백부 章達德과 그 집안이 전부 연루되었다. 包公은 승려 一淸을 의심해서 증거를 찾기 위해 章氏의 부인을 절로 보내 불공을 드리게 하였다. 章氏의 부인이 삼보전 뒤에 둔 머리를 증거물로 가져와서 사건을 해결하였다. 제3화는 "慈母泣斷孝女頭 惡僧難逃明官手"로 모두 16回로 되어 있다. 崔昌朝의 동생인 昌夏는 요절하고 부인은 남편의 혼백을 달래고자 一淸이라는 승려를 불러 불경을 암송하게 하였다. 그러나 一淸은 부인의 미색에 혹하여 기회를 엿보다 겁탈하려 하다 실패하자 목을 베었다. 一淸은 머리칼과 비녀가 탐이 나서 머리를 가지고 갔다. 시숙인 昌朝는 동생의 재산을 탐내 제수를 죽였다는 누명을 쓰게 된다. 판관은 昌朝의 아내 黃氏를 불러 시신의 머리만 찾아오면 남편을 풀어주겠다고 하였고 효녀 惠娘은 아비를 구하고자 스스로 목을 매어 자신의 머리를 바치게 하였다. 자초지종을 듣게 된 관찰사는 다시 사건을 조사하다 昌夏의 집안을 드나들던 一淸을 의심하여 黃氏에게 절에 가서 치성을 드리고 만약 一淸이 유혹하면 알려달라고 하였다. 黃氏는 一淸을 속여 昌夏 부인의 머리를 찾게 되고 一淸을 붙잡아 관아로 데려 갔다.

이처럼 ≪龍圖公案≫과 ≪神斷公案≫의 두 이야기를 비교해 보면 주인공의 이름과 시대적 배경 장소만 다를 뿐 사건의 주요 줄거리는 거의 비슷하다는 것을 알 수 있다. 다시 말해 사건의 배경을 우리나라로 설정하고 주인공의 이름도 우리식으로 바꾼 것이라고 볼 수 있다. 그렇게 함으로써 독자들은 이야기를 더 친근하게 받아들이게 되었을 것이다.

제5화와 제6화는 宋代 公案 판례집이라 할 수 있는 ≪棠陰比事≫[30]에 나오는 ≪子産知姦≫과 ≪李傑買棺≫ 이야기와 비슷하며 제4화와 제7화는 우리나라 전래 이야기인 ≪봉이 김선달≫, ≪꾀쟁이 하인≫ 등의 이야기와 유사한 것을 발견 할 수 있다.[31)]

≪神斷公案≫은 評者가 이야기의 결말뿐 아니라 수시로 등장하여 이야기에 개입하는데 "桂巷稗史氏曰", "聽泉子曰", "評者曰" 이라고 하며 評論을 하고 있다. 때로는 아예 이런 評者라는 언급도 없이 개입이 이루어지기도 한다. 제1화의 끝 부분에 나오는 評을 보면 다음과 같다.

> 桂巷稗史가 말하길, 하씨의 절개와 허생의 의로움이여. 가히 열부와 정부라 이를만하니 둘 다 그 道를 다하였구나. 이관은 누구인가? 그 이름이 전하지 않으니 애석하구나! (桂巷稗史氏曰河氏之全節也와 許生之全義也여 可謂婦烈夫貞에 兩盡其道로다 彼李琯은 何人也오 其名이 俱佚不載ᄒᆞ니 惜哉라)[32)]

판결을 내린 李公의 生平이 전하지 않는다는 評을 단것은 이 사건이 마치 실재하였다는 의미를 부과하고자 하는 표현으로 보여 진다. 이런 표현을 통해 독자들은 이야기 속의 허구적인 상황을 실제상황으로 느끼게 하여 작품에 대한 몰입도가 더 높아지게 되리라 생각된다.

著者에 대해서도 아직 정확하게 밝혀진 바가 없으나 작품의 내용이나 문체로 보아 당시 中國語에도 능통했던 인물로 추정하고 있다. 또한 評者에 "桂巷稗史氏"라고 되어 있어 당시 桂洞에 살았다고 전해지는 譯官 玄采(1856-1925)로 추정하는 견해도 있다.[33)]

4) ≪包閻羅演義≫

1915년 五車書廠에서 鶩溪叟 著, 彛堂生 訂, 安往居 編으로 모두 2卷 23回로 되

---

30) ≪棠陰比事≫는 중국 宋나라의 桂萬榮이 1207년에 만든 재판 기록집이다. 奎章閣소장본과 영천 이씨 농암 종택 소장본이 있다. ≪棠陰比事≫에 나오는 판례는 법률해석을 위한 실용서라기보다 오히려 교훈성이 짙은 문학 작품으로 읽혔다고 보고 있다.(朴昭賢, 〈그들이 범죄 소설을 읽은 까닭은? : 公案 소설과 명창 시기 중국의 법률문화〉, ≪中國小說論叢≫, 31집, 2010, 299쪽 참조.)

31) 한기형 · 정환국 역주, ≪역주 신단 公案≫, 창비, 2007, 9-11쪽 참조.

32) 한기형 · 정환국 역주, ≪역주 신단 公案≫, 창비, 2007, 416쪽 참조.

33) 한기형 · 정환국 역주, ≪역주 神斷 公案≫, 창비, 2007, 17쪽 참조.

어 있는 ≪包閻羅演義≫가 출판되었다. 著者인 鷲溪叟를 조선인으로 보는 견해가 있다.[34] 그러나 사실 저자가 누구인지 확실히 밝혀진 바가 없고 生平도 확실하지 않다. 또한 ≪三俠五義≫전반부 20回의 改作이라고 보는 견해가 일반적이다.[35] 그러나 ≪包閻羅演義≫가 ≪三俠五義≫와 다른 점도 또한 여러 가지 면에서 볼 수 있다. 時代的 背景과 回末詩가 每回있고 그 回의 內容을 개괄하고 있다는 점 등의 構造的 요소의 차이가 보이고 人物 心理描寫의 섬세함과 세부 묘사의 첨가 등의 敍事的 요소에서도 차이를 보이고 있다.[36]

≪包閻羅演義≫의 回目을 살펴보면 모두 일률적으로 16字로 이루어져 있고 이야기의 내용을 개괄하는 역할을 하고 있음을 볼 수 있다.

1回부터 3回까지는 皇帝가 皇太子를 낳는 妃에게 國母의 자리를 주겠다고 하자 劉妃가 간신 郭槐와 짜고서 李妃가 낳은 태자를 죽이고 대신 고양이를 죽여서 李妃가 괴물을 낳았다고 모함한다. 결국 李妃는 太子를 낳고도 억울한 누명을 쓰고 궁에서 쫓겨나는 이야기이다. 4回에서 9回까지는 包公의 출생부터 시작해서 중간에 겪는 여러 우여곡절을 이야기하고 있다. 10回에는 沈淸에 관한 이야기가 나온다. 11回는 바로 烏盆子의 일화가 들어 있는데 回目이 "奸夫婦伏誅珊瑚案 老古別替訴烏盆鬼" 이다. 烏盆子의 일화와 비슷한 줄거리를 지닌 산호부채에 얽힌 이야기를 묶어서 한 회로 만들었다. 둘 다 억울한 죽음을 상징이 되는 사물을 통해 밝혀지고 사건을 해결하는 이야기이다. 13回는 仁宗이 꿈을 꾸고 여인의 억울함을 풀어주는 이야기이다. 14回에서 19回는 包公이 陳州에서 양식을 나눠줘서 백성들을 규휼하고 龐昱을 처형하는 이야기이다. 20回에서 22回까지는 李妃를 만나 억울함을 풀어주는 이야기이다. 23回는 包公이 여

---

34) 朴在淵은 고려방언이 나온다는 점, 한국식 한자어 표기가 나온다는 점 등을 들어서 작가를 조선인라고 보고 있다. 또한 당시의 朝鮮 文人들은 古文에는 익숙했으나 오히려 당시 口語體라 할 수 있는 白話文으로 쓰여 진 책을 읽는 것은 어려움이 있었다. 따라서 白話文에 능통한 계층이 白話文을 古文으로 번역하는 작업을 하였다고 보고 있다. (〈包閻羅演義와 염라왕전에 대해서〉, ≪염라왕전≫, 선문대 중한번역문헌연구소, 1999, 1쪽 참조.)

35) 朱禧도 그의 소논문에서 ≪三俠五義≫와 ≪包閻羅演義≫를 비교하면서 ≪龍圖耳錄≫이 아니라 ≪三俠五義≫의 개작본이라 하고 있다. (朴在淵, ≪염라왕전≫, 선문대학교 중한번역문헌연구소, 1999, 1쪽, 182쪽 참조, 朱禧의 ≪讀包閻羅演義≫참조.)

36) 陳遼, 〈包公過海到韓國-讀朝鮮鷲溪叟著包閻羅演義〉, (朴在淵, ≪염라왕전≫, 선문대학교 중한번역문헌연구소, 1999년, 184-186쪽 참조.)

러 차례 목숨의 위협을 당할 때마다 義俠 展昭가 나타나서 구해주는 이야기인데 展昭는 12回에서도 등장한다. 包公이 烏盆子를 판결한 것으로 인해서 파직 당해서 京師로 가는 도중에 展昭를 만나서 목숨을 구한다. 12回에서 包公이 갑자기 혼절을 하고 고승이 백일후면 깨어 날 것이라고 예언을 하는데 23回에 이 이야기가 연결되고 義俠 展昭가 다시 등장한다. 12回와 23回의 내용이 연결 되는 것을 볼 수 있으며 23回 끝부분은 다음과 같다.

> 재주가 뛰어나나 조정에 가서 군주를 뵙지 않네, 꿈에서나 군주가 재주를 몰라주는 것을 한탄하는구나, 뒷일이 어찌 되었는지 알 길이 없으니 다음 이야기를 보도록 하세. (才高不入未君王, 夢何恨君王不愛才, 未知後事如何, 且看下文分解.)[37]

위에 보이듯이 ≪包閻羅演義≫는 ≪염라왕전≫과 달리 23回에서 다른 새로운 이야기를 한회 더 넣으며 이야기가 이어지는 여운을 남기고 있다.

≪包閻羅演義≫는 新鉛活字本으로 2卷1冊으로 되어 있고 國會圖書館과 京畿大學校에 板本이 소장되어 있다. "大正四年(1915)六月四日發行" 이라는 刊記가 적혀 있어 확실한 간행 날짜를 알 수 있다.

書 名	出 版 事 項	版 式 狀 況	一 般 事 項	所藏處	所藏番號
包閻羅演義	鷺溪叟著, 彝堂生訂, 安往居編輯, 京城, 五車書廠(1915)	2卷1册, 新鉛活字本, 22.7×16.3㎝	刊記:大正四年(1915)六月四日發行:同書 2部	國會圖書館	[古]811.3 ㅁ269ㅍ
	鷺溪叟著, 彝堂生訂, 安往居編輯, 京城(서울), 五車書廠, 大正4年(1915)	2卷1册(卷1-2), 新鉛活字本, 23×15.8㎝, 四周雙邊, 半郭:17.3×11.4㎝, 無界, 13行38字, 無魚尾		京畿大學校	경기-k121908

5) ≪염라왕전≫

≪염라왕전≫은 ≪包閻羅演義≫의 번역본으로 보며 舊活字本으로 "朴健會 저" 로 되어 있다. 주지하다시피 朴健會는 1920년대 출판계에 편집자이자 발행인으로 알려져 있다.[38] 또한 朴健會는 中國小說의 출판에도 많이 관여 하였는데 그중에 公案 관련

37) 朴在淵, ≪염라왕전≫, 선문대학교 중한번역문헌연구소, 1999, 176쪽 참조.

38) 權純肯著, ≪活字本古小說의 편폭과 지향≫, 보고사, 2000, 51쪽 참조.

소설이 포함된 것은 당연하다고 생각된다. 다시 말해서 영리를 목적으로 출판을 한 발행인의 입장에서 독자들의 흥미를 끄는 소설들을 주로 편집 간행한 것으로 볼 수 있다. 번역시기는 대체로 ≪包閻羅演義≫가 나온 1915년 이후부터 1930년 사이로 추정한다. 통계에 의하면 1912년부터 1930년대까지 중에서 1913년 32종, 1915년 38종, 1916년 31종, 1917년 30종, 1918년 37종으로 가장 활발하게 活字本 古小說이 출판되었다.[39] 이 시기는 바로 朴健會가 편집자이자 발행인으로 활발히 활동한 시기이기도 한다. 1912년부터 活字本 古小說이 등장하여 상업화되면서 그 체제를 그 전의 坊刻本이나 筆寫本과는 다르게 변형시켰다. 이는 출판사의 발행인이자 편집자였던 서적상들이 영리를 위해 좀 더 대중적으로 당시 사람들이 좋아 할 만 한 체제로 바꾼 것이라 볼 수 있다. 주로 제목을 바꾸거나, 저작자의 말을 넣거나, 작품의 서술 형태를 바꾸는 식으로 체재의 변화가 이루어졌다.[40]

≪염라왕젼≫은 ≪包閻羅演義≫의 飜譯本으로 이야기하지만 체제에 있어서는 차이를 보이고 있다. 우선 回目의 순서가 다르고, ≪包閻羅演義≫는 모두 23回로 되어 있는데 ≪염라왕젼≫은 21回로 되어 있어 2回가 준 것을 볼 수 있다. 번역본인 ≪염라왕젼≫은 李妃가 억울함을 풀고 궁으로 돌아와 제자리를 찾는 것으로 끝을 내는 반면에 ≪包閻羅演義≫의 마지막 회인 23回는 또 다른 이야기의 시작으로 보인다. 또한 ≪包閻羅演義≫는 太子를 바꿔치기하는 이야기부터 시작하는데 ≪염라왕젼≫에서는 包公의 出生에 관한 이야기부터 시작된다.[41]

≪염라왕젼≫의 내용을 살펴보면 1回부터 5回까지는 包公의 出生과 관직에 나아가는 이야기를 하고 있다. 6回부터 仁宗의 出生에 관한 일화가 시작되어 7, 8回로 이어진다. 9回는 沈淸에 관한 이야기이다. 10回는 烏盆의 억울함을 풀어주는 이야기이다. 11回는 包公이 파직을 당해 고향으로 돌아가는 중에 목숨을 버릴 위기에 처하는데 義俠이 구해주는 이야기이다. 12回는 仁宗이 꿈을 꾸고 여인의 억울함을 풀어 주는 이야기이다. 19回에서 21回까지는 仁宗의 親母인 李妃의 억울함을 풀어주고 환궁 시키는

39) 權純肯著, ≪活字本古小說의 편폭과 지향≫, 보고사, 2000, 23쪽 참조.

40) 朴健會는 편집을 하면서 작품의 서술 형태를 모두 章回體로 바꾸었다. 權純肯著, ≪活字本古小說의 편폭과 지향≫, 보고사, 2000, 49-50쪽 참조.

41) 박재연, 〈조선시대 公案협의소설 번역본의 연구-낙선재본 포공연의와 구활자본 염라왕전을 중심으로〉, ≪中語中文學≫25輯, 1998, 64-65쪽 참조.

이야기로 끝을 맺는다.

위와 같은 ≪염라왕전≫의 줄거리를 살펴보면 그 체재가 明 成化年間에 간행된 ≪說唱詞話≫와 매우 유사해 보인다. 明 成化年間에 간행된 說唱詞話 13篇 중에 包公과 관련된 이야기가 무려 8篇이나 되며 8篇의 篇名을 살펴보면 다음과 같다.[42]

〈包待制出身傳〉·〈包龍圖陳州粜米記〉·〈仁宗認母傳〉·〈包待制斷歪烏盆傳〉·〈包龍圖斷曹國舅傳〉·〈張文貴傳〉·〈包龍圖斷白虎精傳〉·〈師官受妻劉都賽上元十五夜看燈傳〉

위의 篇名을 보면 包公의 出生에 관한 이야기로 시작해서 包公이 陳州에 부임해서 탐관오리를 처단하고 백성들을 규휼한다. 이어서 包公 관련해서 가장 유명한 일화인 仁宗의 출생에 얽힌 이야기가 나온다. 또 烏盆의 억울한 죽음을 풀어주는 이야기, 皇親들의 횡포에 대한 이야기, 관료들이 남의 부인을 가로채고 심지어 납치하는 사건 등에 관한 이야기들이다.

≪包閻羅演義≫는 이야기의 중심이 仁宗의 출생에 얽힌 비화가 차지하는 비중이 비교적 높은 구조를 가지는 반면에 번역본인 ≪염라왕전≫은 包公을 중심으로 이야기가 전개되는 敍事構造를 갖는 것을 볼 수 있다. 다시 말해 번역본인 ≪염라왕전≫은 ≪包閻羅演義≫보다 더 包公이라는 人物 中心으로 초점을 맞춘 敍事構造를 지님을 알 수 있다. 이는 당시 유행한 古小說의 편집형태라고도 볼 수 있다. 1914년에서 1916년 사이에 주로 軍談小說이 출판되었고 1917년에서 1918년 사이에는 역사적 인물이나 사건을 중심으로 한 中國小說을 飜譯하거나 飜案한 작품들이 등장하게 되었다.[43] 독자들의 흥미를 끌기 위해서 全篇이 아닌 부분만을 발췌해서 엮은 작품들이 많았다. 바로 이런 시대적 분위기와 수요층의 요구에 의해서 ≪염라왕전≫이라는 다른 제목으로 출판되고 체제에 있어서도 변화가 생긴 것이라 볼 수 있다.

---

42) 작품마다 간행년도가 명확히 명시되어 있는 것은 아니다. 公案類 8편중에는 ≪包待制斷歪烏盆傳≫한 작품으로 "成化壬辰歲季秋書永林順堂刊行"이라는 刊記가 있다. (上海博物館編, ≪明成化說唱詞話叢刊十六種≫, 上海編者影印明刻本, 1973.)

43) 활자본 고소설은 남성독자층이 큰 비중을 차지하게 되면서 내용에 있어서도 軍談類를 선호하게 되었고 자연히 출판이 늘게 되었다고 보았다. (權純肯著, ≪活字本古小說의 편폭과 지향≫, 보고사, 2000, 26-29쪽 참조.)

지금까지 國內에 流入된 公案小說중에서 宋代 실존 인물인 包拯에 관한 公案小說에 대해서 살펴보았다. 包公관련 고사는 宋元時期의 관련 話本이 있기는 하지만 단편소설집의 형태로 만들어 진 것은 明代로 보고 있다. 明代의 版本은 ≪百家公案≫이라는 包公에 관한 이야기 100篇을 모아서 만든 것이다. 그 이후로 여러 公案 短篇小說集들이 나왔고 그 단편집들을 짜깁기하는 방식으로 만들어진 ≪龍圖公案≫은 明末淸初에 만들어 졌다고 하는데 사실 지금 남아 있는 板本으로는 明末의 板本은 확실치 않고 淸代의 版本만 확실히 알 수 있다.

國內에는 유일본인 明 版本 ≪百家公案≫도 流入이 되었고 그 이후로 淸 版本 ≪龍圖公案≫도 流入되어 현재까지 남아 있다. 남아 있는 문헌 기록으로 보아 대체로 朝鮮 宣祖때 유입된 包公이야기는 한글 筆寫本으로 ≪包公演義≫가 대략 1800년대에 筆寫된 것으로 추정하고 있다. 계명대에 소장된 ≪新評龍圖神斷公案≫은 縮約 筆寫本으로 ≪龍圖公案≫ 100篇중에 50篇만을 가려서 評을 달고 筆寫하였다. 대략 필사시기는 19세기 말에서 20세기 초로 보고 있다. 또 改作本으로 ≪包閻羅演義≫가 있고 ≪包閻羅演義≫의 번역본인 ≪염라왕전≫이 있다. ≪包閻羅演義≫는 1915년에 출판되었고 번역본인 ≪염라왕전≫은 정확한 년대를 알 수 없으나 대략 1915년에서 1930년에 번역된 것으로 보고 있다. 또한 1906년에 5월 19일부터 1906년 12월 31일까지 ≪神斷公案≫이라는 제목으로 한문 현토체 소설 190回를 皇城 新聞에 연재되었는데 일종의 包公관련 飜案小說로 볼 수 있으며 총 7回 중에 3回가 包公 관련 이야기이다. 國內에 流入된 230여種의 通俗 小說 중에 이처럼 다양한 형태로 유전된 것은 매우 드문 현상이다. ≪三國演義≫나 ≪紅樓夢≫같은 明淸을 대표하는 長篇 小說을 제외하면 정말 예외적인 현상이라 할 수 있다.

다시 말해 이는 朝鮮時代부터 1920년대에 이르는 시기에 대중들이 公案小說이라는 비교적 특수한 성격을 지닌 소설을 읽고 싶어 했다는 것을 알 수 있다. 혹자는 中國에서 明代부터 시작되고 잠시 침체기를 거쳐 淸代에 성황을 이룬 公案類 小說이 일반 대중에게는 법률교과서의 역할을 하였다고 보고 있다. 이에 반해서 우리나라에서는 公案類 小說이 법률 교과서의 역할보다는 추리 내용을 지닌 재미, 包公처럼 청렴한 관료가 실재하기를 바라는 염원, 인과응보라는 교화의 작용 등으로 인해 더욱 유행하였으리라 생각된다.

지금까지 고찰해 본 결과 包公관련 公案 小說은 國內에 流入된 이래 改作, 飜案, 飜譯이라는 문학적 재창작을 통한 변이의 과정을 거쳤으며 傳播의 방식에 있어서도 筆寫라는 비교적 원시적 방법부터 出版까지 다양한 경로로 이루어졌다는 것을 알 수 있었다. 이는 바로 包公 관련 公案 이야기가 우리나라에서 얼마나 많은 독자들에게 사랑받았는지 알려주는 증거라고 할 수 있다.

6. 한글 필사본 ≪충렬협의전≫의 번역양상 및 표기 특징*

중국의 문학작품들은 한국에 전래되었고 서로 상당한 영향을 주고받았을 것으로 알려지고 있다. 중국의 소설도 조선시대에 대량으로 전래된 기록들이 있다. 조선의 진보적인 문인들은 모두 중국 고전작품에 열렬한 관심을 가지고 있었던 것으로 보인다. 또한 박지원을 비롯한 진보적 문인들은 정통적인 문체를 벗어나 稗史小品體를 구사하는 형식을 유행시켰고 이후 正祖는 '文體反正'을 선언할 정도였다.

중국 소설에 관심을 가진 사람들은 문인 학자들뿐만 아니라 궁중과 양반 가문의 여인들도 있었다. 그녀들은 중국 소설의 번역 작품들을 많이 읽었고 선호했었다고 한다. 樂善齋에 소장되어 있는 한글 필사본 중에는 중국 소설을 번역한 작품들이 상당히 많았기 때문이다[1]. 그 중에서 한글 필사본 ≪충렬협의전≫은 淸代 俠義公案小說로 알려져 있는 ≪忠烈俠義傳≫(一名 ≪三俠五義≫) 120회를 번역한 작품으로 당시 우리말 표현 양식을 알 수 있는 중요한 자료라고 할 수 있다. 따라서 한글 필사본 ≪충렬협의전≫의 번역양상과 표기 특징에 대한 고찰을 통해 양국의 언어와 문화를 더욱 깊이 이해할 수 있을 것으로 짐작된다. 먼저 원전 ≪忠烈俠義傳≫에 대한 기본적인 특징과 서지 정보에 대해 언급하고 나서 한글 필사본 ≪충렬협의전≫의 번역양상과 표기 특징에

---

* 이 논문은 2010년 5월 27일 경희대학교 비교문화연구소에서 발표한 논문을 수정 보완한 것으로 2010년도 정부재원(교육과학기술부 인문사회연구 역량강화사업비)으로 한국연구재단의 지원을 받아 연구되었으며 2010년 9월 ≪中國小說論叢≫ 第32輯에 투고된 것을 수정 보완한 것임을 밝혀둔다.(NRF-2010-322-A00128)

주저자 : 金明信 (慶熙大學校 比較文化硏究所 學術硏究敎授)

교신 저자 : 閔寬東 (慶熙大學校 中國語科 敎授)

1) 조선시대 번역된 중국 소설작품은 62개인데 淸代의 작품으로는 ≪충렬협의전≫을 포함하여 약 27종으로 확인된다. 이들 작품들은 번역 시기와 번역자가 명확하게 알려져 있지 않지만 작품의 번역양상을 통해 대개 번역시기를 추측하고 있다. 민관동, ≪중국 고전소설의 전파와 수용≫, 아세아문화사, 2007, 47-54쪽 참조.

대하여 자세히 살펴보기로 하겠다.

1. 俠義公案小說의 특징과 서지사항

중국 俠義小說의 발생은 중국 소설의 기원 문제와 맞물려 있는 내용이다. 중국 소설의 기원에 대해서는 의견이 매우 분분한 편이다. 마찬가지로 중국 협의소설의 기원문제에 대한 의견 역시 다양하게 제기되고 있다. 先秦起源說부터 唐代 傳奇起源說까지 제기되고 있지만 협의소설과 公案小說의 결합은 이루어지지 않았다. 宋代에 와서야 비로소 협의와 공안이 만나 협의공안소설이라는 형태의 작품이 만들어지게 된다. 이러한 俠義公案小說은 대체적으로 두 가지이다. 하나는 민간 說書 예술인이 창작한 협의공안소설로 〈錯斬崔寧〉, 〈簡貼和尙〉 등이 있으며 후세 협의공안소설에 고사와 인물을 제공하였다. 다른 하나는 전대의 '公案書'를 계승한 것인데 ≪名公書判淸明集≫은 宋人이 편찬한 '공안서' 중 유일하게 현존하고 있다. 이 책은 모두 14권인데 官吏, 賦役, 文事, 戶婚, 人倫, 人品, 懲惡 등 일곱 부류로 나누어져 있다. 분류 별로 편찬하는 방법 및 관리의 판결문을 중점으로 기록하는 이 책의 체제는 송원의 다른 협의공안소설의 구조에 큰 영향을 미쳤다. ≪醉翁談錄≫에 기록된 '私情公案'과 '花判公案'이 그 형식을 계승하였다.2)

明代 萬曆 연간에서 明末까지 약 50여 년 동안에는 淸官이 전문적으로 사건을 해결하는 고사를 기록한 소설 전집이 대량으로 출현했고 하나의 유파를 형성할 정도로 크게 유행했다. 작품의 수준도 訴狀과 판결문을 기록하긴 하지만 서사 성분이 확대된 ≪廉明公案≫ 등에서 판결문이 감소되고 고사가 두드러지며 판관을 집중적으로 설정한 ≪龍圖公案≫에 이르기까지 公案小說은 날로 성숙해졌다. 이때 公案小說은 구조상에서 공통적인 특징이 있다. 우선 體裁 면에서 어떤 것은 章回小說 형식으로 나타나고 어떤 것은 단편소설집 형식으로 나타났으나, 사실상 모두 단편소설집으로 각 편 혹은 각 회 사이에는 관련이 없고 단독으로 이루어져 있다. 그리고 편집 방법은 모두 ≪名公書判

2) 齊裕焜, ≪中國古代小說演變史≫, 敦煌文藝出版社, 1990, 526-527쪽 참조.

淸明集≫과 비슷한데 사건의 성격에 따라 순서가 나누어져 있다.

≪百家公案≫·≪龍圖公案≫·≪海剛峰先生公案≫은 비록 包拯이나 海瑞같은 중심인물이 있고 장회소설의 형식을 취했지만 그 내용을 살펴보면 여전히 분류에 따라 순서를 정하고 있으며 같은 유형의 사건이 집중적으로 모여 있다. 公案小說은 淸代, 특히 청 중엽에 이르러 협의소설과 결합되었다가 다시 분화되는 중대한 변화를 겪고 있다. 魯迅 이후 소설 연구자들은 이러한 제재의 소설을 '俠義公案小說' 혹은 '公案俠義小說'이라 불렀다. 그 작품의 내용을 보면 공안소설의 주인공인 淸官들은 상징적인 존재에 불과할 따름이고 그 아래에 있는 협의인물들이 奸人을 제거하게 하는 명분을 제공하고 있다. 이 점에 대해 魯迅은 다음과 같이 지적했다.[3)]

> 이러한 소설은 대개가 협의 인물을 이야기하고 있는데 도적을 제거하고 반란을 평정하는 일 중간에는 매번 이름난 대신이나 관리를 등장시켜 모든 협의인물을 거느리게 하고 있다. (這等小說, 大概是敍俠義之士, 除盜平叛的事情, 而中間每以名臣大官, 總領一切.)

여기서 중요한 것은 '도적을 제거하고 반란을 평정하는' 것에 있는 것이지 '잘못된 판결을 시정하여 분명하게 진실을 밝히는' 것에 있지 않으니, 주인공은 당연히 俠義人物이며 이름난 대신이나 관리는 수식에 불과한 것이다. 그렇다 하더라도 동일한 淸官 한 명이 모든 사건의 해결에 관여하게 된다면 작품은 통일성을 얻을 수 있고 이름난 대신이나 관리가 모든 것을 거느리게 한다면 사방으로 떠돌아다니는 협의인물들을 연결시킬 수 있게 되는 것이다.[4)] 淸代의 대표적인 俠義公案小說 ≪忠烈俠義傳≫에서는 공안과 협의의 내용을 지닌 개별 고사들의 결합 형태로 이루어져 있다. 협의인물들이 包公의 휘하로 모여드는 과정에 대한 서술은 개별적인 협의고사를 만들어내기도 하지만 이야기에 지속성을 부여하는 역할도 하게 된다.[5)]

---

3) 魯迅, ≪中國小說的歷史的變遷≫, 44쪽 참조.

4) 鄭東補, ≪淸代俠義小說硏究≫, 전남대학교 박사논문, 1995. 2, 158쪽 참조.

5) 金明信, ≪淸代 俠義愛情小說의 硏究≫, 고려대학교 박사논문, 2000. 6, 39-40쪽 참조. 陳平原의 경우는 청대 중엽 이후 俠義와 公案 고사가 한 편의 소설에 같이 등장하는 소설을 일컬어 '俠義公案小說' 혹은 '公案俠義小說'이라고 명명하면서 이 소설들을 '협의소설과 공안소설이 합쳐진 것'이라고 생각하는 것에 대해 반대했다. 그는 공안소설에 덧붙여 있던 협의고사가 독립된 것으로 보면서 ≪忠烈俠義專≫을 무협소설의 표지라고까지 주장하고 있다. 陳平原, ≪千古文

중국의 협의공안소설은 대체적으로 임진왜란을 전후한 宣祖(1567-1608) 때에 본격적으로 전래되기 시작된 것으로 추정된다. ≪충렬협의전≫은 조선시대의 문헌기록에는 없지만 판본이 존재하는 작품으로 이 작품도 비슷한 시기에 전래되었을 것으로 보인다. 한글 필사본 ≪충렬협의전≫은 ≪忠烈俠義專≫ 120회를 완역한 것으로 樂善齋에 소장되었던 작품이다.[6] 1면은 10행, 1행은 14자 내외로 되어 있으며 필사자에 따라서 간격이 달라지기도 하지만 글자를 알아 볼 수 없을 정도로 훼손된 부분은 상당히 적은 편이다. 이 작품은 여타의 낙선재본과 마찬가지로 번역자나 필사자를 밝히지 않고 있기 때문에 자세한 서지사항은 정확하게 알 수 없다.[7] 다만 고종 21년(1884)을 전후에 이종태 등 文士 수십 명을 동원하여 번역했다는 ≪홍루몽≫과 그 속서 등의 중국소설 번역본 보다는 시대가 앞선 것으로 대개 1800년대 중반 정도에 이루어진 것으로 추정되고 있다.[8]

판본은 淸代 光緖 3년(1877) 北京 聚珍堂 活字本이 있는데 卷을 나누지 않고 한

人俠客夢≫, 人民文學出版社, 1992年, 北京, 42-43쪽 참조. 진평원의 견해는 나름대로 일리가 없는 것은 아니지만 협의소설을 공안소설보다 하위의 것으로 취급하고 있다는 데에 문제가 있다.

6) 昌德宮 안에 있는 樂善齋에 소장되어 전해져 오는 조선조의 한글소설 작품들을 낙선재본 소설이라고 말한다. 낙선재본 소설의 특징은 대체적으로 다음과 같다. 첫째, 宮體로 쓰인 작품이고, 둘째, 中長篇 내지는 大長篇이다. 셋째, 작품의 배경은 공간적 배경은 中原으로 설정되어 있고 시간적 배경은 唐, 大宋, 大明 등이 많이 나타나고 있으며 드물게 元나라가 보이기도 한다. 넷째, 작품의 등장인물은 주동적으로 활동하는 선행 인물군, 바람직하지 못한 악행을 행하는 인물군, 위의 두 인물군을 배후에서 조정 내지는 그들에게 협조하고 있는 인물군으로 나뉜다. 다섯째, 작품의 문체는 'ᄎᆞ청하회(차청하회)ᄒᆞ라'는 부류의 문장과 'ᄎᆞ간하회(且看下回)ᄒᆞ라'는 문장으로 분류된다. 여섯째, 작품의 분량은 방대할 뿐만 아니라 連作의 형태를 이루고 있는 것이 많다. 일곱째, 작품의 주제는 忠, 孝, 烈, 友愛, 信義 등을 내세우고 있다. 김진세, 〈낙선재본 소설의 특성〉, ≪정신문화연구≫, 14권 3호(통권 44호), 1991, 3-20쪽 참조.

7) 한글 필사본 소설의 필사자나 번역자를 명확히 알 수는 없지만 다음의 세 가지 유형으로 추정할 수 있다. 첫째가 실의한 양반가, 둘째가 사대부 집안의 부녀층, 셋째가 역관들이다. 그 중에서 역관들은 중국어에 전문적인 지식을 갖춘 사람들로 중국 고전소설을 유통시켰던 주역들이다. 이들은 영리의 목적으로 중국 고전소설을 번역하여 貰冊家나 방각본의 출판업자에게 넘기거나 궁중에 올렸던 것으로 보인다. 민관동, 〈國內의 中國古典小說 飜譯 樣相〉, ≪中國語文論譯叢刊≫ 第24輯, 2009. 1, 605-631쪽 참조.

8) 박재연, 〈조선시대 공안협의소설 번역본의 연구-낙선재본 ≪포공연의≫와 구활자본 ≪염라왕전≫을 중심으로〉, ≪中語中文學≫, 제25집, 39-71쪽, 민관동, ≪중국 고전소설의 전파와 수용≫-한국편, 아세아문화사, 2007. 53쪽 참조. 박재연은 1800년대 전반에 이루어진 것이라 추정하고 있고 민관동은 1800년대 중기 이후에 이루어졌을 것으로 보고 있다.

면에 10행, 세로 12자로 되어 있으며 최초의 간행본이라 할 수 있다. 앞머리에 問竹主人, 退思主人 및 入迷道人의 3편의 서문이 있다. 현재 中華書局, 廣東人民出版社 등의 排印本이 있다.

2. ≪충렬협의전≫의 번역양상

한글 필사본 ≪충렬협의전≫의 번역양상을 살펴보기에 앞서 원전의 회목과 비교해 보기로 하자. 다음 표 중에서 중간 부분의 내용은 필자가 부가해 넣은 원전 ≪충렬협의전≫의 회목으로 한글 고어의 표기 상태까지 함께 살펴보기로 한다.

한글본 ≪충렬협의전≫	원전 ≪충렬협의전≫	표기 상태
권지일 1. 셜음모님ᄉᆡᆼ환태ᄌᆞ 분협의쳬ᄉᆞ구황낭	設陰謀臨産換太子 奮俠義替死救皇娘	이상 없음
2. 규셩죠몽츙량강ᄉᆡᆼ 뢰부션위호리피란	奎星兆夢忠良降生 雷部宣威狐狸避難	이상 없음
권지이 3. 금룡ᄉᆞ영웅쵸구란 은일촌호리삼보은	金龍寺英雄初救難 隱逸村狐狸三報恩	이상 없음
4. 졔요ᄆᆡ포문정련혼 슈황은정원현부임	除妖魅包文正聯姻 受皇恩定遠縣赴任	이상 없음
권지삼 5. 두부명피웅범안 오분쇼고별고명원	墨斗剖明皮熊犯案 烏盆訴苦別古鳴冤	이상 없음
6. 파관직봉의ᄉᆞ고승 응룡도심원혼원귀	罷官職逢義士高僧 應龍圖審冤魂怨鬼	이상 없음
권지ᄉᆞ 7. 득고금분완혼슉녀 슈공숀칙밀방간인	得古今盆完婚淑女 收公孫策密訪奸人	이상 없음
8. 구의복졔흉텰션관 방의안득션칠니촌	救義僕除凶鐵仙觀 訪疑案得線七里村	이상 없음
9. 단긔원쥬참봉학ᄉᆞ 죠어형ᄉᆞ진부진쥬	斷奇冤奏參封學士 造御刑事賑赴陳州	이상 없음
권지오 10. ᄆᆡ져슈서ᄉᆡᆼ죠횡화 반화ᄌᆞ용ᄉᆞ획적인	買猪首書生遭橫禍 扮化子勇士獲賊人	오기
11. 심엽쳔ᄋᆞ포공단안 우양파ᄌᆞ협ᄀᆡᆨ휘금	審葉阡兒包公斷案 遇楊婆子俠客揮金	이상 없음
12. 젼의ᄉᆞ교환장츈쥬 방간후셜계연홍당	展義士巧換藏春酒 龐奸侯設計軟紅堂	이상 없음
권지륙 13. 안평진오셔단ᄒᆡᆼ의 모가집빵협ᄃᆡ분금	安平鎭五鼠單行義 苗家集雙俠對分金	오기
14. 쇼포흥투시유션침 용웅비죠금안락후	小包興僞試遊仙枕 勇熊飛助擒安樂侯	이상 없음
15. 참방욱쵸시농두찰 우국모만슉텬졔묘	斬龐昱初試龍頭鍘 遇國母晚宿天齊廟	이상 없음
권지칠 16. 학ᄉᆞ회츙가언인모 부인진효긔로의졍	學士懷忠假言認母 夫人盡孝祈露醫睛	이상 없음

한글본 《충렬협의전》	원전 《충렬협의전》	표기 상태
17. ᄀᆡ봉부춍관참포샹 남경궁태후인젹비	開封府總管參包相 南清宮太后認狄妃	이상 없음
18. 쥬침가인종인국모 션밀죠냥샹심곽괴	奏沈疴仁宗認國母 宣密詔良相審郭槐	이상 없음
권지팔 19. 교취공단곽괴슈륙 명반죠지니후환궁	巧取供單郭槐受戮 明頒詔旨李后還宮	이상 없음
20. 슈염마츙량죠ᄃᆡ란 살요도호걸닙긔공	愛閻魔忠良遭大難 殺妖道豪傑立奇功	이상 없음
21. 쳑인두남협경녕당 졔ᄉᆞ슝학ᄉᆞ심건파	擲人頭南俠驚佞黨 除邪祟學士審虔婆	이상 없음
권지구 22. 금난뎐포샹참태ᄉᆞ 요무루남협봉호위	金鑾殿包相參太師 耀武樓南俠封護衛	이상 없음
23. 홍의증금부쳐죠변 ᄇᆡᆨ웅타호ᄉᆡᆼ구샹봉	洪義贈金夫妻遭變 白雄打虎甥舅相逢	이상 없음
24. 슈난곤범쟝원풍젼 탐다ᄇᆡ굴호ᄌᆞ샹명	受亂棍范狀元瘋顛 貪多杯屈鬍子喪命	이상 없음
권지십 25. ᄇᆡᆨ시환혼양ᄎᆞ음착 굴신부톄취ᄉᆞ몽ᄉᆡᆼ	白氏還魂陽差陰錯 屈申附體醉死夢生	이상 없음
26. 령음찰니현우닙판 감묘변ᄉᆡᆨ남녀블분	聆音察理賢愚立判 鑑貌辨色男女不分	이상 없음
27. 션침시몽고경황혼 즁우윤원웅비졔죠	仙枕示夢古鏡還魂 仲禹掄元熊飛祭祖	오기
권지십일 28. 허약긔호뎡흔ᄀᆡ죠 탐져세쥬ᄉᆞ교샹봉	許約期湖亭欣慨助 探底洗酒肆巧相逢	이상 없음
29. 정죠혜다포투정신 젼웅비호뎡회쥬로	丁兆蕙茶舖偸鄭新 展熊飛湖亭會周老	이상 없음
30. 졔약부경ᄌᆞ죠쥬노 교우투분요청남협	濟弱夫傾資助周老 交友投分邀請南俠	이상 없음
31. 젼웅비비검정량연 찬텬서분어감ᄇᆡ죄	展熊飛比劍定良姻 鑽天鼠奪魚甘陪罪	이상 없음
권지십이 32. 야구노복안ᄉᆡᆼ부고 만봉한ᄉᆞ김ᄀᆡᆨ양언	夜救老僕顏生赴考 晚逢寒士金客揚言	이상 없음
33. 진명ᄉᆞ쵸교ᄇᆡᆨ옥당 미영웅삼시안샤산	進名士初交白玉堂 美英雄三試顏查散	이상 없음
34. 정단보안ᄉᆡᆼ식영웅 간어셔뉴로혐한ᄉᆞ	定蘭譜顏生識英雄 看魚書柳老嫌寒士	이상 없음
권지십삼 35. 류노뢰혼낭심난칙 풍ᄉᆡᆼ년구구비블통	柳老賴婚狼心難測 馮生聯句狗屁不通	이상 없음
36. 원ᄂᆡ증금챠환샹명 청젼도시악복망은	園內贈金丫鬟喪命 廳前盜尸惡僕忘恩	이상 없음
37. 쇼졔환혼우ᄋᆞ죠보 유동시쥬협ᄉᆞ휘금	小姐還魂牛兒遭報 幼童侍主俠士揮金	이상 없음
38. 체쥬명원난예고쟝 인봉셥험긔간뉴도	替主鳴冤攔輿告狀 因朋涉險寄柬留刀	이상 없음
권지십ᄉᆞ 39. 찰참군형셔ᄉᆡᆼ한죄 셕경죠호협ᄀᆡᆨ징봉	鍘斬君衡書生開罪 石驚趙虎俠客爭鋒	오기
40. ᄉᆞ심ᄆᆡᆼ뎨견ᄉᆞ삼웅 욕도장금규합오의	思尋盟弟遣使三雄 欲盜贓金糾合五義	이상 없음
41. 츙녈졔시곽안상명 ᄀᆡ봉봉지죠호교장	忠烈題詩郭安喪命 開封奉旨趙虎喬粧	이상 없음
42. 이가위진오나요범 쟝ᄎᆞ취착교신장금	以假爲眞誤拿要犯 將差就錯巧訊贓金	이상 없음
권지십오 43. 비취병오양지옥예 ᄐᆡᄉᆞ구취미쳡신망	翡翠瓶汚羊脂玉穢 太師口臭美妾身亡	이상 없음
44. 화신묘영웅구난녀 ᄀᆡ봉부즁의로진명	花神廟英雄救難女 開封府衆義露眞名	이상 없음
45. 의셕노방ᄉᆞ단져명 오샹마한셔경피금	義釋盧方史丹抵命 誤傷馬漢徐慶遭擒	오기
권지십륙 46. 셜모광약긔족한창 견흥졔빈흔봉졔경	設謀誆藥氣走韓彰 遣興濟貧忻逢趙慶	오기

한글본 《충렬협의전》	원전 《충렬협의전》	표기 상태
47. ᄎᆞ체정권간시독계 교결안공ᄌᆞ변긔원	錯遞呈權奸施毒計 巧結案公子辨奇冤	오기
48. 방간인가공ᄌᆞ졍법 뎜녕당진의ᄉᆞ면군	訪奸人假公子正法 貶佞黨眞義士面君	오기
49. 금뎐시예삼셔봉관 블문체졍쌍오고장	金殿試藝參鼠封官 佛門遞呈雙烏告狀	이상 없음
권지십칠 50. 텰디셔은구이공ᄎᆞ ᄇᆡᆨ옥당지투삼건보	徹地鼠恩救二公差 白玉堂智偸三件寶	이상 없음
51. 심ᄆᆡᆼ호쌍웅함심ᄀᆡᆼ 획흉도삼적귀평현	尋猛虎雙雄陷深坑 獲凶徒三賊歸平縣	이상 없음
52. 감은졍허혼방노장 투셔신다휴녕파랑	感恩情許婚方老丈 投書信多虧甯婆娘	이상 없음
권지십팔 53. 쟝의ᄉᆞ이상취운봉 젼남협쵸도함공도	蔣義士二上翠雲峯 展南俠初到陷空島	이상 없음
54. 통텬굴남협봉곽노 노화탕븍안획호긔	通天窟南俠逢郭老 蘆花蕩北岸獲胡奇	이상 없음
55. 투쇼ᄉᆡᆨ죠곤나ᄉᆞ헌 셜긔모야투구린령	透消息遭困螺螄軒 設機謀夜投蚯蚓嶺	이상 없음
권지십구 56. 구ᄆᆡ부교리통텬굴 획삼보경쥬ᄇᆡᆨ옥당	救妹夫巧離通天窟 獲三寶驚走白玉堂	이상 없음
57. 독뇽교ᄆᆡᆼ형금의뎨 ᄀᆡ봉부은상보현호	獨龍橋盟兄擒義弟 開封府恩相保賢豪	이상 없음
권지이십 58. 금모셔뇽누봉호위 등구여반뎜우은셩	錦毛鼠龍樓封護衛 鄧九如飯店遇恩星	이상 없음
59. 예ᄉᆡᆼ상은포흥진현 금녕증마구여ᄅᆡ경	倪生償銀包興進縣 金令贈馬九如來京	이상 없음
60. ᄌᆞ염ᄇᆡᆨ유의제마강 뎡죠란무심우망한	紫髯伯有意除馬剛 丁兆蘭無心遇莽漢	이상 없음
권지이십일 61. ᄃᆡ부거음쥬봉토곤 변가탄투은경악도	大夫居飮酒逢土棍 卞家疃偸銀驚惡徒	오기
62. 우쾌ᄃᆡ숑님구교져 심간음텰녕젼화츙	遇拐帶松林救巧姐 尋奸淫鐵嶺戰花冲	오기
63. 구망한암ᄌᆞ오도셩 심ᄆᆡᆼ형교봉상화진	救莽漢暗刺吳道成 尋盟兄巧逢桑花鎭	이상 없음
권지이십이 64. 논젼졍감화텰디셔 관고적유상쥬룡교	論前情感化徹地鼠 觀古蹟遊賞誅龍橋	이상 없음
65. 븍협탐긔호무졍취 화졉은적별유심긔	北俠探奇毫無情趣 花蝶隱跡別有心機	이상 없음
66. 도쥬등화졉죠금획 구악적장화졀부도	盜珠燈花蝶遭擒獲 救惡賊張華竊負逃	이상 없음
권지이십삼 67. ᄌᆞ염ᄇᆡᆨ정젼적등거 장ᄐᆡᆨ장교하금화졉	紫髯伯庭前敵鄧車 蔣澤長橋下擒花蝶	이상 없음
68. 화졉정법젼쇼완혼 쌍협젼ᄒᆡᆼ정슈측ᄌᆞ	花蝶正法展昭完姻 雙俠餞行靜修測字	이상 없음
69. 두옹과독시쳡죠간 진챵ᄇᆡ죄챠환샹명	杜雍課讀侍妾調姦 秦昌陪罪丫鬟喪命	이상 없음
권지이십ᄉᆞ 70. 진원외무ᄉᆞ감인죄 금금당유계닙명원	秦員外無辭甘認罪 金琴堂有計立明冤	이상 없음
71. 양방회츙피ᄎᆞ견례 계죠진효모ᄌᆞ샹봉	楊芳懷忠彼此見禮 繼祖盡孝母子相逢	이상 없음
72. 인명ᄉᆞ학예쵸현관 ᄉᆞ악곤ᄉᆞ방ᄑᆡ왕장	認明師學藝招賢館 查惡棍私訪霸王莊	이상 없음
권지이십오 73. 악요셩식하구과계 미강정ᄉᆞ방신황당	惡姚成識破舊夥計 美絳貞私放新黃堂	오기
74. 음방쵸오구쥬녈녀 탐하표협봉ᄌᆞ염ᄇᆡᆨ	淫方貂誤救朱烈女 貪賀豹狹逢紫髯伯	이상 없음
75. 예태슈도즁∶우란 흑요호뢰ᄂᆡ암살간	倪太守途中重遇難 黑妖狐牢內暗殺奸	이상 없음

한글본 ≪충렬협의전≫	원전 ≪충렬협의전≫	표기 상태
권지이십뉵 76. 할장죠븍협금악ᄑᆡ ᄃᆡ년판태슈정냥현	割帳條北俠擒惡霸 對蓮瓣太守定良緣	이상 없음
77. 예ᄐᆡ슈ᄒᆡ임부경ᄉᆞ ᄇᆡᆨ호위교쟝봉협ᄀᆡᆨ	倪太守解任赴京師 白護衛喬妝逢俠客	이상 없음
78. ᄌᆞ염ᄇᆡᆨ예고복오셔 ᄇᆡᆨ옥당ᄀᆡ단ᄇᆡ쌍웅	紫髯伯藝高服五鼠 白玉堂氣短拜雙雄	이상 없음
권지이십칠 79. 지공ᄌᆞ정계도쥬관 ᄇᆡ노복ᄀᆡ장반난슈	智公子定計盜珠冠 裴老僕改妝扮難叟	오기
80. 가작공어하와니토 인방향고슈착후숀	假作工御河挖泥土 認方向高樹捉猴猻	이상 없음
81. 도어관교탁뎡죠혜 난상교츌슈마죠현	盜御冠交託丁兆蕙 攔相轎出首馬朝賢	이상 없음
권지이십팔 82. 쳥어형쇼협경쵸심 쥰흠명ᄂᆡ환회오당	試御刑小俠經初審 遵欽命內宦會五堂	오기
83. 시구블이심령셩교 진장실범니단졍굴	矢口不移心靈性巧 眞贓實犯理短情屈	이상 없음
84. 복원직예계죠셩친 관슈ᄌᆡᄇᆡᆨ옥당착괴	復原職倪繼祖成親 觀水災白玉堂捉怪	이상 없음
권지이십구 85. 공숀ᄎᆡᆨ탐슈우모ᄉᆡᆼ 쟝ᄐᆡᆨ쟝션호봉오구	公孫策探水遇毛生 蔣澤長沿湖逢鄔寇	이상 없음
86. 안도치슈부ᄌᆞ가봉 호쥬탐ᄇᆡ슉질회면	按圖治水父子加封 好酒貪杯叔姪會面	이상 없음
87. 위지ᄀᆡ삼웅방ᄉᆞ룡 인구인ᄉᆞ의별ᄋᆡ호	爲知己三雄訪沙龍 因救人四義撇艾虎	이상 없음
권지삼십 88. 창어탈쥬쇼뎨ᄇᆡ형 담문논시노옹ᄐᆡᆨ셔	搶漁奪酒小弟拜兄 談文論詩老翁擇婿	이상 없음
89. 감금젼암쟝ᄇᆡᆨ옥챠 치가혜유실ᄌᆞ금츅	憨錦箋暗藏白玉釵 癡佳蕙遺失紫金墜	이상 없음
90. 피엄친목단투하ᄉᆞ 츙쇼져가혜ᄇᆡ쇼공	避嚴親牧丹投何令 充小姐佳蕙拜邵公	오기
권지삼십일 91. ᄉᆞ리ᄉᆡᆼ천금인장닙 고즁낙쇼협복ᄉᆞ운	死裏生千金認張立 苦中樂小俠服史雲	이상 없음
92. 쇼협휘금탐ᄇᆡᄃᆡ취 노갈챵치야화착상	小俠揮金貪杯大醉 老葛搶雉惹禍着傷	이상 없음
93. ᄉᆞ녹압어렵동합과 귀와호ᄌᆞᄆᆡ공담명	辭綠鴨漁獵同合夥 歸臥虎姊妹共談心	이상 없음
권지삼십이 94. 적ᄌᆞ거심심ᄉᆞ멱부 쇼인득지단의졀졍	赤子居心尋師覓父 小人得志斷義絕情	이상 없음
95. 암ᄆᆡ인편죠암ᄆᆡ히 호협ᄀᆡᆨᄆᆡ동호협심	暗昧人偏遭暗昧害 豪俠客每動豪俠心	이상 없음
96. 년승뎜챠역나서ᄉᆡᆼ 취방당현관험취귀	連陞店差役拿書生 翠芳塘縣官驗醉鬼	이상 없음
권지삼십삼 97. 쟝쟈부시쥰납챠환 흑낭산김휘봉도구	長沙府施俊遇丫鬟 黑狼山金輝逢盜寇	이상 없음
98. ᄉᆞ룡죠곤모녀즁봉 지화운쥬뎨형분용	沙龍遭困母女重逢 智化運籌弟兄奮勇	이상 없음
99. 견목단김휘심후회 졔ᄋᆡ호초적쳔젼언	見牧丹金輝深後悔 提艾虎焦赤踐前言	이상 없음
권지삼십ᄉᆞ 100. 탐형종왕부견ᄌᆞᄀᆡᆨ 간도로쥬루문서동	探形踪王府遣刺客 趕道路酒樓問書僮	이상 없음
101. 냥ᄀᆡ천금진가이변 일빵ᄌᆞᄀᆡᆨ연치ᄌᆞ분	兩個千金眞假已辨 一雙刺客妍媸自分	이상 없음
102. 금모서쵸탐츙쇼루 흑요호즁도동망진	錦毛鼠初探沖霄樓 黑妖狐重到銅網陣	이상 없음
권지삼십오 103. 슌안부ᄀᆡ쥬ᄇᆡᆨ옥당 역슈천슈구황금닌	巡按府氣走白玉堂 逆水泉搜求黃金印	이상 없음

한글본 《츙렬협의전》	원전 《忠烈俠義傳》	표기 상태
104. 구촌부뉴립보셜긔 우호걸진긔망탐신	救村婦劉立保洩機 遇豪傑陳起望探信	이상 없음
105. 삼탐츙쇼옥당죠ᄒᆡ 일봉인신죠쟉담경	三探冲霄玉堂遭害 一堂印信趙爵擔驚	이상 없음
권지삼십뉵 106. 공숀션ᄉᆡᆼ가반안원 신슈ᄃᆡ셩암뎜긔모	公孫先生假扮按院 神手大聖暗中計謀	오기
107. 악셔경ᄇᆡ구젼능비 병쟝평지인진긔망	愕徐慶拜求展熊飛 病蔣平指引陳起望	오기
108. 도ᄌᆡ희명녀뎜영ᄉᆡᆼ 상녀ᄇᆡ부규각본분	圖財害命旅店營生 相女配夫閨閣本分	이상 없음
권지삼힙칠 109. 편호걸탐남일만냥 쟉ᄆᆡ작식인이쳔금	騙豪傑貪婪一萬兩 作媒妁認識二千金	이상 없음
110. 함어묘삭셩입슈면 구삼셔도골상봉두	陷御貓削城入水面 救三鼠盜骨上峯頭	이상 없음
111. 졍일도ᄌᆞᆷ봉장작희 션긔츅슈ᄀᆡ반교쟝	定日盜簪逢場作戲 先期祝壽改扮喬妝	오기
권지삼십팔 112. 초현납ᄉᆞ쥰긔투셩 합의동심하방결ᄇᆡ	招賢納士准其投誠 合意同心何妨結拜	이상 없음
113. 종ᄐᆡ보이셔쵸현ᄉᆞ 쟝ᄐᆡᆨ장모우방빈붕	鍾太保貽書招賢士 蔣澤長冒雨訪賓朋	이상 없음
114. 인긔ᄋᆡᄋᆞ진묘살승 쇼슈무다ᄀᆡ문읍도	忍饑挨餓進廟殺僧 小水無茶開門揖盜	이상 없음
권지삼십구 115. 슈의희솨지복뉴쳥 유심졔방결교강ᄀᆡ	隨意戲耍智服柳青 有心提防交結姜鎧	이상 없음
116. 계츌만젼극기용이 산실일착ᄉᆞ심위란	計出萬全極其容易 算失一着甚是爲難	오기
117. 지공ᄌᆞ부상츅ᄋᆞ녀 무ᄇᆡᆨ남도란우싀랑	智公子負傷追兒女 武伯南逃難遇豺狼	오기
권지ᄉᆞ십죵 118. 제간음착투ᄃᆡ목쟝 구급곤간분신슈강	除姦淫錯投大木場 救急困趕奔神樹崗	이상 없음
119. 신슈강쇼협구유ᄌᆞ 진긔망즁의복영웅	神樹崗小俠救幼子 陳起望中義服英雄	이상 없음
120. 안정군산동귀ᄃᆡ도 공셩호븍별유슈연	安定軍山同歸大道 功成湖北別有收緣	이상 없음

제1회부터 120회까지 원전 회목의 한글 고어 발음을 거의 그대로 옮겨 적고 있다. 다만 제10회 반(扮), 제13회 모(苗), 제27회 황(還), 제39회 한(開), 제45회 피(遭), 제46회 졔(趙), 제47회 ᄎᆞ(錯), 제48회 뎜(貶), 제61회 근(棍), 제62회 쾌(拐), 제73회 하(破), 제79회 반(扮), 제82회 쳥(試), 제90회 ᄉᆞ(令), 제106회 반(扮), 뎜(中), 제107회 능(熊), 제111회 반(扮), 제116회 ᄉᆞ심(甚是), 제117회 츅(追)은 모두 오기이다. 또한 회목을 2회, 3회, 4회별로 분류하여 권별로 나누어 40권으로 필사하고 있다. 작품의 내용을 임의대로 나누어 필사한 것으로 보이는데 한글 필사본 《충렬협의전》과 원전 회목을 비교해 보더라도 원전에 충실한 번역임을 짐작할 수 있다. 다음에는 원전과 한글 필사본의 내용을 중심으로 번역양상을 살펴보기로 하겠다.

1) 원문을 그대로 옮긴 直譯

중국어와 한국어는 목적어가 없을 경우에는 주어+서술어의 구조로 되어 있어서 그대로 옮기면 된다. 그렇지만 중국어 문장에 목적어가 있을 경우에는 한국어 문장과는 상당히 다른 구조가 된다. 중국어는 주어+서술어+목적어의 구조가 되지만 한국어는 주어+목적어+서술어의 구조가 되기 때문에 직역을 하게 되면 제 뜻을 살리기가 굉장히 어려워진다. 그래서 ≪충렬협의전≫에는 逐字譯을 도입하여 내용을 번역하기도 한다. 다시 말하자면 축자역은 중국어의 어순대로 그대로 문장을 번역한 것으로 볼 수 있다. 축자역의 주요 대상은 인용동사인 말하다(曰, 說, 道, 云), 생각하다(想, 料) 등이다. 이 점은 작품에서 인용한 내용이 대개 긴 문장으로 이루어졌기 때문에 한국어의 어법대로 번역하자면 너무 복잡하게 되어 '니ᄅᆞᄃᆡ', '혜아리ᄃᆡ' 등의 인용 동사와 접속형태소를 도입한 것으로 사료된다. 예를 들면 다음과 같은 문장이 있다.

[1]풍시 뉴홍의 퇴혼ᄒᆞᆫ단 말을 듯고 믄득 슈긔응변ᄒᆞ여 계교를 내여 뉴홍을 ᄃᆡᄒᆞ여 니ᄅᆞᄃᆡ, "원외 임의 이 ᄆᆞ음이 계실진ᄃᆡ 쏘 안싱을 별당의 두어 몃 날을 닝낙히 굴면 곳 블츌 십일의 단정코 져로 ᄒᆞ여금 스ᄉᆞ로 퇴혼ᄒᆞ고 가게 ᄒᆞ리라."(馮氏見柳洪吐出退婚的話來, 他便隨機應變, 冒出壞包來了. 對柳洪道: "員外旣有此心, 暫且將顏生在幽齋冷落幾天. 我保不出十日, 管叫他自己退婚, 叫他自去之計.")(13:3, 제35회)

[2]하상희(何常喜) 듯고 가마니 혜아리ᄃᆡ, 'ᄂᆡ 만일 응낙지 아니면 필연 타인으로 더브러 상의ᄒᆞ리니 기시의ᄂᆞᆫ 다만 ᄂᆡ 능히 아지 못ᄒᆞᆯ 섇 아니라 도로혀 져 나를 원슈로 알니로다.'(何太監聽了, 暗忖道: "我若不應允, 必與別人商議. 那時不但我不能知道, 反叫他記了我的仇了.")(14:64, 제41회)

[3]뉘 알니오 진뵈 마시를 보고 부츅이ᄃᆡ 너의 녀ᄋᆞᄂᆞᆫ 곳 진창이 통간ᄒᆞ려 ᄒᆞ다가 일우지 못ᄒᆞ고 분노ᄒᆞ여 살히ᄒᆞ엿ᄂᆞ니라 ᄒᆞ며(誰知進寶見了馬氏就挑唆, 說他女兒是秦昌因姦不遂憤怒殺死的.)(24:6, 제70회)

[1]의 '니ᄅᆞᄃᆡ', [2]의 '혜아리ᄃᆡ'와 [3]'뉘 알니오'는 뒤 문장의 내용이 너무 길기 때문에 쉽게 이해하도록 번역한 것이다. 글자를 따라서 순서대로 번역한 것으로 한글 필사본 ≪충렬협의전≫에 나타난 직역의 한 형태이다.

다음으로 우리말의 대역어를 찾지 못하고 중국어식의 발음을 그대로 가져와 번역한 문장들이 있다.

[1]믄득 앏흐로 가 즘즛 무르딕 호치야 청컨딕 한 마딕 말을 무르려 ᄒ노라(便上前故意的問道: "夥計, 借光問一聲.)(22:42, 제65회)

[2]내 놀나 정신이 후두ᄒ도다 겨유 븍편 언덕 근쳐의 니르럿더니 뉘 알니오 그 곳의 일기 사름이 잇ᄂ지라(把我嚇糊塗了. 剛然到北上坡不遠, 誰知那邊有個人.)(10:3, 제25회)

[3]일일은 니부인의 챠환 츄향이 왕부인 문젼의 니르러 한 번 구러져 머리를 샹ᄒ지라 방즁으로 드러가 거울 건 곳의 니르러 빗최여 보믹(有一日, 二夫人使喚的秋香走至大夫人門前滑了一交, 頭已跌破, 進屋內就在挂鏡處一照.)(4:2, 제7회)

[1]의 호치는 명사로 중국어는 '화계(伙計: huǒjì)'인데 떼, 무리, 동료, 점원, 머슴의 의미로 사용되고 있다. 중국어를 차용한 말이다. [2]의 후두ᄒ다는 형용사로 중국어는 '호도(糊塗: hútu)하다'인데 '멍청하다'의 의미로 중국어를 직접 차용한 말이다. 우리말의 적당한 대역어가 있음에도 중국식 발음을 가져와 쓰고 있다. [3]의 챠환은 명사로 중국어는 '차환(丫鬟)'인데 계집종이라는 의미로 중국어의 간접 차용어이다. 이처럼 중국어를 간접적으로 차용하여 번역한 작품임을 드러내고 있다.[9]

셋째로, 한문 어투를 바로 사용한 문장이다.

[1]샹이 대희ᄒ샤 즉시 량비의게 샤급ᄒ신딕 량비 ᄉ러 바다 찬 후의 믹인이 각기 금잔으로 삼빅쥬를 드린딕 텬직 아오로 ᄉ양치 아니ᄒ시고 련ᄒ여 마시시믹 어언 간의 대취ᄒ신지라. 흡ᄒ 대쇼ᄒ시며 니ᄅ샤대, "량비 즁의 만일 태ᄌ를 싱ᄒᄂ 쟤 이시면 셰워 졍궁을 숨으리라."(天子深喜, 喞賞了二妃, 二妃跪領, 欽遵佩帶後, 每人又各獻金爵三杯. 天子幷不推辭, 一連飮了, 不覺大醉, 哈哈大笑, 道: "二妃如有生太子者, 立爲正宮.")(1:7, 제1회)

[2]장평이 가마니 니ᄅ딕, '나의 텰창이 져의게 아인 빅 되여 슈무 촌텰ᄒ나 눈으로 이 놈이 이곳의 이시믈 보고 엇지 그져 두리오. ᄂ 한 번 져의게 부딕져야 쏘ᄒ 믹 마즌 분을 쓰ᄉ리라.'(蔣爺暗道: 我的鋼刺被他們拿去, 手無寸鐵. 難道眼瞅着小子藏在此處, 就罷了不成? 有了, 我何不砸他一下子, 也出一出挨打的惡氣.)(23:20, 제67회)

9) 이러한 형태의 직역을 위주로 한 번역은 낙선재본 ≪紅樓復夢≫에서도 똑같이 이루어지고 있다. 적당한 용어를 찾지 못한 이유도 있겠지만 번역임을 드러내려는 의도가 있을 것으로 보인다. 김명신, 〈낙선재본 ≪紅樓復夢≫의 번역양상〉, ≪中國小說論叢≫ 제21집 2005. 3, 95-114쪽 참조.

[1]의 'ᄉᆡᆼᄒᆞᄂᆞᆫ'은 우리말 '낳는'이라고 번역하면 되는데 굳이 낳는다는 의미의 '生'자를 번역하고 있다. [2]의 '슈무 촌텰ᄒᆞ나'는 '손에 아무런 무기가 없으나'라고 번역하면 될 것을, 굳이 '手無寸鐵'이라는 한자식 발음을 사용하고 있는 것이다.

2) 새로운 내용을 첨가한 添譯과 意譯

≪충렬협의전≫의 번역은 원문의 내용과 비교하자면 직역을 위주로 한 번역이 대부분이다. 그런데 의외로 원문과는 다른 내용이 첨가된 것도 있다.

> [1]언파의 노흘 져허 슌류이하ᄒᆞ여 셔〻히 힝ᄒᆞᆯ ᄉᆡ 구양츈이 션상의 안ᄌᆞᄆᆡ 믈결이 탕양ᄒᆞ고 노홰 표양ᄒᆞ며 원ᄉᆞᆫ이 놉히 프ᄅᆞ고 고목이 총울ᄒᆞ며 쳐〻의 야뎜 향촌 연긔 니러나고 ᄇᆡᆨ노ᄂᆞᆫ 빵〻히 셔산의 날며 기럭이ᄂᆞᆫ 무리 무리 노화[蘆花 갈솟치라]ᄅᆞᆯ ᄶᆞᆨ지여 연슈의 빗겻고 어촌 낙죠와 원포 귀범은 진ᄀᆡ 강포 픙경이라 니ᄅᆞᆯ지라.(說罷, 一篙撑開, 順流而下, 奔到北岸. 纖夫套上纖板, 慢慢牽曳. 船家掌舵, 北俠坐在舟中. 淸波蕩漾, 蘆花飄揚, 襯着遠山聳翠, 古木撑靑. 一處處野店鄕村, 炊烟直上, 一行行白鷗秋雁, 掠水頻翻..)(22:32, 33, 제65회)

위의 문장에서 '어촌 낙죠와 원포 귀범은 진ᄀᆡ 강포 픙경이라 니ᄅᆞᆯ지라.'는 원문에 전혀 없는 내용으로 번역자가 부가한 첨역이고 원문 '奔到北岸. 纖夫套上纖板, 慢慢牽曳. 船家掌舵,'를 과감하게 생략한 축역이기도 하다.

원문에 없는 말을 문맥으로 짐작하여 보충해 번역하는 의역의 경우도 있다.

> [1]포홍이 가마니 혜아리ᄃᆡ, '내 어ᄃᆡ 진ᄀᆡ 모귀 이시리오, 임의 삼원진의 니ᄅᆞ러시니 ᄯᅩ 공ᄌᆞ로 더브러 밥을 먹고 몬져 내 몸브터 파라 ᄎᆞ〻 시ᄀᆡᆨ을 보내ᄃᆡ 다만 샹공으로 ᄒᆞ여금 번뇌케 아니ᄒᆞ미 죠흐리라.'(包興暗暗打算: "眞是, 我那裏有舅舅? 已到鎭上, 且同公子吃飯, 先從我身上賣起. 混一時是一時, 只不叫相公愁煩便了.)(2:41, 제3회)

> [2]노야ᄂᆞᆫ 청컨ᄃᆡ 보쇼셔 져 편의 날니ᄂᆞᆫ 거시 곳 하신묘 긔ᄯᆡ니 이곳이 쥬룡교와 샹게 머지 아니ᄒᆞ니이다.(爺上請看, 那邊影影綽綽便是河神廟的旗杆. 此處離誅龍橋不遠了.)(22:33, 제65회)

[1]의 문장에서 '삼원진(三元鎭)'은 본래 없는 용어이지만 이전의 내용에서 나온 것이므로 자연스럽게 의역하고 있다. [2] 문장에서 본래 '샹게(相距)'라는 거리를 나타내는

말은 없다. 그렇지만 이 문장은 이러한 용어를 첨가하여 본문의 내용을 좀 더 명확하게 드러나도록 의역한 것이다.

3) 내용을 생략한 縮譯 및 誤譯

원전에 내용이 있지만 너무 장황하거나 번역하기에는 적합하지 않은 부분은 과감하게 생략하여 축역한 부분이 있다. 예를 들면 다음과 같은 문장이 있다.

> [1]죠회를 파ᄒᆞ고 졔신이 모다 흣허지ᄆᆡ 진종이 울ᄒᆞ블낙(鬱鬱不樂)ᄒᆞ샤 가마니 혜아리시ᄃᆡ, '졍궁(正宮)이 오ᄅᆡ 뷔여시ᄃᆡ 다ᄒᆡᆼ히 니(李)·뉴(劉) 량비 잇셔 이졔 모다 잉태ᄒᆞ여시니 샹텬이 형샹을 뵈시미 져의 량인긔 응ᄒᆞ민 ᄃᆞᆺᄒᆞ도다.'(早朝已畢, 衆臣皆散. 轉向宮內, 眞宗悶悶不樂, 暗自忖道: '自御妻薨後, 正宮之位久虛, 幸有李·劉二妃現今俱各有娠, 難道上天垂象就應於他二人身上不成?')(1:2,3, 제1회)

> [2]즉시 올나가 보ᄆᆡ 오승도 진ᄀᆡ 목숨을 보젼치 못ᄒᆞ엿고 캉상의 ᄉᆞ허진 승삭이 만코 도젹이 임의 부지거쳐ᄒᆞᆫ지라.("且上去看看." 一看罷咧! 見吳升眞是無生了, 頭在一處, 尸在一處. 炕上挑的繩索不少, 賊已不知去向.)(22:73, 제66회)

[1]에서 '졍궁(正宮)이 오ᄅᆡ 뷔여시ᄃᆡ'라는 문장 앞에 있는 '自御妻薨後'라는 문장이 생략되어 번역되었다. 본래 직역하자면 '정궁이 붕어한 이후로부터'라는 말이 들어가야 한다. 그러나 문맥상으로 보아 과감하게 생략해 축역한 것이다. [2]의 원문 '一看罷咧! 頭在一處, 尸在一處.'는 번역되지 않고 생략되어 있다. '오승도 진ᄀᆡ 목숨을 보젼치 못ᄒᆞ엿고'라고 하면서 이미 포괄적인 의미로 번역되어 있는데다가 너무 잔인한 장면이라 생략한 것으로 보인다. 이상의 내용 외에도 여타의 한글 번역본과 마찬가지로 開場詩와 散場詩는 모두 생략하고 전혀 번역하지 않고 있다.

다음은 중국어의 의미를 제대로 파악하지 못하고 오역한 경우이다.

> [1]곽괴 뉴비의 명을 밧드러 심복인(心腹人)으로 ᄒᆞ여금 일ᄀᆡ 궁즁의 ᄒᆡ산 구호ᄒᆞᄂᆞᆫ 노파 우시(尤氏)를 어드니, 져의 위인이 심히 간휼(奸譎)ᄒᆞᆫ지라(單言郭槐奉了劉妃之命, 派了心復親隨, 找了個守喜尤氏, 他就屁滾尿流.)(1:8, 제1회)

> [2]또 보ᄆᆡ 쟝닙(張立)이 져편으로 조ᄎᆞ 비슬거리며 오거ᄂᆞᆯ 피ᄎᆞ 보고 가쟝 환희ᄒᆞ니 ᄎᆞ시의 니시 목단이 결박ᄒᆞᆫ 거ᄉᆞᆯ 그ᄅᆞ고 회ᄉᆡᆼᄒᆞᄆᆡ 마ᄎᆞᆷ ᄉᆞ룡의 부녀와 다못 밍걸이 방심치

못ᄒᆞ여 마조 오다가 보ᄆᆡ 녀ᄌᆞ를 아ᄉᆞ 멈츄고 누ᄅᆡ 도쥬ᄒᆞᆫ지라.(又見張立從那邊踉裏踉蹌來了, 彼此見了, 好生歡喜. 此時李氏將牡丹的繩綁鬆了, 蘇醒過來. 恰好沙龍父女與孟杰不放心, 大家迎了上來, 見將女子截下, 嘍羅逃脫.)(31:85, 제93회)

[3]원ᄅᆡ 일ᄀᆡ 뎐당푸리 잇시ᄃᆡ 이졔 ᄯᅩᄒᆞᆫ 뎐당을 곳치고 믈너가기만 기다린 ᄒᆞ거ᄂᆞᆯ 포홍이 듯고 착급ᄒᆞ여 혼신의 ᄯᆞᆷ을 흘니며(原有一家當舖, 如今却是止當候贖了. 包興聞聽, 急的渾身是汗.)(2:44, 제3회)

[1]의 예문에서는 '屁滾尿流'를 '간흉ᄒᆞ다'로 번역하였으나 오역인 듯하다. 원래는 '너무 무서워 똥오줌을 싸다' 또는 '너무 신나 흥분한 모양'을 가리키는데 여기서는 후자의 뜻으로 쓰였다.

[2]의 예문에서 '으로 조ᄎᆞ'는 '從'을 번역한 것이지만 이 문장에서는 좇는다는 의미가 아니고 '-에서부터'라는 개사로 사용된 것이다. 글자 그대로 번역한 것이지만 잘못된 번역이다.

[3]의 '이졔 ᄯᅩᄒᆞᆫ 뎐당을 곳치고 믈너가기만 기다린 ᄒᆞ거ᄂᆞᆯ'은 이제 전당포를 계속하지 않아 저당물을 되찾기를 기다린다는 뜻으로 오역이다.

3. ≪충렬협의전≫의 표기 특징

근대 국어, 곧 17, 18, 19세기의 표기법은 상당히 문란해졌다. 이 시기에는 임진왜란과 병자호란을 겪으면서 서양문화에 접하게 되고 또한 실사구시의 학풍이 일어나 점차 근대화에 눈을 뜨게 되었다. 이로 인해 평민의식이 일어나게 됨에 따라 언문소설, 사설시조, 판소리 등이 지어지며 문자도 양반계급의 전유물에서 벗어나 한층 민중의 편에 다가서게 되었다. 이에 따라 방언 세력이 확대되고 비유가 다양해짐에 따라 새로운 어휘들이 많이 생겨나게 된다. 그러나 이러한 경향은 19세기 말, 20세기 초와는 비교할 수 없이 깨끗한 것이었다.[10] 한글 필사본 ≪충렬협의전≫의 표기는 그야말로 일정한 규칙이 무너지고 있는 혼재의 상황을 보여주고 있다.

10) 김종택, ≪국어어휘론≫, 탑출판사, 1992, 89-109쪽 참조.

1) 連綴과 分綴이 혼용되고, 重綴 현상이 가끔 보인다.

연철: 거ᄉᆞᆯ(13:2), 오ᄉᆞᆯ(13:91), 그거ᄉᆞᆯ(23:2), 먹ᄂᆞᆫ 거ᄉᆞᆯ(23:9), 노ᄅᆞᄉᆞᆯ(23:10), 그ᄅᆞᄉᆞᆯ(29:50)

분철: ᄠᅳᆮ이(3:17), 간관과(23:2), 공쳥의(40:94)

중철: 먼니(1:61), 닥가(16:35), 쳔니(17:83), ᄭᅩᆺᄎᆞᆯ(11:84), 삭기(17:28), 독긔(3:17)

ㅅ 종성 표기의 중철: 옷ᄉᆞᆯ(11:59), 솜옷ᄉᆞᆯ(14:88), 븟ᄉᆞᆯ(15:25)

2) 語頭子音群은 'ᄠ', 'ᄡ', 'ᄧ', 'ᄭ', 'ᄯ', 'ᄲ', 'ᄶ' 등의 '合用竝書'[11]가 쓰였고 'ᄡ', 'ㅆ' 등이 혼용된 경우가 있으며 종성에서의 합용병서에는 'ㄺ', 'ㄼ'이 쓰였다.

(1) ㅂ계 합용병서

ᄠᅳ고(3:63), ᄡᅧ(3:68), ᄡᆞ화(14:30), ᄡᆞ하(28:95), ᄡᅳ니(35:70), ᄡᅳᄂᆞ니라(37:74), ᄧᅣᆼ협(40:67), ᄧᅣᆼ슈로(19:27), 일ᄧᅣᆼ식(3:74), ᄧᆞ음을(4:88), ᄧᆞᄅᆞᆯ(13:13)

(2) ㅅ계 합용병서

ᄯᅡ의(1:12), ᄭᆡᄅᆞᆯ(1:49), ᄭᅮ러(1:56), ᄭᅮ지ᄌᆞᄃᆡ(1:66), ᄭᅮ며(2:70), ᄭᅮ더니(3:19), ᄭᅮᆷ을 ᄭᅮᄂᆞᆫ도다(19:25), ᄭᅩ리ᄅᆞᆯ(27:75), ᄭᅩᆽᄂᆞᆫ지라(30:91), ᄭᆡ믈고(28:10), ᄭᆡ치고(30:93), ᄯᆡ의(1:29), ᄯᅳᆮ이(19:77), ᄯᅥ럿치고(30:96), ᄲᅧᆯ니(1:33), ᄲᆡ히며(31:32), ᄶᅵ져(5:29)

(3) ᄡ, ㅆ 혼용의 예

ᄡᅧ야(14:2), 죽기로ᄡᅧ(14:4), ᄡᅧᄒᆞᄃᆡ(1:80), ᄡᅧ 냥식을(14:39), 써ᄒᆞᄃᆡ(14:73), 무릅ᄡᅧ(28:19)

(4) 종성에서의 합용병서

ᄂᆞᆰ지(23:69), ᄉᆞᆲ히쇼셔(3:6)

---

11) 合用竝書는 서로 다른 자음을 수평적으로 결합하여 쓰는 일이다. 초성 글자의 체계 중에서 합용병서의 글자를 어떤 식으로 구분하고 있는지 아래 도표로 정리해 보겠다. 나찬연·권영환·김문기·오효순, ≪중세 국어 문법의 이해-주해편≫, 교학연구사, 2008, 18쪽 참조.

홑 초성 글자		ㄱ, ㅋ, ㆁ; ㄷ, ㅌ, ㄴ; ㅂ, ㅍ, ㅁ; ㅅ, ㅈ, ㅊ; ㆆ, ㅎ, ㅇ; ㄹ; ㅿ
복합 글자	각자 병서 글자	ㄲ, ㄸ, ㅃ, ㅉ, ㅆ, ㆅ, ᅇ, ᄔ
	합용 병서 글자	ᄠ, ᄡ, ᄧ, ᄩ; ᄭ, ᄮ, ᄯ, ᄲ; ᄢ, ᄣ
	연서 글자	ㅸ

3) 語中 流音 표기에서 'ㄹ, ㄹ'의 연쇄가 주로 'ㄹ, ㄴ'으로 사용된다. 이 점은 근대 국어의 특징 중의 하나로 알려져 있다.

믈너(1:2), 말나(4:53), 실노(9:84), 날노(14:75), 형벌노(28:36), 일노(28:47), 올나(22:73)

4) 구개음화의 역행 현상이 보인다. 다음 몇 가지 예를 들어보겠다.

[1]빅옥당이 안ᄉᆡᆼ의 우슈곡읍(憂愁哭泣)ᄒᆞᄂᆞᆫ 거동이 업ᄉᆞ며 오ᄌᆞᆨ 만면 참ᄉᆡᆨ이 잇시믈 보고 심즁의 가마니 졈두ᄒᆞ며 칭찬ᄒᆞᄃᆡ, '안ᄉᆡᆼ은 진ᄀᆡ 영웅이로다.'(13:79, 80, 제38회)

[2]태쉬 졈두ᄒᆞ며 니ᄅᆞᄃᆡ, "다만 마강의 가즁의셔 도젹의게 실믈ᄒᆞ므로 인ᄒᆞ여 이졔 본현의셔 보장이 왓시니 너의 냥인은 가마니 념탐하여 나의게 픔ᄒᆞ라."(26:27, 28, 제76회)

[3]안ᄉᆡᆼ이 믄득 샹부현의셔 공쵸ᄒᆞᆫ 거술 한ᄌᆞ도 변치 아니코 알왼ᄃᆡ 포공이 뎜두ᄒᆞ며 니ᄅᆞᄃᆡ, "슈홍이 진ᄀᆡ 가통(可痛)ᄒᆞ도다. 너ᄂᆞᆫ 뉴홍(柳洪)의 친쳑이오 ᄯᅩ 져의 집의 ᄀᆡᆨ거ᄒᆞ거ᄂᆞᆯ 졔 감히 즐겨 ᄉᆞ환치 아니코 블슌ᄒᆞᆫ 말을 ᄂᆡ여시니 너의 분로ᄒᆞ미 고이치 아니커니와 나ᄂᆞᆫ ᄯᅩ 너의게 뭇ᄂᆞ니 너ᄂᆞᆫ 어ᄂᆡ ᄯᆡ 별당의셔 나와 어ᄂᆡ 길노 말ᄆᆡ암아 ᄂᆡ간 일각문의 니ᄅᆞ럿시며 어ᄂᆡ ᄯᆡ 어ᄂᆡ 곳의셔 슈홍을 눌너 쥭이뇨?"(14:5, 6, 제39회)

[4]김공이 가마니 뎜두ᄒᆞ며 니ᄅᆞᄃᆡ, "져의 말이 ᄯᅩᄒᆞᆫ 셔간과 상합ᄒᆞᄃᆡ 다만 벽셤과 진록은 어ᄂᆡ ᄉᆞ름이 ᄉᆞᆯ히ᄒᆞ뇨?"(24:33, 제70회)

[5]엇지 된지 ᄎᆞ쳥하회분히하라.(24:67, 제70회)

[6]ᄎᆞ후ᄉᆡ 엇더ᄒᆞᆫ지 챠텽하회분히ᄒᆞ라.(25:31, 제73회)

[7]곽괴야, 당초의 엇지ᄒᆞ여 니후를 모히ᄒᆞ며 태ᄌᆞ를 다른 믈건을 가져 밧고왓ᄂᆞ뇨?(8:11, 제19회)

[8]금일의 이ᄀᆞᆺ치 통분이 너길진ᄃᆡ 당쵸의 엇지 ᄉᆞ뷔 쳔거ᄒᆞ뇨?(24:15, 제70회)

[1], [2], [5], [7]의 밑줄 친 부분을 보면 구개음화가 진행되다가 [3], [4], [8]에서는 다시 역행되는 현상을 보인다.[12)] 이외에 인명의 경우로 제29회에 등장하는 '졍죠혜(丁兆蕙)'는 나중에 '뎡죠혜라'는 명칭으로 필사되어 있기도 한다. 따라서 작품의 필사자가 한 사

람이 아닌 여러 명이거나 당시 발음 체계가 혼란했음을 알려주는 징표라고 하겠다.

5) 圓脣母音化보다는 비원순모음화가 우세하다.

원순모음화란 비원순모음이 원순모음이 되는 것으로 양순음 'ㅁ, ㅂ, ㅃ, ㅍ' 다음에 비원순모음인 'ㅡ'가 오면 원순음모인 'ㅜ(ㅗ)'로 바뀌는 현상이다. 이러한 현상이 일어나는 이유는 아마도 발음의 불편함을 해소하기 위한 것으로 보인다. 예를 들면 다음과 같은 경우가 있다.

예: 믈(水)→물, 블(火)→불, 플→풀

원순모음화의 시작은 15세기부터라고 할 수 있다. 그러나 실제로 원순모음화가 생산적으로 일어난 것은 17세기 말을 거쳐 18세기 초 무렵이라 할 수 있다. 17세기 중반까지의 문헌에서는 간혹 몇 개의 예가 보일 뿐이다. 한글 필사본 ≪충렬협의전≫의 경우에도 다음과 같은 몇 개의 예가 보이고 있다.

[1]네 말ᄒᆞᄃᆡ '물의 씌인 거시라' ᄒᆞ니 졍히 산 니어(鯉魚)가 잇ᄂᆞ냐?(12:35,36)

[2]그 글은 먼니 한 무리 거위를 보ᄆᆡ 사ᄅᆞᆷ을 보고 믄득 물노 나려 간다 ᄒᆞ엿노라.(13:15)

[3]ᄒᆞ고 병을 한 번 기우리ᄆᆡ 과연 물이 나오더니 ᄯᅩ 니ᄅᆞᄃᆡ(14:69)

[4]다만 보ᄆᆡ 두 칼이 마조쳐 불이 나거ᄂᆞᆯ(34:51)

[1], [2], [3], [4]에 밑줄 친 물과 불로 보아 한글 필사본 ≪충렬협의전≫에서는 원순모음화가 많이 진행되고 있지 않음을 알 수 있다. 따라서 작품의 필사 연대는 19세기 초반 이후일 것으로 추정된다.

---

12) 졈두'와 '뎜듀', 'ᄎᆞ쳥'과 '챠텽'을 이표기로 보는 견해도 있지만 이러한 현상을 구개음화의 일종으로 보는 견해도 나름대로 타당하다고 본다. 이러한 현상은 글자의 이표기인데다가 음운상의 변화까지 포함하고 있는 것이기 때문이다.

6) 語中 된소리는 다음과 같이 표기되었다.

거리쪄(12:84), 엇게(!:75), 문밧긔(2:26), 밧비(2:25), 어엿비(24:87), 엇던(25:2), 므릅뼈시니(70:30), 잇글고(95:43)

7) 語末子音群에 'ㄺ', 'ㄼ'이 쓰이고 있다.

늙으라(2:1), 읇허(12:43), 늙은(23:65), 늙지(23:69), 숣히더라(1:8), 붉히(22:7), 붉고(30:13), 븕은(23:27)

8) 語中 유기음은 다음과 같은 형태로 표기되었다.

닷쳐(34:70), 갓튼(25:35), 빗출(18:39), 엽히(14:3), 붉히(33:50), 놉피(33:1), 밋히(4:39), 흐터(18:102)

≪충렬협의전≫은 조선시대에 전래된 협의공안소설로 1800년대 중반을 전후로 하여 필사되고 번역되었을 것으로 추정되고 있다. 이 작품의 번역양상은 여타의 낙선재 소장 판본들과 상당히 유사하다고 볼 수 있다. 직역을 위주로 번역되어 글자를 따라서 번역하는 축자역, 중국어를 차용한 번역, 한문 어투를 직접 사용하는 등의 기법을 사용하고 있다. 또한 축역과 의역이 이루어지고 있으며 가끔 중국어를 오역하는 사례가 있다.

한글 필사본 ≪충렬협의전≫의 표기적 특징은 대체적으로 여러 표기들이 혼재하고 규칙적이지 못한 상황으로 규정할 수 있다. 이 점은 근대에 사람들이 다양한 문화를 체험하면서 언어에 있어서도 혼란스럽고 정리하지 못하는 면을 반영하고 있는 것으로 보인다. 다시 말하자면 한글 필사본 ≪충렬협의전≫은 원전의 내용을 충실하게 번역하면서도 조선의 독자들이 쉽게 이해할 수 있도록 의역된 면이 있고 당시의 혼란한 언어 특성을 반영하고 있다고 하겠다. 따라서 원전과 한글 필사본 ≪충렬협의전≫을 비교함으로써 한중 양국의 언어적 특성과 문화를 좀 더 깊이 있게 이해하는 데에 도움이 될 수 있을 것으로 기대된다.

7. ≪雪月梅傳≫의 韓國 所藏 版本과 俠義愛情小說的 特徵*

朝鮮은 예로부터 중국과 서로 떼어낼 수 없을 정도로 밀접한 관계를 가지고 있었다. 옛날 중국은 비교적 선진적인 사상과 문물을 가지고 있었기 때문에 朝鮮時代 사람들은 그것을 부러워하여 소유하고자 하였다. 문학에 있어서도 중국은 선망의 대상이었으므로 조선의 지식인들은 그들의 작품을 입수하여 탐독을 하였다. 그리하여 중국의 수많은 문학작품들이 조선으로 유입되어 서로 영향을 주고받게 되었던 것이다. 그중에서 한글본 ≪설월매전≫은 淸代에 출판된 ≪雪月梅傳≫을 수입하여 번역한 작품으로 현재 樂善齋에 소장되어 있다.[1)]

≪雪月梅傳≫은 許雪姐 · 王月娥 · 何小梅라는 여주인공의 이름을 따서 제목을 지어졌기 때문에, 사람들은 애정고사를 서술한 작품일 것이라는 선입견을 가지고 있었을 것이다. 그런 까닭에 ≪설월매전≫을 才子佳人小說에 편입시켜 설명하거나 文言小說 ≪聊齋志異≫의 영향을 논의한 경우도 있었지만[2)] 작품의 내용을 상세히 고찰해본다면

---

* 이 논문은 2010년도 정부재원(교육과학기술부 인문사회연구 역량강화사업비)으로 한국연구재단의 지원을 받아 연구되었으며 2011년 4월 ≪中國小說論叢≫33집에 수록된 논문을 수정 보완한 것임을 밝힌다.(NRF-2010-322-A00128)

金明信 (慶熙大學校 比較文化硏究所 學術硏究敎授)

1) 樂善齋에 소장되어 있는 한글 필사본 소설들은 대부분 高宗 때 李鍾泰가 수십 명의 문사를 동원하여 중국소설을 번역한 것들이 많다고 알려져 있다. 그중에서 이미 여러 편의 작품들이 판독되어 교주를 달아 출판되어 있다.

2) 北京師範大學出版社 및 岳麓書社 등에서는 才子佳人小說 또는 愛情小說로 분류하고 있고 李金松은 ≪雪月梅傳≫이 ≪聊齋志異≫의 〈薛慰娘〉과 〈靑梅〉의 내용과 구조에 영향을 받은 작품이라 주장하면서 역시 여주인공들과 주변 인물들의 사랑 이야기에 초점을 맞추고 있다. 그러나 ≪雪月梅傳≫은 애정소설적인 면만을 가진 작품이 아니라 왜구 토벌을 중심으로 협의행위가 실현되고 있기 때문에 단순히 애정소설만으로 규정하는 것은 다소 무리가 있다. 이미 90년대 초반에 龔鵬程, 劉蔭柏 등이 ≪雪月梅傳≫을 英雄兒女小說로 분류한 연구 성과가 나왔기 때문이다. 李金松, 〈≪聊齋志異≫對 ≪雪月梅≫成書之影響〉, ≪福建論壇(文史哲版)≫, 1999.

≪설월매전≫은 남녀의 애정만을 묘사한 작품이 아니고 다른 俠義的 要素가 가미되어 있음이 드러나고 있다. 한글본 ≪설월매전≫은 원전을 완역에 가깝게 번역하고 있는 작품으로 원전의 특징을 그대로 살리고 있다.[3] 아울러 한글본 ≪설월매전≫은 한국과 중국의 문학 교류 형태를 살펴볼 수 있는 좋은 작품이다. 본고는 한글본 ≪설월매전≫에 대한 주요 내용을 살펴봄으로써 기존의 잘못된 인식을 시정할 수 있는 계기가 될 것으로 생각된다. 우선 작품의 기본적인 서지사항 및 개요를 설명하고 나서 주요인물의 활약상을 탐색하여 俠義愛情小說的인 특징을 도출해내고자 한다.

1. 작품의 서지사항 및 개요

≪雪月梅傳≫은 일명 '孝義雪月梅傳', '第一奇書', '兒女濃情傳'라고도 하고, 총 10권 50회로 이루어진 장편소설이다. 이 작품은 鏡湖逸叟가 지은 것으로 逸叟의 성은 陳이고 이름은 朗이며 자는 蒼明, 호는 曉山이라고 한다. 그런데 陳朗이 누구인지에 대해서는 명확하게 고증할 방법이 없다. 嘉興 平湖縣에 字가 太暉인 陳朗이란 사람이 있었는데 乾隆 25년 庚申年(1760) 8월 恩科鄕試에 일등으로 합격을 하였고, 건륭 34년 己丑年(1769)에 進士가 되었으며 刑部主事를 제수 받고 郞中으로 승진하였다. 이후에 撫州에 부임하였고 작품으로 ≪靑柯館詩鈔≫가 있다고 한다. 그러나 이 사람이 ≪설월매전≫의 작자인지 확실하지는 않다.

확실한 것은 ≪설월매전≫이 乾隆 40년(1775)에 완성되었으며 德華堂에서 처음 간행되었다는 사실이다. 이 판본의 속표지에는 '孝義雪月梅'라 적혀 있고 처음에 跋이 나오는데 발의 끝 부분에 "乾隆四十年歲次乙未(1775)孟春望後一日古定易董寄綿"이라 적혀있으며, 董寄綿陰文印과 月巖氏陽文印이 있다. 그 다음에 序가 나오는데 서의 끝 부분에는 "乾隆乙未仲春花朝鏡湖逸叟自序于古釣陽之松月山房"이라 적혀 있고

5기. 82-84쪽, 淡江大學中文系 主編, ≪俠與中國文化≫, 學生書局, 1993, 208쪽, 劉蔭柏著, ≪中國武俠小說史(古代部分)≫, 花山文藝出版社, 1992, 246쪽 참조.

3) 한글본 ≪설월매전≫에 대한 번역양상을 자세히 언급한 논문은 아직 살펴볼 수 없지만 작품의 전반적인 내용을 살펴볼 때 대체적으로 완역에 가까운 것으로 보인다. 그에 대한 심도 있는 연구는 후속 과제로 남겨두기로 한다.

陳朗과 字 蒼明, 號 曉山이란 陰文印이 있다. 한 面은 10行으로 되어 있고 1行에 21字로 되어 있으며 夾批와 回評이 있고 모두 10冊으로 매우 정교하게 되어 있다.

두 번째 판본인 聚錦堂刊本은 한 面이 11行으로 되어 있고, 1行에 21字가 있다. 세 번째로 光緒 辛丑年(1901) 上海 石印本은 ≪第一奇書≫로 제목을 바꾸고 있다. 네 번째로 民國 25년 大達圖書供應社의 鉛印本은 ≪兒女濃情傳≫이라 제목을 바꾸었고 표지에는 "奇情長篇說部雪月梅"라 적혀 있다. 앞부분에는 小引이 있고 뒷부분에는 "洞鄉潘恒敬之于雙溪玩日草堂"이라 적혀 있다.

한글 필사본 ≪설월매전≫은 현재 20권 20책본이 한국학중앙연구원에 소장되어 있다. 이 작품의 원본은 현재 규장각에 道光 年間에 출판된 聚錦堂本 10권 10책이, 연세대에 光緒 辛丑(1901)에 출판된 石印本 6책이 소장되어 있는데[4] 2003년에 한국학중앙연구원의 소장본을 판독하여 권도경과 박재연이 교주를 달아 출판하였다.

한글본 ≪설월매전≫은 원본에 충실한 번역본으로 필체는 낙선재본 ≪女仙外史≫와 동일하고 장회명이 모두 다 적혀 있으며 오기가 거의 없고 축약이나 생략이 거의 없는 편이다. 고어나 고문체의 사용이 거의 드물다는 점으로 볼 때, 고종 21년 李鍾泰 등 문사 수십 명이 참여한 번역 작업 때에 이루어진 것으로 추정할 수 있다. 현재 규장각에 보존되어 있는 ≪효의설월매전≫은 초간본이 아니고 道光(1821-1850) 연간의 德華堂板이라는 점으로 보아 이 작품의 번역은 19세기 후반에야 이루어졌으리라는 추측을 증명하는 증거가 될 것이다.

≪雪月梅傳≫의 내용은 明 嘉靖 年間 金陵에 살고 있던 岑秀를 중심으로 이야기가 전개된다. 이 작품의 제목은 ≪金瓶梅≫와 비슷하게 여주인공 何小梅·許雪祖·王月娥의 이름을 취해서 만들었지만 개괄적인 흐름은 악인 侯子杰 때문에 고향에서 떠나게 된 岑秀가 蔣士奇·劉電·殷勇 등의 俠義人物을 만나게 되고 왜구와의 전쟁을 통해 전공을 세운다는 이야기이다. 이야기 중간에 여협 秋英이 등장하여 이야기를 더욱 흥미진진하게 구성하고 있다.[5]

---

4) 권도경·박재연, ≪셜월미젼≫, 이회문화사, 2003, 머리말 참조.

5) 김명신, 〈雪月梅傳의 俠義愛情小說的 特徵-한글본을 중심으로〉, ≪中國小說論叢≫제33집, 2011. 4, 125-143쪽.

2. ≪雪月梅傳≫의 국내 소장 판본

≪雪月梅傳≫은 대략 18세기 후반 국내에 유입된 것으로 보이는데, 한글 필사본 ≪설월믜전≫은 현재 20권 20책본이 한국학중앙연구원에 소장되어 있다. 또한 中國木版本은 奎章閣과 한양대에 소장되어 있고, 中國石印本은 연세대, 고려대, 이화여대에 소장되어 있다. 규장각에 소장된 판본은 1775년 聚錦堂本 10권 10책으로 德華堂 판본과 같은 해에 출판된 것이다. 中國石印本은 연세대 소장본만이 光緖 辛丑(1901)에 출판된 사실을 알 수 있고 나머지 소장본은 명확한 출판 연대를 알 수 없다. 한양대 소장본은 光緖丁亥(1887)에 출판된 판본으로 그림이 있고 雙行의 주가 달려 있지만 奎章閣 소장본과 마찬가지로 乾隆己未(1775) 서문이 부가되어 있어 비슷한 판본임을 드러내고 있다.

書名	出版事項	版式狀況	一般事項	所藏處/所藏番號
孝義雪月梅傳	陳朗(清)編, 董孟汾(清)評釋, 聚錦堂, 乾隆40年(1775)	10卷10册, 中國木版本, 17.2×11.6cm	卷頭書名:雪月梅傳奇, 序:乾隆己未(1775)…陳朗, 跋:乾隆四十年(1775)…董寄綿, 印:集玉齋, 帝室圖書之章	奎章閣 [奎중]5838
雪月梅傳	陳朗(清)著, 董孟汾(清)評釋, 影松軒, 光緖丁亥(1887), 刊寫地未詳	全50回18册(1-50回), 中國木版本, 有圖, 17.3×11.4cm, 四周雙邊, 半郭:12.9×9.1cm, 無界, 11行27字, 註雙行, 上內向黑魚尾	序:乾隆乙未(1775)…鏡湖逸叟 自序, 乾隆乙未…上浣月 岩氏謹識, 刊記:雪月梅傳光緖 丁亥春分贅翁康題	漢陽大學校 812.36-진216ㅅ- v.1-v8
	陳朗(清)編輯, 董孟汾(清)評釋, 光緖辛丑(1901)上 海石印	6册, 中國石印本, 有圖, 15cm	內題:兒女濃情傳, 外題:繪圖兒女濃情傳 版心題:繪圖第一奇書, 自序:乾隆乙未(1775)仲春花朝	延世大學校 812.36/30
	陳朗(清)編輯, 董孟汾(清)評釋, (19--)	6卷6册, 中國石印本, 有圖, 15×8.8cm		高麗大學校 (華山文庫) 小 79
繡像兒女濃情傳	著者未詳, 華英書局, (19…?)	6卷6册, 中國石印本, 有圖(3張), 15×9cm, 四周單邊, 半郭:12.6×8.1cm, 無界, 21行47字, 版心無	序:乾隆乙未(1775)鏡湖逸叟自 序於古釣陽之松月山房	梨花女子大學校 [고]812.3 수61아
셜월믜젼(雪月梅傳)	作者未詳, 寫年未詳	20卷20册, 筆寫本, 28.3×18.8cm, 無郭, 無絲欄, 10行字數不定, 無版心, 紙質:楮紙	印:藏書閣印	韓國學中央研究院 4-6820

3. ≪雪月梅傳≫의 俠義愛情小說的 特徵

≪雪月梅傳≫의 협의애정소설적 특징을 탐구하기 전에 우선 협의애정소설이란 무엇인지부터 규정해야 할 것이다. 특히 중국 협의애정소설은 대체로 영웅소설과도 유사하지만 미묘한 차이점이 있기 때문에 그 점을 주목하여 고찰할 필요가 있다.

중국 俠義小說에서 俠義와 愛情은 매우 융합하기가 어려운 소재이다. 왜냐하면 고대의 협의인물들은 대체적으로 여성을 무시하거나 여성에 대하여 무관심한 태도를 취하는 경향이 짙기 때문이다.[6] 그러나 淸代에 이르게 되면 여성에 대한 관념이 변화하여 여성이 협의행위를 행하는 데에 도움이 될 수 있다고 인식하며 지혜를 갖춘 여성과 결혼하여 함께 나라의 고난을 구제하고 있다. 또한 俠義愛情小說의 내용을 살펴보면 기존의 애정소설과는 약간은 다른 성향을 보이고 있다. 다시 말하자면 중국의 俠義愛情小說은 완전한 애정소설의 형식을 갖추고 있다고 보기 어렵다. 협의애정소설의 애정은 현대적 관념에서의 애정 고사와는 상당히 다른 양상을 보이고 있기 때문이다. 중국 고대의 俠義愛情小說에서의 애정은 남녀의 노골적인 애정을 묘사하는 경우는 매우 드물고 혼인과 관련된 애정이라 할 수 있다.[7] 따라서 중국의 협의애정소설이란 협의인물과 애정인물이 함께 어울려 협의행위를 시행하고 결연을 하며 혼인을 완성하는 서사 형태라고 규정해야 할 것이다.

≪설월매전≫은 愛情小說의 한 갈래로 인식되어 艶情小說叢書에 편입되어 간행되었는데, 이 점은 작품의 전반적인 면모를 파악하지 못한 출판업자들의 착오일 가능성이 높다. 北京師範大學出版社本이나 岳麓書社本이 모두 그러한 경우이다. ≪설월매전≫은 ≪金瓶梅≫와 마찬가지로 여성의 이름을 따서 서명을 지었기는 하지만 작품의 내용은 여성만을 부각시킨 것이 아니라 남녀의 영웅적인 활약상을 생동적으로 묘사하고 있는 작품이다. 따라서 ≪설월매전≫은 전장에서 소개된 개요를 통해서도 알 수 있듯이 협의애정소설적인 특징을 충분히 반영하고 있는 작품이다. 다음에 주요하게 드러나는

6) 先秦 시기 荊軻로부터 明代 宋江에 이르기까지 역대 협의인물들은 여성에 대하여 무관심하거나 적대시하는 태도를 견지하고 있었기에 협의인물과 애정은 전혀 어울리지 않는 소재였다. '英雄好色'이라는 말이 있긴 하지만 이러한 개념은 거의 현대에 와서나 사용되고 있다.

7) 김명신, 〈俠義愛情小說의 淵源과 範疇〉, ≪中國語文論叢≫14집, 1998. 6, 125-146쪽 참조.

협의애정소설적인 요소를 나열해 보기로 하겠다.

1) 俠義人物의 출현 배경

영웅[8]의 탄생과 활약은 국가적인 난세기와 대단히 밀접하다.[9] 이 점은 俠義人物의 경우에도 똑같이 적용되고 있다. 기본적으로 협의인물은 태평성세에는 별로 쓸모없는 인물이기에 난세라는 배경이 깔려 있는 상태에서 이야기가 전개될 수밖에 없다. ≪설월매전≫에서는 혼란한 시대 상황과 왜구와의 전투를 통해서 협의인물들이 활약할 수 있는 배경을 제공하고 있다. 이 작품의 시대 배경은 明나라 嘉靖 年間으로 되어 있는데, 당시 잦은 왜구들의 출몰은 사람들을 공포에 떨고 도탄에 빠지게 하는 요소였다.

> 각셜(却說) ᄎᆞ시의 왜적의 츄장(酋長) 죠텬왕(趙天王) 부뷔 ᄒᆡ적 왕직(王直)과 셔ᄒᆡ(徐海) 냥인을 결년(結聯)ᄒᆞ여 군ᄉᆞᄅᆞᆯ 슈십 쳐로 난호와 크게 즁원(中原)의 드러 【87】 와 침범ᄒᆞ여 강절(江浙)과 민월(閩粤) 등쳐의셔 일시의 고급(告急)ᄒᆞ며 관군이 졍벌ᄒᆞ여 셔로 ᄉᆞᆯ히ᄒᆞ나 필경 그 왜적이 여러 ᄒᆡᄅᆞᆯ 작난ᄒᆞ여 도로와 디경을 모다 익이 알므로 동진셔퇴(東進西退)ᄒᆞ며 츌믈무상(出沒無常)ᄒᆞ여 연ᄒᆡ 디방의셔 ᄃᆡ화ᄅᆞᆯ 당ᄒᆞᄃᆡ(306쪽)[10]
>
> (卻說這時倭酋趙天王夫婦結連海賊汪直·徐海, 分兵數十道, 大舉入寇. 江·浙·閩·粤同時告警, 官軍征剿, 互有殺傷. 無如這些倭寇連年騷擾, 路境熟悉, 東進西退, 出沒無常, 沿海地方大遭荼毒.)(제43회)[11]

이상의 내용을 살펴보면 雪上加霜이라고 倭寇들은 계속하여 중국에 침입했을 뿐만 아니라 海賊들과 결탁하여 백성을 약탈하는 만행을 저지르고 있음을 알 수 있다. 그러하기에 난세에는 반드시 특출한 능력을 가진 俠義人物이 등장하여 사람들의 고난을 해

---

8) 영웅(Hero)은 '보호하고 봉사하다'라는 의미를 지니고 있으며, 그리스어에서 파생된 것으로 타인을 위해 자신의 이익을 희생할 줄 아는 자이다. 이 개념은 자기희생이 가장 중요한 자리를 차지하고 독특함을 구비하고 있으며 죽음을 대하는 태도에 있어서도 일반인과 다른 면이 있다. 자기희생과 죽음을 도외시하며 독특하다는 면에서는 俠義人物과 영웅은 상당히 닮아있다. 따라서 시대의 어둠과 삶의 동통을 돌파하는 길을 가는 사람을 영웅이나 협의인물이라고 정의할 수 있다. 크리스토퍼 보글러 지음, 함춘성 옮김, ≪신화, 영웅 그리고 시나리오 쓰기≫, 도서출판 無憂樹, 2007, 77-84쪽, 김종회, ≪대중문화와 영웅신화≫, 문학수첩, 2010. 49쪽 참조.

9) 안기수, ≪영웅소설의 수용과 변화≫, 보고사, 2004. 161쪽 참조.

10) 한글 고어 번역의 쪽수는 권도경·박재연, ≪셜월ᄆᆡ젼≫, 이회문화사, 2003의 쪽수를 가리킨다.

11) 중국어 원문은 岳麓書社本(1993)과 北京師範大學出版社本(1993)을 참조하여 수록했다.

소시킬 환경이 조성된다.

영웅적 행위는 개별적인 선행이나 소소한 사건에 국한되어서는 안 되고 집단적 문제를 해결하는 행위로 규정해야한다[12]고 보는 경향이 짙다. 그렇다면 ≪설월매전≫에 출현하는 협의인물과 약간은 구별되는 면이 있는 것으로 보인다. ≪설월매전≫의 협의인물 중에는 영웅적 행위를 하는 인물들도 있지만 사사로운 협의행위를 하는 사람들도 상당히 많기 때문이다.

2) 女俠의 등장과 활약

≪설월매전≫에서 눈부시게 활약하는 모습을 나타내는 女俠은 華秋英과 하소매를 들 수 있다. 화추영은 처음에는 고난을 겪는 가련한 여인인 것처럼 보이나 나중에는 왜구와의 전쟁을 지휘하고 직접 싸움에 참여하는 활약을 보이고 있다.

華秋英은 崇明城 黎氏 夫婦의 양녀로 무예를 전혀 익힌 적이 없었지만 담력과 지혜가 보통 사람보다 뛰어난 女俠이다. 왜구가 중국에 대거 침입하여 노략질을 일삼을 때에 그녀는 다른 부녀들과 함께 포획 당하여 왜구의 소굴에 들어가게 된다. 그처럼 어려운 상황에서 그녀는 몸에 작고 날카로운 칼을 숨겨 두고 있다가 왜구가 그녀를 강간하려고 하자 그녀는 냉정하고 침착하게 기지를 발휘하여 왜구를 찔러 버린다. 그 후에 그녀는 교묘하게 왜구를 피하여 야밤에 백 리를 걸어서 왜적 소굴을 탈출하고 관군을 만나게 된다. 이때 군관이 왜구들의 정황을 묻자 화추영은 관군의 나약성과 백성을 함부로 죽이는 행위 및 관군의 패배 원인 등을 지적했는데, 높은 관직의 관리들보다 훨씬 뛰어난 식견을 가지고 있었다. 따라서 왜구 토벌의 영웅 殷勇은 그녀에게 "당신이 이러한 재주와 지혜를 가지고 있으니 남자들보다 10배나 낫군요(你有如此才智, 勝過男兒十倍)."라고 칭찬하기도 했다.

華秋英은 자신의 목숨을 아끼지 않고 왜구들과 대항하여 도탄에 빠진 백성들을 구제한다는 면에서 大俠精神[13]을 가지고 있다. 다음에 華秋英이 왜구를 속여서 통쾌하게

---

12) 서대석, ≪군담소설의 구조와 배경≫, 이화여대출판부, 1985, 12쪽 참조.

13) 大俠精神은 俠義傳統과 儒家의 최고 가치표준이 완전히 결합한 산물인데 성숙하고 완전무결한 무협정신으로 중국 최고의 윤리표준과 가치 취향이다. "나라와 민족을 위하는(爲國爲民)"의 대협정신을 갖추고 있는 협객 형상은 중국의 가장 완전한 인격의 상징이고 중국 전통 중에 가장 완전한 도덕 품격을 구비하고 있는 이상적인 영웅이며 수천 년 이래로 중국인이 열망하고 숭상하

살해하는 장면을 예로 들어보기로 하겠다.

기즁의 일ᄀᆡ 몸이 길고 힘이 만흔 왜적이 와셔 츄영을 침범ᄒᆞ니 츄영은 영혜(英慧)ᄒᆞᆫ 사ᄅᆞᆷ이라. 【51】 왜적 즁의 이신 지 슈일이 되므로 임의 왜적의 언어(言語)ᄅᆞᆯ 익이 아더니 그 왜적이 와셔 침범ᄒᆞ믈 보고 믄득 져ᄅᆞᆯ 쇽여 니ᄅᆞᄃᆡ, “ᄇᆡᆨ쥬(白晝)의 즁인(衆人)을 ᄃᆡᄒᆞ여 모양을 뵈미 죱치 아니ᄒᆞ니 ᄒᆞᆷᄭᅴ 집 뒤 사ᄅᆞᆷ 업ᄂᆞᆫ 곳으로 가미 죱도다!” 그 왜적이 대희ᄒᆞ여 즉시 뒤흐로 ᄯᅡ라 후변으로 오ᄆᆡ ᄯᅩᄒᆞᆫ 일좌 누옥(樓屋)이 잇ᄂᆞᆫ지라. 츄영이 가ᄅᆞ치며 니ᄅᆞᄃᆡ, “누샹(樓上)이 죱토다!” ᄒᆞ고 일면으로 말ᄒᆞ며 즉시 ᄉᆞ다리로 오른ᄃᆡ 그 왜적이 ᄯᅡ라 올나올ᄉᆡ 츄영이 누샹의 니ᄅᆞᄆᆡ 원ᄅᆡ 쥬의(主意)ᄂᆞᆫ 목슘을 무릅ᄡᅳ고 그 왜적을 지ᄅᆞ 【52】 려 ᄒᆞ더니 의외에 보ᄆᆡ 뉴샹의 일ᄀᆡ 방치돌[14]을 노핫시ᄃᆡ 대략 즁쉬(重數) 슈십 근이 되ᄂᆞᆫ지라. 츄영이 심즁의 한 계교ᄅᆞᆯ 내여 니ᄅᆞᄃᆡ, “너ᄂᆞᆫ ᄯᅩ 문을 닷고 져 방치돌노 눌너노하 사ᄅᆞᆷ이 와셔 들네미 업게 ᄒᆞ라.” 그 왜적이 졈두(點頭)ᄒᆞ며 믄득 슈즁의 두 ᄌᆞ루 니도(利刀)ᄅᆞᆯ 츄영을 쥬고 허리ᄅᆞᆯ 굽혀 ᄲᅡᆼ슈(雙手)로 그 방치돌을 들ᄉᆡ 츄영이 져의 방치돌을 안고 니러나믈 보고 한 ᄌᆞ루 니도로 져의 ᄇᆡᄅᆞᆯ 진녁(盡力)ᄒᆞ여 칼집가지 드러가게 지ᄅᆞ니 그 왜적이 ᄶᅡ히 구러지며 필경 쇼ᄅᆡ도 못ᄒᆞᄂᆞᆫ지라.(148-149쪽)

(內有一個身長力大的倭奴來犯秋英, 這秋英却是天生的靈巧, 在倭奴中數日, 已習知倭奴的言語, 見這倭奴來犯, 便給他道: “白日裏當着衆人面前不好看相, 不如同到屋後無人處好.” 那倭奴大喜, 卽跟着往裏邊來, 却是一座樓屋, 秋英指着道: “樓上去好.” 一面說, 就上胡梯. 這倭奴也隨了上來, 秋英到得樓上, 原立意拼命刺這倭奴, 不意看見樓板上放着一個壓衣石鼓, 約莫也有數十斤重, 秋英心生一計道: “你且關了門, 把這石鼓靠住, 省得人來打攪.” 這倭奴點頭, 就將手中兩口苗刀遞與秋英拿着, 彎倒腰, 雙手來掇那石鼓. 秋英見他抱起石鼓時, 卽將一把苗刀從他小肚子底下用力刺進腹軟, 刃利直盡刀把. 這倭奴痛絶倒地, 竟不曾出聲.)(23회)

華秋英이 뛰어난 기지로 능욕을 당할 뻔한 순간을 넘기고 왜구를 죽이는 상황을 생생하게 묘사하고 있다. 그녀는 남자처럼 강건한 힘을 가지지 못했고 뛰어난 무예 실력도 가지지 않았지만 지혜로써 모든 것을 이끌어나가고 있다. 다시 말하자면 그녀는 백성들의 고난을 이해하고 있었기에 전쟁터에 남아 왜구에 대한 정보를 제공하고 전쟁에서 승리할 수 있는 해결책을 제시할 수 있었던 것이다. 따라서 華秋英은 외래 세력에 대한 저항 정신을 표현하고 있으며 무력에도 굴하지 않는 영웅의 기백과 大俠의 풍모를 잘 나타내고 있다.[15] 그녀는 殷勇과 결혼한 후에도 규방에만 머물러 있지 않으며 갑

는 것이다. 董躍忠, ≪武俠文化≫, 中國經濟出版社, 1995, 119쪽 참조.

14) 방치돌은 다듬이돌로 중국어 차용어이다.

옷과 투구를 입고 직접 전선에 나가 왜구를 물리치고 병졸들보다 선봉에 선다. 또한 그녀는 진지 앞에서 탁월한 전투 지휘력을 나타내어 장군들로 하여금 대경실색하게 만들고 왜구와의 전투 중에서 대단히 많은 공을 세운다.[16] 이러한 면을 보면 그녀는 국가와 민족을 위하여 헌신하는 花木蘭[17]의 풍채를 지니고 있다고 하겠다.

何小梅도 어머니 九天玄女[18]의 승천과 아버지 何式玉의 죽음으로 인해 오갈 데 없는 고아가 되는 가련한 신세이다. 사실 하소매에게는 黃氏라는 계모가 있었지만 처음부터 황씨는 하소매를 요정의 자식이라고 무서워하며 거들떠보지도 않았었다. 그 후 하식옥이 죽고 장례식이 끝나자마자 황씨는 금방 다른 데로 재가해버리고 만다. 그런 상황에서 욕심 사나운 아버지의 숙부 何成은 하식옥의 집안 가산을 모두 갈취하고 하소매를 하녀로 팔아버리게 된다. 이처럼 하소매는 계속하여 고난을 겪고 있고 앞날에 대한 비전이 전혀 보이지 않는 상태였다.[19] 그렇지만 다행히 王進士라는 좋은 주인을 만나게 된 하소매는 그의 수양딸이 되어 王月娥와 친자매처럼 지내게 된다. 이후 그녀는 원수를 피해 山東으로 떠나온 고모와 사촌 오빠 岑秀를 알게 되어 그와 혼인하게 된다. 다음은 하소매가 언급했던 劉電의 관상과 미래에 대해 서술한 것이다.

원릐 잠부인이 뉴젼으로 더브러 닉당의셔 셜화ᄒᆞ믈 ᄃᆡ낭ᄌᆡ 모다 임의 듯고 ᄯᅩ 가마니 뉴젼을 보ᄆᆡ 긔상이 비범ᄒᆞᆫ지라. 밋 잠부인이 드러오ᄆᆡ 인ᄒᆞ여 말ᄒᆞᄃᆡ, “뉴공ᄌᆡ 장ᄅᆡ 필연

15) 張志和 · 鄭春元著, ≪中國文史中的俠客≫, 中國社會科學出版社, 1994, 245쪽 참조.

16) 제48회에서 “영ᄎᆡ문의 니ᄅᆞ러 보니 긔치 졍졔ᄒᆞ고 항회 엄슉ᄒᆞ며 목칙이 견고ᄒᆞ거ᄂᆞᆯ 무ᄅᆞᄆᆡ 모다 화시부인(華氏夫人)의 지휘라 ᄒᆞᄂᆞᆫ지라. 십분 탄복ᄒᆞ고(到得營門, 見旌旗整肅, 隊伍端嚴, 鹿角密擺, 寨柵堅固. 問知皆華氏夫人的調度, 十分敬服)”라는 내용을 보면 華秋英의 능력을 상당히 높이 평가하고 있다.

17) 花木蘭은 연로한 아버지를 대신하여 군대에 종군한 여자로 어느 시대 사람인지 의견이 분분하다. 淸代 ≪忠孝勇烈木蘭傳≫은 민간에 전해지는 花木蘭 故事를 근거로 하여 재창작한 작품이다.

18) 九天玄女는 玄女라고 약칭하고 속칭 九天娘娘 또는 九天玄女娘娘이라고도 한다. 원래 중국 고대신화 중의 女神으로 이후에 道教에서는 女仙으로 받들었다. 전해지는 말에 따르면, 그녀는 법력이 무궁한 여신이라고 한다. 폭도를 제거하고 백성을 안정시키는 데 공이 있어 옥황상제가 그녀를 九天玄女이자 九天聖母로 봉했다. 그녀는 정의의 여신으로 고전소설 중에 자주 출현하여 영웅을 돕고 악한을 제거하는 역할을 한다.

19) 하소매가 仙氣를 지니고 있어 예지능력을 가지고 있음에도 불구하고 자신의 나쁜 운명을 벗어날 수 없었음은 정말 아이러니한 면이다. 그렇지만 하소매가 하녀로 팔림으로 인해 岑秀와 만나게 되고 그와 결연을 맺게 된다는 사실은 나름대로 긍정적인 효과라 볼 수도 있겠다.

【61】 현달홀 거시오. 목젼의 죠흔 긔식(氣色)이 만흐니 불츌일년(不出一年)의 단졍코 관록(官祿)을 먹으려니와 다만 무순 곡졀인지 아지 못ᄒᆞ딕 면상(面上)의 일단 술긔(殺氣)를 씌여시니 명일 모친은 져다려 무ᄅᆞ시딕 노상의셔 졍회 분긔(憤氣)를 닌 일이 잇ᄂᆞ냐 ᄒᆞ쇼셔!" 잠부인이 우ᄉᆞ며 니ᄅᆞ딕, "닉 명일 져다려 무러 너의 안녁(眼力)을 시험ᄒᆞ리라!" (原來岑夫人與劉電在內堂說話, 大娘子都已聽得, 又在暗中看見劉電氣概不凡, 及岑夫人進來, 因說: "這劉公子將來必然貴顯. 目前喜氣重重, 不出一年定食天祿! 只不知何故面上帶著一股殺氣未退, 明日母親問他路上可有著氣的事麽?" 岑夫人笑道: "明日待我問他, 試你的眼力.")(39회)

何小梅는 특히 관상을 보는 일에 뛰어나서 어릴 때부터 여러 사람들의 미래를 알아맞힌 능력이 있었다. 이후 그녀는 왜구와 전쟁을 치르게 되자 잠수를 내조하여 승리로 이끌도록 조언하는 참모와 같은 역할을 하고 있다.[20)]

이상과 같은 女俠의 등장은 새로운 여성 향유층의 욕구를 반영한 것으로도 볼 수 있다. 비근한 예로 한국의 여성영웅소설이 남성 영웅소설에 못지않게 인기를 누렸던 것은 독서층이 여성으로까지 확대되었던 데에서 그 원인을 찾을 수 있기 때문이다.[21)] 따라서 ≪설월매전≫의 여협 화추영과 하소매는 여성층의 욕구를 대리만족시킬 수 있는 이상적인 인물로 볼 수 있겠다.

3) 독특한 인연과 혼인의 완결

≪설월매전≫의 협의인물들은 협의행위를 시행한 후에 대부분 여성과의 결연을 완성하는 결말을 가지고 있다. 이러한 결말은 후대 무협소설의 전형적인 구도와 상당히 비슷하다. 이 작품의 가장 중심에서 활약하는 岑秀의 경우를 살펴보면 그는 何小梅, 許雪姐, 王月娥라는 3명의 미녀를 아내로 두고 있다. 이처럼 협의인물 잠수는 3명의 여

---

20) 何小梅는 전통적인 관념에서 보면 女俠으로 구분되지 않는다. 그녀는 남편 岑秀를 음조하는 역할을 하고 있기 때문에 그녀의 활약이 두드러지게 나타나지 않는다. 그녀는 주로 許雪姐와 王月娥 등과 함께 여성적인 배역에 더욱 충실하기 때문이다. 그렇지만 하소매는 예언을 통해 전쟁을 승리로 이끄는 데에 커다란 역할을 하기 때문에 국문소설 ≪박씨전≫의 박씨처럼 음조 영웅적인 역할을 한다. 또한 하소매는 仙氣를 가졌지만 가정에 충실한 여인이기에 애정인물이라고도 볼 수 있다. 국문학의 여성영웅소설적 관점에서 보면 하소매는 확실히 여성 영웅적인 면을 가지고 있다고 평가된다. 권도경, 〈≪雪月梅傳≫의 장르적 傳統과 英雄小說的 性格〉, ≪中國小說論叢≫ 제19집, 2004. 3, 323-340쪽 참조.

21) 안기수, ≪영웅소설의 수용과 변화≫, 보고사, 2004, 369쪽 참조.

인과 3번의 혼인을 하게 되는데 그의 혼인은 협의인물들이 그리는 이상적인 경우이다. 첫 번째 혼인은 하소매와 친척이라는 끈으로 인하여 그녀와 혼인하게 되고 허설저의 경우는 자살했다가 다시 살아나서 그와 맺어지게 된다. 허설저는 무덤 속에서 이미 劉老人의 예언을 통해 그녀의 남편이 잠수가 될 것을 알게 되는 특이한 인연이었다. 마지막으로 왕월아는 하소매가 하녀로 팔려간 집안의 딸이었고 하소매에게 자매처럼 잘 대해 주었다는 인연으로 인해 잠수의 아내가 된다.[22)]

또 다른 협의인물 劉電도 독특한 인연을 맺게 되는데, 허설저와 마찬가지로 자신의 선친 劉노인이 그의 인연을 미리 예지해 준다는 점이다. 유노인은 허설저에게 還魂한 후에 자신의 아들 劉電에게 蔣士奇의 딸 蘇玉馨과 혼인의 인연이 있음을 알려주라고 하였고 그 예언에 따라서 유전은 아무런 의문도 제기하지 않으며 자신의 혼인을 긍정적으로 받아들인다.

가장 적극적으로 애정을 나타내고 혼인을 완성하는 인물은 女俠 華秋英이다. 그녀는 왜구 토벌에 있어서도 맹활약을 하고 있지만 애정 추구에 있어서도 대담성을 드러내고 있다. 그녀는 殷勇이 협의인물이라는 것을 알고 마음속으로 대단히 흡족해 하며 그에게 대담하게 애정을 나타내고 있다. 이것은 고전소설에 등장하는 요조숙녀와는 전혀 다른 행동방식이다. 결국 화추영은 자신이 마음에 들어 했던 殷勇과 인연을 맺게 된다.

다시 말하자면 ≪설월매전≫의 협의인물들은 대부분 독특한 인연을 가지고 있기 때문에 그들이 역경을 겪고 나서 혼인의 대상자를 만나기도 하고 조상의 예언을 통해 그들의 연분을 알게 되는 경우도 있으며 간혹 적극적인 감정 표현을 하여 일찍 혼인을 완결하기도 하는 것이다.

4) 복수와 응보

일반적으로 고전소설에서 나타나는 선악에 대한 의식은 적대자에 의해 결정되는 경우가 많다. 특히 협의애정소설에서 주인공과 반대되는 인물들은 모두 惡을 대표하는 인물이다. 또한 협의애정소설은 협의인물에 의해서 악이 극복되는 과정이 순환적으로 반

---

22) 고전소설에서 평소에 자매처럼 잘 지내다가 같은 남자에게 시집가는 경우가 종종 있었다. 淸代 협의애정소설의 대표작 ≪兒女英雄傳≫의 何玉鳳도 張金鳳과 자매처럼 친한 사이였는데 결국 두 사람은 모두 安驥에게 시집가게 된다.

복되는 서사진행 방식으로 되어 있다고 볼 수 있다.

협의인물과 반대되는 적대자는 결국에는 처단되는 말로를 맞게 된다. ≪설월매전≫의 적대자는 협의인물과 반대되는 탐관오리, 해적 등으로 구성되어 있다. 그들은 악한 생각으로 뭉쳐져 있는 인물이지만 처음에는 권력이나 힘을 가지고 있기 때문에 협의인물이 감히 대적할 수조차 없는 거대한 존재로 비춰지고 있다.

岑秀를 金陵에서 떠나게 만드는 侯子傑은 탐관오리이다. 그는 巡撫라는 직함을 가지고 있으면서 잠수 모자를 계속해서 괴롭히며 山東으로 떠나게 만드는 적대자이다. 후자걸은 본래 잠수의 조부 잠공에게 원한을 가지고 있었다가 잠공이 돌아가시고 나자 그의 손자 잠수에게 복수하려고 기회를 노리고 있었다. 그러다가 마침 잠수 모자가 살고 있는 금릉에 부임하게 되자 그들에게 원한을 풀고자 해서 잠수 모자가 그를 피해 山東으로 떠나게 되었다. 후자걸은 자신의 직위가 올라감에 따라 계속해서 잠수 모자를 괴롭히려 했으나 무위에 그치고 만다. 게다가 후자걸의 아들 侯集도 잠수에게 직접적인 피해를 주지는 않지만 결국 상당한 피해를 주고 있다.

侯集은 30여 세로 추악한 용모에 악독한 성품을 가진 홀아비였는데[23], 잠수의 아내가 될 王月娥에게 반하여 왕진사댁에 청혼을 하지만 두 번이나 승낙을 받지 못한다. 그러자 후집은 사람을 시켜 도적으로 분장하여 그녀를 납치하려 했다가 마침 지나가던 협의인물 文進에 의해 죽임을 당한다. 결국 그런 사실이 현에 알려져 부친 후자걸까지 알게 되고 이에 후자걸은 너무 놀라 피를 토하며 죽고 만다. 이처럼 후자걸은 자신의 악업에 대한 응보를 받게 된 것이다.

殷勇에게 적대자는 바로 해적 江七이다. 강칠은 은용의 어머니를 살해한 악인이었는데 은용이 그 사실을 알게 되자 검으로 강칠의 머리를 내리쳐서 죽이고 제단에 그 피를 뿌려 장사지낸다. 은용은 자신의 원수를 직접 처단하는 작업을 하여 복수를 완성한다.

何小梅를 고향에서 떠나게 만든 자는 아버지 何式玉의 숙부 何成이다. 하성은 육십세가 다 되어 가는 나이인데 한 번도 생업에 종사한 적이 없으며 도박과 계집질을 일삼

23) 고전소설의 악인은 대부분 추악한 용모와 악독한 성품을 가지고 있다. 사실 외모로 선악을 나눌 수는 없지만 고대인들은 착한 사람은 예쁜 용모를, 나쁜 사람은 못생긴 용모를 가지고 있다고 믿었다. 현대에 와서도 TV 드라마나 연속극 등에 미남과 미녀는 착한 사람으로 설정되어 있는 것을 보면 그 영향력에서 벗어나지 않는 것으로 보인다.

아 집안의 가산을 모두 탕진했다. 그는 하식옥이 살아 있을 때는 하식옥에게 빌붙어 살았으나 하식옥이 죽자 조카의 돈은 모두 다 써버리고 하소매까지도 왕진사네 집에 하녀로 팔아버린다. 그러다가 하성은 꿈에서 하소매의 모친인 선녀를 만나고 나서 등에 종기가 생기더니 죽고 만다.[24] 하성도 그야말로 인과응보의 결말을 맞게 된 것이다.

華秋英이 고향을 떠나게 만들고 양부모를 돌아가시게 한 자는 왜구이다. 화추영의 양부모 黎氏 老夫婦는 왜구가 崇明城을 공격하자 걱정하고 무서워하다가 죽고 만다. 화추영은 천성적으로 영리하여 금방 왜구의 언어를 익혀 자신을 강간하려는 왜구를 안심시켰다가 조용한 곳으로 유인하여 예리한 칼로 배를 찔러 죽인다. 이후에도 화추영은 왜구 토벌 작전에 직접 참가하여 왜구들을 무찌르게 된다.

앞서 언급한 바와 같이 적대자의 말로는 복수와 응보로 나누어지고 있다. 정리하자면 岑秀와 何小梅의 적대자는 응보를 통해 죽음을 맞이하고 殷勇과 華秋英의 적대자는 협의인물이 직접적인 복수를 통해 해결하고 있다는 것이다.

5) 전쟁을 통한 협의행위 실행

≪설월매전≫의 협의인물은 전쟁과 고난을 통해서 협의행위를 실현하고 있다. 한국 영웅소설의 영웅들은 文藝的인 면과 武藝的인 면을 아울러 인정하는 경향이 많은 편인데, ≪설월매전≫에서는 문예적인 능력을 그리 강조하지 않고 전쟁을 승리로 이끄는 전략과 전술, 무예적인 능력을 최고로 보고 있으며 협의인물이 집단으로 등장한다. 따라서 ≪설월매전≫의 협의인물은 여기저기로 움직이며 전쟁에서 활약하는 영웅성을 지닌 인물들로 볼 수 있다. 〈雪月梅讀法〉에서 꼽고 있는 '第一人物'이자 협의인물은 岑秀, 劉電, 蔣士奇와 華秋英[25]이고 '中上人物'로는 殷勇을 언급하고 있다.[26]

岑秀는 본래 문예적인 재능을 가지고 있었지만 전쟁에 참가하여 그의 俠義行爲를

24) 꿈은 인간의 사유방식이자 욕망을 대리 체험하는 것으로 볼 수 있다. ≪설월매전≫은 환상성과 사실성을 결합한 작품이기도 한데, 이 부분에서는 何成의 죄업에 대한 처단을 꿈을 통해 해결하고 있는 것이다. 何小梅에게 하성은 친척이기 때문에 직접 복수를 할 수는 없기 때문에 응보를 통해 해결하는 것으로 보인다.

25) 華秋英도 전쟁을 통해 협의행위를 실현하는 인물이지만 전장에서 이미 그녀의 활약상을 논의를 했으므로 여기서는 생략하기로 한다.

26) 〈雪月梅讀法〉은 浣月 岩氏가 쓴 ≪설월매전≫의 주요인물 평가와 감상을 나타낸 내용으로 구성되어 있다. 陳朗, ≪雪月梅≫, 岳麓書社, 1993, 1-3쪽 참조.

발휘해내는 인물이다. 그는 천성적으로 뛰어난 재질을 가지고 있어 큰 뜻을 품고 16세에 기마와 검술을 익히기 시작하여 병서에 통달하였다. 그는 개인적인 협의를 행하는 모습을 거의 보이지 않으며 관직을 받고 왜구를 토벌하는 데에서 협의인물다운 모습을 나타낸다. 그는 과거 시험에서 피휘를 잘못하여 낙방할 위기에 처하지만 황제가 시험지를 열람하다가 그의 재능을 아까워하여 內閣制法中書를 제수 한다. 이후에 그는 왜구를 토벌하는 계책을 올리고 劉電과 蔣士奇를 추천하여 병사들을 거느리고 山東과 江浙 등지에서 악한을 제거하고 왜구를 소탕한다. 그는 일사불란하게 지휘하고 귀신처럼 병사를 사용하여 단시간 내에 汪直·毛海峰·趙天王 등의 왜구와 지방 해적을 섬멸하여 황제의 중용을 받아 少保武英殿大學士에 오르게 된다. 이처럼 그는 황제에게 충성을 나타내는 동시에 전쟁에 출전하여 백성의 고난을 해소시키고 있다. 따라서 岑秀는 전쟁에 참가하여 백성들의 고난을 구제하고 왕권에 충성하는 협의인물에 해당된다고 하겠다.

劉電은 江西 吉水 사람으로 십구 세이고 당당한 대장부처럼 생겼으며 담력이 보통 사람보다 세고 武學에 입문하여 무예가 절륜하였다. 비록 초야에서 태어났으나 인품이 고상하고 강개하며 의에 의거하고 진취적이었으며 의리가 많아서 남의 어려움을 지체없이 나서서 해결하면서 남을 돕는 것을 즐거워했다. 그가 劉電은 부친의 영구를 옮기려고 沂水로 가는 도중에 우연히 殷勇을 만난다. 殷勇은 모친이 해적에게 살해당한 후, 강물에서 모친의 시체를 찾았으나 장사지낼 돈이 없어서 통곡하고 있었다. 劉電은 殷勇의 울음소리를 듣고 나서 그 이유를 알게 되자 흔쾌하게 도와준다. 비록 그가 가지고 온 여비가 많지 않았음에도 불구하고 殷勇에게 선뜻 백금 15냥을 내어준다. 또 劉電은 殷勇이 성실하고 의기를 중시하는 호걸임을 알고 그와 의형제가 된다. 이처럼 유전은 어려운 사람을 돕기 좋아하는 협의인물임을 드러내고 있다.

왜구가 침입하여 백성들이 고난을 당할 적에 劉電은 분노가 하늘을 찌를 듯한 모습을 보이며 왜구를 쳐부순다. 한번은 그가 경성으로 친구를 찾으러 갔는데 수백 명의 왜구가 강을 가로막고 배를 탈취하여 여객선 200여 개를 九星盤塘으로 보내 모두 큰 배에 싣고 약탈하고 있는 것이었다. 그때 유전은 배 위로 올라가서 "죽음을 보고 구하지 않으면 의기와 용기가 어디 있으리요!"라고 말하면서 중과부적이라는 상황도 개의치 않고 적을 향해 돌진하며 싸운다. 다음은 劉電과 文進[27]이 왜구를 무찌르는 장면이다.

ᄒᆞ고 인ᄒᆞ여 보ᄆᆡ 젼면 션챵의셔 오륙 ᄀᆡ 왜젹이 졍히 ᄒᆡᆼ니를 창탈ᄒᆞ거ᄂᆞᆯ 뉴젼(劉電)이 ᄃᆡ갈일셩의 칼을 드러 련ᄒᆞ여 냥ᄀᆡ 왜젹을 버힌ᄃᆡ 모든 왜젹이 츌기불의(出其不意)에 놀나 일졔히 션창의셔 나오거ᄂᆞᆯ 뉴젼이 또 냥ᄀᆡ 왜젹을 질 【24】 너 구ᄅᆞ친ᄃᆡ 기여 왜젹이 션두로 다라가다가 또 문진이 그곳셔 쳘심(鐵心) 박은 ᄃᆡᄉᆞ아ᄃᆡ[28]로 질너 믈의 써ᄅᆞ치니 각 션상의 왜젹이 보고 크게 들네며 습시간 회집(會集)ᄒᆞ여 ᄉᆞ면으로 공벌ᄒᆞ거ᄂᆞᆯ 뉴젼이 보검을 두루ᄃᆡ 일도ᄇᆡᆨ광(一道白光)이 몸을 얽힌다시 ᄒᆞ나 다만 션뒤(先頭) 협착ᄒᆞ므로 능히 용약(勇躍)지 못ᄒᆞ고 져기 앏흐로 오ᄂᆞᆫ 왜젹이 이시면 믄득 질너 믈의 너흐며 문진은 ᄇᆡ 슷히셔 긴 ᄉᆞ아ᄃᆡ로 두루며 좌션우젼(左旋右轉)ᄒᆞᄆᆡ 왜젹이 감히 갓가히 핍박지 못ᄒᆞ고(265쪽)

(因見前艙有六七個倭奴正在搶奪行李, 劉電大喝一聲, 劍起頭落, 連截兩倭. 衆倭出其不意, 一擁出艙, 劉電復刺倒兩倭. 其餘奔出船頭, 又被文進在船頂上用攢竹鐵篙截下水去. 各船上倭奴看見, 大噪起來, 一時聚集, 四面來攻, 劉電舞動寶劍, 如一道練光罩體. 只因船頭窄小, 不能踊躍, 倭奴稍近前的便剁下水去. 文進在船頂上, 輪起丈八長篙, 左旋右轉, 倭奴不敢前逼.)(38회)

劉電이 영웅적인 협의정신을 발휘하자 왜구들은 간담이 오싹할 정도여서 그들은 유전 등을 에워싸고 감히 앞으로 나아가지 못하였다. 얼마 후에 관병이 오자 왜구들은 달아나 버리고 劉電은 관병에게 자신의 공로를 자랑하지 않으며 구해 준 선박 주인의 보답을 받지 않고 조용히 떠난다. 이후, 劉電은 경성에 가서 천자가 시험하는 무예 시합에 참가하여 御營副指揮使를 제수 받는다. 또 황제의 명을 받고 왜구를 섬멸하러 가서 병사를 통솔하여 지휘하며 작전 중에 병사들보다 먼저 나가 여러 차례 왜구를 패배시킨다. 결국 그는 왜구를 섬멸한 전공으로 인하여 五軍都督에 임명되는 협의인물인 것이다.

蔣士奇는 "第一人物이고 武勇이 絶倫하며 의리에 대한 것은 더욱 말할 필요 없고 한 점의 결점도 찾아낼 수 없는(第一人物, 武勇絶倫, 自不必說;親情友誼, 尋不出一點破綻)" 완벽한 인물이다.[29] 九天玄女는 늘 장사기에 대해서 단정한 인물로 후에 부귀공명을 얻게 될 것이라고 말하곤 했다. 하식옥이 병을 얻자 친구들 중에 장사기만이 매일 찾아와 명의를 데리고 와서 치료를 시키고 약을 먹였지만 강물에 돌을 던지는 것

27) 文進도 협의인물 중의 하나지만 〈雪月梅讀法〉에는 언급하지 되지 않은 인물로 작품의 후반기에 활약하고 있다.

28) ᄃᆡᄉᆞ아ᄃᆡ는 대상아대를 가리키는 말이다.

29) 〈雪月梅讀法〉의 蔣士奇에 대한 평가이다. 장사기는 완벽한 인물로 평가되고 전쟁에 출정하여 활약하고 있지만 사사로운 협의행위에서 더욱 빛을 발하고 있는 인물이다.

처럼 아무런 효과가 없었다. 얼마 되지 않아 하식옥이 죽자 장사기는 그를 위해 관을 준비해놓았고 그것으로 장례를 지냈다. 이처럼 장사기는 죽을 지경에 처해 있는 친구를 성심성의껏 도와주는 협의심을 발휘하고 있고 보답도 바라지 않는 인물이다.[30] 장사기의 호쾌한 모습은 황제 앞에서 호랑이를 잡는 상황에서도 볼 수 있다.

> 당ᄀᆡᆨ의 장ᄉᆞ긔 일ᄀᆡ 혼철창(渾鐵槍)을 지고 그 범을 향ᄒᆞ여 오더니 원ᄅᆡ 그 범이 오ᄅᆡ 우리 쇽의 국츅(跼縮)ᄒᆞ여 능히 긔운을 펴지 못ᄒᆞ다가 밋 권ᄌᆞ(圈子) 밧긔 나오ᄆᆡ 머리ᄅᆞᆯ 흔들며 ᄉᆡ리ᄅᆞᆯ 한번 치고 두 앏발노 ᄯᅡ흘 집고 한 마ᄃᆡ 크게 쇼ᄅᆡᄒᆞ더니 믄득 공즁으로 뛰여오ᄅᆞ다가 장ᄉᆞ긔ᄅᆞᆯ 향ᄒᆞ여 와 웅킈려 ᄒᆞ거ᄂᆞᆯ 장ᄉᆞ긔 불황불망(不慌不忙)히 져의 와셔 웅【85】귀려 ᄒᆞᄂᆞᆫ 형셰ᄅᆞᆯ 타 분명히 보고 범의 목을 용녁ᄒᆞ여 한번 마죠 질너 그 범을 몃 보 밧긔 ᄯᅥ러지게 ᄒᆞ니 원ᄅᆡ 그 창이 목 아ᄅᆡ브터 턱가지 올나가 션혈이 흐ᄅᆞ며 임의 운동치 못ᄒᆞᄂᆞᆫ지라.(324-325쪽)
>
> (當下蔣士奇取一枝渾鐵齊眉殺虎短槍，來迎這虎．原來這虎久困在圈不能舒展，及放出圈外，把頭搖了一搖，打一個伸欠，把尾一剪，將兩前爪踞地大吼一聲，便縱有八九尺高，平空照蔣士奇撲來．蔣士奇不慌不忙，就他撲來之勢看得親切，把槍嚮虎項下迎著用力一攬，把這虎撩去有丈餘遠近．原來這槍卻從項下直透出頭上，鮮血迸流，已是不能動彈了．)(제45회)

蔣士奇는 자잘한 일상생활에서부터 협의행위를 실천하고 있기 때문에 이미 훌륭한 인물로 평가되고 있었지만 전쟁에 나아가서도 많은 공을 세우게 되니 황제가 그를 靖遠侯에 봉하게 된다.(50회)

殷勇도 전쟁을 통해 협의행위를 드러내고 있는데, 그의 용모를 살펴보면 다음과 같이 묘사되고 있다.

> 기인이 칠쳑장신(七尺長身)이오 년긔 이십은 ᄒᆞ며 웅요호ᄇᆡ(熊腰虎背)와 연함표두(燕頷豹頭)로 용뫼 당당ᄒᆞ고 비록 포의쵸관곰(布衣草冠)을 ᄀᆞᆺ쵸왓시나 ᄯᅩᄒᆞᆫ 계군학닙(雞群鶴立)ᄒᆞᆫ지라.(62쪽)
>
> (這人生得七尺以上身材，二十上下年紀，熊腰虎背，燕頷豹頭，一貌堂堂．雖然布草衣冠，卻是雞群鶴立．)(제10회)

30) 何小梅는 蔣士奇에 대해서 "제가 보기에 장 백부님도 부귀를 모두 갖춘 관상으로 그 분은 은혜를 베풀면서도 보답을 바라지 않는 사람이에요(我看那蔣伯伯也是個富貴雙全的相貌，他是施恩不望報的人)."라고 평가하고 있다(제34회).

이처럼 은용은 협의인물의 전형적인 분위기와 풍모를 지니고 있다. 그는 초기에 해적에게 어머니를 살해당하는 힘든 상황을 겪었지만 그 모든 것을 극복하고 도적을 잡아 공을 세우기도 하고(제35회) 왜구와의 전쟁에서 여러 차례 커다란 공도 세운다. 그리하여 그는 劉電과 더불어 五軍都督의 지위까지 오르게 된다.

이외에도 상당히 많은 협의인물들이 등장하여 전쟁에 출정하고 있으면서 각각 나름대로 협의행위를 시행하고 있다. 게다가 ≪설월매전≫의 주요 협의인물들은 개개인들에게 협의행위를 베풀기도 하지만 전쟁에 출정하여 민생의 고난을 해소시키며 이후에 높은 관직을 얻는다는 특징을 가지고 있다.

한글본 ≪설월매전≫은 清代 俠義愛情小說 ≪雪月梅傳≫이 朝鮮에 전래되어 한글로 번역된 작품이다. 원전 ≪설월매전≫은 乾隆 40年(1775)에 완성되었고 작자는 陳朗이라 알려져 있다. 이 작품의 판본은 德華堂, 聚錦堂 간행본, 上海 石印本, 鉛印本 등이 있지만 국내 소장된 판본은 木版本·石印本·筆寫本으로 나누어져 있다. 목판본과 석인본은 모두 중국에서 출판된 판본으로 국내에 유입되어 유통되었다가 지금까지 보관되어 있는 것이고 필사본은 중국소설 원본을 한글로 번역하여 필사한 작품이다.

이 작품의 서명은 여주인공들의 이름을 따서 만들어졌기 때문에 ≪金瓶梅≫와 비슷한 계열로 간주되기도 했다. 그런 까닭에 작품의 내용과 형식을 제대로 살피지 않고 才子佳人小說이나 愛情小說로 분류하는 경향이 있었다. 그러나 ≪설월매전≫의 내용을 상세히 살펴보면 분명히 俠義愛情小說的인 요소가 상당히 많이 나타나고 있다. 작품 중에서는 亂世라는 俠義人物이 출현하기 좋은 배경을 제공하고 있고, 女俠의 활약은 기존 재자가인소설의 형식과는 확연히 다른 점을 드러내고 있다. 협의인물들과 여주인공들의 結緣은 비교적 독특한 인연을 통해 완성되고 있어 애정소설적인 면을 나타내기도 한다. 하지만 협의인물이 자신의 원수에게 복수하고 인과응보라는 결말이 이루어지고 있는 면은 협의소설적인 면을 부각한 것이다. 또한 이 작품에는 협의인물들이 집단적으로 등장하는데다가 전쟁을 통한 협의행위를 실행하여 관직을 얻는다는 점은 明淸代 俠義愛情小說의 일반적인 형식이다. 따라서 한글본 ≪설월매전≫은 협의애정소설의 특징을 완연하게 드러내고 있는 작품이라 하겠다.

8. ≪鏡花緣≫의 국내 유입과 수용에 관한 연구*

최근 조선시대 이전 국내에 유입된 중국 고전소설에 대한 전면적인 자료조사를 진행한 결과, 총 440여 종이나 되는 것으로 확인되었다. 그 외에도 조선시대 국내에서 번역된 중국 고전소설은 약 72종이 있으며, 또 국내에서 출판된 중국 고전소설은 약 24종으로 확인되고 있다.[1] 이렇듯 조선 중기 이후 우리나라에 지속적으로 유입된 중국의 각종 통속 백화소설은 한글번역본의 보급과 함께 상당히 두터운 독자층을 확보하였다. 전근대 시대의 거의 유일한 외국문학이었던 중국소설 작품들은 한글로 번역·유통되는 가운데 우리나라 고전소설사의 흐름에서 무시할 수 없는 역할을 담당한 게 사실이다. 이들 번역소설은 국적이나 혹은 원작자와 관계없이 자국문화처럼 인식, 소통됨으로써 국내에서 창작된 고전소설과 나란히 서사문학 독서계의 주류를 형성하였던 것이다.[2] 이런 흐름 속에서 19세기 초반 저작된 이여진의 ≪鏡花緣≫ 역시 중국에서 출판된 후 곧바로 조선에 유입되어 번역되어진 소설이다.

≪鏡花緣≫은 총 100회로 구성되어 있으며 작자는 李如珍(1763-1830)이다.[3] 이의

---

* 이 논문은 2010년도 정부의 재원으로 한국연구재단의 지원을 받아 연구되었으며 2007년 ≪중국소설논총≫제26집과 2011년 ≪중국인문과학≫제47집에 게재된 논문을 수정 및 보충하여 정리한 것임을 밝혀둔다.(NRF-2010-322-A00128)

주저자 : 정영호(서남대 교수), 교신저자 : 민관동(경희대 교수)

1) 민관동 · 정영호, ≪中國古典小說의 國內 出版本 整理 및 解題≫, 도서출판학고방. 2012. 4. 20. 이 책에서 밝힌 국내 출판본은 22종이었으나 최근 ≪한담소하록≫ 등이 발견되어 24종으로 확인되었다.

2) 조동일, ≪한국문학통사≫ 3, 지식산업사, 1994.
박재연, 〈조선시대 중국통속소설 번역본의 연구-낙선재본을 중심으로〉, 한국외국어대학 박사논문, 1993, 참조.

3) ≪鏡花緣≫의 작자 李汝珍은 자가 松石이며 河北 大興(現 北京市)사람이다. 李汝珍 자신의 전기 기록이 전하지 않아 그의 정확한 生卒 연대나 가문 또는 사적에 대하여는 자세히 알 수 없으며, 그와 관련된 단편적인 기록들 즉, 그의 ≪李氏音鑒≫과 餘集의 〈李氏音鑒序〉 등의 자료

역본인 ≪第一奇諺≫은 이러한 문화적 배경 아래 19세기 초 조선 왕조 시기에 洪羲福(1794-1859)에 의해 번역된 소설이다.[4] 최근 선문대 중한번역문헌연구소를 중심으로 조선시대 번역소설의 원전 정리와 주석 연구가 활발히 진행되고 있는데, 그 동안 手稿本으로만 존재하던 ≪第一奇諺≫은 20011년 정규복·박재연에 의해 校註本이 출간된 바 있다.

본 연구는 ≪鏡花緣≫이 언제 국내에 유입되었고 어디에 소장되어 있으며, 판본은 어떤 것들이 있으며, 작품에 대한 평가는 어떠했는지 등에 대해 총체적으로 살펴보고자 한다. 비록 校註本이 출간되어 번역소설 자체를 읽고 연구하는 데 큰 도움이 되는 것은 사실이지만, 번역 과정에서 원전과 달라진 부분이 적지 않기에 이 번역소설과 원전을 대조 연구하는 작업도 필요하게 되었다. 필자가 ≪第一奇諺≫의 번역 상황을 검토한 바에 의하면, 그 내용은 ≪鏡花緣≫ 원전에 대한 縮譯·改譯·添譯·省略·音譯 등이 확인되고 있어, 이러한 번역 과정상의 變改 양상도 함께 살펴보고자 한다.

1. ≪鏡花緣≫의 국내 유입과 판본 개황

≪鏡花緣≫은 1828년에 간행된 청대 대표적인 걸작소설 중의 하나로, 총 100회로 된 諷刺小說이다.[5] 이 작품은 단순히 홍미위주로 꾸며진 소설이 아니라, 당시 타락한

로부터 유추해 볼 수 있다. 汝珍의 生卒 연대는 정확하지 않으나, 胡適이 그의 〈鏡花緣的引論〉에서 李汝珍은 대략 淸 乾隆 28년(1763)에 태어나 道光 10년(1830) 무렵에 죽었을 것이라고 한 이후, 이것이 거의 정설로 되어 있다. 또한 최근 李汝珍 생평 연구의 전문가 李洪甫의 〈李汝珍·許喬林·許桂林合譜初證〉에서도 胡適과 같은 견해를 보이고 있으며, 후대의 학자들 중 이와 다른 견해는 찾아 볼 수 없다. 그는 오랫동안 海州(지금의 江蘇省 連運港市)에서 살았으며 河南의 縣丞을 지낸 적이 있다. 이여진은 ≪鏡花緣≫ 외에도 ≪李氏音鑒≫을 지었고 ≪受子譜≫를 집록했다. ≪鏡花緣≫은 대략 嘉慶 10-15年(1805-1810)년 경에 쓰여 지기 시작하여 嘉慶 22年인 1817년에야 초고가 완성되고 이듬해 소주에서 간행되었다.(자세한 사항은 졸고, 〈이여진의 ≪鏡花緣≫ 연구〉, 전남대학교 박사학위논문, 1997, 17-24쪽 참조.)

4) ≪第一奇諺≫의 역자 洪羲福은 ≪조선인명사전≫(조선총독부간), ≪한국인명사전≫(신구문화사간), ≪국조인물지≫, ≪국조방목≫ 등의 문헌에 이름이 보이지 않아 생평에 대한 자세한 사항을 알 길이 없고, 〈豊山洪氏族譜〉에 그의 생졸연대(조선조 정조 갑인년1794-철종 기미년1859)가 나와 있다.(丁奎福, 〈第一奇諺에 대하여〉, ≪中國學論叢≫第1期, 1984, 참조.)

5) 魯迅이 그의 ≪中國小說史略≫에서 '才學을 나타낸 소설'이라고 명명한 이래, 여성 문제를 토

정치와 사회를 풍자한 작품으로 평가된다. 이 작품은 당나라 則天武后 시대를 배경으로 하여, 唐敖 등이 君子國 · 大人國 · 小人國 · 女兒國 等等 40여 개 海外異國을 유람하는 서술을 통해, 통치 계급 및 현실사회에 대한 풍자는 물론 이상사회에 대한 동경을 표현하고 있다.

≪鏡花緣≫의 국내 유입은 ≪第一奇諺≫이 번역된 시기가 1835-1848년 것으로 보아 이보다 빠른 시기에 유입된 것으로 추정된다. 즉 ≪鏡花緣≫이 중국에서 출판된 시기가 1828년인 점을 감안하면 대략 1828년 이후 1835년 이전에 유입된 것으로 추정된다. 아쉽게도 국내의 문헌기록에 유입기록이 남아있지 않은 상태여서 정확한 유입년도는 확인되지 않는다. ≪鏡花緣≫ 번역본 ≪第一奇諺≫은 1835년 번역에 착수되어 13년을 걸려 1848에 완성된 필사본으로 근 150년 동안 忠淸北道 槐山의 豊山 洪氏 후손들에 의해 소장되어 있다가 근래 발굴된 문헌이다. 한글 필사본 ≪第一奇諺≫에는 번역연도 乙未(1835)라는 부분이 뚜렷이 밝혀져 있어서 당시 중국어를 우리말로 옮겨 놓은 19세기 초엽에 쓰여 진 어휘와 문체뿐만 아니라 고어와 신조어가 병용된 현상으로 인해 국어사적인 측면에 있어서 더욱 중요한 자료로 볼 수 있다.[6] 역자 洪羲福은 어떤 동기로 ≪鏡花緣≫을 번역하게 되었을까? 그는 ≪第一奇諺≫ 서문에서 ≪三國演義≫ 등 중국소설에 대한 견해와 ≪鏡花緣≫을 번역한 동기 및 평가 등에 대해 다음과 같이 밝힌 바 있다.

> 복희시 셰계를 지으므로부터 지금 누쳔ᄇᆡᆨ년의 니르히 경ᄉᆞᄌᆞ집과 구류ᄇᆡᆨ가의 무릇 셔칙으로 일홈ᄒᆞᄂᆞᆫ지 우쥬에 ᄀᆞ득ᄒᆞ고 쳔하의 뉴젼ᄒᆞ야 ᄒᆡ로 더ᄒᆞ고 날로 늘어 그 슈를 측냥치 못ᄒᆞ거니 경셔ᄂᆞᆫ 셩인에 말ᄉᆞᆷ을 법ᄇᆞ들 ᄇᆡ요 ᄉᆞ긔ᄂᆞᆫ 녁대 흥망을 긔록ᄒᆞᆫᄇᆡ요 ᄌᆞ집은 고금 문쟝의 짓고 쓴 ᄇᆡ요 구류ᄇᆡᆨ가ᄂᆞᆫ 슐업과 방문을 젼ᄒᆞᄂᆞᆫ ᄇᆡ니 그즁 소셜이란 명ᄉᆡᆨ이 잇셔 처음은 ᄉᆞ긔에 ᄲᆡ진 말과 초야의 젼ᄒᆞᄂᆞᆫ 일을 거두어 모화ᄂᆡ니 혹 닐으되 샤ᄉᆡ[野史?]라 하더라 그 후 문쟝ᄒᆞ고 닐 업ᄂᆞᆫ 션ᄇᆡ 필묵을 희롱ᄒᆞ고 문ᄌᆞ를 허비ᄒᆞ야 헛말을 늘여 ᄂᆡ고 거즛 닐을 실다히 ᄒᆞ야 보ᄂᆞᆫ 사ᄅᆞᆷ으로 ᄒᆞ야곰 쳔연이 미드며 진정으로 맛드려 보기를 요구ᄒᆞ니 일노좃ᄎᆞ 쇼셜이 셩ᄒᆡᆼᄒᆞ야 근일에 우심ᄒᆞ니 즁국션ᄇᆡᄂᆞᆫ 글 닑어 과거를 닐우지 못ᄒᆞ면 일로써 ᄯᅳᆺ을 부쳐 문학을 ᄌᆞ랑ᄒᆞ고 가계가 빈궁ᄒᆞ면 일로써 ᄉᆡᆼᄋᆡᆨᄒᆞ야 져ᄌᆞ

론한 소설, 理想小說, 幻想小說, 社會問題小說, 雜家小說, 世情小說, 知識小說, 諷刺小說 등의 다양한 의견이 개진되었으나, 본 논문에서는 풍자소설로 본다. 구체적인 논의는 졸고, 〈이여진의 경화연 연구〉, 전남대학교 박사논문, 1997, 제7장 4절 참조.

6) 박재연 · 정규복, ≪제일기언≫, 국학자료원, 2001, 3-11쪽 참조.

의 ᄆᆡᄆᆡᄒᆞ니 이러므로 쳔방ᄇᆡᆨ기와 긔담괴셜이 아니 미츤 ᄇᆡ 업ᄂᆞᆫ지라 우리 동국은 글과 말이 길이 달나 글을 삭여 말을 ᄆᆡᆫ들녀 ᄒᆞᆫ즉 언문이 ᄯᆞ로 잇셔 진셔와 언문이 다른지라

대범 언문이 말ᄒᆞ기 ᄌᆞ세ᄒᆞ고 ᄇᆡ호기 쉬온고로 부인 녀ᄌᆞᄂᆞᆫ 언문을 위업ᄒᆞ고 문ᄶᆞ를 ᄇᆡ화 ᄂᆡᆨ이지 아니ᄒᆞ니 이 ᄯᆞᄒᆞᆫ 흠ᄉᆡ라. 셩경현젼과 례긔 쇼학을 비록 언문으로 삭여 언ᄒᆡ라 일홈ᄒᆞ야 부ᄃᆡ 사ᄅᆞᆷ마다 ᄇᆡ화 본밧고져 ᄒᆞ나 보ᄂᆞᆫ ᄌᆡ 무미코 지리ᄐᆞᆨᄒᆞ야 다만 쇼셜 신화의 허탄긔괴ᄒᆞᆫ ᄇᆞ를 다토아 즐겨보니 일업슨 션비와 ᄌᆡ조잇ᄂᆞᆫ 녀ᄌᆡ 고금 쇼셜에 일홈ᄂᆞᆫ ᄇᆞ를 낫낫치 번역ᄒᆞ고 그 밧 허언을 창셜ᄒᆞ고 ᄀᆡᆨ담을 번연ᄒᆞ야 신긔코 ᄌᆞ미 잇기를 위쥬ᄒᆞ야 거의 누쳔권에 지ᄂᆞᆫ지라

ᄂᆡ 일즉 실학ᄒᆞ야 과업을 닐우지 못ᄒᆞ고 훤당을 뫼셔 한가ᄒᆞᆫ ᄯᆡ 만흐므로 셰간의 젼파ᄒᆞᄂᆞᆫ 바 언문쇼셜을 거의 다 열남ᄒᆞ니 대져 《삼국지》·《셔유긔》·《슈호지》·《녈국지》·《셔쥬연의》로부터 녁대연의에 뉴ᄂᆞᆫ 임의 진셔로 번역ᄒᆞᆫ ᄇᆡ니 말슴을 고쳐보기의 쉽기를 취ᄒᆞᆯ ᄲᅮᆫ이요 그 ᄉᆞ실은 ᄒᆞᆫᄀᆞ지여니와 그밧 《뉴시삼대록》·《미소명ᄒᆡᆼ》·《조시삼대록》·《츙효명감녹》·《옥원ᄌᆡ합》·《님화졍연》·《구ᄅᆡ공츙녈긔》·《곽쟝냥문록》·《화산션계록》·《명ᄒᆡᆼ졍의록》·《옥닌몽》·《벽허담》·《완월회ᄆᆡᆼ》·《명쥬보월빙》모든 쇼셜이 슈삼십종의 권질이 호대ᄒᆞ야 혹 ᄇᆡᆨ권이 넘으며 쇼불하 슈십권에 니르고 그 남아 십여권 슈샴권식 되ᄂᆞᆫ ᄉᆞ오 십죵의 지ᄂᆞ니 심지어 《슉향젼》·《풍운젼》의 뉘 가항의 쳔ᄒᆞᆫ말과 하류의 ᄂᆞ즌 글시로 판본에 ᄀᆡ간ᄒᆞ야 시상에 ᄆᆡᄆᆡᄒᆞ니 이로 긔록지 못ᄒᆞ거니와 대쳬 그지은 ᄯᅳᆺ과 베푼 말을 볼 진ᄃᆡ 대동쇼이 ᄒᆞ야 사ᄅᆞᆷ의 셩명을 고치시나 ᄉᆞ실을 흡ᄉᆞᄒᆞ고 션악이 ᄂᆡ도ᄒᆞᄂᆞ 계교ᄂᆞ ᄒᆞᆫᄀᆞ지라 젼혀 부인 녀ᄌᆞ와 무식쳔류의 즐겨보기를 위ᄒᆞᆫ고로 말슴이 비루ᄒᆞ고 계ᄎᆡᆨ이 경천ᄒᆞ야 불과 ᄉᆡᆼ산ᄒᆞ든 말노부터 즁간 혼인ᄒᆞ고 평ᄉᆡᆼ 공명부귀ᄒᆞ든 말ᄲᅮᆫ이니 그 즁 ᄉᆞ단인즉 부ᄃᆡ ᄌᆞ녀를 실산ᄒᆞ야 오린후 ᄎᆞᆺ거ᄂᆞ 혼인에 ᄆᆞ쟝이 잇셔 간신이 연분을 닐우거ᄂᆞ 쳐쳡이 ᄉᆡ투ᄒᆞ야 가졍이 어즈러워 변괴ᄇᆡᆨ츌ᄒᆞ다가 늣ᄀᆞ야 화락ᄒᆞᄀᆞᄂᆞ 일즉 궁곤이 ᄌᆞ심ᄐᆞ가 즁년부귀 극진ᄒᆞ거ᄂᆞ 환로의 풍파를 만ᄂᆞ 만리의 귀향(양?)가고 일죠의 형벌을 당ᄒᆞ다가 ᄆᆞᄎᆞᆷᄂᆡ 신원 셜치 ᄒᆞ거ᄂᆞ 그 환란고쵸를 말ᄒᆞᄆᆡ 부ᄃᆡ 죽기에 니르도록ᄒᆞ고 그 신통 긔이ᄒᆞᆫ 바를 말ᄒᆞ면 필경 부쳐와 귀신을 일커를 ᄲᅮᆫ이니 그 가온ᄃᆡ ᄯᆞᄒᆞᆫ 츙신효ᄌᆞ와 녈녀졍부의 놉흔졀죠와 아ᄅᆞᆷ다온 ᄒᆡᆼ실이 업지 아니 ᄒᆞ니 죡히 감동ᄒᆞ고 효측ᄒᆞᆯ ᄇᆡ로ᄃᆡ 그 틈에 난신적ᄌᆞ와 투부음녀의 계교를 ᄭᅮ며 흔단을 지어ᄂᆡ고 ᄎᆞᆷ소을 부려 화변을 비져ᄂᆡ믄 ᄯᅳᆺ이 간교ᄒᆞ고 심슐이 악독ᄒᆞ야 ᄎᆞᆷ아 듯고 보지 못ᄒᆞᆯ말이 만흐니 진실노 이런 닐이 잇셔도 맛당이 귀에 듯고 눈에 볼 ᄇᆡ 아니어ᄂᆞᆯ ᄒᆞ믈며 헛말노 지은 것 가지어 부부혼인에 다ᄃᆞ라ᄂᆞᆫ 규방에 은밀ᄒᆞᆫ 슈작과 남녀의 셜만ᄒᆞᆫ ᄯᅳᆺ을 셰셰히 문답ᄒᆞ고 낫낫치 칭도ᄒᆞ야 쳔연이 샹ᄃᆡᄒᆞ듯 졍녕이 듯고 본듯하게 ᄒᆞ니 이엇지 부녀의 ᄂᆡᆨ이 볼 ᄇᆡ리요 그러ᄂᆞ 보ᄂᆞᆫ ᄌᆞ로 ᄒᆞ야곰 ᄒᆞᆫ 사ᄅᆞᆷ의 어진 닐을 본밧고 즐겨ᄒᆞ면 그 유익ᄒᆞ미 적지 아니커니와 만일 간악ᄒᆞᆫ ᄌᆞ의 공교ᄒᆞᆫ ᄭᅬ를 긔묘히 올히 넉일진ᄃᆡ 그 ᄒᆡ로으미 장ᄎᆞᆺ어ᄃᆡ 미츠리요 이러므로 그으기 탄식ᄒᆞ고 깁히 념녀ᄒᆞᄂᆞᆫ 비라

①우연이 근셰 즁국 션비 지은 바 쇼셜을 보더니 그 말이 혹히 사ᄅᆞᆷ의게 유익ᄒᆞ고 그 ᄯᅳᆺ이 부ᄃᆡ 셰샹을 ᄭᆡ닷과져 ᄒᆞ야 시쇽 쇼셜의 투를 버서ᄂᆞ고 별로히 의ᄉᆞ를 베퍼 경셔와

ᄉᆞ긔를 인증ᄒᆞ고 긔문벽셔를 샹고ᄒᆞ야 신션의 허무ᄒᆞᆫ 바를 말ᄒᆞ되 곳곳이 핑게 잇고 외국에 긔괴ᄒᆞᆫ 바를 말ᄒᆞ되 낫낫치 ᄂᆡ력이 잇셔 경셔를 의논ᄒᆞ면 의리를 분셕ᄒᆞ고 ᄉᆞ긔를 문답ᄒᆞ면 시비를 질정ᄒᆞ야 쳔문지리와 의약복셔로 잡기방술에 니르히 각각 그 묘를 말ᄒᆞ고 법을 ᄇᆞᆰ히니 이 진짓 쇼셜에 대방가요 박남ᄒᆞ기의 웃듬이라 그 지은 사ᄅᆞᆷ의 뜻인즉 평ᄉᆡᆼ에 ᄇᆡ호고 아ᄂᆞᆫ ᄇᆡ 이ᄀᆞ치 너르고 깁것마ᄂᆞᆫ 마ᄎᆞᆷᄂᆡ 뜻을 닐우지 못ᄒᆞ야 쓰일 곳 업ᄂᆞᆫ지라 이에 ᄒᆞᆯ일 업셔 부인녀ᄌᆞ의 일홈을 빌고 뜻을 부쳐 필경은 쓸ᄃᆡ 업스믈 ᄇᆞᆰ히미라 ②이에 그 번거ᄒᆞᆫ 바를 덜고 간략ᄒᆞᆫ 곳을 보ᄐᆡ며 풍쇽에 갓지 아닌 곳과 언어의 다른 곳을 곤치고 윤ᄉᆡᆨᄒᆞ야 언문으로 번역ᄒᆞ야 일홈을 졔일긔언이라 ᄒᆞ니 사ᄅᆞᆷ이 그 뜻을 뭇거ᄂᆞᆯ ᄃᆡ답ᄒᆞ야 왈 진셔쇼셜 즁 샴국지를 니르되 졔일긔셔라 ᄒᆞᄆᆡ 나ᄂᆞᆫ 일노써 언문쇼셜 즁 졔일 긔담인고로 특별히 ≪졔일긔언≫이라 ᄒᆞ노라. 혹 긔롱ᄒᆞ여 왈 문묵을 희롱ᄒᆞᄆᆡ ᄒᆞᆯ 닐이 무궁ᄒᆞ거ᄂᆞᆯ 션ᄉᆡᆼ은 ᄒᆞᆯ노 언문을 죵ᄉᆞᄒᆞ야 지필을 허비ᄒᆞ니 쟝ᄎᆞᆺ 무어ᄉᆡ 쓰리오 ᄂᆡ웃고 대왈 쳔고의 문쟝으로 일홈을 젼ᄒᆞᄂᆞᆫ ᄌᆡ 그 몃몃치뇨 다ᄒᆡᆼ이. ᄉᆞ업을 닐워 쓰이ᄂᆞᆫ ᄌᆡ 또ᄒᆞᆫ 쳔만인에 ᄒᆞᄂᆞ히어니와 불ᄒᆡᆼ이 ᄇᆡᆨ슈동쟝의 뜻을 닐우지 못ᄒᆞ고 초야모옥에 헛도이 늙을진ᄃᆡ 평ᄉᆡᆼ에 ᄆᆞ음을 썩이고 창ᄌᆞ를 거훌너짓고 ᄂᆡᆨ이던ᄇᆡ ᄆᆞᄎᆞᆷᄂᆡ 창을 ᄇᆞ르고 항을 덥허 업시ᄒᆞᆯ ᄲᅮᆫ이니 필경 쓸ᄃᆡ업기ᄂᆞᆫ 님의 언문과 일양이요 ᄂᆡ몸이 임의 쓰이기를 구치 아니ᄆᆡ ᄂᆡᄎᆡᆨ이 또 엇지 쓰이기를 구ᄒᆞ리요 ③다만 긴밤과 한가ᄒᆞᆫ 아ᄎᆞᆷ에 노친을 뫼시고 병쳐와 ᄌᆞ부녀ᄋᆞ를 거ᄂᆞ려 ᄒᆞᆫ번 보고 두번 닑어 그 강개상쾌ᄒᆞᆫ 곳의 다ᄃᆞ라ᄂᆞᆫ 셔로 일커러 탄샹ᄒᆞ고 그 담쇼회해ᄒᆞᆫ 곳에 다ᄃᆞ라ᄂᆞᆫ 또ᄒᆞᆫ 일쟝환쇼ᄒᆞ면 이 족히 쓰인다 ᄒᆞᆯ거시니 그 엇지 무용이라 ᄒᆞ리요 ᄀᆡᆨ이 웃고 허여지거ᄂᆞᆯ 그 문답을 긔록ᄒᆞ야 권슈에 쓰로라.(≪第一奇諺≫ 서문)[7]

위의 예문 ①에 따르면 ≪鏡花緣≫의 내용이 사람에게 유익한 것이고, 창작의 의도는 세상을 깨우치고자 함에 있다고 강조하고 있다. 그 소재 또한 신선 세계 · 기괴한 외국 · 經史 論議 · 天文 · 地理 · 醫藥 · 雜技 · 方術 등 다양하기 짝이 없지만, 각기 그 妙法을 갖춘지라 '小說의 大家'라는 것이다. 이러한 높은 평가 역시 소재의 다양함 자체에 치중하기 보다는 그 소재를 통해 추구하려는 교화를 주목하여 강조한 것으로, 이는 원작의 저자 李汝珍 자신이 제23회에서 밝힌 위 견해와 일맥상통하는 것이다.[8] 또한 다음 예문을 보면 소설이 독자에게 주는 흥미와 즐거움에 대해 언급하고 있다. 예문 ③처럼 소설의 효용성과 쾌락성에 가치를 둔 역자는 번역의 방법에 대해서도 언급하고 있다. 또한 역자는 ②에서 번거로운 것을 덜어내고 간략한 곳을 보태며 풍속이나 언어의 환경에 맞지 않는 곳을 고치고 윤색하였음을 밝힘과 동시에 그 결과물을 第一奇書

7) 洪羲福著, 정규복 · 박재연 교주, 앞의 책, 23쪽. 이하 서문 중 인용문은 23-24쪽에서 인용한 것임.
8) 졸고, 〈李汝珍의 ≪鏡花緣≫ 연구〉, 전남대학교 박사논문, 1997, 33쪽.

로 일컬어지는 ≪三國演義≫와 견주어 ≪第一奇諺≫이라 했음을 강조하고 있다.[9] 곧 번역자는 서문에서 번역의 방향을 제시하고 있는 것이다. 그의 소설에 대한 견해를 종합하면, "홍희복은 소설에 대해 일찍이 중국소설과 한국소설을 독파한 경험 밑에서 소설을 표면적인 허구성과 이면적인 진실성의 양면으로 파악했으며, 동시에 소설의 윤리성을 강조한 것은 조선조 전역을 휘감았던 유가적인 윤리의식으로 말미암은 것이다. 그러면서도 한편, 문학의 쾌락미인 신기와 재미를 암시한 것은 서구문학비평사에 쟁점이 되어왔던 교훈을 위주로 하여 쾌락이 받아들여진 절충설로 파악할 수 있지 않을까 한다."[10]

≪第一奇諺≫은 역자가 서문에서도 밝히고 있듯, 중국에서 ≪三國演義≫가 ≪第一才子書≫로 불린 것에 따라 命名한 것이다. 현전하는 것은 총 20권 중 제9권과 12권이 결본이며 18권이 전한다. ≪第一奇諺≫의 체제는 세로 31㎝, 가로 20㎝, 매 쪽 10행, 매 행 20자 내외로 되어 있으며, 매권 표지에는 ≪鏡花新翻 雲耕草木≫이란 작은 글자가 씌어 있고 표제는 역시 ≪第一奇諺≫이란 큰 글자가 씌어 있다. 소표제인 ≪鏡花新翻≫은 ≪鏡花緣≫을 새로 옮긴 번역물이란 뜻이고 ≪雲耕草木≫ 중 ≪雲耕≫은 번역자 洪羲福의 아호일 것이며, 따라서 雲耕草木이란 洪羲福의 수고본이란 뜻을 지닐 것이다.[11] 그런데 역자가 소표제로 '鏡花新翻'이란 용어를 쓴 것은 원전의 작자가 작품의 끝에서 기존의 소설과는 내용과 형식면에서 새롭고 다양한 양식을 추구하였다는 '花樣全飜舊稗官'을 주창한 것에서 '全飜'을 변용하여 '新翻'을 사용한 것으로 판단된다.

≪第一奇諺≫의 총 쪽수는 결본 2권을 제외하고 약 2천여 장에 이른다. 1권의 번역을 마친 것이 을미원월초삼일(乙未一月初三日)로 명기되었으니 이는 1835년으로 번역 기간을 감안하면 전년도에 번역이 시작되었으리라는 것을 짐작케 한다. 또 20권의 번역을 마친 것이 무신원월념이일(戊申元月念二日)로 되어 있으니, 무신년은 1848년이니

---

9) ≪第一奇諺≫에 대한 서지적 사항과 역자 洪羲福에 대한 사항은 洪羲福 저, 정규복·박재연 교주의 ≪第一奇諺≫(국학자료원, 2001), 3-11쪽과 정규복의 〈≪第一奇諺≫에 대하여〉(≪한국고소설의 조명≫, 한국고소설연구회, 아세아문화사, 1990.) 315-338의 내용을 참고할 수 있음.

10) 정규복, 〈≪第一奇諺≫에 대하여〉, ≪한국고소설의 조명≫, 한국고소설연구회, 아세아문화사, 1990, 323-324쪽 인용.

11) 洪羲福著, 정규복 · 박재연 교주, ≪第一奇諺≫, 국학자료원, 2001, 6-7쪽 참조.

전체 번역 기간은 약 13년 이상의 시간이 소요된 셈이다. 번역자가 附註에서 病中 혹은 醉中에 번역하였음을 밝히고 있는 점으로 보면 시간에 구애받지 않고 한가로이 번역하였음을 알 수 있다. 또한 역자의 학문적 수준을 감안한다 하더라도 ≪鏡花緣≫의 내용이 재학적 요소가 많아 번역하는 데에 많은 시간이 소요될 수밖에 없었다는 점도 인정해야 한다.

그런데, ≪鏡花緣≫이 ≪第一奇諺≫으로 번역되는 과정에서 어떤 판본을 활용하였을까? 이의 답을 얻기 위해서는 먼저 ≪鏡花緣≫의 판본에 대해 잠시 살펴볼 필요가 있다. 李汝珍의 ≪鏡花緣≫ 원고 수정 및 탈고 과정은 크게 初稿本, 二稿本, 定稿本 등 세 단계로 구분할 수 있다. 여러 관련 자료에 근거해 그 집필 시기를 추적하면 初稿本은 대략 嘉慶 二十年(1815년)에, 二稿本도 그 직후에 이루어진 것으로 보이고, 定稿本은 嘉慶二十三年에 완성된 것으로 보인다. ≪경화연≫ 版本은 현재까지 진행된 연구 결과에 따르면 蘇州 初刊本에서 淸末民國初의 石印本, 그리고 현대식 활자본까지 총 20여종이 넘게 출간된 것으로 조사되고 있다. 이 가운데 현대 활자본 이전의 석인본까지 주요 판본을 정리하면 다음과 같다.

먼저 江寧桃江鎭刻本이 있다. 淸 嘉慶二十二年(1817年), 이여진이 ≪경화연≫ 초고를 완성한 뒤 수정한 "二稿本의 傳抄本"을 江寧 桃紅鎭 書坊에서 임의로 刊刻한 것이다. "二稿本의 傳抄本" 내용이기 때문에 내용상 오류가 많다. 【남경도서관 소장】 다음은 蘇州原刻初印本이 있다. 淸 嘉慶二十三年(1818年)에 이여진이 定稿本을 蘇州에서 刊刻한 것으로, 그림이 없고 梅修居士 石華(許喬林)의 서, 武林 洪棣遠의 서, 孫吉昌 등 6명의 題詞 등이 들어있다. 【북경대학도서관 소장】 또 道光元年(1821年) 刻本이 있다. 이여진이 蘇州 原刻本을 기본으로 하되 文中의 상당수 詞句에 수정을 가해 蘇州에서 다시 刊刻한 것이다. '鏡花緣題詞一百韻'의 경우, 蘇州 原刻本에서는 6명이었는데 여기에 邱祥生 등 8명이 추가되어 총 14명으로 늘어났다. 【북경대학도서관, 상해도서관, 남경사범대학도서관, 소주도서관, 소주대학도서관 등 소장】 다음은 淸 道光八年(1828) 廣州芥子園新彫本이다. 廣州 芥子園에서 새로 판각한 판본으로, 일부 문구의 재수정이 반영되었다. 題詞와 서문은 道光元年本과 같지만 허교림의 서문에서 이전에 경화연 작자를 이씨로만 적었던 것을 '李氏松石' 즉 이여진으로 밝혔다. 이여진 생전의 최후 각본이다. 【북경도서관 소장】 다섯째, 淸道光十年(1830) 芥子園

重刻巾箱本이다. 謝葉梅가 그린 畵像 108폭을 넣었고, 매 폭마다 麥大鵬의 書贊이 붙어있다. 海州 許喬林 序, 武林 洪棣遠 序, 己丑年 順德 麥大鵬의 예서체 鏡花緣繡像序, 道光十年이라 밝힌 謝葉梅의 鐘鼎文 自序와 自序 釋文, 총 14명이 쓴 '鏡花緣題詞一百韻'이 들어있다. 【북경대학도서관 소장】 여섯째, 淸道光十二年(1832) 廣州芥子園重刻本: 淸道光十年本을 重刻한 것으로, 卷首에 "鏡花緣繡像/芥子園藏版"이란 인장이 추가되고, 표지 윗부분에 타원형 도안 속에 "有志竟成"이란 네 글자가 보이다. 封面 뒤에 파초잎 모양의 牌記가 있고 "道光十二年歲次壬辰春王新摹/四會謝葉梅靈山氏畵像/順德麥大鵬摶雲子書贊"이라 쓰여 있다. 【북경대학도서관 소장】

이후로 淸道光二十一年(1841) 連雲港市博物館藏本, 淸道光二十二年(1842) 廣東英德堂刻本, 淸道光間刻本, 淸咸豐四年(1854) 百花香島刻本, 淸咸豐八年(1858) 廣東佛山連雲閣刻本, 淸同治八年(1869) 翠筠山房刻本, 淸光緖三年(1877) 懷德堂刻本, 淸光緖十四年(1888) 上海點石齋石印本, 淸光緖十六年(1890) 上海廣百宋齋石印本及鉛印本, 淸光緖二十一年(1895) 上海積山書局石印本, 淸光緖二十三年(1897) 上海石印書局石印本, 淸光緖三十一年(1905) 上海書局石印本, 淸光緖三十三年(1907) 上海普新瑞記書局石印本, 淸光緖間上海鉛印 ≪申報館叢書≫本 등이 있으나 그 내용과 체제는 크게 변하지 않은 채 重刻으로 이어졌다.

이 가운데 蘇州原刻이 최종 원고본이며 이보다 한 해 빠르게 출판된 江寧桃紅鎭坊刻本은 작가 이여진이 최종 탈고 전 개인이 轉寫하여 출판한 것이다. 이들 각본의 내용상의 차이점은 거의 드러나지 않은 것으로 알려져 있다. 다만 江寧桃紅鎭坊刻本은 제89회 중 2쪽 분량이 최종 탈고본에는 제87회로 되어 있어 전사하는 과정에 오류를 범한 것으로 보이나 내용상 차이가 없다. 최종 탈고본으로 최초 각본인 蘇州原刻本과 이후의 각본과의 차이점은 제100회에 "消磨了三十多年層層心血" 중의 "三十多年"이 "十數多年"으로 변화된 점, 石華序文의 "三十年"이 "十餘年"으로 바뀐 점, 題詞가 여섯 개였던 것이 열 두 개로 증가한 점 등 세 가지이다. 그리고 繡像이 들어 있는 것은 道光八年芥子園新雕本부터 이다. 그러나 추측일 뿐 책이 전하지 않아 원형을 알 수 없다. 道光十二年芥子園重刻本엔 繡像 · 圖像 · 繪圖 · 繪像이 각인되어 있는 특징을 지니고 있다.[12)]

그럼 국내에 유입된 판본은 어떤 것이 있을까? 국내에 소장된 ≪鏡花緣≫의 판본사항을 도표로 정리하면 다음과 같다.

표 1. 국내 소장 ≪鏡花緣≫ 및 ≪第一奇諺≫의 판본

書名	出版事項	版式狀況	一般事項	所藏處	所藏番號
鏡花緣	李汝珍(清)撰, 上海, 掃葉山房, 光緒9(1883)	30卷22冊(卷1-30), 中國木版本, 有圖, 15.4×11cm, 四周單邊, 半郭:11.4×8.9cm, 有界, 10行20字, 註雙行, 花口, 上下向黑魚尾, 紙質:竹紙	標題:全本繡像鏡花緣, 序:道光十年(1821)歲在上章攝提格, 識:武林洪根元, 刊記:光緒癸未(1883)春元補刻繡像, 掃葉山房藏版	全南大學校	3Q2-경96
		22冊, 中國木版本, 有圖, 15.6×11.1cm, 上下單邊左右雙邊, 半郭:11.1×9.3cm, 無界, 10行20字, 上下向黑魚尾	序:梅州許喬林石華撰, 刊記:光緒癸未(1883)春元補刻繡像掃葉山房藏板, 表題:鏡花緣, 版心題:鏡花緣	慶北大學校	[古] 81 2.3 경96
	李汝珍(清)著, 清朝年間	20卷12冊, 中國木版本, 17.8×11.2cm	印:集玉齋, 帝室圖書之章	奎章閣	[奎중]6059
		5卷4冊(卷3-6, 9存), 中國木版本, 17×11.7cm, 四周單邊, 半郭:11.5×8.7cm, 有界, 10行20字, 上黑魚尾, 紙質:綿紙	內容:中國小說	韓國學中央研究院	4-220
		10冊, 中國版, 15.5×11cm		韓國國學振興院	五美洞 豊山金氏 虛白堂門中
全本繡像鏡花緣	李汝珍(清)著, 掃葉山房藏版, 光緒9年(1883)	合22冊(卷首, 20卷), 中國木版本, 有圖, 16.2×11.6cm	卷頭書名:鏡花緣, 序:道光十年(1830)…謝葉梅, 印:集玉齋, 帝室圖書之章	奎章閣	[奎중]6124
	孫吉昌著, 掃葉山房, 清光緒9年(1883)刊	30卷22冊, 中國木版本, 有圖, 15.4×11cm, 四周單邊, 半郭:11.4×8.9cm, 有界, 10行20字, 上下向黑魚尾, 紙質:竹紙	題簽:鏡花緣, 序:道光十年歲在上章攝提格(庚寅1830)清和月朔雲山謝葉梅摹像併序, 跋:武林洪棣元靜荷識, 刊記:光緒癸未(1883)春元補刻繡像掃葉山房藏版, 所藏印:掃葉山房督造書箱	全南大學校圖書館	
繪圖鏡花緣	李汝珍(清)著, 上海, 點石齋, 光緒14年(1888)	100回12冊, 中國石印本, 有彩色圖, 19.5×12.5cm, 四周單邊, 半郭:13.5×10cm,	原序:…悔修居士石華撰 李子松石鏡花緣…己丑嘉平月 …其顚末,…道光十年(1830)	奎章閣	[奎중]5803

12) 孫佳訊, ≪鏡花緣公案辨疑≫, 齊魯書社, 1984, 132-139쪽 참조.

書名	出版事項	版式狀況	一般事項	所藏處	所藏番號
		無界, 16行36字, 紙質:綿紙	歲在…像并序, 序:…光緒十有四年(1888)…王韜序, 刊記:光緒十有四年仲春月上海點石齋代印, 印:集玉齋, 帝室圖書之章		
			序:光緒十有四年(1888)春王正月王韜序, 刊記:光緒十有四年(1888)仲春月上海, 點石齋代印	成均館大學校	D7C-110
圖像鏡花緣	上海, 普新端記書局, 1907年刊	6卷6册, 中國石印本, 半郭:18.2×11.9㎝, 23行50字, 上黑魚尾	表題:繪圖增像鏡花緣, 序:班志稱小說家流出於稗官…鏡花緣一書相傳北平李子松石以數年之力成之觀者咸謂有益風化…輒述此語以質之天下眞才子喜讀是書者海州許喬林石華撰, 刊記:光緒丁未(1907)夏月上海普新端記書局石印	雅丹文庫	823.6-도52
	著者未詳	6卷1匣6册, 中國石印本, 13.6×20.2㎝, 四周單邊, 半郭:11.7×17.8㎝, 無界, 25行58字, 白口黑魚尾上	表紙書名:增像全圖鏡花緣, 版心書名:繪圖鏡花緣, 子部(小說家類), 序:許喬林, 謝葉梅(1830), 王韜(1888), 印:閔晟基印	澗松文庫	
繪圖增像鏡花緣	李汝珍(淸)撰, 普新端記書局, 淸光緖33(1907)刊	不分卷6册, 中國石印本, 20×13.2㎝, 四周單邊, 半郭:18×12㎝, 23行50字, 上黑魚尾, 紙質:竹紙	序:光緒十有四年(1888)春王正月王韜序, 刊記:光緒丁未(1907)夏月普新端記書局石印	成均館大學校	(曺元錫) D7C-184
	章福記, 己酉(1907)	1匣6册, 石印本, 20㎝		嶺南大學校	823.6
第一奇諺(鏡花緣)	20卷中18卷(殘卷:9, 12), 洪羲福飜譯	31×20㎝, 10行20字內外	題目:第一奇諺(1835)	고려대 정규복	

이상의 도표에서 국내 소장된 판본은 ≪鏡花緣≫(전남대, 경북대, 규장각, 한국학중앙연구원, 한국국학진흥원), ≪全本繡像鏡花緣≫(규장각, 전남대), ≪繪圖鏡花緣≫(규장각, 성균관대), ≪繪圖增像鏡花緣≫(성균관대, 영남대), ≪圖像鏡花緣≫(雅丹文庫, 澗松文庫) 등이 있음을 알 수 있다.

이들 판본은 1888년 출판을 기준으로 목판본과 석인본으로 나뉘고, 전남대 소장본 ≪全

本繡像鏡花緣≫의 경우 저자가 이여진이 아닌 孫吉昌으로 되어 있다. 다수의 ≪경화연≫ 판본은 이여진 사후 50여년 뒤인 1880년대에 출판된 판본이 유입된 것으로 홍희복이 번역의 저본으로 사용된 판본은 아직까지 찾아내지 못하고 있다.

그러나 상기 판본들이 繡像·圖像·繪圖 등의 용어를 사용한 것과 출판 년도로 보아 ≪第一奇諺≫으로 번역되기 직전인 道光十二年芥子園重刻本(1832)이 국내에 유입되었을 가능성이 가장 높으며, 홍희복이 활용한 판본도 이 계열일 가능성이 높다. 왜냐하면 ≪鏡花緣≫의 판본 상에서 나타나는 차이점은 제100회에서 "三十多年"이 "十數多年"으로 변화된 점, 石華序文의 "三十年"이 "十餘年"으로 바뀐 점, 題詞가 여섯 개였던 것이 열 두 개로 증가한 점, 그리고 繡像·圖像·繪圖·繪像 등의 유무로, 이 점들을 통해서만이 어느 판본을 활용하였는지 알 수 있기 때문이다. 현전하는 ≪第一奇諺≫은 제78회까지만 존재(일부 결본)하여 제100회의 내용을 알 수 없으며, 題詞나 繡像·圖像·繪圖·繪像 등도 전혀 존재하지 않는다. 때문에 국내에 전하는 서명과 번역시기를 감안해 볼 때, 道光十二年芥子園重刻本 계열의 판본을 활용하였다는 추측이 가능할 뿐이다.[13)]

2. ≪第一奇諺≫의 번역양상[14)]

≪제일기언≫의 번역양상을 구체적으로 살펴보기에 앞서 원전 회목과의 비교를 통해, 원전과 달리 구성된 점부터 살펴보고자 한다. 가장 두드러진 특징은 낙선재본 번역소설들처럼 장회소설의 기법을 변형시킨 것이다.[15)] 먼저 ≪鏡花緣≫은 100회 본이나

---

13) 朱淑霞는 "淸 道光12年 ≪鏡花緣繡像≫(李汝珍, 道光 12年, 芥子園藏版. 1832.)은 5회씩으로 권을 나누어 묶은 다음 특정한 기준으로 권지수를 나누지 않고 다만 편의상으로 나눈 것으로 보인다. 이 版本은 ≪第一奇諺≫의 번역을 진행했던 때와 시기적으로(1834-1835) 가깝고, 洪羲福이 이 판본을 참고했을 가능성이 가장 높다."고 판단하고 있다.(朱淑霞, 〈文人的 主體意識의 再現-- ≪第一奇諺≫의 飜譯者인 洪羲福을 中心으로〉, 중국소설논총, 제35집, 2011. 12.)

14) ≪第一奇諺≫의 번역양상은 졸고, 〈≪鏡花緣≫과 한글 역본 ≪第一奇諺≫의 비교 연구〉(≪중국소설논총≫ 26집, 2007. 9.)에서 다룬 내용을 일부 수정하여 옮겨 실은 것이며, 더 자세한 사항은 이 논문을 참고 할 수 있다. 비교검토 대상으로 삼은 저본은 洪羲福 역, 정규복·박재연 교주, ≪第一奇諺≫(국학자료원, 2001.)임.

≪第一奇諺≫은 78회분만 전해지고 있어서 79회부터의 내용은 알 수 없는 상황이나, 이는 원래 번역자가 번역을 마쳤으나 후손에 의해 유실된 것으로 판단된다. 왜냐하면 ≪鏡花緣≫은 장편 장회소설로 매 회 끝에서 사용되는 "어찌 되었는지 알 수 없으니 다음 회에서 설명하노라."(未知如何, 下回分解.)라는 형식을 충실히 지키고 있다. 그러나 ≪第一奇諺≫은 이러한 형식을 변형시켜 매 회의 끝이 아닌 회의 중간에서 사용하거나 권의 끝에서 사용하고 있는데, 이 두 가지의 정형화된 틀이 변함없이 유지된 것을 보면, 번역자가 번역을 끝까지 진행했을 것이라는 추론이 가능케 한다.

구체적으로 ≪第一奇諺≫에서는 총 12회에서 장회소설의 형식인 "어찌 되었는지 알 수 없으니 다음 회에서 설명하노라."라는 틀을 사용하고 있다. 이는 5권의 끝인 제24회에서 처음으로 이 형식을 취하고 있으며, 회의 끝이 아닌 중간에서 활용했다. 이와 같은 경우로는 제24회 이외에 제32회, 제53회, 제56회, 제63회, 제66회, 제69회, 제73회에서 활용되었다. "이 문득 엇던 녀직런고? 하회에 분히ᄒᆞ라."(5권 제24회), "하회에 ᄌᆞ셔ᄒᆞ니라. 무슘 원일 회일 니어 쓰노라."(7권 제32회), "엇지된고 하회에 분해ᄒᆞ라. 뎡미 납월 십칠일 대셜즁 셔."(14권 제53회), "엇지된고 하회에 분해ᄒᆞ라. 뎡미 납월 이십일 취즁에 그리노라."(14권 제56회), "그 일이 엇지된고 하회에 분해ᄒᆞ라. 뎡미 졔셕의 총망필셔ᄒᆞ니 금년에 뉵권을 그려ᄂᆡ니라."(16권 제63회), "엇지된고 하회에 분해ᄒᆞ라."(17권 제66회), "엇더흔고 하회에 분해ᄒᆞ라."(18권 제69회), "그 나기 엇지된고 하회에 분해ᄒᆞ라."(19권 제73회) 등으로 표현하면서 새로운 회가 시작된 것이 아니라 "話說"하는 간단한 표현과 함께 새로운 회처럼 시작된다. 이와 달리 원전과 일치하게 회의 끝에서 활용한 경우는 8권 제36회의 "이 엇던 세자인지 하회에 자셔하니라", 11권 제47회의 "그 무슨 정자인고 하회에 분해ᄒᆞ라.", 15권 제59회의 "그 엇던 사람인고 하회에 분해ᄒᆞ라."와 20권 제78회 "하회에 분해ᄒᆞ라." 등이 있다. 이러한 형식은 원칙적으로 권의 시작과 끝의 사이에서 사용되었으나, 53회는 권의 시작과 끝에 관계없이 중간에서 시작되는 파격

15) 일반적으로 낙선재본 번역소설들과 장회소설의 기법을 부분 변형하여 개장시를 생략하거나 산장 부분을 생략하였다. 그런데 낙선재본 ≪平山冷燕≫(최윤희, 〈낙선재본 ≪평산냉연≫의 번역양상 연구〉, 제56회 한국중국소설학회 발표집, 2003. 9. 27.)과 연세대본 ≪옥지긔≫(박재연·김장환, 〈연세대 소장 번역 고소설 필사본 ≪옥지긔≫ 연구—고어 자료를 중심으로〉, 제56회 한국중국소설학회 발표집, 2003. 9. 27.)는 散場을 나타내는 부분이 전혀 번역되지 않았고, "話說", "却說", "且說" 등도 번역하지 않았다.

을 사용하고 있다. 이는 매 회의 끝과 매 회 시작을 서로 연결시켜 縮譯 내지 添譯을 통한 개역이 이루어졌다. 원전은 前 회에서 마무리를 하고 다음 회에서 이전 회의 마지막 한두 줄을 다시 언급하는 형태이나 번역본은 이전 회 내지 다음 회에서 한번만 서술하는 형태를 띠고 있는 것이다.[16)]

다음은 ≪鏡花緣≫과 ≪第一奇諺≫의 회목을 도표로 정리한 것이다.

표 2. ≪鏡花緣≫과 ≪第一奇諺≫의 회목 비교[17)]

≪鏡花緣≫ 회목		≪第一奇諺≫ 회목	비고
제1회 女魁星北斗垂景象 老王母西池賜芳筵 제2회 發正言花仙順時令 定罰約月姊助風狂 제3회 徐英公傳檄起義兵 駱主簿修書寄良友 제4회 吟雪詩暖閣賭酒 揮醉筆上苑催花 제5회 俏官娥戲跨金盞草 武太后怒貶牡丹花 제6회 衆宰承宣游上苑 百花獲譴降紅塵 제7회 小才女月下論文科 老書生夢中聞善果	권지일	제1회 女魁星北斗垂景象 老王母西池賜芳筵 제2회 發正言花仙順時令 定罰約月姊助風狂 제3회 徐英公傳檄起義兵 駱主簿修書寄良友 제4회 吟雪詩暖閣賭酒 揮醉筆上苑催花 제5회 俏官娥戲跨金盞草 武太后怒貶牡丹花 제6회 衆宰承宣游上苑 百花獲譴降紅塵	≪第一奇諺≫은 7회를 6회와 합본 서술
제8회 棄囂塵結伴游寰海 覓勝迹窮踪越遠山 제9회 服肉芝延年益壽 食朱草入聖超凡 제10회 誅大蟲佳人施藥箭 搏奇鳥壯士奮空拳 제11회 觀雅化閑游君子邦 慕仁風誤入良臣府	권지이	제8회 棄囂塵結伴游寰海 覓勝迹窮踪越遠山 제9회 服肉芝延年益壽 食朱草入聖超凡 제10회 誅大蟲佳人施藥箭 搏奇鳥壯士奮空拳	≪第一奇諺≫은 11회를 10회에 합본 서술
제12회 雙宰輔暢談俗弊 兩書生敬服良箴 제13회 美人入海遭羅網 儒士登山失路途 제14회 談壽夭道經聶耳 論窮通路出無腸 제15회 喜相逢師生談故舊 巧遇合賓主結新親	권지삼	제12회 雙宰輔暢談俗弊 兩書生敬服良箴 제13회 美人入海遭羅網 儒士登山失路途 제14회 談壽夭道經聶耳 論窮通路出無腸 제15회 喜相逢師生談故舊 巧遇合賓主結新親	
제16회 紫衣女慇懃問字 白髮翁傲慢談文 제17회 因字聲粗談切韻 聞雁唳細問來賓 제18회 闢清談幼女講羲經 發至論書生尊	권지ᄉ	제16회 紫衣女慇懃問字 白髮翁傲慢談文 제17회 因字聲粗談切韻 聞雁唳細問來賓 제18회 闢清談幼女講羲經 發至論書生尊	≪第一奇諺≫은 20회를 19회에 합본 서술

16) 이러한 현상은 낙선재본 ≪快心編≫이나 ≪平山冷燕≫·≪紅樓復夢≫, 중한번역연구소 소장 ≪南宋演義≫·≪三國志≫ 국립중앙도서관 소장 ≪東漢演義≫ 등에서도 유사한 양상을 보여주는데, 이것은 반복 서술되는 형식을 간략화하거나 생략한 것이다.

≪鏡花緣≫ 회목		≪第一奇諺≫ 회목	비고
孟子 제19회 受女辱潛逃黑齒邦 觀民風聯步小人國 제20회 丹桂岩山鷄舞鏡 碧梧岺孔雀開屛		孟子 제19회 受女辱潛逃黑齒邦 觀民風聯步小人國	
제21회 逢惡獸唐生被難 施神槍魏女解圍 제22회 遇白民儒士聽奇文 觀藥獸武夫發妙論 제23회 說酸話酒保咬文 講迂談腐儒嚼字 제24회 唐探花酒樓聞善政 徐公子茶肆敍衷情	권지오	제21회 逢惡獸唐生被難 施神槍魏女解圍 제23회 說酸話酒保咬文 講迂談腐儒嚼字 제24회 唐探花酒樓聞善政 徐公子茶肆敍衷情	≪第一奇諺≫은 22회를 21회에 합본 서술. 교주본은 제24회 회목이 23회와 동일하게 기록되어있으나 출판 시 착오로 확인하고 수정함.
제25회 越危垣潛出淑士關 登曲岸閑游兩面國 제26회 遇强梁義女懷德 遭大厄靈魚報恩 제27회 觀奇形路過翼民郡 談異相道出豕喙鄕	권지뉵	제25회 越危垣潛出淑士關 登曲岸閑游兩面國 제26회 遇强梁義女懷德 遭大厄靈魚報恩 제27회 觀奇形路過翼民郡 談異相道出豕喙鄕	
제28회 老書生仗義舞龍泉 小美女銜恩脫虎穴 제29회 服妙藥幼子回春 傳奇方老翁濟世 제30회 覓蠅頭林郎貨禽鳥 因恙體枝女作螟蛉 제31회 談字母妙語指迷團 看花燈戲言猜啞謎 제32회 訪籌算暢游智佳國 觀艶妝閑步女兒鄕	권지칠	제28회 老書生仗義舞龍泉 小美女銜恩脫虎穴 제29회 服妙藥幼子回春 傳奇方老翁濟世 제30회 覓蠅頭林郎貨禽鳥 因恙體枝女作螟蛉 제31회 談字母妙語指迷團 看花燈戲言猜啞謎 제32회 訪籌算暢游智佳國 觀艶妝閑步女兒鄕	
제33회 粉面郎纏足受困 長鬚女玩股垂情 제34회 觀麗人女主定吉期 訪良友老翁得凶信 제35회 現紅鸞林貴妃應課 揭黃榜唐義士治河 제36회 佳人喜做東床壻 壯士愁爲擧桉妻	권지팔	제33회 粉面郎纏足受困 長鬚女玩股垂情 제34회 觀麗人女主定吉期 訪良友老翁得凶信 제35회 現紅鸞林貴妃應課 揭黃榜唐義士治河 제36회 佳人喜做東床壻 壯士愁爲擧桉妻	교주본은 제34회 회목 중 凶信이 凶吉로 기록됨.
제37회 新貴妃反本爲男 舊儲子還原作女 제38회 步玉橋茂林觀鳳舞 穿金戶寶殿聽鸞歌 제39회 軒轅國諸王祝壽 蓬萊島二老游山 제40회 入仙山撤手棄凡塵 走瀚海牽腸歸故土	권지구	결 본	
제41회 觀奇圖喜遇佳文 述御旨欣逢盛典 제42회 開女試太后頒恩詔 篤親情佳人吩好音	권지십	제41회 觀奇圖喜遇佳文 述御旨欣逢盛典 제42회 開女試太后頒恩詔 篤親情佳人吩好音	

≪鏡花緣≫ 회목		≪第一奇諺≫ 회목	비고
제43회 因游戲仙猿露意 念劬勞孝女傷懷 제44회 小孝女岺上訪紅蕖 老道姑舟中獻瑞草		제43회 因游戲仙猿露意 念劬勞孝女傷懷 제44회 小孝女岺上訪紅蕖 老道姑舟中獻瑞草	
제45회 君子國海中逢水怪 丈夫邦岺下遇山精 제46회 施慈悲仙子降妖 發慷慨儲君結伴 제47회 水月村樵夫寄信 鏡花岺孝女尋親	권지십일	제45회 君子國海中逢水怪 丈夫邦岺下遇山精 제46회 施慈悲仙子降妖 發慷慨儲君結伴 제47회 水月村樵夫寄信 鏡花岺孝女尋親	교주본은 제46회 회목 중 慈悲가 自費로 기록됨.
제48회 睹碑記黙喩仙機 觀圖章微明妙旨 제49회 泣紅亭書葉傳佳話 流翠浦搴裳覓舊踪	권지십이	결 본	
제50회 遇難成祥馬能伏虎 逢凶化吉婦可降夫 제51회 走窮途孝女絶粮 得生路先考獻稻 제52회 談春秋胸羅錦繡 講禮制口吐珠璣	권지십삼	제50회 遇難成祥馬能伏虎 逢凶化吉婦可降夫 제51회 走窮途孝女絶粮 得生路先考獻稻 제52회 談春秋胸羅錦繡 講禮制口吐珠璣	
제53회 論前朝數語分南北 書舊史揮毫貫古今 제54회 通智慧白猿竊書 顯奇能紅女傳信 제55회 田氏女細談妙劑 洛家娃黙禱靈籤 제56회 詣芳隣姑嫂巧遇 游瀚海主僕重逢	권지십亽	제53회 論前朝數語分南北 書舊史揮毫貫古今 제54회 通智慧白猿竊書 顯奇能紅女傳信 제55회 田氏女細談妙劑 洛家娃黙禱靈籤 제56회 詣芳隣姑嫂巧遇 游瀚海主僕重逢	
제57회 讀血書傷情思舊友 聞凶信仗義訪良朋 제58회 史將軍隴右失機 宰少女途中得勝 제59회 洛公子山中避難 史英豪岺下招兵	권지십오	제57회 讀血書傷情思舊友 聞凶信仗義訪良朋 제58회 史將軍隴右失機 宰少女途中得勝 제59회 洛公子山中避難 史英豪岺下招兵	
제60회 熊大郎途中失要犯 燕小姐堂上宴嘉賓 제61회 小才女亭內品茶 老總兵園中留客 제62회 綠香園四美巧相逢 紅文館群芳小聚會 제63회 論科場衆女談果報 誤考試十美具公呈	권지십뉵	제60회 熊大郎途中失要犯 燕小姐堂上宴嘉賓 제61회 小才女亭內品茶 老總兵園中留客 제62회 綠香園四美巧相逢 紅文館群芳小聚會 제63회 論科場衆女談果報 誤考試十美具公呈	
제64회 賭石硯舅甥斗趣 猜燈謎姊妹陶情 제65회 盼佳音虔心問卜 預盛典奉命搶才 제66회 借飛車國王訪儲子 放黃榜太后考閨才	권지십칠	제64회 賭石硯舅甥斗趣 猜燈謎姊妹陶情 제65회 盼佳音虔心問卜 預盛典奉命搶才 제66회 借飛車國王訪儲子 放黃榜太后考閨才	
제67회 小才女卞府謁師 老國舅黃門進 제68회 受榮封三孤膺勅命 奉寵召衆美赴華筵 제69회 百花大聚宗伯府 衆美初臨晩芳園	권지십팔	제67회 小才女卞府謁師 老國舅黃門進 제68회 受榮封三孤膺勅命 奉寵召衆美赴華筵 제69회 百花大聚宗伯府 衆美初臨晩芳園	교주본은 제69회 회목 중 大聚가 大衆으로 기록됨.
제70회 述奇形蠶繭當小帽 談異域酒壇作烟壺	권지	제70회 述奇形蠶繭當小帽 談異域酒壇作烟壺	교주본은 제72회 회목 중 白[illegible]亭이

≪鏡花緣≫ 회목	≪第一奇諺≫ 회목		비고
제71회 觸舊事神往泣紅亭 聯新交情深凝翠館 제72회 古桐臺五美撫瑤琴 白術亭八女寫春扇 제73회 看圍棋姚妹談弈譜 觀馬弔孟女講牌經	십구	제71회 觸舊事神往泣紅亭 聯新交情深凝翠館 제72회 古桐臺五美撫瑤琴 白荒亭八女寫春扇 제73회 看圍棋姚妹談弈譜 觀馬弔孟女講牌經	白荒亭으로 기록됨.
제74회 打雙陸嘉言述前賢 下象棋諧語談故事 제75회 弄新聲水榭吹簫 隱俏體紗窗聽課 제76회 講六壬花前闡妙旨 觀四課牖下竊眞傳 제77회 斗百草全除舊套 對群花別出新裁 제78회 運巧思對酒縱諧談 飛舊句當筵行妙令	권지이십	제74회 打雙陸嘉言述前賢 下象棋諧語談故事 제75회 弄新聲水榭吹簫 隱俏體紗窗聽課 제76회 講六壬花前闡妙旨 觀四課牖下竊眞傳 제77회 斗百草全除舊套 對群花別出新裁 제78회 運巧思對酒縱諧談 飛舊句當筵行妙令	
제79회 指迷團靈心講射 擅巧技妙算談天 제80회 打燈虎亭中賭畵扇 拋氣球園內舞花鞋 제81회 白術亭董女談詩 凝翠館蘭姑設宴 제82회 行酒令書句飛雙聲 辯古文字音訛疊韻 제83회 說大書佐酒爲歡 唱小曲飛觴作樂 제84회 逞豪興朗吟妙句 發婆心敬誦眞經 제85회 論韻譜冷言譏沈約 引毛詩佳句美莊姜 제86회 念親情孝女揮淚眼 談本姓侍兒解人頤 제87회 因舊事游戲倣楚詞 即美景詼諧編月令 제88회 借月旦月姊釋前嫌 逞風狂風姨泄舊忿 제89회 闡元機歷述新詩 溯舊迹質明往事 제90회 乘酒意醉誦淒涼句 警芳心驚聞慘淡詞 제91회 折妙字換柱抽梁 掣牙籤指鹿爲馬 제92회 論果贏佳人施慧性 辯壺盧婢子具靈心 제93회 百花仙即景露禪機 衆才女盡歡結酒令 제94회 文艷王奉命回故里 女學士思親入仙山 제95회 因舊恙筵上談醫 結新交庭中舞劍 제96회 秉忠誠部下起雄兵 施邪術關前擺	이하 결본		번역본이 유실된 것으로 판단됨.

≪鏡花緣≫ 회목	≪第一奇諺≫ 회목	비고
毒陣 제97회 仙姑山上指迷團 節度營中解妙旨 제98회 逞雄心挑戰無火關 啓欲念被圍巴刀陣 제99회 迷本性將軍游幻境 發慈心仙子下凡塵 제100회 建奇勛節度還朝 傳大寶中宗復位		

≪鏡花緣≫과 ≪第一奇諺≫의 회목을 비교해 보면, ≪第一奇諺≫의 78회 중 제7회, 제11회, 제20회, 제22회, 제37회, 제38회, 제39회, 제40회, 제48회, 제49회의 회목이 없다. 이 가운데 제37회, 제38회, 제39회, 제40회, 제48회, 제49회는 결본이어서 자세한 사항을 알 수 없으나, 제7회, 제11회, 제20회, 제22회는 回目을 없애고 각각 제6회, 제10회, 제19회, 제21회와 통합하여 연속적으로 번역했다. 그리고 78회 이후의 내용은 번역여부 등 그 흔적을 찾을 수 없으나, 20권 제78회 끝에 "하회에 분해ᄒᆞ라."는 표현을 사용한 것으로 보아 번역이 이루어진 후 유실된 것으로 추정된다.[18)]

≪第一奇諺≫의 회목을 비교 검토 후에 번역 양상을 검토한 결과, 직역 및 의역, 음독이 부가된 운문 번역, 중국어 음차역과 한자어의 상용, 축역과 첨역, 생략 등의 방법을 다양하게 활용하여 번역이 진행되었다는 점을 알 수 있었다.[19)] 원전과 번역본을 비

---

17) 여기에 정리된 ≪鏡花緣≫의 회목은 가경 23년(1818) 蘇州原刻本을 저본으로 한 북경인민문학출판사본(1992)의 회목을 인용하였으며, ≪제일기언≫은 정규복·박재연의 교주본의 회목을 인용하고 상이한 부분은 원전을 기준으로 수정을 가했다.

18) 졸고, 〈≪鏡花緣≫과 한글 역본 ≪第一奇諺≫의 비교 연구〉(≪중국소설논총≫ 26집, 2007. 9.)에서는 목차상의 변화와 관련하여, "회목을 바꾸어 번역한 경우도 있는데, 제24회의 경우는 원전은 '唐探花酒樓聞善政 徐公子茶肆敘衷情'이나 번역본은 '說酸話酒保咬文 講迂談腐儒嚼字'으로 바뀌었다."고 서술한 바 있으나, 교주본의 제24회 회목은 제23회와 동일하게 기록되어 있어, 최근 교주자에게 이를 확인한 결과 오타로 확인하였다. 때문에 도표상의 제24회 회목은 원전과 동일하게 기록하였다. 또한 朱淑霞는 洪羲福이 "淸 道光12年 ≪鏡花緣繡像≫(李汝珍, 道光 12年, 芥子園藏版. 1832.) 판본을 참고했을 가능성이 가장 높다."고 판단하고, 이를 참고하여 역자가 소주제에 따라 나름대로 재구성하였다고 보고 있다.(朱淑霞, 〈文人的 主體意識의 再現-- ≪第一奇諺≫의 飜譯者인 洪羲福을 中心으로〉, 중국소설론총, 제35집, 2011. 12.) 그러나 역자가 20권으로 나눈 것을 분석한 도표와 실제 내용을 분석해보면, 소주제에 따른 구성이 아니라 사건 전개에 따른 재구성임을 확인할 수 있다.

19) 학계에서 이루어지고 있는 중국에서 유입된 번역소설의 대상은 대부분 낙선재본 번역소설이며, 기타 번역소설도 있다. 낙선재본 번역소설의 대표적 특징은 직역과 축역 위주의 번역을 진행하였

교한 그 구체적인 양상을 예시를 통해 자세히 살펴보겠다.

1) 직역 및 의역

직역이란 원문의 심층구조 속에 숨어 있는 내용을 정확하게 옮겨놓는 동시에 표층구조의 풍격을 제대로 살리는 수법을 말한다. 다시 말하면 원문의 내용과 형식에 다 충실한 것을 의미한다. 직역은 의역과 상대되는 개념으로서 그것은 원문에 충실할 것을 요구하며 원문에 기초하여 유창성과 표현성의 원칙을 실현하는 것이다. 또한 직역은 어디까지나 원문의 내용을 정확하게 전달하기 위한 것이어야 하며 절대 원문의 내용에 손상을 주어서는 안 된다.[20]

≪第一奇諺≫에서는 기본적으로 원전의 글자 하나하나를 따라가며 번역하는 直譯 위주의 번역태도를 보이고 있다. 이는 당시 한글 고어가 중국어를 표현하는 데 있어서 적합한데다가 중국과 밀접한 자연 환경과 인문적인 배경을 가지고 있었기 때문에 가능하였던 것이다. 구체적인 예문을 통해 보겠다.

> "하계 인군이 원ᄂᆡ ᄉᆞ히 구쥐의 임ᄌᆡ 되야 하늘을 대신ᄒᆞ야 덕화ᄅᆞᆯ 펴ᄂᆞ니 엇지 즐겨 음양을 전도ᄒᆞ고 절후ᄅᆞᆯ 밧고아 사ᄅᆞᆷ의 어려워 ᄒᆞᄂᆞᆫ 바ᄅᆞᆯ 힝ᄒᆞ라 ᄒᆞ리요. 만일 상아션ᄌᆞ 갓흐니 하계의 ᄂᆡ치여 녀황제 되면 이런 무도ᄒᆞᆫ 녕을 ᄂᆡ려니와 다르니ᄂᆞᆫ 결단코 즐겨 힝치 아니리니 그ᄯᆡ의 쇼션이 만일 그런 녕을 죠ᄎᆞ 군방을 퓌게 ᄒᆞ거든 원컨ᄃᆡ 홍진의 ᄯᅥ러져 얼항 풍파의 무궁고초ᄅᆞᆯ 격거도 길이 뉘우츠미 업스리이다!"(제2회 37쪽)[21]
>
> "那人王乃四海九州之王，代天宣化，豈肯顚倒陰陽，强人所難。要便是嫦娥仙子臨凡，做了女皇帝，出這無道之令，別個再不肯的。那時我果糊塗，竟任百花齊放，情願墮落紅塵，受孽海無邊之苦，永無翻悔！"(제2회 9쪽)

≪第一奇諺≫의 우리말 번역 부분과 ≪鏡花緣≫ 원문을 비교해 보면 내용상에서

다는 점이다. 이러한 현상은 ≪快心編≫이나 ≪平山冷燕≫·≪紅樓復夢≫ 등에서 나타나는 일반적인 현상이다. 중한번역연구소 소장 ≪南宋演義≫·≪三國志≫ 국립중앙도서관 소장 ≪東漢演義≫ 등에서도 유사한 번역 양상을 보여준다.

20) 이용해, ≪중한번역이론과 기교≫, 국학자료원, 2002. 89쪽. 김명신, 〈樂善齋本 ≪紅樓復夢≫의 飜譯 樣相〉, ≪중국소설논총≫ 21집, 2005. 3. 재인용.

21) 본 논문에 인용된 번역본의 회와 쪽수는 정규복·박재연 교주본 ≪第一奇諺≫의 회와 쪽수를 가리킴.

거의 차이가 없는 직역 위주의 번역임을 알 수 있다. 다만 '那人王'을 문맥에 맞게 '하계 인군'으로 번역하였고 '果糊塗'는 의역한 것을 볼 수 있다. 직역은 대체로 작품 전반에 일관되게 나타나는 양상이라 볼 수 있으나 의역도 동시에 이루어졌다.

의역이란 원문의 표면상의 표현형식에 구애되지 않고 語義만을 밝혀 옮겨오는 것을 말한다. 더 정확하게 말하면 원문에 담겨진 정보만 옮겨와서 자유롭게 번역하는 수법이다. 사실상 어떠한 문체를 번역하든지 직역과 의역은 함께 사용되고 있다고 볼 수 있다. 어떠한 번역물이라도 단순한 직역이나 단순한 의역은 존재하지 않는다. 직역은 번역을 하는 데 있어서 필수적인 출발점이 되어야 하고 의역은 직역을 토대로 하여 진행되어야 하는 것이다.[22]

≪第一奇諺≫의 역자 洪羲福은 기본적으로는 직역을 위주로 번역을 진행했지만 의역도 병행해서 진행했다. 이렇게 진행되는 의역은 당시 중국과 조선 양국에서 사용된 언어의 환경과 생활습관 등이 다름으로 인한 결점을 보완해주는 의미를 지니며, 그렇게 하더라도 소설 전체의 서사내용에는 큰 손상을 주지는 않는다. 다음의 예문을 보자.

> 1)"제 임의 쳔셩이 글을 죠ᄒᆞᄒᆞ기로 ᄆᆡ양 ᄉᆡᆼ녀의게 보ᄂᆡ야 쪽지어 ᄆᆡ졔(妹弟)의게 ᄀᆞ르치믈 구코져 ᄒᆞ되 근년의 ᄆᆡ졔 집의 잇ᄂᆞᆫ 날이 젹으ᄆᆡ 다만 공명을 닐우기를 기ᄃᆞ려 보ᄂᆡᆯ가 ᄒᆞ더니 뜻ᄒᆞ지 아녀 겨유 득의ᄒᆞᄌᆞ 도로 실의ᄒᆞ다 ᄒᆞᄆᆡ 만ᄉᆞ의 뜻이 업슬 듯ᄒᆞ야 먼져 쳥치 못ᄒᆞ괘라."(제8회 77쪽)
>
> "俺因他要讀書, 原想送給甥女作伴, 求妹夫教他. 偏這幾年妹夫在家日子少. 只好等你作了官, 再把他送去. 誰知去年妹夫剛中探花, 忽又鬧出結盟事來."(제8회 43쪽)

> 2)"져 젼 놉흔 나모 우희 안즌 바 ᄒᆞᆫ 쎼 거믄 새 앗가 언덕의 ᄂᆞ려 각：져근 돌을 물고 가더니 졍희 가다가 ᄂᆞ리쳐 우연이 ᄆᆡ졔의 머리에 써러지도다."(제8회 83쪽)
>
> "妹夫：你看那邊一群黑鳥, 都在山坡啄取石塊. 剛才落石打你的, 就是這鳥."(제8회 47쪽)

예1)의 대화내용은 임지양이 그의 딸 임완여를 당오의 딸 임소산과 짝지어 당오에게 가르침을 청하고자 했으나 당오가 과거시험에서 탐화로 합격했다가 중종 복위에 가담했던 일로 실의하게 됨을 말한 부분이다. 예문을 비교해 보면, 원문의 '誰知去年妹夫剛

22) 이용해, ≪중한번역이론과 기교≫, 국학자료원, 2002. 93-103쪽. 김명신, 〈樂善齋本 ≪紅樓復夢≫의 飜譯 樣相〉, ≪중국소설논총≫21집, 2005. 3. 108-109쪽 재인용.

中探花, 忽又鬧出結盟事來.' 부분이 번역본에서는 '겨유 득의ᄒᆞᄌᆞ 도로 실의ᄒᆞ다 ᄒᆞᄆᆡ 만ᄉᆞ의 뜻이 업슬 듯ᄒᆞ야 먼져 청치 못ᄒᆞ괘라.'로 번역되었으니, 원전의 의미와 큰 차이가 없음을 알 수 있다.

예문2)의 경우는 임지양이 매부인 당오에게 한 대화인데, 원전 중 '妹夫 : 你看' 부분의 번역을 구체적으로 하진 않았지만 작품의 내용을 전혀 손상시키지 않았다. ≪第一奇諺≫은 이처럼 원전의 의미가 손상되지 않는 범위내의 의역이 진행되었다.

2) 음독이 부가된 운문 번역

낙선재본과 기타 번역소설에서는 운문적 내용이 대부분 생략되거나 축약되어 있는 경우가 많으나, 일부는 중국시를 번역하고 우리말의 음감을 살리기 위하여 음독을 부가하였다.[23] ≪第一奇諺≫은 원문의 운문적 내용을 대부분 음독을 부가하여 번역하였다.

명죠유샹원(明朝遊上苑)ᄒᆞ니
화쇽보츈지(火速報春知)라
화슈년야발(花須連夜發)ᄒᆞ야
막대효풍최(莫待曉風催)ᄒᆞ라

ᄂᆡ일 ᄋᆞ츰 샹원의 놀녀 ᄒᆞ니
샐니 봄의게 보ᄒᆞ라
ᄭᅩᆺ치 모롬즉시 밤으로 퓌라
ᄉᆡ벽 ᄇᆞ람의 ᄌᆡ촉ᄒᆞ믈 기ᄃᆞ리지 말라. (제4회 48쪽)

---

23) 전성운, 〈낙선재본 ≪쾌심편≫의 번역양상과 그 특징〉(제56회 한국중국소설학회 발표집, 2003. 9. 27.), 최윤희, 〈낙선재본 ≪평산냉연≫의 번역양상 연구〉(제56회 한국중국소설학회 발표집, 2003. 9. 27.), 박재연, 〈19세기말 ≪紅樓夢≫系 필사본 번역소설에 나타난 어휘연구〉(제 61회 한국중국소설학회 정기학술발표회논문집, 2004. 11. 21.), 김명신, 〈樂善齋本 ≪紅樓復夢≫의 飜譯 樣相〉(≪중국소설논총≫ 21집, 2005. 3.), 김정녀, 〈樂善齋本 ≪補紅樓夢≫과 ≪紅樓夢補≫의 飜譯 樣相〉(≪중국소설논총≫ 21집, 2005. 3.), 최길용, 〈한글 필사본 ≪瑤華傳≫의 飜譯 및 變異 樣相〉(≪중국소설논총≫ 21집, 2005. 3.), 이은영, 〈列國題材 소설작품과 한국 구활자본의 개역현상〉(≪중국소설논총≫ 24집, 2006. 9.), 김 영, 〈중한번역문헌연구소 소장 한글 필사본 ≪남송연의≫에 대하여〉(≪중국소설논총≫25집, 2007. 3.), 이재홍, 〈한글번역필사본 ≪동한연의≫에 대하여〉(≪중국소설논총≫25집, 2007. 3.), 정민경, 〈한글필사본 ≪삼국지≫의 번역양상과 어휘특징: 중한번역문헌연구소 소장 ≪삼국지≫(19책본)을 중심으로〉(≪중국소설논총≫ 25집, 2007. 3.) 등의 논문 참조.

욕고문졔슈위션(欲高門第須爲善)이오
문과 집을 놉히고져 홀진딕 모롬즉이 착흔 닐을 홀 거시오
요호ᄋᆞ손필독셔(要好兒孫必讀書)라
ᄌᆞ손을 무던코져 홀진딕 반드시 글을 닑히라 말이라(제21회 219쪽)

위의 예에서 보이는 것처럼 음독을 제시한 후, 우리말 번역시를 제시하여 작품을 더 쉽게 이해하도록 하였다. 이 점은 독자층이 한자에 대해 기본적으로 이해하고 있다는 것을 전제로 한 것이다.[24]

3) 중국어의 음차역 및 한자어의 상용

음역의 경우는 당시 언어의 쓰임을 짐작할 수 있는 부분이다. 이 경우는 당시에서 오늘날에도 사용되어온 한자어나 인명, 지명 등의 고유명사, 인칭대명사가 많이 보이며, 기타의 경우도 있다. 이것은 15세기에 한글이 창제되어 기존에 사용하던 한자어가 한글로 표기하게 되었지만, 19세기 중반에 번역된 소설임에도 불구하고 지식인들이 한자어를 상용하는 습관은 버리지 못하여 여전히 상용하고 있다는 사실을 보여준다. 동시에 번역자들이 중국의 문화에 너무 익숙한 나머지 중국어와 한자어를 병용하였다는 추론이 가능하다. 다음 예문을 보면 많은 한자어가 사용되고 있음을 알 수 있다.

이튼날 길일을 당ᄒᆞ믹 모든 궁네 일즉이 나아와 지분을 ᄇᆞ르며 운환을 쒸우미 젼일의셔 일빅 힘써 ᄒᆞ니 두 ᄶᅩᆨ 금년이 비록 졀쇼ᄒᆞ든 못ᄒᆞ나 문득 모양이 방불흔딕 일썀 대홍봉두혀(大紅鳳頭鞋)를 신기니 ᄯᅩ흔 크도 적도 아니ᄒᆞ며 몸의 금ᄉᆞ망농삼(金絲蟒龍衫)을 닙고 머리의 쇄금구봉관(碎金九鳳冠)을 쓰며 일신의 옥픽 정당하고 만면의 향긔 인온ᄒᆞ니 이 비록 쳔향국싴은 못되나 과연 뇨죠 절세ᄐᆞ ᄒᆞ리더라.(제34회 342쪽)

到了次日吉期, 衆宮娥都絶早起來替他開臉；梳裹·搽胭抹粉, 更比往日加倍殷勤. 那雙"金蓮"雖覺微長, 但纏的彎彎, 下面襯了高底, 穿著一雙大紅風頭鞋, 卻也不大不小；身上穿了蟒衫, 頭上戴了鳳冠, 渾身玉佩叮璫, 滿面香氣撲人, 雖非國色天香, 卻是裊裊婷婷.(제34회 242쪽)

'길일, 궁네, 지분, 운환, 젼일, 일빅, 금년, 모양, 방불, 일썀, 대홍봉두혀, 금ᄉᆞ망농삼,

24) 낙선재본 번역소설에서 음독이 부가된 중국시 번역은 상당히 보편적인 현상이었으나, ≪쾌심편≫이나 ≪평산냉연≫의 경우 시가 대부분 생략되거나 축약되었다.

쇄금구봉관, 일신, 옥픽, 정당, 만면, 향긔, 인온, 천향국식, 뇨죠, 졀셰” 등의 표현은 모두 한자어이다. 사실 오늘날에도 한자와 우리말을 명확하게 구분하기란 쉬운 일이 아니다. 한자는 이미 우리말의 일부분이 되었기 때문이다.

이렇게 한자문화권내에서 한자어에 익숙했지만 한자어를 활용해서도 번역할 수 없는 부분이 있었다. 이는 조선에서 상용되던 한자어와 중국에서 쓰이는 중국어가 서로 상이한 차이점을 가지고 있었기 때문이다. 특히 호칭이나 몇몇 사물의 명칭, 그리고 기타의 단어 등은 우리가 전혀 쓰지 않는 것들이어서 음차역할 수밖에 없는 상황이었다. 아래의 예는 음차역과 원문을 병기한 것이다.

싀탄(제4회 51쪽) 柴炭(제4회 21쪽), 셜압(제5회 54쪽) 褻狎(제5회 23쪽), 차설(제6회 72쪽) 次說(제7회 38쪽), 셜파(제6회 64쪽) 說罷(제6회 30쪽), 어시(제6회 68쪽) 於是(제6회 30쪽), 점두(제9회 88쪽) 點頭(제9회 50쪽), 냥봉(제10회 100쪽) 兩封(제10회 60쪽), 신슈(제10회 100쪽) 薪水(제10회 60쪽), 일개(제10회 102쪽) 一概(제10회 62쪽), 녀긔(제10회 104쪽) 戾氣(제10회 63쪽), 시인(제11회 109쪽) 市人(제11회 65쪽), 냥개(제11회 110쪽) 兩個(제11회 66쪽), ᄎᆞ타(제12회 115쪽) 蹉跎(제12회 71쪽), 청파(제13회 129쪽) 聽罷(제13회 85쪽), 뉴심(제17회 162쪽) 留心(제17회 112쪽), 취모(제17회 169쪽) 吹毛(제17회 119쪽), 중청(제18회 172쪽) 重聽(제18회 122쪽), 탈신(제18회 172쪽) 脫身(제18회 123쪽), 인연(제21회 202쪽) 人煙(제21회 148쪽), 진가(제25회 244쪽) 眞假(제25회 174쪽), 녕긔(제25회 246쪽) 令旗(제25회 175쪽), 한ᄌᆞ(제26회 257쪽) 漢子(제26회 182쪽), 할고(제27회 276쪽) 割股(제27회 194쪽), 니이(제28회 292쪽) 離異(제28회 202쪽), 무론(제29회 296쪽) 無論(제29회 205쪽), 여류(제31회 317쪽) 如流(제31회 222쪽), 무가ᄂᆡ히(제33회 336쪽) 無可奈何(제33회 237쪽), 하락(제34회 343쪽) 下落(제34회 242쪽), 간정(제35회 351쪽) 乾淨(제35회 249쪽), 청신(제35회 353쪽) 淸晨(제35회 250쪽), 타조(제36회 360쪽) 打造(제36회 256쪽), 화병(제36회 362쪽) 畵餠(제36회 257쪽), 음문(제41회 365쪽) 音問(제41회 289쪽), 년파(제41회 366쪽) 連波(제41회 290쪽), 푸개(제43회 379쪽) 包裹(제43회 313쪽), 청열(제44회 393쪽) 淸熱(제44회 322쪽) 포졔(제45회 412쪽) 炮製(제45회 332쪽), 찬획(제45회 412쪽) 贊畫(제45회 332쪽), 림니(제46회 420쪽) 淋漓(제46회 337쪽), 심방(제46회 420쪽) 尋訪(제46회 337쪽), 관졀(제51회 457쪽) 關節(제51회 374쪽), 인연(제51회 457쪽) 夤緣(제51회 374쪽), 면강(제52회 462쪽) 勉强(제52회 378쪽), 열요(제56회 514쪽) 熱鬧(제56회 413쪽), 점득(제56회 518쪽) 點得(제56회 415쪽), ᄎᆞᆷ치(제64회 590쪽) 參差(제64회 465쪽), 도시(제65회 608쪽) 都是(제65회 479쪽), 쳡ᄌᆞ(제68회 638쪽) 帖子(제68회 504쪽), 냑냑(제70회 652쪽) 略略(제70회 516쪽), 스뎽(제73회 673쪽) 仙翁(제73회 536쪽), 질녀(제8회 76쪽) 姪女(제8회 42쪽), ᄉᆡᆼ녀(제8회 77쪽) 甥女(제8회 43쪽), 쇼졔(제8회 79쪽) 小弟(제8회 43쪽), 노쟝(제21회 205쪽) 老丈(제21회 148쪽), 거거(제10회

100쪽) 哥哥(제10회 60쪽), 져져(제10회 99쪽) 姐姐(제10회 60쪽), 니괴(제14회 131쪽) 尼姑(제14회 89쪽), 셰졔(제15회 143쪽) 世弟(제15회 98쪽), 셰믹(제15회 143쪽) 世妹(제15회 98쪽), 〈모(師母), 비즈(제17회 162쪽) 婢子(제17회 112쪽), 구모(제31회 312쪽) 舅母(제31회 217쪽) 구귀(제31회 315쪽) 舅舅(제31회 221쪽), 고부(姑夫), 고야(제34회 344쪽) 姑爺(제34회 243쪽), 쳐귀(제35회 348쪽) 妻舅(제35회 247쪽), 장부(제42회 374쪽) 丈夫(제42회 310쪽), 도괴(제46회 414쪽) 道姑(제46회 334쪽), 녀셔(제54회 488쪽) 女婿(제54회 400쪽), 식부(제54회 488쪽) 媳婦(제54회 400쪽), 수쉬(제56회 506쪽) 嫂嫂(제56회 411쪽), 빅모(제56회 507쪽) 伯母(제56회 411쪽), 노스(제67회 630쪽) 老師(제67회 496쪽), 믹믹(제68회 636쪽) 妹妹(제68회 502쪽), 현싱(제68회 637쪽) 賢甥(제68회 503쪽), 모구(제70회 650쪽) 母瞿(제70회 515쪽) 등등

이상에서 사용한 어휘들은 번역과정에서 우리말로 번역하기에 적당한 어휘들을 찾기 어렵거나 번역한다하더라도 어색한 표현들이 많다. 또한 제시한 일부 단어들 이외에도 우리말 표현이 애매하거나 한자어의 습관적인 사용에 따라 그대로 음역하고 한자를 병기한 말들이 허다한데, 한자를 이해하지 못한 독자였다면 너무 생경한 표현이어서 쉽게 이해하기 어려웠을 것이다.

4) 축역 및 개역

≪第一奇諺≫의 縮譯과 改譯은 매 회에서 대단히 빈번하게 활용되었고 그 분량에 있어서도 5행 미만의 소량에서 1쪽 이상의 다량에 이르기까지 다양하다.[25]

축역을 한 내용은 대부분 번거롭다고 판단되는 의론들과 재학적 요소들이고, 동시에 불필요하다고 판단되거나 축약해도 문맥상 그다지 이상이 없다고 판단되는 일반적인 내용의 축역도 이루어졌다. 원전 기준으로 반쪽 이상의 분량에 축역을 한 회는 12회, 19회, 24회, 30회, 32회, 41회, 52회, 66회, 70회, 73회, 74회, 75회, 77회, 78회 등인데, 31회의 경우 3쪽 분량이 번역본 1쪽 분량, 41회의 경우 14쪽 분량이 번역본 2쪽 분량, 75회의 경우 3쪽 분량이 반쪽 분량으로 축역이 이루어졌다. 다음 예문은 축역의 한 예이다.

운지 왈, "…믹직 이에 지반 법식을 써셔 보시게 ᄒ리라. 여ᄎ여ᄎᄒ면 지반이니이다." 이 씨 벽지 챵 안흐로조ᄎ 듯기를 ᄌ시 ᄒ믹 깃부믈 닉의지 못ᄒ야 왈, "원락 지반이 이러

---

25) 본 논문에서 인용한 원전 ≪鏡花緣≫의 1행은 대략 28자, 1쪽은 24행이다.

> ᄒᆞ도다." ᄌᆡ방 왈, "ᄆᆡ지 이제야 지반을 명ᄇᆡᆨ히 아ᄂᆞ니 다시 천반(天盤) 법식을 ᄀᆞ르치쇼셔." 운지 왈, "여ᄎᆞ여ᄎᆞᄒᆞ면 곳 천반이니 이에 쓴 ᄇᆞᄅᆞᆯ 보쇼셔." 벽지 문틈으로 ᄌᆞ세히 보고 ᄀᆞᄆᆞ니 졈두ᄒᆞ야 ᄆᆞᆷ에 긔록ᄒᆞ니라. ᄌᆡ방 왈, "천반을 쾌히 ᄭᆡ드르니 ᄉᆞ과ᄂᆞᆫ 엇지ᄒᆞᄂᆞ뇨?" 운지 다시 써 뵈여 왈, "여ᄎᆞ여ᄎᆞᄒᆞ니이다."(제75회 694쪽)

위의 예문은 ≪第一奇諺≫의 일부분인데, '여ᄎᆞ여ᄎᆞ'를 활용하여 생략이나 다름없는 축약을 진행했다. 원전의 분량으로 보면 2쪽 이상에 해당하는 내용을 간단히 처리해 버린 것이다. 원전의 내용은 당연히 이해하기 어려운 내용임은 물론 소설적인 맛과는 거리가 있는 '回文璇璣圖'의 독법에 관한 부분이다. 역자는 서사진행에 결코 방해를 받지 않으면서 분량을 줄일 수 있는 효과적인 방법으로 축역을 활용하였다. 그러나 역자의 판단으로 서사성이 떨어지는 재학적 요소를 축역하였더라도 많은 분량을 한꺼번에 생략하고 '여ᄎᆞ여ᄎᆞ'와 같은 표현을 활용한 것은 문장의 연결이 부드럽지 못함은 물론 원작의 의미를 훼손하는 결과를 가져왔다.

다음은 개역의 구체적 내용에 대해 살펴보겠다. 가장 두드러진 특징은 낙선재본 번역소설들처럼 장회소설의 기법을 변형시킨 것이다.[26] 먼저 ≪鏡花緣≫은 100회 본이나 ≪第一奇諺≫은 78회분만 전해지고 있어서 79회부터의 내용은 알 수 없는 상황이나, 이는 원래 번역자가 번역을 마쳤으나 후손에 의해 유실된 것으로 판단된다. 왜냐하면 ≪鏡花緣≫은 장편 장회소설로 매 회 끝에서 사용되는 "어찌 되었는지 알 수 없으니 다음 회에서 설명하노라."(未知如何, 下回分解.)라는 형식을 충실히 지키고 있다. 그러나 ≪第一奇諺≫은 이러한 형식을 변형시켜 매 회의 끝이 아닌 회의 중간에서 사용하거나 권의 끝에서 사용하고 있는데, 이 두 가지의 정형화된 틀이 변함없이 유지된 것을 보면, 번역자가 번역을 끝까지 진행했을 것이라는 추론이 가능케 한다. 구체적으로 ≪第一奇諺≫에서는 총 12회에서 장회소설의 형식인 "어찌 되었는지 알 수 없으니 다음 회에서 설명하노라."라는 틀을 사용하고 있다. 이는 5권의 끝인 제24회에서 처음으로 이

26) 일반적으로 낙선재본 번역소설들은 장회소설의 기법을 부분 변형하여 개장시를 생략하거나 산장부분을 생략하였다. 그런데 낙선재본 ≪平山冷燕≫(최윤희, 〈낙선재본 ≪평산냉연≫의 번역양상 연구〉, 제56회 한국중국소설학회 발표집, 2003. 9. 27.)과 연세대본 ≪옥지긔≫(박재연·김장환, 〈연세대 소장 번역 고소설 필사본 ≪옥지긔≫ 연구—고어 자료를 중심으로〉, 제56회 한국중국소설학회 발표집, 2003. 9. 27.)는 散場을 나타내는 부분이 전혀 번역되지 않았고, "話說", "却說", "且說" 등도 번역하지 않았다.

형식을 취하고 있으며, 회의 끝이 아닌 중간에서 활용했다. 이와 같은 경우로는 제24회 이외에 제32회, 제53회, 제56회, 제63회, 제66회, 제69회, 제73회에서 활용되었다. "이 문득 엇던 녀ᄌᆞ런고? 하회에 분ᄒᆡᄒᆞ라."(5권 제24회), "하회에 ᄌᆞ셔ᄒᆞ니라. 무슐 원일 회일 니어 쓰노라."(7권 제32회), "엇지된고 하회에 분해ᄒᆞ라. 뎡미 납월 십칠일 대셜즁셔."(14권 제53회), "엇지된고 하회에 분해ᄒᆞ라. 뎡미 납월 이십일 취즁에 그리노라."(14권 제56회), "그 일이 엇지된고 하회에 분해ᄒᆞ라. 뎡미 졔셕의 총망 필셔ᄒᆞ니 금년에 뉵권을 그려ᄂᆡ니라."(16권 제63회), "엇지된고 하회에 분해ᄒᆞ라."(17권 제66회), "엇더ᄒᆞᆫ고 하회에 분해ᄒᆞ라."(18권 제69회), "그 나기 엇지된고 하회에 분해ᄒᆞ라."(19권 제73회) 등으로 표현하면서 새로운 회가 시작된 것이 아니라 "話說"하는 간단한 표현과 함께 새로운 회처럼 시작된다. 이와 달리 원전과 일치하게 회의 끝에서 활용한 경우는 8권 제36회의 "이 엇던 세자인지 하회에 자셔하니라." 11권 제47회의 "그 무슨 정자인고 하회에 분해ᄒᆞ라.", 15권 제59회의 "그 엇던 사람인고 하회에 분해ᄒᆞ라."와 20권 제78회 "하회에 분해ᄒᆞ라." 등이 있다. 이러한 형식은 원칙적으로 권의 시작과 끝의 사이에서 사용되었으나, 53회는 권의 시작과 끝에 관계없이 중간에서 시작되는 파격을 사용하고 있다.

아래 예문을 통해 이전 회의 끝과 다음 회의 처음 부분을 연결하는 방법이 다르다는 것을 발견할 수 있다. ≪鏡花緣≫은 5회와 6회를 연결하는 방법이 명·청대의 章回小說의 기법을 쓰고 있으나, ≪第一奇諺≫은 이러한 서술수법을 없애고 바로 연결했다. 이것은 전체 소설에 나타나는 현상이다.

> 무후는 또 군방포에 이르러 둘러보고 연회를 열도록 분부하여 공주와 꽃을 감상하며 술을 마셨다. 어찌 되었는지 알 수 없으니 다음 회에서 설명하노라.(武后又到群芳圃看了一遍, 分付擺宴與公主賞花飮酒. 未知如何, 下回分解.)(≪鏡花緣≫제5회 끝 부분)

> 무후는 연회를 열도록 분부한 후 공주와 함께 꽃을 감상하며 술을 마셨다. 다음날 조서를 내려 군신들에게 모두 상림원으로 나가 꽃을 감상하도록 명하고 주연을 크게 열었다. 그리고 꽃 이름 99종을…(話說武后分付擺宴, 與公主賞花飮酒. 次日下詔, 命群臣齊赴上苑賞花, 大排筵宴. 並將九十九種花名…)(≪鏡花緣≫ 제6회 첫 부분)

> ᄒᆞ고 인ᄒᆞ야 군방원의 ᄂᆞ아가 ᄉᆡ로 즌치를 열어 공쥬로 더부러 즐기고 도라오ᄆᆡ 이튼날 죠셔를 ᄂᆞ리와 만죠 군신으로 ᄒᆞ야곰 샹님원의 나아와 꼿츨 구경ᄒᆞ라 ᄒᆞ고 대연을 비셜ᄒᆞ야 셩ᄉᆞ를 ᄌᆞ랑ᄒᆞᆯᄉᆡ(≪第一奇諺≫ 제5회 끝 부분)

ᄉᆞᆺ일홈 구십구죵을(≪第一奇諺≫ 제6회 첫 부분)

매 회의 끝과 매 회 시작을 서로 연결시켜 縮譯 내지 添譯을 통한 개역이 이루어졌다. 원전은 前 회에서 마무리를 하고 다음 회에서 이전 회의 마지막 한두 줄을 다시 언급하는 형태이나 번역본은 이전 회 내지 다음 회에서 한번만 서술하는 형태를 띠고 있는 것이다.[27)]

또한 ≪第一奇諺≫ 전체 78회 본을 목차 상으로 보면 제7회, 제11회, 제20회, 제22회, 제37회, 제38회, 제39회, 제40회, 제48회, 제49회의 회목이 없다. 이 가운데 제37회, 제38회, 제39회, 제40회, 제48회, 제49회는 결본이어서 자세한 사항을 알 수 없으나, 제7회, 제11회, 제20회, 제22회는 回目을 없애고 각각 제6회, 제10회, 제19회, 제21회와 통합하여 연속적으로 번역했다. 기존 연구에서는 이점을 구체적으로 언급하고 있지 않아서 하나하나 대조하여 비교하지 않으면 발견할 수 없는 사항이다. 회목을 바꾸어 번역한 경우도 있는데, 제24회의 경우는 원전은 "唐探花酒樓聞善政 徐公子茶肆敘衷情"이나 번역본은 "說酸話酒保咬文 講迂談腐儒嚼字"으로 바뀌었다.

개역의 또 다른 특징은 등장인물의 성이나 이름, 지명, 숫자를 바꾸거나, 하나의 대화를 둘로 나누거나 두 개의 대화를 하나로 합치기, 대화체를 서술체로 바꾸거나 서술체를 대화체로 바꾸는 등의 방법을 사용했다. 다음 예문은 문장의 형식과 내용에 대해 개역을 진행한 예이다.

> 즁인이 모다 ᄌᆞᄐᆞ ᄒᆞ니 벽지 이에 반일을 ᄉᆡᆼ각ᄒᆞ야 엇지 못ᄒᆞᄆᆡ 밧비 변부 오거루[五車樓 ᄎᆡᆨ 싸흔 집이라]에 나아가 온갖 ᄎᆡᆨ을 샹고ᄒᆞ나 ᄆᆞᄎᆞᆷᄂᆡ 엇지 못ᄒᆞ니 무료히 도라오거ᄂᆞᆯ 장츈휘 왈, "ᄂᆡ 아니 ᄆᆡᄆᆡᄅᆞᆯ 권ᄒᆞ야 샹코치 말나 ᄒᆞ나 조히 나기ᄅᆞᆯ 지리로다. ᄇᆡᆨ인은 니르도 말고 십인도 이ᄀᆞᆺ치 모히믈 엇기어려오니라. 나ᄂᆞᆫ 오히려 잇스니 다만 ᄇᆡᆨ인이 아니라 슈샴ᄇᆡᆨ인이 모히믈 어더ᄂᆡ리라. 네 만일 샴ᄇᆡᆨ 벌쥬를 몬져 먹으면 ᄂᆡ 맛당히 말ᄒᆞ리라." 벽지 왈, "ᄂᆡ 임의 나기ᄅᆞᆯ 진 후ᄂᆞᆫ 벌쥬ᄅᆞᆯ 먹으리니 아모리나 말ᄒᆞ라. 져졔 만일 못 어더ᄂᆡ면 나의 벌쥬ᄅᆞᆯ 옴겨 먹으리라."(제 71회 659쪽)
>
> 衆人道: "好了! 無論那位輸贏, 我們總有戲看了!" 紫芝想了半日, 因走至卞濱五車樓

---

27) 이러한 현상은 낙선재본 ≪快心編≫이나 ≪平山冷燕≫·≪紅樓復夢≫, 중한번역연구소 소장 ≪南宋演義≫·≪三國志≫ 국립중앙도서관 소장 ≪東漢演義≫ 등에서도 유사한 양상을 보여주는데, 이것은 반복 서술되는 형식을 간략화하거나 생략한 것이다.

上把各種書籍翻了一陣, 那裏有個影兒, 只得掃興而回. 蔣春輝道: "妹妹! 我勸你不必查了, 認個輸罷. 莫講百十人, 就是打個對折也少的.一我倒有哩, 不但百十人, 就是二三百人我也找得出. 你如請我三本戲, 我就告訴你." 紫芝道: "與其請你三本戲, 倒不如認輸了.一也罷, 我就請你, 你說出大家聽聽學個乖, 也是好的. 只怕未必有百十姐妹聚在一處, 也未必有個凭據罷."(제71회, 524쪽)

위의 두 예문 중 밑줄 부분을 비교해 보면 대화체가 서술체로, 이름이 '紫芝'가 '벽지'로, '백인'의 절반(對折)인 '오십인'을 '십인'으로 바꿨음을 알 수 있다. 또한 '三本戲'라는 것을 샹빅 벌쥬로 바꾸면서 이야기의 흐름도 변화되었음을 알 수 있다. 이처럼 개역은 이야기의 내용이 명확하게 변화하는 양상을 보여준다. 때문에 이야기 구조상 '你如請我三本戲, 我就告訴你.'는 아예 생략할 수밖에 없음을 알 수 있다. 일반적인 경우 원전과 비교해 볼 때, 이러한 현상은 명백한 오역으로 판단할 수도 있겠으나 ≪第一奇諺≫의 경우 전체 역본에서 보편적으로 나타난 현상이며, 이는 역자가 서문에서 풍속이나 언어의 환경에 맞지 않는 곳을 고치고 윤색하였음을 밝힌 것과 같이 의도적으로 개역을 했다는 것을 뒷받침 해준다. 번역은 번역자의 의도나 취향 등이 적극적으로 반영되었을 경우 창작에 가까운 작품으로 재탄생할 수도 있지만 ≪第一奇諺≫의 경우 이 정도까지는 나아가지 않았다.

5) 첨역 및 생략

첨역의 예는 제 1회에서부터 시작하여 매 회에서 수차례 등장한다. '우어, 대쇼, 쇼, 크게 놀라, ᄎᆞ셜, 화셜, 각셜, 더옥 ᄎᆞ탄, 니어, 언파, 점두, ᄂᆡᆼ쇼, 대경, 급문, 미쇼, 향ᄒᆞ야, 경언간의, 흔연, 분연, 무러, 어시에, ᄉᆞ지져, 머리 흔드러" 등을 첨역하여 대화를 긴밀하게 하거나, 한 두 행을 첨역한 예는 매우 보편적이며, 다섯 줄 정도를 넘어서는 많은 분량을 첨가하여 번역한 회도 다수 있다. 제 1회, 제 9회, 제 10회, 제 22회, 제 26회, 제 27회, 제 32회, 제 35회, 제 43회, 제 51회, 제55회 등은 교주본 기준으로 반쪽에 가까운 분량이 연속 添譯되었고, 제 27회, 제 31회에서는 1쪽 전후의 분량을 연속 添譯한 것이 보인다. 첨역된 분량을 전체적으로 합산하면 1쪽 분량 정도의 양을 첨역한 회가 78회 중 25회 정도에 걸쳐 보인다.[28)]

---

28) 본 논문에서 인용한 교주본의 1쪽은 36자 27행 분량이다.

≪第一奇諺≫ 제1회의 시작 부분은 첨역과 생략이 동시에 이루어진 것을 보여준다. ≪鏡花緣≫의 첫머리는 명·청대 소설에서 사용되었던 '入話'의 성격으로서 전체 소설 내용에 대한 암시가 깔려 있으나, ≪第一奇諺≫은 이 부분이 아예 생략되어 버렸다. 아래의 예는 ≪鏡花緣≫ 제1회의 첫머리를 ≪第一奇諺≫에서는 완전히 삭제해버리고 시작하자마자 역자가 첨역한 내용이 있다.

> 昔曹大家女誡云：〈女有四行：一曰婦德, 二曰婦言, 三曰婦容, 四曰婦功.〉此四者, 女人之大節而不可無者也. 今開卷爲何以班昭女誡作引? 蓋此書所載, 雖閨閣瑣事, 兒女閒情, 然如大家所謂四行者, 歷歷有人：不惟金玉其質, 亦且冰雪爲心. 非素日恪遵女誡, 敬守良箴, 何能至此. 豈可因事涉杳渺, 人有妍蚩, 一併使之泯滅? 故於燈前月夕, 長夏餘冬, 濡毫戲墨, 彙爲一編：其賢者彰之, 不肖者鄙之；女有爲女, 婦有爲婦；常有爲常, 變有爲變. 所敘雖近瑣細, 而曲終之奏, 要歸於正, 淫詞穢語, 概所不錄. 其中奇奇幻幻, 由群芳被謫, 以發其端, 試觀首卷, 便知梗概.
>
> 且說天下名山, 除王母所住崑崙之外, 海島中有三座名山：一名蓬萊, 二名方丈, 三名瀛洲. (제1회 1쪽)

> 화셜 쳔하 명산에 곤륜산(崑崙山)이 웃듬이니 하ᄂᆞᆯ 셔편을 진정ᄒᆞ야 놉픠 하ᄂᆞᆯ에 ᄀᆞ즉ᄒᆞ니 좌편으로 요지(瑤池)ᄅᆞᆯ 님ᄒᆞ고 우편으로 취슈(翠水)ᄅᆞᆯ 둘너시며 ᄋᆞᄅᆡ로 약슈(弱手) 샴만리ᄅᆞᆯ 격ᄒᆞ니 그 ᄋᆞ홉 겹 구슬 셩을 두루고 열두 층 ᄇᆡᆨ옥누(白玉樓ᄅᆞᆯ) 셰우니 이 과연 낭원(閬院) 요지에 경누옥궐(瓊樓玉闕)이라. 곳 셔왕모(西王母) 거쳐ᄒᆞ시ᄂᆞᆫ 곳이니 셔왕모의 셩은 후시(緱氏)오 존호(尊號)ᄂᆞᆫ 구련태묘귀산금모원군(九靈太玅龜山金母元君)이라. 셔편 하ᄂᆞᆯ의 진묘(眞玅)ᄒᆞᆫ 긔운을 오로지 바다 탄ᄉᆡᆼᄒᆞ니 곤도(坤道)ᄅᆞᆯ 응ᄒᆞ야 녀ᄌᆞ의 샹(像)인 고로 쳔상쳔하(天上天下)와 삼계십방(三界十方)의 무릇 녀ᄌᆞ로 신션된 ᄌᆞᄅᆞᆯ 거ᄂᆞ려 만물(萬物)을 양육(養育)ᄒᆞᄂᆞᆫ ᄇᆡ요 그 다음 세 곳 신산이 잇스니 졔일은 ᄀᆞᆯ온 봉ᄂᆡ산(蓬萊山)이요 둘ᄌᆡᄂᆞᆫ ᄀᆞᆯ온 방장산(方丈山)이요 셋ᄌᆡᄂᆞᆫ ᄀᆞᆯ온 영쥬산(瀛洲山)이니 이 니른바 삼신산(三神山)이라.(제1회 27쪽)

위의 예문에서 원전의 밑줄 부분은 완전 생략된 곳이고 번역본의 밑줄 부분은 첨역된 곳이다. 위의 원전은 전체 소설의 도입부로서, 이후에 전개될 이야기들에 대한 커다란 암시가 담겨져 있다. 작자가 소설의 첫머리에 전통 예교의 교리가 주 내용인 ≪女誡≫를 인용한 목적은 사건 전개에 있어서 여성이 등장함을 암시하는 것이다. 또한 소설의 내용이 사소하게 느껴질지라도 건전하고 올바른 내용을 기술했음과 기이하고 환상적인 내용을 묘사할 것임을 암시하여 도입 부분에서 전체 대의를 이끌어내고 있는 것이다.[29] 역자가 이러한 부분을 생략해버린 것은 원저자의 창작의도를 훼손한 점이라 하겠다. 다음 예문은 역자의 의도에 따라 조선의 상황을 반영하여 첨역한 곳이다.

> 林之洋: "原來狼心狗肺都是又歪又偏的!"
>
> 行了几日, 到了厭火國. 唐敖約多·林二人登岸.(제26회 183-184쪽)
>
> 원외 왈, "그럴진ᄃᆡ 저 사ᄅᆞᆷ은 모양은 사ᄅᆞᆷ이나 심슐은 문득 일희와 개 ᄀᆞᆺᄒᆞ리로다. 다만 그 나라 사ᄅᆞᆷ이 낫낫치 종긔ᄅᆞᆯ 굼기 ᄯᅮᆯ니다 ᄒᆞᄂᆞᆫ잇가!" 구공 왈, "그 엇지 그러ᄒᆞ리요 당초 몃 사ᄅᆞᆷ이 그 병을 어든 후 년ᄒᆞ야 ᄌᆞ손을 나흘ᄉᆞ록 그 부모의 모양을 달마오니 즉금 ᄒᆞᆫ 죵뉴 되야 그러ᄒᆞ니 엇지 낫낫치 즘ᄉᆡᆼ의 ᄆᆞ음을 ᄀᆞ젓다 ᄒᆞ리오 ᄆᆞ초아 언덕 우희 여러 사ᄅᆞᆷ이 ᄒᆞᆫ 사ᄅᆞᆷ을 옹위ᄒᆞ여 ᄀᆞ거ᄂᆞᆯ ᄌᆞ시 바라보니 ᄒᆞᆫ 사ᄅᆞᆷ을 ᄀᆞ슴 굼게 불근 막대로 ᄭᅦ여 압 뒤흐로 사ᄅᆞᆷ이 메고 가니 그 즁에 놉ᄒᆞ 뵈ᄂᆞᆫ 지라." 당ᄉᆡᆼ 왈, "져 사ᄅᆞᆷ은 무ᄉᆞᆷ 죄ᄅᆞᆯ 지어 잡아가거ᄂᆞ 병이 들어 ᄭᅴ어가ᄂᆞᆫ도다." 구공 왈, "그러치 아니ᄐᆞ 져곳에 무릇 벼슬ᄒᆞ야 귀ᄒᆞᆫ 사ᄅᆞᆷ은 부ᄃᆡ 사ᄅᆞᆷ으로 하야곰 그 ᄀᆞ슴을 ᄭᅦ여 메고 단니게 ᄒᆞ니 ᄀᆞ쟝 놉흔 ᄌᆞᄂᆞᆫ 팔인이 메고 혹 뉵인도 메여 ᄉᆞ인도 메니 져 두 사ᄅᆞᆷ이 멘 ᄌᆞᄂᆞᆫ ᄂᆞ즌 벼슯에 대단이 놉지 못ᄒᆞᆫ 사ᄅᆞᆷ이로다. 이 졍히 우리 곳 교ᄌᆞ ᄐᆞᄂᆞᆫ 법과 ᄀᆞᆺᄒᆞ니이다." 원외 왈, "우리 벼슬이 ᄀᆞ장 귀ᄒᆞ여 그으기 ᄒᆞ고져 ᄒᆞ더니 져곳의 와 벼슬은 못ᄒᆞ리로다. 져 굼게 단단ᄒᆞᆫ 막ᄃᆡᄅᆞᆯ ᄭᅦ여 메니 그 굼기 오죽 알푸리오 ᄎᆞ라리 쳔ᄒᆞ야 제 발노 거라단니기만 못ᄒᆞ리로다." 이ᄀᆞ치 슈작ᄒᆞᆯ ᄉᆞ이 ᄇᆞ람이 급ᄒᆞ야 지경을 지ᄂᆞᆫ 지 오ᄅᆡᆫ지라 ᄯᅩ 힝ᄒᆞᆫ 지 몃ᄎᆞᆯ에 염화국(염화국) 지계의 다다르ᄆᆡ 당ᄉᆡᆼ이 여러 날 구경치 못ᄒᆞ믈 굼굼ᄒᆞ야 님·다 이인을 쳥ᄒᆞ야 언덕의 오르ᄆᆡ(제26회, 258-259쪽)

위의 예문 가운데 밑줄 그은 부분은 모두 첨역한 내용으로 작가의 상상력을 조선의 가마타고 다니는 풍속에 기탁하여 이끌어 나갔다. 이렇게 첨역한 것은 서사내용을 더 흥미롭게 만드는 작용을 하였음을 알 수 있다.[30]

省略의 방법을 활용한 예도 거의 매 회에서 이루어졌다. 한 회에서 1행 내지 3행 정도의 분량을 생략하는 것은 일반적인 예이며 많은 분량을 연속해서 省略한 회도 다수

---

29) 졸고, ≪李汝珍의 ≪鏡花緣≫ 연구≫, 전남대학교 박사논문, 1997, 42-43쪽 참조.

30) 원문에는 없는 것을 삽입한 예는 국립도서관 소장 한글 필사본 ≪東漢演義≫(이재홍, 〈한글번역필사본 ≪동한연의≫에 대하여〉, ≪중국소설논총≫25집, 2007. 3. 221쪽)와 중한번역연구소 소장 한글 필사본 ≪東漢演義≫(김 영, 〈중한번역문헌연구소 소장 한글 필사본 ≪남송연의≫에 대하여〉, ≪중국소설논총≫25집, 2007. 3. 164-170)에도 보인다. 그러나 ≪第一奇諺≫처럼 빈번하고 다양하게 이루지지 않은 것으로 보인다.

있다. 연속해서 반쪽 분량 이상을 생략한 회는 1회, 12회, 18회, 19회, 20회, 27회, 31회, 32회, 36회, 41회, 50회, 52회, 67회, 72회, 73회, 74회, 76회, 77회 등이며, 이 가운데 전체 분량 중 2쪽 정도를 생략한 회가 12회, 31회, 50회, 67회, 73회, 74회, 76회, 77회 등 8회에 이르는데, 주로 50회 이후에서 이루어졌다. 게다가 앞에서도 밝힌 바 있지만, 대량의 축역이 이루어진 회까지 감안한다면 원전의 상당 부분이 역본에는 빠져있음을 알 수 있다. 이것은 원전 중 전반부의 議論性 내용과 음운학적 내용을 대부분 생략하였다는 점과 후반부의 음운학적 요소와 아울러 각종 민속에 관계된 부분 등의 재학적 요소도 다량 생략하였다는 것을 알 수 있다. 아래 예문은 의론성 내용을 생략한 곳이다.

> 구공이 년ᄒᆞ야 졈두 왈, "당형의 이 말숨이 지공지당ᄒᆞ시니 가히 쳔고의 졍ᄒᆞᆫ 의논이 되리로다." 말ᄒᆞᆯ ᄉᆞ이의 또 인연이 분답ᄒᆞᆫ 곳의 다다르니(제19회 178쪽)
>
> 話說多九公聞唐敖之言, 不覺點頭道: "唐兄此言, 至公至當, 可爲千載定論. 老夫適才所說, 乃就事論事, 未將全體看明, 不無執著一偏. 卽如左思 ≪三都賦≫序, 他說揚雄 ≪甘泉賦≫'玉樹青蔥', 非本土所出, 以爲誤用. 誰知那個玉樹, 卻是漢武帝以衆寶做成, 幷非地土所産. 諸如此類, 若不看他全賦, 止就此序而論, 必定說他如此小事尙且考究未精, 何況其余. 那知他的好處甚多, 全不在此. 所以當時爭著傳寫, 洛陽爲之紙貴. 以此看來, 若只就事論事, 未免將他好處都埋沒了." 說話間, 又到人煙輳集處. (제19회, 128쪽)

위 예문 가운데 밑줄 부분은 의론성 내용으로 생략해도 크게 문제가 되지 않는다. 이러한 방법은 제1회의 서두 부분을 생략하여 원작자의 의도를 훼손한 것과는 달리 서사에 미치는 영향이 거의 없는 경우로 많이 이용되었다.

이처럼 매 회마다 분량의 차이가 있지만 縮譯 · 改譯 · 添譯 · 省略 등이 지속적으로 이루어지고 있고 음역의 예도 많이 보인다. 이러한 예는 ≪쾌심편≫ · ≪평산냉연≫ · ≪紅樓夢≫系 필사본 번역소설 · ≪紅樓復夢≫ · ≪補紅樓夢≫ · ≪瑤華傳≫ · ≪남송연의≫ · ≪동한연의≫ · ≪삼국지≫ · ≪옥지긔≫ 등에서는 정도의 차이는 있으나 유사한 예들을 찾아볼 수 있어 당시 번역소설들의 일반적인 경향이라 할 수 있다. 그러나 상기에서 참고한 논문들을 검토해 볼 때, ≪第一奇諺≫처럼 改譯 · 添譯 · 省略이 모두 빈번하게 다량으로 이루어진 예는 없어 보인다. 이것은 ≪第一奇諺≫이 당시 다른 번역소설들과 비교되는 뚜렷한 차이점이라 하겠다.

이상 일부 내용의 검토에서도 드러나듯 ≪鏡花緣≫과 ≪第一奇諺≫의 내용은 크고 작은 異同點이 부단히 발견된다. 특히 ≪鏡花緣≫의 서두 부분은 작가 李汝珍의 창작 의도가 담겨 있는 중요한 부분임에도 불구하고 ≪第一奇諺≫에서는 아예 생략되어 버렸고, 일부 내용을 확대 묘사하면서 洪羲福 자신의 창작성이 부각되는 내용으로 바뀐 점에 주목할 필요가 있다. 이러한 예시에서 나타나는 몇 가지 큰 특징과 역자가 서문에서 밝히고 있는 번역방법을 통해 볼 때, ≪第一奇諺≫은 단순 번역이 아닌, 번역자의 창작성이 상당히 개입 반영되었다고 할 수 있다.

이상에서 ≪鏡花緣≫의 유입과 평론, 한글 역본 ≪第一奇諺≫과 ≪鏡花緣≫을 비교 연구한 결과, 다음과 같은 결론을 얻을 수 있었다.

첫째, ≪鏡花緣≫의 국내 유입은 ≪第一奇諺≫이 번역된 시기가 1835-1848년인 것으로 보아 이보다 빠른 시기에 유입된 것으로 추정할 수 있다. ≪第一奇諺≫의 역자 홍희복은 그 서문에서 ≪三國演義≫ 등 중국소설에 대한 견해와 ≪鏡花緣≫을 번역한 동기 및 평가 등에 대해 밝힌 바, ≪鏡花緣≫의 내용이 사람에게 유익한 것이고, 창작의 의도는 세상을 깨우치고자 함에 있다고 강조하고 있다. 또한 소설의 효용성과 쾌락성에 가치를 둔 역자는 번역의 방법에 대해서도 언급하며, 번거로운 것을 덜어내고 간략한 곳을 보태며 풍속이나 언어의 환경에 맞지 않는 곳을 고치고 윤색하였음을 밝히고 있다. 그리고 국내에 전하는 서명과 번역시기를 감안해 볼 때, ≪第一奇諺≫으로의 번역에는 道光十二年芥子園重刻本 계열의 판본을 활용하였다는 추측이 가능한 상황이다.

둘째, ≪鏡花緣≫은 100회 본이나 ≪第一奇諺≫은 78회분만 전해지고 있어서 79회부터의 내용은 알 수 없는 상황이었는데, 이는 원래 번역자가 번역을 중단한 것이 아니라 유실가능성이 높은 것으로 판단할 수 있었으며, 매 회마다 분량의 차이는 있지만 縮譯·添譯·改譯·省略 등의 방법을 활용하면서 재학적 요소를 약화시키고 원전의 느슨한 진행을 빠르게 하는 결과를 가져왔다. 또한 번역 과정에서 원전과는 다른 새로운 형식을 추구하여, 장회소설의 형식을 원전과는 다르게 변형, 파괴시키면서 일부에서 두 회를 하나로 묶어 번역하여 회목 자체를 없앴는데, 이는 소설의 구조를 약화시키는 결과를 가져왔다.

내용적으로 보면, ≪鏡花緣≫의 서두 부분은 작가 李汝珍의 창작의도가 담겨 있는 중요한 부분임에도 불구하고 ≪第一奇諺≫에서는 아예 생략되어 버렸고, 일부 내용을 확대 묘사하면서 洪羲福 자신의 창작성이 부각되는 내용으로 바뀐 점, 소설적 맛을 최대한 살리고자 하여 재학적 특성을 지닌 내용, 즉 음운학 및 각종 민속 등을 상당 부분 생략한 점 등을 통해, 원전보다 더욱 흥미 있는 소설의 모습을 갖춘 결과를 가져왔다. 이것은 독자의 입장에서 보면 흥미로운 측면이겠으나, 적지 않은 분량에 대해 省略 및 縮譯한 것과 改譯 및 添譯한 내용을 고려한다면 원작의 의미를 상당히 훼손하였다는 점을 지적하지 않을 수 없다.

9. ≪綠牡丹≫의 판본과 인물형상 연구*

- ≪조웅전≫과의 비교를 중심으로 -

중국의 俠義小說은 한국의 영웅소설과 비견될만한 작품들이 상당히 많다. 淸代에 창작된 협의소설 중에 ≪綠牡丹≫이라는 작품은 영웅의 행적과 군담이 잘 어우러진 작품이다. ≪녹모란≫과 비슷한 시기에 창작된 작품으로 한국의 ≪조웅전≫이 있다. ≪조웅전≫은 朝鮮時代의 영웅소설로 분류되며 주인공 조웅의 영웅성과 애정 고사가 비교적 두드러진 작품이다. 이 두 작품의 내용을 살펴보면 ≪녹모란≫의 현실을 표방한 고사와 ≪조웅전≫의 환상성을 매개로 하였다는 면에서 구별되고 있다. 그럼에도 불구하고 ≪녹모란≫과 ≪조웅전≫은 등장인물의 영웅성과 독특한 애정고사에 대해서는 비교할 만하다고 하겠다.

이러한 영웅소설 계열의 작자는 대부분 명확하게 밝혀낼 수는 없지만 시대를 막론하고 중하층 지식인일 가능성이 매우 높다. 영웅소설은 당시 민중들의 열망을 담아냈을 뿐만 아니라 당시 왕조에 대한 반발심을 조금이나마 반영하였기 때문에 작자 자신의 성명을 드러내지 못했을 것으로 보인다.

두 작품은 모두 그 당시 독자들에게 열렬한 환영을 받았던 작품들로 이러한 영웅소설들이 널리 읽혀졌던 까닭은 대중소설의 통상적 주제인 권선징악을 실현함으로써 독자의 욕구를 매우 충족시켜 주었기 때문이다. 또한 통치자들이 영웅소설을 창작하도록 장려하는 측면도 있었다는 학설이 제기되기도 한다. 다시 말하자면 청대 중기나 조선 후기는 모두 혼란한 시대로서 작품 중에서 민중들의 현실을 탈출하고자 하는 욕망과 이상적 세계에 대한 갈망을 표현하여 많은 독자를 끌어들였을 것으로 보인다.[1]

---

* 이 논문은 ≪中國小說論叢≫ 제28집에 수록된 내용을 수정 보완한 것이다.

金明信 (慶熙大學校 比較文化硏究所 學術硏究敎授)

≪녹모란≫은 중국뿐만 아니라 朝鮮에도 전래되어 많은 독자들의 사랑을 받았을 것으로 보이는데, 그 점은 한글 번역본의 출현으로도 짐작할 수 있다. 이 작품의 한글 번역본은 한국학중앙연구원에 소장되어 있지만 현재 교주를 달아 출판되어 있다.[2)]

중국과 한국은 동일한 한자 문화권이라는 특징을 가지고 있지만 나름대로 각자의 독자적인 영역을 구축해 왔다. 그런데도 중국과 한국의 작품에 대해서 명확한 차이를 규명하는 일 없이 유사성만을 논의하여 왔다. 이제 두 나라 작품의 문화적 차별성과 동질성에 대해서 세심하게 고찰할 필요가 있다고 하겠다. 본 논문에서는 그러한 문제의식을 가지고 두 작품의 인물을 중심으로 분석을 진행하도록 할 것이다.

1. ≪綠牡丹≫의 판본

≪綠牡丹≫은 64회본으로 一名 ≪四望亭全傳≫·≪龍潭鮑駱奇傳≫·≪宏碧緣≫이라고 하고 작자가 二如亭主人이라고 하는 俠義愛情小說이다.

≪綠牡丹≫의 가장 이른 판본은 嘉慶 5年(1800) 三槐堂刊本이다. 이외에, 道光 9年(1829) 文德堂刊本, 道光 辛卯 11年(1831) 芥子園藏板本, 道光 辛卯 11年 京都文善堂藏板本, 도광 11年 新刻異說綠牡丹本, 道光 丁未 27年(1847) 繡像綠牡丹全傳本, 光緖 7年(1881) 泰山堂刊本, 光緖 壬辰 18年(1892) 석인본, 광서 23년(1897) 文宜書局 석인본, 광서 26年(1900) 上海書局 석인본, 光緖 癸卯 28년 간행본, 1903년 석인본, 1916년 鑄記書局 석인본 등이 있다.[3)]

---

1) 중국의 영웅소설이 흥성한 원인으로는 첫째, 소설 자체의 발전, 둘째, 출판업의 흥성, 셋째, 통치자의 창작 지원, 넷째, 무술의 발전 등을 들 수가 있다. 이러한 여러 가지 요소로 인하여 중국의 영웅소설은 특히 청대에 유행하게 되었던 것이다. 또한 청대에는 俠義小說과 애정소설이 결합한 俠義愛情小說이라고 불리는 영웅소설 계열이 더욱 대량으로 출판되었다. 김명신, ≪청대 협의 애정소설의 연구≫, 고려대 박사논문, 2000. 41, 42쪽 참조.

2) 참고적으로 교주본의 서명은 ≪녹목단≫이라 표기되어 있으며, 한글 번역본의 제목도 '녹목단(綠牧丹)'이라 되어 있다. 또한 주인공과 일부 인물들의 명칭도 다르게 번역되어 있지만 ≪녹모란≫의 내용과 전혀 차이가 없다. 아마도 다른 판본을 근거로 번역한 듯하다.

3) 江蘇省社會科學院 明淸小說硏究中心文學硏究所編, ≪中國通俗小說總目提要≫, 中國文聯出版公司, 1991, 674쪽 참조.

≪綠牡丹≫의 국내 유입 시기에 대해서는 그리 명확하지 않은 편이다. 이 작품의 출판본이 19세기 초에 발행되었고 당시 중국과의 교역이 활발했으므로 19세기 초반에는 朝鮮에 유입되었을 것으로 보인다. 한글 번역본은 제목이 '녹목단(綠牧丹)'이라 되어 있고 그 옆에 '四望亭'이라 병기하고 있는데, 모두 禮·樂·射·御·書·數 6冊이고, 현재 한국학중앙연구원에 마이크로필름(1982)이 소장되어 있으며 1998년에 박재연의 교주본이 출판되었다.[4)]

≪綠牡丹≫의 내용은 다음과 같다. 작품의 시대적 배경은 唐나라 則天武后 시절이다. 협의인물 駱宏勳[5)]과 花碧蓮이 인연을 맺는 과정에서 다양한 에피소드가 생기는데, 탐관오리 王倫이 任正千의 아내 賀氏와 통정을 하고 임정천에게 누명을 씌우며 여러 협의인물들을 핍박한다. 그런 역경 속에서 낙굉훈·余謙·花振方·鮑金花 등이 협력하여 간신들의 흉계를 물리치고 승리한다. 또한 낙굉훈과 화벽련은 백년가약을 맺게 되며 화진방과 鮑自安[6)]은 조정에 귀순하는 등의 이야기를 다루고 있다.

다음은 한국 소장 ≪녹모란≫의 한글 번역본에 대한 판본 사항을 도표로 작성한 것이다.[7)]

書名	出版事項	版式狀況	一般事項	所藏處/所藏番號
녹목단 (綠牧丹)	著者未詳, 마이크로필름1개(484 fr.)	6卷6册, 國文筆寫本, 23×15.9㎝	마이크로필름, 原本:筆寫本	韓國學 中央研究院 MF R16N 506

2. 작품의 작자 및 배경

작품의 작자에 대해 논하기 전에 우선 작품의 창작 시기에 대해서 논의해 보도록 하겠다. ≪녹모란≫은 19세기 초반에, ≪조웅전≫은 17-18세기 초반에서 19세기 초반에 창작되었을 것으로 추정되고 있다.[8)] 이 시기는 왕조가 몰락하기 시작하는 단계로 사람

4) 박재연, ≪녹목단≫, 선문대번역문헌연구소, 1998. 머리말 참조.
5) 한글본은 駱宏勳을 駱弘勳이라 표기하고 있다.
6) 한글본은 鮑自安을 鮑賜安이라 표기하고 있다.
7) 민관동·장수연·김명신 공저, ≪韓國 所藏 中國通俗小說의 版本目錄과 解題≫, 학고방, 2013. 353-354쪽 참조.

들에게 많은 혼란을 가져다주었다고 볼 수 있다. 왕권에 대한 실망으로 인하여 영웅을 그리워하는 심리는 사람들에게 유일한 희망사항이었을 것으로 보인다.

≪녹모란≫과 ≪조웅전≫의 작자에 대해서 살펴보기로 하자. ≪녹모란≫의 작자는 미상이다. 비록 작자의 성명이 二如亭主人이라고 알려져 있기는 하지만 그것은 단순한 명칭일 뿐이고 그에 대한 자세한 것은 알 수 없다. 그와 비슷하게 ≪조웅전≫의 작자도 누구인지 명확하게 알 수 없지만 작자층에 대해서는 일반적으로 군담소설 모두가 '실세한 양반의 권력 회복 의식'이 반영된 작품으로 보인다는 의견이 제기된 바 있다.[9] ≪조웅전≫ 중에서 사용된 漢詩句, 漢文句는 한문에 대한 상당한 소양이 있는 사람이 아니면 안 되었을 것이고, 반면 이를 애독했던 일반 서민 독자들로서는 이해하기가 곤란했을 것으로 추정된다.

영웅이라는 존재는 일반적으로 난세라는 무대 설정이 필수불가결한 점이다. 태평성세에는 그가 존재한다고 해도 사람들이 거의 알 수 없다. 그것은 그가 영웅성을 드러낼 기회가 전혀 없기 때문이다. 어지러운 세상에 서민의 역경을 구제해 주는 영웅적 인물은 사람들에게 희망을 주는 존재인 것이다. 영웅의 존재는 곤경을 탈출시켜 주는 구세주이자 사람들의 이상이라 볼 수 있다.

본 논문에서 비교대상이 되는 ≪녹모란≫과 ≪조웅전≫의 영웅은 여러 사람으로 형상화되고 있는데 이러한 사람들이 출현하는 사회적 분위기와 시대적 배경은 여러 모로 유사성을 표출하고 있다. ≪녹모란≫의 경우는 唐代 武則天 시기로 적통인 廬陵王이 왕위를 계승하지 못하고 사회적 혼란함을 드러내는 시기로 설정되어 있다. ≪조웅전≫은 송(宋) 나라 문황제 즉위 23년부터 이야기가 서술되고 있지만 승상 李斗柄의 권한

---

8) ≪녹모란≫의 창작 연대에 대해서 명확하게 알려져 있지는 않지만 대체적으로 19세기 초반(1830)에 창작되었을 것으로 짐작하고 있다. ≪조웅전≫의 경우는 조희웅이 丙午年이라는 刊記가 적힌 것으로 추정하여 18세기 후반이나 혹은 19세기 초반이라 고증하고 있고 윤경수는 17-18세기 초에서, 후 혹은 19세기 초로 보고 있으며 송옥형은 18세기 중엽에서 19세기 초엽에 창작되었다고 주장하고 있다. 김명신, ≪清代 俠義愛情小說의 研究≫, 고려대 박사논문, 2000. 8, 46쪽, 조희웅, 〈≪조웅전≫ 연구〉, ≪한국학논총≫ 1집, 국민대학교 한국학연구소, 1979. 2, 127, 128쪽, 윤경수, 〈≪조웅전≫의 신화적 수용양상〉, ≪한성어문학≫ 19, 2000. 7, 151쪽, 송옥형, ≪조웅전 연구≫, 고려대 교육대학원 석사논문, 1980. 7, 99쪽 참조.

9) 조희웅, 〈≪조웅전≫ 연구〉, ≪한국학논총≫1집, 국민대학교 한국학연구소, 1979. 2, 120쪽 재인용. 서대석, ≪고대소설론≫, 형설출판사, 1970, 345-350쪽 참조.

이 강화되면서 결국 황제의 지위를 찬탈하는 상황이 벌어진다. 두 작품은 모두 처음에 성세의 평화로운 상태를 보이는 듯이 하다가 혼란한 시대 상황 속에서 영웅이 자연스럽게 등장하는 배경을 표현해내고 있다고 하겠다.

3. 등장인물의 특징

대개 영웅소설에 등장하는 인물은 상당히 많다. 중국의 영웅소설은 唐代 이후로 단독 주인공보다는 여러 영웅적 인물이 집단적으로 등장하는 경우가 더욱 많아지고 있다. ≪綠牡丹≫에서도 영웅적 행적을 보이는 여러 인물들이 존재하지만 그 중에서 가장 핵심이 되는 인물인 駱宏勳을 중심으로 분류하기로 한다. ≪조웅전≫의 경우는 주인공이자 영웅 인물은 오로지 한 명인 趙雄으로 구성되어 있다.

영웅을 더욱 영웅답게 만드는 데에 일조하는 인물들이 있다. 그들은 비록 주변인물이긴 하지만 영웅의 영웅성을 더욱 선명하게 드러내는 인물이라고 하겠다. ≪녹모란≫ 중에는 민간에서 활동하는 인물이 주인공 낙굉훈을 보조하는 역할을 하고 있으며 鮑自安, 花振芳이 그 대표적인 인물이다. ≪조웅전≫에서는 ≪녹모란≫과는 그 양상이 상당히 다르게 나타나고 있는데 조웅을 돕는 인물들 대부분이 초월적 능력을 가진 인물들이라는 것이다. ≪조웅전≫의 초월적 존재는 대체적으로 두 가지 부류로 나누어지고 있는데, 하나는 망령이고 다른 하나는 도사이다. 망령의 예로는 조정인의 망령, 장진사의 망령, 황장군과 월랑의 망령, 역대 충신과 문제의 망령을 들 수 있다. 도사의 경우는 月鏡 도사·華山 도사·天官 도사·기타 갈건 야복의 노인 및 삼대 형제들의 스승인 도사 등이다.

≪녹모란≫이나 ≪조웅전≫은 모두 고전 영웅소설에 속하는 작품으로 등장인물들은 대부분 선악이라는 도덕적 잣대에 의해서 구분되는 인물이다. 작품 중의 인물은 영웅 인물, 악한 인물, 애정 인물, 구원자 등으로 나누어질 수 있다. 그렇지만 이러한 인물들이 한 가지 역할만을 하는 것은 아니다. 花碧蓮은 애정 인물이자 여성 영웅의 역할을 하고 있고, 조웅은 영웅이지만 애정 인물로 본다고 해도 전혀 무리가 없다. 그럼에도 불구하고 작품 속의 인물을 면밀히 분석하기 위해서는 그들의 유형을 구별할 필요성이 있다. 따라서 본 논문에서는 그들의 두드러지는 행적을 중심으로 유형을 구분해 보기로 한다.

4. 주요인물의 분류

두 작품에서 등장하는 대부분의 인물들은 남녀 주인공을 영웅화 내지는 부각하기 위하여 만들어진 장치라고 해도 과언이 아니다. ≪녹모란≫의 경우는 여러 사람들과의 협력을 통하여 그 점을 두드러지게 만들고 있고, ≪조웅전≫에서는 낭만성을 결합한 요소로 인해 더욱 선명하게 나타나고 있다. 이러한 영웅소설에서 작품의 내용을 주도해가는 인물은 역시 선과 악을 축으로 하는 인물들로 구성되어 있다. 다시 말하자면 영웅적인 인물과 그를 돕는 민간영웅은 선을 대표하고 있고 그와 대조적으로 간악한 인물은 악행의 화신이라 칭할 만큼 악을 대표하고 있으며 이외에 애정을 엮어가는 여성인물은 두 작품을 더욱 흥미진진하게 하는 요인으로 작용하고 있다. 이에 두 작품의 주요인물의 특징을 근거로 하여 다음과 같이 분류하여 비교 분석하기로 한다.

1) 난세를 휘어잡는 영웅 – 낙굉훈·조웅

≪녹모란≫과 ≪조웅전≫은 모두 작품의 배경이 난세라는 점에서 공통적이고 난세를 무대로 하여 영웅이 등장한다는 점도 동일한 요소라고 할 수 있다. ≪녹모란≫의 낙굉훈은 태생에 있어서도 비범한 존재로 영웅의 일생에 부합되는 면을 나타내고 있는 것이다. 평범하지 않은 조웅의 출생에 대해서는 다음과 같이 묘사하고 있다.

> 왕부인이 잉태 七朔에 승상을 여의고 십삭을 차아 解腹하매 활달한 기남자라. 이름을 웅이라 하다.(12-13쪽)[10]

조웅은 유복자였기 때문에 태어나면서부터 부친의 덕을 전혀 볼 수 없는 신세였던 것이다.[11] 낙굉훈은 조웅보다 나은 처지이긴 하지만 역시 평범하게 태어난 것은 아니다. 그의 부모는 늦은 나이에서야 낙굉훈을 얻게 된다. 그렇지만 낙굉훈은 어릴 때부터 총

---

10) 인용된 작품은 김기동·전규태 편저, ≪조웅전/장한절효기≫(서문당, 1984)를 저본으로 한다.

11) 그가 유복자라는 사실은 몰락한 현실을 대변하고 다가올 고난을 암시해주는 소설적 장치이기도 하지만 조웅이 앞으로 개아적 인물로서 어떻게 세계를 극복해 나가야 하는가를 동시에 보여주는 필연적인 장치임을 알 수 있다. 안기수, 〈≪조웅전≫에 나타난 욕망의 구조와 의미〉, ≪어문연구 85≫ 23권 1호, 1995. 3, 84쪽 참조.

명함을 드러내고 있었으며 줄곧 그의 영웅성이 두드러지고 있다.

반면에 조웅의 비범한 능력은 선천적인 것이 아닌 후천적인 것임을 강조하고 있다. 실제로 조웅은 작품 전반을 통하여 무수한 위기에 직면하게 되고 그때마다 도사와 같은 초월자의 도움을 얻고 나서야 비로소 위기를 벗어나고 있다.[12] 화산도사, 철관 도사 등의 도움으로 조웅은 간신히 위기를 모면하고 있기 때문에 이러한 그의 모습은 너무도 나약하게 보인다. 그러나 낙굉훈의 경우는 그와는 상당히 다르게 표현된다. 낙굉훈도 어려움에 직면하고 있지만 초월자의 도움이 아니라 새로운 민간 영웅들의 도움을 받는다는 점에서 구별된다. 예를 들면, 포자안과 화진방 등의 영웅이 나타나서 낙굉훈의 고난을 극복하도록 보조하는 것이다. 이제 낙굉훈과 조웅에 대한 전반적인 비교를 통하여 그들의 영웅적 성격을 논의해 보기로 하겠다.

낙굉훈은 '네모난 얼굴에 커다란 귀를 가졌으며 기골이 장대하고 총명하며 힘이 보통 사람보다 강한(方面大耳, 極其魁梧, 又且秉性聰明, 膂力過人)' 인물로 묘사되고 있다. 그는 외모 면에서 전형적인 武士처럼 보이고 있지만 조웅은 그와는 달리 儒家의 서생과 같은 용모를 드러내고 있다. 조웅의 외모를 묘사한 대목을 보면 다음과 같다.

> "웅의 나이 비록 칠세나 얼굴이 冠玉 같고 揖讓進退는 어른을 壓倒 하는지라."(13쪽)

이 두 사람의 외모는 그다지 유사하지는 않지만 그들의 기본 정신은 유가적 윤리를 지향하고 있다는 점에서는 모두 공통적인 점을 구비하고 있다.

낙굉훈은 개별적인 행위에 있어서도 영웅성을 드러내고 있는데 그 점은 濮天鵬의 어려움을 도와주는 것과 과부 修氏를 구해주는 것 등에 나타난다. 반면에 조웅의 행위는 개개인에게 베푸는 영웅적 행위는 거의 드러나지 않고 있으며 전쟁을 통하여 그의 영웅성을 표출하고 있다.

낙굉훈은 자신의 암살자까지도 용서하고 배려하는 관용을 나타내고 있다. 복천붕이 欒鎰萬[13]의 사주를 받아 낙굉훈을 죽이러 오지만 낙굉훈이 탁월한 실력으로 복천붕을

---

12) 조웅은 어린 나이에도 어른을 압도하는 기세를 지니고 있기는 하지만 몰락한 가문을 일으키고 민중을 구원할 수 있는 현실적 능력은 결여되어 있다. 그러한 그가 왜소한 인간으로부터 영웅적 인간으로 변모하는 데 있어서 결정적 역할을 하는 것이 바로 구원자인 것이다. 김현양, 〈≪조웅전≫의 현실성과 낭만성-갈등양상과 인물형상을 중심으로-〉, ≪연세어문학≫24집, 1992. 3, 86쪽 참조.

단번에 사로잡는다. 낙굉훈은 복천붕을 사로잡고 나서 복천붕의 어려운 사정을 알고 난 후에 오히려 돈을 주고 살려 보낸다. 이 점에서 낙굉훈의 호방한 영웅성이 더욱 돋보이고 있다.

그들이 역경을 극복하는 태도를 살펴보면 두 사람 모두 호기로운 기상이 드러난다. 낙굉훈은 강간당할 번한 과부 수씨를 보고 그냥 지나치지 못하고 구출함으로 인하여 모함을 받고 감옥에 갇히게 된다. 그렇지만 낙굉훈은 결코 다른 사람을 원망하지 않는다. 더 나아가 조웅은 역경에 굴하지 않을 뿐만 아니라 오히려 낙천적이면서 운명론적인 태도를 보이고 있다. 다음은 조웅이 걱정하는 모친 왕부인을 안심시키는 대목이다.

> "모친은 불효자를 생각지 마옵시고, 千金貴體를 안보하소서. 꿈 같은 세상에 有限한 肝腸을 상케 말으소서. 인생 一死는 帝王도 면치 못하옵거늘, 어찌 한번 죽음을 면하리까. 짐작하옵건대 이두병은 우리 원수요, 우리는 저의 원수 아니오니, 어찌 조웅이 이두병의 칼에 죽사오리까. 조금도 염려치 말으소서."(21쪽)

이러한 조웅의 말은 이두병의 추적을 피해 도망가는 상황에서 그리 논리적이지는 않지만 모친을 안심시키기 위해서 노력한 것만은 틀림없다. 그의 낙관적인 태도는 앞으로 그가 대성할 인물임을 드러내는 동시에 희망적인 결말을 예시하고 있는 것이다.

성명에도 분명히 나타나고 있듯이 낙굉훈은 나라를 위해 王倫 등의 간신배를 살해하는 데에서 영웅성을 드러내기도 한다. 그는 의형 任正千을 모해한 賀世賴를 체포하고 민간 영웅들과 연합하여 간신들을 처단한다. 이처럼 나라의 해충을 제거할 뿐만 아니라 狄仁傑[14]과 연합하여 여릉왕을 등극시키기도 한다. 이러한 행위는 조웅이 전쟁에서 승리하고 간신 이두병을 처단하며 궁극적으로 왕으로 봉해지는 것과 비슷한 상황으로 낙굉훈 역시 공로로 인하여 공신으로 봉해지는 결과를 가져오게 된다.

낙굉훈의 영웅성 표출은 어릴 때부터 武進士 출신인 아버지의 훈육 때문이기도 하지

13) 난일만은 西臺御史 欒守禮의 아들로 ≪녹모란≫에 등장하는 대표적인 악인 중의 하나이다. 그는 열다섯 남짓한 나이인데 간악한 성질을 가지고 있고 각박한 위인이어서 낙굉훈이 자신에게 손해를 끼쳤다고 생각하며 그를 암살하기 위해 자객을 보내는 악독한 짓을 저지른다.

14) 적인걸(630-700)은 唐代 유명한 재상으로 무후에게 여릉왕(中宗)을 복귀하도록 권유하였다. ≪녹모란≫에서는 적인걸이 낙굉훈 등을 도와 여릉왕을 옹립하는 것으로 묘사하여 영웅 인물의 위상을 드높이고 있다.

만 자기 자신의 고유한 능력 때문이기도 하다. 그가 비록 여러 민간 영웅들과 연합하기는 하지만 궁극적으로 그 자신이 직접 백성들의 고혈을 짜내는 간신을 제거한다. 그와 비교하여 조웅은 역경을 겪으면서 구원자들의 증여와 교습을 통하여 그의 능력이 더욱 고양되고 있다. 다음은 그의 비범한 능력을 묘사한 대목이다.

> 슬프다. 세월이 여류하여 作客한 지 삼년이요, 웅의 나이 십일세라. 기골이 웅장하고 힘이 족히 어른을 당할지라. 행로에 혹 江水를 당하면 부인을 업어 건너는지라.(39쪽)

> 약간 살아 온 군사 울며 고왈, "무섭고 두렵더이다. 분명 죽은 조웅이 다시 살아와 장졸을 짓치고, 인하여 간 데 업사오니 어찌 두렵지 아니하오리까."(158쪽)

조웅은 낙굉훈이 현실적인 기반에서 영웅성을 발휘하는 것과는 달리 비교적 환상적인 느낌을 자아내고 있다. 조웅이 악독한 도사들을 물리치는 대목에서 그 점을 명확히 드러내고 있다.

> 원수 평생 기력을 다하여 백마혈인검으로 이대의 칼을 치며 축귀문을 고성 대독하니 이대 대경하여 칼을 마하에 던지거늘, 원수 그제야 쇠잔하던 기운을 새로이 가다듬어 다시 말을 들어 이대의 목을 치니, 머리 마하에서 내려지며 처니 아득하여 운무 晦冥하고 지척을 분별치 못하는지라. 원수 축귀문을 口不絶頌하여 고성 대독하니 풍우 지식하며, 문득 보니 한 팔척 神將이 울며 공중으로 날아가거늘, 원수 놀래어 생각하되, '이대는 반드시 신장을 겸하였도다.'(172쪽)

이 때 조웅은 이미 많은 도술과 병법 등을 연마한 이후이기도 했지만 삼대의 스승인 도사의 예고가 없었더라면 그가 이처럼 성공적으로 악인들을 제거하기는 힘들었을 것이다.

여러 방면에서 영웅성을 드러내었던 낙굉훈은 애정 추구에 있어서는 소극적인 행동을 보인다. 그 이유는 그가 효를 실천하기 위해서였다. 그는 상중이기 때문에 화벽련과의 혼사를 승낙할 수 없었던 것이다. 게다가 그에게는 이미 桂娘子라는 약혼녀가 있으므로 둘째 부인을 얻는 문제는 중요하지 않았던 것이다. 이후에 사람들과 함께 간신을 제거하고 나서 주위 사람들이 화벽련과의 혼사를 추진하자 그때는 그가 아무런 반대를 하지 않는다. 따라서 낙굉훈은 애정보다는 충효정신을 수호하는 전형적인 인물[15]이라 볼 수 있다.

반면에 조웅은 애정을 성취하는 데 있어서 상당히 적극적이다. 그가 장소저를 만났을 적에 자신의 마음을 솔직하게 토로할 뿐만 아니라 그녀의 애정을 쟁취하기 위해서 완력까지도 불사하는 면을 보이고 있다. 다음은 조웅이 장소저를 처음 만나서 하는 대화와 행위이다.

> "성현 문하에도 有墻鑽穴之行이 있삽고, 명령과 육례는 제왕과 부귀인의 호사라. 나의 孑孑單身이 어찌 육례를 바라리오. 다만 내 몸이 媒婆 되고 相逢으로 육례 삼아 백년을 기약하나이다." 하고 침금에 나아 드니, 蚊負泰山之象이요 우물에 든 고기라. 鴛鴦翡翠之樂을 뉘라서 금하리오. 인연을 맺었으니 도망키 어렵도다.(59쪽)[16]

앞서 언급한 내용은 한국 고전소설에서 매우 보기 드문 대목으로 조웅의 영웅성과 과감성을 드러내고 있다고 하겠다. 조웅의 애정 행위는 강제성을 띠고 있는데 이 점은 영웅의 면모를 손상시키는 것처럼 보인다. 그러나 작품 중에서는 그러한 행위조차도 조웅의 대담함을 보여주는 예로 보여 주고 있으며 작자는 전혀 거리낌 없이 묘사하고 있다.

따라서 낙굉훈은 어릴 때부터 훈련된 능력을 가지고 있었고 이후에는 여러 사람들과 연합하여 그의 능력을 십분 발휘함으로써 영웅성을 확고히 한다. 그러나 조웅은 길고 긴 도망자의 생활을 하고 있으며 처음에는 무능력하고 나약한 어린애의 모습이었다가 후반에는 구원자의 도움으로 후천적 영웅으로 거듭나고 있다는 점에서 차별성을 가진다.

2) 악인의 전형적인 형상 – 왕륜·이두병

고전소설에서 악인의 형상에 대해서 핍진하게 묘사되어 있는 대목은 매우 적다. 악인은 이미 작품 중에 가장 나쁜 인물로 규정되어 있기 때문에 자세하게 묘사할 필요가 없었던 까닭이다. 두 작품 중에서 악인으로 규정되어 있는 사람은 상당히 있지만 그 중에서 그 악행이 잘 형상화된 인물로는 왕륜과 이두병을 들 수 있다.

---

15) 전형적 인물에 대해서, 루카치는 '한 시대나 한 사회를 대표하는 그 아니면 안 되는 인물'로서 정의하고 에코는 독자의 공감대를 형성하는 인물을 의미한다고 하였다. 본고에서는 후자의 의미를 취하기로 하겠다. 움베르토 에코, ≪대중의 영웅≫, 새물결, 1994, 26-40쪽 참조.

16) 조웅과 장소저는 숙세의 인연에 의하여 중매로 만나게 되는 것이 아니라 자유 결혼의 형식을 취하고 있다. 이 점은 여타의 고전소설과는 다른 양태를 띠고 있는 것이다. 조희웅, 〈≪조웅전≫ 연구〉, ≪한국학논총≫, 국민대학교 한국학연구소, 1979. 2, 140쪽 참조.

왕륜 (≪녹모란≫)은 주인공의 사형 임정천과 의형제를 맺으면서 자신의 진면목을 숨기고 있는 인물이다. 그는 吏部尙書인 부친과 禮部侍郎인 숙부의 권세를 믿고 불법을 아무렇게나 자행하며 金陵 建康道의 관리로서 그 권세가 하늘을 찌를 정도이다.[17] 그는 외모 상으로 잘생기고 우아한 선비처럼 보이며 그의 이름조차도 고상하게 느껴진다.[18] 반면에 악인 이두병의 외모에 대해서는 전혀 알 길이 없다. 작품 중에 묘사된 부분이 없기 때문이다. 다만 그의 이름으로 보아 무소불위의 권력을 휘두를 수 있는 인물로 추측할 수 있을 따름이다.

왕륜은 정치적인 면에서 과오를 나타내기보다는 주로 불륜의 색정적인 행실로 악행을 드러내고 있다. 그는 색욕이 과도하여 예쁜 여자를 보면 무슨 짓을 해서라도 손에 넣었으며 혹시라도 남들이 그에게 죄를 짓게 되면 잔인할 정도로 매타작을 당하게 만들었다.

> 온 성의 사람들이 약간이라도 그에게 죄를 짓게 되면 남녀를 막론하고 한번 통렬하게 때린다. 귀중품에도 구애되지 않고 마구 채찍질하고 그런 후에 명첩을 가지고 定興縣으로 보내 30대를 쳐야 한다. 縣尹은 감히 29대를 때리지 못하고 30대를 다 때려야 하며 또 다른 부(府)로 압송하여 고통을 시험하도록 해야 한다. 이 때문에 온 성의 사람들 중에 누가 그를 무서워하지 않으며 누가 그를 떠받들지 않으리오!
>
> (合城之人, 倘有些得罪于他, 不論男女痛打一番, 不拘細軟物件, 捶個盡爛, 然後拿個名帖送定興縣, 要打三十, 縣尹不敢二十九, 足足要打三十, 還要押到他府上驗疼. 因此滿城之人, 那個不懼怕他, 那個不奉承他. 2회, 11쪽)[19]

---

17) 왕륜이 비록 관리라고는 하지만 그의 직무에 대해서는 전혀 서술되어 있지 않다. 다만 그가 건강도로 부임하러 가는 일이 나올 뿐이다. 그에 대한 묘사는 주색잡기에 국한되는 악한으로 표현되고 있기 때문이다.

18) 처음에 낙굉훈과 임정천은 그의 외모와 친절에 속아 의형제를 맺고 허물없이 대하였다. 그렇지만 왕륜은 賀氏에게 접근하기 위한 계산적인 행동이었을 따름이다. 왕륜과 달리 괴이한 용모를 가진 任正千은 고전적인 입장에서 보면 악인의 유형으로 규정지어야 할 인물이다. 임정천의 용모는 너무나 이상하여 같은 마을 규수와는 결혼할 수 없었다. 그는 할 수 없이 기녀 하씨를 자신의 부인으로 삼았는데 이것이 비극의 시작이었다. 그는 장가 한번 잘못 들어서 목숨을 잃을 처지가 되지만 결국 낙굉훈 등의 도움으로 인하여 재기하게 된다. 일반적으로 고전소설의 악인은 천편일률적으로 추악한 용모를 가지고 있다. 그러한 면에서 임정천의 고전소설의 규칙을 깨뜨리는 인물 중의 하나라 볼 수 있다. 그는 전혀 악인이 아니며 영웅인물 편에 서있는 선인 계열의 인물이기 때문이다. 김명신, 〈≪녹모란≫의 사상과 인물 유형에 대한 연구〉, ≪중국소설논총≫제18집, 2003. 9, 235-243쪽 참조.

권력형 비리가 여실히 드러나고 있는 대목이다. 왕륜은 임정천의 아내 하씨(賀氏)[20]를 통간하는 비열한 목적을 달성하기 위하여 관부로 가서 임정천을 도적이라 무고 한다. 현윤 孫나리는 원고가 왕륜임을 알고 난처한 기색을 띠었지만 그가 걱정한 것은 사건을 어떻게 처리할 것인지가 아니었다. 그는 "임정천이 영웅으로 용맹한데 우리들 중에는 반드시 쓸 만한 사람이 없을 것(任正千英雄勇猛, 我班中之人未必足用)"이고 잡지 못하면 왕륜이 죄를 책망하고 노여움을 풀지 못할까 봐 대단히 두려워한 것이었다.

천하에 무서울 것이 없는 왕륜이라도 화벽련에게는 어쩔 도리가 없었다. 왕륜이 화벽련에게도 눈독을 들이고 손에 넣으려고 하지만 그녀가 무예를 할 줄 아는데다가 관부의 영향을 거의 받지 않는 유랑민이라서 성공하지 못한다. 그와 반대로 그가 하씨를 쉽게 유혹할 수 있었던 것은 임정천과 형제 관계를 맺고 수시로 그 집안을 드나들었기 때문이다. 또한 하씨는 본래 기생 출신이라 음란한 기질도 있었고 오라비 하세뢰의 부추김도 한 몫 하였다. 왕륜의 이러한 패륜적 행위는 낙굉훈의 분노를 샀을 뿐만 아니라 훗날 임정천까지도 그 사실을 알게 되어 복수 당한다.

간신인 우승상 이두병(≪조웅전≫)의 경우는 여색에 관련된 악행은 전혀 드러나지 않는다. 그의 악행은 순리를 거스른 왕위 찬탈과 충신 조웅을 박해하는 데에 명확하게 나타나고 있다. 송 文帝가 조웅의 부친이자 좌승상이었던 趙正仁을 총애하자 이에 시기심을 느낀 이두병이 조정인을 참소한다. 조정인은 이두병의 참소를 받자 약을 먹고서 죽고 만다.(12쪽) 이처럼 충신의 어이없는 죽음은 아들 조웅에게 고난과 역경을 짊어지게 만들고 있다. 조웅이 7세에 입조하여 문제의 총애를 입어 궁 안에 들게 하려는 논의가 있자 이두병은 다음과 같이 상주한다.

> "인재를 보려 하시면 장안을 두고 이를진대 조웅에서 십배나 더한 충효 인재 백여 인이요, 조웅 같은 이는 車載斗量이로소이다."(19쪽)

---

19) 본 논문에서 인용된 작품은 ≪綠牡丹≫(浙江古籍出版社, 1985.)을 저본으로 삼았다.

20) 하씨는 기녀 출신으로 비록 용모가 아름답기는 하지만 왕륜의 유혹에 넘어가 불륜을 저지르게 된다. 고전소설에 등장하는 선인의 아내 중에서 불륜을 저지르거나 권력자의 강요에 넘어가는 사람은 거의 없다. 하씨는 예외적인 경우인데 그녀가 기녀 출신이기 때문에 가벼운 성격이 드러나고 있다고 하겠다. 왕륜이 화벽련에게도 유혹의 손길을 뻗치지만 그녀는 완강하게 거절하는데 이것은 하씨와 대조적인 면이다.

이두병은 황제가 조웅을 총애하여 이후에 조정에 들어올 것을 경계하여 처음부터 반대하고 나섰던 것이다. 게다가 이두병은 모든 백관들에게 다시는 조웅을 천거하지 못하도록 엄포를 놓게 된다.

작품 중에서는 이두병을 처음부터 간신으로 지칭하고 있고 그에 대해 악인으로 지정하고 있다. 그러나 황제가 붕어하고 그가 황위를 찬탈하고자 할 적에 아무도 반대하지 않고 있으니 이 점은 기이한 현상이다.

> 일일 조신이 노소 없이 侍從臺에 모여 국사를 의논할 새, 이두병이 逆謀의 뜻을 두고 옥새를 도모코자 하니, 조정 백관이 그 말을 좇지 아니할 이 없는지라.(20쪽)

아무리 이두병의 권한이 컸다고는 하나 자기 목숨을 걸고 부당함을 아뢸 충신이 없다는 게 도저히 말이 되지 않는다. 그러나 이 점 역시 앞으로 등장할 조웅의 영웅성을 돋보이게 하는 동시에 이두병의 독재적인 능력을 설명하는 것이라 볼 수 있다.

이두병의 악행은 주로 조웅과 관련된 것이고 그 외에는 왕권과 관계가 있다. 한번은 조웅이 이두병의 악행을 고발하는 문장을 벽보에 붙이자 화가 난 이두병은 그를 체포하고 명한다. 그렇지만 조웅이 미리 도망을 쳤기 때문에 도저히 체포할 수 없게 되자 李斗柄은 다음과 같은 명을 내린다.

> 순식간에 경화문 관원을 나입하니, 황제 忿頭에 不問曲直하고 내어 燒弑하라 하니 즉시 내어 소시하고 아뢰니, 황제[21] 하령 왈, "충렬묘와 조웅의 집을 다시 燒火하라."(27쪽)

그는 관련 책임자를 불태워 죽이는 동시에 충렬묘와 조웅의 집을 불살라 버리게 만든다. 이두병은 죄 없는 관원에게 자신의 화를 전가하면서 악독한 성질을 더욱 분명하게 드러내고 있는 것이다.

전반적인 내용을 볼 때 왕륜은 주로 색욕을 충족하는 데 있어서 악행을 드러내고 있는 반면에 이두병은 권력을 통하여 충신을 박해하고 왕위를 찬탈한다는 면에서 악덕을

21) 작품 중에서 이두병이 황위를 찬탈하기 전에는 간신이라는 수식어가 붙지만 그 이후에는 황제라는 칭호로 등장한다. 이 점은 작자가 어휘 사용에 있어서 미숙함을 드러낸 것이거나 필사자의 오기일 것으로 추측할 수도 있을 것이다.

나타내고 있지만 모두 권력자의 악행을 표출하고 있는 면에서는 공통적이다.

3) 열혈한 애정 추구자와 요조숙녀 – 화벽련·장소저

두 작품 중에서 여주인공은 두 가지 부류로 나뉘고 있다. 즉 열정적으로 애정을 추구하는 열혈녀와 유가의 부덕을 보여주는 숙녀가 있다. 열혈녀로는 화벽련(≪녹모란≫)이 있고 숙녀로는 장소저(≪조웅전≫)를 들 수 있다.

화벽련은 문과 무를 겸비한 여성 영웅이다. 그녀는 어려서부터 독서에 매진하여 글솜씨가 남을 놀라게 할 정도였으며 창과 칼을 모두 사용할 줄 알았다.[22] 게다가 그녀는 영웅호걸에게 시집가야겠다고 결심하고 '玩把戲'로써 이름을 날리며 온 천하를 주유하며 남편을 선택하려 하였다. 그러다가 그녀가 낙굉훈에게 반해서 자신의 애정이 관철시키려 하지만 그것이 좌절되자 상사병을 앓는다.[23]

그러나 화벽련은 애정 성취에 대한 욕구가 영웅적 행적보다 더 많은데, 그 점은 그녀가 대담하게 애정을 추구하고 있는 데에서 나타난다. 화벽련은 "맹세코 평범한 사람과 결혼하지 않을 것이며 영웅에게 시집가기를 원하는데(立誓不婚庸俗, 願侍巾櫛于英雄)", 이것은 그녀의 애정 추구 방식이 자주적인 동시에 매우 진보적인 의식을 가지고 있음을 나타낸다.[24] 한 번은 그녀가 四望亭에서 원숭이를 잡다가 오랫동안 수리를 하지 않은 정자 위에서 실족하였다. 그런데 공교롭게도 낙굉훈이 그녀를 받아 주어 혼미한 가운데에 그에게 안기게 된다.

> 이때 화벽련은 이미 8,90할 정도 정신이 들어서 아빠와 엄마가 말하는 소리가 들렸다. "낙나리 구해주셔서 고맙습니다."…몰래 눈을 뜨고 정말 낙굉훈의 품속에 있는 것을 알게 되었으나 고의로 눈을 감고 정신을 차리지 못한 척하며 낙굉훈의 품에 여러 번 파고들었

---

22) 화벽련은 기존 애정소설에 등장하는 연약하고 가녀린 여주인공과는 다르다. 그녀는 자신의 의지대로 끝까지 애정을 쟁취해낼 수 있는 인물이자 영웅적 행적을 갖춘 여성 영웅으로도 볼 수 있다.

23) 포금화도 자신의 남편 복천붕을 사랑하여 결혼한 후에 봉건 예교의 속박을 받지 않고 솔직하게 행동하며 자존심 강한 여성 영웅의 모습을 보이고 있다. 따라서 포금화는 애정보다는 협의에 더 치중하고 있다고 볼 수 있다.

24) 화벽련은 낙굉훈이 이미 정혼녀가 있다는 사실을 개의치 않고 둘째 부인으로 들어가려고 한다. 이것은 그녀의 진보적인 일면과 상충된다고 볼 수 있다. 반면에 낙굉훈은 화벽련의 애정에 애매모호한 반응을 보이고 있다.

다.(此時花碧蓮已醒了八・分, 耳中聽得爹娘俱說: 多謝駱大爺相救, …遂暗暗將眼睜將開:眞是駱公子抱在懷中. 故意將眼合上, 只做不醒的神情, 將身子向駱大爺身上又貼了兩貼. 20회, 109쪽)

그녀는 몰래 눈을 뜨고 정말 낙굉훈의 품속에 있는 것을 알았지만 고의로 눈을 감고 정신을 차리지 못한 척하며 낙굉훈의 품에 계속하여 파고들고 있다. 이러한 대담한 행동은 그녀의 적극적인 애정을 표현해 내는 것이다. 반면에 장소저는 조웅이 월장하여 들어와서 자신에게 애정을 갈구하자 유가의 교육을 받은 숙녀답게 다음과 같이 애걸한다.

"窈窕淑女는 군자의 好逑라. 첩인들 어찌 空房 獨枕을 좋아하리오마는, 先塋을 생각하니 九代 進士의 후예라. 부모의 명령 없삽고 六禮를 행치 못하였사오니, 어찌 허신하여 선영의 죄인이 되고, 門戶에 욕이 및사오면 어찌 살기를 바라리오. 바라건대 마음을 돌이켜 돌아가 後期를 정하소서."(59쪽)

이처럼 장소저는 후일을 기약하자고 말하면서 조웅의 마음을 돌리도록 애를 쓴다. 또한 조웅이 대장군으로서 위엄을 떨친 이후에 위국 왕이 자신의 딸을 주겠다고 하자 장소저는 대장부 처세함에 첩이 없을 수 없다면서 자신이 미리 살펴보고 정하겠다고 한다. 그녀는 시비를 데리고 위국 궁중에 들어가 두 공주를 살펴보고 그녀들의 용모와 재덕에 감탄하여 집으로 돌아와서 조웅에게 치하하면서 다음과 같이 말한다.

"요조숙녀는 군자의 호구라. 이는 원수 배필이오니 어찌 아름답지 아니하리오."(139쪽)

장소저는 투기하지 않는 덕행을 실행하고 있는데다가 조웅에게 축첩을 권유하여 그의 부담을 덜어준다. 사회적으로 성공한 남자에게 꿈과 같은 이상을 실현할 수 있는 기회를 주는 셈이다. 조웅은 이미 금련을 첩으로 취한 바 있었는데(105쪽) 위국의 공주를 취하는데 있어서는 기이하게도 사양하는 모양새를 보이고 있다. 이 점은 부인을 취하는 것과 첩을 들이는 차이로 받아들일 수 있다. 또한 이 부분은 장소저의 너그러운 태도를 부각하기 위해서도 서술할 가치가 있는 대목이라 할 수 있겠다.

화벽련은 악인을 개인적으로 상대함에 있어서 강건함을 드러내고 있다. 음란하고 호색한 尙書의 아들 왕륜이 '把戲'를 상연해 달라는 명목으로 화벽련을 왕부(王府)로 유인하여 희롱하려 하자, 그녀는 크게 노하여 주먹을 뻗어서 왕륜을 사로잡고 왕부 하인들과 대결을 벌인다. 결국 그녀는 하인들을 통쾌하게 두들겨 패주고 저택 안의 온갖 물건들을 깨부수었으며 사람들을 혼비백산하게 만들고 나서야 유유히 밖으로 빠져 나오게 된다.

화벽련은 여러 호걸들과 간신을 제거하는 영웅적 쾌거에도 참여하고 있다. 張소저가 남편 조웅의 내조에만 힘쓰고 전면에 나서지 않는 것과는 전혀 다르다. 화벽련은 간신 왕륜을 잡기 위해 鮑金花와 함께 왕륜의 백여 명의 시위에게 약 탄 술을 먹이기도 하고 京城의 무예 시합에 참가했다가 우승하기도 한다. 그때 간악한 재상 張天佐가 무예 시합을 통해 아들의 아내로 포금화를 간택하자 화벽련은 들러리가 되어 장천좌의 집에 들어가서 장천좌 형제·王懷仁·欒守禮 일가 모두 7,80여 명을 섬멸하였다. 또한 화벽련은 長安으로 돌아가는 길에 요사스런 도사와 싸움을 벌여서 단칼에 목 베어 죽이기도 한다. 이러한 행위로 인해 그녀는 어전에 나아가 상을 받는다.

이상으로 볼 때 화벽련은 적극적이고 열정적인 열혈녀이자 여성 영웅이며 장소저는 조웅의 내조에 힘쓰는 숙녀의 형상을 나타내고 있다고 하겠다.

4) 민간 영웅과 구원자적 인물 – 포자안·화진방·화산도사·천관도사

두 작품 중에서 영웅 인물을 영웅답게 만드는 데 일조하는 주변인물이 있는데 그들은 민간 영웅의 기상을 띤 盜俠과 초월적 능력을 가진 구원자의 형상으로 활약하고 있다.

鮑自安(≪녹모란≫)은 명성이 혁혁한 육십 여 세의 도협[25]으로 대단히 의기를 중시하고 오로지 호한과 교유하며 은혜를 알면 반드시 보답한다. 그의 보은 방식은 생명의 위험을 무릅쓰고 타인의 곤경을 구해 주는 것이다.

낙굉훈이 자신의 사위 복천붕에게 은을 증정하여 돌려보내자 포자안은 여러 차례 목숨을 걸고 낙굉훈을 구출한다. 낙굉훈이 嘉興縣에서 과부 수씨를 도와주었다가 무고당하여 현아로 잡혀가자 포자안이 친히 현성에 잠입하여 미혼향으로 간수를 기절시키고

---

25) 도협은 도적으로서 협행을 행하는 인물이라 볼 수 있는데 청대의 도협은 대부분 조정에 귀순하게 된다. 게다가 이 때의 도협은 부득이한 상황에 의해서 도적이 되었으며 탐관오리나 악덕지주의 재물을 약탈하는 것으로 그려지고 있다. 우리나라의 의적 임꺽정이나 서양의 로빈 훗과 같은 부류의 인물이다.

낙광훈을 무고한 간부와 음부를 생포한다. 또한 포자안은 무고 당한 수씨를 구출한 후에 그녀가 의지할 데가 전혀 없음을 알고 의녀로 삼기도 한다.

또 낙광훈과 余謙이 중상을 입어 생명이 경각에 달하였다는 소식을 듣고 포자안은 밤낮으로 揚州로 달려가서 해독약을 가지고 그들을 위해 치료한다. 그리고 딸 포금화의 권유에 따라서 생명을 무릅쓰고 무예시합장에 올라가 낙광훈을 해친 朱彪와 시합한다. 그는 적의 힘을 빠지게 하는 지략을 써서 주표를 시합장 아래로 나가떨어지게 하여 낙광훈의 분을 풀어 준다. 이처럼 포자안은 낙광훈을 구출하기 위하여 생명의 위험을 무릅쓰고 있다.

낙광훈이 山東에 갔을 때 하세뢰에 의해 강도라 누명쓰고 체포된 일이 있었다. 여겸은 탈출한 후에 山東節度使 적인걸에게 찾아가 고소를 하였다. 그러자 적인걸은 사람들에게 명하여 한편으로 하세뢰를 압송하도록 하고 다른 한편으로 여겸에게 명하여 관리와 함께 江南으로 가서 포자안을 데리고 와서 증인으로 삼게 하였다. 포자안은 오랫동안 협의를 행하다 많은 탐관오리들을 죽였기 때문에 자신이 관부에 투항함은 생명의 위험을 무릅쓰는 것이었으나 낙광훈을 구하기 위해 개인의 안위를 도외시하고 결연히 산동으로 간다.

반면에 ≪조웅전≫에 등장하는 도사나 망령들은 자신의 목숨을 버려가면서 영웅을 도울 필요가 없다. 그들은 이미 유한한 인간의 생명을 초월한 다른 존재이기 때문이다. 그들은 꿈을 통한 예시, 보물의 증정, 무예 교습 등의 도움을 통하여 조웅에게 도움을 주고 있다.

조웅이 왕부인과 함께 이두병을 피해 도망치던 중에 왕부인과 헤어지게 된다. 조웅의 행방을 알지 못하고 애태우던 왕부인은 깜박 잠이 들고 만다. 그런데 갑자기 꿈속에서 조정인의 혼백이 나타나서 부인에게 훈계한다.[26] 다음은 그 당시의 상황을 묘사한 대목이다.

> 이날 밤에 부인이 비각에서 잠깐 졸더니, 비몽간에 승상이 와 이르되, "웅이 이 앞으로

---

26) 꿈은 고전소설 중에 미래를 예시하거나 도움을 주기 위한 장치로 설정되고 있다. 조웅전의 경우도 예외는 아니다. 꿈은 결국 깨우치기 위한 것이다. 여기에서도 왕부인이 조웅과 조우하게 하기 위한 도구로써 사용되고 있다고 볼 수 있다.

지나거늘 부인이 어찌 모르고 잠만 자시나이까." 하거늘, 문득 놀라 깨달으니 남가일몽이라.(37쪽)

막다른 골목에 몰린 조웅과 왕부인은 月鏡 도사의 도움으로 궁지에서 벗어난다. 잠깐 동안 피난처에서 평화로운 상태에 있던 조웅은 華山 도사를 만나게 된다. 화산도사는 조웅에게 보검을 하사하기 위해서 등장하고 있다. 조웅은 화산도사가 파는 보검을 보고 가지고 싶었으나 주저하며 말을 꺼내지 못하고 있었는데, 화산도사가 조웅임을 알아보고 보검을 증여하고 사라진다. 다음은 화산도사의 행적을 시로 표현한 대목이다.

화산도사 한 소매가 무거우니,
행색이 칼 파는 선비 같도다.
사람마다 칼 값을 물은 즉,
노인 왈 내 기다리는 사람이 있노라.
분분한 저자에 몇 남자 모았는고.
앞으로 천인이 지나가되 팔기를 원치 아니하노라.
웅아 소식을 눌더러 물어 알리오.
앉으면 턱을 괴이고 서면 멀리 보는지라.(48,49쪽)

화산도사가 칼을 팔러 나오는 형식을 띠고 있지만 결국 조웅에게 증여하기 위한 것임을 분명하게 드러내고 있는 대목이다.

天官 도사의 경우는 조웅에게 무예와 도술 등을 가르쳐서 조웅이 영웅의 길로 걸어가게 만들고 있다. 또한 망령 중에서 關西 장군 黃達과 그 애첩이 비교적 두드러지는 역할을 하고 있다. 한밤중에 혼령이 나타나자 조웅은 축귀문을 외우며 그녀를 쫓아내지만 관서 장군의 혼령과 그의 애첩이 다시 나타나서 그에게 갑주와 삼척검을 하사한다. 다음은 관서 장군이 등장하여 조웅에게 하는 말이다.

그 선비 대왈, "나는 본디 浩然한 사람으로, 관서에서 약간 將略이 있어 전장에 다니옵더니, 마침내 뜻을 이루지 못하고 인하여 荒凉之客이 되었사오니 어찌 원이 없사오리까. 아까 갑옷 입고 뵈옵기는 장군의 장략을 보려 하였삽거니와, 의외에 장군의 행차를 만나오니 이는 나의 雪冤之秋라. 어찌 즐겁지 아니하리이까. 그 미인은 나의 평생 사랑하는 寵妾이라." 하며 문을 열고 미인을 부르니, 그 미인이 甲冑와 三尺劍을 안고 들어와 앉으니, 그 선비 왈, "이 갑주와 칼로 성공하와 소장의 積年抱寃을 씻어 주시면 은혜 白骨難忘이

라. 돌아오시는 길에 옷과 칼을 무덤 앞에 묻어 주소서."(75쪽)

이상에서와 같이 구원자로서의 역할을 담당하는 망령과 도사들은 조웅을 좀 더 영웅에 가깝게 만드는 조력자들이다. 이들은 나약한 존재였던 조웅을 영웅으로 거듭나게 하는 커다란 역할을 하지만 포자안이나 화진방처럼 현실 사회에 직접 개입하여 악인을 제거하지 않는다.[27)]

그와는 달리 포자안은 자신이 직접 간인과 악인을 죽이는 영웅적 행위를 하고 있다. 그는 三官鎭에서 사람과 말을 모아 매복하고 建康道에 부임하는 왕륜과 음부 하씨를 포획하러 간다. 포자안은 딸 포금화와 여성 영웅 화벽련에게 약을 탄 술을 팔게 하여 왕륜 주위에 있는 100여 명의 侍衛들을 취하여 쓰러지게 만든다. 三官廟의 화상이 살인에 연루될까 두려워하자 포자안은 사당 안에서 사람을 잡지 않도록 하고 심야에 미혼약을 써서 문지기 화상을 기절시킨다. 그 다음에 사당 안의 왕륜의 거처로 들어가 많은 하인을 죽이고 금은보화를 취하였으며 왕륜과 하씨를 생포하고 그들을 山東으로 압송한다. 또한 포자안은 기타 영웅 인물들과 함께 四杰村에서 경성으로 압송되는 영웅 낙굉훈을 구하게 되고 잔학무도한 주표와 전 가족을 죽이며 하세뢰를 체포한다. 포자안은 苦水鋪에서 사사로이 법정을 설치하고 그들의 천인공노할 악행을 일일이 공개하며 극악무도한 왕륜, 하세뢰, 하씨를 마음대로 처단하고 있다.

또한 포자안은 호걸들을 데리고 간신을 제거하여 영웅성을 표출한다. 그는 경성에 도착하여 적인걸의 부름을 받게 되는데 적인걸은 그가 비록 도적이지만 본래 충의를 품고 있는 영웅임을 알고서 그에게 병사를 일으켜서 간신을 제거하자고 제의한다. 포자안은 낙굉훈 등과 함께 장천좌가 며느리를 취하는 기회를 포착하여 간신들을 일망타진한다. 또 적인걸과 함께 潼關을 타파하고 薛剛·薛魁 등과 연합하여 武家軍을 쳐부수고 여릉왕을 등극시킨다. 이처럼 그는 비록 녹림 출신이지만 영웅적 기상을 가지고 나라를 위하여 분연히 행동하였으므로 민간 영웅적 특성을 지니고 있는 것이다.

화진방(≪녹모란≫)도 포자안과 마찬가지로 충직하고 협의심이 많으며 뛰어난 용력

---

27) 영웅 편의 도사는 직접 악인을 응징하지 않는 반면에 악인 편의 도사는 현실에 개입하여 자기 자신이 전쟁에 참가하기도 한다. 예를 들어 ≪조웅전≫의 일대, 이대, 삼대는 도술을 수련한 인물로 조웅과 반대편에 참가하여 대적하고 있다.

과 담력을 가지고 있는 도협이다. 본래 유명한 육지의 響馬였는데 실제로 海盜 포자안과 마찬가지로 조정 내에는 간신이 정권을 휘두르고 있었기 때문에 도적으로 전락하였다. 그는 딸 화벽련의 남편을 고르기 위하여 강호에서 기예를 팔고 다니다가 정흥현에서 영웅인물 임정천과 낙굉훈을 알게 된다. 그의 개인적인 영웅적 행위는 임정천을 감옥에서 탈출시키는 데서 분명히 나타나고 있다. 그는 호걸 임정천이 간악한 왕륜에 의하여 고통 받음을 알고 불의를 시정하기 위해 행동한다. 이와 같이 그는 법률 제도에 구속을 받지 않는 점을 드러내고 있다. 게다가 그는 많은 영웅인물들과 함께 계교로 간신 장천좌 등을 죽임으로써 나라와 백성을 위한 영웅적 행동을 실행하고 있다. 이후 그는 적인걸을 보호하여 동관을 쳐부수고 여릉왕을 맞이하게 된다. 그는 황제를 옹립한 공로로 인해서 定國公에 봉해지는데 그 역시 민간 영웅에 가까운 인물이라고 하겠다.

≪綠牡丹≫은 64회본으로 일명 ≪四望亭全傳≫ · ≪龍潭鮑駱奇傳≫ · ≪宏碧緣≫이라고 하고 작자가 二如亭主人이라고 하는 俠義愛情小說이다. 작품의 가장 이른 판본은 嘉慶 5年(1800) 三槐堂刊本이다. 이외에도 다양한 판본들이 존재하는데, 이는 작품이 대량으로 출판되었고 전파되었음을 시사한다.

≪綠牡丹≫은 朝鮮에 전래되어 당시 상당수 독자들을 확보했으리라 기대되는 작품으로 한글로 번역되어 읽혀졌다. 이 작품의 판본은 한국학중앙연구원에 마이크로필름이 소장되어 있고 현재 교주본이 출판되어 있다.

≪綠牡丹≫은 清代에 창작되었고 ≪조웅전≫은 조선시대 창작된 작품이지만 모두 중국과 한국 영웅소설의 대표작이다. 이러한 영웅소설 계열의 작자는 권력층이 아닌 대개 중하층의 지식인일 가능성이 매우 높다. 이들 지식인은 작품의 창작을 통하여 자신의 재능과 희망을 표출하려 한 것으로 보인다.

영웅이 등장하기 위해서는 혼란한 시대 상황을 필요로 할 수밖에 없다. ≪녹모란≫에서는 당대 측천무후 시기를, ≪조웅전≫에서는 송나라 문황제 23년이라는 혼란한 시대를 배경으로 설정하여 영웅의 출현을 용이하게 하였다. 그리하여 작품 중에서 난세의 영웅인 낙굉훈과 조웅이 등장하고 있는 것이다. 낙굉훈은 비록 민간 영웅들의 도움을 받기는 하지만 자신만의 능력으로 영웅적 행위를 완성해 나가지만 조웅은 나약한 어린애의 모습에서 초월적 능력을 가진 도사 등의 도움으로 진정한 영웅으로 거듭나고 있다.

낙굉훈은 애정 추구에 있어서 비교적 소극적이지만 조웅은 상당히 적극적이라는 면에서 구별된다. 조웅이 장소저와 만나 본인이 매파가 되어 구애를 하고 월장하여 장소저와 인연을 맺는 장면은 상당히 색정적으로 묘사되고 있다. 반면에 낙굉훈은 화벽련의 애정을 구하는 데에는 매우 소극적인 모습을 보이고 있고 오히려 화벽련이 적극적인 구애의 양상을 보이고 있다. 두 작품은 모두 열렬한 자유 연애를 지향하고 있지만 열렬함의 주체가 달리 나타나고 있다. 요컨대 ≪조웅전≫에서는 남성인 조웅이 애정의 주체가 되고 있고 ≪녹모란≫에서는 여성인 화벽련이 애정의 주체가 되고 있다는 것이다.

악행의 화신인 왕륜과 이두병을 비교해 보면 몇 가지 면에서 차이가 있다. 왕륜은 주로 색정적인 면에서 악행을 드러내고 있고 이두병은 권력욕과 관련하여 조웅과 대립하면서 악행을 나타내고 있다. 또한 왕륜은 외모면에서는 선량한 인물처럼 보이는 악인이지만 이두병의 경우는 외모에 대한 묘사가 전혀 드러나지 않는다.

두 작품의 여주인공 화벽련과 장소저는 모두 아름다운 외모를 가진 인물로 화벽련은 애정의 주체로서 적극적으로 낙굉훈의 애정을 추구하고 있지만 장소저는 조웅에 대해 소극적인 태도를 보이고 있다. 다만 장소저는 조웅과 결연한 후에 유가의 덕목을 갖춘 숙녀로서의 모습이 더욱 두드러지고 있다.

영웅을 보조하는 인물로서 도협과 도사가 있다. 도협은 포자안과 화진방으로 대표되는데 비록 도적으로 활동하지만 나라에 충심을 가진 인물로 낙굉훈에게 도움을 주고 있으며 민간 영웅적 기상을 드러내고 있다. 도사는 조웅을 영웅답게 변모시키는 존재로 초월적인 능력을 가지고 있으며 화산도사와 천관도사가 대표적이다.

10. ≪忠烈小五義≫의 국내유입과 스토리 연구*

朝鮮은 오랫동안 왕조를 유지했고 문화면에서 상당히 풍요로웠다고 알려진다. 조선인들은 중국 서적에 관심이 매우 많아 역관 등은 중국 서적을 적극적으로 수입했는데, 이를 통해 조선인들은 새로운 문물 등을 접하고 견식을 쌓을 수 있었다. 조선시대에 중국 서적을 국내에 가지고 들어올 수 있는 사람들은 누가 있었을까? 사신, 역관, 무역상, 서적 중개상 등등의 인물을 떠올릴 수 있다. 조선시대에 공적인 서적 유통은 頒賜[1] 제도에 의해 이루어졌지만 민간 차원에서는 冊儈(서적중개상)[2], 서점상, 세책업자 등이 주도했다.[3] 朝鮮後期로 갈수록 중국 서적이 대량으로 유입되었는데 이는 중국 서적을 소장하려는 장서가들이 늘어났기 때문이다.[4] 이러한 상황으로 볼 때 조선시대에 중국 서적의 국내유입은 점점 늘어날 수밖에 없는 구조를 가지고 있었던 것이다.

---

* 이 논문은 2010년도 정부재원(교육과학기술부 인문사회연구 역량강화사업비)으로 한국연구재단의 지원을 받아 연구되었으며 2012년 경희대 비교문화연구소 ≪비교문화연구≫제29집에 게재된 내용을 수정 보완한 것이다.(NRF-2010-322-A00128)
주저자: 金明信(慶熙大學校 比較文化研究所 學術研究教授), 교신저자: 閔寬東(慶熙大學校 中文科 教授)

1) 頒賜는 중앙이나 지방 관청에서 서적을 활자, 또는 목판으로 간행한 다음에 왕명으로 승정원의 승지 또는 규장각의 각신이 특정 文臣이나 관원과 官署·史庫·향교·서원 등에 보급시켰던 유통방법이다.

2) 冊儈는 조선후기의 한자발음으로는 책회 또는 책괴로 표기하지만 격음화나 격음화의 결과 채쾌나 채꾀로 발음하게 된다. 冊儈의 현실발음이란 결과가 무시되고 '儈'는 단독일 때도 쾌로 읽는 현상이 일어났을 것으로 추정된다. 이중연, ≪고서점의 문화사≫, 혜안, 2007, 44-45쪽 참조.

3) 이민희, ≪16-19세기 서적중개상과 소설·서적 유통관계 연구≫, 도서출판 역락, 2009, 160-165쪽 참조.

4) 당시 중국 서적의 장서는 주로 京華世族 중심으로 이루어졌는데, 이들은 18, 19세기 권력의 핵심에 있었던 인물들로서 장서를 세련된 취미 생활로 생각했으며 생활문화로 발전시켰다는 특징을 지니고 있다. 강명관, 〈조선후기 서적의 수입, 유통과 장서가의 출현〉, ≪민족문학사연구≫ 제9호, 1996, 171-194쪽 참조.

중국 서적들 중에 중국소설은 당시 독자들의 수요가 상당히 있었던 것으로 보인다. 한글이 창제된 이후로 조선에서는 歷史小說과 愛情小說을 중심으로 많은 작품들이 번역되고 필사되었다. 그 중에서 특이하게도 ≪忠烈小五義≫와 같은 俠義公案小說도 포함되어 있었다. 따라서 이 작품은 朝鮮에 유입되었고 朝鮮 독자들의 수요에 의해 번역되었던 것이다.[5]

그러면 중국 독자와 朝鮮 독자들은 왜 이 작품을 선택하고 독서하게 되었을까? 이 점에 대해서는 여러 가지 이유가 있을 것으로 보이지만 이러한 독자들의 기호가 이 작품의 스토리에 있다고 전제하면서 전반적인 논지를 전개하기로 하겠다.

1. ≪忠烈小五義≫의 국내유입

≪忠烈小五義≫는 124회본으로 작자 미상[6]이고 一名 ≪續忠烈俠義傳≫ 혹은 ≪小五義≫이라고 하는 淸代 俠義公案小說이라 알려져 있다.

이 작품의 작자에 대해서는 石玉昆과 王府의 說書人이라는 두 가지 설이 대두되고 있다. 작자가 석옥곤이라는 설은 기존의 학설로 譚正璧 등이 주장하고 있다. 석옥곤은 ≪충렬소오의≫ 외에도 ≪忠烈俠義傳≫·≪續小五義≫도 창작했다고 알려지는 인물로 그의 생애에 대해서는 그다지 명확하지 않다. 그는 대략 1850年 경에 생존했다고 알려지지만 거주지와 생몰연도 모두 분명하지 않다.[7] 또한 그의 호는 問竹主人이고 北方의 유명한 설서 예인으로 특히, ≪忠烈俠義傳≫을 잘 이야기했다고 한다.

중국 학자 苗懷明은 작품의 작자가 王府의 說書人이라고 주장했다. 그는 ≪충렬협의전≫·≪충렬소오의≫·≪속소오의≫ 세 작품을 결코 석옥곤이 창작한 것이 아니고 영리 목적으로 인하여 서적상이 동일인의 창작이라는 이야기를 지어낸 것이라 여겼다.

---

5) 朝鮮 독자들은 궁중 여인, 士大夫의 부녀자, 妓女, 譯官, 몰락 양반 등 다양한 계층으로 구성되었을 것으로 보인다. 그렇지만 ≪忠烈小五義≫의 구체적인 독자층에 대해서는 아직까지 명확하게 알려지지 않고 있다.

6) 이 작품은 작자 미상으로 알려져 있으나 우리나라 도서관의 일부 소장본은 淸代 石玉崑이 지은 것으로 되어 있는 판본도 있다.

7) 譚正璧, 〈論≪小五義≫〉, ≪明淸小說≫, 1981. 7, 133쪽 참조.

다만 그의 주장에는 다음과 같은 전제가 붙어 있다. 원작은 石玉昆이 맞지만 현재 유행하고 있는 文光樓 판본은 說書藝人이 창작한 것이고 서적상이 영리를 추구하기 위해 세 작품을 세트로 구성했다[8]는 것이다. 결국 이 작품은 설서예인이 오랫동안 수정 작업을 거쳤기 때문에 원작자의 의도와는 다른 새로운 작품이 되었다고 보지만 이 작품의 원작자가 석옥곤임을 부정하지 않고 있다.

≪忠烈小五義≫의 판본은 繁本과 簡本 두 종류가 있다. 번본은 光緖 16年(1890) 北京 文光樓 간행본으로 일찍이 魯迅이 언급했던 간행본이다. 머리에는 光緖 庚寅 文光樓主人의 序文, 風迷道人의 小五義辨과 知非子·慶森의 跋文이 있다. 간본은 文明書局의 標點本과 일반 石印本이 있다. 간본은 노신이 언급한 판본의 생략본인데, 현재 文光樓 간행본은 노신이 언급한 내용보다 많이 생략되어 있다. 이외에도 申報館 排印本, 光緖 16년 善成堂 간행본, 光緖 32년 丙午 上海書局의 石印本 등이 있다.[9]

≪忠烈小五義≫는 우리나라에 언제 전래되었는지 명확하게 알 수 없지만 대략 朝鮮後期에 유입된 것으로 추정된다.[10] 이 작품은 文光樓 간행본이 가장 이른 판본으로 되어 있기 때문에 대개 국내유입은 아무리 빨라도 1890년 이후일 것이다.[11] 현재 ≪忠烈小五義≫의 한글 번역본은 2종이 전해지고 있다. 하나는 樂善齋本으로 한국학중앙연구원에 소장되어 있는 31권 31책본 필사본이고, 다른 하나는 16권 16책본 필사본으로 奎章閣에 소장되어 있다. 이 번역본의 제목은 ≪츙렬쇼오의≫라 되어 있고 그 번역 양상을 살펴보면 다음과 같다. 대개 逐字譯과 意譯을 중심으로 되어 있지만 작품 124회의 내용 전체를 거의 다 번역하였고 일부 중국어 단어는 音借하여 번역했다는 특징을 지니고 있다.[12]

---

8) 苗懷明, 〈≪三俠五義≫與 ≪小五義≫·≪續小五義≫關系辨〉, ≪信陽師範學院學報≫, 1999. 7, 102-105쪽 참조.

9) 譚正璧, 〈論 ≪小五義≫〉, ≪明淸小說≫, 1981. 7, 136쪽, 江蘇省社會科學院 明淸小說研究中心文學研究所 編, ≪中國通俗小說總目提要≫, 中國文聯出版公司, 1991, 758-759쪽 참조.

10) 민관동, 〈中國古典小說의 國內 流入과 受容에 대한 研究〉, ≪중국어문학≫ 제49호, 2007. 6, 345-374쪽 참조.

11) 당시 중국소설의 국내유통이 대단히 활발했던 것으로 본다면 1890년에 바로 직수입되었을 가능성도 배제할 수 없다. 그렇지만 ≪忠烈小五義≫가 1890년 후반에 간행되었다면 그 해에 바로 조선에 유입되기는 힘들었을 것으로 보인다.

12) 김정녀·박재연 교주, ≪츙렬쇼오의≫, 이회문화사, 2005, 머리말, 1-10쪽, 金明信·민관동, 〈한글 필사본 ≪忠烈俠義傳≫의 번역양상 및 표기 특징〉, ≪中國小說論叢≫ 제32집, 2010. 9,

국내에는 6卷4冊으로 된 중국 판본이 비교적 많은 편인데 成均館大·東亞大·鮮文大 朴在淵 의 소장본이 있으며 한글 필사본은 한국학중앙연구원과 규장각에 소장되어 있다. 아래 도표에서 드러나듯이 이 작품의 국내 소장 상황을 보면 서울, 강원, 충청, 부산 등 여러 곳에 분포되어 있다. 개인 소장자를 제외하더라도 이 작품의 전파 범위가 상당히 넓었음을 드러내고 있어 당시 독자들에게 상당히 인기를 끌었을 것으로 짐작된다.[13] 현재 국내 소장된 원전과 번역 자료는 다음과 같이 정리할 수 있다.

<table>
<tr><th>書 名</th><th>出 版 事 項</th><th>版 式 狀 況</th><th>一 般 事 項</th><th>所藏處</th><th>所藏番號</th></tr>
<tr><td rowspan="2">繡像全圖小五義</td><td>寫者未詳, 上海, 掃葉山房, 清光緒25年(1899)刊</td><td>12卷6冊(第1-12), 中國石印本, 20×13.3cm, 四周單邊, 半郭:17.3×12cm, 無界, 22行49字, 上下向黑魚尾, 紙質:綿紙</td><td>題簽:繡像小五義, 版心題:繡像小五義, 裏題:繡像小五義, 序:光緒二十五年(1899)仲夏美縣朱蔚彬書, 刊記:己亥(1899)仲夏海掃葉山房石印</td><td>江陵市 船橋莊</td><td></td></tr>
<tr><td>著者未詳, 刊寫地未詳, 簡靑齋書局, 光緒25(1899)序</td><td>6卷6冊(卷1-6), 20.6×13.4cm, 四周單邊, 半郭:17.6×12.1cm, 無界, 25行48字, 上下向黑魚尾</td><td>版心題:小五義全傳, 序:光緒二十有五年歲次己亥(1899)孑生居士書</td><td>東亞 大學校</td><td>(3):12:2-93</td></tr>
<tr><td>小五義</td><td></td><td>6卷5冊120回(卷1缺), 石印本</td><td></td><td>鮮文大 朴在淵</td><td></td></tr>
<tr><td rowspan="3">繡像繪圖小五義傳</td><td>石玉崑(淸)撰, 上海, 進步書局, 淸朝末-中華初刊</td><td>6卷4冊(第1回-第124回), 中國石印本, 20.1×13.5cm, 四周雙邊, 半郭:18.2×12cm, 27行60字, 上黑魚尾, 紙質:竹紙</td><td>刊記:上海進步書局印行</td><td>成均館 大學校</td><td>(曺元錫) D7C-150</td></tr>
<tr><td rowspan="2">著者未詳, 上海, 大成書局, 刊寫年未詳</td><td rowspan="2">6卷6冊(卷1-6), 20.1×13.4cm, 有圖, 半郭:17.7×12.4cm, 無界, 20行45字, 上下向黑魚尾</td><td>表題:小五義全傳, 印記:上海大成書局印行</td><td>東亞 大學校</td><td>(3):12-13</td></tr>
<tr><td>表題:續小五義全傳, 印行:上海大成書局印行</td><td>東亞 大學校</td><td>(3):12-14</td></tr>
</table>

259-278쪽 참조.

13) ≪충렬소오의≫가 한글 고어로 번역되었다는 사실 자체만으로도 이 작품이 인기를 끌만한 요소를 갖추고 있었다고 본다. 원전 작품의 번역은 번역가의 개인적인 취향이기도 하지만 당시 사람들의 관심을 반영한 것이기도 하다. 따라서 이 작품은 조선 독자들의 취향을 고려하여 번역되고 필사되었을 가능성이 있다. 이 단계에서 冊儈들의 역할이 상당히 컸을 것으로 보인다. 책쾌는 서적을 중개하고 판매했을 뿐만 아니라 독자들의 요구와 의견을 수렴하여 출판업자나 번역가들에게 정보를 제공했을 것으로 보이기 때문이다. 이민희, 전게서, 163쪽 참조.

書名	出版事項	版式狀況	一般事項	所藏處	所藏番號
增像小五義傳	石玉崑(淸)述, 刊寫地未詳, 淸光緖16(1890)	25卷6冊(卷1-25), 中國石印本, 有圖, 19.2×13㎝, 半郭:15.5×12㎝, 有界, 17行32字, 花口, 上下內黑魚尾	增像小五義序:…光緖庚寅(1890)仲夏文光樓主人謹識, 序:光緖庚寅(1890)仲夏知非子書於都門文光樓, 序:光緖十六年歲次庚寅(1890)中呂月慶森寶書氏誌於臥遊軒, 小五義辨:…光緖十六年歲次庚寅(1890)風迷道人又識, 繡像6葉12幅	淑明女子大學校	
忠烈小五儀	著者未詳, 年紀未詳	16冊(零本, 第1-2卷(1冊)缺), 한글筆寫本, 28.4×19.6㎝		奎章閣	[奎]7553
충렬소오의	著者未詳, 寫年未詳	本編30卷(附編1卷, 合31冊), 한글筆寫本, 28.2×18.6㎝, 無郭, 無絲欄, 無版心, 10行字數不定, 紙質:楮紙	印:藏書閣印, 35㎜R[Nega], 1703f	韓國學中央研究院	4-6848/R 35N-0000 72-74

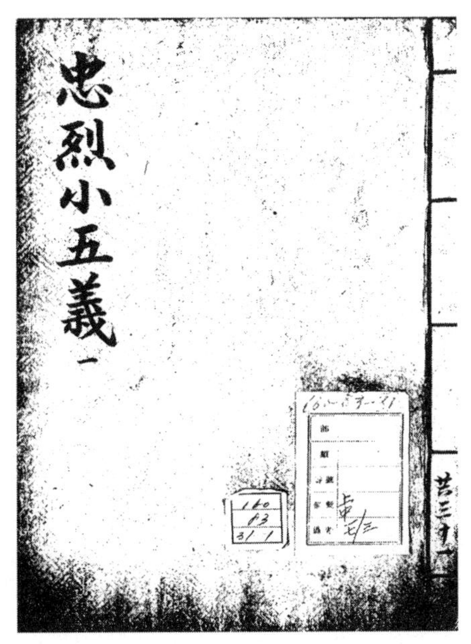

한국학중앙연구원 소장 ≪忠烈小五義≫ 1책 표지

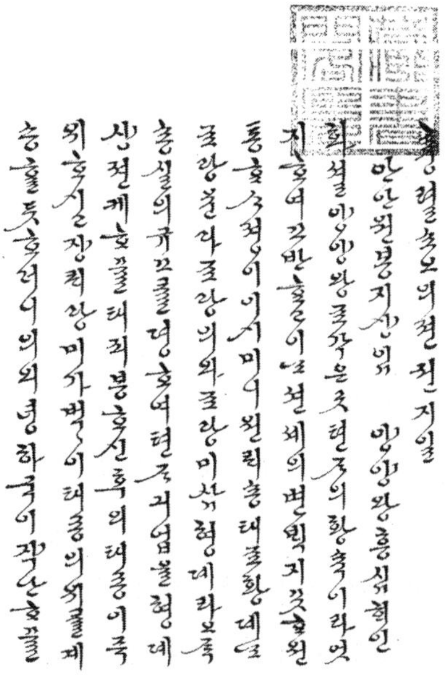

한국학중앙연구원 소장 ≪충렬쇼오의≫ 권지일 내용

2. ≪忠烈俠義傳≫과 ≪忠烈小五義≫의 敍事構造

이들 작품의 서사구조는 각각 인물과 사건을 중심으로 전개되고 있는데, 우선 전편 ≪忠烈俠義傳≫ 120회의 서사를 보면 다음과 같이 진행되고 있다.

1) 北宋 때 李妃와 劉妃가 모두 임신 중이었는데 유비는 총관 郭槐와 짜고 살쾡이를 이비의 아들과 바꿔 치기한다.

2) 寇珠와 陳林이 목숨을 걸고 태자를 구해내어 八賢王에게 건네주었다가 발각되어 구주는 죽고 이비는 陳州로 도망간다.

3) 江南 包員外가 50세에 셋째 아들 包公을 얻게 된다.

4) 包公은 둘째형 包海 부부에게 자주 괴롭힘을 당하지만 요정의 도움으로 모면한다.

5) 包公이 定遠縣 知縣으로 부임하여 사건을 잘 처리하자 황제는 그에게 龍圖閣 大學士로 봉한다.

6) 包公은 公孫策과 展昭 등의 도움으로 龐太師가 보낸 자객을 사로잡고 安樂侯 龐煜을 작두형에 처한다.

7) 包公은 李妃를 만나 郭槐를 문초하여 사건의 전말을 알아내고 李妃를 궁으로 돌려 보낸다.

8) 황제는 展昭에게 '御猫'라는 작호를 하사하고 包公은 그 후로도 여러 차례 사건들을 해결한다.

9) 휴가를 가던 展昭는 丁兆蘭과 丁兆惠 형제를 알게 되고 茉花村의 丁府와 정혼한다.

10) 陷空島의 五鼠 중의 하나 白玉堂은 展昭가 '御猫'라는 호칭을 받은 것에 불만을 품고 東京에 가서 난동을 부리며 중간에 수재 顏查散을 만나 의형제를 맺는다.

11) 白玉堂은 通天窟에 展昭를 가두고 분풀이를 하려 하지만 丁兆惠와 三鼠가 힘을 합쳐 백옥당을 사로잡고 황제가 그에게 직함을 준다.

12) 蔣平은 歐陽春, 丁兆蘭과 음적 花沖을 생포한다.

13) 歐陽春은 태수 倪繼祖를 구해내고 智化를 알게 된다.

14) 沈中元은 艾虎와 내통하여 馬强을 생포한다.

15) 白玉堂은 몰래 九龍冠을 馬朝賢의 저택에 갖다놓아 그들이 모반하려 한다고 알려 악인들은 처형되고 倪太守는 복직된다.

16) 顔查散은 蔣平의 도움으로 물귀신을 평정하고 洪澤湖를 잘 다스린다.

17) 金輝는 襄陽太守로 부임하고 顔查散은 襄陽을 순시하여 襄陽王을 감시하게 된다.

18) 金輝는 습격당하지만 군웅들이 그를 구해내고 악인 藍驍를 생포한다.

19) 襄陽王은 鄧車를 시켜 顔查散의 印信을 훔쳐 내게 한다.

20) 白玉堂은 印信을 찾으러 갔다가 襄陽王의 銅網陣에 들어가 죽는다.

21) 蔣平은 洞庭湖에서 인신을 건져내어 顔查散에게 돌려준다.

22) 蔣平은 丁兆惠와 함께 徐慶을 구해내고 백옥당의 유골도 찾아온다.

23) 智化와 歐陽春은 鐘雄에게 거짓으로 항복하여 그의 신임을 얻는다.

24) 鐘雄의 생일에 그를 설득하여 귀순시키고 협객들과 함께 襄陽으로 쳐들어간다.

이상과 같이 ≪忠烈俠義傳≫의 전반부는 包公의 출생을 중심으로 서사가 진행되고 있고 후반부에 가서야 협의인물들의 활약이 드러나고 있음을 알 수 있다.[14] 속편 ≪忠烈小五義≫ 124회의 서사는 이상에서 언급된 ≪忠烈俠義傳≫과 비교해보면 밑줄 친 부분에서 공통된 내용을 찾을 수 있다.

1) 襄陽王 趙珏은 銅網陣을 설치하고 君山[15] 채주 鐘雄 등과 결탁하여 모반을 꾀한다.

2) 按院 顔查散이 관인을 도둑맞는다.

3) 호위 白玉堂은 관인을 찾다가 銅網陣에 들어가 죽는다.

4) 展昭를 逆水潭에서 버려진 관인을 건져낸다.

5) 襄陽王은 沈中元과 鄧車를 파견하여 顔查散을 암살하려 한다.

6) 沈中元은 韓彰과 徐慶에게 鄧車를 사로잡는 방법을 알려 준다.

---

14) 金明信, 〈낙선재본 ≪충렬협의전≫의 人物群像 연구〉, ≪中國小說論叢≫제22집, 2005. 9. 1-22쪽 참조.

15) 일부 판본은 君山이 軍山이라 인쇄되어 있다.

7) 徐慶은 展昭와 함께 백옥당을 찾으러 갔다가 함정에 빠진다.

8) 蔣平은 徐慶을 구출하고 백옥당의 시체를 찾는다.

9) 智化는 北俠 歐陽春과 거짓 투항하여 君山을 수복시킨다.

10) 蔣平은 雷英의 비밀기관을 찾아내고 彭啓에게 銅網陣의 지도를 얻는다.

11) 沈中元이 顏査散을 납치한다.

12) 蔣平은 貫頂詩[16]를 해독하여 沈中元의 짓임을 알아낸다.

13) 艾虎는 岳州에서 馬龍과 張豹를 사귀고 사촌형 胡小記와 徐良을 만난다.

14) 盧珍은 丁兆蘭과 함께 襄陽으로 가다가 호랑이를 잡는 韓天錦을 만나고 盧珍과 展昭의 질녀는 결혼 한다.

15) 黃花鎭에서 徐良, 艾虎, 白玉堂의 조카 白芸生, 盧珍, 韓天錦은 의형제를 맺어 '小五義'가 된다.

16) 徐良과 艾虎는 九天廟에서 石門縣의 知縣 鄧九如 일행을 구출한다.

17) 徐良은 雲霞廟의 道長이 준 차를 마시고 중독된 艾虎, 胡小記, 喬賓을 구출한다.

18) 徐良은 비구니에게 잡힌 白芸生을 谷雲飛의 도움을 구출한다.

19) 展昭, 歐陽春, 丁兆蕙는 鄧飛熊을 물리치고 魏眞을 만나 산채로 이동한다.

20) 산채에서 盧方, 徐慶, 智化 등이 모여 君山의 鐘雄에게 몸을 의탁하기로 한다.

21) 韓良은 艾虎와 徐良을 만나 艾虎더러 施俊을 호송하게 한다.

22) 蔣平은 魯士杰을 제자로 거둬들이고 襄陽王과 내통하던 范天保를 제거한다.

23) 蔣平은 대채주 吳源을 물리치고 黑水湖를 격파한다.

24) 黑水湖에 모인 군웅들은 顏大人을 전송하고 沈中元은 顏大人에게 용서를 받는다.

25) 王官과 雷英이 장작에 점화하여 협의인물들을 갇히게 만든다.

26) 蔣平은 양양왕의 계책에 속아서 함정에 빠지고 智化가 맹약서를 찾은 순간에 칼이 허리 위로 떨어진다.

이상으로 볼 때 ≪忠烈小五義≫는 전편 ≪忠烈俠義傳≫의 마지막 부분과 조금씩 중복되고 있음을 알 수 있다. 그렇지만 내용의 구성을 조금씩 달리하여 새롭게 만들고자 했고 아울러 독자들의 호기심을 자극하여 다음 편을 기다리도록 기획하고 있는 것으

---

16) 한 구절의 마지막 두 글자와 다음 구절의 첫 두 글자가 같은 시.

로 보인다. 또한 전반적으로 인물과 사건 중심으로 서사구조가 진행되고 있음을 드러내고 있다.

3. 스토리 구성상의 특징

≪忠烈小五義≫는 전편 ≪忠烈俠義傳≫의 후반부와 스토리가 약간 중복되어 있다. 이 점은 기존 작품의 내용을 상기시키는 효과가 있지만 다소 지루함을 느끼게 되는 단점도 있다. 전편 ≪忠烈俠義傳≫은 包公의 신비로운 출생과 재판 과정을 통해 그의 영웅성을 부각하고 俠義人物들의 충절과 협행을 묘사하고 있다.[17] 이와는 달리 ≪忠烈小五義≫는 포공의 후계자이자 淸官 顔査散에 대해서 영웅성을 부여하지 않고 있다. 다만 안사산의 인간적인 면모에 대한 표현이 자주 나타나고 있다. 또한 이 작품은 전편과 차별화하여 협의인물들이 襄陽王과 대결하는 구도를 통해서 전체적인 스토리를 구성하고 있다. 작품의 스토리를 중심으로 등장인물의 연계성, 스토리의 연속성, 열린 결말의 추구, 구어적 표현의 활용, 보편적인 공감대의 형성으로 나누어 살펴보기로 하겠다.

1) 등장인물의 연계성

이 작품에 등장하는 인물들은 대부분 전편 ≪忠烈俠義傳≫에서 활약했던 인물들이다. 그들은 ≪총렬소오의≫에서도 여전히 등장하고 있으며 자신의 개별적인 역할을 담당한다. 예를 들면 智化는 여전히 작전 참모의 역할을 하면서 사람들을 지휘하고 있고 蔣爺나 徐慶 등도 俠義人物로서의 역할을 담당하고 있다는 것이다. 다만 鍾雄은 전편에서 협의인물들에게 귀순했으나 이 작품의 초반에는 아직 악인 그룹으로 활약하고 있다.[18] 종웅은 악인들 중에서 대단히 뛰어난 재능을 가진 사람이라고 다음과 같이 묘사

---

17) 包公은 '淸官'의 표상이지만 새까만 얼굴을 가진 독특한 외모에다 출생도 특이했기에 영웅으로 간주되기도 한다. 비록 작품 중에서는 충절의 관점에서 주로 묘사되고 있지만 다른 협의인물들과의 배분에 있어서도 결코 밀리지 않는다. 따라서 전편 ≪忠烈俠義傳≫에서는 포공이 재판을 하면서 벌어지는 사건들과 더불어 협의인물들의 활약이 전개되고 있다고 해야 할 것이다. 金明信, 〈낙선재본 ≪츙렬협의젼≫의 人物群像 연구〉, ≪中國小說論叢≫제22집, 2005. 9, 3-5쪽 참조.

18) 鍾雄은 초기에는 악인 그룹에서 활동하지만 후반에는 俠義人物 그룹에 귀순하여 활약하는 인물

되어 있다.

> 飛叉太保 鍾雄은 文科에 進士로 급제했었고 武科에 探花로 급제했었던 文과 武를 모두 갖춘 인재입니다. 文은 말할 것도 없고 武書에 대해 논하자면 ≪孫武≫十三篇을 읽었고 武侯의 병법서를 널리 보았기 때문에, 공격과 수비에 대해 논하기를 좋아하고 전략과 전술을 세우기에 적당하며 천리 밖에서도 승리를 거둘 수 있습니다. 그는 귀신과 같이 헤아릴 수 없는 기지를 가지고 있고 세상과 백성을 안정시키는 대책을 세우고 있어서 成湯의 伊尹이나 渭水의 姜子牙와 비교할 수 없을 정도입니다. 저는 귀로 듣고 아주 충분히 봤습니다.(那飛叉太保鍾雄, 文中過進士, 武中過探花, 文武全才. 文的不必說, 論武書, 讀 ≪孫武≫十三篇, 廣覽武侯兵書, 善講攻殺戰守, 稱的起運籌帷幄之中, 決勝千裏之外. 鬼神莫測之機, 濟世安民之策, 强不能比成湯的伊尹, 渭水的子牙, 我耳聞著很夠看的. ≪忠烈小五義傳≫[19] 제21회)

이처럼 智化는 비록 악인들 중의 하나인 鍾雄에 대해 논하고 있지만 결코 그를 과소평가하지 않으며 날카롭고 이성적인 그에 대한 장점을 설명하고 있다. 지화는 종웅이 문무를 겸비한 인물로 평가하면서 협의인물들이 종웅을 상대하기가 쉽지 않음을 알려주고 있다고 하겠다.

≪충렬소오의≫가 중국과 朝鮮 독자층의 향유를 받게 된 데에는 전편에 등장했던 기존인물의 연계에도 있지만 새로운 인물의 창조에도 그 묘미를 느꼈기 때문이다. 예를 들면 徐良은 전편 ≪충렬협의전≫에는 전혀 등장하지 않았던 인물이다. 그렇지만 이 작품에서는 서량이라는 인물을 창조하여 작품에 대한 새로운 재미를 이끌어내고 있다. 徐慶의 아들로 설정된 徐良의 인품과 성격은 다음 문장에서 알아볼 수 있다.

> 徐良이 말했다. "내가 가게에서 너에게 뭐라고 했느냐? 너는 기어이 나에게 진실을 털어놓지 않으려 하는구나. 나는 너에게 들어갈 생각을 하지 말고 우선 물러날 생각을 하라고 권유했는데 기어이 오기를 부렸더구나. 나는 너에게 많은 능력이 있다고 생각하지만 본래는 간수에게 묻는 수완을 가졌어야 했다. 너희들은 가게 밖에서 말하고 있었는데 내가 전부 다 들었다. 네가 먼저 나왔고 나는 뒤에서 바로 따라 나왔다.…그래도 내가 먼저 무너진 사당에

이다. 고전소설에서 인물의 전형성을 탈피하고 있는 비교적 특이한 경우이다. 김명신, 〈한글 필사본 ≪忠烈俠義傳≫의 惡人 연구〉, ≪中國小說論叢≫ 제27집, 2008. 3, 231-249쪽 참조.

19) 이하 원문의 인용문은 光緖 16년(1890) 東郡寶興堂 간행본을 저본으로 교정한 佚名, ≪忠烈小五義≫(北京師範大學出版社, 1993)를 근거로 했음을 밝힌다.

도착했다. 네가 안으로 적의 집에 들어갈 때 나는 뒤쪽 창문에서 지켜보고 있었다. 네가 사당 안에서 사람을 묶을 때 나는 창 밖에서 네가 張二哥를 구하러 가는 걸 기다리고 있었다.…안타깝게도 너는 또 길을 나섰을 때 장사꾼 분장을 했지만 너는 자물쇠조차도 쳐다보지 않았다. 만약 내가 따라가지 않았다면 형제야, 내가 아직 살아있었을 것 같으냐? 네가 이번에 간 것을 사람들은 모두 알고 있고 네가 그들을 구해왔다고 알고 있다.…내 칼이 없었다면 불가능했을 거다. 내가 오지 않았다면 형들 두 명도 구해내지 못했고 너도 죽었을 것이다. 이제부터는 일처리에 있어서 항상 생각하고 생각해야 하며 담대해야 하고 세심해야 하며 정직해야 하고 용의주도해야 한다." 서량이 艾虎에게 조목조목 이야기하자 얼굴이 매우 빨갛게 변하면서 말했다. "형, 저는 형보다 한참이나 모자라요.(徐良說: "我在店中同你說什麽來著? 你執意不肯告訴我實話. 我勸你, 未思進, 先思退, 你偏是一沖的性兒. 我打算你有多大本事, 原來就是求獄神爺的能耐. 你們在店外說話, 我就全部聽明白了. 你前脚出來, 我後脚就跟出來了.…還是我先到破廟. 你打前頭進賊家裏去, 我在後窗戶那裏瞧著. 你到廟裏頭捆人, 我在牆外頭等著你救張二哥去.…可惜你還踩了一回道, 扮作個買賣樣兒, 你連鎖頭都沒瞧見. 要不是我跟來, 老兄弟你這條命還在不在? 你這一走, 人所共知, 都知道你救他們來了. …要沒有我這口刀也是不行. 我要不來, 兩個哥哥也救不出去, 你也死了. 從此往後, 行事總要思尋思尋, 膽要大, 心要小, 行要方, 智要圓." 數說的艾虎臉似大紅布一般, 言道："哥哥, 小弟比你大差天淵相檄." 제71회)

馬龍과 張豹를 구하러 갈 때에 艾虎는 자신의 능력을 믿고 자만했다가 여러 가지 실수를 저지른다. 그럼에도 몰래 뒤따라갔던 徐良이 세심하게 처리하여 무사히 돌아오게 된다. 서량의 역할은 죽은 白玉堂과는 달리 주도면밀한 성격을 가지고 있어 이 작품에서 또 다른 흥미를 자아내는 인물이다. 智化는 꾀주머니처럼 계획에 세우는 데는 출중한 능력을 발휘하지만 특별한 무예를 지니지 못했다. 그러나 서량은 지혜와 무예를 모두 갖추고 있는 완전무결함을 지향하고 있다.

2) 스토리의 연속성

襄陽에 새로 임명된 巡按 顔査散이 관인을 도둑맞자 錦毛鼠 白玉堂은 호기롭게 襄陽王의 저택으로 쳐들어간다. 그렇지만 백옥당은 복잡다단한 銅網陣에 걸려들어 나오지 못하고 죽음을 당하고 만다.[20] 그 사실을 알게 된 歐陽春, 智化, 盧方, 韓章, 徐

20) 白玉堂의 죽음은 나머지 협의인물들을 하나로 결집시키는 효과를 가지고 있다. 그가 陷空島의 陣型을 설계한 사람으로 이처럼 銅網陣에서 어이없는 죽음을 맞이한다는 것은 논리적으로 맞지 않다. 그럼에도 불구하고 백옥당의 죽음으로 인해 협의인물들이 襄陽王에 대적하여 싸워야 하는

慶, 蔣平 등은 온갖 지혜를 짜내어 君山의 寨主 鐘雄을 붙잡아 귀순하게 한다. 아울러 협의인물들은 반역도의 수괴 襄陽王과 정면으로 대결하고자 한다. 다음은 ≪忠烈俠義傳≫ 마지막 회의 내용이다.

> 영웅들이 모두 君山에 이르렀다. 鍾雄은 姜氏를 보고 슬픔과 기쁨이 교차했다. 전후 사정을 설명하고 나서 즉시 귀중품을 정리하고 배를 타고 陳起望에 도착하여 몰래 떠났다. 여기에서 영웅들은 이틀 동안 모였다가 종웅과 작별했고 바로 襄陽으로 출발했다.(所有眾英雄俱到君山. 鍾雄見了姜氏, 悲喜交集, 說明了緣故. 即刻收拾細軟, 乘船到陳起望, 暗暗起身. 這裏眾英雄歡聚了兩日, 告別了鍾太保. 也就赴襄陽去了. ≪忠烈俠義傳≫ 제120회)

이상과 같은 이야기는 이미 전편에서 언급되어 있었던 고사들이지만 ≪忠烈小五義≫에서는 내용을 다시 재구성하여 독자들이 전편의 안타까웠던 장면을 다시 감상할 수 있도록 만들고 있다. 다시 말하자면 ≪충렬소오의≫는 전편 ≪忠烈俠義傳≫의 스토리 가운데서 마지막의 일부분을 재구성하여 독자들이 전편의 스토리를 연상하도록 서술하고 있다. ≪충렬협의전≫의 마지막 부분은 白玉堂의 장렬한 죽음과 관련된 고사가 중심으로 되어 있다.

> 白玉堂은 조심스럽게 눈을 들어 보고…생각했다. '알고 보니 맹약서가 여기에 있었구나.' 이 말을 꺼내기도 전에 발 밑이 움직이는 것을 느꼈다. 그제서야 걸음을 옮기다가 자기도 모르게 큰 칼을 떨어뜨렸는데 쿵쾅 하는 소리가 나더니 널판이 한 번 뒤집어졌다. 백옥당이 말했다. "좋지 않구나!" 몸이 아래로 떨어지는데 격심한 고통을 느꼈다. 즉시 머리 위로부터 발 아래까지 날카로운 칼이 아닌 데가 없어 온몸이 이미 만신창이가 되었다. 한동안 징 소리가 어지럽게 나더니 사람들이 떠들썩하더니 말했다. "銅網陣에 사람이 있다." 그중에 한 사람이 큰 소리로 말했다. "활을 쏘아라!" 귀 속으로 소나기가 내리듯이 메뚜기가 날아다니는 소리가 들렸고 동망진 위에는 마치 고슴도치처럼 되어 이미 움직일 수 없게 되었다. 이 사람이 또 분부했다. "화살을 멈춰라." 궁수가 내려갔고 사수가 올라왔다. 횃불을 가지고 와서 보니 동망진 안에는 피가 흥건해져 있었다. 얼굴은 말할 것도 없고 사지조차도 각각 나누어지지 않게 되었다.(白玉堂舉目留神,…暗道: "原來盟書在此." 這句話尚未出口, 覺得腳下一動. 才待轉步, 不由將笨刀一扔, 只聽'咕嗜'一聲, 滾板一翻. 白爺說聲: "不好!" 身體往下一沉, 覺得痛徹心髓. 登時從頭上到腳下無處不是利刃, 周身已

원인 중의 하나를 제공하고 있다는 것이다.

無完膚. 只見一陣鑼聲亂響, 人聲嘈雜, 道: "銅網陣有了人了." 其中有一人高聲道: "放箭!" 耳內如聞飛蝗驟雨, 銅網之上猶如刺蝟一般, 早已動不的了. 這人又吩咐: "住箭!" 弓箭手下去, 長槍手上來. 打來火把照看, 見銅網之內血漬淋漓, 慢說面目, 連四肢俱各不分了. 제105회)

이처럼 白玉堂의 죽음을 처참하게 묘사하고 있는데, 비교적 객관적인 필치로 담담하게 표현하고 있다. 속편 ≪忠烈小五義≫와 비교해보면 전반적으로 개괄적인 내용은 비슷하지만 白玉堂의 심리 상태가 좀 더 강하게 드러난다. 다음은 ≪충렬소오의≫ 제6회에서 백옥당의 죽음을 묘사한 부분이다.

白玉堂은 銅網陣 속에서 어지럽게 쇠뇌살이 몸에 가득 박혔고 좌충우돌해도 그물 밖을 나가기 어려웠다. 빠드득 이를 갈았지만 온몸은 화살받이가 되었는데도 한스러워 두 눈을 부릅떴다. 칼을 가로로 들었더니 화살의 독이 심장을 공격하여 정신이 혼미해지고 등 뒤에는 동망진의 고리가 걸렸다. 순식간에 만사가 혼미해지고 황제, 包公, 친구, 결의형제 등등도 독화살에 막혀 생각하지 못하게 되었다. 눈 깜짝할 사이에 화살이 쏘아져 고슴도치처럼 되었다. …神手大聖 鄧車가 궁노수의 쇠뇌를 받고 동망진의 후추만한 구멍을 향해 한 번 쇠뇌를 잡아당기니 쇠뇌살이 두 개가 구멍을 향해 들어가 마침 백옥당의 얼굴을 맞혔다. 백옥당은 눈앞이 깜깜해짐을 느끼며 아득하니 혼백이 저 세상으로 갔다.(五爺在銅網之內, 被亂弩攢身, 橫沖豎撞, 難以出網. 磕哧哧, 咬碎鋼牙, 渾身是箭, 恨不得把雙睛瞪破。橫著刀, 弩箭毒氣, 心中一攻, 就覺著迷迷離離的咧, 後脊背早被銅網鉤掛住. 霎時間, 萬事攻心, 甚麼萬歲, 包公, 朋友, 拜兄弟, 也就顧不得遮擋毒箭了. 霎時間射成大刺蝟相仿. … 神手大聖鄧車將弓弩手的弓弩接在手中, 對著銅網胡椒眼的窟窿, 一搬弩弓, 一雙弩箭, 對著窟窿, 射將進去, 正中五老爺的面門. 五爺就覺著眼前一黑, 渺渺茫茫, 神歸那世去了. 제6회)

이 부분은 전편 ≪충렬협의전≫의 서술과 비교해보면 완전히 같지는 않지만 백옥당이 죽기 전의 상황을 좀 더 세밀하게 묘사했다고 볼 수 있다. 따라서 전편을 읽은 독자들은 대부분 백옥당의 죽음을 안타깝게 생각하고 있었지만 이 내용을 통해 또 다시 공분을 느끼게 되는 것이다.

3) 열린 결말의 추구

清代는 중국 長篇小說의 홍성 시기였기 때문에 俠義公案小說과 같은 작품들도 많이 유행하고 출판되었다. 이러한 풍조는 당시 독자들의 독서 취향과 권력자들의 의도가 부합되어 그러한 결과를 낳았다. 그리하여 ≪忠烈小五義≫는 ≪忠烈俠義傳≫의 속편으로 등장했고 사람들에게 흥미를 끌었던 작품들 중의 하나가 되었다.

일반적인 고전소설은 大團圓이라는 결말을 선호하는 편이다. 중국 고전소설도 대개 대단원으로 막을 내리는 경우가 많다. 그렇지만 일부 작품들은 현대소설과 마찬가지로 열린 결말을 추구할 때도 있다.[21] ≪忠烈小五義≫의 결말이 바로 그러한 예의 하나라 볼 수 있다.

≪충렬소오의≫는 중국 내에서도 유행했던 작품이었지만 朝鮮에도 유입되어 그 작품이 번역되어 조선의 독자들에게 향유되는 경지에까지 이르렀다. ≪충렬소오의≫의 매력은 이상에서 언급한 스토리의 연속성, 등자인물의 연계성과 더불어 열린 결말의 추구에도 있다. 이 작품의 마지막 부분을 보면 새로운 속편의 창작을 의식하여 결말을 완결하지 않고 있다. 다시 말하자면 독자들이 호기심을 가지고 다음 편을 기대하도록 만든다는 것이다.

> 智化는 백보 가죽 주머니를 풀더니 沈中元에게 또 소식이 있는지 물었다. 심중원이 말했다. "나에게 물어볼 필요 없소. 내가 감히 말하지 못하겠군요. 매복이 있을까 두려우면 내가 올라가겠소." 지화가 말했다. "역시 내가 올라가는 게 낫겠소. 당신이 나를 위해 망을 봐주시오." 심중원에게 밖에서 망을 보게 하고 여전히 지화가 올라갔다. 조심스럽게 횃불을 들어 비춰보고 불상 궤짝에 뛰어올라 칼을 들고 목판을 자르고 위쪽의 노란 구름 무늬 비단으로 된 불상의 휘장을 칼로 급하게 자르니 맹약서의 상자가 보였다.…양쪽에 두 개의 구리 고리가 있어서 손으로 꽉 잡았더니 쫙 하는 소리가 났고 위에서 초승달 모양의 칼이 떨어지더니 마침 지화의 허리 위에 떨어졌다. 탕 하는 소리가 났다. 智化는 두 눈을 질끈 감았다……(智爺把百寶皮囊解下來, 問沈爺還有消息沒有. 沈爺說; "你不必問我, 我直不敢說了. 要怕有埋伏, 我上去罷." 智爺說: "還是我上去罷. 你給我巡風." 教沈中元在外邊巡風. 仍是智爺上去. 細拿千里火一照, 躥上佛櫃, 拿刀緊剁樓板, 把上頭的黃雲緞佛帳用刀削將下來, 就看見了盟單匣子.… 兩邊有兩個銅環, 用手一揪, 哧的一聲, 從上面掉下一把月牙的刀來, 正在智爺的腰上, 噹的一聲. 智爺把雙睛一閉…… 제124회)

---

21) 열린 결말은 작자가 작품의 전체 내용을 완전하게 제시하지 않으며 독자가 이후의 이야기를 상상하게 하는 작용을 한다. 이러한 불확실한 결말은 다시 읽기라는 작업을 유도하기도 한다. 김현실 외 지음, ≪한국 패러디소설 연구≫, 국학자료원, 1996, 151쪽 참조.

이처럼 독자들에게 아슬아슬한 긴장감을 불러일으키는 이야기를 묘사하고 있어 다음 이야기가 어떻게 될 것인지 호기심을 자극하고 있다. 다음은 이 작품의 마지막 부분 내용이다.

> 지화의 생사와 銅網陣을 깨뜨리는 각각의 내용은 100여 회 이후 속편에 이어서 나옵니다. 우선 중요한 대목을 잠깐 뒤에 기록하겠습니다. 만약 영웅들이 화를 면했는지 물어보면 襄陽王이 寧夏國으로 도망치고 지화가 맹약서를 도둑질했지만 공로를 양보하기 위해 몰래 달아납니다.…도적들이 陷空島를 탈취하고 盧方이 지쳐 죽게 되며 죽도록 울다가 徐慶이 다시 함공도를 탈취합니다. 朝天嶺을 다섯 번 쳐부수고 天峰山을 세 번 공격합니다. 潼關을 잃고 鍾雄은 장수가 되어 오랫동안 寧夏國을 공격하고 襄陽王을 체포한 얘기는 모두 속편 ≪小五義≫에서 해설합니다.(智爺生死破銅網陣一切各節目, 仍有一百餘回, 隨後刊刻續套嗣出. 先將大節目暫爲開載於後. 若問眾英雄脫難, 襄陽王逃跑寧夏國, 智化盜盟單, 因爲讓功, 暗走黑妖狐, …群賊奪陷空島, 累死盧方, 哭死徐慶. 複奪陷空島. 五打朝天嶺. 三搶天峰山. 失潼關, 鍾雄掛帥, 久搶寧夏國, 拿獲襄陽王. 俱在續套≪小五義≫分解. 제124회)

이 작품의 내용이 아직 끝나지 않았음을 강조하고 있고 다음에 속편이 나올 것을 예고하고 있다. 또한 작품 중에서 완전한 결말을 맺지 않았고 새로운 속편이 출현할 것을 알려 줌으로써 열린 결말을 시도하고 있다고 하겠다.

4) 구어적 표현의 활용

전편 ≪충렬협의전≫은 話本體의 특징을 가지고 있고 석옥곤에 의해서 講唱되었으며 그 속편 ≪충렬소오의≫도 기본적으로 話本體라는 뿌리에서 시작되었다. 따라서 이 작품의 전반에는 구어적 표현들이 적절하게 활용되어 구두문학의 계승과 변화를 반영하고 있다.[22] 현대 소설과 비교해보면 여전히 書面語에 가까운 표현들이 많이 삽입되어 있지만 당시 문언작품들과는 달리 일반인들이 말하는 口語와 상당히 유사한 표현들이 사용되고 있음을 보여주고 있다. 특히 협의인물들 간의 대화는 매우 솔직하고 직선적인 어투를 사용한다. 다음은 제2회 智化가 밤에 양양왕의 銅網陣에 찾아갔다가 白玉堂과

22) 程毅中, 〈從 ≪三俠五義≫ · ≪小五義≫看清代的話本小說〉, ≪南京師范大學文學院學報≫, 2006. 6, 162쪽 참조.

마주치며 하는 대화이다.

> 갑자기 앞에서 주먹을 치는 소리가 두 번 나자 白玉堂은 둘째 형 韓彰이 여기에 온 줄 알고 오히려 크게 놀랐다. "둘째 형, 오신다는 소식을 몰랐군요." 백옥당이 가까이 다가갔더니, 원래부터 智化가 이곳에 있었던 것이다. 서로 인사를 나누고 나서 지화가 백옥당을 붙잡으며 말했다. "너, 간이 크구나!" 백옥당이 크게 화를 냈다. "智兄! 어째서 제가 간이 크다는 거요? 설마 형이 나보다 간이 크다는 겁니까?" 지화는 백옥당의 성격을 잘 알고 있었다. 그는 오만방자하고 자만심이 강하며 자기만 능력이 있는 줄 알고 남이 자기보다 뛰어난 줄 알지 못하며 세상의 才人을 무시한다는 사실이다. 지화는 얼굴에 미소를 지으며 말했다. "다섯째는 화내지 말게. 내가 간이 커서 여기까지 온 게 아니라 王府의 사람이 누설한 게 있어서 감히 온 거라네. 다섯째는 누가 이 銅網陣에 대해 말한 걸 들었는가?" 백옥당이 크게 웃었다. "아주 사소한 八卦에 대해 어디 말할 만한 것이 있겠습니까! 제가 큰소리를 치는 게 아니라 우리 陷空島의 7개의 굴과 4개의 섬, 3개의 봉우리와 6개의 산줄기, 3개의 동굴과 25개의 구멍들은 곳곳마다 모두 西洋八寶[23]라고 하는 나사못과 회전식 활로 만들어진 방법인데 전부 제가 만든 겁니다. 이런 하찮은 連環堡는 노리개와 마찬가지죠." 지화는 이 말을 듣고 나서 깜짝 놀랐다.(忽然聽前邊擊掌兩下, 知是二哥在此, 倒覺吃驚. "二哥不懂的消息." 身臨切近, 原是智兄在此. 見禮, 智爺攙住. 智爺言道: "你好大膽量!" 五爺勃然大怒: "智兄! 怎麽說小弟好大膽量? 你莫非比小弟膽量還大不成?" 智爺深知五爺的性情, 好高騖遠, 妄自尊大, 只知有己, 不知有人, 藐視天下的能人. 智爺滿臉陪笑說: "五弟莫怒, 劣兄非是膽大到此, 因有王府人泄機, 方敢前來. 五弟聽何人所說此陣?"五爺大笑: "小小的八卦, 何足道哉! 不是小弟說句大話, 我們陷空島七窟四島, 三峰六嶺, 三竅二十五孔, 各處全都是西洋八寶螺絲轉弦的法子, 全是小弟所造. 這個小小的連環堡, 玩藝一般." 智爺吃驚不小. 제2회)

이상에서 보여주듯이 智化는 심지가 깊은 사람이지만 직설적인 어휘를 구사하고 있고 다혈질인 白玉堂은 에둘러 말하지 않는 성격이므로 지화에게 자기 생각을 직접적으로 표현해버리고 있다.

다음은 徐慶이 도적 병사들을 단숨에 무찌르는 부분으로 작품의 구어적인 특성을 잘 살리고 있다.

> 徐慶이 한바탕 바람을 일으켰더니 찰카닥찰카닥 하는 소리가 났다. 또 딸랑딸랑 하면서 요란한 소리가 한참동안 났다. 무슨 까닭일까요? 찰카닥찰카닥 하는 소리는 서경이 병기로

23) 여덟 종류의 서양에서 들어온 물건.

> 베는 소리이고 딸랑딸랑 하는 소리는 병사들이 병기를 땅바닥에 떨어뜨리는 소리입니다. 병사들이 사방으로 흩어졌고 서경도 더 쫓지 않았으며 칼을 들어서 北俠에게 건네주었다. 자신은 여러 사람들을 데리고 함께 晨起望 길로 돌아갔다.(徐三爺一陣撒風, 就聽見叱嚓咔嚓一陣亂響, 丁丁當當又是一陣亂響. 甚么緣故? 叱嚓咔嚓, 是把人家兵刃削折了的聲音; 丁了當當是那半截折兵器墜落在地上的聲音. 嘍兵四散, 三爺也並不追趕, 拿著刀, 交與北俠, 自己帶起大眾同回晨起望路上去了. 제21회)

밑줄 친 부분은 評話體의 특성을 살려서 說話人이 개입한 부분이다. 이야기를 전개하는 과정에서 설화인은 흥미진진한 부분에 추임새를 넣어 독자들에게 이 부분에 대한 관심을 배가시키려는 효과를 노린 것이다.

작품 중에서는 통속적인 속어 등을 활용하여 구어적인 특성을 더욱 잘 드러내고 있다. 다음은 智化와 艾虎가 대화하는 장면이다.

> 智化가 艾虎에게 말했다. "다섯째 숙부를 보거라. 얼마나 위엄이 있는지. 지금은 옛날에 비할 바가 아니다만 복은 용모를 따라 바뀐단다." 애호가 말했다. "사부님이 저에게 가르쳐주셨잖아요. '장수와 재상은 본래 씨가 있는 게 아니니 남자는 마땅히 스스로 강해져야 한다.'라고 항상 말씀하지 않으셨나요?" 지화가 몰래 기뻐했다. "이 녀석은 이후에 반드시 대성할 거다." 그리고 바라보니 가마와 수레 등이 모두 上院衙로 들어갔고 순식간에 문무관원이 몰려들더니 상원아로 들어가서 명함을 건네주었다.(智爺與艾虎言道: "看你五叔, 多大威嚴, 今非昔比, 福隨貌轉." 艾虎道: "師傅你教的我的, 不是常說, '將相本無種, 男兒當自強'?" 智爺暗喜: "此子日後必成大器." 觀看轎馬車輛等俱都入上院衙. 頃刻間, 文武官員壅壅塞塞, 入上院衙, 投遞手本. 제1회)

이처럼 艾虎는 智化의 제자로 사부의 말씀을 잘 알아듣고 예전의 지화가 자주 쓰던 속어를 예로 들어 대답하고 있다.

요컨대 俗語와 같은 구어체의 사용은 독자들이 작품을 감상할 적에 속도감을 낼 수 있고 친근함을 드러내는 효과를 가지고 있기에 작품 중에서는 이러한 표현을 자주 활용하여 생동감을 드러낸다고 할 수 있다.

5) 보편적 공감대의 형성

통속적인 서사물은 일단 어떤 주제가 한번 성공을 거두기만 하면 아무리 진부하고 경직된 것일지라도 반복되는 경향이 있다.[24] 예를 들면 ≪兒女英雄傳≫은 清代 俠義愛

情小說의 대표작으로 그 당시 유행했던 작품이었다. 이 작품은 '해피 엔딩'이라는 결말을 가졌음에도 불구하고 남주인공 安驥의 행적에 대해 아쉬움을 가진 사람들이 많았던 것으로 보인다. 그리하여 ≪續兒女英雄傳≫[25], ≪再續兒女英雄傳≫ 등의 속편이 다시 출판되어 사람들의 아쉬움을 조금이나마 달래주었다.[26] 물론 속편은 전편에 비하여 편폭도 상당히 짧고 문학성에 있어서 높이 평가를 하기에는 무리가 있다. 그렇지만 속편의 출현이라는 사실 자체는 결국 이 작품이 人口에 膾炙되었던 작품임을 증명하는 것이다. 이처럼 광범위한 독서 향유층이 형성되었다는 사실은 이 작품이 보편적 주제를 가지고 있고 사람들에게 공감대를 만들었음을 나타낸다.

이 작품은 전편 ≪충렬협의전≫과 마찬가지로 궁극적으로 '俠義의 실현'을 목표로 하고 있다. 그렇기 때문에 인물을 평가함에 있어서도 항상 俠義라는 개념을 척도로 삼아 적용하고 있음을 나타낸다. 다음은 夾峰山의 도사 魏眞이 歐陽春에게 俠義를 실천하는 徐良에 대해 말하는 장면이다.

> 北俠 歐陽春이 물었다. "어떤 사람인가?" 道士 魏眞이 대답했다. "바로 陷空島 穿山鼠 徐 셋째 나리의 공자입니다. 제가 보니까 그는 철물 가게 문 밖에 삽니다. 이 사람은 용모가 특이한데 얼굴이 검고 붉으며 두 눈썹털이 희지요. 그의 이름까지도 제가 지어 주어 徐良이라 하고 字는 世長[27]이라 했습니다. 제 생각에 漢 나라 馬氏 오형제 중에 백미가 가장 뛰어났었지요. 그런 까닭에 그에게 良이라는 이름을 지어주었습니다. 지금 武藝는 감히 대단하다 말할 수 없지만, 十八般 무기와 펄펄 날아다니는 夜行術과 暗器에 있어서 그는 또 천성적으로 영리하게 행동했고 또 이어서 暗器術을 배웠기 때문에 지금 山西 지역에서는 대단히 명성이 있어서 사람들이 그에게 山西雁이라 별명을 지어줬고 多臂雄이라고도 부릅니다. 저절로 태어날 때부터 돈을 물처럼 썼고 의리에 의거하여 재물을 가볍게 여겨서

---

24) 아놀드 하우저, ≪예술의 사회학≫, 한길사, 1988, 258-262쪽 참조.

25) 전편에서 유약한 서생의 이미지로 등장했던 安驥는 속편에서는 늠름한 장수이자 유능한 관리이며 재판관으로 활약한다. 이 점은 여주인공 何玉鳳이 전편과 비슷한 이미지로 묘사되고 있는 것과는 대조적이라 할 수 있겠다. 金明信, 〈≪續兒女英雄傳≫의 연구〉, ≪中國小說論叢≫제30집, 2009. 9, 299-316쪽 참조.

26) 속편에 대한 열망은 대중의 공통적인 심리라고도 할 수 있다. 대중들은 좋아하는 작품이 어떤 형태로든 계속 이어지기를 바란다는 것이다. 그래서 대중들은 속편의 작품성이 그리 뛰어나지 않아도 그 작품을 보면서 자신의 환상을 대리 충족하고자 한다. 김헌식, ≪대중문화심리 읽기≫, 울력, 2007, 99쪽 참조.

27) 世長은 일부 판본에서 '世常'이라 되어 있다.

> 오히려 俠義의 심장을 가지고 있습니다." 북협 등 세 사람이 듣고 나서 크게 기뻐하며 말했다. "徐 셋째가 평생 동안 천진난만하고 열성적이며 충후하더니 이렇게 총명하고 능력 있는 아들을 두었구나."(北俠問: "什麼人?" 回說: "就是陷空島穿山鼠徐三老爺的公子. 我見著他在鐵鋪門外, 此人生的古怪, 黑紫臉膛, 兩道白眉毛. 連名字都是貧道與他起的, 叫徐良, 字是世長. 我想當初馬氏五常, 白眉的最良, 故此與他起的名字良字. 如今武藝不敢說行了, 十八般兵刃與高來高去夜行術的工夫與暗器, 又對著他天然生就的伶俐, 又跟著學了些暗器, 現今在山西地面很有些個名聲, 人送了一個外號叫山西雁. 又叫多臂雄. 自己生來揮金似土, 仗義疏財, 到有些個俠義肝膽." 北俠等三位聽了大喜說: "徐三爺一生天真爛漫, 血心熱膽, 忠厚了一輩子, 積了這麼一個精明強幹的後人." 제94회)

이처럼 협의인물들은 "의리에 의거하여 재물을 가볍게 여겨서 오히려 俠義의 심장을 가지고 있다"라는 사실을 중요하게 여긴다. 그들은 俠義라는 기준에 근거하여 정의를 실현하기 때문에 일반 사람들에게 환영을 받으며 공감을 얻을 수 있는 존재라는 것이다.

대개 일반 사람들은 선인들이 좋은 보답을 받고 악인들이 응징되기를 바란다. 그러하기에 작품 중에서 악인들에 대한 처벌이 약간 지독해보여도 그로 인해 안심하며 당연한 응보라고 긍정한다. 협의인물 白玉堂의 죽음에 안타까움을 느꼈던 독자들은 백옥당에게 害惡을 끼쳤던 악인 徐敝의 죽음에 대해서는 쾌감을 느끼게 된다.

> 小瘟疒皇 徐敝는 득의양양해서 분부했다. "화살을 빼라." 피와 살이 어지럽게 되어 있어 차마 볼 수가 없었다. 화살을 다 뽑고 나서 서폐가 얼굴을 들고 보니 뜻밖에 어떤 사람이 도르래를 한 번 끌어당겨서 銅網陣에서 위쪽으로 올라가더니 그 큰 칼이 떨어지기 시작하여 비뚤어지거나 빗겨가지도 않고 바로 서폐의 머리 위를 베어 그의 머리를 두 조각으로 만들었다. 입 하나가 두 개로 되어 내려갔는데 한편에서는 '아'라는 소리가 나고 다른 한편에서는 '아이'라는 소리가 나며 몸이 뒤쪽으로 한번 엎어지더니 오호통재라 죽어버렸구나.(小瘟疒皇徐敝滿心得意, 吩咐: "拔箭." 血肉狼藉, 難以注目. 將箭拔完之後, 徐敝仰面觀視, 不防有人把滑車一拉, 銅網往上一起, 那把笨刀就落將下來, 不歪不斜, 正砍在徐敝的頭上, 把個腦袋平分兩半, 一張嘴往兩下裏一咧, 一邊是'哎', 一邊是'呀', 身體往後一倒, 也就'嗚呼哀哉'了. 제105회)

襄陽王의 부하 徐敝는 협의인물 白玉堂을 살해하는 공을 세웠지만 자신도 어이없게 죽음을 당하고 있다. 그의 죽음에 대해 독자들은 당연하다는 반응을 보이고 '因果應報'라는 공감대를 형성하게 된다. 이러한 공감대의 형성은 보편적인 사람들의 심리에 속하기 때문에 중국뿐만 아니라 조선의 독자들에게도 호응을 얻게 되었을 것이다.

≪忠烈小五義≫는 清代에 창작되었고 당시 상당히 유행했던 俠義公案小說의 하나이다. 이 작품의 작자는 石玉昆으로 알려져 있지만 나중에 유행하여 출판한 판본은 석옥곤의 원작에 가필하여 수정한 사람이 따로 있을 것이라 주장되고 있다. 이 수정자는 說書藝人일 가능성이 가장 많이 제기되고 있다. ≪忠烈小五義≫는 ≪忠烈俠義傳≫의 속편으로 알려져 있고 그 스토리도 ≪忠烈俠義傳≫의 내용을 이어서 전개하고 있다. 다만 ≪忠烈小五義≫의 앞부분은 白玉堂의 죽음을 중심으로 한 스토리가 재정리되어 묘사되고 있는 특징을 지닌다.

≪忠烈小五義≫는 朝鮮後期에 국내에 유입되어 한글로 번역되어 국내 독자들에게 향유를 받았던 작품이다. 이 작품이 언제, 누구를 통해 국내에 유통되었는지는 명확하지 않지만 작품의 흥미진진한 스토리로 인해 朝鮮 독자들에게도 사랑을 받았을 것으로 보인다.

이 작품의 스토리 구성면에서의 특징을 살펴보면 다음과 같다. 우선, 전편 ≪忠烈俠義傳≫의 등장인물이 연계적으로 출현하여 이 작품에 대한 익숙함을 표현해내고 있다. 독자들은 이미 알고 있는 인물에 대한 친숙함을 가지고 있다는 이유로 독서 대상을 정하기도 한다. 익숙한 등장인물은 독서에 있어서 빠른 속도감을 줄 수 있기 때문이다. 둘째, 스토리가 연속적이다. ≪忠烈小五義≫는 전편 ≪忠烈俠義傳≫의 스토리를 이어서 서술했기 때문이다. 셋째, 열린 결말을 추구했다. 고전소설은 해피엔딩이라는 결말을 선호하는 편이지만 이 작품에서는 결말을 완결하지 않고 있으면서 속편에 대한 기대감을 배가시키고자 했다. 넷째, 구어적인 표현을 잘 활용했다. ≪忠烈小五義≫는 기본적으로 話本小說을 계승한 작품으로 說書人이 講唱하는 작품이었기 때문에 구어를 잘 사용했다. 俗語와 歇後語 등 다양한 구어적 표현이 작품 중에 녹아들어 있다. 다섯째, 보편적 공감대를 형성하고 있다. 대체로 일반 사람들이 공감하는 俠義, 因果應報 등을 작품 중에 잘 표현하여 독자들의 흥미를 끌고 있다.

11. ≪三合明珠寶劍全傳≫의 판본과 서사에 대한 고찰*

중국 서적은 16세기경에 이미 활발하게 국내에 유통되고 있었다. 대개 中宗 13年(1518)에는 書肆라는 서점이 설치되어 중국 서적이 상당히 유통되고 있었다는 것이다. 이후 18세기 초엽에는 민간에까지 書肆가 설립되어 서적을 판매하기도 했다. 그러나 정말 흥미롭고 중요한 책들은 몰래 음성적으로 冊儈(서적중개상)를 통해 개인적으로 거래되었다. 또한 책쾌가 취급하는 서적 중에는 중국 소설이 상당수 포함되어 있었다. 그렇다고 해도 중국 소설의 국내 유통 상황을 살펴본다는 것은 그리 쉽지만은 않은 일이다.[1] 다만 작품의 중국 출판 시기와 국내 독자들의 기호 등을 고려해보면 국내에 유입된 시기를 어림짐작할 수 있을 따름이다.

≪三合明珠寶劍全傳≫은 중국은 물론 국내에도 많이 알려지지 않은 작품이다. 이 작품은 현재 희귀본으로 분류되어 현대 판본으로 새로 출판된 작품이기도 하다. 소위 '十才子書'[2] 중의 하나라고 알려지고 있고 ≪爭春園≫의 모방작이라는 설도 전해지고 있지만[3] 종합적인 연구를 진행한 논문은 보이지 않고 있다. 또한 이 작품은 논문에서

---

* 이 논문은 2010년도 정부재원(교육과학기술부 인문사회연구 역량강화사업비)으로 한국연구재단의 지원을 받아 연구되었으며 2013년 6월 ≪比較文化硏究≫31집에 게재된 것을 수정 보완한 것임을 밝힌다. (NRF-2010-322-A00128)
주저자: 金明信(慶熙大學校 比較文化硏究所 學術硏究敎授). 교신저자: 閔寬東(慶熙大學校 中文科 敎授).

1) 이민희, ≪16-19세기 서적중개상과 소설 · 서적 유통관계 연구≫, 도서출판 역락, 2009, 35-53쪽 참조.

2) '十才子書'는 金聖嘆이 선정했다는 설이 있기는 하지만 정확하게 누가 선정한 것인지 알 수 없다. 그 목록은 다음과 같다. ① ≪三國志演義≫, ② ≪好逑傳≫, ③ ≪玉嬌梨≫, ④ ≪平山冷燕≫, ⑤ ≪水滸傳≫, ⑥ ≪西廂記≫, ⑦ ≪琵琶記≫, ⑧ ≪花箋記≫, ⑨ ≪平鬼傳≫(斬鬼記), ⑩ ≪三合劍≫이다. 黃軼球, 〈越南古典文學名著成書溯源〉, ≪暨南學報(哲學社會科學)≫ 第1期, 1982. 4, 61쪽 참조.

3) ≪三合明珠寶劍全傳≫이 ≪爭春園≫의 모방작이라는 설은 작품 서문에 명시되어 있다. 개괄

언급된 경우도 극히 드물고 깊이 있게 고찰한 성과도 거의 없다고 해도 과언이 아니다. 그럼에도 불구하고 ≪三合明珠寶劍全傳≫은 朝鮮時代 국내에 전래되었고 나름대로 조선인들에게 읽혀졌을 것으로 보인다. 앞서 언급한 바와 같이 이 작품은 중국 내에서도 드물게 유통되었던 희귀본이었기에 조선에 전래되었음은 상당히 특이한 현상이라 할 것이다. 이제 작품의 판본과 유입 상황에 대해 간략하게 살펴보고 작품의 서사를 중심으로 논의하고자 한다.

1. 작품의 판본과 국내 유입

≪三合明珠寶劍全傳≫은 42회로 작자는 未詳이며 一名 ≪大漢三合明珠寶劍全傳≫ 또는 ≪三合劍≫이라고 하는 俠義小說이다. 이 작품의 주요한 판본은 經綸堂 간행본과 光緖 戊寅年(1878) 간행본이 있다.

첫째, 道光 戊申年(1848) 經綸堂 간행본은 柳存仁의 ≪런던에 소장된 中國小說書目提要≫에서는 '갑술년 여름 간행본'이라 소개하고 있는데, 이 甲戌年은 同治 13年(1874)일 것으로 추정된다. 이 책은 ≪爭春園≫에 의거하여 만들어진 것으로 평가되는데[4], ≪爭春園≫의 초간본이 嘉慶 24年(1819)이므로 ≪三合明珠寶劍全傳≫의 저작은 이보다 늦을 것으로 보인다.

둘째, 光緖 戊寅年(1878) 간행본은 속표지에 가로로 '三合劍'이라고 題하고 가운데 좌측에 '繡像第十才子書', 우측에 "光緖戊寅新鐫"이라 밝혔다. 목록의 앞에는 '新刻大漢三合明珠寶劍全傳'이라고 전체 이름을 썼으나 판심에는 '三合劍'이라 약칭으로 되어 있고 한 면이 10行, 1行이 22字로 되어 있다. 또한 12쪽의 挿圖가 있는데 위에는

적인 줄거리가 비슷하고 등장인물의 성명이 유사하지만 이 작품은 馬俊의 활약을 중심으로 이야기가 전개되고 있고 柳絮의 애정고사가 강조되어 있어 俠義愛情小說的인 성격이 매우 강하다. 또한 ≪爭春園≫는 48회이지만 ≪三合明珠寶劍全傳≫은 42회로 되어 있다. 金明信, 〈≪爭春園≫의 構造와 主題 硏究〉, ≪中國小說論叢≫ 제36집, 2012. 4, 131-148쪽 참조.

4) ≪三合明珠寶劍全傳≫은 일명 ≪大漢三合明珠寶劍全傳≫이라고도 하는데, 淸代 章回小說로 분류되고 있고 ≪爭春園≫을 모방하여 지었지만 그 중에 도사들이 신비한 술법을 이용해서 싸우는 장면이 많아서 神魔小說과 비슷한 색채를 띠고 있다고도 하겠다. 白維國·朱世滋 主編, ≪古代小說百科大辭典≫, 學苑出版社, 1991, 329쪽 참조.

그림, 아래는 贊文이 있다.5)

다음은 ≪爭春園≫과 ≪三合明珠寶劍全傳≫의 회목을 서로 비교한 도표이다.

書名回數	≪爭春園≫	≪三合明珠寶劍全傳≫	回目比較
第1回	昇平橋義俠贈劍	遇英雄同心結拜 救母女惹禍奔逃	類似
第2回	爭春園英雄救人	避急災弟兄分別 脫羅網兄妹權棲	非類似
第3回	雪浮亭豪杰助陣	贈寶劍鬼谷差徒 妬賢良屈忠薦敵	非類似
第4回	松林內仙長迷途	承君命奉旨提兵 到父衛奇緣入贅	非類似
第5回	假嚮馬□劫小姐	群奸設計圖謀急 世誼深交拜探忙	非類似
第6回	眞英雄沖散强人	假聖旨柳絮坐危 眞仗義李悵解危	非類似
第7回	破佛寺白壁遭險	虛心病杜門絶客 重交情忍辱按兵	非類似
第8回	紫霞軒赤繩聯姻	立熱腸千里奔京 瞰胃名一時自陷	非類似
第9回	吳經略奉旨伐寇	明寃陷舍命闖宮 歷情由招供自首	非類似
第10回	常公子邀友遊湖	盤刺客金後明詳 訴譎詞屈方强辯	非類似
第11回	昧理謀奸身受辱	明假冒囚禁天牢 誣欺君辯功奸佞	類似
第12回	仗義醫瘡遇异人	定奸謀宮內圖君 不意中御園救駕	類似
第13回	聚義贈劍說寃枉	露奸計奔逃被難 表功勞賜贈榮封	非類似
第14回	施計放火盜人頭	逃災難誤投賊旅 貪財寶逼賣煙花	非類似
第15回	爲友除病忌天理	忍恥辱認妹逢兄 圖美麗誤男作女	非類似
第16回	報醫入獄起沈疴	試才藻有心安處 念忠賢下詔回師	非類似
第17回	張中治累鳴知府	繡閣中私結良緣 公堂上糊塗立案	類似
第18回	馬俊喜逢活眞師	兄逼妹强離閨閣 僕伴主誤進禪堂	非類似
第19回	阮氏賣伯窩男子	追神鹿殲奸解危 訪駙馬遇舊談心	非類似
第20回	春香偸情引主奴	到昇平舅甥聚首 說梁山强寇歸投	非類似
第21回	顧明園包剛逢友	別舅妹公辦勞忙 救柳絮死生瞬息	非類似
第22回	金鷄巷太守伸寃	災去福來欣聚會 奸强善弱惱欺凌	非類似
第23回	假傳聖旨害忠良	爲貪淫左目中傷 懼征討携家奔遁	非類似
第24回	重改口供順奸惡	全貞節咬舌歸陽 救妹子敗兵失散	非類似
第25回	救鳳公一人報應	富柳英初逢柳絮 九龍道兩敗馬俊	非類似
第26回	殺賊官百姓霑恩	蒙野道拜懇爲徒 賄彌童暗汚邪物	非類似
第27回	鳳小姐誤入烟花	暗通風計除妖道 明誅戮義釋群僧	非類似
第28回	常雲仙欣逢貞烈	有福人臨危遇救 倒運賊不意遭殃	非類似
第29回	箴厄邀飲空歡喜	路途中兄弟重逢 馬家莊師徒分別	非類似

5) 江蘇省社會科學院 明淸小說硏究中心文學硏究所編, ≪中國通俗小說總目提要≫, 中國文聯出版公司, 1991, 633쪽 참조.

書名 / 回數	≪爭春園≫	≪三合明珠寶劍全傳≫	回目比較
第30回	丫環泄漏脫災厄	擬擂臺拜本回朝 正國法誅凶警衆	非類似
第31回	居二姑冶容惹禍	背師言野道下山 遵旨命鸞英開擂	非類似
第32回	武大漢妬奸行凶	領御旨衆將加封 背君恩群奸造反	非類似
第33回	狼上狼殺人滅口	打擂臺英雄入贅 焚難香慈悲賜寶	非類似
第34回	誤中誤認假爲眞	現原形龜精被戕 忿出醜王勇助奸	非類似
第35回	三進開封索寶劍	刦夜營屈奸敗陣 投賊寨鼠輩招軍	非類似
第36回	兩案人命審眞情	知天命老祖訓徒 違法戒左道背師	非類似
第37回	因貪財横死奸黨	聞妖道請旨添兵 閱章奏准師赴敵	非類似
第38回	爲施恩放走家丁	施妖術漢軍敗績 焚信香兄妹求師	非類似
第39回	鐵球山喜燃華燭	領法旨善才助漢 探軍情妖術傷兵	非類似
第40回	銀安殿笑接彩球	鬪法寶法成敗陣 念道流老祖遣徒	非類似
第41回	常撰怒怪假柳緒	獲奸佞原歸法寶 成戰功奏凱班師	非類似
第42回	馬俊義奏眞史通	表軍功頒誥華燭 誅奸佞封贈團圓	非類似
第43回	三法司堅持异見	回目無	比較不可
第44回	九重主思封功臣	回目無	比較不可
第45回	遇金翁情結父子	回目無	比較不可
第46回	征米寇天降神仙	回目無	比較不可
第47回	眞駙馬恩承招贅	回目無	比較不可
第48回	衆公候奉旨團圓	回目無	比較不可

앞서 도표에서 비교한 바와 같이 두 작품의 유사한 부분은 그리 많지 않다. 우선 ≪爭春園≫의 회목은 1行으로 되어 있지만 ≪三合明珠寶劍全傳≫은 雙行으로 되어 있다는 차이가 있다. 비교적 유사한 回目은 1, 11, 12, 17回이지만 나머지 회목은 거의 유사하지 않으며 전반적으로 조금씩 차이가 드러나고 있다. 확연히 다른 점을 살펴보자면, ≪爭春園≫은 제48회로 구성되어 있으나 ≪三合明珠寶劍全傳≫은 제42회로 6회 부분의 내용이 적다는 사실이다. 게다가 ≪爭春園≫은 1819년에 초간본이 출판되었고 ≪三合明珠寶劍全傳≫은 1848년에 초간본이 출판되어 거의 30년이라는 간격이 벌어지고 있다. 따라서 ≪三合明珠寶劍全傳≫이 ≪爭春園≫의 영향을 받아 창작되었을 가능성은 있지만 回目만을 비교해본다면 두 작품에 대한 유사점을 찾기가 쉽지 않다고 하겠다.[6)]

이 작품의 국내 유입에 관한 기록은 아직까지 분명하게 나타나지 않고 있다. 작품의 창작 시기가 清代 中期이고 이 작품과 유사한 俠義小說에 속하는 ≪忠烈俠義傳≫과 ≪忠烈小五義≫ 등이 조선에 유입되어 19세기 초에 한글로 번역되었으므로 19세기 이전에는 譯官이나 使臣 등을 통해서 朝鮮에 전래되었으리라 추측된다.[7] 국내에는 中國木版本이 유일하게 成均館大에 소장되어 있는데, 6卷 4冊으로 裏題는 繡像第十才子書라 되어 있고 版心題는 三合劍이라 되어 있으며 삽도가 포함되어 있고 淸 光緖 5年(1879) 三讓堂에서 간행된 판본이다. 제1冊에는 漢武帝부터 王通까지 12폭의 인물상이 있는데, 의외로 주요 俠義人物의 형상은 빠져 있고 부차인물의 형상이 삽입되어 있다는 점이 두드러진다.[8]

≪三合明珠寶劍全傳≫은 중국 내에서도 출판된 판본을 거의 찾을 수 없는 희귀본으로 알려지고 있으며 이후 光緖 戊寅年(1878) 간행본을 참조하여 春風文藝出版社에서 1997년 새로 출판되기도 했다. 다음은 국내 소장 중국판본의 판식 상황과 소장처 등을 간단하게 도표로 작성한 것이다.

書名	出版事項	版式狀況	一般事項	所藏處/所藏番號
新刻三合明珠寶劍全傳	撰者未詳, 三讓堂, 淸光緖5(1879)刊	6卷4冊, 中國木版本, 有圖, 17.3×11㎝, 四周單邊, 半郭:12.1×9㎝, 無界, 10行22字, 上黑魚尾, 紙質:竹紙	裏題:繡像第十才子書, 版心題:三合劍, 刊記:光緖己卯(1879) 新鐫三讓堂梓	成均館大學校 D7C-65

다음은 성균관대에 소장된 ≪三合明珠寶劍全傳≫의 표지, 제1회, 애정인물 獨陽宮主와 幻想人物 聶法成의 형상을 찍은 사진이다.

6) ≪爭春園≫과 ≪三合明珠寶劍全傳≫의 협의인물 馬俊의 성명은 똑같지만 나머지 인물들의 성명은 조금씩 다르게 지어져 있다. 예를 들면 柳緖와 柳絮, 郝聯과 郝鸞 등이다. 게다가 ≪爭春園≫은 48회로 편폭이 더 길기 때문에 기타인물들이 다양한 사건에 더 많이 등장하고 있다. 앞으로 좀 더 심도 깊은 인물 형상에 대한 비교가 필요하다고 하겠다.

7) 閔寬東 · 張守連 · 金明信 共著, ≪韓國 所藏 中國通俗小說의 版本目錄과 解題≫, 학고방, 2013, 482-483쪽 참조.

8) 부차인물에 대한 형상과 묘사는 매우 단순하기 때문에 그림으로 쉽게 표현했을 가능성이 있다. 주요인물을 그리지 않은 까닭은 그리지 않아도 독자들이 상상력을 발휘할 수 있거니와 주요인물을 그리게 되면 오히려 작품의 통독에 방해가 되기 때문이기도 할 것이다.

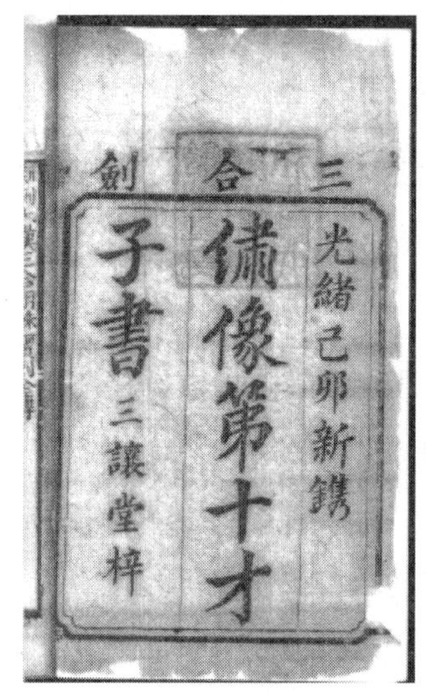

三 合 劍

光緒己卯新鐫

繡像第十才子書

三讓堂梓

〈그림 1〉 성균관대 소장
≪三合明珠寶劍全傳≫의 표지

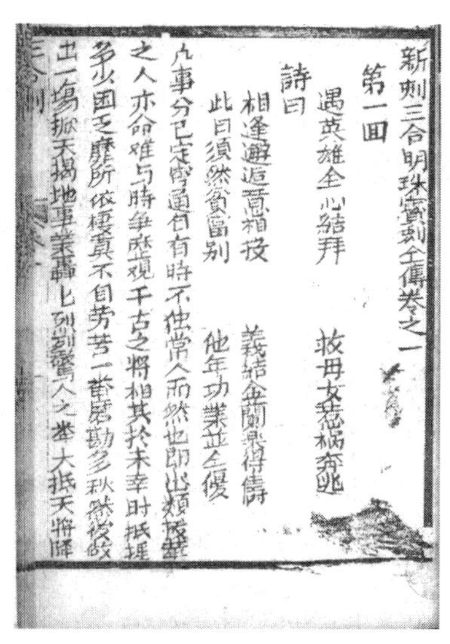

新刻三合明珠寶劍全傳卷之一

第一回

遇英雄全心結拜　救毋女惹禍奔逃

詩曰

相逢邂逅意相投　義結金蘭永得儔

此日須然曾會別　他年功業並全優

凡事分已定時運亦有時不但常人而然也卽此類拔萃之人亦命难与時争歷观千古之將相其於未幸时抵捱多少困乏蹇所依棲真不自劳苦一番屢勘多秋然後做出一場掀天揭地事業轟轟烈烈驚人之举大抵天將降

〈그림 2〉 성균관대 소장
≪三合明珠寶劍全傳≫의 제1회

〈그림 3〉 獨陽宮主의 형상

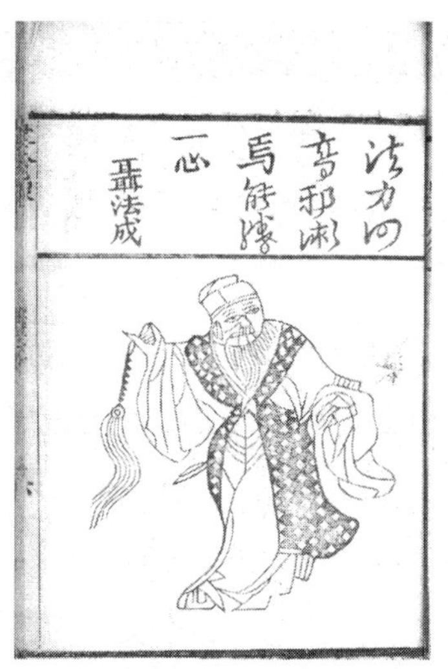

〈그림 4〉 聶法成의 형상

2. 작품의 서사구조

≪三合明珠寶劍全傳≫은 淸代 俠義愛情小說 ≪爭春園≫을 모방하여 지었다고 알

려지고 있는데, 두 작품의 주인공들 이름이 매우 유사하고 내용도 거의 비슷하게 전개되고 있다. 다만 ≪爭春園≫과는 달리 이 작품은 주인공 馬俊의 애정 고사를 부연하고 환상적인 내용이 부가 되어 있다는 데에 특징이 있다. 이를테면, 馬俊은 盜俠으로 활약하는 동시에 자신이 구해주었던 劉英嬌와 결혼하고 있다. 또한 그는 도사에게 증여받은 보물을 사용하여 간신 屈忠成을 제거하면서 백성의 억울함을 풀어주는 협행을 펼친다. 다음은 주요인물의 행위와 사건을 중심으로 서사를 굵직하게 분류해 본 것이다.

1) 馬俊이 여인을 강제로 취하려는 丁光을 때려죽이고 도망을 다니게 된다.
2) 柳絮와 郝聯은 부친의 명으로 장안으로 향하고 마준은 丹鳳山에서 石如虎와 의형제를 맺고 蕭古達에 게 三合明珠寶劍과 飛天帽를 하사받고 무예를 익힌다.
3) 재상 屈忠成은 유서의 부친 柳眉에게 단봉산의 산채를 정벌하게 만든다.
4) 柳絮는 부마로 선발되지만 굴충성의 간계로 목숨이 위태롭게 된다.
5) 굴충성은 자기 아들 屈方을 부마로 위장한다.
6) 柳絮는 張珍과 李鳳의 도움으로 간신히 목숨을 건지고 도망친다.
7) 마준은 柳眉의 군대와 교전하지 않고 飛天帽를 쓰고 황제에게 부마가 가짜임을 알린다.
8) 굴충성은 漢 武帝를 시해하고자 하나 마준이 황제를 구출하여 悅心王에 봉해진다.
9) 張珍과 李鳳이 자수하여 유서의 일을 알려지자 황제는 그들에게 營將 벼슬을 주고 마준과 유서를 찾도록 한다.
10) 유서는 王貴로 개명하고 기생으로 팔렸다가 富小姐(柳英)와 만나 인연을 맺지만 富大雄은 유서가 부마를 사칭했다고 고발하고 누이더러 자진하도록 한다.
11) 富小姐는 몰래 도망쳤다가 黃土山의 산채주 趙虎에게 구출되고 馬俊 등은 虎炮山에서 의형제 包剛 을 만나 사형장에서 유서를 구출한다.
12) 馬鸞英은 건달 鄺鳳과 도사 등에게 정절을 잃을 지경이 되자 자결했다가 사냥꾼 馬雄에게 발견되어 양딸이 되고 관음보살에게 무예와 도술을 배우고 남편감을 찾는다.
13) 馬俊은 누이를 찾으러 다니다가 도사와 싸워 패배하고 구원을 요청한다.
14) 유서는 도사를 가짜 스승으로 삼고 요물을 망가뜨리니 趙虎가 도사를 죽인다.

15) 부소저는 마난영을 찾으러 나서고 마준 등도 합류한다.
16) 굴충성은 요괴 卜道安과 함께 군사를 일으키고 마준은 굴충성의 군대와 싸웠으나 패배한다.
17) 마난영은 岑鐵虎를 남편감으로 정하고 관음보살의 도움으로 굴충성의 군대를 대파한다.
18) 聶法成이 마준의 삼합검과 마난영의 건곤망을 빼앗아 곤경에 처하나 관음보살이 선재동자를, 王禪 老祖가 蕭古達을 보내어 굴충성을 제거하고 승리한다.
19) 유서는 공주와 혼례를 올리고 부소저를 제2부인으로 삼았으며 마난영은 잠철호와 혼례를 올린다. 마준은 劉英嬌와 혼인하며 郝聯은 司馬相如의 딸과 혼인하고 포강은 張廠의 딸을 배필로 맞았으며 모두 상훈을 받는다.

전반적으로 볼 때 俠義人物 馬俊을 중심으로 서사가 전개되고 있다고 해도 과언이 아니다. 마준은 처음에 협의를 시행하다가 도망 다니게 되고 도사의 도움으로 三合明珠寶劍과 飛天帽를 얻고 무예를 익힌다. 그리하여 간신 屈忠成의 음모를 파헤치고 간신배들과 싸우다 패배하지만 다시 관음보살 등의 도움으로 승리하고 혼인한다. 이상과 같이 협의행위 → 도망 → 보물 획득과 무예 학습 → 간신과의 전쟁 → 패배 → 조력자의 도움 → 승리와 혼인이라는 간단히 도식으로 만들 수 있다.[9] 마준 이외에도 郝聯, 包剛 등의 활동도 나타나고 있지만 마준의 활약이 매우 두드러지고 있고 협의인물들이 함께 다니기 때문에 다른 협의인물들은 빛이 바랜 것처럼 보인다. 그럼에도 불구하고 이 작품은 협의인물과 부정인물의 대립과 갈등을 중심으로 진행되고 있으며 大團圓이라는 방식을 통해 마무리 짓고 있다.

3. 등장인물의 분류

≪三合明珠寶劍全傳≫은 남자 주인공 馬俊이 俠義를 실천하기 위해 쫓기게 되고

9) 이 작품은 婚姻終結型의 서사구조로 되어 있는데, 협의인물들의 고난을 중심으로 해서 분석하면 고난1 → 협행 → 고난2 → 만남 → 국가의 고난 → 만남 → 대단원의 순차적 구조로도 구분될 수 있다. 金明信, 〈淸代 俠義愛情小說의 硏究〉, 高麗大 博士論文, 2000. 6, 62-63쪽 참조.

황제에 대한 충의를 표출한다는 면에서 淸代 俠義小說의 특징을 완연하게 드러내고 있다. 그렇지만 마준의 행적 이외에도 柳絮, 獨陽公主, 富小姐 등의 파란만장한 애정 고사도 독자들의 마음을 사로잡는 부분이 있다. 또한 작품 중에는 觀音菩薩과 道士들이 협의인물과 부정인물 양쪽에 도움을 주면서 신비주의적인 색채를 띠고 있다. 특히, 妖怪와 협의인물의 전투 장면을 자세히 살펴보면, 서로 환상적인 술법을 사용하여 싸움을 벌이기 때문에 현실에서 벗어난 독특한 느낌을 강하게 풍긴다.

'俠義의 완성'이라는 주제를 가지고 논의한다면 가장 두드러지게 표현되는 인물이 俠義人物이다. 이외에 협의인물이 제대로 활약할 수 있도록 기본적인 바탕을 마련해주는 인물들도 있다. 그들은 협의인물의 俠行을 돋보이게 하는 동시에 방해하는 역할을 한다. 그들은 不正人物에 해당한다. 또한 협의인물 또는 긍정인물과 애정 구도를 이루는 사람들이 있다. 이들은 부정인물과도 얽히게 되는데, 愛情人物에 분류될 수 있다. 그리고 협의인물과 부정인물들에게 적극적으로 도움을 주는 인물들이 있다. 이들은 협의인물과 부정인물의 보조자로서 幻想人物[10]들에 속한다. 다음은 작품의 등장인물들을 俠義人物, 不正人物, 愛情人物, 幻想人物로 나누어 살펴보기로 하겠다.

1) 俠義人物

협의인물은 긍정적인 사고를 가진 인물들로 이 작품을 이끌어가는 주요한 역할을 하고 있고 부정인물과 대립하며 시대적 정의를 구현하기 위해 노력한다. 협의인물은 馬俊, 郝聯, 包剛, 馬鸞英 등을 손꼽을 수 있다.

馬俊은 혈기가 충만한 인물로 불의한 일을 보면 참지 못하고 분연히 도와준다. 다음은 마준이 아무런 이해 관계없이 곤경에 처한 劉英嬌 모녀를 흔쾌히 돕는 장면이다.

> (馬俊이)큰 걸음으로 나아가 큰 소리로 외쳤다. "정 공자는 걸음을 멈추시오." 丁光이 그 말을 듣고 고개를 돌려 쳐다보았다. "너는 어떤 사람인데 큰 소리로 외치느냐?" 马俊이 말했다. "당신은 공자이자 관리 집안이니 백성에게 일이 생기면 반드시 보호해야 하고 법을 알고 무서워해야지요. 마땅히 법을 알고 범해서는 안 되는데 양가의 규수를 약탈하여 강제로 첩실로 들이다니요! 이 일이 西京에 전달되어 조정에서 알게 되면 영존에게 화가

10) 여기서 幻想人物은 현실에서 벗어난 환상 속의 비현실적인 인물들을 가리키는데, 도교적이고 불교적인 인물 모두를 포괄한다.

미쳐 잘못 가르친 죄를 받을 것이오. 공자께서는 재삼 생각하셔서 행동하시기 바랍니다." 정광이 크게 화를 내면서 말했다. "너는 어떤 놈인데 감히 나에게 대적하는 거냐? 이 여자는 너의 무슨 친척이라도 되느냐?" 마준이 말했다. "친척도 아니고 연고도 없습니다. 사람은 바르면 말하지 않고 물은 평평하면 흐르지 않습니다. 눈앞에 왕법이 없으니 간덩이가 커지면서 누가 박정하게 되었겠지요?" 공자가 크게 화를 냈다. "그녀의 모친이 나에게 돈을 빚져 수차례 갚을 수 없다고 하니 그냥 놔둘 수 있겠느냐? 그녀의 딸을 빼앗지 않으면 무엇으로 담보물로 잡히겠느냐?" 마준이 말했다. "그녀의 모친이 어떻게 당신의 돈을 빚졌겠소? 빚을 졌다면 달리 방도가 있겠지요. 하물며 남녀는 직접 주고받지 않는 법인데 법도로 따져보면 돈을 빚진 것은 거짓이요, 여자를 약탈한 것이 진실이요!" 정광이 크게 화를 내며 손으로 마준의 윗옷을 잡으며 말했다. "너를 관청으로 데려가서 두 달 동안 족쇄를 차게 해야 이해관계를 알게 될게다!" 마준이 주먹으로 쳤는데, 뜻밖에 힘이 너무 셌고 연달아 몇 대를 치자 정광이 땅바닥에 엎어지더니 어느새 죽어버렸다. 모녀가 당황해하자 마준은 그녀들을 집에 돌아가도록 하면서 말했다. "결국 큰 일이 있더라도 내가 책임질 것이오."(邁開大步上前, 大叫一聲: "丁公子住步." 丁光聞言回頭一看: "汝何等人物, 大聲小叫?" 馬俊道: "你爲公子, 官宦之家, 百姓有事, 應爲護托, 識法懼法. 不該識法犯法, 奪人良家閨女, 強逼爲妾! 恐怕傳上西京, 朝廷知道, 禍及令尊失教之罪. 請公子三思, 方可而爲." 丁光大怒道: "爾是何人, 敢與公子作對? 這女子是你甚麽的親?" 馬俊說道: "非親非戚, 非其故也. 但人平不語, 水平不流. 目無王法, 膽大包天, 誰人不情?" 公子大怒: "他母親欠我銀兩, 屢討無償, 難道罷手不成? 不搶他女兒, 將何作抵?" 馬俊道: "他母親如何欠你銀兩? 倘欠銀兩, 自有分區. 況且男女授受不親, 忖度起來, 欠銀情虛, 搶女是實!" 丁光大怒, 將手扯住馬俊衣衫說: "扯爾到官, 重枷兩月, 方知利害!" 被馬俊舉拳打去, 誰知力大, 連拳幾頓, 竟將丁光打倒在地, 不覺嗚呼哀哉. 母女心慌, 馬俊著他回家: "總有天大事, 系我擔當." 제1회)

이처럼 馬俊은 아무 연고도 없는 부녀를 흔쾌히 도와주고 있다. 그녀들이 후사를 걱정하자 자신이 모든 것을 책임지겠다고 하면서 안심시킨다. 협의인물들은 일단 도움을 주게 되면 끝까지 모든 일을 돕는 책임의식을 가지고 있는데[11], 마준도 이러한 면을 명확하게 드러내고 있는 것이다.

다음은 또 다른 협의인물 郝聯[12]의 눈으로 본 馬俊과 包剛의 모습이다.

---

11) 협의인물들은 옛날부터 어려움에 처한 사람을 돕는 의식이 대단히 투철하여 돈을 물 쓰듯이 했고 몸을 사리지 않고 도와주었으며 한 번 돕기로 했으면 끝까지 책임지는 행태를 보이고 있다. 협의인물의 俠義觀念에 대해서는 김명신, 〈俠義의 槪念과 ≪兒女英雄傳≫의 特徵〉, ≪中國小說論叢≫ 제5집, 1996. 3, 275-295쪽 참조.

12) 郝聯은 ≪爭春園≫의 郝鸞과 비교할 수 있다. 학란은 작품 중에서 주도적인 입장에서 돌아다

郝聯은 그 말을 듣고 나서 뱃머리에서 나와 호랑이 같은 눈으로 바라보았다. 붉은 얼굴을 가진 사람은 키가 일장이나 되었고 허리는 몇 아름이나 되었는데 불과 18세 소년이었다. 머리에는 붉은 두건을 쓰고 몸에는 붉은 옷을 입어 마치 火神이 강림한 것과 같았다. 또 까만 얼굴을 가진 사람은 키가 구척이었고 호랑이 같은 머리에 제비턱을 가졌으며 16세가 못 되는 소년이었다.(郝聯聞言, 亦出船頭, 把虎目一觀, 見一人面如赤色, 身高一丈, 腰大數圍, 少年不過二九. 頭戴赤巾, 身穿紅衣, 好似火德星君降世一般; 又有一人面如青色, 身高九尺, 虎頭燕頷, 少年不滿二八. 제1회)

이처럼 배가 충돌함으로 인해 郝聯은 馬俊과 包剛을 만나게 된다. 그들은 모두 다혈질이라 시비가 붙어서 싸우게 되지만, 柳絮가 중재하여 이야기를 나누다가 이들은 의형제를 맺게 된다.

柳絮가 말했다. "저는 두 분의 아우가 되고자 하니, 네 사람 모두 의형제가 됩시다. 제 말투가 불손하다고 나무라지 마시고 허락해 주실 수 있으신지요?" 馬俊과 包剛이 말했다. "두 분은 귀족의 자손으로 부모님은 고관이시고 저희들은 한낱 무인으로 경솔하고 거칩니다. 어찌 감히 못 오를 나무를 쳐다보며 귀인을 욕되게 하겠습니까?" 柳絮와 郝联이 이구동성으로 말했다. "온 세계가 모두 형제입니다. 어찌 인사말을 이렇게까지 할 필요가 있을까요!" 유서가 말했다. "나이가 어떻게 되십니까?" 마준이 말했다. "헛되이 세월을 보내서 19세가 되었습니다." 또 포강에게 물었더니 포강이 말했다. "17세입니다." "마형이 저보다 한 살 많고 마형이 큰 형님이 되시고 저는 둘째가 되고 학연은 셋째가 되고 포강이 넷째가 되는군요." 뱃사공에게 분부하여 촛불과 희생물을 준비하도록 해서 하늘을 향해 절을 하며 맹세했다. "같은 날에 태어나길 바라지는 않지만 같은 날에 죽기를 바라옵니다." 그들은 즉시 배에서 거나하게 마시고 서로 팔을 잡으며 이야기를 나눴다.(柳絮說道: "小生欲與二位並我舍弟, 聯合四人拜爲兄弟. 莫怪出言不遜, 未知允否?"馬俊·包剛道: "二位乃金枝玉葉, 父母高官, 我等一介武夫, 粗言鹵莽. 何敢高扳, 恐辱貴人?" 柳絮·郝聯齊聲道: "四海之內皆兄弟也, 何須客話謙言至此!" 柳絮道: "請問貴庚多少?" 馬俊道: "虛度韶光, 年登十九矣." 又問包兄, 包剛道: "十七歲矣." "馬兄年長小生一歲, 馬兄爲大, 我應爲二, 郝聯爲三, 包剛爲四." 吩咐舟人, 備辦香燭牲禮, 對天結拜. 誓曰: "不願同時生, 但願同時死." 就在舟船中, 暢懷痛飲, 把臂談心. 제1회)

니면서 도사에게 하사받은 검을 호걸들에게 나누어주며 협의를 펼치는 역할을 하지만 학련은 이 작품에서 馬俊에게 주도적인 역할을 빼앗기고 역할이 축소되어 있어 약간 밋밋한 협의인물로 보인다. 金明信, 〈≪爭春園≫의 構造와 主題 硏究〉, ≪中國小說論叢≫제36집, 2012. 4, 131-148쪽 참조.

이처럼 협의인물 馬俊, 柳絮, 郝聯, 包剛은 단숨에 의기투합하여 의형제가 되며 호기롭게 술을 마시고 헤어진다.

郝聯은 전형적인 협의인물의 용모를 가졌기 때문에 보기만 해도 위엄이 넘쳐 보인다. 그는 馬俊과는 달리 좋은 집안 출신이다. 다음의 예문을 살펴보기로 하자.

> 郝聯은 태어날 때부터 호랑이 같은 머리와 제비턱을 가졌고 두 팔에는 천근을 들 수 있는 힘이 있었으며 본래 刑部尚書를 지냈던 郝雲龍의 아들이다. 그는 또 洛陽 사람이다. (又一位姓郝名聯, 生來虎頭燕頷, 兩膀有千斤之力, 原任三法司刑部尚書郝雲龍之子. 他亦是洛陽人氏. 제1회)

郝聯은 馬俊과는 달리 출신도 좋은데다가 의협심까지 지니고 있는 독특한 인물로 마준과 더불어 협행을 시행하고 있어 나라의 재난과 柳絮의 목숨을 구하는 데 있어서 상당한 역할을 한다.

여협 馬鸞英은 마준의 여동생으로 본래 아무런 무예를 익히지 못한 연약한 여자였다[13]. 그녀는 登封縣에서 放山虎 鄺鳳에게 능욕을 당할 뻔한 위기를 겪게 된다. 광봉은 불의하고 사악한 자로서 지방 호족인데도 불구하고 늘 사람을 억압하고 업신여겼던 사람이었다.

> 馬鸞英이 피해를 당하게 되었는데 鄺鳳은 그녀를 석실에 데려다 놓았다. 마난영은 끊임없이 욕을 했다. "이 간악한 놈아, 부녀를 약탈하다니 그 죄는 주살을 면치 못할 것이다. 빨리 나를 馬二店으로 보내거라. 만약 그리 하지 않으면 우리 오라버니가 와서 너희들을 죽이고 밟아서 평지로 만들 테니 그땐 후회해도 늦을 것이다." 지방 호족이 크게 외쳤다. "너의 오라비가 누구냐? 내 눈에는 들어오지 않는다." 앞으로 가서 그녀를 껴안고 여러 가지로 희롱했다. 마난영은 성격이 강직하여 금비녀를 가지고 광봉의 왼쪽 눈을 찌르니 광봉이 기절하며 땅바닥에 엎어졌다. 온몸에 피가 낭자했지만 고통스러워 소리를 지를 수 없었다. 하인들이 급히 부축했다. 호족의 처첩들은 마난영을 꽁꽁 묶고 마구잡이로 때렸다. 마난영이 아프다고 계속 소리를 질렀다. 그러나 누가 감히 대답하겠는가. 토호가 깨어나서 크게 탄식했다. "하늘에는 해와 달이 있는 것은 사람에게 두 눈이 있는 것과 같다. 오늘 네

---

13) 고전소설에서 인물은 대개 평면적인 인물들이 대부분이고 입체적인 인물은 그리 많지 않다. 馬鸞英은 女俠의 전형적인 인물은 아니지만 연약한 여성에서 강인한 여협으로 거듭난다는 점에서 독특한 인물이라 하겠다.

> 년이 내 왼쪽 눈을 망가뜨려서 남들에게 부끄럽게 되었으니 어찌 사람들을 볼 면목이 있으리오? 부인들은 그녀를 방 안에 가두고 아무 것도 하지 말라. 내가 완전히 치유된 날에 그녀와 따져 보겠다." 부인과 첩들이 그녀를 방으로 데리고 가서 교대로 지켰다. 광봉은 사람에게 명하여 의원을 모시고 와서 치료하도록 했다.(王姑被害, 鄺鳳將他安置石室. 馬小姐罵聲不絕: "爾這奸惡, 搶人婦女, 罪不容誅. 急急送回馬二店中就罷. 倘若不依, 家兄到來, 剿絕爾門, 踏爲平地, 那時悔之莫及." 土豪大叫: "你令兄是誰, 難放入吾眼內." 向前抱住, 百般調戲. 王姑性烈, 把金簪刺入鄺鳳左目, 鄺鳳氣絕倒地. 滿身鮮血, 痛苦難聲. 家人急忙扶起. 土豪妻妾, 把王姑捆住, 舉手亂打. 王姑叫苦連天. 誰敢答應. 土豪醒來, 大歎一聲: "天之有日月, 即人之兩目. 今日被爾賊人, 壞我左目, 獻羞於人, 有何面目見人乎? 眾位娘子, 將他囚入房中, 不可難爲. 待我全愈之日, 與他理論." 眾妻妾帶他入房, 輪易看守. 又表鄺鳳命人請醫調治不表. 제23회)

이처럼 馬鸞英은 굳건한 의지를 가지고 난봉꾼 鄺鳳의 희롱에서 일단은 벗어난다. 한편 마준은 여동생의 소식을 알게 되어 광봉의 집으로 쳐들어온다. 그러자 광봉은 몰래 마난영을 飛鵝嶺 萬壽寺의 九龍眞人[14]에게 빼돌려 자신의 음심을 채우고자 한다.

> 마난영이 크게 노하여 요사스런 도사에게 계속해서 욕을 퍼부었다. 도사가 화를 냈다. "예뻐서 아껴주는 줄 모르고 여전히 저항하는구나." 사제에게 명하여 손을 쓰라고 했다. "그녀를 석대 위에 묶어라. 그녀가 어떠한지 보거라. 혹시 바꿀 의향이 있는지 알 수 없구나." 광봉은 출정 기계를 준비했다. 요사스런 도사는 석대로 바로 들어가서 마난영을 막 희롱하고자 했다. 마난영은 크게 놀라 벗어날 수 없음을 알고 크게 탄식하더니 혀를 내밀고 이로 꽉 깨물었다. 계속 죽는 소리를 하더니 온몸에 선혈이 낭자하게 되어 숨이 끊어져 저승으로 갔다.(小姐大怒, 連罵妖道不絕, 道人一怒: "不識美愛, 尚然抗拒." 命徒弟動手: "將他縛在石台之上. 看他如何, 或有轉意未可料得." 鄺鳳預備出征器械. 妖道直入石台, 要耍弄王姑. 小姐大驚, 料難得脫, 大歎一聲, 用舌頭伸出, 銀牙一咬. 連聲喊苦, 滿身鮮血, 氣絕歸陰. 제24회)

妖道까지 합세하자 그녀는 절개를 지키기 어렵다는 생각하여 극단적인 선택을 한다. 즉 절개를 지키기 위해서 혀를 깨물고 자살해버린 것이다. 그러자 악인 鄺鳳과 九龍眞人은 마난영을 산기슭에 아무렇게나 버리고 만다. 그렇지만 다행히 그녀는 사냥꾼 馬

14) 九龍真人도 도교적인 인물로 악인을 돕는 역할을 하지만 馬鸞英을 괴롭히는 장면에 등장하면서 그다지 독특한 면을 나타내지 않고 있어 환상인물로 분류하지 않기로 한다.

雄이 발견하여 되살아나게 된다. 아울러 그녀는 관음보살의 도움을 받아 무예와 도술을 배워 출중한 협의인물로 거듭난다.

> 馬俊은 진두에서 지휘하고 馬鸞英이 요사스런 도사와 겨루는데 요사스런 도사 무리들이 제각기 대적했다. 요사스런 도사는 그녀의 적수가 되지 못해 이길 수 없음을 알았다. 그래서 조롱박을 제로 올리니 저승의 병사가 수천 명이 되었다. 마난영은 그가 요술을 부리는 것을 보고 빨리 조롱박을 들어 올리니 그 안에서 불 기린 한 마리가 걸어 나왔다. 불기린이 주위를 돌아다니더니 화염이 자욱하게 피어오르며 저승의 신병을 불태웠다. 요사스런 도사가 또 금합을 들어 올리니 철 부리의 까마귀 수백 마리가 나타나 사람의 눈을 쪼아 댔다. 병사들이 놀라 갈팡질팡 했지만 마난영은 八卦仙衣乾坤網을 펼쳐 까마귀를 모두 잡았다. 그리고 黃巾力士에게 분부하여 普陀山으로 돌려보내게 했다. 요사스런 도사가 크게 탄식하고 부끄러워하며 원래의 모습을 드러냈다. 큰 거북이가 독기를 내뿜으니 천지가 캄캄해졌다. 마난영은 당황하지 않고 정수를 한 번 뿌리더니 손에 千年桃木劍을 들고서 거북이 요괴를 단숨에 베었다. 달아나려고 해도 달아날 수 없었고 숨으려고 해도 숨을 수 없었다.(悅心王押住陣腳, 王姑與妖道對陣, 奸黨分頭對敵. 妖道見不是他的對手, 難以取勝. 祭起葫蘆, 陰兵數千. 王姑見他妖術弄起, 快將葫蘆一揭, 走出一只火麒麟, 周圍遶繞, 火焰騰騰, 把陰兵燒成灰燼. 妖道又將金盒一揭, 鐵嘴烏鴉數百, 搶人眼睛. 眾兵被嚇, 王姑用八卦仙衣乾坤網抛起, 盡把烏鴉網盡. 吩咐黃巾力士, 帶回普陀山發落. 妖道大歎一聲, 難顧羞顏, 現出原形, 大龜毒氣一噴, 烏天暗地. 王姑不慌不忙, 用淨水一灑, 手拿千年桃木劍一口, 將靈龜斬落. 要逃逃不得, 要遁遁不能.34회)

馬鸞英은 연약한 여인에서 용감무쌍한 女俠으로 변화하여 요괴를 단숨에 무찌르고 있다. 다른 여협들이 고난의 길을 걸었던 것처럼 마난영도 고난을 극복하는 과정을 거치게 된다는 점은 공통적이라 볼 수 있다.[15] 앞서 언급한 바와 같이 그녀는 굳건한 의지를 가진 사람이었으므로 이처럼 늠름하게 요사스런 무리들을 대적하게 된 것은 당연한 결과이다.

이상에서 언급한 바와 같이 女俠 馬鸞英과 男俠 馬俊 등은 장소를 이동해가면서 사건이 발생할 때마다 俠行을 실천하고 있으며 국가를 위한 충성을 보이고 있으므로 그

15) 이러한 고난의 길은 천명의 길이라 할 수 있으며 가야할 길이지 가고자 하는 길이기도 한 것이다. 협의인물들은 영웅과 같은 역할을 담당하므로 고난의 길을 통해 국가와 가정의 평화에 이바지하게 된다. 박일용 등 저, ≪한국 고소설 연구의 쟁점과 전망≫, 〈영웅군담소설의 연구사적 조망〉, 보고사, 2011, 73-84쪽 참조.

들은 遊俠과 忠俠의 이중적인 성격을 띠고 있다고 하겠다.16)

2) 不正人物

부정인물은 조정의 간신 屈忠成이 대표적이고 다른 인물들은 주변에서 작은 역할을 하다 없어지고 만다. '萬人之上, 一人之下'의 재상 굴충성은 자신의 지위에 만족하지 못하고 황제를 기만하고 황제의 자리를 넘보는 인물이다.17)

간신 屈忠成과 반대로 司馬相如는 孝廉 출신으로 강직하고 부지런한 인물이다.

> 또 司馬相如는 山西 사람으로 孝廉 출신이었으며 右丞相에 임명되었는데, 위인이 강직하고 국정에 근면했다.(而又有一位姓司馬名相如, 乃山西人氏, 由舉孝廉出身, 官拜右班丞相之職, 爲人剛直, 勤勞國政. 제1회)

이처럼 충신 司馬相如는 출신도 훌륭하고 모든 면에서 모범이 되지만 간신 屈忠成은 科擧에 정당하게 급제하지 못했고 행동 패턴을 보면 간신배에 해당한다. 그는 賜進士18) 출신이었지만 재수 좋게 승상의 지위까지 올랐는데, 아부와 권모술수를 통해 그렇게 되었음이 다음 문장에서 드러난다.

> 당시 左丞相 屈忠成은 河南省 사람이다. 그는 賜進士 출신으로 의외로 수상의 지위에 올랐는데 올바르지 못한 간악하고 아부에 능한 부류였다.(當時有左班丞相, 姓屈名忠成, 乃系河南省人氏. 由賜進士出身, 居然官居首相之尊, 二坎不端, 乃奸佞之輩. 제1회)

屈忠成이 아부와 술수에 능하여 재상까지 올랐다는 사실은 결국 혼란한 시대임을 의미한다. 혼란한 시대상황은 불쌍한 서민들을 고난에서 구제해 줄 俠義人物과 같은 영웅을 필요로 한다. 이러한 부정인물은 협의인물이 등장하기 위해 필요한 장치이자 배경

---

16) 遊俠과 忠俠에 대한 분류는 金明信, 〈淸代 俠義愛情小說의 硏究〉, 高麗大 博士論文, 2000. 6, 99-134쪽 참조.

17) 屈忠成의 이와 같은 야심은 ≪忠烈俠義傳≫의 龐吉과 유사한 상황이다. 방길은 황제의 인척이자 太師로서 황제의 자리를 넘보고 있고 굴충성은 재상의 자리에 있으면서 황제를 기만하고 황제가 되고자 한다. 金明信, 〈한글 필사본 ≪忠烈俠義傳≫의 惡人 연구〉, ≪中國小說論叢≫ 제27집, 2008. 3, 237쪽 참조.

18) 賜進士는 進士에 급제하지 못했지만 진사에 해당된다는 의미를 부여하기 위해 사용되는 용어이다.

이 된다.

간신 屈忠成에게 빌붙어서 나쁜 계책을 짜내고 있는 인물이 韓通이다. 한통은 굴충성에게 공자 屈方을 가짜 부마로 만들 계책을 세우고 나서 柳絮와 柳眉를 없애버리려는 무시무시한 음모를 생각해낸다.

> 간신 下大夫 韩通은 柳府의 일을 알고 나서 급히 相府로 가서 太師를 알현했다. "잘 됐어요. 잘 됐습니다. 형부가 병이 나서 아들을 부른다고 하는데 마침 오늘 저녁에 실행한답니다. 제가 가짜로 성지를 가진 관원으로 분장하고 그에게 입궁에 관한 일을 선포하고 심복 하인 두 명에게 무사로 분장하여 따르도록 하겠습니다. 저는 가짜 성지를 읽고 나서 조정에서 그의 부친 柳眉가 사사로이 산적들과 내통하여 모반할 생각이 있어 벌하겠다고 하겠습니다. 성상이 대노하시어 한 사람이 난을 일으키니 그 죄가 처자식에게 미쳐 그를 죽일 거라고 말입니다. 생각건대 공자 屈方께서는 용모가 유서와 비슷하여 알아볼 사람이 없으니 가짜로 부마 분장을 하면 그 가운데에서 일을 취할 수 있으니 어찌 어렵겠습니까? 다행히 柳絮의 주변은 모두 제 하인들이라 누설되지 않을 것입니다. 태사께서는 의견이 어떠신지요?" 태사가 말했다. "이 계책은 문제가 있네. 만약 유미가 조정으로 돌아온다면 그가 친아들이 아님을 알게 될 것이고 황제에게 상주하게 되면 황제께서 질책하시고 황제를 기만한 죄가 있게 되는데…" 한통이 말했다. "먼저 그의 아들을 죽이지요. 후에 묘책을 써서 유미를 살해하여 경사로 돌아올 수 없게 하면 후환을 없게 되니 어찌 좋지 않겠습니까?" 간상이 크게 기뻐하며 묘책이라고 거듭 칭찬했다.(奸臣下大夫韓通, 得了柳府之事, 急入相府稟上太師: "好了, 好了, 聽得刑部有病, 喚子回衙, 正好今晚行事. 待本官假扮帶旨官員, 宣他入宮議事, 命兩個心腹假扮宮中武士相隨. 待我讀罷假旨, 朝廷罪他父親柳眉, 私通山賊, 有造反之意. 聖上大怒, 一人作亂, 罪及妻兒, 將他殺了. 思想屈方公子, 面貌相同, 無人認出, 假扮爲駙馬, 於中取事, 有何難哉? 幸得他的左右, 都是我家人物, 不防泄漏. 太師尊意如何?" 太師道: "此計差矣. 倘柳眉回朝, 認他不是親兒子, 奏聞聖上, 天子執責, 有欺君之罪…" 韓通道: "先殺他的兒子. 後用妙計, 害卻柳眉, 使他不能回京, 以絕後患, 豈不美哉!" 奸相大喜, 連稱妙計. 제6회)

이처럼 韓通이 무서운 음모를 꾸며내자 屈忠成은 처음에는 황제에 대해 염려하는 말을 하며 주저하는 것처럼 보이지만 한통이 더욱 악독한 계교를 생각해내자 금방 찬성하며 칭찬까지 해댄다. 그리하여 이들은 즉시 이러한 계략을 밀어붙이게 되고 충신의 아들 柳絮는 끝없는 도망자의 길을 걷게 된다.

요컨대, 不正人物은 자신의 권세와 만족하지 못하고 황제의 지위를 넘보고 황권을 차지하기 위해 반역하는 인물들이다. 屈忠成은 재상의 자리에 있었음에도 불구하고 황제의 자리를 차지하려는 욕심을 가졌고 그에 빌붙은 韓通은 굴충성에게 아부하여 자신의 지위를 공고히 하고자 했다. 그들은 너무 지나친 욕심을 부렸기 때문에 결국 패배와 죽음이라는 결과를 얻게 된 것이다.

3) 愛情人物

애정인물은 협의인물 郝聯과 의형제를 맺은 柳絮와 富柳英이 두드러진 행태를 보인다. 유서는 비록 의협인물과 의형제이긴 하지만 의외로 무예나 지략에는 그다지 두각을 나타내지 못한다. 그는 매우 나약하게도 재상 屈忠成에게 쫓기고 도망 다니는 신세가 된다. 게다가 그는 여자처럼 어여쁘게 생겼기 때문에 여장을 강요당하며 하녀로 팔리게 되기도 한다. 그럼에도 불구하고 그는 여자들에게 인기가 많았고 호감을 사는 용모와 언변을 가지고 있어 주인 아가씨 富柳英의 눈에 들어 그녀와 인연을 맺는다.

그런데 柳絮는 富柳英과 인연을 맺기 전에 부마로 선발되어 武帝의 딸 獨陽公主[19]와 결혼하기로 되어 있었다. 유서와 독양공주가 만나게 된 장면을 보기로 하겠다.

> 공주가 눈을 들어 보니 人山人海여서 도화와 같은 입술을 약간 벌리며 생각했다. '나 한 사람을 위해 수많은 황친들을 이끌어 사방에서 사고파는구나. 봐라. 사람들마다 비록 의관을 정제하고 있지만 조정의 동량 같지는 않다.' 柳絮를 보고 마음속으로 크게 기뻐했다. "그는 의관이 화려하지 않지만 관옥과 같은 얼굴에 눈썹은 맑고 눈이 수려하다. 치아는 하얗고 입술이 붉으니 이후에 반드시 조정의 주춧돌이 될 거다." 공주가 수놓은 공을 던지니 유서의 손에 떨어졌다. 각각 사람들이 앞으로 나아가 잡고자 했지만 郝聯이 어림군과 더불어 여러 사람들에게 멈추도록 호령했고 마침내 유서와 작별하고 집으로 돌아가서 부친에게 보고하러 갔다.(公主舉眼一觀, 見人山人海, 微展桃唇. 暗道: "爲奴一人, 引得許多皇親國戚, 四方買賣. 你看人人雖系衣冠齊整, 不似朝廷梁棟." 把眼看見柳絮公子, 心中大喜: "看他衣冠不是華美, 獨系面如冠玉, 眉清目秀, 齒白唇紅, 後必爲朝廷柱石." 將繡球一丢, 落在柳絮之手. 各人上前欲搶, 郝聯並禦林軍喝散眾人住手, 遂辭別柳絮, 即轉回家中, 報稟父親知悉去了. 제4회)

獨陽公主는 당시 柳絮의 외모만을 보고 평가했지만 그는 이미 어릴 때부터 총명하

19) 獨陽公主는 柳絮의 성명과 여러 가지 면에서 대비되고 있다. 굳건한 陽剛의 의미를 가진 공주는 의외로 여성이나 부드럽고 섬세한 분위기를 가진 유서는 남성이라는 사실이다. 이러한 면은 작자가 등장인물의 작명에 있어서도 음양의 조화를 추구하고 있음을 나타낸다.

고 학식이 풍부한 사람이었다. 그에 대한 평을 보면 다음과 같다.

河南省 洛陽縣에 上大夫 柳眉라는 사람이 있었다. 그의 부인 賈氏는 아들 柳絮만을 낳았다. 유서는 사람이 총명하고 책 읽기를 좋아하여 재능이 비범하고 책을 널리 읽어 학식이 풍부했다.(河南洛陽縣內, 有一姓柳名眉, 官居上大夫之職. 夫人賈氏, 單生一子, 名喚柳絮. 其人聰明好讀詩書, 才高八鬥, 學富五車. 제1회)

그렇지만 柳絮는 獨陽公主와의 결혼식을 올리기도 전에 재상 屈忠成의 음모로 고난을 겪게 된다. 그는 천진난만한 白面書生[20]에 해당했기 때문에 부친 柳眉가 전쟁에 나가게 되고 모략을 당했다는 사실을 알 수 없었다. 그가 겪었던 고난 중의 하나는 다음과 같다.

도적이 말했다. “너를 여장시켜서 하녀로 팔려고 한다.” 부마가 놀라 절을 하며 말했다. “대장부로서 어찌 여장을 할 수 있겠습니까? 가문의 체면을 잃게 됩니다.” 도적이 화를 내며 손을 휘둘러 부마를 잡고 그를 땅바닥에 넘어지게 하더니 칼로 목을 치려고 했다. 부마는 손을 뻗어 날카로운 칼을 잡으며 크게 외쳤다. “살려주세요. 여장을 하겠습니다.” 도적이 웃으며 말했다. “너는 정말로 여장할 수밖에 없다.” 즉시 부마를 놓아주었다. 도적은 옷상자를 열어 여자 옷을 꺼내더니 여인으로 분장시켰다. 柳絮는 치욕을 참으며 여장할 수밖에 없었다. 도적이 그의 모습을 보고 크게 기뻐했다. “정말로 아름다운 미녀 같구나. 나를 너의 외삼촌이라고 해야 하고 이름을 王貴花라고 해야겠다. …내가 돈을 손에 넣고 간 후에 네가 발각되면 도망가거라. 매매가 이루어지지 않으면 말을 해서는 안 된다.…” 부마는 눈물을 머금고 승낙했다.(賊人道: “欲將你男扮女裝, 賣去人家爲婢.” 駙馬一驚, 下禮道: “大丈夫之志, 豈肯扮作女人. 有失祖宗體統.” 賊子一怒, 將手一抖, 摣住駙馬, 押倒在地, 用刃照頭斬來. 駙馬用手一架, 托住利刃, 大叫: “饒命才好, 願扮了.” 賊笑道: “諒你不得不扮.” 急時放手. 打開衣箱, 取出婦人衣物, 逼扮女人. 柳絮只得忍辱改扮. 賊見大喜: “真真似是美貌佳人. 還要認我爲爾母舅, 改汝名喚王貴花.…我得銀到手, 去後任你敗露尋走. 倘未交易, 不許開口.…” 駙馬含淚應允. 제14회)

20) ≪兒女英雄傳≫의 安驥도 白面書生처럼 보였으나 나중에는 科擧에 급제하고 국정을 담당하는 훌륭한 관리가 된다는 면에 있어서는 柳絮와 닮은 구석이 있다. 다만 안기는 장군으로 활약하지 않고 있지만 유서는 작품의 말미에 간신들을 제거하는 전쟁에 참여하고 있다는 것이다. 金明信, 〈≪兒女英雄傳≫의 구조와 서술형식에 대한 연구〉, ≪中國語文論叢≫ 제36집, 2008. 3, 157-174쪽 참조.

이처럼 유서는 치욕스럽게도 여장을 강요당했고 개명까지 해야 했다. 그는 사내 대장부였지만 간신 재상에게 쫓기는 신세였으므로 도적의 말도 안 되는 요구에 나약하게 응낙할 수밖에 없는 처지로 전락한 것이다.

富柳英은 다정다감하며 인정에 약한 여인이다. 그녀는 도망자 신세로 전락한 柳絮의 말을 믿어주고 동정하며 결국 그와 인연을 맺는다. 한편 그녀의 오라비 富大雄은 현실적인 인물로 유서의 말을 전혀 믿지 못하며 유서를 사기꾼으로 몰아 고발하여 사형장에 가게 만든다. 그런데다가 그는 여동생이 사기꾼에게 정절을 잃었다고 판단하고 자진을 강요한다. 부유영은 올케의 도움으로 몰래 도망쳤다가 나중에 사냥꾼에게 구출되어 결국은 유서의 제2부인이 된다. 부유영은 유서와의 애정을 지키기 위해 목숨을 걸었다는 점에서 대표적 애정인물이라 할 수 있다.

富柳英은 유서를 처음 보자마자 예쁜 용모에 흡족해한다. 그녀는 그에 대해 전혀 알지 못했지만 풍겨져 나오는 분위기와 외모에 반했던 것이다. 다음 예문을 보기로 하자.

> 富柳英은 미소를 지으며 아래층으로 내려와서 오빠에게 절을 했다. 富大雄이 말했다. "얘야, 이 하녀를 보거라. 마음에 들면 위층으로 데리고 가거라. 네 마음에 들지 않더라도 쓸데없는 일은 하지 마라." 부유영이 앞으로 나아가 보니 그가 예쁜 용모라서 매우 흡족했다. 그래서 손을 잡고 함께 위층으로 올라갔다.(富柳英微笑下樓. 一見哥哥下禮. 公子叫聲: "賢妹, 爾看此婢, 但悅意帶上樓去. 倘不如意, 不可多事." 小姐近前一觀, 見他美貌, 十分合式. 攜手同登繡樓. 제16회)

유서가 마음에 들었던 富柳英은 함께 술을 마셨다가 그가 남자임을 간파하고 깜짝 놀란다. 그녀는 유서에게 화를 냈다가 진실을 알아보기 위해 對聯을 지어보라고 하면서 그의 재능을 시험해본다.[21] 아울러 유서의 말을 믿어야 할지에 대해 그녀는 갈팡질팡한 심리를 드러내고 있다.

> 富小姐가 몇 걸음 놀라서 몇 걸음 물러나더니 크게 화를 냈다. "너는 어떤 사람인데 여

21) 富柳英이 柳絮에게 對聯을 지어내도록 요구했다는 사실을 볼 때 그녀가 詩에 대한 소양을 갖추었고 재주가 있는 여성임을 나타낸다. 또한 부유영의 학식은 유서와 잘 어울리는 배필임을 드러내는 장치이기도 하다. 전통적으로 중국은 남녀의 혼인을 정할 때 '門當戶對'라는 원칙을 고수하고자 했다. 이 두 사람의 경우는 우연히 만났으므로 '門當戶對'라는 원칙이 적용될 수 없었지만 공주와 유서의 결합은 전통적인 원칙을 적용한 예라고 하겠다.

장을 하고 우리 오빠를 속였느냐." 부마가 놀라 깨어 침대에서 물러나 절을 했다. "바라옵건대 아가씨께서는 용서해주시기 바랍니다." 소저가 그를 찬찬히 쳐다봤다. "너의 모습을 보아하니 비천한 사람은 아닌 것 같구나. 반드시 연고가 있을 것이니 진실을 말하면 올케에게 놀라지 않게 할 수 있겠다." 柳絮가 말했다. "저는 駙馬이자 東平侯이며 上大夫 柳眉의 아들인 柳絮라고 합니다. 간신에게 살해당할 번하여 경사 밖으로 도망쳤습니다. 또 강도 葉世雄을 만나 괴롭게도 여장하도록 강요당하고 기루에 팔렸다가 재물을 사취한 것은 사실입니다. 뜻밖에 강도들과 싸우기 힘들어서 치욕스러움을 참고 여장했다가 기생들의 배에 팔렸습니다. 그대의 오라비가 여기까지 즐겁게 데리고 왔는데 눈 뜬 장님이라 내가 여장한 것을 알아보지 못했습니다. 은전을 내 몸값으로 지불하고 사실은 첩실로 삼고자 했지요. 다행히 부인이 따르지 않아 소저를 만난 겁니다. 술에 취하여 본색이 드러난 것이니 제발 용서해주시기 바랍니다." 소저가 미소를 지었다. "네가 부마를 자칭하고 도중에 난을 만났다고 하지만 믿을 수 없구나. 당신이 재주가 있는 사람이라면 제가 대련을 지을 테니 그대가 대답해 보세요."[22](小姐驚退幾步, 大怒: "你是何等樣人, 男扮女裝, 欺騙家兄財物." 駙馬驚醒. 將身離牀, 亂行施禮: "望小姐饒命." 小姐細觀: "奴看你相貌, 不是下賤之人. 其中必有緣故, 好把真情實說, 免驚動哥嫂不便." 柳絮說道: "小生系當今東牀駙馬·東平侯之職, 上大夫柳眉之子, 柳絮是也. 被奸臣所害, 逃出京外. 又遇強人葉世雄, 苦迫男扮女裝, 賣落煙花之地, 圖騙財物是真. 自料難與強徒爭力, 只得忍辱改裝, 賣落婊子船中. 爾令兄到此快樂, 有眼無珠, 不識我男扮女裝. 將銀贖我身價, 實欲爲偏. 幸得令嫂不依, 得遇千金. 酒醉敗露, 望乞包涵." 小姐微笑: "你自稱駙馬, 中途遇難, 亦不可不信. 爾既是有才的人, 妾有對聯, 請君對來." 제16회)

이처럼 富柳英은 柳絮의 글짓기 재주를 시험하여 그가 단순히 사기를 치는 사람이 아니고 뛰어난 인물임을 알아내게 된다. 유서가 진실을 말하고 있다고 판단한 부유영은 그를 숨겨주다가 사랑을 느껴 결국 그와 인연을 맺기로 결심한다. 그래서 그녀는 대담하게 자신의 애정을 고백한다.

富柳英은 부끄러운 듯이 입을 열었다. "불행하게도 조실부모하고 오빠가 방탕하여 나중에 시비를 일으킬까 두려웠어요. 그래서 평생을 의탁하고자 합니다. 그대가 버리지 않다면요. 허락하실지 모르겠어요." 부마가 크게 기뻐했다. "일찍이 그대를 보니 재주와 미모가 모두 갖추고 있어 여자 중에 드문 경우입니다. 저는 오랫동안 사모하는 마음을 가지고 있었지

22) 富柳英의 혼란한 심리는 柳絮에 대한 여러 가지 호칭에서도 드러난다. 처음에는 '你'를 사용했다가 그 다음에는 '爾'를 사용했으며 마지막에는 '君'을 사용하고 있다. 부유영이 그를 무작정 믿기에는 석연치 않았지만 믿고자 하는 심리가 강했기에 이렇게 호칭이 변화한 것으로 보인다.

만 감히 아무렇게나 말할 수 없었습니다. 이미 당신의 승낙을 받았으니 평생의 희망을 충족한 것이지요. 오직 중매인을 선택하지 못해 사통했다는 조롱을 받을까 두렵습니다. 마침 청명한 날이니 두 사람이 하늘에 대해 맹세하는 게 어떨까요?" 향을 사르고 무릎 꿇고 앉아 축원했다. "남자가 여자를 배신하면 칼 맞아 죽으리라. 여자는 남자를 배신하면 해산하다 죽으리라."(柳英含羞啓齒道: "不幸父母早亡, 家兄浪蕩, 恐後生非. 故把終身相托. 恐君見棄, 未知允否?" 駙馬大喜: "早見妝臺, 才貌雙全, 女中少有. 本公久存此心, 但不敢亂語胡言. 既蒙相許, 足慰平生之願. 惟未擇得冰人, 恐惹苟合之諷. 趁此風清月明, 二家對天盟誓何如?" 焚香跪下, 祝曰: "男若負女, 刀下死. 女若負男, 產中亡." 제17회)

이처럼 富柳英은 柳絮가 獨陽公主와 혼인해야 하고 자신이 제2부인이 되어야 한다는 사실에도 아랑곳하지 않고 자신의 애정을 성취하고자 했던 것이다. 나중에 富大雄이 사실을 알게 되어 그녀에게 자살을 강요하지만 부유영은 몰래 도망쳐서 결국 유서와 재회하여 행복한 결말을 맺게 된다.

이상과 같이 애정인물의 행태를 살펴보면, 柳絮와 富柳英은 전형적인 愛情小說의 등장인물과 다름없다. 이들은 애정을 성취하기 위해 파란만장한 사건들을 겪으며 결국에는 자신들의 애정을 완성하여 혼인이라는 종착지에 도달하게 되기 때문이다.

4) 幻想人物

幻想人物은 작품의 내용을 현실에서 벗어난 환상 세계와 연결시키는 고리 역할을 하는 인물들이다.[23] 이 유형은 긍정인물과 부정인물이 모두 포함되는데, 觀音菩薩, 善才童子, 王禪老祖, 蕭古達은 긍정인물에 속하고 妖怪[24] 卜道安과 聶法成은 부정인물에 속한다.

觀音菩薩은 자비로움을 상징하며 다양한 모습으로 나타나서 협의인물들에게 도움을 주고 있다. 다음은 관음보살이 여도사로 나타나서 馬鸞英을 소생시키는 장면이다.

馬雄이 자기 집에 막 도착했는데 갑자기 여도사가 나타나서 아미타불을 외우며 소리쳤

---

23) 대개 고전소설에서 환상인물은 종교적인 인물들로 佛教와 道教의 인물이다. 이들은 사람들에게 도움을 주면서 작품의 내용을 더욱 풍부하게 하는 역할을 하고 있다.

24) 요사스러운 정기로 이루어진 사물로는 '妖精'이라는 용어도 있으나 좀 더 부정적인 어감을 강화하기 위해 '妖怪'라는 명칭을 사용했다.

다. “거사, 이 분은 누군가요?”…여도사가 자비롭게도 앞으로 나아가 살펴보았다. “당신은 영웅 열사신데 살릴 묘약이 있으신지요?”…묘약을 꺼내어 앞으로 나아가 입 안에 넣어 주었다. 선단을 복용하니 아가씨(馬鸞英)가 천천히 깨어났다.(將到自己莊門, 忽有道姑, 口念阿彌陀, 叫聲: “居士, 此位是誰?”…道姑慈悲, 向前一觀: “爾是英雄烈士, 可有妙藥搭救否?”…取藥近前, 放在牙關之內. 仙丹進腹, 小姐慢慢復蘇. 제24회)

이처럼 觀音菩薩은 죽어가는 사람을 되살리는 자비로움을 드러낸다. 또한 이러한 자비는 정의로운 협의인물을 위해 계속해서 베풀어지고 있다. 이외에도 관음보살은 善才童子를 보내서 협의인물들에게 도움이 되는 法寶 등을 하사하기도 하고(제39회) 王禪老祖와 蕭古達도 협의인물들을 위해 온갖 술법과 무예 등을 수련하여 屈忠成을 비롯한 逆徒에게 대적할 수 있도록 하고 있다.

다음은 부정인물에 속하는 卜道安의 모습과 행적에 관한 문장이다.

衛青 장군이 道人 한 명을 보았는데 머리에 작은 모자를 썼고 두 개의 뿔이 나 있었다. 얼굴은 칠흑과 같이 검고 몸에는 검은 도포를 입었으며 손에는 塵拂短劍을 들고 있었다. 말을 재촉해서 앞으로 나아가 칼을 들고 베었더니 도인이 막아내고 통성명도 하지 않았다. 양쪽 군대가 서로 대치하다가 반란군이 참패했다. 郝聯이 銅錘로 공격하여 屈忠立을 때려 죽이니 말에서 떨어졌다. 도인이 깜짝 놀라며 대적할 수 없고 승리하기 어렵게 되자 어쩔 수 없다고 생각하여 본색을 드러냈다. 거북이가 땅바닥에서 이리저리 도망치다가 독 기운을 뿜어내니 구름과 안개로 뒤덮여 서로 분간할 수 없었다.(衛將軍見有一位道人, 頭帶小帽, 頭生二角. 面如黑漆, 身穿烏甲道袍, 手持塵拂短劍. 催馬上前舉刀砍落, 道人招架, 未通姓名. 兩軍對壘, 反兵大敗. 被郝聯一銅錘打去, 將屈忠立打死, 墜落馬下. 道人一驚, 不能抵敵, 難以取勝, 自思無奈, 現出原形. 烏龜在地下亂竄, 噴出毒氣, 遮掩雲霞, 爾我不能相見. 제32회)

道人의 모습을 가장한 거북이 요괴는 결국 협의인물에게 대적하지 못하고 본색을 드러내고 만다. 간악한 屈忠成을 위해 재주를 선보였던 卜道安은 자신의 능력이 미치지 못하자 마지막까지 최후의 발악을 하며 독 기운을 뿜어대며 사람들을 해치고자 했다. 그는 사악한 무리를 돕는 데 자신이 수련했던 기술을 아무렇게나 이용해서 결국 자신까지도 패망하는 결과를 낳게 되었다. 그와 비슷한 유형으로 聶法成을 예로 들 수 있다.

또 終南山에 雲涯老祖의 무리가 있었는데, 聶法成이라 했다. 그의 스승은 鵠鶴山 雲

峰老祖와 동문이다. 그 사람은 원래 원숭이 神仙[25]의 화신인데, 무궁무진하게 수련하여 구름과 안개를 탈 수 있고 비바람을 부릴 수 있으며 무쇠를 금으로 만들 수 있다. 18반 무예를 완벽하게 알고 갖가지 보물을 사용하며 술법이 뛰어났다. 스승의 명을 자주 받들어 운봉도인과 왕래하며 교유를 했었다.(又說終南山, 有一雲涯老祖之徒, 姓聶名法成, 其師與鵃鸖山雲峰老祖系同師學道. 其人原是猿仙化身, 練得變化無窮, 能騰雲駕霧, 呼風喚雨, 點鐵爲金. 十八般武藝, 無有不諳, 多般寶物, 法術高強. 常奉師命, 與雲峰道人來往至交. 제35회)

聶法成은 사형 卜道安의 죽음을 알고 복수하기 위해 屈忠成 무리에 가담하여 술법을 사용하게 된다.

聶法成이 재빨리 말을 타고 나아가 접전했고 마준은 그의 후발대가 에워싸고 있는 것을 보고 역시 군대를 재촉하여 돕도록 했다. 여러 차례 싸웠지만 사악한 도인이 打將砂를 꺼내 주문을 외우고 허공으로 던졌다. 打將砂가 곡식 한 말 크기처럼 커져서 셀 수 없이 떨어지니 병사들이 저항할 수 없어 머리가 깨지고 뇌가 튀어나왔다.…漢軍이 대패했고 사망자가 셀 수 없이 많았다.(法成催騎上前接戰, 馬俊見他後隊擁上, 亦催動人馬助陣. 戰有多合, 妖道取出打將砂, 念起咒詞, 望空一抛. 砂如斗大, 落不計數, 兵將難以抵擋, 頭破腦出.…漢軍大敗, 死者不計其數. 제38회)

이처럼 聶法成은 강력한 도술을 사용하여 漢軍과 협의인물을 궁지에 몰아넣고 있다. 그렇지만 觀音菩薩, 王禪老祖와 蕭古達 등이 협력하자 그의 도술은 깨지고 만다.

이 작품의 환상인물은 긍정인물이든 부정인물이든 모두 도술을 베풀어서 사람들에게 도움을 준다는 점은 공통적이지만 觀音菩薩 등은 사람을 살리는 데에 도술을 사용하고 卜道安 등은 사람을 죽이는 데에 사용한다는 점에서 구별되고 있다.

朝鮮은 중국과 줄곧 친밀한 관계를 유지해 왔고 중국의 서적과 문물을 대량으로 수입했다. 중국의 수입 서적에서 古典小說은 士大夫, 譯官과 婦女들에게 사랑받는 물품이었다. 중국의 고전소설은 조선에서 轉寫되거나 出版되고 飜譯되는 경우도 많았다. ≪三合明珠寶劍全傳≫은 조선에 전래되어 현재 成均館大에 소장되어 있는 작품이다.

---

25) 神仙은 본래 중국 道教에서 이상적으로 생각하는 인물인데, 이 작품에서는 사악한 요괴나 정의로운 도사 모두에게 사용되고 있다.

이 작품은 중국 내에서도 원본이 훼손되어 脫字 등이 많고 나중에 재출판되었지만 그리 많이 유통되지 않은 편이다. 현재 한국에 소장된 판본도 비교적 희귀한 판본에 속한다고 하겠다.

≪三合明珠寶劍全傳≫은 俠義愛情小說에 속하는 작품인데, 등장인물도 고전소설의 형식과 비슷하게 俠義人物·不正人物·愛情人物·幻想人物 등 善惡의 대립 형식으로 배치되어 있다. 이 작품의 서사는 협의인물 馬俊의 활약을 중심으로 구성되어 있다고 해도 과언이 아니다. 협의인물 중에서 돋보이는 馬鸞英은 온갖 고난 가운데 우뚝 일어선 立志傳的인 女俠이다. 재상 屈忠成을 포함하는 부정인물은 협의인물과 대결 구도를 이루며 마지막에는 처참하게 패배한다. 柳絮는 애정인물이지만 온갖 역경을 극복하고 立身揚名을 이루며 두 명의 여인과 결혼한다는 면에서 나름대로 영웅성을 지닌다. 이 작품의 내용을 더욱 풍부하게 만드는 환상인물은 불교와 도교적 인물로 긍정적이고 부정적인 면을 모두 담당하고 있다.

≪三合明珠寶劍全傳≫은 ≪爭春園≫의 인물과 서사에 있어서 매우 비슷하다고 평가되지만 애정인물 柳絮의 고난과 애정 고사가 강화되어 있으며 신비주의적인 색채를 지니고 있어서 상당한 차이점을 드러내고 있다. 따라서 ≪三合明珠寶劍全傳≫은 앞으로 좀 더 지속적인 연구가 필요한 작품이라 하겠다.

12. ≪紅樓復夢≫의 版本과 飜譯 硏究*

번역을 간단하게 정의해보면 하나의 텍스트를 이해한 다음에 이 텍스트를 다른 언어의 텍스트로 재현하는 것이다. 재현의 질은 번역어에 대한 지식 정도와 번역자의 글 솜씨에 좌우된다고 할 수 있다.[1)]

그러한 의미에서 樂善齋本 번역소설은 상당히 훌륭한 상황에서 출판된 것이라고 볼 수 있다. 낙선재본의 번역자들은 적어도 중국어에 익숙한 역관 출신이거나 그와 비슷한 부류의 사람이었을 가능성이 농후하기 때문이다.[2)]

또한 낙선재본 번역소설은 조선시대 궁중과 양반 가문의 여인들을 대상으로 번역된 소설로 중국에서 유행하였던 작품들을 단시일에 번역하여 공급하였던 것으로 보인다.[3)]

---

* 이 논문은 ≪中國小說論叢≫ 제21집에 수록된 내용을 수정 보완한 것임.
金明信(慶熙大學校 比較文化硏究所 學術硏究敎授)

1) 러시아 태생의 미국의 구조주의자 야콥슨(Roman Jakobson)은 번역을 다음과 같은 3가지 유형으로 정의하기도 한다. 첫째 유형은 동일한 언어 내의 번역(intralingual translation), 둘째는 기호상의 교차번역(intersemiotic translation), 셋째는 서로 다른 언어들 사이의 번역(interlingual translation)이다. 이처럼 여러 가지 유형의 번역이 있을 수 있지만 엄밀한 의미에서 번역은 세 번째 유형을 뜻하는 것으로 볼 수 있다. M. 르드레르(Marianne Lederer)저, 전성기 옮김, ≪번역의 오늘-해석의 이론≫, 고려대학교출판부, 2001, 3쪽, 강원대학교 인문과학연구소 엮음, ≪번역의 이론과 실제≫, 강원대학교출판부, 2003, 19쪽 참조.

2) 조선 시대에 중국소설의 번역자는 역관 출신 외에도 실의한 양반 가문의 문인이거나 사대부 집안의 부녀자들도 있었다. 그렇지만 문인이나 부녀자들은 대체적으로 전문 번역자는 아니었고 역관 출신자들이 대부분의 번역을 담당하였다. 민관동 · 김명신 공저, ≪중국고전소설비평자료총고≫, 학고방, 2003, 335-343쪽 참조.

3) 소설이 형성되고 정착되는 데 중국소설이 미친 영향은 과소평가될 수 없다. 명청대의 소설을 가져와서 애독했다는 것은 여러 기록에 남아 있다. 소설에 대한 찬반론도 중국소설을 일차적인 대상으로 해서 일어났고, 반대론이 우세해서 중국소설의 수입을 금해야 한다는 공론이 대두했다. 正祖 때의 文體反正이 바로 중국소설을 금지하기 위한 운동이라고 해야 할 것이다. 그래도 중국소설이 대량으로 들어왔으며 번역과 번안이 계속 나타났다. 고종 때에 역관을 시켜 중국소설을 대량 번역해서 궁중의 여인들이 읽을 수 있게 했다는 일도 있다. 그러므로 낙선재본 번역소설은 당시 한글 고어를 사용하여 중국소설을 최초로 번역한 작품이라 할 수 있겠다. 조동일, ≪한국문학통사≫3, 지식산업사, 1994, 112-117쪽, 민관동 · 김명신 공저, 전게서, 학고방, 2003, 360-373쪽

그 점은 번역자들이 직역과 축역 위주로 작품을 번역하여 상당히 빠른 기간 내에 작품이 통독되었던 것을 보아서 알 수 있다.

낙선재본에는 清代 人情小說의 대표작 ≪紅樓夢≫뿐만 아니라 ≪홍루몽≫의 여러 종류의 속서까지도 번역되어 있다. 그 중의 하나가 낙선재본 ≪홍루부몽≫이다. 낙선재본 ≪홍루부몽≫은 清代의 ≪紅樓復夢≫을 번역한 작품으로 중국의 문화와 사회 상황을 알 수 있을 뿐만 아니라 당시 朝鮮의 우리말 표현에 대해서도 자세히 고찰할 수 있다. 낙선재본 ≪홍루부몽≫의 번역양상에 대한 고찰을 통해 양국 문화를 더욱 잘 이해할 수 있는 토대가 될 것이다. 먼저 원전 ≪紅樓復夢≫에 대한 기본적인 서지 정보를 숙지하고 나서 낙선재본 ≪홍루부몽≫의 번역양상에 대하여 자세히 살펴보기로 하겠다.

1. ≪紅樓復夢≫의 판본 상황

≪紅樓復夢≫은 100회본으로 가장 이른 판본은 嘉慶 10年(1805) 金谷園 간행본이다. 속표지에 "嘉慶乙丑에 새로 판각한 ≪紅樓復夢≫은 金谷園 소장의 판본이다"라고 되어 있고 권두에는 陳詩雯의 서문, 작자의 自序, 그림(16쪽), 범례(26항목), 목록 등이 수록되어 있다. 이외에 嘉慶 10年 本衙藏 판본 · 平湖寶芸堂本 · 娘嬛齋本 · 光緖 2年(1876) 上海 申報館의 聚珍版本 · 民國 6年(1917) 榮華書局의 石印本 · 民國 12年(1923) 啓新書局 石印本 등이 있다.[4]

≪紅樓復夢≫은 언제 朝鮮에 유입되었는지 확증할 만한 고증자료가 충분하지 않은 편이다. 다만 조선 중기 문인 李植(1584-1647)이 詩文集 ≪澤堂續集≫ 제6권에 ≪紅樓夢≫제30회의 내용을 인용하고 있고, 李圭景(1788-1856)은 ≪五洲衍文長箋散稿≫ 卷7 〈小說辯證說〉에 ≪續紅樓夢≫에 대해 언급하고 있으며 趙在三(1808-1866)은 ≪松南雜識≫ 卷7 〈稽古類·西廂記〉에서 ≪홍루부몽≫을 언급하고 있다. 따라서 이 작품

참조.

4) 江蘇省社會科學院 明清小說研究中心文學研究所 編, ≪中國通俗小說總目提要≫, 中國文聯出版公司, 1991, 597쪽 참조.

은 19세기 후반 이전에는 이미 조선에 전래되었을 것으로 짐작할 수 있다. ≪홍루부몽≫의 번역본은 19세기 한글 어휘의 변천 상황을 명확히 보여주고 있다는 측면과 ≪홍루몽≫ 연구의 영역을 더욱 확대하고 심화시킬 수 있다는 측면에서 상당한 가치를 가지고 있다.[5)]

≪紅樓復夢≫은 총 50권 50책으로 대략 1880년 전후에 李鍾泰를 비롯한 譯官들이 번역한 것으로 알려져 있으며 현재 한국학중앙연구원에 소장되어 있다. 이 작품의 번역은 ≪紅樓夢補≫처럼 開場詩와 挿入詩 등 대부분을 생략하였으나 끝까지 完譯하였고 直譯爲主로 되어 있으며 部分的인 意譯으로 되어있다.

국내에는 서울대학교 奎章閣과 韓國學中央研究院에 소장되어 있는데, 규장각에는 10冊의 中國木活字本이 소장되어 있고 한국학중앙연구원에는 50卷 50冊의 한글 필사본이 소장되어 있다. 다음은 한글 번역본의 판본 사항을 도표로 정리한 것이다.[6)]

書名	出版事項	版式狀況	一般事項	所藏處/所藏番號
홍루부몽(紅樓復夢)	著者未詳, 寫年未詳	50卷50册, 國文筆寫本, 28.1×18.9㎝, 無郭, 無絲欄, 9行17字, 無魚尾, 紙質:楮紙	表題:紅樓復夢, 印:藏書閣印, 35㎜R[Nega], 3552f	韓國學中央研究院 4-6866/R35N-000010-15, 4-6866, 舊藏書閣本

2. ≪紅樓復夢≫의 작자와 내용

≪紅樓復夢≫은 陳少海가 창작한 것으로 100회로 구성되어 있다. 작자의 본명은 분명하게 고찰할 수 없지만 丹徒(鎭江) 출신으로 성이 陳氏, 자는 南陽, 少海이며 호는 香月, 小和山樵, 品華仙史, 紅羽 등임을 알 수 있다. 이 작품은 嘉慶 10年(1805)에 간행되었는데 陳時雯의 序文(1799), 自序(1799)가 함께 수록되어 있다. 평자 진시문은 작자의 누이로 알려져 있다.

≪홍루부몽≫은 현존하는 嘉慶 10年(1805) 金穀園刊本이 출판된 이후로 嘉慶 10

5) 박재연 · 이재홍 · 김영 · 김명신 교주, ≪홍루부몽≫상, 이회문화사, 2004, 머리말 참조.
6) 민관동 · 장수연 · 김명신 공저, ≪韓國 所藏 中國通俗小說의 版本目錄과 解題≫, 학고방, 2013, 329-331쪽 참조.

年 本衙藏版本, 螂嬛齋本, 平湖寶芸堂本, 光緒 2年 上海申報館仿聚珍版本, 民國 6年(1917) 上海榮華書局石印本, 民國 12年(1923) 啓新書局石印本 등이 있다.[7)]

이 작품은 120회본 ≪홍루몽≫의 내용을 이어서 지은 속작으로 속서 중에 가장 편폭이 긴 작품이다. ≪紅樓復夢≫은 여타의 작품들이 賈寶玉과 林黛玉의 인연을 중시한 것과는 달리 薛寶釵의 훌륭한 성품과 능력을 강조하여 창작하였다. 따라서 기타 ≪홍루몽≫의 속서[8)]들과는 대별되는 특징을 지니고 있다고 하겠다.

≪홍루부몽≫의 대략적인 내용은 다음과 같다.

賈寶玉은 江蘇省 鎭江府 丹徒縣에 새로 태어나서 祝夢玉이라 불리게 된다. 몽옥의 조부는 생전에 통정사 벼슬을 지냈고 조모인 松氏는 祝母라고 불린다. 축모는 세 아들을 두었는데 장남이 祝鳳으로 병부시랑을 거쳐 공을 세워 예부상서가 되었으나 중병을 앓고 있다. 차남은 祝筠으로 四品 金吾衛의 직함을 갖고 있는데 즉 몽옥의 부친이다. 그의 처는 병부시랑의 누이인 桂氏다. 축모의 삼남은 원외랑인 祝露이나 역시 병을 앓고 있고 秋琴이라는 딸은 梅白의 아내가 되었다.

祝氏 집안은 세력 있는 문벌로 알려졌지만 얼마 후 두 형제가 모두 사망하고 몽옥의 부친만 남았다. 그러나 축모는 집안사람 모두에게 인자하여 온 집안이 화목한 편이었다. 몽옥은 어려서부터 여자 아이들과 놀기만 좋아하여 아가씨에서 할머니에 이르기까지 모두 그를 가까이 대했다. 그는 여자들이 추하게 생겼을수록 더욱 마음이 이끌린다고 하였다. 왜냐하면 그녀들은 아름다운 뼈를 추한 가죽으로 싸고 있는 여자들인데 세상에는 卞和·伯樂[9)]같은 그녀들을 이해하고 아끼는 사람이 적으므로 그녀들은 일생을

---

7) ≪紅樓復夢≫의 창작 시기는 嘉慶 4년(1799)이며 작자 陳少海가 鎭江 출신이기 때문에 그 지역을 중심으로 이야기를 진행하고 있다는 의견도 제시되고 있다. 어느 정도 타당성 있는 의견이긴 하지만 아직까지 구체적인 고증 작업이 이루어지지 않고 있다. 成貽順, 〈從 ≪紅樓復夢≫ 看清代鎭江的戲曲, 曲藝活動〉, ≪藝術百家≫, 1998, 第1期. 113쪽, 최용철, 〈≪後紅樓夢≫에 대하여〉, ≪후홍루몽≫, 이회출판사, 2004, 6쪽 참조.

8) ≪紅樓夢≫의 속서는 여러 종류가 있으나 우리나라 낙선재 번역소설로 2004년에 출판된 작품으로는 다음과 같은 것들이 있다. ≪後紅樓夢≫(逍遙者저, 30회, 낙선재본 20책), ≪紅樓復夢≫(陳少海저, 100회, 낙선재본 50책), ≪紅樓夢補≫(歸鋤子저, 48회, 낙선재본 24책), ≪補紅樓夢≫(嫏嬛山樵저, 32회, 낙선재본 24책), ≪續紅樓夢≫(秦子忱저, 30권, 낙선재본 24책)이다. 이상의 작품들은 모두 1884년경 필사된 것으로 추정되고 있다. 박재연, 〈19세기말 紅樓夢系 필사본 번역소설에 나타난 어휘연구〉, 제 61회 한국중국소설학회 정기학술발표회논문집, 2004. 11, 216쪽 참조.

파묻혀서 마치고, 지하에서도 원한을 품게 된다. 그는 또 세상의 평민백성들이 누리는 노동과 천륜의 즐거운 일들은 하늘의 신선과 같은 것이라 하였다. 그러나 그들 같은 부귀한 사람들은 사치와 낭비가 밥 한 끼에도 몇 생명이 달려 있고 하루 사이에도 무수한 허물이 생기는데 날마다 쌓여서 죄악은 가득 쌓이게 된다는 것이다. 작게는 자신의 몸을 해치고 크게는 종사가 끊어지니 이런 생활은 지옥과 마찬가지이다. 그래서 사람들은 그를 다정다감한 사람이라 했으나, 그는 비록 정의 바다에서 완전히 물든 사람이었지만 色에는 조금도 물들지 않았다. 그의 다정이란 새로운 경지를 개척한 것으로 자신의 정을 쌓은 것을 남에게 미루어 그가 밥이 먹고 싶으면 다른 사람도 역시 밥이 먹고 싶을 것이라 생각했고 그가 옷을 입고 싶으면 다른 사람도 옷을 입고 싶을 것이라 생각했고, 자신이 즐거움을 좋아하면 다른 사람도 즐거움을 좋아할 것이라 생각했다. 자신이 마음 속에 억울함이 있으면 다른 사람도 억울한 것이 있을 것이라 생각했다. 한 사람 뿐만 아니라 사람들 모두 그러하니 온 세계의 무수한 사람들 모두 그러하다. 때문에 그는 여자와 함께 있을 때 항상 남자고 여자고 하는 것을 느끼지 못하고 단지 그의 몸은 곧 나의 몸이고 내 몸은 곧 그의 몸이라 느낄 뿐이었다.

백부와 숙부가 자식이 없이 타계하여 몽옥이 대가족 집안의 명실상부한 외아들이 되었고 축모는 그를 끔찍하게 위했다. 축모의 주관 하에 그는 정실부인으로 松彩芝와 혼례를 올리고 세 명의 측실을 두고 여러 시녀와 함께 생활한다. 송채지는 홍루몽에 나오는 林黛玉의 후신이며 축모의 친정 손녀다. 그의 곁에는 鞠秋瑞(香菱의 후신이며 축가 서당훈장인 鞠淵의 딸), 賈珍珠(襲人, 영부 왕부인의 양녀), 鄭汝湘(秦可卿의 후신이며 송채지의 이종누이), 祝九如(史湘雲의 후신으로 원래 上元顯 현령의 딸이나 이미 평민으로 전락하였음), 梅海珠(晴雯의 후신으로 축모의 외손녀), 芳芸(金釧의 후신으로 축부의 계집종), 韓友梅(원래 賈府 대단원의 여우신의 후신으로 평민 출신), 芙蓉(麝月의 후신으로 축부의 계집종), 柱蟾珠(紫鵑의 후신으로 몽옥의 사촌누이) 등의 비첩이 있었지만 이들과 정신적인 사랑을 주고받으며 모두 상하귀천의 구별이 없이 자매

9) 卞和는 春秋시대 楚나라 사람으로 훌륭한 옥을 얻어 왕에게 두 대에 걸쳐서 바쳤으나 두 발을 잘리고 마는 비극적인 인물이다. 삼대 왕에 이르러서야 그 옥이 좋은 옥임이 밝혀진다. 伯樂은 옛날 말을 잘 알아본 사람으로 성은 孫이고 이름은 陽이라고 한다. 이 두 사람은 모두 현세 사람들에게는 이해되지 못하는 선각적인 인물이라 볼 수 있다.

처럼 지내고 있다. 이들은 鎭江十二釵[10]로 불리었다.

한편 가씨 집안은 북경에서 거주하다가 금릉의 옛집으로 돌아왔는데 賈政은 이때 이미 타계하였고 賈璉은 출가하였으며 賈環과 賈蘭은 외지로 나가 있어 집안에는 대부분 여자들만 남아 있었는데 王夫人을 모시고 李紈, 보차, 平兒, 진주, 巧姐 등이 있었고 가사는 이환, 보차, 평아 등이 맡아오고 있었고 밖의 일은 주로 林之孝가 맡아보고 있었다. 이때 가씨집의 가세는 약간 회복되고 있었다. 가씨집은 서울에 있을 때부터 축씨집과는 서로 왕래가 있었으며 왕부인과 楊夫人은 자매의 연을 맺었다. 보차 등도 귀천과 연배를 가리지 않고 자매가 되었다. 그중 賈蓉의 아내 張淑姜은 보차의 질부였고 江芙蓉은 축부의 계집종이었는데 모두들 똑같이 자매로 칭하고 대하였다. 금릉으로 돌아온 이후에는 왕래가 빈번했다. 賈探春은 과부가 되어 돌아와 백부인의 양녀가 되었고 축모는 집안일을 탐춘이나 보차에게도 맡길 정도로 가까웠다. 몽옥과 보차는 전생의 인연으로 더욱 남매처럼 따뜻한 감정을 교감했다.

여자들의 보살핌으로 양가의 가세는 더욱 융성하게 된다. 그러나 축모와 왕부인은 여전히 전전긍긍하였고 종족을 번성하고 화목하게 할 것을 잊지 않았으며 입장을 바꾸어 생각하였다. 소작인에게 세를 독촉하지 않았으며 섣달 그믐달 밤에 축모 등은 즐거움에 빠지지 않고 몽옥을 사방에 보내어 곤란하고 병이 있는 사람들을 도우면서 해를 보내었다. 柳緒(秦鍾의 후신)와 몽옥의 여러 아내들 사이는 시아주버님과 제수씨라는 명분이 있었다. 그들 자신도 이것은 자고에 없는 일이라 여겼다.

한편 이때 남쪽 변방에서 蠻族과 결탁한 반란이 일어났는데 영남절도사 松柱(송채지의 부친)가 대장군으로 제수받고 토벌에 나섰다. 후방에서 몽옥의 부친 축균과 가부의 보차 등이 지역을 방위하는 남녀 향토의용군을 조직하여 참전했다. 보채는 이미 신선의 도를 익혀 육도삼략을 통달하였으므로 통수를 맡았고 진주도 무예가 출중하여 장수가 되고 탐춘은 군량을 담당했다. 이 전란에서 큰 공을 세운 이들은 각각 상을 받아 송주는 定國公으로 봉해지고 축균은 太僕侍卿이 되었다. 보채는 武烈夫人으로 봉해지고 이미 출가한 남편 가보옥에게는 妙覺禪師가 추증되었다. 이 무렵 가란은 영국공의 작위를 세습하였고 축몽옥은 진사에 급제하여 翰林院 編修의 직을 맡았다. 끝으로 이들

10) 鎭江十二釵는 전편 ≪紅樓夢≫의 金陵十二釵와 대비되는 여인들로서 구성되어 있다. 이 작품이 ≪홍루몽≫의 속서임을 더욱 분명하게 드러내고자 하는 의도에서 만들어진 것이다.

은 모두 서울에 올라가 황제를 알현하는 기회에 옛날 대관원을 다시 한번 노닐면서 인생의 많은 것을 느꼈다. 특히 보채는 두 세대의 영고를 겪으면서 마음에 매우 깊은 상처를 받아 인생에 더욱 많은 깨달음이 생겼다.

≪홍루몽≫의 속서 중의 하나인 ≪홍루부몽≫은 처음에는 평범하게 시작되고 있으나 차츰 상당히 면밀한 구성을 이루고 있으며 후반부에 가서는 주인공들이 전공을 세우는 내용을 서술하고 있다. 이 점은 다른 ≪홍루몽≫ 속서에 비하여 장대한 스케일을 가진 것으로 볼 수 있지만 그 부분을 蛇足이라 평가하는 견해도 있다.[11]

특히 ≪홍루부몽≫의 인물 중에 薛寶釵는 ≪홍루몽≫에서 묘사되는 것에 비하여 상당히 영웅화된 인물이다. 대부분의 속서들이 임대옥과 가보옥의 인연만을 애석하게 여겨서 작품을 완성하였지만 ≪홍루부몽≫은 설보채를 가장 훌륭한 인물로 설정하고 있다. 다른 인물들이 모두 환생을 통하여 새로운 삶을 사는 것과 비교하여 설보채는 환생이라는 장치가 필요 없는 완벽한 인물로서 후반부에서는 戰功까지 세우는 면모를 나타내고 있는 것이다. 그러한 면에서 ≪홍루부몽≫은 여타의 속서들과는 상당히 다른 특성을 지니고 있다고 하겠다.

3. 樂善齋本 ≪홍루부몽≫의 번역 양상

원전 ≪홍루부몽≫의 창작 시기는 알려진 바에 따르면 18세기 후반 내지는 19세기 초반으로 추정되고 있다. 따라서 ≪홍루부몽≫은 그 이후에 조선에 유입되었으리라 추측할 수 있다.[12] 당시 중국 소설이 출판된 지 얼마 되지 않아 곧바로 조선에 전래되었던 상황으로 본다면 ≪홍루부몽≫도 중국에서 출판되자마자 즉시 조선에 유입되었을

11) 江蘇省社會科學院 편, 오순방 외 역, ≪중국고전소설총목제요≫ 3권, 울산대학교출판부, 1997, 294쪽 참조.

12) 우리나라에 ≪紅樓夢≫의 속서가 들어온 것은 상당히 이른 것으로 추정되고 있다. 문헌상의 기록은 李圭景(1788-1856)의 ≪五洲衍文長箋散藁≫ 권7의 〈小說辨證說〉에 ≪속홍루몽≫이 ≪홍루몽≫, ≪요재지이≫ 등과 함께 거론되고 있는 것으로 미루어 본다면 대체적으로 1830년대 이전에 유입되었을 것으로 보여진다. 박재연, 전게문, 제 61회 한국중국소설학회 정기학술발표회 논문집, 2004. 11. 21. 216쪽 참조.

것이고[13] 작품의 번역은 빠른 시간 내에 이루어졌을 것이다.

낙선재본 ≪홍루부몽≫은 원전 100회를 권50으로 나누고 있는데 그 가운데 권26 중의 제 52회는 부분적으로 필사가 잘 되어 있지 않고 권27 중의 제 53회와 권36 중의 제 71회는 앞부분 첫 면의 내용이 아예 빠져 있다. 또한 필사된 글자가 조금씩 다른 형태로 드러나는 것으로 보아서 한 사람이 일률적으로 한 것이 아니라 여러 사람이 번역 내지는 필사한 것임을 드러내고 있다. 원전과 낙선재본의 전체 회목을 비교해 보면 다음과 같은 도표를 만들 수 있다.

원전 ≪紅樓復夢≫	낙선재본 ≪홍루부몽≫	비교
제1회 幻虛境册開因果 大觀園夢啓情緣	권지일 1. 환허경칙기인과 대관원몽계정연	○
제2회 爲恩情賈郎遊地獄 還孽債鳳姐說藏珠	2. 위은정가랑유디옥 환얼치봉져셜강쥬	○
제3회 繫朱繩美人夢覺 服靈藥慈母病痊	권지이 3. 계쥬승미인몽각 복령약ᄌᆞ모병젼	○
제4회 稽首蓮臺萬緣獨立 相逢萍水一諾千金	4. 계슈연ᄃᆡ만연독입 샹봉평슈일락천금	○
제5회 賈郎郡纏綿銷宿帳 祝夫人邂逅結因緣	권지삼 5. 가낭군젼면쇼슉쟝 츅부인히후결인연	○
제6회 釋寃仇一尊金佛 立心願兩粒明珠	6. 셕원슈일존금블 입심원냥닙명쥬	○
제7회 老庵主自言隱事 小郎君代說衷情	권지ᄉᆞ 7. 로암쥬ᄌᆞ언은ᄉᆞ 쇼랑군ᄃᆡ셜츙졍	○
제8회 故作情濃心非惜玉 溫存杯酒意在埋金	8. 고쟉졍롱심비셕옥 온죤ᄇᆡ쥬의지ᄆᆡ금	○
제9회 柳夫人感恩歸里 賈郎君忏孽修橋	권지오 9. 류부인감은귀리 가낭군참얼슈교	○
제10회 慶端陽夫妻分袂 敍家事姑表聯姻	10. 경단양부쳐분몌 셔가ᄉᆞ고표련인	○
제11회 柏夫人船房繼女 張姑娘飛彈驚人	권지륙 11. ᄇᆡᆨ부인션방계녀 쟝고낭비탄경인	○
제12회 皮老爺無心獲盜 祝公子有意隣船	12. 피노야무심획도 츅공ᄌᆞ유의닌션	○
제13회 贈佩盟心緣楊城郭 淚痕留面風雨歸舟	권지칠 13. 증픿ᄆᆡᆼ심록양셩곽 루흔류면풍우귀쥬	○
제14회 松節度平山獎婿 林小姐石匣埋眞	14. 송졀도평산쟝서 림쇼져셕갑ᄆᆡ진	○
제15회 俏郎君夢中逢丑婦 相思女紙上遇知音	권지팔 15. 쵸낭군몽즁봉취부 샹ᄉᆞ녀지샹우지음	○
제16회 承瑛堂情悲叔侄 甁花閣興掃癡婆	16. 승영당경비슉질 병화각흥쇼치파	○
제17회 奉慈恩因悲定媳 消郎悶衆美聯芳	권지구 17. 봉자은인비정식 숑[쇼]랑민즁미련방	○
제18회 金雀一枝催酒陣 銀鉤滿幅寫芳名	18. 금젹[쟉]일지최쥬진 은구만폭ᄉᆞ방명	○
제19회 魏紫簫燈前鴛譜 周婉貞膝上蓮鉤	권지십 19. 위ᄌᆞ등전원보 주완정슬상년구	×(누락?)
제20회 俏姑娘甘心冷淡 冷小姐羞對荷花	20. 쵸고낭감심ᄂᆡᆼ담 ᄂᆡᆼ쇼져슈ᄃᆡ하화	○
제21회 巧語說風情不妨晝卯 苦心嘗藥味慨試鸞刀	권지십일 21. 교어설풍정블방화묘 고심샹약미ᄀᆡ시난도	○

13) 중국 고전소설의 국내 유입방법은 크게 다섯 가지로 나누어질 수 있다. 첫째, 중국에서 하사한 경우, 둘째, 한국 사신이 중국에 가서 가져온 경우, 셋째, 중국 사신이 국내에 들여온 경우, 넷째, 한국 무역상이 중국에서 사온 경우, 다섯째, 중국무역상이 국내에 들여온 경우이다. 그 중에서 한국 사신이나 역관들이 중국에 가서 구입한 일이 대부분이었다. 민관동·김명신 공저, 전게서, 학고방, 2003, 327쪽 참조.

원전 ≪紅樓復夢≫	낙선재본 ≪홍루부몽≫	비교
제22회 書帶猪飮酒識秀 慈太君嘗面憐簫	22. 서대져음쥬긔슈 ᄌ태군샹면련쇼	○
제23회 說私情耳邊絮語 談苦況窓外知音	권지십이 23. 셜츄[ᄉ]졍이변서어 담고황챵외지음	○
제24회 窮侍兒忽然發迹 瘋和尙隨意高歌	24. 궁시ᄋ홀연발적 풍화샹슈의고가	○
제25회 介壽堂籌添海玉 甁花閣淚出情場	권지십삼 25. 기슈당쥬쳠히옥 병화각누출졍쟝	○
제26회 菁佳音私心竊喜 呑小影獨解相思	26. 청가음ᄉ심졀희 탄쇼영독히샹ᄉ 다름	○
제27회 小郎君傷情抱病 老壽母歡喜含悲	권지십ᄉ 27. 쇼낭군샹졍포병 로슈모환희함비	○
제28회 慰病兒片言三合 傷往事一淚雙關	28. 위병ᄋ편언삼합 샹왕ᄉ일누쌍관	○
제29회 石羅漢先失後得 角先生移東補西	권지십오 29. 셕나한선실후득 각선싱이동보셔	○
제30회 感姻親金陵修屋 重交接榮府談心	30. 감인친금능슈옥 즁교졉영부담심	○
제31회 杜麻子門房尋樂 慧哥兒膝下追歡	권지십륙 31. 두마ᄌ문방심락 혜가ᄋ슬하츄환	○
제32회 賈平兒灑淚定佳郎 劉大人熱心得恒産	32. 가평ᄋ쇄루졍가랑 류대인녈심득항산	○
제33회 老尙書思家說夢 小姑娘留客唱歌	권지십칠 33. 로샹셔ᄉ가셜몽 쇼고랑뉴긱챵가	○
제34회 林主管操持售宅 美裙釵談笑救焚	34. 님쥬관포지슈틱 미군챠담쇼구분	×
제35회 會新親譜聯姐妹 重親誼喜定蟾珠	권지십팔 35. 회신친보련ᄌ믹 즁친의희졍셤주	○
제36회 追往事風雨離情 論慈恩芙蓉拜母	36. 츄왕ᄉ풍우리졍 론ᄌ은부용비모	○
제37회 薛寶釵喜接家書 柳夫人寄言志感	권지십구 37. 셜보챠희졉가셔 류부인긔헌지감 다름	×
제38회 慷慨贈金一人獨任 垂涎妙玉衆賊遭擒	38. 강개증금일인독음 수련묘옥즁적죠금	×
제39회 薛寶月去尼還俗 夏金桂附體顯靈	권지이십 39. 셜보월거니환쇽 하금계부쳬현령	○
제40회 胡月生感緣訂良配 薛寶釵譜語解離愁	40. 호월싱감연증냥배 셜보챠히어히리슈	×
제41회 賈珍珠因驚得妹 韓搗鬼爲色亡身	권지이십일 41. 가진쥬인경득믹 한도귀위식망신	○
제42회 脫官司移花接木 免俗套醉酒長亭	42. 탈관ᄉ이화졉목 면쇽투취쥬쟝뎡	○
제43회 賈茗烟街前遇故主 祝夢玉夢裏見佳人	권지이십이 43. 가명연가젼우고쥬 츅몽옥몽리견가인	○
제44회 薛姨媽無心獲玉 王舅母稱願結姻	44. 셜이마무심획옥 왕구모칭원결인	○
제45회 減露寺禪房花燭 介壽堂忍慟會親	권지이십삼 45. 감노ᄉ선방화쵹 기슈당인통회친	○
제46회 石夫人重後節哀 桑奶子逞凶撒潑	46. 셕부인즁휴졀이 상닉ᄌ졍흉산발	×
제47회 周婉貞偸閑說命 梅香月見鬼擒人	권지이십ᄉ 47. 쥬완졍투한셜명 믹향월견귀금인	○
제48회 榮國府分金睦族 大觀園對畵傷情	48. 영국부분금목족 딕관원딕화샹졍	○
제49회 賈郎君舟中結秦晋 桂太守堤上拜神僧	권지이십오 49. 가랑군쥬즁결진진 계태슈졔샹빅신승	○
제50회 梅香月對書獎婿 賈珍珠卽景悲人	50. 믹향월딕셔쟝서 가진쥬즉경비인	×
제51회 雲巢庵寶釵題畵 金山寺珍珠投江	권지이십뉵 51. 운쇼암보챠졔화 금산ᄉ진뷰투강	○
제52회 對長江王夫人哭女 奠杯酒祝公子悲珠	52. 미상	?
제53회 蕉雨齋友梅談遇合 水晶宮月老說姻緣	권지이십칠 53. 미상	?
제54회 如意匠留形換體 淸涼觀抵足談心	54. 여의쟝류형환톄 청량관져족담심	○
제55회 如是園玉梅契合 天香閣桃柳聯芳	권지이십팔 55. 여시원옥믹계합 텬향각도류련방	○

원전 《紅樓復夢》	낙선재본 《홍루부몽》	비교
제56회 結朱陳李宮裁聘婦 續秦晋桑奶子遂心	56. 결쥬진니궁ᄌᆡ빙부 속진 : 상ᄂᆡ자슈심	○
제57회 王夫人衣錦榮歸 桂太守揚帆赴任	권지이십구 57. 왕부인의금영귀 계태슈양범부임	○
제58회 竺九如失言生嗔 老壽母施恩遣婢	58. 츅구여실언ᄉᆡᆼ진 로슈모시은견비	○
제59회 周婉貞畢命守身 賈珍珠去蕉得弩	권지삼십 59. 쥬완정필명슈신 가진쥬거쵸득노	○
제60회 桑奶媽失身遇鬼 陶姨娘弄玉生兒	60. 상ᄂᆡ마실신우귀 도이랑롱옥ᄉᆡᆼᄋᆞ	○
제61회 太夫人歡樂洗孫 小丫頭因哭得福	권지삼십일 61. ᄐᆡ부인환락셰숀 쇼챠두인곡득복	○
제62회 窮秀才强來認族 老倔婦接去逢親	62. 궁슈ᄌᆡ강ᄅᆡ인족 로굴부졉거봉친	○
제63회 露筋祠衆親會賢母 平山堂遣僕祭佳人	권지삼십이 63. 노근ᄉᆞ즁친회현모 평산당견복제가인	○
제64회 白雲僧踏波救難 珍珠女舞劍聯歡	64. ᄇᆡᆨ운승답파구난 진쥬녀무검련환	○
제65회 梅秋琴卽景題橋 賈探春因驚見母	권지삼십삼 65. 미츄금즉경제교 가탐츈인경견모	×
제66회 介壽堂感情留客 海棠院戲語成悲	66. ᄀᆡ수당감정뉴ᄀᆡᆨ ᄒᆡ당원ᄒᆡ어셩비	○
제67회 重甥女托理家務 拜經懺薦慰貞魂	권지삼십ᄉᆞ 67. 즁ᄉᆡᆼ녀낙니가무 ᄇᆡ경참천위정혼	×
제68회 賈探春祝府總喪事 王熙鳳夢裏說前因	68. 가탐츈축부춍샹ᄉᆞ 왕희봉몽리셜젼인	○
제69회 吊佳人香茶鎰盞 托義僕重任千金	권지삼십오 69. 됴가인향다일젼 탁의복즁임천금	○
제70회 桂太守款賓念舊 柳公子遇虎招親	70. 계태슈관빈념구 류공ᄌᆞ우호셩친	×
제71회 薛寶書一彈服馮富 桂廉夫折獄斬黃牛	권지삼십뉵 71. 미상	?
제72회 鳳姐兒轉生嬌女 梅海珠喜産麟兒	72. 봉져ᄋᆞ젼ᄉᆡᆼ교녀 ᄆᆡ희쥬희산닌ᄋᆞ	○
제73회 如是園賞花詩社 介壽堂應命當家	권지삼십칠 73. 여시원상화시샤 ᄀᆡ슈당응명당가	○
제74회 旋風箏寄懷好友 補受禊啓訂同心	74. 방풍징기회호우 보슈계계정동심 다름	×
제75회 賞春光群芳聯句 驅魔障老道擒妖	권지삼십팔 75. 샹츈광즁방편구 구마장도ᄉᆞ금요	×
제76회 角先生燒斷風流帳 女道士包去窮鬼魂	76. 각션ᄉᆡᆼ쇼단풍류장 녀도ᄉᆞ포거궁귀혼	○
제77회 戚大娘虛詞駭鬼 柳主事正直爲神	권지삼십구 77. 쳑ᄃᆡ랑허ᄉᆞᄒᆡ귀 류쥬ᄉᆞ정직위신	○
제78회 老和尙周遊地獄 病夫人喜遇菩提	78. 노화샹쥬유디옥 병부인희우보리	○
제79회 如是園寶釵悲玉 秋水堂平兒戲珍	권지ᄉᆞ십 79. 여시원보챠비옥 츄슈당평ᄋᆞᄒᆡ진	○
제80회 送病魔專誠酬願 答撫育奉派拈香	80. 송병마젼셩슈원 답무육봉파념향	○
제81회 綺姑娘喜逢故友 白雲僧戲化金魚	권지ᄉᆞ십일 81. ᄀᆡ고랑희봉고우 ᄇᆡᆨ운승ᄒᆡ화금어	○
제82회 財色兩空還孽報 火光一片斷情根	82. ᄌᆡ식량공환얼보 화광일편단정근	○
제83회 榮國府賈蘭完娶 苦竹嶺柳緒立功	권지ᄉᆞ십이 83. 영국부가란완취 고죽녕류셔닙공	○
제84회 柳夫人金陵踐約 寶姑娘佛閣看花	84. 류부인금릉천약 보고랑블각간화	○
제85회 甄寶玉迎婚拜岳母 梅香月探井遇神僧	권지ᄉᆞ십ᄉᆞᆷ 85. 진보옥영혼ᄇᆡ악모 ᄆᆡ향월탐정우신승	○
제86회 六如閣群芳遊異景 幻虛境姐妹悟前生	86. 륙여각즁방유니경 환허경져ᄆᆡ오젼경	×
제87회 桂濾佺奮拳打句 林之孝大笑歸神	권지ᄉᆞ십ᄉᆞ 87. 계녀젼분권타귀 림지효ᄃᆡ쇼귀신	○
제88회 得寶刀情深女道士 登將臺兵任美佳人	88. 득보도정심녀도ᄉᆞ 등장ᄃᆡ병임미가인	○
제89회 勇裙釵力敵三將 美公子文闈雙捷	권지ᄉᆞ십오 89. 용군챠력적삼쟝 미공ᄌᆞ문위ᄡᆞᆼ 텹	○
제90회 太夫人親勞將士 小書生喜對梅花	90. 태부인친로장ᄉᆞ 쇼셔ᄉᆡᆼ희ᄃᆡᄆᆡ화	○

원전 ≪紅樓復夢≫	낙선재본 ≪홍루부몽≫	비교
제91회 孟瑞麟草堂花燭 祝夢玉果擲新郎	권지ᄉᆞ십륙 91. ᄆᆡᆼ셔린쵸당화쵹 츅몽옥과쳑신랑	○
제92회 獨對寒更英雄遇美 同歸故里嬌女思親	92. 독ᄃᆡ한경영웅우미 동귀고리교녀ᄉᆞ친	○
제93회 狗軍師定謀折將 沙塞鴻被擒得夫	권지ᄉᆞ십칠 93. 구군ᄉᆞ정모졀장 ᄉᆞ식홍피금득부	○
제94회 感多情狐仙報德 誅反賊女將成功	94. 감다졍호션보덕 쥬반젹녀쟝셩공	○
제95회 一戰成班師奏捷 十萬貫舊産還元	권지ᄉᆞ십팔 95 일젼셩반ᄉᆞ쥬텹 십만관구산환원	○
제96회 祝太君寒宵舍金帛 松公子黑夜識英才	96. 츅태군환쇼샤금ᄇᆡᆨ 숑공ᄌᆞ흑야식영ᄌᆡ 다름	○
제97회 景福堂合歡旦節 如是園慶賞元宵	권지ᄉᆞ십구 97. 경복당합환죠졀 여시원경샹원쇼	×
제98회 驗神數珠還合浦 爭奇勝衣出天孫	98. 험신슈쥬환합포 징기승의츌텬숀	○
제99회 上靑墳不忘貞友 來舊宅情感故人	권지오십죵 99. 상청분믈망졍우 ᄅᆡ구ᄐᆡᆨ졍감고인	×
제100회 五枝花同歸榮國府 十二埰重會大觀園	100. 오지화동귀영국부 십이챠즁회ᄃᆡ관원	○

이상의 도표를 보면 원전 ≪紅樓復夢≫과 낙선재본의 회목은 거의 유사하다고 할 수 있으나 19, 34, 37, 38, 40, 46, 50, 65, 67, 70, 74, 75, 86, 97, 99회에서는 미묘하게 다른 점이 드러나고 있다. 19회는 필사자가 글자를 누락시켰을 가능성이 농후하고 나머지 회수도 한두 글자상의 상이점을 드러내고 있으며 52, 53, 71회의 경우는 낙선재본 자체가 훼손되어 그 본래 면모를 알 수 없는 까닭에 비교할 수 없었다. 따라서 원전과 낙선재본은 회목에 있어서 기본적으로 동일한 서적임을 드러내고 있다고 하겠다.

낙선재본 번역소설의 특징은 한 마디로 요약하면 직역과 축역 위주의 번역이라고 설명할 수 있다. ≪홍루부몽≫도 그러한 특징을 고스란히 이어받고 있다는 점에서 여타의 낙선재본과 동일선상에 있다고 본다. 그렇지만 낙선재본 ≪평산냉연≫과 같은 才子佳人小說의 번역과는 약간은 상이한 점을 나타내고 있기도 하다.[14)]

≪평산냉연≫의 경우는 詩詞의 삽입이 두드러진 작품 중의 하나이다. 그러나 ≪홍루부몽≫은 그에 비하여 시사가 그리 많이 삽입되어 있지 않은 편이다. 게다가 작품 중의 출현된 시사는 낙선재본 ≪홍루부몽≫에서는 대부분 수록하고 번역되어 있다는 점이다. 예를 들어 제 73회에 삽입된 시는 우리말 발음을 달아 놓은 동시에 번역까지 멋들어지게 해내고 있는 점을 볼 수가 있다.

14) 낙선재본 ≪평산냉연≫의 경우는 詩詞를 거의 대부분 생략하고 번역하지 않아서 일종의 서사지향의 번역이라 할 수 있으며 낙선재본 ≪쾌심편≫도 시사 부분은 축약되어 있고 전체 내용 중에 약간의 의역된 부분이 있을 따름이다. 전성운, 〈낙선재본 ≪쾌심편≫의 번역양상과 그 특징〉, ≪제56회 한국중국소설학회 발표집≫, 2003. 9. 2. 1-13쪽, 최윤희, 〈낙선재본 ≪평산냉연≫의 번역양상 연구〉, ≪제56회 한국중국소설학회 발표집≫, 2003. 9. 27. 29-41쪽 참조.

그러나 낙선재본 ≪홍루부몽≫에서도 개장시와 산장시는 아예 삭제하고 언급하지 않고 있다. 이 점은 다른 낙선재본 작품들과 상통하는 면이라 할 수 있다. 낙선재본 번역소설은 전반적으로 공통적인 번역상의 특징을 지니고 있지만 각 작품의 내용을 자세히 살펴보면 조금씩 다른 면을 찾을 수 있다. 낙선재본 ≪홍루부몽≫의 번역상의 특징은 다음과 같은 몇 가지로 나누어볼 수 있다.

1) 直譯 위주의 번역

직역이란 원문의 심층구조 속에 숨어 있는 내용을 정확하게 옮겨놓는 동시에 표층구조의 풍격을 제대로 살리는 수법을 말한다. 다시 말하면 원문의 내용과 형식에 다 충실한 것을 의미한다. 직역은 의역과 상대되는 개념으로서 그것은 원문에 충실할 것을 요구하며 원문에 기초하여 유창성과 표현성의 원칙을 실현하는 것이다. 또한 직역은 어디까지나 원문의 내용을 정확하게 전달하기 위한 것이어야 하며 절대 원문의 내용에 손상을 주어서는 안 된다.[15)]

낙선재본 ≪홍루부몽≫에서는 원전의 내용을 완벽에 가까울 정도로 직역하고 있다고 해도 과언이 아니다. 조선 시대의 한글 고어는 그야말로 중국어를 표현하는 데 있어서 최적의 도구였다. 한글은 소리글자라는 특성을 가지고 있기 때문에 초성, 중성, 종성을 사용하여 온갖 소리를 표현하는데 상당히 편리한 글자라고 볼 수 있었다.[16)] 이처럼 편리한 도구를 사용할 수 있었고 조선은 이미 小中華라고 생각할 정도로[17)] 중국과 밀접한 자연 환경과 인문적인 배경을 가지고 있었기 때문에 직역이 가능하였던 것이다. 따라서 낙선재본 ≪홍루부몽≫과 원전 ≪홍루부몽≫을 함께 나란히 두고 보아도 거의 차

---

15) 이용해, ≪중한번역이론과 기교≫, 국학자료원, 2002, 89쪽 참조.

16) 언해본 〈훈민정음〉 예의에 보면 다음과 같은 구절이 있다. "중국어의 치성은 치두와 정치의 구별이 있으니, ᅎ, ᅔ, ᅏ, ᄼ, ᄽ 자는 치두음에 쓰고, ᅐ, ᅕ, ᅑ, ᄾ, ᄿ 자는 정치음에 쓰며, 아음. 설음, 순음, 후음의 글자는 중국어에 통용한다.(漢音齒聲, 有齒頭正齒之別, ᅎᅔᅏᄼᄽ字用於齒頭, ᅐᅕᅑᄾᄿ字用於正齒, 牙舌唇喉之字, 通用於漢音)" 이러한 규정을 통해서 훈민정음은 우리말뿐만 아니라 중국어도 표기할 수 있게 만들어졌음을 알 수 있다. 고영근, ≪표준중세국어문법론≫, 탑출판사, 1992, 12쪽 참조.

17) 朝鮮中華主義라고도 하는데 조선은 明의 멸망 이후 儒家의 도통이 조선으로 넘어왔다고 생각하였기 때문에 중국 기존의 제도에 대해서 모방 및 숭상했던 것은 지극히 당연한 것이었다. 신병철, 〈朝鮮 正祖時代 文人의 中國小說觀 試探〉, ≪중국소설논총≫ 15집, 2002. 2, 288-292쪽 참조.

이점이 드러나지 않는다고 하겠다. 예를 들면 다음과 같다.

> 괴딗닉ᄒ(槐大奶奶) 니ᄅ딗, "슈고랑(秀姑娘)의 말도 모다 부ᄌ럽ᄉ 말이로다. 뉘 샹닉ᄌ(桑奶子)로 ᄒ여금 셔딗고랑(書帶姑娘)으로 더부러 ᄡ호라 ᄒ엿ᄂ냐? 네 방ᄌ 셔고랑(書姑娘)으로 더부러 ᄎ슈흠도 임의 그ᄅ거ᄂ 졔 ᄯ 홀연 한뭉치 되여 들네니 엇지 가소롭지 아니리오. 진ᄀ 일뎜 도리 없ᄂ 물건이로다. 아ᄌ 치고 치지 아닌 말은 니ᄅ지 말고 태틱(太太)긔셔 집의 도라오시믈 기ᄃ려 다시 픔ᄒ려니와 도로혀 일흔 은ᄌ(銀子)ᄂ 만일 ᄎᄌ닉지 아니면 닉 단졍코 그져 잇지 아니리라."(24:3,4) (낙선재본 ≪홍루부몽≫의 권수와 쪽수를 가리킴)
>
> (槐大奶奶道: "秀姑娘, 你這些話都是多說, 誰叫桑奶子是該同書帶姑娘打架的嗎? 你方才同書姑娘動手, 已經不是他又忽然攪在一堆兒,豈不可笑? 眞是一點味兒沒有的東西! 這會兒且將打不打的話擱起, 等着太太來家再回.都是不見的銀子, 若不找出來, 那是我斷不依的.") (제47회 498쪽) (上海古籍出版社本 ≪紅樓復夢≫의 회수와 쪽수임)

이 부분은 桑奶子와 書帶가 싸움을 벌이고 있는 것을 보고 槐大奶奶가 중간에서 싸움을 중지시키며 사람들에게 太太가 돌아오시기 전에 없어진 돈을 찾아낼 것을 다짐하고 있는 대목이다. 우리말로 번역된 부분과 중국어 원문을 비교해 보아도 내용상의 차이가 거의 드러나지 않는다. 또한 이렇게 직역한 문장들이 전문에 걸쳐 있다고 보아도 전혀 과언이 아니라고 할 수 있다.

2) 음독이 부가된 중국시 번역[18)]

여타의 낙선재본에서 중국시는 대부분 생략되거나 축약되어 있는 경우가 많다. 예를 들면 ≪쾌심편≫이나 ≪평산냉연≫의 경우가 특히 그렇다. 이 작품들의 경우는 시가 이야기를 전개시키기보다는 서사적인 내용과 운문적인 시가 어우러지면서 좀 더 세밀한 묘사나 강조를 위해서 사용되었다고 볼 수 있다. 따라서 ≪쾌심편≫이나 ≪평산냉연≫ 중의 시를 생략하여 번역한다고 해도 내용상 아무런 하자가 없으므로 낙선재본의 번역가들이 임의로 생략하였다고 볼 수 있다.[19)]

18) 음독이 부가된 중국시 번역은 상당히 보편적인 현상이다. 대부분의 한시에 음독이 부가되어 있기 때문이다. 또한 음독은 중국시의 음감을 살릴 수 있고 내용을 쉽게 이해할 수 있다는 장점을 가지고 있다.

19) 이러한 면에서 보면 낙선재본 번역소설은 완역한 작품이라 주장할 수 없을 것이다. 엄격한 기준

그러나 낙선재본 ≪홍루부몽≫은 기본적으로 운문보다는 서사적인 내용이 훨씬 많기 때문에 작품 중의 수록되어 있는 시들을 생략할 필요가 없어졌던 것이다. 따라서 낙선재본 ≪홍루부몽≫에서는 대부분의 중국시를 번역하였고 우리말의 음감을 살리기 위하여 음독을 부가하였다고 볼 수 있다. 또한 음독이 부가된 시는 독자가 소설을 이해하는데 있어서도 상당히 용이하였다. 다음은 제73회에 海珠가 지은 칠언 율시 두 수이다.

삼츈졔상울금당(三春齊上蔚金堂)
챠봉함쥬십이힝(釵鳳含珠十二行)
습취금인련승녀(拾翠錦茵聯勝侶)
유젼향경셕여방(遺鈿香鏡惜餘芳)
님지쇼립규명경(臨池小立窺明鏡)
텹디쳠요영졀양(貼地纖腰映折楊)
힝낙승시휘죠희(行樂乘時揮藻繪)
지지화영쥬방쟝(遲遲花影晝方長)

삼츈의 일제히 울금의 오르니
빈혀봉이 열두 쥴 구슬을 먹음엇더라.
비취ᄅᆞᆯ 바단 ᄌᆞ리의 쥬으ᄆᆡ 승ᄒᆞᆫ ᄶᅡᆨ이 련ᄒᆞ고
금젼을 향지경의 ᄡᅵ치ᄆᆡ 남은 ᄭᅩᆺ 다오믈 앗기더라.
년못ᄉᆞᆯ 님ᄒᆞ여 져기 셧시ᄆᆡ 말근 거울을 엿보고
ᄡᅡ히 뭇튼 가ᄂᆞᆫ 허리ᄂᆞᆫ 부러진 버들이 빗최더라.
힝낙ᄒᆞ믈 ᄯᆡᄅᆞᆯ 타 마름과 그림을 두루니
더ᄃᆡ고 더딘 ᄭᅩᆺ 그림ᄌᆡ 낫이 바야흐로 기더라.

기이(其二)
곡강뎐긔긔회신(曲江天氣幾回新)
류득쇼광담탕츈(留得韶光澹蕩春)
벽쵸ᄌᆞ견무졍몽(碧草自牽無定夢)
뉴잉져환유심인(流鶯低喚有心人)

에 따르면 완역한 작품이란 작품의 사소한 부분이라고 해도 어떤 식으로든 그것을 살려내야 하고 주요한 인용문은 독자가 이해하기 쉽게 원문을 명시해야 한다. 嚴復(1853-1921)은 信, 達, 雅라는 번역표준을 내놓기도 하였는데 그가 말한 信은 원문에 충실해야 한다는 것이고 達은 번역문이 순탄해야 한다는 것이며 雅는 표현이 우아해야 한다는 뜻이다. 이용해, ≪중한번역이론과 기교≫, 국학자료원, 2002, 33쪽 참조.

미험나말진ᄉᆡᆼ보(未嫌羅襪塵生步)
블셕경연쥬입슌(不惜瓊筵酒入唇)
작약난변ᄉᆞ어파(炸藥檻邊私語罷)
가ᄋᆞ련메ᄇᆡ화신(可兒連袂拜花神)

곡강 텬긔 몃 번이나 ᄉᆡ로 왓ᄂᆞ뇨
밝은 빗출 머믈너 어더시ᄆᆡ 담탕ᄒᆞᆫ 봄 일너라.
프른 플은 스ᄉᆞ로 경ᄒᆞ미 업ᄂᆞᆫ 쑴을 ᄭᅳ을고
흐르ᄂᆞᆫ 쬐고리ᄂᆞᆫ 나즉이 유심ᄒᆞᆫ ᄉᆞ름을 부르더라.
나말이 틋글이 거름의 나ᄂᆞᆫ 거ᄉᆞᆯ 혐의치 아니코
경연을 앗기지 아니코 슐이 입ᄉᆞᆯ의 드러라.
쟉약 난간가의 ᄉᆞ ᆢ로이 말ᄒᆞ믈 파ᄒᆞᄆᆡ
가효 ᄋᆞ희 옷ᄉᆞᄆᆡ ᄉᆞ련ᄒᆞ여 화신긔 ᄇᆡ례ᄒᆞ더라.

이상의 시에서 보이는 것처럼 우리말 번역시를 제시할 뿐만 아니라 음독까지 부가하여 작품을 더 쉽게 이해하도록 한다. 이 점은 독자층이 한자에 대한 기본적인 소양이 있다는 것을 전제로 한 것이다.

3) 중국어의 音借譯 및 한자어의 상용

15세기에 한글이 창제되어 기존에 사용하고 있던 한자어를 한글로 표기하게 되었다는 점은 그야말로 획기적인 일이었다. 낙선재본 ≪홍루부몽≫에 이르면 거의 19세기에 다다르니 한글의 사용이 상당히 보편화되었을 것으로 추단할 수 있다. 그럼에도 불구하고 지식인들은 한자어를 상용하는 습관을 버릴 수 없었으니 ≪홍루부몽≫을 번역하였던 사람들도 그러한 영향 하에 있었던 것으로 보인다. 또한 이들은 중국의 문화적 분위기에 너무 익숙해 있던 계층이라 볼 수 있으므로 중국어와 한자어를 많이 사용한 것으로 이루 말할 나위 없을 것이다. 다음의 예문에도 대화중에 상당히 많은 한자어가 사용되고 있다.

쟝노ᄐᆡ ᆢ(張老太太) 좌를 샤양ᄒᆞ며 눈을 드러 좌우를 ᄌᆞ세히 보고 십분 환희ᄒᆞ여 왕부인(王夫人)을 ᄃᆡᄒᆞ여 니ᄅᆞᄃᆡ, "방ᄌᆞ 쇼ᄋᆡ 말ᄒᆞ여 바야흐로 우리 통가지의 잇시믈 아랏시나 금일의 하늘이 인연을 빌녀 남왕북ᄂᆡ(南往北來)ᄒᆞ다가 노즁의셔 ᆢ로 맛나니 진ᄀᆡ 숨ᄉᆡᆼ지ᄒᆡᆼ(三生之幸)이로다."(25:34)

(張老太太讓了坐, 擧目左右細看, 十分歡喜, 對王夫人道: "方才小兒說起, 才曉得오唔哪是通家至好. 今日天使其便, 北往南來途中相遇, 眞是三生之幸.)(제 49회 525쪽)

'샤양ᄒᆞ다, 좌우, 십분, 환희, 금일, 인연, 남왕북ᄂᆡ, ᄉᆞᆷᄉᆡᆼ지ᄒᆡᆼ' 등의 표현은 모두 한자어이다. 사실상 한자와 우리말을 명확하게 구분하기란 상당히 어렵다. 한자는 이미 우리말의 일부분이 되었기 때문이다. 호칭에 있어서는 여전히 '쟝노ᄐᆡ〻'라는 중국어식의 표현이 사용되어 있다.

한자 문화권 내에 있었던 조선은 중국어에 아주 익숙했지만 우리의 한자와 중국의 중국어는 어떤 면에서는 상이한 차이점을 드러내고 있었다. 특히 호칭이나 몇몇 사물의 명칭 등은 우리가 전혀 쓰지 않는 것들이었다. 이러한 것들은 번역자들이 억지로 만들어낼 수 없었으므로 중국어를 음차해서 그대로 번역할 수밖에 없었다. 예를 들면 다음과 같다.

내내(奶奶), 태태(太太), 쇼지(小的), 거거(哥哥), 이낭(姨娘), 건마(乾媽), 진개(眞個), 간졍(乾淨), ᄌᆞ오(吊), 캉(炕), 차푸리(茶鋪裏), 열요(熱鬧), 안졍(眼睛), 햐락(下落), 후두(糊塗), 반등(板凳), 챠환(丫鬟) 등.

이상에서 사용한 어휘들은 우리말로 번역하기에 적당한 것들을 찾기 어려웠을 뿐만 아니라 우리말로 대체하였다 하더라도 어색한 표현들이 많았다. 예를 들어 ᄌᆞ오의 경우는 우리말에는 전혀 없는 용어였으므로 아예 중국어로 음차하였던 것이고 다른 어휘들도 적확한 표현을 선정하지 못하였던 것이라 볼 수 있다.

4) 부분적인 내용상의 의역

의역이란 원문의 표면상의 표현형식에 구애되지 않고 語義만을 밝혀 옮겨오는 것을 말한다. 더 정확하게 말하면 원문에 담겨진 정보만 옮겨와서 자유롭게 번역하는 수법이다. 사실상 어떠한 문체를 번역하든지 직역과 의역은 함께 사용되고 있다고 볼 수 있다. 어떠한 번역물이라도 단순한 직역이나 단순한 의역은 존재하는 않는다. 직역은 번역을 하는데 있어서 필수적인 출발점이 되어야 하고 의역은 직역을 토대로 하여 진행되어야 하는 것이다.[20]

조선의 문자 환경이 중국 소설을 번역하는 데 있어서 최적의 환경이 되었을지라도 부분적으로 우리 현실과 맞지 않는 어휘와 생활 습관들은 완벽하게 등가 번역을 하기는 어려운 일이다. 그러한 까닭에 부분적인 의역을 진행하는 것은 당연한 일이다. 전체 직역 위주의 번역 중에서 아주 적은 부분이 우리나라에 환경에 적합한 의역으로 대체되었다고 할 수 있겠다. 다음의 예문을 보자.

> 츅균(祝筠)이 련ᄒᆞ여 뎜두ᄒᆞ며 니ᄅᆞᄃᆡ, "형뎨의 금셕지언을 ᄂᆡ 맛당히 심폐의 삭이려니와 다만 블과 삼월지내의 두 번 슈죡지통을 당ᄒᆞ니 인비목셕이라 엇지 견ᄃᆡ리오."(25:85)
> (祝筠連連點頭, 說道: "兄弟金石之言, 我當銘諸心版. 只是不到三月之間, 兩傷手足, 人非草木, 情何以堪?")(제50회 534쪽)

이상의 예문을 비교해 보면 초목을 목석으로 바꾸어 의역하고 있다. 우리말에서는 초목이라는 말을 잘 사용하지 않기 때문에 습관적으로 자주 사용하는 목석이라는 용어로 대체한 것이다.

다음의 예문은 문장의 의미가 완전히 바뀐 경우이다.

> 왕부인(王夫人) 등이 또 한즈음 담논ᄒᆞᄆᆡ 샹방의 ᄌᆞ명죵이 임의 ᄒᆡ졍(亥正)을 치ᄂᆞᆫ 소ᄅᆡ 나ᄂᆞᆫ지라. 보ᄎᆡ(寶釵) 니ᄅᆞᄃᆡ, "밤이 임의 깁허시니 청컨ᄃᆡ ᄐᆡ〻(太太)ᄂᆞᆫ 안침ᄒᆞ쇼셔. 명일 또 담론ᄒᆞ리이다."(24:100)
> (王夫人們又談論一會, 上房的鍾已交亥正. 寶釵道: "夜已不早, 請太太安置, 明日又要辛苦.")(제48회 513쪽)

이상의 예문에서 밑줄 친 부분의 '辛苦(고생)'를 담론으로 바꾸어 의역하고 있다. 직역하면 "내일 또 고생해야 합니다"라는 뜻이었는데 "내일 또 이야기하겠다"라는 의미로 번역하고 있다. 그렇지만 이 정도의 의역은 작품의 내용을 전혀 손상시키지 않는 범위인 것이다.

5) 일부의 오역과 축역 및 첨역

낙선재본의 번역자들은 중국을 아주 잘 이해하는 역관들일 가능성이 높다.[21] 그러나

---

20) 이용해, ≪중한번역이론과 기교≫, 국학자료원, 2002, 93-103쪽 참조.

이들의 번역에도 약간의 오역은 피할 수 없는 문제였다. 번역소설 중에 사소한 오자가 나타나기도 하고 아예 문맥을 잘못 읽은 경우도 있었다. 또한 번역자들이 전반적으로 내용을 축약하려는 의지가 강했는지 지나치게 축약하다 보니 여러 사람간의 대화를 이어지지 않을 정도로까지 생략한 경우도 있었다. 이것은 아마도 낙선재본 ≪홍루부몽≫의 번역자가 한 사람이 아닐 가능성이 있다는 추측을 하게 한다. 만약 한 사람이 전담하고 번역을 하였다면 대화 중간의 내용을 빼버리고 같은 사람의 말로 번역할 수는 없었으리라 생각된다. 다음의 예문을 보자.

축뫼(祝母) 동셔로 보며 희ᄉᆡᆨ이 면면ᄒᆞ여 ᄇᆡᆨ부인(柏夫人)을 ᄃᆡᄒᆞ여 니ᄅᆞᄃᆡ,

"우리ᄂᆞᆫ 보대져〻를 ᄒᆞᆼ상 이 곳의 머믈너 두고 져로 ᄒᆞ여금 도라가게 말며 삼고랑도 일인이라도 가게 말지니 진ᄀᆡ 세상의 우리집 ᄀᆞᆺ치 열요ᄒᆞᆫ 곳의 잇기를 원ᄒᆞ나 집의 도라온지 오ᄅᆡ지 아니ᄒᆞ여 오히려 ᄉᆞ무를 뎡치 못여시니 명년의 다시 오면 곳 쟝구히 머믈니이다."(34:55)

(祝母東瞧西看, 喜上眉梢, 對柏夫人道: "咱們將賈大姐姐長遠留在這兒, 總別讓他回去, 探姑娘們一個也走不了, 眞是人世上再沒有咱們家這樣熱鬧." 王夫人答道: "侄媳也願意常在這兒, 因到家未久, 尙須整頓, 等着明年再來, 就長遠住下.")(제 68회 739쪽)

본래 원전에서는 祝母가 이야기한 말 이후에 王夫人이 대꾸하는 말이 나온다. 그런데 번역소설에서는 밑줄이 그어진 부분을 생략하고 모두 축모의 말인 것처럼 합쳐 번역하고 있다. 이 점은 명백한 오역이라 하지 않을 수 없다.

첨역의 경우도 작품 중에 가끔씩 나타나고 있다. 이 점도 우리말로 번역하여 독자들에게 이해하기 쉽게 하기 위한 의도를 가지고 있다고 본다.

쟝본(張本) 등이 일졔(一齊)히 답응(答應)ᄒᆞᄃᆡ, "이태〻(姨太太)는 맛당히 방심(放心)ᄒᆞ쇼셔. 노ᄌᆡ(老才) 등이 ᄃᆡᄃᆡ로 축부(祝府) 은젼(恩典)을 바ᄃᆞᆺ시니 스ᄉᆞ로 맛당히 갈녁도보(竭力圖報)ᄒᆞᆯ 거시오. 셜ᄉᆞ 노야(老爺)긔셔 무ᄉᆞᆫ 일이 게시면 ᄌᆞ연(自然) 진시 긔신

---

21) 조선 시대에 활약한 譯學者에는 몇 종류가 있었다. 첫째는 외국어에 능하여 통사 또는 그 이상의 직함을 띠고 거의 일생동안 외국을 왕래한 자, 둘째는 외국어에 능하되 외국에는 별로 가지 않고 학문적인 업적을 남긴 자, 셋째는 이 두 가지를 다 겸비하였던 자이다. 흔히 역관이라고 하면 제1류에 속하는 사람들을 가리키는 수가 많다. 강신항, ≪韓國의 譯學≫, 서울대학교출판부, 2002, 39쪽 참조.

(起身)ᄒᆞ시게 ᄒᆞ리니 오릭 지톄ᄒᆞ면 두리건ᄃᆡ 강쉬 어러 운션키 어려오리니 섈니 힝ᄒᆞ시미 죠을 듯 ᄒᆞᄂᆞ이다."(24:111)

(張本們都一齊答應道: "姨太太只管請放心, 老才們世受祝府的恩典, 自當竭力圖報. 設或老爺有點甚麽, 也自然趕着起身, 再耽擱下去, 恐其凍河難走")(제 48회 515쪽)

이상의 예문을 비교해 보면 밑줄 친 부분 즉 섈니 힝ᄒᆞ시미 죠을 듯 ᄒᆞᄂᆞ이다가 첨가되어 있음을 알 수 있다. 이처럼 첨역을 하여도 내용에 전혀 손상을 주지 않는 범위 내에서 진행하고 있다.

축역의 경우는 전반적인 부분에서 드러나고 있는데 상투적인 문장 등을 주로 축약하고 있다고 볼 수 있다. 예를 들면 원전 제47회 509쪽에 "且慢表祝府之事"라는 문장은 전혀 번역되지 않고 있다. 이외에도 내용상 장황하게 보이는 부분은 과감하게 생략하고 있다.

6) 二重母音의 강세 및 발음 표기의 혼재

낙선재본 ≪홍루부몽≫은 한글 고어로 번역된 번역소설의 하나로 15세기에 창제된 한글 고어를 사용하여 번역하였으므로 오늘날의 어투와는 상당히 다를 수밖에 없다. 특히 현재의 우리말과 비교해 본다면 이중모음이 상당히 많이 사용되고 있음을 알 수 있다. 예를 들면 다음과 같다.

통긔ᄒᆞ다(통기하다), 싀원ᄒᆞ다(시원하다), 죄얼(죄얼), 젹젹ᄒᆞ다(적적하다), 쳔답ᄒᆞ다(천답하다), 분샹(분상), 헷치다(헤치다), 동긔ᄒᆞ다(동기하다), 더ᄃᆡ다(더디다), 독긔(도끼), 나뷔(나비), 현긔(현기), ᄌᆞ긔(자기) 등.

이상의 어휘들은 현재에는 대부분 단모음화하는 경향을 보이고 있다.[22] 말이라는 것은 편리한 것을 추구하고 빠르게 소통할 수 있는 것을 요구한다. 그래서 서로 간의 대화나 인터넷상의 채팅은 신속성을 추구하다 보니 축약된 단어나 기호를 사용하고 있는

22) 중세국어의 이중모음은 근대국어에서 단모음으로 변화하였다. 이 이중모음의 단모음화는 이중모음을 가지고 있었던 어휘에는 발음의 변화만을 가져왔을 뿐, 문법상으로는 어떤 변화도 가져오지 못했다. 安秉禧·李珖鎬 공저, ≪중세국어문법론≫, 학연사, 1990, 68쪽 참조. 그러나 낙선재본 ≪홍루부몽≫에서는 아직도 이중모음의 강세를 나타내고 있다는 점에서 당시의 경향과의 차이를 드러내고 있다.

것이다. 따라서 현대에 와서 우리말의 이중모음이 조금씩 사라져 가는 추세를 막을 수는 없다.

낙선재본 ≪홍루부몽≫은 19세기경에 번역된 것이라 하지만 전체 번역어를 살펴보면 이중모음이 여전히 활발하게 사용되고 있다는 것이다. 이 점은 우리의 번역문학에 대한 환경이 아직은 혁신되지 않았음을 시사하고 있는 것이다. 또한 이 작품이 근대 초기에 번역되었을 것이라 가정할 수 있는데 서양 외세의 영향을 거의 받지 않은 것으로 보인다.[23]

한글의 발음은 창제 초기에 비하여 상당히 변화된 것으로 보인다. 발음 표기에 있어서도 15세기 초에 비교하여 이어적기(連綴), 거듭적기(重綴), 끊어적기(分綴) 등이 혼재되어 있음을 드러내고 있다.[24] 다음의 예를 보기로 하자.

거시(것이), 가ᄅᆞ치믈(가르침을), 븟ᄉᆞᆯ(붓을), 그ᄅᆞᆺᄉᆞᆯ(그릇을), 년못ᄉᆞᆯ(연못을), ᄉᆞᆯ을(술을), 져ᄅᆞᆯ(저를) 등등.

물론 발음 표기가 변화하였다고 말의 의미까지 변화된 것은 아니다. 그렇지만 이러한 점은 발음 표기는 고착된 것이 아니라 끊임없이 변화하는 발음을 나타내고 있음을 설명하는 것이라 할 수 있겠다.

≪紅樓復夢≫은 陳少海가 지었으며 여타의 속서들과는 달리 賈寶玉과 薛寶釵의 관계를 중시하여 창작된 작품이다. 이 작품에서 ≪홍루몽≫의 주인공들은 대부분 환생하고 있으나 설보채만은 환생하지 않고 두 대에 걸쳐 살아가면서 독특한 영웅성을 드러

---

23) 이 시기의 번역은 정치적 사회적 목적을 띠고 애국심과 독립에의 열망을 고취시키기 위해 행해진 경우가 많아서 이 당시 번역물은 대부분 문학작품이라기보다는 역사물이었다. 따라서 낙선재본 ≪홍루부몽≫은 이 시기의 번역 양태와는 다른 부류라고 할 수 있겠다. 현태리 지음, 김순식 옮김, ≪번역과 한국근대문학≫, 시와시학사, 1992, 42-43쪽 참조.

24) 근대 국어, 곧 17, 18, 19세기 국어의 표기법은 상당히 문란해졌다. 그 원인은 임진왜란이라는 큰 전쟁을 겪는 동안 상당수의 문헌이 없어지고 많은 문헌들이 새로 간행되었다는 점과 사설시조, 가사, 고대소설 등 평민문학의 대두로 문자 사용이 광범위하게 확대됨으로써 비교적 제한된 사람들에 의하여 편찬된 문헌이 나타나던 엄격한 15세기의 정서법이 무너지게 된 것이라 할 수 있다. 또 다른 하나의 이유로는 이 시기의 국어가 겪었던 많은 음운변화로 인한 혼란된 문자체계를 들 수 있다. 安秉禧·李珖鎬 공저, ≪중세국어문법론≫, 학연사, 1990, 41-42쪽 참조.

내고 있다.

≪紅樓復夢≫의 가장 이른 판본은 嘉慶 10年(1805) 金谷園 간행본이다. 이외에 嘉慶 10年 本衙藏 판본 · 平湖寶芸堂本 · 娘嬛齋本 · 光緒 2年(1876) 上海 申報館의 聚珍版本 · 民國 6年(1917) 榮華書局의 石印本 · 民國 12年(1923) 啓新書局 石印本 등이 있다

≪紅樓復夢≫은 대략 19세기경에 우리나라에 전래된 것으로 보이는데 낙선재본 번역소설의 일반적인 번역 성향을 그대로 이어받고 있다고 말할 수 있다. 특히 직역과 축역 위주의 번역은 기타 낙선재본과 유사한 점이다. 또한 낙선재본 ≪홍루부몽≫은 번역뿐만 아니라 중국의 전반적인 문화를 소개하는 작품으로서 나름대로 가치가 있다. 낙선재본 ≪홍루복몽≫의 내용을 살펴보면 다음과 같은 몇 가지 번역상의 특징을 가지고 있다.

첫째, 직역 위주의 번역, 둘째, 음독이 부가된 중국시 번역, 셋째, 중국어의 음차역 및 한자어의 상용, 넷째, 부분적인 내용상의 의역, 다섯째, 일부의 오역과 축역 및 첨역, 여섯째, 이중모음의 강세와 발음표기의 혼재를 들 수 있다.

이상의 내용으로 볼 때 낙선재본 ≪紅樓復夢≫의 번역은 비록 아주 완벽하다고는 볼 수 없지만 우리 국어학사에 있어서 나름대로 귀중한 자료라고 할 수 있다. 또한 중국의 문화를 이해하는 데 있어서도 훌륭한 지침서의 역할을 할 것이다. 따라서 앞으로 심도 깊은 논의가 기대되는 작품이라 말할 수 있다.

저자소개

민관동(閔寬東, kdmin@khu.ac.kr)

- 1960年生, 韓國 天安 出生.
- 慶熙大 중국어학과 졸업.
- 대만 文化大學 文學博士.
- 現 慶熙大 중국어학과 教授.
- 前 韓國中國小說學會 會長.

著作

- ≪中國古典小說在韓國之傳播≫, 中國 上海學林出版社, 1998年.
- ≪中國古典小說史料叢考≫, 亞細亞文化社, 2001年.
- ≪中國古典小說批評資料叢考≫(共著), 學古房, 2003年.
- ≪中國古典小說의 傳播와 受容≫, 亞細亞文化社, 2007年 10月.
- ≪中國古典小說의 出版과 研究資料 集成≫, 亞細亞文化社, 2008年 4月.
- ≪中國古典小說在韓國的研究≫, 中國 上海學林出版社, 2010年 9月.
- ≪韓國所見中國古代小說史料≫(共著), 中國 武漢大學校出版社, 2011年 6月.
- ≪中國古典小說 및 戲曲研究資料總集≫(共著), 학고방, 2011年 12月.
- ≪中國古典小說의 國內出版本 整理 및 解題≫(共著), 학고방, 2012年 4月.
- ≪韓國所藏 中國古典戲曲(彈詞·鼓詞) 版本과 解題≫(共著), 학고방, 2012年 12月.
- ≪韓國所藏 中國文言小說 版本과 解題≫(共著), 학고방, 2013年 2月.
- ≪韓國 所藏 中國通俗小說 版本과 解題≫(共著), 학고방, 2013年 4月.
- ≪韓國 所藏 中國古典小說 版本目錄≫(共著), 학고방, 2013年 6月.
- ≪朝鮮時代 中國古典小說 出版本과 飜譯本 研究≫(共著), 학고방, 2013年 7月.

외 다수.

翻譯

- ≪中國通俗小說總目提要≫ (第4卷-第5卷) [共譯], 蔚山大出版部, 1999年.

論文

- 〈在韓國的中國古典小說翻譯情況研究〉, ≪明淸小說研究≫ (中國) 2009年 4期, 總第94期.
- 〈朝鮮出版本 新序와 說苑 연구〉, ≪中國語文論譯叢刊≫ 第29輯, 2011年 7月.
- 〈中國古典小說의 出版文化 研究〉, ≪中國語文論譯叢刊≫ 第30輯, 2012年 1月.
- 〈朝鮮出版本 中國古典小說의 서지학적 考察〉, ≪中國小說論叢≫ 第39輯, 2013年 4月.

외 다수의 논문.

정영호(鄭榮豪, jyh1523@hanmail.net)

- 1962年生, 韓國 靈光 出生
- 全南大學校 중문학과 졸업
- 全南大學校 文學博士.
- 現 西南大學校 중국어학과 교수.

著作

- ≪중국영화사의 이해≫, 전남대학교출판부, 2001年.
- ≪중국근대문학사상 연구≫(공저), 전남대학교출판부, 2009年.

- ≪중국 문화 연구≫(공저), 전남대학교 출판부, 2010年.
- ≪中國古典小說의 國內出版本 整理 및 解題≫(共著), 학고방, 2012年 4月.

翻譯

- ≪中國通俗小說總目提要≫(第2, 3, 5卷)(공역), 蔚山大出版部, 1999年
- ≪중국고전소설사의 이해≫(공역), 전남대학교출판부, 2011年.

論文

- 〈경화연과 한글 역본 제일기언의 비교 연구〉, ≪中國小說論叢≫26집, 2007年.
- 〈한국 제재 중국 근대소설에 나타난 한·중·일 인식 연구〉, ≪中國人文科學≫ 제38輯, 2008年.
- 〈구운기에 미친 경화연의 영향 연구〉, ≪中國人文科學≫ 47輯, 2011年 외 다수의 논문.

김명신(金明信, mingsin@daum.net)

- 1969年生, 韓國 서울 出生.
- 漢陽大學校 중문학과 졸업.
- 高麗大學校 文學博士.
- 現 漢陽大學校 隨行人文學研究所 研究教授.

著作

- ≪성풍뉴·호구전≫(共編), 선문대학교 중한번역문헌연구소, 2001.
- ≪中國古典小說批評資料叢考≫(共著), 學古房, 2003.
- ≪무협소설이란 무엇인가≫(共著), 예림기획, 2001.
- ≪홍루부몽≫상/하(共編), 이회출판사, 2004.
- ≪충렬협의전≫(共編), 이회출판사, 2005.
- ≪2000-2002 중국어문학연감≫(共編), 학고방, 2006.
- ≪한자콘서트≫(共著), 차이나하우스, 2007.
- ≪국제이해교육≫ 제18호(共著), 유네스코 아시아 태평양 국제이해교육원, 2007.
- ≪홍루몽의 전파와 영향≫(共著), 신서원, 2007.
- ≪중국어이야기≫(共著), 차이나하우스, 2010.

翻譯

- ≪中國通俗小說總目提要≫(第3卷), 蔚山大出版部, 1997(공역).
- ≪아녀영웅전≫, 박영률, 2009.

論文

- 〈三俠五義의 한국적 수용 연구--천자의 나라를 중심으로〉, ≪中國小說論叢≫ 제31집, 한국중국소설학회, 2010. 3.
- 〈雪月梅傳의 俠義愛情小說的 特徵-한글본을 중심으로〉, ≪中國小說論叢≫ 제33집, 한국중국소설학회, 2011. 4. 외 다수.

장수연(張守連, soocho8689@hanmail.net)

- 1969年生, 韓國 出生.
- 成均館大學校 中語中文學科 卒業.
- 南京大學校 文學碩士.
- 復旦大學校 文學博士.
- 現) 慶熙大學校 比較文化研究所 研究員, 成均館大學校 中語中文學科 兼任教授.

論文

- 〈明成化刊本說唱詞話研究〉, 復旦大學校 博士學位論文.
- 〈明成化刊本說唱詞話가 中國俗文學史에서 지니는 意味〉, ≪中語中文學≫第39輯, 2006.12.
- 〈中國 說唱과 판소리 辭說의 敍事特徵 比較試論-明代 明成化刊本說唱詞話와 춘향가, 흥보가, 수궁가, 심청가, 적벽가의 敍事特徵을 中心으로〉, ≪中國文學研究≫ 第34輯, 2007.6.
- 〈明成化刊本說唱詞話 挿畵의 敍事的 기능에 관한 研究〉, ≪中國語文學論集≫ 52號, 2008.8.
- 〈薛仁貴 故事의 원천에 관한 一考〉, ≪中國小說論叢≫ 34輯, 2011.8 외 수편.

경희대학교 비교문화연구소 비교문화총서 12

中國通俗小說의 유입과 수용

초판 인쇄 2014년 7월 25일
초판 발행 2014년 7월 31일

공 저 | 민관동·정영호·김명신·장수연
펴 낸 이 | 하운근
펴 낸 곳 | 學古房

주 소 | 서울시 은평구 대조동 213-5 우편번호 122-843
전 화 | (02)353-9907 편집부(02)353-9908
팩 스 | (02)386-8308
전자우편 | hakgobang@naver.com, hakgobang@chol.com
홈페이지 | http://hakgobang.co.kr
등록번호 | 제311-1994-000001호

ISBN 978-89-6071-431-1 93820

값 : 35,000원